Wächter der Meere,
Hüter des Lichts

FSC
www.fsc.org
MIX
Papier aus verantwortungsvollen Quellen
FSC® C014496

1. Auflage 2017

ISBN 978-3-7641-7073-8

Lektorat: Emily Huggins
Umschlaggestaltung: Kathrin Schüler, Grafikdesign
unter Verwendung einer Illustration von
Timur Hussainov/shutterstock.com
Abdruck der Zitate auf S. 5:
William Blake: Zwischen Feuer und Feuer.
Aus dem Englischen von Thomas Eichhorn.
© 1996 dtv Verlagsgesellschaft, München
Jean-Pierre Abraham: Der Leuchtturm
© 2010 Jung und Jung, Salzburg und Wien

Druck und Bindung: GGP Media GmbH, Pößneck
Gedruckt auf Papier aus geprüfter nachhaltiger Forstwirtschaft.
www.ueberreuter.de

Oliver Schlick

WÄCHTER DER MEERE, HÜTER DES LICHTS

ueberreuter

Würden die Pforten
der Wahrnehmung gereinigt,
erschiene dem Menschen alles,
wie es ist: unendlich.

William Blake
»Die Hochzeit von Himmel und Hölle«

Manchmal glaube ich,
an etwas Bedeutendem teilzuhaben,
ohne zu begreifen, was es ist.

Jean-Pierre Abraham
»Der Leuchtturm«

PROLOG

Duenborg, 08. August 2007

Wäre das Leben nicht das Leben, sondern ein Film oder ein Roman, dann hätte es in dieser Nacht ganz sicher düstere, ominöse Vorzeichen gegeben: einen Sturm, der sich weit draußen über dem Meer zusammenbraut, eine Silbermöwe, die mit gebrochenem Flügel in den feuchten Sand stürzt, vielleicht sogar einen verrückten, einbeinigen Seemann, der mit irrem Blick über den Strand humpelt und gegen das Donnern der Brandung anschreit.

Doch weil das Leben das Leben ist, gab es keinen Sturm und keine abgestürzte Möwe, und der einzig eindeutig Verrückte in Duenborg war Jens Petersen. Aber der war kein Seemann, sondern verkaufte Fischbrötchen, besaß noch alle Gliedmaßen und lag zu dieser Zeit längst im Bett.

Vor etwas mehr als einer Stunde war die Sonne im Meer versunken. Eine leichte, ablandige Brise fuhr sanft durch das Dünengras. Simon Eckmühl saß auf der Holzveranda seines windschiefen Häuschens, das ein Stück abseits des Dorfes ein wenig versteckt in den Dünen lag. Er trug einen dicken, gerippten Pullover, schlürfte Tee aus einer Tasse, die aussah wie ein mittelgroßer Blumentopf, und lauschte dem friedlichen Rauschen der Wellen, über das sich ab und zu der heisere Ruf einer Seeschwalbe legte.

Nichts deutete darauf hin, dass es in dieser Nacht geschehen würde.

Simon zündete sich eine Zigarette an und ließ seine Augen über die nächtliche See wandern. Der Blick eines Leuchtturmwärters geht immer zum Meer, egal ob er gerade Dienst auf dem Turm tut oder mit einer Tasse Tee auf seiner Veranda sitzt. Vor allem dann, wenn er nicht nur ein Leuchtturmwärter, sondern darüber hinaus auch ein Wächter ist.

Simon Eckmühl war dreiundvierzig Jahre alt, groß und kräftig und befand sich in bester körperlicher Verfassung. Dörte Ditzum, die an den Wochenenden in der *Platten Flunder* in Duenborg kellnerte, geriet bei dem Gedanken an seine ausgeprägten Oberarmmuskeln, seine braunen Locken und markanten Gesichtszüge regelmäßig ins Schwärmen.

Hätte Simon davon gewusst, es wäre ihm herzlich egal gewesen. Ihn interessierte nicht sonderlich, was andere über sein Äußeres dachten – oder was sie darüber zu denken glaubten. Simon Eckmühl war ausgesprochen uneitel, und dennoch kreisten seine Gedanken an diesem Abend unaufhörlich um ein winziges graues Haar in seinem Bart …

Heute Morgen hatte die einwöchige Schicht auf dem Turm geendet. Nach der Ablösung durch seinen Kollegen Jan Staberhuk hatte Simon mit dem kleinen Außenborder an Land übergesetzt – was keine zwei Minuten dauerte – und war über den schmalen Dünenweg die eineinhalb Kilometer bis zu seinem Haus marschiert. Dort angekommen, hatte er die Post aus dem Briefkasten gefischt, sich zunächst ein Rührei mit Krabben und danach ein ausgedehntes Schaumbad gegönnt. Als er aus der Wanne stieg, war er bester Laune gewesen. Er hatte fröhlich vor sich hin gepfiffen, war mit dem Handtuch über den beschlagenen Badezimmerspiegel gefahren – aber beim Blick auf sein Spiegelbild war das Pfeifen abrupt verstummt: In seinem Bart schimmerte ein graues Haar. Sein erstes graues Haar.

Die Erkenntnis hatte ihn wie ein Schlag getroffen: Er wurde alt! Und mit erschreckender Klarheit war ihm bewusst geworden, was dieses graue Haar bedeutete. Für ihn. Für die Wächter. Für die Zukunft aller. Uns bleibt nicht mehr viel Zeit, dachte er mit wachsendem Unbehagen, während er durch den aufsteigenden Rauch seiner Zigarette hindurch auf den dunklen Strand blickte. Dem ersten grauen Haar würden bald weitere folgen. Seine Arme würden in nicht mehr allzu ferner Zukunft an Kraft verlieren. Irgendwann würden ihn seine Beine nicht mehr die Stufen zur Laterne des Turms hinauftragen. Und den anderen seiner Generation würde es ebenso ergehen. Sie würden aufhören, Leuchtturmwärter zu sein. Sie würden aufhören, Wächter zu sein.

Was dann?, fragte er sich und spürte, wie ein banges Gefühl in ihm aufstieg. Immer mehr Leuchttürme wurden im Zeitalter der Funk- und Satellitennavigation automatisiert oder außer Betrieb gestellt. Bald würde es keine Leuchtturmwärter und keine Wächter mehr geben. Wer sollte dann Licht auf das Wasser aussenden und *den Weißen* leiten? Erfüllte sich jede Prophezeiung? Oder wurden sogar Prophezeiungen manchmal vom Lauf der Zeit überholt?

Simon drückte die Zigarette aus, erhob sich aus seinem Korbstuhl und trat an das Geländer der Veranda. Das Dorf lag im Dunkeln; nur in einem der Ferienhäuser, die man auf halbem Weg zwischen dem Ortsausgang und seinem Haus errichtet hatte, brannte noch Licht. Duenborg war ein verschlafenes Küstennest, an dem die Segnungen des Tourismus weitestgehend vorbeigegangen waren. Mit den wenigen Urlaubern, die es in den Sommermonaten gab, hatte Simon kein Problem. Meist waren es ältere Paare oder Familien mit kleinen Kindern, die nicht irgendwelchen Trubel, sondern genau die Ruhe und Abgeschiedenheit suchten, die Duenborg bot. Das Fischerdorf hatte knapp sechshundert Einwohner, einen winzigen Hafen, zwei Kneipen – die *Platte Flunder* und den *Roten Hering* –, ein paar Läden, eine schmucke kleine Backsteinkirche und verfügte über genau zwei Attraktionen: Attraktion Nummer eins war die blaue Bretterbude im Hafen, auf deren Dach ein riesiger, orange beleuchteter Plastik-Hummer mit bedrohlich ausgefahrenen Scheren thronte und in der der verrückte Jens Petersen lautstark Fisch und Meeresfrüchte feilbot: »Nennt mich bekloppt, nennt mich beknackt, nennt mich bescheuert, aber ich leg nicht einen, ich leg nicht zwei, ich lege sage und schreibe noch drei Heringe gratis drauf! Und wenn ich schon mal dabei bin, noch 'n paar schnuckelige Sardinen und – Kinners, der Onkel Jens muss endgültig übergeschnappt sein – zum Nachtisch noch 'n lecker Stückchen Räucheraal für lau!«

Attraktion Nummer zwei war als Fotomotiv fast genauso beliebt wie der verrückte Jens und sein Hummer, und erhob sich vor einer schmalen Landzunge aus dem Meer. Simon wandte den Blick nach Westen, wo ein Lichtstrahl langsam über das Wasser wanderte.

Der Leuchtturm Duenborg hieß nur offiziell *Leuchtturm Duenborg*. Die Ortsansässigen sprachen von ihm stets als *die Nadel*. Seinen Namen verdankte er einem schroffen, gischtumtosten Felsen, der eine halbe Seemeile vor der Landzunge aus dem Meer aufragte, ebenfalls *die Nadel* genannt wurde und auf dem man den Turm vor über hundertfünfzig Jahren unter schwierigsten Umständen erbaut hatte. Das Fundament des Leuchtturms bestand aus Granitstein, er war einunddreißig Meter hoch, hatte einen rot-weißen Anstrich und eine Leuchtfeuer-Tragweite von siebzehn Seemeilen. Er war sicher nicht der schönste aller Türme und hatte nur wenig mit einer spitzen Nadel gemein. Sein Anblick erinnerte eher an eine dickbauchige, etwas ramponierte Thermoskanne.

Jacques Cordouan, der oberste Wächter, hatte Simon einmal erklärt, dass es im Prinzip nur zwei Arten von Leuchttürmen gab: schlanke, elegante Türme, von deren Licht sich der Seemann leiten ließ wie von dem Strahlen in den Augen einer Geliebten – und die plumpen, gedrungenen Bauten, die vielleicht keine Geliebten, aber gute, zuverlässige Freunde waren und deren vertrauliches, augenzwinkerndes Blinken jedes Schiff sicher durch die stürmische See lotste.

Der Duenborger Leuchtturm gehörte fraglos in die Gute-Freunde-Kategorie. Im Vergleich zu Prachtbauten wie dem berühmten Leuchtturm Kéréon vor der bretonischen Küste, in dessen Inneren man Eichenvertäfelungen und Intarsienparkett bestaunen konnte, war die Nadel äußerst schlicht ausgestattet.

Ganz sicher wäre kein Schriftsteller auf die Idee gekommen, dem Bau ein literarisches Denkmal zu setzen, so wie es Virginia Woolf mit dem Leuchtturm Godrevy in einem ihrer Romane getan hatte. Und dennoch war die Nadel etwas Besonderes: Der Turm war nicht automatisiert, wie die meisten Leuchttürme im 21. Jahrhundert. Auf ihm taten noch immer Leuchtturmwärter wie Simon Eckmühl und Jan Staberhuk Dienst.

Dieser Umstand war nicht etwa einer sentimentalen Anwandlung der Wasser- und Schifffahrtsverwaltung zu verdanken. Die Behörde, deren Hauptaugenmerk auf den Betriebskosten lag, hatte den Turm schon vor Jahren automatisieren wollen. Dann aber war der *Tourismusverband Westeuropäische Küste* auf den Plan getreten, hatte sich bereit erklärt, die Gehälter der Leuchtturmwärter zu übernehmen, und die Verwaltung umgestimmt. Der Tourismusverband hatte dahingehend argumentiert, dass für viele Urlauber zur Küstenidylle auch ein wettergegerbter, wortkarger Leuchtturmwärter gehört und dass ein automatisierter Turm weitaus weniger Touristen anzieht als einer mit knurrigem Wärter-Original, das launige Führungen durch den Turm anbietet. Was natürlich alles völliger Humbug war. Einen *Tourismusverband Westeuropäische Küste* gab es nicht – dahinter steckten die Wächter. Der dubiose Verband war in sämtlichen Küstenregionen Nord- und Westeuropas aktiv geworden. So war es ihnen gelungen, die Türme, die für das Ereignis infrage kamen, weiterhin mit Wächtern zu besetzen.

Aber für wie lange noch?, dachte Simon. Wenn es nicht bald geschieht, wird es niemals geschehen. Und wir werden nie erfahren, was es bedeutet, frei zu sein …

Sein Tee schmeckte mit einem Mal bitter. Er warf einen letzten Blick auf den Leuchtturm und schickte einen gedachten Gruß an Jan Staberhuk über das Wasser. Dann nahm er seine Zigaretten, das Feuerzeug und die Teetasse, ging ins Haus und schloss die Tür.

Manchmal gelang es Simon, düstere Gedanken zu verscheuchen, indem er sich auf einfache Tätigkeiten konzentrierte. Während er sich der Zubereitung eines späten Abendessens widmete, hellte sich seine finstere Stimmung allmählich auf. Er entkorkte eine Flasche Weißburgunder, schnitt zwei dicke Zwiebeln in Würfel, presste eine Zitrone und hackte ein Bund Dill. Dabei summte er *Yellow Submarine* vor sich hin, gelegentlich nahm er einen Schluck Wein und blickte auf den kleinen Uralt-Fernseher, der auf dem blau lackierten Küchenschrank stand. Die Spätnachrichten liefen – was Simons Stimmung alsbald wieder sinken ließ. In letzter Zeit musste er sich regelrecht überwinden, um sich über die Ereignisse des Tages zu informieren. Das Ausmaß an Barbarei, Ausbeutung, Rücksichtslosigkeit und Intoleranz schien von Tag zu Tag größer zu werden. Und überall Denkfaule, die ihre Denkfaulheit wie ein stolzes Banner vor sich hertrugen, für einfache Antworten auf komplizierte Fragen dankbar waren und bereitwillig jedem Rattenfänger folgten, der ihnen diese Antworten lieferte.

Simon, der zu den wenigen Menschen gehörte, die wussten, warum all dies *tatsächlich* geschah, hörte nach ein paar Minuten nur noch mit halbem Ohr hin. Er goss Olivenöl in eine kleine Pfanne und nahm das Steinbuttfilet, das er heute Nachmittag bei Jens Petersen gekauft hatte, aus dem Kühlschrank – als ihn die Stimme des Nachrichtensprechers aufhorchen ließ.

»... gelang es einem internationalen Archäologenteam, aus den Gewässern vor Alexandria unweit der Stelle, an welcher der legendäre Leuchtturm von Alexandria, eines der antiken Weltwunder, gestanden haben soll, eine siebzig Tonnen schwere Statue aus Granit zu bergen, die ersten Vermutungen nach den ptolemäischen König Ptolemaios I. darstellt.«

Ein erstickter Aufschrei entfuhr Simons Mund. Seine Hand stieß gegen das Weinglas, das klirrend auf den Dielen zersprang; der Steinbutt glitt ihm aus den Fingern und landete mit einem klatschenden Geräusch auf dem Küchenboden. Wie zu einer

Salzsäule erstarrt stand er da, stierte mit weit aufgerissenen Augen auf den Fernseher und sah zu, wie ein riesiger Schiffskran die kolossale Statue aus dem Meer barg.

Ptolemaios I. Die Statue eines Königs! Die Prophezeiung des Sostratos …

»Erwartet ihn zur Stunde, da der König aus der Tiefe steigt«, wisperte Simon mit stockendem Atem. Es fühlte sich an, als wäre eine seit Ewigkeiten verschlossene Tür mit einem Schlag weit aufgestoßen worden. Er fuhr auf dem Absatz herum, schrie: »Jan! Jan! Es geschieht!«, und stürzte aus dem Haus.

Sein Herz schlug bis zum Hals. Es geschieht! Es geschieht wirklich! Es geschieht jeden Moment!, war alles, was er denken konnte, während er zwischen den Dünen hindurch auf die Landspitze zustürmte. Dabei war sein Blick wie gebannt auf den Turm gerichtet. Das Leuchtfeuer blinkte in genau den rhythmischen Abständen, in denen es immer blinkte: einer spezifischen Kennung, über die jeder Leuchtturm verfügt und über die man ihn identifizieren kann. Alles war wie immer. Nichts schien ungewöhnlich, aber …

Würde es hier geschehen? Würde *die Nadel* der Turm der Ankunft sein? Hatte Jan Staberhuk die Nachrichten auch gesehen? Hatte er verstanden, was er gesehen hatte? Jan war ein Wächter – er musste es verstanden haben!

Völlig außer Atem erreichte Simon den Bootsanleger, als er aus dem Augenwinkel heraus eine plötzliche Bewegung in der Dunkelheit wahrnahm. Er warf den Kopf herum, kniff die Augen zusammen und sah, etwa hundert Meter entfernt, eine schattenhafte, kleine Gestalt über den Strand auf das Wasser zulaufen. Ein Kind!, schoss es ihm durch den Kopf. Was um alles in der Welt machte ein kleines Kind um diese Zeit alleine am Strand?

»Komm da weg! Komm vom Wasser weg!«, brüllte er, doch sein Rufen ging unter in einem lauten, Unheil verkündenden Geräusch, das wie aus dem Nichts plötzlich die Luft zerschnitt. Rotoren!

Und dann sah Simon sie: zwei kleine, wendige Hubschrauber. Sie kamen vom Meer her und hielten so entschlossen auf den Leuchtturm zu wie heimtückische Raubinsekten auf ihre Beute.

»Nein! Bitte nicht!«, flehte Simon. **»Nein!«**

Aber da hatten die Helikopter den Turm bereits erreicht. Aus beiden Hubschraubern heraus wurde das Feuer eröffnet. Mündungsblitze, das bösartige Rattern automatischer Waffen – und mit einem lauten Knall barst das Glas der Laterne. Tausende spitzer, glänzender Splitter spritzten durch die Luft und stürzten, einem gläsernen Meteoritenschauer gleich, in die See. Im folgenden Augenblick geschah etwas, das aller Vernunft nach nicht geschehen *konnte*: Der Lichtstrahl des Leuchtturms krümmte sich, beschrieb einen Bogen, fiel landeinwärts, fuhr wie ein Scheinwerferspot über den Strand und die Dünen und über Simons Gesicht. Er fühlte ein kurzes heftiges Glühen in seiner linken Schulter, so als hätte ihm jemand ein heißes Stück Metall auf die Haut gepresst. Simon schrie vor Schmerz laut auf und ging zu Boden.

Als er wieder auf die Füße kam, war das Licht des Turms erloschen. Das Geräusch der Hubschrauberrotoren entfernte sich mit rasender Geschwindigkeit, bis es nicht mehr zu hören war. Eine schreckliche, alles erstickende Stille legte sich über den nächtlichen Strand.

Das Kind! Wo ist das Kind?, fuhr es Simon durch den Kopf und seine Augen suchten hektisch das Ufer ab. Aber die kleine Gestalt war spurlos verschwunden. Hatte er sie sich nur eingebildet? Hatte der Feind sie ihn nur sehen lassen, um ihn zu verwirren? Sein Blick wanderte unruhig zwischen Leuchtturm und Strand hin und her. Unschlüssig darüber, was er tun sollte, zögerte er einen Moment – dann sprang er in das Boot, startete den Motor und steuerte auf die Nadel zu.

»Jan!«, brüllte er und hastete die ausgetretenen Stufen des Turms hinauf.

Als er die Laterne erreichte, bot sich ihm ein Bild des Grauens:

Die Scheinwerferoptik war völlig zerstört, nahezu pulverisiert. Der gesamte Raum war mit scharfkantigen Splittern übersät – ebenso wie der zusammengekrümmte Körper von Jan Staberhuk, der regungslos am Boden lag.

Simon eilte zu dem Schwerverletzten und kniete sich neben ihn. Jan blutete aus mehreren Wunden, seine Augen waren geschlossen, aber als Simon nach seiner Hand griff, riss er plötzlich die Lider auf und versuchte zu sprechen. Simon beugte sich vor und brachte sein Ohr an den Mund des Wächters.

»Der Weiße ... ist gekommen. Endlich ...«, flüsterte Jan Staberhuk mit so leiser Stimme, dass er kaum zu verstehen war. »Habe ihn geführt ... hatte mich fast erreicht ... als sie kamen ...« Er sog mit einem pfeifenden Geräusch Luft ein, sein Gesicht verzog sich vor Schmerz, doch um seine Lippen spielte plötzlich ein schwaches Lächeln. Er drückte Simons Hand fester und blickte ihn beschwörend an. »Er ist verletzt, aber ... er ist hier. Wie es prophezeit war. Endlich habe ich ... verstanden. *Vier wird er sein in dieser Welt.* Ihr müsst ... müsst *die Asyle* finden. Versprich es mir, Simon!«

»Ich verspreche es.« Simons Stimme zitterte und Tränen stiegen ihm in die Augen.

»Alles wird gut ...«, hauchte Jan Staberhuk mit ersterbender Stimme, dann brach sein Blick und sein Kopf fiel zur Seite.

Simon Eckmühl saß die ganze Nacht inmitten der Glassplitter und hielt die Hand seines toten Freundes, während seine Gedanken wieder und wieder um dieselben Fragen kreisten.

Wo ist der weiße Passagier? Wer sind die Asyle?

Als der Morgen dämmerte und die ersten Sonnenstrahlen in die Laterne des Turms fielen, erhob er sich und blickte über das Meer. Gestern Abend hatte er sich Sorgen um ein einzelnes graues Haar gemacht. An diesem Morgen gab es auf seinem Kopf kein Haar mehr, das nicht über Nacht eisgrau geworden war.

– EINS –

Zehn Jahre später
Hamburg, 23. September 2017

Der Boden ist mit Scherben und Splittern übersät. Ich wate durch eine klebrige Lache aus verschütteten Getränken und bewege mich in vorsichtigem Slalom zwischen zerbrochenen Flaschen und zerschlagenen Gläsern hindurch. Halb zwölf! Aus den Boxen dröhnt übelste Elektro-Mucke. Verzweifelt versuche ich, Mareike in der feierwütigen Menge auszumachen. Um elf war ich ein ganz klein wenig beunruhigt, eine Viertelstunde später habe ich begonnen, nervös Ausschau nach ihr zu halten, und spätestens jetzt ist der Zeitpunkt gekommen, um offiziell panisch zu werden. In einer halben Stunde müssen wir zu Hause sein! Doch Mareike ist nirgendwo zu sehen und ich habe keine Ahnung, wie ich sie in diesem Chaos ausfindig machen soll.

Ich wusste von Anfang an, dass es eine Schnapsidee war, hierherzukommen. Aber wie erklärt man das einer besten Freundin, die regelrecht elektrisiert ist, sobald sie Begriffe wie sturmfreie Bude und Megaparty hört – und deren Augen wie zwei Tausend-Watt-Strahler zu leuchten beginnen, wenn diese Worte auch noch aus dem Mund von Sören Radeberg kommen. Von dem ist sie so hingerissen, dass sie vielleicht nicht gerade ihre rechte Hand, aber schon so einiges dafür geben würde, um von ihm auf eine Party eingeladen zu werden. Nicht anders als die meisten meiner Mitschülerinnen. Was ich mir nur mit irgendeiner hoch ansteckenden Form vollkommener Verblendung erklären kann. Ich gehöre nicht zu dem Kreis der Sören-Anbeterinnen. Großkotziges Gehabe, eine affektierte Sprechweise und ein öliges Dauerlächeln sind nicht unbedingt das, was mich vor Verzückung dahinschmelzen lässt. Falls jemanden *meine* Kurzcharakterisierung von Sören Radeberg interessiert: ein selbstverliebter Schwachkopf, der zu viel Zeit vor dem Spiegel verbringt und nur deshalb ständig lächelt, weil er nichts Substanzielles zu sagen hat.

Wobei ich mir sehr sicher bin, dass er nicht mehr lächeln wird, wenn seine Eltern aus dem Urlaub zurückkehren und feststellen, dass ihre vornehme Eppendorfer Villa ein Trümmerfeld ist. Das Wohnzimmer hat die Ausmaße eines Ballsaals und sieht aus, als wäre eine Bombe eingeschlagen: umgestürzte Sessel und Sofas, eine zu Bruch gegangene Porzellanskulptur, ein Scherbenhaufen, der vor ein paar Stunden noch ein Glastisch war. Zwei von Sörens dumpfbackigen Kumpeln haben es mit vereinten Kräften geschafft, den riesigen Flachbildfernseher von der Wand zu reißen, und irgendein Honk hat Energydrinks in das Aquarium mit den tropischen Edelfischen gekippt. Ich kämpfe mich durch einen Pulk grölender Feierbiester. Wenn ich eine grobe Schätzung wagen müsste: Es sind an die zweihundert Leute, die die Villa der Radebergs in Beschlag genommen haben, und ich hege den starken Verdacht, dass ich die einzige nüchterne Person auf dieser Veranstaltung bin. *Die Spaßbremse,* wie Sören so charmant gesagt hat. Letzten Mittwoch, als er uns zu der Party eingeladen hat. Besser gesagt: als er Mareike eingeladen hat …

Mareike Bahlsen ist genau einen Tag jünger als ich. Vor zwei Monaten haben wir zusammen unseren sechzehnten Geburtstag gefeiert. Wir wohnen nur fünf Häuser voneinander entfernt, mögen die gleiche Musik, die gleichen Filme, tragen praktischerweise die gleiche Kleidergröße und sind die Art von Freundinnen, die keine Geheimnisse voreinander hat. Ich kenne niemanden, der so schlagfertig ist wie sie. Mareike ist unfassbar schnell im Kopf, saugt jeden Lernstoff mühelos auf und ist normalerweise mit einem äußerst gesunden Selbstbewusstsein ausgestattet. Umso erschreckender ist die völlig unerklärliche Verwandlung, die jedes Mal mit ihr vorgeht, wenn Sören Radeberg auch nur am Horizont auftaucht. Als er auf dem Schulhof mit seinem Sören-Lächeln auf uns zusteuerte, Mareike erzählte, dass seine Eltern für zwei Wochen nach Malta fliegen und er in ihrer Abwesenheit eine Riesenparty zu schmeißen beabsichtigt (er sagte tatsächlich: »Ich *beabsichtige*, eine Party zu schmeißen«), da sah sie plötzlich aus, als würde sie ohnmächtig werden. Im Bruchteil einer Sekunde verwandelte sie sich von einer überdurchschnittlich intelligenten Sechzehnjährigen in ein errötendes, unsicheres Etwas, hauchte: »Wow! Klar komme ich. Total gerne!«, und begann zu kichern wie eine Zehnjährige, die am Eierlikör genippt hat.

»Dann bis Samstag! Wird unter Garantie ziemlich abgefahren.« Sören zwinkerte ihr vieldeutig zu (ein herzliches »*Würg!*«) und drehte wieder in Richtung seiner Kumpel ab.

»Ähm … Rebecca ist doch auch eingeladen, oder?«, wisperte Mareike schüchtern und warf mir einen flehenden *Bitte, bitte, du musst auf jeden Fall mit mir da hinkommen*-Blick zu, obwohl ihr klar sein musste, dass ich lieber eine Woche in einem Labor für biologische Kampfstoffe verbringen würde.

Sören Radeberg drehte sich um und verzog das Gesicht. »Wenn es sein muss. Von mir aus.« Er musterte mich von oben bis unten und warf mir einen scheelen Blick zu. »Vielleicht versucht du ausnahmsweise mal, keine Spaßbremse zu sein.«

Unter lautem Gekreische wird in der Mitte des verwüsteten Wohnzimmers ein spontan improvisierter Wet-T-Shirt-Contest eingeleitet. Warum um alles in der Welt habe ich mich dazu breitschlagen lassen, zu dieser bescheuerten Party mitzukommen?, frage ich mich zum hundertsten Mal an diesem Abend. Dabei kenne ich die Antwort natürlich: weil Mareike meine beste Freundin ist. Ihre Eltern sind Anhänger eines, sagen wir mal, eher konservativen Erziehungsstils. Und nachdem Mareike bei unserer gemeinsamen Geburtstagsfeier ein wenig über die Stränge geschlagen war, hätten sie sie unter Garantie nicht alleine zu der Sören-Party gehen lassen. Doch als sie mich als Anstands-

Wauwau präsentiert hat, waren Herr und Frau Bahlsen halbwegs beruhigt. Sie halten mich für die Vernünftigere von uns beiden – womit sie nicht ganz unrecht haben.

Auf jeden Fall ist klar, dass ich dafür verantwortlich bin, dass Mareike heute pünktlich zu Hause erscheint. Und jetzt lässt sie mich hängen und setzt sich einfach ab! Wenn wir zu spät kommen, bedeutet das für uns beide ernsthafte Unannehmlichkeiten, wenn auch unterschiedlicher Art: Mareikes Vater (er ist Anwalt für Schifffahrtsrecht) neigt zu cholerischen Ausbrüchen und der Verhängung drakonischer Hausarreste. Ich hingegen darf mir zu Hause eine der endlosen *Wir sind so schrecklich enttäuscht von dir*-Predigten von Lothar und Karin anhören. Man kann geteilter Meinung darüber sein, was schlimmer ist.

Ich schiebe mich weiter durch die feiernde Meute. Bis zehn Uhr hat sich alles noch halbwegs im Rahmen bewegt, aber dann ist von irgendwoher ein größerer Vorrat an Wodkaflaschen aufgetaucht und von da an begann die Sache völlig aus dem Ruder zu laufen.

»Hey, Rebecca! Wie sieht's aus, Miss McNerdy? Zur Feier des Tages vielleicht auch mal 'n Schluck?« Chris Holstein, einer von Sörens hohlköpfigen Freunden, kommt mit einer Flasche in der Hand auf mich zugestolpert.

»Hast du Mareike gesehen?«, frage ich.

»Häh?« Er glotzt mich begriffsstutzig an.

»Weißt du, wo Mareike ist?«

»Nö, keine Ahnung.« Chris nimmt einen tiefen Schluck, erspäht am anderen Ende des Raums einen Bekannten, brüllt »Hey, Stevie, du alte Pottsau!« und torkelt davon.

Natürlich verfügt diese Luxusimmobilie auch über eine Eingangshalle. Hier ist es noch voller als im Wohnzimmer. Nur unter massivem Ellenbogeneinsatz schaffe ich es, mich voranzukämpfen, und stolpere beinah über drei Gestalten, die im Kreis auf dem Boden sitzen und durch lange Strohhalme irgendwas Ekliges aus einem Eimer schlürfen. Vor dem zwei Meter hohen antiken Wandspiegel stehen zwei arg verschwitzt aussehende Mädels und erneuern ihr Make-up.

Ich bin ganz eindeutig underdressed. Ich trage das, was ich am liebsten trage: Chucks, schwarze Jeans, T-Shirt und Jeansjacke. Die meisten der weiblichen Partygäste haben sich dagegen aufgebrezelt, als wollten sie für den *Bachelor* gecastet werden. Cocktailkleid, verlängerte Wimpern, schicke Sandälchen und kunstvoll gebastelte Frisuren. Eines der beiden Schminkmädels bedenkt mich mit einem abschätzigen Blick.

Was willst du denn, du gefärbtes Nüsschen?, denke ich. Vielleicht habe ich heute keine drei Stunden beim Friseur verbracht, aber dafür ist mein Blond wenigstens echt.

Auf der breiten Treppe, die in die obere Etage führt, steht ein reichlich angeschickerter Typ und führt die Flugkünste einer Drohne vor. Keine Spur von Mareike. Als letzte Hoffnung bleibt nur noch das Obergeschoss. Während ich die Stufen hinaufsteige, höre ich, wie die Drohne abschmiert und in den Spiegel kracht. Lautes Gejohle. Irgendein Blödi klatscht Beifall.

»Hallo, du süßer Wackelpudding. Komm doch mal löffelweise rübergeschwabbelt«, empfängt mich ein Kerl mit glasigen Augen oben an der Treppe und greift nach meinem Arm. Ich drohe ihm, dass sein Unterleib in einer Sekunde Bekanntschaft mit meinem Knie macht, und gebrauche dabei ebenfalls das Wort Wackelpudding. Das wirkt. Mit verdattertem Gesichtsausdruck wankt er von dannen.

Oben ist es auch nicht bedeutend schöner als unten. Irgendwelche Witzbolde haben die Badezimmertür ausgehängt. Ein Mädchen in einem pinkfarbenen Kleid kniet vor der Toilettenschüssel und gibt würgende Geräusche von sich. Am Ende des Korridors steht eine Tür einen Spalt weit auf. Das Schlafzimmer von Sörens Eltern. Eine schwere, süßliche Rauchwolke wabert mir entgegen. Auf dem Bett hocken zwei Jungs und zwei Mädchen und starren die Wand nieder.

»Hat jemand von euch Mareike Bahlsen gesehen?«

In Zeitlupentempo hebt eines der Mädchen, eine Brünette mit Flechtfrisur, den Kopf, blickt mich unter verhangenen Lidern an und nuschelt: »Mareike? So 'ne süße Rothaarige im schwarzen Kleidchen? Jede Menge Sommersprossen?«

»Ja. Das ist sie.«

»War vorhin kurz hier. Mit Sören. War ziemlich neben der Spur. Hatte ganz schön getankt. Mann, Alkohol ist so 'ne Scheißdroge.«

»Wo ist sie hin?«, frage ich, während mich ein ausgesprochen ungutes Gefühl beschleicht.

»Glaube, Sören wollte ihr den Garten zeigen«, sagt die Flechtfrisur, blickt wieder zur Wand und murmelt: »Wow, ist das bunt hier!«

Aber da bin ich schon draußen, renne durch den Korridor und stürme die Treppe hinab. Im Wohnzimmer hat die Stimmung ihren vorläufigen Höhepunkt erreicht. Lasse Reusward aus der Elften schwingt, am Kronleuchter hängend, durch den Raum und stößt dabei markerschütternde Tarzan-Schreie aus, angefeuert vom rhythmischen Klatschen sämtlicher noch zum Klatschen fähigen Partygäste.

Ich schiebe die schwere Glastür zur Terrasse auf und schlüpfe ins Freie. Der Garten der Radebergs ist in etwa so groß wie ein Fußballfeld und erstreckt sich bis zur Alster hin. Eine penibel gepflegte Rasenfläche, Trauerweiden mit tief hängenden Ästen, eine geschmacklose Amor-Statue und, direkt am Wasser, ein kleiner Gartenpavillon.

Ich haste die Stufen der Terrasse hinab – und in diesem Moment passiert es.

Ohne jede Vorwarnung.

Ein plötzlicher stechender Schmerz hinter meiner linken Schläfe, so heftig, dass es mir für einen Moment den Atem nimmt. Und dann: Glocken! Ich höre Glockengeläut ... und einen leisen, undeutlichen Singsang. Zehn Sekunden lang. Vielleicht auch nur fünf – ich kann es unmöglich sagen. Dann verstummen Glocken und Gesang abrupt. Zurück bleibt ein durchdringendes Rauschen in meinen Ohren. Ich stehe wie angewurzelt da. Mein Mund fühlt sich staubtrocken an, mir ist schwindelig und ich muss mich an einem Baumstamm abstützen. Was war das? Was um alles in der Welt war das?

»Alles in Ordnung?«, ertönt eine Stimme und ich blicke erschrocken auf.

Ein Junge mit braunen, verstrubbelten Haaren und dunklen Augen, der mich besorgt betrachtet. Auf seiner linken Wange zeichnet sich eine kleine sichelförmige Narbe ab. Keiner von Sörens Kumpeln, das wird beim ersten Blick klar. Sörens Clique bevorzugt Markenklamotten. Der Junge vor mir trägt eine verschlissene Bootsjacke, ausgetretene Chucks und abgewetzte Jeans.

»Du siehst nicht gut aus«, befindet er unbeschönigend ehrlich. »Kann ich was für dich tun?«

»Würdest du … würdest du mir vielleicht ein Glas Wasser holen?«, sage ich und schnappe nach Luft.

Er fährt herum und flitzt über die Terrasse ins Haus, während ich mich noch immer frage, was mir gerade widerfahren ist. Was waren das für Glocken? Warum höre ich Glocken in meinem Kopf?

In Rekordzeit ist der Junge zurück und reicht mir ein Glas Wasser, das ich in einem hastigen Zug leere.

»Geht es wieder?«, fragt er.

Ich fahre mir mit dem Arm über die Stirn und atme tief durch. »Ja. Danke, äh …?«

»Finn«, sagt er lächelnd. »Ich heiße Finn Westerbeek. Ist ein ziemliches Idiotenfestival hier, was?«

»Kann man so sagen. Und ich sollte längst auf dem Weg nach Hause sein. Aber ich suche meine Freundin. Du hast sie nicht zufällig gesehen? Sie hat rote Haare und –«

»Sie ist mit so einem Schnöselhörnchen da drin verschwunden.« Er deutet auf den kleinen Holzpavillon am Alsterufer.

»Oh«, sage ich verdutzt. »Ja, dann … dann sollte ich wohl … Vielen Dank noch mal. Für das Wasser.«

»Keine Ursache. War schön, dich kennenzulernen, Rebecca.«

Ich gebe das Glas zurück, nicke ihm zum Abschied zu und renne schon in Richtung Pavillon, als in meinem Gehirn eine Fehlermeldung aufpoppt: *War schön, dich kennenzulernen, Rebecca?* Woher kennt er meinen Namen? Ich stoppe in vollem Lauf und drehe mich um, aber Finn ist nicht mehr zu sehen. Wie von der Dunkelheit verschluckt. Ich frage mich, wohin er so plötzlich verschwunden ist. Da schwebt ein kieksiges Kichern durch den Garten. Mareike!

Die Tür des Pavillons steht offen. Im Flackern eines Windlichtes erkenne ich zwei Gestalten, die auf einem breiten Korbsofa rumrutschen.

»Mareike! Wir müssen los!«

Die beiden fahren auseinander, Sören springt auf und funkelt mich wütend an. »Was willst du hier? Siehst du nicht, dass du störst?«

Ich schiebe ihn zur Seite und greife nach Mareikes Arm. Ihre Augen stehen auf halb acht. »Warum 'n jedds schonn? Will noch nich'!«, lallt sie, wehrt sich aber nicht, als ich sie an die Hand nehme und aus dem Pavillon ziehe.

»Du hörst doch, was deine Freundin sagt!« Sören stellt sich mir in den Weg und lächelt überheblich. »Sie will noch nicht gehen!«

»Sie weiß doch überhaupt nicht mehr, was sie will, du Hilfshirn. Dafür hast du ja charmanterweise gesorgt, indem du sie total abgefüllt hast.« Ich deute auf die leere Flasche, die unter dem Sofa hin und her rollt. »Was bist du denn für ein armer Ersatzgigolo? Ich hätte große Lust, dir die Flasche über den Schädel zu ziehen!«

»Jetzt krieg dich mal ganz schnell wieder ein, Rebecca!«, zischt er und wirft mir einen drohenden Blick zu. »Sonst –«

»Sonst was?«, entgegne ich, recke den Kopf angriffslustig vor und füge in beiläufigem Ton hinzu: »Übrigens … vielleicht interessiert es dich, dass deine Eltern vorzeitig aus dem Urlaub zurück sind und dich suchen. Sie sahen irgendwie so aus, als hätten sie dringenden Gesprächsbedarf.«

»Was?« Sören wird grün im Gesicht. Im gleichen Moment schafft es irgendeiner der Schwachmaten, im Haus einen Rauchmelder auszulösen, was augenblicklich ein Sprinklersystem in Gang setzt. »Oh … Scheiße!«, entfährt es Sören und er stolpert in Richtung der Terrasse davon.

Mareike trottet mit dem Gesichtsausdruck eines willenlosen Zombies neben mir über den Leinpfad und hat schwere Steuerbord-Schlagseite. Zehn vor zwölf. Von der Radeberg'schen Villa bis zur Heilwigstraße sind es genau zehn Minuten Fußweg. Unter normalen Umständen würde ich es pünktlich schaffen. Aber unglücklicherweise habe ich eine vor sich hin lallende beste Freundin untergehakt, der alle fünf Meter die Beine wegknicken.

Auf dem Weg über den Leinpfad begegnet uns dankenswerterweise kein Mensch und als wir in die Heilwigstraße einbiegen, atme ich erleichtert auf: nur noch ein paar Schritte bis zu Mareikes Zuhause. Doch kaum haben wir das Grundstück erreicht, murmelt sie: »Mir iss schlecht«, reißt sich von meiner Hand los und übergibt sich schwungvoll in den elterlichen Vorgarten.

Während sie rauslässt, was rausmuss, halte ich ihr die Haare aus dem Gesicht und passe auf, dass sie nicht kopfüber in die Hecke kippt. Da bemerke ich, ein Stück hinter uns, ein Paar, das im Licht einer Laterne steht. Ein Liebespaar, denke ich im ersten Augenblick, aber dann wird mir klar, dass die beiden uns beobachten. Reglos wie zwei Gipsstatuen stehen sie da und starren zu uns hinüber. Ein mulmiges Gefühl überkommt mich: Das Pärchen sieht nicht gerade nach alteingesessenem Eppendorfer Adel aus. Die Frau hat langes dunkles Haar, trägt ein luftiges Kleidchen und dazu schwere, geschnürte Stiefel. Der Mann ist einen Kopf kleiner als sie, verfügt über die gedrungene Statur eines Kirmesboxers und steckt in einem Anzug, der aussieht, als könnte er ihm jeden Moment vom Leib platzen.

Meiner Freundin ist schlecht. Was gibt es da zu glotzen?, denke ich. Geht weiter! Verzieht euch!

»Glaub, es iss alles raus«, keucht Mareike in diesem Moment, richtet sich auf und wischt sich mit der Hand über den Mund. »Danke. Fürs Haarehalten und so …«

»Keine Ursache«, seufze ich und als ich wieder aufschaue, ist das merkwürdige Paar verschwunden. Wie weggebeamt. Von einer Sekunde auf die andere. So wie vorhin Finn, der Junge im Garten der Radebergs. Als wären sie nie da gewesen. Ungläubig blicke ich zu der Laterne, um die nur noch eine verirrte Motte schwirrt.

»Wassn los, Becca?«, nuschelt Mareike.

»Nichts. Ich dachte gerade, da wäre … Egal. Wir müssen dich jetzt irgendwie ungesehen ins Haus kriegen.« Ich ziehe mein Smartphone aus der Jeansjacke, sage: »Benjamin Bahlsen«, und die Verbindung wird aufgebaut.

»Was willst du, Rebecca?«, meldet sich Mareikes großer Bruder genervt.

»Hör zu, Benny! Mareike und ich stehen unten vor dem Haus. Sie hat ein bisschen … sie ist sturzbetrunken.«

»Na super«, mault er.

»Schaffst du es, sie an euren Eltern vorbeizuschleusen?«

»Ich komme runter«, stöhnt Benny resigniert.

Dreißig Sekunden später nimmt er seine Schwester an der Tür in Empfang. Als kurz darauf das Licht in Mareikes Zimmer angeht, atme ich erleichtert auf. Mission erfolgreich abgeschlossen!

Für die wenigen Meter bis nach Hause lasse ich mir dann reichlich Zeit. Ob ich mich um fünfzehn oder um fünfundzwanzig Minuten verspäte, spielt keine Rolle. So oder so steht mir eine nervtötende Ansprache von Lothar und Karin bevor. Während ich an hohen Hecken und gepflegten Kieseinfahrten vorbeispaziere und mich innerlich für den anstehenden Vortrag über Vereinbarungen und Verlässlichkeit wappne, spüre ich plötzlich ein Ziehen hinter meinen Schläfen – und es geschieht erneut: das Gefühl, als würde ich keine Luft bekommen und dann … keine Glocken, sondern eine leise, eindringlich flüsternde Stimme in meinem Kopf: *»Wo bin ich Fremdling? Im Schatten des Todes. Auf welchem Wege gehe ich? Den Weg des Irrtums. Und welchen Trost habe ich?«*

»Stopp!«, schreit eine zweite Stimme dazwischen. *»So kann ich nicht arbeiten! Ist der Kerl am Licht besoffen? Das ist doch alles völlig unprofessionell hier!«*

Und – Ruhe. Als wäre eine Telefonverbindung gekappt worden. Ein kurzes, heftiges Schwindelgefühl, ein hohes Fiepen in meinem rechten Ohr. Schwer atmend lasse ich mich auf ein niedriges Mäuerchen sinken, hocke bewegungslos da und starre ins Leere. Erst Glocken. Und jetzt auch noch Stimmen. Was passiert mit mir? Ich fühle mich wie nach einem Systemabsturz. War das ein Anfall? Vielleicht das erste Anzeichen einer Epilepsie?, schießt es mir durch den Kopf und mein Magen krampft sich vor Angst zusammen. Für den Bruchteil einer Sekunde denke ich sogar daran, mich Lothar und Karin zu offenbaren. Aber schon im nächsten Moment verwerfe ich den Gedanken wieder. Wenn ich ihnen erzähle, dass ich Glocken und Stimmen in meinem Kopf höre, ist das Erste, was ihnen einfällt, mich zu einem Drogentest zu schleifen und … Ich stutze. Vielleicht lägen sie mit ihrem Verdacht gar nicht mal so verkehrt. Ich nehme keine Drogen, aber vorhin auf der Party sind dichte Rauchschwaden durchs Haus gezogen und einige davon rochen ziemlich illegal. Wer das Atmen nicht vollständig eingestellt hatte, konnte es überhaupt nicht vermeiden, etwas davon abzubekommen. Was zunächst mal eine Schweinerei ist – ich habe schließlich nicht darum gebeten, stoned zu werden –, aber es wäre zumindest eine halbwegs plausible Erklärung dafür, warum ich auf einmal Stimmen höre.

»*Wo bin ich Fremdling?*« »*Ist der Kerl am Licht besoffen?*« Völlig wirrer und unzusammenhängender Schwachsinn. Ich muss ganz schön was von dem Zeug abgekriegt haben. Trotzdem ist der Gedanke beinah beruhigend, denn er bedeutet, dass diese Stimmen auch wieder verstummen werden. Sobald die Wirkung nachlässt.

Meine Knie zittern zwar noch immer ein wenig, als ich mich erhebe, aber ich bin mir so gut wie sicher: Es müssen die Rauchschwaden gewesen sein. Ich habe keine Epilepsie, ich habe nur ein paarmal zu tief eingeatmet! Und wenn ich mich erst mal ausgeschlafen habe, wird es keine Stimmen mehr geben. Und auch keine Glocken. Kein Grund, panisch zu werden, Rebecca. Alles kommt wieder in Ordnung.

Ich darf mir jetzt nur nichts anmerken lassen, damit Lothar und Karin nicht Lunte riechen …

Terhoeven steht in verschnörkelter Schrift auf dem überdimensionalen, beleuchteten Klingelschild neben der Haustür. Wogegen nichts zu sagen ist, denn so lautet der Name meine Eltern nun mal. Genauer gesagt: meiner Pflegeeltern. Lothar und Karin Terhoeven. Blöd nur, dass mein Name nicht an der Klingel steht. Obwohl ich seit zehn Jahren hier lebe. Ich heiße Quist. Rebecca Quist.

Ich öffne die Tür und schlüpfe so leise wie möglich ins Haus. Wir haben keine Eingangshalle, ansonsten sieht es aber nicht bedeutend weniger nobel aus als bei Familie Radeberg. Ein schmaler Lichtstreifen fällt aus dem Wohnzimmer in den Flur. Und egal wie leise ich bin, Karin hat Ohren wie ein Luchs.

»Rebecca, kommst du bitte mal?«, ertönt ihre Stimme, bei der man unwillkürlich an eine ungeölte Türangel denken muss.

Ich puste einmal kräftig durch und trete ein. Und wie jedes Mal habe ich das Gefühl, plötzlich auf einer Bühne zu stehen. Oder in einem Museum für moderne Kunst. Alles im Wohnzimmer ist in Schwarz und Weiß gehalten: schachbrettmusterartig angeordnete Bodenfliesen, eine ausladende weiße Ledercouch, schwarz glänzende moderne Skulpturen, eine mannshohe weiße Vase neben der Terrassentür. An der gegenüberliegenden Wand hängen zwei riesige Ölgemälde. Eines ist vollkommen weiß, abgesehen von einer dünnen schwarzen Schlängellinie, die sich quer über das Bild zieht. Das andere ist nachtschwarz, bis auf eine Stelle am linken oberen Rand, wo ein paar weiße Farbsprengsel zu erkennen sind. Karin ist Galeristin und die Gemälde stammen von einem isländischen Maler, dessen Werk sie vor drei Jahren ausgestellt hat.

Meine Pflegeeltern fügen sich nahtlos in das Gesamtkunstwerk Wohnzimmer ein. Ganz in Schwarz gekleidet sitzen sie auf der weißen Couch, haben die Beine übereinandergeschlagen und sehen aus, als wollten sie eine Kultursendung im Spätprogramm moderieren. Auf dem Glastisch vor ihnen stehen eine geöffnete Flasche Rotwein und zwei Gläser. Aus den Lautsprechern des Soundsystems erklingt leise Klaviermusik: *Bilder einer Ausstellung* von Mussorgski.

»Ich bin mir sicher, dass es einen nachvollziehbaren Grund für deine Verspätung gibt«, sagt Karin und betrachtet mich hinter den Gläsern ihrer schwarz geränderten Brille mit einem Blick, der gleichzeitig Besorgnis und Verärgerung ausdrückt und den sie über viele Jahre hinweg perfektioniert hat. »Wärst du so freundlich, uns diesen Grund mitzuteilen?«

Eher beiße ich mir die Zunge ab, als dass ich Mareike in die Pfanne haue. »Es gibt keinen Grund. Ich habe nur die Zeit vergessen. Entschuldigt bitte. Es tut mir leid.«

Karin zieht die Brauen hoch, bis sie beinah unter ihrem gerade geschnittenen Pony verschwinden. »Wir sind sehr von dir enttäuscht, Rebecca. Ist dir klar, dass wir uns wahnsinnige Sorgen gemacht haben?«

Ich blicke zu Boden und denke: Oh, ja. Wie es scheint, seid ihr regelrecht verrückt geworden vor Sorge. Auf die kultivierte Art. Mit Rotwein und Klaviermusik.

Lothar tätschelt beschwichtigend Karins Hand. Er ist ein schwer angesagter Schönheitschirurg mit Marmorboden-Praxis und internationaler Patientenkartei. Viele seiner Arbeiten kann man in Boulevardmagazinen und bei diversen Charity-Events bestaunen. Lothar gibt bei diesen Gesprächen immer den guten Cop und jetzt kommt sein Einsatz. Er räuspert sich bedeutungsschwer und sagt in neutralem Tonfall: »Wir haben doch schon mehrmals darüber gesprochen, Rebecca: Soziale Systeme funktionieren nur, wenn sich alle ihre Mitglieder an gemeinsam getroffene Vereinbarungen halten. Wir erfüllen unseren Teil der Vereinbarung und wir erwarten, dass du deinen Teil erfüllst. Ist das zu viel verlangt?« Er verschränkt die Arme und lehnt sich in die Ledercouch zurück, während mich seine habichtartigen Augen fragend anblicken.

Herrgott, denke ich. In den zehn Jahren, in denen ich bei euch lebe, bin ich vielleicht fünfmal zu spät gewesen. Und ihr macht deswegen jedes Mal ein Riesenfass auf. Aber weil ich weiß, wie die Dinge hier laufen, sage ich nur: »Es wird nicht wieder vorkommen«, und lege den schuldbewussten Blick auf, den Lothar und Karin an dieser Stelle von mir erwarten.

Ich nenne sie immer Lothar und Karin. Papa oder Mama kommt mir auch nach zehn Jahren nicht über die Lippen. Und wäre auch falsch. Zum einen, weil sie nicht meine leiblichen Eltern sind, und zum anderen, weil sie einfach kein Vater und keine Mutter sind. Lothar und Karin sind verantwortungsbewusste Erziehungsbeauftragte mit einer erzieherischen Leitlinie und einem pädagogischen Konzept. Was etwas völlig anderes ist, als Eltern zu sein.

Lothars feingliedrige Chirurgenhände fahren über sein kurz geschnittenes Haar. »Rebecca, es geht hier um Vertrauen. Wir haben dir einen Vertrauensvorschuss gewährt, indem wir dich zu dieser Party gehen ließen. Und du missbrauchst diesen Vorschuss an Vertrauen, indem du zu spät kommst. Wir haben doch eine klare Verabredung bezüglich deiner Ausgangszeiten.«

»Noch einmal: Entschuldigung«, sage ich. »Kann ich jetzt bitte schlafen gehen? Ich bin todmüde.«

Meine Pflegemutter beugt sich vor und rümpft die Nase. »Du riechst nach Rauch und nach … Alkohol! Hast du etwa getrunken? Du bist erst sechzehn Jahre, Rebecca!«

»Ich habe nichts getrunken. Irgendwer hat mir was über die Jacke gekippt.«

Karin kneift die Lippen zusammen und mustert mich misstrauisch. »Hauch mich bitte an, Rebecca!«

»Ich *habe* nichts getrunken!«

»Hauch mich an. Sofort!« Sie winkt mich mit dem Zeigefinger zu sich heran.

»Geht's noch eine Nummer demütigender?« Ich rolle mit den Augen, trotte aber zu ihr hinüber und tue, was sie verlangt.

»Hmm … Wie es scheint, sagst du die Wahrheit«, befindet sie nach einer Kurzanalyse meines Atems.

Ich spüre, wie meine Halsschlagader zu pochen beginnt. »Vielleicht könntet ihr mir zur Abwechslung ja mal wirklich vertrauen, statt es nur ständig zu behaupten!«, entfährt es mir, dummerweise etwas lauter als beabsichtigt.

»Es gibt keinen Grund, die Stimme zu erheben, Rebecca«, befindet Lothar mit tadelndem Unterton. »Willst du Karin etwa vorwerfen, dass sie ihrer Verantwortung nachkommt? Bevor man Vertrauen einfordert, muss man es sich erst einmal erarbeiten.«

»Ja. Schön. Kann ich jetzt endlich schlafen gehen?« Ich bin im Begriff, mich zur Tür umzudrehen, als wieder etwas vollkommen Unglaubliches geschieht: Im Wohnzimmer breitet sich plötzlich ein strahlend blaues Licht aus. Wie paralysiert starre ich auf die Boxen des Soundsystems, unfähig zu glauben, was ich sehe. Die Töne des Klavierkonzertes ergießen sich aus den Boxen wie Bäche aus blauem, schimmernden Licht, fließen ineinander, teilen sich wieder … Hohe Töne steigen als hellblau blinkende Sternchen zur Decke, dunkle Töne sinken als schwere, dunkelblaue Tropfen zu Boden …

Das gibt es nicht! Das darf nicht wahr sein! Ich kann die Musik *sehen!* Das Blau geht in ein zartes Violett über und …

»Rebecca! Hast du gehört, was ich gesagt habe?«, dringt Karins knarzige Stimme zu mir durch. Schlagartig ist das Licht verschwunden.

»Ich … was?« Verwirrt blicke ich zu ihr.

»Ich habe gesagt, dass du zu Bett gehen kannst. Aber diese Diskussion ist noch nicht beendet. Wir werden unser Gespräch morgen fortsetzen.«

»Ja. Gute Nacht«, sage ich abwesend, gehe zur Tür und blicke noch einmal zu den Boxen. Aber die Töne sind wieder unsichtbar.

Wie in Trance steige ich die Treppe hoch, schließe die Tür meines Zimmers hinter mir und lasse mich aufs Bett fallen. Glocken. Stimmen. Musik, die als Licht durch den Raum schwebt … Fehlt nur noch eine Marienerscheinung. Und dann die seltsame Geschichte auf der Party. Mit diesem Jungen – Finn. Woher kennt er meinen Namen? Ich habe meinen Namen nicht genannt. Oder habe ich ihn vielleicht doch erwähnt … und kann mich nicht mehr daran erinnern? Was immer ich da eingeatmet habe, das Zeug ist heftig! Ich trete vor den Spiegel und überprüfe, ob meine Pupillen unnatürlich geweitet sind. Aber sie sehen, soweit ich das beurteilen kann, nicht anders aus als sonst.

Wie auch immer … Morgen früh ist es vorbei, beruhige ich mich. Du musst dich nur ausschlafen. Morgen ist alles wieder normal. Ganz bestimmt!

Und zu meiner allergrößten Erleichterung behalte ich recht. Nachdem ich bis in den späten Vormittag hinein geschlafen habe, erwache ich völlig ausgeruht, ohne Stimmen oder Lichter. So ganz traue ich der Ruhe zwar noch nicht, doch obwohl ich während der folgenden Stunden ständig in mich hineinhorche, in der Befürchtung, plötzlich doch wieder etwas Merkwürdiges zu sehen oder zu hören, geschieht nichts dergleichen. Keine Glocken, kein »*Wo bin ich Fremdling?*«, kein »*Ist der Kerl am Licht besoffen?*«. Ganz allmählich lässt meine Anspannung nach. Wie es aussieht, lag ich mit meiner *Nur zu tief eingeatmet*-Theorie richtig. Und jetzt hat mein Körper dieses Zeug offenbar so weit abgebaut, dass es sich nicht mehr bemerkbar macht. Alles gut, sage ich mir. Alles wieder in Ordnung.

Nachmittags bereite ich ein Geschichtsreferat über die Weimarer Republik vor, das ich am Mittwoch halten muss. Ich bin so auf meine Arbeit konzentriert, dass ich alles andere ausblende, und als Karin mich kurz vor sieben zum Abendessen ruft, habe ich die merkwürdigen Stimmen schon wieder so gut wie vergessen.

Die Vorstellung, dass sich eine Familie zu einem Essen zusammenfindet, bei dem fröhlich durcheinandergeredet, gelacht und gescherzt und sich manchmal auch gestritten wird, finde ich ganz wunderbar. Das gemeinsame sonntägliche Abendessen in unserer Familie gleicht allerdings eher dem Arbeitsessen eines Organisationskomitees. Unter Karins Federführung wird die kommende Woche perfekt durchorganisiert, ein Einkaufs- und Speiseplan erstellt, Termine gemacht und aufeinander abgestimmt, und jedes Familienmitglied an seine anstehenden Aufgaben erinnert. Ein Wunder, dass nicht auch noch ein Sitzungsprotokoll geführt wird.

Diesmal steht natürlich mein gestriges Fehlverhalten ganz oben auf der Tagesordnung, was bedeutet, dass ich mir noch einmal einen Vortrag über Vertrauen und Verlässlichkeit anhören darf. Erst nachdem ich mich mehrfach entschuldigt, Einsicht geheuchelt und künftige Besserung gelobt habe, wird mir Absolution erteilt.

»Ich bin nach wie vor sehr enttäuscht, Rebecca. Aber ich bin bereit, deinen Worten noch einmal Glauben zu schenken, und hoffe, dass du unser Vertrauen in Zukunft nicht erneut missbrauchst«, sagt Karin gnädig und Lothar nickt zustimmend. Zustimmend zu nicken ist das, was er in seiner Ehe am häufigsten tut.

Zufrieden, wieder einmal einen Konflikt in unserem sozialen System gelöst zu haben, lächeln mich meine Pflegeeltern über ihre Teller mit Ratatouille hinweg an. In kurzen Lächel-Momenten wie diesem fühlt es sich fast so an, als wären wir wirklich etwas Ähnliches wie eine richtige Familie, und ich habe mal wieder das fiese Gefühl, den beiden unrecht zu tun. Ich bin, wie ich bin, und sie sind, wie sie sind – und irgendwie passt das eben nicht zusammen. Wir sind wie Musikinstrumente mit unterschiedlich hoch gestimmten Saiten. Aber kann ich ihnen das zum Vorwurf machen?

Meine Eltern sind gestorben, als ich sechs Jahre alt war, und kurz darauf bin ich zu Lothar und Karin in Dauerpflege gekommen, wie das im Jugendamtsdeutsch heißt. Es bedeutet, dass sie bis zu meiner Volljährigkeit an Eltern statt für mich verantwortlich sind. Und rein objektiv betrachtet gibt es wenig, über das ich mich beschweren könnte. Ich weiß, dass andere Kinder, die ihre Eltern verloren haben, in einer weitaus weniger privilegierten Situation aufwachsen und nur zu gerne mit mir tauschen würden: Der Terhoeven-Haushalt kennt keine finanziellen Probleme, meine Pflegeeltern machen mit mir Fernreisen und ermöglichen mir kostspielige Urlaube, sie kümmern sich um meine Bildung, bezahlen meine Klavierstunden, fahren mich zum Hockey-Training und kommen zu meinen Schulaufführungen. Und das Wichtigste: Ich werde weder eingesperrt noch angeschrien. Bei uns werden Dinge erörtert und ausdiskutiert. Lothar und Karin ermuntern mich, meine Meinung zu äußern und Vorschläge zu machen. Die Entscheidungen, die anschließend getroffen werden, sind dann zwar eher in ihrem Sinne, aber ich kann wirklich nicht meckern. In der Familie Terhoeven/Quist wird Wert auf Höflichkeit und einen respektvollen Umgang im Miteinander gelegt – und doch fühle ich mich, als wäre ich auf einem fremden Planeten notgelandet.

In Mareikes Familie geht es ganz anders zu. Ihr Vater kann brüllen, dass die Wände wackeln, und wenn Benny Mareike angiftet, weil sie sich mal wieder einen seiner Pullis ausgeliehen hat, sollte man besser in Deckung gehen. Bei den Bahlsens wird lautstark gestritten, geschimpft und gelegentlich mit der Faust auf den Tisch geschlagen. Aber es wird auch getröstet, bemuttert, bevatert, in den Arm genommen, sich umarmt und geherzt. Bei uns schlägt niemand mit der Faust auf den Tisch. Es herzt sich aber auch niemand. Nie. Wir treffen Vereinbarungen und Absprachen und organisieren ein möglichst reibungsloses Zusammenleben. Wir sind keine Familie. Wir sind ein *soziales System.*

Und nachdem dieses soziale System das Dessert hinter sich gebracht hat, geht es an die Organisation und Terminplanung der kommenden Tage.

»Ich habe mit der Musikschule telefoniert und deine Klavierstunde von Montag auf Donnerstag verlegt. Damit du bei der Eröffnung dabei sein kannst«, teilt Karin mir mit.

»Eröffnung?«, frage ich ziemlich ratlos.

Ihre Stimme bekommt einen beleidigten Unterton. »Sag mir nicht, du hast es vergessen, Rebecca! Die Ausstellung von Cami Vilaró? In der Galerie? Morgen Abend ist die Vernissage.«

»Oh … oh, ja … natürlich«, murmele ich.

»Und ich würde es sehr zu schätzen wissen«, sagt Karin nach einem missbilligenden Blick auf meine abgetragene Jeans, »wenn du dich diesmal für eine dem Anlass angemessene Garderobe entscheiden könntest.«

»Ich würde es sehr zu schätzen wissen, wenn du dich diesmal für eine dem Anlass angemessene Garderobe entscheiden könntest«, sage ich zu meinem Spiegelbild und schaffe es dabei, Karins pikierten Gesichtsausdruck so exakt nachzuäffen, dass ich kichern muss. Warum kann sie nicht einfach sagen »Zieh dir bitte was Vernünftiges an«? Ich wende mich von dem Spiegel ab und beginne, meine Tasche für den morgigen Schultag zu packen.

Mein Zimmer ist der einzige Ort im Haus, der nicht nach Karins Vorstellungen gestaltet ist, und damit auch der einzige, der nicht so aussieht, als könnte er das Cover eines Lifestyle-Magazins schmücken. Zwei große Sitzkissen auf dem Boden, ein niedriger, runder Tisch, auf dem ich meine Sammlung 45er-Vinyl-Singles aufgestapelt habe, daneben eine aus der Mode gekommene Lavalampe. Das Bett ist nicht gemacht, auf den Dielen verteilen sich Schuhe und Kleidungsstücke, die Wände sind mit ausgeblichenen Filmpostern zugepflastert und auch an der Tür klebt ein altes Kinoplakat aus den 70er-Jahren: David Bowie als »Der Mann, der vom Himmel fiel«. Auf einer holzwurmzerfressenen Kommode, die ich auf dem Trödelmarkt erstanden habe, stehen ein Plattenspieler, zwei kleine Boxen, ein paar Kerzen – und die Fotografie, auf der ich mit meinen Eltern zu sehen bin. Mit meinen richtigen Eltern. Malte und Nina Quist.

Ich nehme das Bild in die Hand. Ein Schnappschuss aus einem Urlaub, irgendwo an der See. Wenige Wochen bevor meine Eltern gestorben sind. Wir haben Krabbenbrötchen in der Hand und stehen lachend vor einer blau gestrichenen Holzbude, auf deren Dach ein großer, orangefarbener Plastik-Hummer thront. Im Hintergrund sind bunte Fischerboote und zum Flicken aufgespannte Netze zu erkennen. Man kann genau sehen, was ich von welchem Elternteil geerbt habe: von meinem Vater die blauen Augen und flachsblonden Haare, während die Himmelfahrtsnase und die schmale Lücke zwischen meinen Schneidezähnen eindeutig auf das Konto meiner Mutter gehen. Meine Eltern hatten einen kleinen Secondhand Laden, in dem sie Klamotten, Poster und Schallplatten aus den 60er-, 70er- und 80er-Jahren verkauft haben. Und sie waren so ziemlich das Gegenteil von Lothar und Karin: Lothar käme nicht mal im Traum auf den Gedanken, seinen Geburtstagsgästen mit Rasierschaum im Gesicht entgegenzutreten, und Karin würde nie und unter keinen Umständen »Ich liebe dich, du Vollspinner!« zu ihm sagen.

Ich habe nur sehr verschwommene Erinnerungen an Papa und Mama – ich war ja noch nicht einmal in der Schule, als sie gestorben sind –, aber die Szene mit dem Rasierschaum habe ich noch lebhaft vor Augen: Es war Papas Geburtstag. Die ersten Gäste waren im Anflug und meine Mutter wurde nervös, weil er ewig im Bad brauchte. »Malte!«, rief sie. »Du brauchst mal wieder länger als 'ne Hollywood-Diva. Komm jetzt raus. Ich bin sicher, du bist schön genug.«

»Na, wenn du so sicher bist, dann vertraue ich mal ganz deinem Urteil.« Papa war grinsend aus dem Bad gekommen, eine Gesichtshälfte rasiert, die andere mit Rasierschaum bedeckt. In diesem Moment klingelte es und er steuerte ohne Umschweife auf die Tür zu. Mama kicherte, fiel ihm um den Hals, sagte lachend: »Ich liebe dich, du Vollspinner!«, und küsste ihn. Ziemlich lange. Anschließend waren beide voller Rasierschaum.

An einen anderen Abend kann ich mich noch ebenso gut erinnern. Aber dabei ist mir nur zum Heulen zumute. Der Abend, an dem ich sie zum letzten Mal gesehen habe: Papa und Mama wollten zu einem Konzert. Eine Nachbarin passte an diesem Abend auf mich auf. Ich war schon im Pyjama, als sie sich von mir verabschiedeten. Mama küsste mich und sagte: »Schlaf schön, Süße. Wir sind bald zurück.«

Aber sie kamen nicht zurück. Nie mehr.

Beide starben in dieser Nacht bei einem Verkehrsunfall.

Als meine Eltern nach dem Konzert die Straße überquerten, um zur U-Bahn-Station zu gelangen, wurden sie von einem vorbeirasenden Transporter erfasst. Beide waren sofort tot. Der Fahrer des Transporters beging Fahrerflucht. Wie sich später herausstellte, war der Wagen als gestohlen gemeldet. Bis heute weiß ich nicht, wer für den Tod meiner Eltern verantwortlich ist.

Am nächsten Morgen haben mich Mitarbeiter des Jugendamtes abgeholt. Ich verstand überhaupt nicht, was vor sich ging. Für ein paar Wochen kam ich in ein Heim und dann zu Lothar und Karin. Was sie dazu veranlasst hat, ein Pflegekind aufzunehmen, habe ich nie wirklich ergründen können. Wir sind niemals zu einer Familie geworden. Von Anfang an gab es Lothar und Karin auf der einen, und mich auf der anderen Seite. Und die meiste Zeit über habe ich das Gefühl, zu stören und eigentlich nur Ballast für sie zu sein.

Behutsam stelle ich das Foto meiner Eltern auf die Kommode zurück, hocke mich neben den Tisch mit den 45er-Schallplatten und ziehe eine Single aus dem Stapel. Damals, als man mich ins Heim gebracht hat, durfte ich einen kleinen Koffer mit persönlichen Sachen packen. Ich habe das Foto meiner Eltern, zwei Stofftiere, zwei Bilderbücher und meine Kinderzahnbürste mitgenommen – und ein paar der Schallplatten, die meine Eltern immer gehört haben. Es gibt Mitschüler, die sich über meinen Musikgeschmack lustig machen und ihn mitleidig lächelnd als von Vorvorgestern bezeichnen. Worauf ich ihnen gerne entgegenhalte, dass ich damit immerhin über so etwas wie einen Musikgeschmack verfüge.

A Whiter Shade of Pale von Procol Harum war das Lieblingsstück meiner Mutter. Ich lege die Single auf den Plattenteller, das Orgelintro erklingt – als plötzlich dichter grüner Nebel aus den Boxen aufsteigt und durch den Raum wabert wie eine leuchtende, giftige Wolke …

Nein! Bitte nicht! Nicht schon wieder!, ist alles, was ich denken kann, während ich mit offenem Mund auf den farbigen Klangnebel starre. Nach ein paar Schrecksekunden schaffe ich es, mich aus meiner Erstarrung zu lösen. Ich springe auf und reiße den Tonarm von der Platte. Augenblicklich löst sich der grüne Nebel auf und im gleichen Moment habe ich das Gefühl, einen elektrischen Schlag zu bekommen. Der Klingelton eines Handys schrillt durch meinen Kopf und eine Stimme brüllt: *»Ich hoffe, mein Vortrag stört Sie nicht zu sehr beim Telefonieren! Ja, natürlich meine ich dich, Freundchen! Siehst du sonst noch jemanden mit Laberbalken am Ohr?«* Ein Geräusch, als würde Luft aus einem

Reifen entweichen, ein kurzes Knistern in meinen Ohren – und es ist vorbei.

Ich lasse mich auf ein Sitzkissen fallen und ringe nach Atem. Meine Hände sind schweißnass. Vollkommen aufgelöst versuche ich, irgendeine Ordnung in meine Gedanken zu bekommen: den ganzen Tag über nichts und jetzt plötzlich wieder Musik, die als grüner Nebel durch den Raum zieht … Und schon wieder eine Stimme. Dieselbe, die auch schon gefragt hat, ob *der Kerl am Licht* betrunken ist. Ich presse meine Hände gegen die Schläfen. Können das noch immer Nachwirkungen des Rauchs sein, den ich gestern eingeatmet habe? Warum gerade jetzt? Ich war doch den ganzen Tag über vollkommen klar. Was, verdammt noch mal, geschieht mit mir? Mit zitternden Händen greife ich nach meinem Tablet.

ich kann musik sehen, gebe ich in die Suche ein und bin völlig perplex, als unzählige Artikel zu diesem Thema aufgelistet werden. Kaum zu glauben, aber ich bin nicht der einzige Mensch auf der Welt, der Musik visuell wahrnimmt! Tatsächlich ist das Phänomen relativ häufig und nennt sich Synästhesie. Man schätzt, dass etwa jeder vierte Mensch Synästhetiker ist, das heißt, ein Mensch, bei dem sich Sinneseindrücke vermischen. Einige Synästhetiker können Musik sehen, andere können Töne sogar schmecken. Bei manchen sind Farben an Gerüche gekoppelt, wieder andere nehmen Zahlen oder Buchstaben als Farben wahr, oder Klänge als Formen: als Kugeln, Linien oder Dreiecke. Was für jemanden, der Dinge auf die herkömmliche Weise wahrnimmt, sehr beunruhigend klingt. Aber Synästhesie ist keine Krankheit, erfahre ich. Es ist einfach eine besondere Art der Wahrnehmung. Was dieses Phänomen auslöst, ist unbekannt. Manche Menschen werden damit geboren, es kann aber auch ganz plötzlich, irgendwann im Lauf des Lebens auftreten. Ist genau das bei mir passiert? Bin ich Synästhetikerin? Das würde das blaue Klavierkonzert und den grünen *Procol Harum*-Nebel erklären – aber noch immer nicht die Stimmen …

Und Stimmen zu hören ist offenbar bei Weitem nicht so harmlos, wie Musik zu sehen. Während ich lese, was die Ursachen dafür sein können, schnürt sich mir die Kehle immer enger zusammen: Epilepsie, ein Hirntumor oder eine schwere psychische Krankheit wie Schizophrenie. Mir wird übel und ich spüre eine Welle aus Angst auf mich zurauschen. Hirntumor? Schizophrenie? Wie eine Ertrinkende nach dem Rettungsring greife ich nach der einzig anderen Erklärung, auf die ich im Netz stoße: ein *Flashback!* Nach dem Konsum von Drogen – und das gilt natürlich auch für einen unabsichtlichen Konsum – kann es, selbst wenn die akute Wirkung abgeklungen ist, noch längere Zeit danach immer wieder zu diesen Flashbacks kommen. Kurzen Momenten, manchmal nur Sekunden, in denen die Droge noch einmal ihre Wirkung entfaltet. Erst wenn der Körper die Substanzen restlos abgebaut hat, verschwinden die Flashbacks wieder.

Bitte, bitte, bitte, lass es nur einen Flashback gewesen sein! Keinen Tumor. Keine Epilepsie. Keine Schizophrenie. Bitte!

Vergeblich versuche ich, in den Schlaf zu finden. Angst einflößende Bilder schießen durch meinen Kopf wie Teilchen durch einen Teilchenbeschleuniger. In manchen Momenten sehe ich mich schon auf dem Operationstisch eines Hirnspezialisten liegen oder, mit Medikamenten vollgepumpt, über die Gänge einer Psychiatrie schleichen. Nein, nein, nein! Es sind nur Flashbacks. Es sind ganz bestimmt nur Flashbacks. Und die hören irgendwann auf …

Als ich um sieben Uhr, völlig gerädert und ohne eine einzige Minute geschlafen zu haben, aus dem Bett steige, habe ich einen Deal mit mir selbst gemacht: noch einen Tag. Ich gebe mir noch einen Tag. Wenn die Stimmen dann nicht verschwunden sind, werde ich es Lothar und Karin sagen. Und zu einem Arzt gehen!

– ZWEI –

Mareike fällt nicht auf, wie fertig ich aussehe. Sie ist schwer mit sich selbst und dem vergangenen Samstag beschäftigt.

»Mein Vater ist, Gott sei Dank, im Sessel eingeschlafen, als er auf mich gewartet hat. Ich habe ihm am nächsten Morgen erzählt, ich hätte ihn nicht wecken wollen«, berichtet sie mir auf dem Schulweg. Was die Party angeht, hat sie leider die ein oder andere Gedächtnislücke. Während ich ihr in knappen Worten schildere, wie ich sie aus dem Pavillon gezogen und nach Hause geschleppt habe, wird ihr Gesichtsausdruck immer zerknirschter. »Oh, Mann. Ich bin so eine Vollidiotin. Und Sören … ich weiß nicht, wie er es geschafft hat, mich so abzufüllen. Die widerliche Kröte ist für mich gestorben! Es tut mir leid, dass ich dir so 'n Ärger gemacht habe, Becca. Danke, dass du mich da rausgeholt hast. Danke, danke, danke! Du bist wirklich die beste Freundin der Welt!«

»Schon gut. Vielleicht lässt du es in Zukunft einfach mal ein bisschen gemächlicher angehen«, entgegne ich, bin mit meinen Gedanken aber ganz woanders und lausche unablässig in mich hinein, in der bangen Erwartung, jeden Moment wieder eine Stimme zu hören. Doch davon erzählt man besser niemandem. Nicht mal seiner besten Freundin.

»Weißt du was?« Mareike legt mir den Arm um die Hüfte. »Nach der Schule lade ich dich zu einem Bananen-Split ein. Als kleine Wiedergutmachung.«

Normalerweise kann man mich mit Süßem immer locken, aber so wie ich mich momentan fühle … »Du musst nichts gutmachen, Mareike.«

»Doch, muss ich. Keine Widerrede, Becca!«, sagt sie in resolutem Ton. »Und wenn es nach mir geht, hast du dir 'ne dicke Portion Sahne extra verdient!«

Entgegen meiner Befürchtung sehe ich im Unterricht keine bunten Zahlen, auch keine farbigen Buchstaben, und als ich selbst in der sechsten Stunde noch keine Stimmen im Kopf höre, keimt leise Hoffnung in mir auf. Kein Flashback mehr. Es sieht beinah so aus, als wäre es vorbei …

Fünfzehn Minuten nach Schulschluss sitze ich vor der *Eisdiele Maldini,* kämpfe mit einem riesigen Bananen-Split und höre zu, wie Mareike feierlich gelobt, Sören Radeberg in Zukunft gnadenlos zu ignorieren. Anschließend bedenkt sie ihn mit einer Reihe von Adjektiven, von denen nur die wenigsten druckreif sind, und fügt mit einem hoffnungsvollen Glitzern in den Augen hinzu: »Ich hoffe, seine Eltern machen ihn so richtig zur Schnecke, wenn sie zurückkommen!«

»In Anbetracht der Tatsache, dass ihr Wohnzimmer aussieht, als wären die apokalyptischen Reiter durchgaloppiert, bin ich da sehr optimistisch«, sage ich, nehme einen Löffel Eis und blicke zur gegenüberliegenden Straßenseite. An der Haltestelle der Linie 25 warten ein paar Leute auf den Metrobus. Ein tätowierter Käppchenträger mit Kampfhund, ein kleines pummeliges Mädchen, das gelangweilt auf einem Kaugummi herumknatscht, eine alte Frau mit Rollator und – plötzlich sitze ich stocksteif da – das Paar, das uns Samstagnacht beobachtet hat. Sie sind es. Ohne jeden Zweifel! Der Mann mit der Boxerfigur und die Frau mit Kleidchen und Schnürstiefeln. Und beide halten unverwandt die Augen auf uns gerichtet.

Ich schaue eilig weg, senke den Kopf und flüstere Mareike zu: »Das Paar, das gegenüber an der Haltestelle steht und hier rüberstarrt … guck nicht so auffällig … die beiden habe ich schon Samstagnacht gesehen, als ich dich nach Hause gebracht habe. Auf der Heilwigstraße. Da haben sie uns auch beobachtet. Irgendwas stimmt mit denen nicht!«

»Ähm … welches Paar?«, höre ich Mareike fragen.

»Was?« Ich fahre herum und blicke suchend über die Straße. Käppchenträger, Kaugummi-Mädchen, Rollator-Frau, aber kein

Paar! »Sie standen vor fünf Sekunden noch da. Und sie haben uns beobachtet«, stammele ich.

Mareike legt die Stirn in Falten, wirft mir einen zweifelnden Blick zu und sagt in ängstlichem Tonfall: »Du bist ja kalkweiß! Alles in Ordnung mit dir, Becca?«

»Ist alles in Ordnung, Rebecca? Wir warten nur noch auf dich«, schallt Karins vorwurfsvolle Stimme aus dem Erdgeschoss.

»Komme sofort!«, rufe ich, während ich mir die Haare eilig zu einem Zopf flechte. Am liebsten möchte ich mich ins Bett legen und die Decke über den Kopf ziehen, doch nicht zu der Vernissage mitzugehen, käme in Karins Augen einer Majestätsbeleidigung gleich. Sie verbreitet gemeinhin schon nicht viel mehr Wärme als ein Kühlschrank, aber wenn sie sich beleidigt fühlt, verwandelt sie sich in eine Gefriertruhe. Niemand kann so eisig schweigen wie meine Pflegemutter. Diesen Nebenkriegsschauplatz möchte ich nicht auch noch eröffnen.

Unablässig denke ich an das seltsame Paar, das ich nun bereits zum zweiten Mal gesehen habe, das sich beide Male von jetzt auf gleich in Luft aufgelöst hat und das beunruhigenderweise niemand außer mir zu sehen scheint. Mareike jedenfalls nicht. Stattdessen hat sie mich in der Eisdiele mit einem Blick bedacht, als würde sie sich ernsthafte Sorgen um meine geistige Gesundheit machen. Und vielleicht muss sie das tatsächlich … Ich höre keine Stimmen mehr, dafür sehe ich jetzt Menschen, von denen fraglich ist, ob sie existieren. Zu Hause habe ich natürlich sofort im Netz recherchiert. Optische Halluzination nennt man so etwas. Und die Ursachen dafür sind eine beängstigender als die andere. Als ich auf den Begriff *Hirnorganisches Psychosyndrom* gestoßen bin, habe ich aufgehört weiterzulesen. Aber waren die Frau mit den Schnürstiefeln und der Boxer wirklich eine Halluzination? Kann eine Halluzination so real erscheinen?

»Rebecca, ich finde es in höchstem Maße unhöflich, uns so lange warten zu lassen«, knarzt Karins Stimme von unten.

»Bin sofort da!« Ich schlüpfe in ein Paar schwarzer Pumps und werfe einen letzten Blick in den Spiegel. Karin steht darauf, uns bei Vernissagen und ähnlichen Gelegenheiten als harmonische Musterfamilie zu präsentieren. Und ich stehe für gewöhnlich darauf, ihre Show zu torpedieren, indem ich etwas trage, das eine garantiert nicht angemessene Garderobe ist. Aber in meiner angeschlagenen Verfassung will ich es nicht auf einen Konflikt im *sozialen System* ankommen lassen. Das kleine Schwarze, schwarze Strumpfhose, schwarze Pumps. Damit bin ich auf der sicheren Seite, denn es ist genau das, was Karin auch trägt. Und das ist immer angemessen.

Eine der wenigen guten Sachen daran, das Pflegekind der Terhoevens zu sein, ist, dass ich durch Karins Arbeit als Galeristin jede Menge interessanter Künstler kennenlerne. Cami Vilaró ist eine sympathische, etwa dreißigjährige Malerin aus Barcelona, die ein paar Brocken Deutsch und Englisch mit einem drolligen Akzent spricht, und deren großformatige Bilder alle das gleiche Motiv haben: Augenpaare.

Karin begrüßt Gäste und Künstlerin, und eröffnet die Ausstellung mit einer kurzen Rede, während Lothar als Mustergatte und ich als Musterkind angemessen lächelnd danebenstehen. Anschließend beginnen die Besucher durch die Galerie zu wandern und die Gemälde mit kennerischem Blick zu begutachten. Manche stehen diskutierend in kleinen Gruppen zusammen, ein gedämpftes Stimmenwirrwarr schwebt durch die Räume. Zwischen den Gästen flitzen weiß beschürzte Servicekräfte einer Cateringfirma umher und offerieren Getränke und Fingerfood, hektisch dirigiert von einem gelhaarigen Schönling, der offenbar die Oberaufsicht hat.

Die Galerie hat zwei Ebenen, die durch eine stählerne Wendeltreppe verbunden sind. Nachdem ich die artige Tochter gegeben, viel gelächelt und zahlreiche Hände geschüttelt habe, sichere ich mir ein Glas Orangensaft und verziehe mich auf die obere Ebene, wo sich nach dem ersten Ansturm nur noch vereinzelt Besucher hinverirren. Irgendwie unheimlich, diese Augen, grusele ich mich, während ich eines der gut zwei Meter hohen Bilder von Cami Vilaró betrachte. Egal welche Position man einnimmt, die Augenpaare auf den Bildern scheinen einen überallhin zu verfolgen. Und was noch viel verwirrender ist: Der Ausdruck der Augen ändert sich, je nachdem aus welcher Perspektive man sie betrachtet. Eines der Augenpaare hat von links gesehen einen freundlichen und warmen Ausdruck, der aber umso kälter und abweisender wird, je weiter man nach rechts wandert. Ein anderes Augenpaar wirkt aus ein paar Metern Entfernung, als würde es fröhlich strahlen, doch wenn man sich dem Bild nähert, wird das freudige Strahlen zu einem immer traurigeren Schimmern. Ich nippe an meinem Saft und schlendere zwischen den Gemälden umher. Da spüre ich plötzlich einen Luftzug. Die Tür zur Feuertreppe ist geöffnet. Auf der stählernen Plattform steht einer der Kellner und pafft an einer Zigarette. Weiße Schürze, kleiner Bierbauch, ein voluminöser, gezwirbelter Schnurrbart.

»'n Abend, junge Frau. Stört Sie doch net, dass ich hier jerad ein kleines Zigarettchen am Rauchen bin?«, fragt er in einem entspannten Singsang, der sofort verrät, dass er das Licht der Welt nicht an der Waterkant, sondern mit allergrößter Wahrscheinlichkeit in Köln oder Düsseldorf erblickt haben dürfte.

»Nein«, sage ich lächelnd. »Lassen Sie sich nicht von mir stören.«

»Und … was halten mer davon?«, fragt er und deutet auf eines der Augenpaar-Bilder.

»Ich frage mich, wie die Malerin diesen Effekt hinbekommen hat«, sage ich. »Dass sich der Augenausdruck jedes Mal zu verändern scheint, wenn man die Perspektive wechselt.«

»Tjaa …«, seufzt er und spielt nachdenklich an seinem Schnurrbart. »Das ist schon ein dolles Ding. Da meinen mer, etwas wäre jenau so oder so, und dann machen mer nur ein kleines Schrittchen zur Seite – und auf einmal sieht der janze Kladderadatsch vollkommen anders aus. Ist schon jeck! Aber im richtijen Leben ist es ja auch net viel anders, da –«

»Rebecca?« Lothars Habichtgesicht taucht auf der Treppe auf. »Konsul Weyenbrink ist gerade gekommen und Karin möchte, dass du ihn begrüßt.«

»In Ordnung. Ich komme.«

»Tja, dann machen mer uns wohl besser mal wieder ans Arbeiten«, sagt der Kellner. »Mer wollen ja net, dass hier noch ein Konsul verhungert oder verdurstet. Hat mich sehr jefreut, junge Frau.« Er drückt seine Zigarette aus, lächelt mich freundlich an und trottet in Richtung Wendeltreppe. Als er an mir vorbeigeht, senkt er unvermittelt den Kopf und flüstert: »Keine Angst, Mädchen. Mer haben dich im Blick!«

»Was?« Völlig verdutzt stehe ich da, sehe ihm mit offenem Mund hinterher und frage mich, ob ich mich verhört habe. *»Wir haben dich im Blick?«* Während ich noch darüber grübele, ob er das wirklich gesagt haben kann, steigt der Kellner schnellen Schrittes die Wendeltreppe hinab.

»Warten Sie!« Ich laufe zur Treppe und blicke nach unten, aber er ist bereits in der Menge verschwunden. Jede Menge weißer Schürzen, aber ausgerechnet ihn kann ich nirgendwo entdecken.

Nachdem ich Konsul Weyenbrink *angemessen* begrüßt habe, versuche ich weiter, den schnurrbärtigen Mann in dem Vernissage-Gewimmel auszumachen. »Entschuldigen Sie, ich suche einen Ihrer Kellner«, wende ich mich Hilfe suchend an den schnöseligen Catering-Oberbefehlshabenden.

»Ist etwas nicht in Ordnung?«, fragt er in gespielter Dienstleister-Bestürzung.

»Doch, doch. Alles in Ordnung. Ich möchte nur kurz mit dem Mann sprechen.«

»Wie sieht er denn aus?«, fragt der Catering-Schnösel, sichtbar erleichtert, dass ich keine Beschwerde vorbringen will.

»Ein kleiner, dicker Mann mit einem gezwirbelten Schnurrbart. Ich habe ihn vorhin getroffen, als er draußen eine Zigarette geraucht hat.«

Ein mitleidiges Lächeln kräuselt die Lippen des Ober-Caterers. »Das ist unmöglich!«

»Wieso unmöglich?«

»Nun, wen auch immer Sie da getroffen haben …«, näselt mein Gegenüber. »Es war niemand von unserem Personal. Wir stellen gewisse Ansprüche an die äußere Erscheinung unserer Mitarbeiter. Übergewicht und Gesichtsbehaarung sind klare Ausschlusskriterien. Und ganz gewiss stellen wir keine Raucher ein.« Er sieht mich Beifall heischend an. Normalerweise würde ich ihn nach so einer dreisten Diskriminierungsoffenbarung fragen, ob er und seine Firma sie eigentlich noch alle beieinanderhaben, aber ich kann nur wispern: »Sind Sie vollkommen sicher?«

»Absolut. Wenn Sie mich jetzt bitte entschuldigen wollen. Die Arbeit ruft …«

»Keine Angst, Mädchen. Mer haben dich im Blick.«

Das hat er gesagt. Und ich habe mir den Mann nicht eingebildet. Er war da! Ich bin mir hundertprozentig sicher. Ich habe noch den Geruch seiner Zigarette in der Nase.

Karin ist mit dem Verlauf des Abends hochzufrieden, was sie während der Heimfahrt gleich mehrmals kundtut. Es hat zu regnen begonnen. Leuchtreklamen und Ampellichter spiegeln sich auf dem nassen Asphalt. Lothar sitzt auf dem Beifahrersitz, folgt Karins Ausführungen und nickt gelegentlich bestätigend, während sie den schweren Mercedes in Richtung Eppendorf steuert. Ich kauere auf der Rückbank und betrachte die Tropfen, die gegen das Wagenfenster schlagen. Optische Halluzinationen? Auf keinen Fall! Der schnurrbärtige Mann auf der Vernissage war real! Und das Paar von heute Nachmittag auch!

»Mer haben dich im Blick.« Ich habe ihn das sagen hören. Kein Mensch kann so verrückt sein, sich einen bierbäuchigen Kell-

ner mit rheinischem Zungenschlag einzubilden, der orakelhafte Botschaften flüstert.

Oder?

Drei Stunden später stelle ich mir noch immer die gleiche Frage. Ich liege im Bett, werfe mich von einer Seite auf die andere und habe jeden ernsthaften Versuch einzuschlafen längst aufgegeben. Wenn man Stimmen in seinem Kopf hört, dann erscheint es einem völlig klar, dass sie nicht real sein können. Aber wenn man am helllichten Tag irgendwelche Menschen sieht, ist das eine ganz andere Sache. Oder ist man einfach nur bereit, seinen Augen mehr zu glauben als seinen Ohren? Ich verschränke die Arme unter dem Kopf, starre an die dunkle Decke und frage mich ängstlich, was ich überhaupt noch glauben kann. Wenn diese Menschen real sind, sind dann auch die Stimmen real? Und wenn die Stimmen nicht real sind, sind es die Menschen dann genauso wenig? Gibt es weder das eine noch das andere? Bin ich gerade dabei, total abzudrehen? Ich wende den Kopf und werfe einen schnellen Blick auf den Wecker. Halb eins. Regentropfen trommeln gegen das Fenster. Ich werde auf jeden Fall bald abdrehen, wenn ich nicht schleunigst ein paar Stunden Schlaf bekomme. Nicht noch eine schlaflose Nacht, denke ich.

Irgendjemand scheint mein Flehen zu erhören. Ein paar Atemzüge später fallen mir die Augen zu. Das gleichmäßige, monotone Geräusch des Regens nehme ich mit in den Schlaf.

Das gleichmäßige Rauschen von Wellen. Nasser Sand unter meinen nackten Füßen. Blinkende Sterne über mir. Weiße Schaumkronen auf dem Wasser. Der Geruch von Salz, Tang und Algen. Ein Turm. Draußen im Meer. Eine Flamme, die wie eine wunderschöne leuchtende Schlange aus dem Turm gleitet und sich über das Meer schlängelt. Licht in der Dunkelheit. Das Gefühl, sicher zu sein. Aufgehoben.

Langsam gehe ich auf das Wasser zu, als, beinah unmerklich, ein leichter Wind aufkommt, der mich frösteln lässt. Ein Wind, der wie ein böses, Unheil verkündendes Flüstern ist. Das Meer scheint mit einem Mal dunkler zu werden. Der Wind nimmt an Stärke zu. Eine Stimme von weit her. Wortfetzen, die über den Strand wehen. »Komm … Wasser … weg …« Und dann – ein gewaltiges Rauschen über mir. Das ohrenbetäubende Flattern riesiger Flügel am Himmel! Ich presse die Hände gegen die Ohren, halte den Atem an und blicke ängstlich aufs Meer hinaus. Zwei silberglänzende Raubvögel jagen durch die Nacht auf den Turm zu. Stoßen schreckliche Schreie aus. Feuer schießt aus ihren Schnäbeln. Ein Klirren, so laut, als würden alle Gläser dieser Welt gleichzeitig zerspringen. Glassplitter tanzen durch die Luft. Ein wildes Fauchen vom Meer. Ich werfe den Kopf herum. Die Lichtschlange krümmt sich, kehrt um und rast auf mich zu. Ihr Kopf leuchtet hell auf, sie fährt in die Höhe und ihr Biss trifft mich an der Schulter. Ich schreie auf und –

… sitze aufrecht im Bett! Mein Herz rast wie das einer Beutelratte. Ich bin schweißgebadet, mein Schlaf-T-Shirt ist pitschnass und ich ringe keuchend nach Luft …

Was für ein Horror-Albtraum! Alles hat sich dermaßen echt angefühlt, dass ich … Meine Schulter glüht noch immer, wird mir plötzlich klar. Da, wo die Lichtschlange im Traum ihre schimmernden Zähne in mich geschlagen hat. Ich steige aus dem Bett, schalte das Licht an, stelle mich vor den Spiegel und ziehe das T-Shirt an meiner linken Schulter ein Stück herunter. Auf meinem Schlüsselbein sitzt ein kleines Muttermal, das ich schon habe, seit ich ein Kind war. Zweimal im Jahr lasse ich es beim Arzt kontrollieren, aber es verändert sich nicht und ist nicht gefährlich. Auch jetzt ist es äußerlich unverändert, doch es fühlt sich an, als würde es *glühen*. Wobei *glühen* vielleicht nicht der richtige Begriff ist. Es ist eher eine starke, intensive Wärme, die sich von dem Mal ausgehend in meinem Körper ausbreitet. Genau von da, wo mich der Biss der Schlange erwischt hat. Aber das war ein Traum … bloß ein Traum …

Ich fahre mit dem rechten Zeigefinger vorsichtig über das Muttermal. Plötzlich höre ich ein Flüstern in den Ohren: *»Und du wirst Prophet des Höchsten heißen, denn du wirst ihm voran-*

gehen und ihm den Weg bereiten. Durch die barmherzige Liebe wird uns erscheinen das Licht aus der Höhe, zu leuchten allen, die in Finsternis sitzen.« Dann blitzen unvermittelt Bilder in meinem Kopf auf: ein beleuchteter Schminkspiegel, über dem eine Federboa hängt, eine Träne, die auf einem Handrücken zerplatzt. Ich höre, wie eine Tür mit lautem Knall zugeschlagen wird, ein markerschütterndes Schluchzen, eine Stimme schreit: *»Ich weiß genau, was zwischen euch gelaufen ist. Und jetzt: Verpiss dich!«* Mir wird schwindelig, ich muss mich an dem Spiegel abstützen – da hallt ein gewaltiger Glockenschlag durch meinen Kopf. So laut, dass die Welt für einen Moment nur aus diesem einen Ton besteht. Die Schallwelle rast wie ein Klang-Tsunami durch meinen Körper. Ich gerate ins Taumeln, meine Beine geben nach und ich gehe zu Boden. Als hätte mich ein Boxhieb erwischt.

Stille. Nichts mehr.

Stoßweise atmend versuche ich mich aufzurichten, aber alles um mich herum dreht sich. Ich sinke auf den Teppich zurück und fühle Tränen über mein Gesicht laufen. Was ist das? Was stimmt nicht mit mir? Ich habe eine Scheißangst! Ich kann nicht mehr …

Ich weiß nicht, wie lange ich da liege, bis ich es schaffe, auf allen vieren zur Tür zu kriechen, sie einen Spalt weit zu öffnen und mit kraftloser Stimme zu rufen: »Helft mir! Lothar! Karin! Helft mir! Bitte!« Dann wird mir schwarz vor Augen.

Als ich wieder zu mir komme, liege ich auf meinem Bett und blicke in die erschrockenen Gesichter meiner Pflegeeltern. »Wie … wie lange war ich weggetreten?«

»Nur ein paar Sekunden«, sagt Lothar in sorgenvollem Ton. »Was ist mit dir, Rebecca?«

»Ich … weiß es nicht«, stoße ich hervor und spüre, wie mir schon wieder Tränen in die Augen schießen. Und dann beginne ich stockend von allem zu erzählen: von den Glocken, von der farbigen Musik, von den Stimmen …

»›Verpiss dich‹? Diese Stimme hat gesagt: ›Verpiss dich‹?« Karin wechselt einen kurzen, schwer zu deutenden Blick mit Lothar, und beargwöhnt mich misstrauisch. »Seit wann hast du diese Symptome?«

»Seit … seit Samstag. Es hat auf der Party von Sören Radeberg angefangen.«

»Seit Samstag? Und du sagst es uns erst jetzt?« Karin kann sich nicht entscheiden, ob sie besorgt oder empört klingen soll.

»Rebecca«, sagt Lothar betont ruhig. »Ich werde dir die folgende Frage nur einmal stellen und ich erwarte eine ehrliche Antwort: Hast du auf dieser Party Drogen konsumiert?«

»Ich … Nein. Ja. Vielleicht. Ich weiß nicht.« Meine Brust fühlt sich an wie zugeschnürt und ich muss laut schluchzen.

Meine Pflegeeltern tauschen einen bedeutungsschweren Blick aus. »Ich denke, du solltest Siegbert anrufen«, sagt Karin nach einem kurzen Moment des Schweigens und Lothar nickt zustimmend.

»Ja, das wird das Beste sein.« Er verschwindet im Flur. Kurz darauf höre ich ihn in gedämpftem Ton mit jemandem telefonieren.

»Wer ist Siegbert?«, frage ich und wische mir eine Träne aus dem Gesicht.

»Siegbert Rothermund«, sagt Karin. »Professor Doktor Siegbert Rothermund. Lothar spielt gelegentlich Squash mit ihm. Er leitet eine private Psychiatrie, draußen im Alten Land.«

Psychiatrie? In mir zieht sich für einen Moment alles zusammen. Aber mir ist auch klar, dass ich Hilfe brauche. Das sind keine Drogennachwirkungen. Irgendetwas stimmt nicht mit mir. Und ich weiß nicht mehr ein noch aus …

»Ja, natürlich. Ich danke dir vielmals, Siegbert«, sagt Lothar, als er ins Zimmer zurückkommt. Er beendet das Gespräch und sieht mich mit einem ernsten Blick an. »Sie können dich noch heute Nacht aufnehmen. Wir sollen so schnell wie möglich dort sein.

Siegbert selbst wird kommen, um die Erstuntersuchung durchzuführen. Ab morgen früh wird dann eine umfassende Diagnostik gemacht.« Lothar räuspert sich umständlich. »Die Untersuchungen werden einige Tage in Anspruch nehmen. Du musst ein paar Sachen packen.«

»Ich muss dableiben? In der Psychiatrie?«

»Doch nur zur Diagnostik, Rebecca«, sagt Karin in gereiztem Ton. »Vielleicht eine Woche. Bis sie wissen, was dir fehlt. Und dann werden wir ... weitersehen.«

Das Kofferpacken übernehmen Lothar und Karin. Ich fühle mich noch immer so schwach und schwindelig, dass ich es kaum schaffe, mich anzuziehen. Auf dem Weg zum Wagen muss Lothar mich stützen.

Das *Alte Land* liegt in den Elbmarschen und ist ein beliebtes Wochenendausflugsziel vieler Hamburger. Ein idyllischer Landstrich mit Obstplantagen, kleinen Dörfern und alten Gehöften. Aber in der Dunkelheit sind weder Obstplantagen noch Gehöfte zu erkennen. Der Regen prasselt auf das Wagendach, die Scheibenwischer des Mercedes arbeiten im Akkord, kommen jedoch kaum gegen die Wassermassen an. Es ist, als wären wir die einzigen Menschen auf der Welt. Nur einmal überholt uns ein Motorrad auf der kurvigen Landstraße. Kurz darauf ist sein Scheinwerfer wieder in der Dunkelheit verschwunden.

»Da zeigt sich, wie wichtig gute Beziehungen sind«, sagt Lothar zu Karin, bevor er sich zu mir umdreht und ausführt: »Siegbert Rothermund ist eine absolute Koryphäe auf seinem Gebiet. Und die Privatklinik genießt einen hervorragenden Ruf, insbesondere die Abteilung für Kinder- und Jugendpsychiatrie. Du wirst dort in besten Händen sein, Rebecca.«

Ich höre, was er sagt, und höre es doch nicht. Ich will nur, dass mir schnellstens geholfen wird, alles andere ist mir völlig egal.

»Und darüber hinaus legt die Klinik natürlich größten Wert auf Diskretion«, bemerkt Karin abschließend.

Ja. Und das ist wahrscheinlich das Allerwichtigste für euch, denke ich. Damit niemand erfährt, dass eure Pflegetochter Stimmen hört. Könnte ja ein schlechtes Licht auf unser perfekt funktionierendes soziales System werfen.

Kurz darauf biegt Karin in einen schmalen, privaten Zufahrtsweg ein. Inmitten eines parkähnlichen Geländes schält sich ein düsteres Backsteingemäuer schemenhaft aus der Dunkelheit. Das Areal ist von einer Mauer umgeben, der Zugang ist kameraüberwacht und durch ein Rolltor gesichert. Wir halten an, eine Kamera schwenkt auf uns, das Tor rollt zur Seite und wir fahren in Schrittgeschwindigkeit über einen Kiesweg auf das Hauptgebäude zu. Karin parkt den Wagen direkt vor dem Eingang. Lothar nimmt mein Gepäck aus dem Kofferraum. Auf den Stufen vor der Tür erwartet uns bereits ein Pfleger.

»Bitte folgen Sie mir. Ich bringe Sie zu Herrn Doktor Rothermund.«

Nicht so schlimm wie erwartet, ist mein erster Eindruck, als wir hinter dem Pfleger durch eine riesige Halle laufen. Eine Psychiatrie habe ich mir anders vorgestellt. Hier sieht es eher aus wie in einem Wellness-Hotel. Hell und freundlich, viele Grünpflanzen, ein beruhigend plätschernder Indoor-Springbrunnen, Treppengeländer mit Jugendstilornamenten, bunte Drucke an den Wänden, die landschaftliche Schönheiten des Alten Landes zeigen.

Der Pfleger klopft an eine Flügeltür, wartet ein kurzes »Herein« ab und einen Moment später stehen wir im Büro von Professor Doktor Siegbert Rothermund, der lächelnd hinter einem monumentalen Schreibtisch thront.

»Danke, Herr Pekowski«, sagt er zu dem Pfleger, der kurz nickt und sich zurückzieht. Siegbert Rothermund bietet uns mit einer einladenden Geste Platz an und betrachtet mich einen Moment lang schweigend. In seinem Büro sieht es noch weniger nach Psychiatrie aus als in der Eingangshalle. Beinah gemütlich. Das hohe Fenster hinter dem Schreibtisch steht offen. Regentropfen schlagen auf das Fensterbrett. Parkettboden, dicke Teppiche, ein Kamin, schöne, alte, bis zur Decke reichende Bücherregale. Und Doktor Rothermund wirkt auch nicht wie ein Psychiater. Jedenfalls nicht so, wie ich mir einen vorgestellt habe. Wobei ich zugeben muss, dass meine Vorstellung auf dem beruht, was man so in Filmen zu sehen bekommt. Da haben Psychiater in der Regel eine Glatze, tragen Brillen mit flaschenbodendicken Gläsern und sind ausnahmslos durchgeknallter als sämtliche ihrer Patienten zusammen. Nicht so Siegbert Rothermund. Er ist athletisch, sonnengebräunt, verfügt über ein einnehmendes Lächeln und sieht aus, als würde er seine Freizeit zwischen Segeltörns und George-Clooney-Ähnlichkeitswettbewerben verbringen.

»Nun, Rebecca …«, eröffnet er das Gespräch. »Ich darf doch noch *Du* sagen, oder?«

Ich nicke matt.

»Lothar hat mir ja am Telefon bereits von deinen Symptomen berichtet«, sagt Doktor Rothermund in sanftem Ton. »Diese Stimmen, die du hörst … Was sagen sie denn?«

»Also …« Ich erzähle ihm von *Ist der Kerl am Licht besoffen?*, von *Und du wirst Prophet des Höchsten heißen*, von dem geschluchzten *Verpiss dich!*, von dem Spiegel und der Federboa, die ich gesehen habe.

»Hmmh, hmmh«, macht der Psychiater. »Und wann hast du die Stimmen zum ersten Mal gehört?«

»Vergangenen Samstag.«

»Vor zwei Tagen?« Rothermund bedenkt Lothar und Karin mit einem kurzen, vorwurfsvollen Blick. Beide schlagen die Augen nieder, Lothar hüstelt verlegen. »Und … hörst du sie jetzt im Moment auch? Oder siehst du irgendwelche Bilder?« Er schaut mich prüfend an.

»Nein. Im Moment nicht.«

»Was ist nachts?«, sagt er. »Irgendwelche Schlafstörungen?«

»Gestern und heute Nacht habe ich so gut wie gar nicht geschlafen«, gestehe ich.

»Hmm. Das dachte ich mir schon.« Rothermund notiert etwas auf einem Formular, sieht einen Moment lang nachdenklich aus dem Fenster und sagt: »Es ist wichtig, dass du zunächst einmal zur Ruhe findest und ausreichend Schlaf bekommst. Eine Schwester wird dich auf dein Zimmer bringen und dir ein ganz leichtes Schlafmittel geben. Du wirst etwas Schlaf nachholen und morgen früh beginnen wir dann mit den Untersuchungen. Ist das so in Ordnung für dich?«

»Ich … ja … in Ordnung.«

Rothermund drückt einen Knopf an der Gegensprechanlage auf seinem Schreibtisch. »Frau Karalowa? Würden Sie bitte Rebecca Quist aus meinem Büro abholen und auf ihr Zimmer bringen?« Dann erhebt er sich aus seinem Schreibtischstuhl und lächelt mir aufmunternd zu. »Keine Angst. Ich bin sicher, wir können dir helfen. Am besten, du verabschiedest dich jetzt gleich von deinen Eltern. Ich muss mit ihnen noch ein paar Dinge regeln. Papierkram. Ich brauche ein paar weitere Daten und sie müssen eine Einwilligungserklärung unterzeichnen. Nichts, womit du dich jetzt belasten müsstest.«

Ich stehe auf und greife nach meinem Koffer.

»Wir kommen morgen vorbei, Rebecca. Gute Nacht«, sagt Karin und reicht mir die Hand, als Lothar etwas tut, was er noch nie getan hat: Er springt auf und umarmt mich!

»Mach es gut, Rebecca«, krächzt er mit belegter Stimme.

Während ich ihn noch verwundert ansehe, tritt eine junge Frau in weißer Pflegerinnenkleidung ins Büro und führt mich hinaus.

M. Karalowa steht auf ihrem Namensschild. Wir fahren mit dem Aufzug in die erste Etage hinauf, biegen um eine Ecke und laufen einen schmalen Korridor entlang. »Dein Zimmer«, sagt sie und schließt die letzte Tür an der rechten Seite auf. Auch hier sieht es anders aus, als ich befürchtet habe. Kein Stahlbett, kein Linoleumboden, keine gekachelte Waschecke. Stattdessen Teppichboden, bunte Bettwäsche, gerahmte Poster an der Wand, ein Fernseher und ein Regal mit Jugendbüchern. An das Zimmer schließt ein großzügiges, helles Bad an.

»Du kannst ja schon mal auspacken und es dir ein bisschen wohnlich machen. Ich komme in zwanzig Minuten noch einmal vorbei und bringe dir eine Schlaftablette«, sagt die Pflegerin lächelnd und lässt mich allein.

Ich brauche keine fünf Minuten, um die Kleidung im Schrank zu verstauen und meine Hygieneartikel in das Regal im Bad einzuräumen. Dann hocke ich mich auf die Bettkante und ziehe mein Smartphone aus der Hosentasche. Einen Moment lang denke ich daran, Mareike anzurufen, um ihr zu sagen, was passiert ist und wo ich bin. Aber das wäre zwecklos, sie schaltet ihr Handy nachts aus. Also schicke ich nur eine kurze Nachricht.

Ruf mich an, wenn du das liest.

Ich stecke das Smartphone weg, und während ich darauf warte, dass die Schwester zurückkommt, lasse ich meine Augen durch das Zimmer wandern. Für ein paar Tage wird es gehen, denke ich. Dann bleibt mein Blick an der Tür hängen. Sie hat keine Klinke! Nur einen Knauf. Einen Knauf, der sich nicht bewegen lässt, wie ich drei Sekunden später feststelle. Ich haste zum Fenster hinüber und schiebe die Vorhänge zur Seite. Die Klinken sind abgeschraubt, das Fenster lässt sich ebenso wenig öffnen wie die Tür.

Was soll das?, denke ich erschrocken. Ich bin nur zur Untersuchung hier. Ich bin doch nicht gemeingefährlich. Warum werde ich auf einer geschlossenen Station untergebracht? Das dürfen sie nicht tun! Der Übergang vom Erschrocken-Modus in den Stinksauer-Modus dauert nur einen Lidschlag. Was ist das für ein Laden? Hier bleibe ich keine Sekunde länger!

Ich reiße meine Klamotten augenblicklich wieder aus dem Schrank und werfe sie in den Koffer. Da höre ich, wie sich die Tür hinter mir öffnet. »Ich will sofort mit meinen Pflegeeltern sprechen«, presse ich wütend zwischen den Zähnen hindurch. »Hier bleibe ich nicht! Sie dürfen mich nicht einsperren!«

»Aber genau das werden sie tun – und noch Schlimmeres!«, knurrt eine raue Männerstimme. Ich fahre herum und mache vor Schreck einen Satz rückwärts.

Vor mir stehen der Kirmesboxer und die Stiefel-Frau mit den langen dunklen Haaren. Beide tragen weiße Pflegerkleidung. Der Boxer schiebt einen Rollstuhl vor sich her. »*Don't worry.* Wir gehören nicht zu dem Osterhasen-Verein. Die Klamotten haben wir uns nur, ähm, ausgeliehen«, sagt er. Der Mann hat dichte rote Bartstoppeln, seine langen Haare sind zu einem Zopf gebunden, seine Nase sieht aus, als wäre sie mindestens ein Dutzend Mal gebrochen. Und sein Akzent ist eindeutig …

»*Scotland*«, murmelt er. »Nicht *England.* Nicht *Ireland. Scotland!* Falls du dich fragen solltest, wo ich herkomme. Das tust du doch gerade, oder?«

»Du sitzt ziemlich tief in der Tinte, Chérie«, sagt die Frau. Ich schätze sie auf Anfang dreißig. Ihre Augen stehen ein wenig schräg und auch sie spricht mit einem leichten Akzent, der allerdings kein bisschen schottisch, dafür aber sehr nach Baguette, Chanson und Eiffelturm klingt.

Das kann nicht real sein! So was kann man sich doch nur ausdenken! »Ihr … ihr seid nicht echt!«, stoße ich hervor.

»Nein, natürlich nicht«, sagt der Boxer. »Wir sind nur ein gespielter Witz: Treffen sich ein Schotte, eine Deutsche und eine Französin in der Klapse. Sagt die Französin …«

»'ör mit dem Blödsinn auf, Eilean. Sie ist durcheinander genug.« Die Frau macht einen Schritt auf mich zu, dann schießt ihre Hand blitzschnell vor und sie kneift mich in den Oberarm.

»Au!«

»Echt genug?«, fragt sie.

Ich weiche ängstlich zurück. »Wer sind Sie? Warum haben Sie mich beobachtet? Wie kommen Sie hierher? Was wollen Sie hier?«

»Mein Name ist Candela Cordouan«, sagt die Frau mit dem französischen Akzent. »Und der attraktive Highlander vor dir ist mein Freund und heißt Eilean Ban.« Sie haucht ihm lächelnd einen Kuss auf die Wange und er grinst breit. »Wir haben dich beobachtet, weil schließlich irgendjemand auf dich aufpassen *muss*, und wir sind hier, um dir den Arsch zu retten.«

»Wovon reden Sie?«

»Zeig ihr das Video, Eilean«, sagt sie. »Ich behalte währenddessen den Flur im Auge.«

Während sie an der Tür Stellung bezieht, zückt Eilean Ban ein Smartphone aus der Hosentasche und drückt es mir in die Hand. »Das habe ich vor wenigen Minuten aufgenommen. Der Anfang dürfte dir bekannt vorkommen.«

Ich starte den Clip. Derjenige, der ihn aufgenommen hat, stand offenbar draußen im Park vor dem geöffneten Fenster von Rothermunds Büro.

Der Psychiater sitzt, mit dem Rücken zur Kamera, an seinem Schreibtisch. Davor, meine Pflegeeltern und ich: Karin, die mir die Hand gibt. Lothar, der mich umarmt. Die Tür öffnet sich. Die Pflegerin erscheint. Ich gehe mit ihr hinaus. Die Tür schließt sich.

»Jetzt wird es *topsy-turvy*«, sagt Eilean Ban.

Nachdem die Pflegerin und ich das Büro verlassen haben, herrscht für einen Moment Schweigen, bis Rothermund in scharfem Ton sagt: »Sie sollten uns umgehend benachrichtigen, wenn Derartiges geschieht. Warum kommen Sie erst heute?«

»Weil sie es uns erst heute erzählt hat«, entgegnet Karin kühl. »Was wollen Sie denn? Wir haben Sie sofort informiert, nachdem wir Kenntnis davon erhalten haben. Wie vereinbart. Mein Auftrag ist erledigt. Und jetzt will ich das, was mir zusteht. Auch wie vereinbart.«

»Zunächst einmal«, erwidert Rothermund, »Ihr Auftrag ist nicht zur Gänze erledigt. Es gilt noch, Spuren zu verwischen. Sie werden auf dem Rückweg eine Polizeiwache aufsuchen und Rebecca vermisst melden. Geben Sie an, sie sei nach einem Streit von zu Hause weg-

gelaufen. Sie wird einer von tausend Teenagern sein, die jedes Jahr von zu Hause ausreißen. Manche kehren nach ein paar Stunden zurück, manche bleiben für immer vermisst. Und zweitens: Sie haben bereits erhalten, was vereinbart war. Sonst hätten Sie keine Galerie und Ihr Mann keine Praxis.«

»Ich spreche von der Prämie, die für den Erfolgsfall vereinbart war«, sagt Karin.

»Auch darüber müssen Sie sich keine Gedanken machen.« Rothermund streicht sich mit dem Finger über die Nase. »Alles Dementsprechende wird in Kürze veranlasst.«

»Das hoffe ich sehr«, sagt Karin in gereiztem Ton. »Denn ich habe zehn Jahre lang erstklassige Arbeit abgeliefert. Sie haben Rebecca und ich ab morgen wieder ein eigenes Leben.« Sie dreht den Kopf und bedenkt Lothar mit einem Blick, den man nur als angeekelt bezeichnen kann. »Und ich muss, wenn ich morgens aufwache, nicht mehr als Erstes in diese Hackfresse blicken.«

Lothar funkelt sie wütend an, aber Rothermund lächelt nur. Er steht vom Schreibtisch auf, stellt sich neben Karin und betrachtet sie amüsiert. »Ich muss schon sagen … Respekt! Als wir die Operation geplant haben und uns klar wurde, dass sie sehr lange dauern könnte … Nun, damals gab es einige, die starke Zweifel hatten, ob sie gelingen würde. Es gab Befürchtungen, dass die operativen Kräfte über einen so langen Zeitraum engen Zusammenlebens hinweg ihrer professionellen Haltung verlustig gehen könnten. Dass sie die Kontrolle verlieren und tatsächlich so etwas wie eine emotionale Beziehung zu dem Mädchen entwickeln könnten.« Rothermund wirft Karin einen anerkennenden Blick zu. »Ich wusste von Anfang an, dass eine solche Schwäche von Ihnen nicht zu erwarten war.« Er macht einen Schritt auf Lothar zu und mustert ihn prüfend. »Und ich gehe davon aus, dass Sie ebenfalls ein Vollprofi sind. Ohne Sentimentalitäten.«

»Natürlich … was denken Sie denn?«, sagt Lothar und blickt zu Boden. »Was … was wird nun mit ihr geschehen?«

Rothermunds Lippen werden zu einem dünnen Strich. »Das müssen Sie nicht wissen. Ihre Beteiligung an der Operation endet an die-

ser Stelle. Und dieses Gespräch hat nie stattgefunden. Genießen Sie Ihr neues Leben!« Er lächelt ein böses Lächeln. »Auch wenn ich den Eindruck habe, dass es kein gemeinsames mehr sein wird.«

»Wohl kaum«, sagt Lothar und erhebt sich von seinem Stuhl.

»Ganz bestimmt nicht!«, zischt Karin und die beiden gehen hinaus, ohne sich eines weiteren Blickes zu würdigen.

»Aber ... was?« Fassungslos starre ich Eilean Ban an.

»Es geht noch weiter«, sagt er.

Kaum haben meine Pflegeeltern das Büro verlassen, betritt ein Mann in schwarzem Anzug das Zimmer. Militärisch kurze graue Haare, graue Augen, dünne Nase, schmaler Mund.

»Und ... was denken Sie?«, fragt Siegbert Rothermund.

»Sie wird wahrscheinlich schweigen, aber er ist eine potenzielle Gefahr«, sagt der Anzugträger ohne die geringste Gesichtsregung.

»Ja. Das ist auch meine Einschätzung«, entgegnet Doktor Rothermund.

»Wir können kein Risiko eingehen. Weder was sie, noch was ihn anbelangt. Ich habe dafür Sorge getragen, dass wir uns ihres Schweigens sicher sein können. Eine entsprechende Maßnahme wurde bereits eingeleitet.«

»Wir hatten von Beginn an mit unserer Vermutung recht«, sagt Rothermund und lehnt sich in seinem Stuhl zurück. »Ich wusste es: Das Mädchen ist eines der Asyle!«

»Ja.« Ein dünnes, triumphierendes Lächeln spielt um die Lippen des Anzugmannes. »Und sie wird uns zu den anderen führen. Alles wird so bleiben, wie es ist.« Der Videoclip bricht ab.

Ich sitze da und starre weiter auf das Display, unfähig, mich auch nur einen Zentimeter zu bewegen, während in meinem Kopf ein heilloses Chaos tobt.

»*Sorry*«, sagt Eilean Ban mit leiser Stimme. »Manchmal betrachtet man etwas aus einer neuen Perspektive und stellt dabei fest, dass es ganz anders ist, als man bisher geglaubt hat. Das ist nicht immer eine schöne Erfahrung.«

Ich bin nicht fähig, einen klaren Gedanken zu fassen. »Ein

Auftrag?«, stammle ich. »Ich war *ein Auftrag* für Lothar und Karin? Und Rothermund und dieser Mann – von welcher *operativen Maßnahme* reden sie da? Und was heißt: *Das Mädchen ist eines der Asyle?* Was hat das alles zu bedeuten?«

»Es bedeutet erstens, dass du nicht verrückt bist«, sagt Candela Cordouan und lächelt mir zu. »Auch wenn du Stimmen hörst und merkwürdige Dinge siehst, denn das tust du ja, oder?«

Ich nicke stumm.

»Zweitens bedeutet es, dass das, was du bisher für die Wirklichkeit gehalten hast, nicht ganz die Wirklichkeit ist. Und drittens, dass du uns entweder vertraust und dich von uns hier rausbringen lässt – oder dass du nie mehr hier rauskommst, Chérie. Jedenfalls nicht lebend.«

»Und warum sollte ich euch vertrauen? Ich kenne euch doch gar nicht. Warum sollte ich mit euch mitkommen? Warum solltet ihr mir helfen wollen?«

»Weil wir *deine* Hilfe brauchen«, sagt Candela ernst.

»Meine Hilfe? Wobei?«

»*Chaque chose en son temps.* Alles zu seiner Zeit, Rebecca. Die Pflegerin kommt jeden Moment zurück. Du musst dich entscheiden: Entweder du kommst mit uns oder du bleibst hier – in einem Zimmer, dessen Tür und Fenster du nicht öffnen kannst.«

Meine Blicke wandern hektisch zwischen Candela Cordouan und Eilean Ban hin und her. Ich stehe kurz davor zu hyperventilieren. Das verschlossene Zimmer, das Video, das ich gesehen habe, der Mann und die Frau, die wollen, dass ich mit ihnen von hier fliehe … Alles ist vollkommen irreal. Als hätte sich die Wirklichkeit von einem Moment auf den anderen aufgelöst und mich mitten im Nirgendwo sitzen lassen. Wobei das Nirgendwo in diesem Fall eine geschlossene Abteilung ist.

»Wir sind die *good guys!* Vertrau uns, Rebecca! Erklärungen folgen später«, sagt Eilean Ban und legt mir seine Pranke auf die Schulter, was sich dann doch sehr wirklich anfühlt.

»Also … also gut! Ich … komme mit euch«, höre ich mich stottern. »Aber wie …?«

»Deine Sachen musst du hierlassen«, sagt Candela und späht in den Flur. »Aber nimm dein Smartphone mit. Setz dich in den Rollstuhl. Schnell!«

Eilean holt unter seiner Pflegerjacke eine schwarze Perücke hervor. »Zieh die über!«, kommandiert er. »Wenn ich dich gleich über die Flure schiebe, dann sieh niemandem ins Gesicht. Richte den Blick zu Boden oder zur Seite. Wenn alles gut geht, marschieren wir hier einfach raus und bevor sie etwas merken, sind wir über alle Berge. Und wenn nicht … gehen wir über zu Plan B.«

»Und was ist Plan B?«, frage ich, während Candela meine Perücke zurechtzupft.

»Plan B bedeutet, dass wir für ein kleines Chaos sorgen. Insgeheim hoffe ich auf Plan B. Ich steh auf Chaos!«, sagt Eilean grinsend. »*Ready for action?*«

Ich kann immer noch nicht glauben, was hier gerade geschieht. Zögernd setze ich mich in den Rollstuhl. Es fühlt sich an, als wäre ich in einem völlig abgefahrenen Film gelandet. Beinah warte ich darauf, dass in der nächsten Sekunde ein Regisseur um die Ecke gesprungen kommt und laut »*Cut!*« schreit.

»Die Luft ist rein«, flüstert Candela und winkt uns auf den Flur hinaus. Die Reifen des Rollstuhls quietschen leise, während Eilean mich über den Korridor schiebt. Kein Regisseur, kein Film, keine Halluzination. Candela bildet die Vorhut. Mit einem Klemmbrett unter dem Arm marschiert sie drei Meter vor uns über den Gang. Zwei ins Gespräch vertiefte Pfleger kommen uns entgegen, nehmen aber keine besondere Notiz von uns. Wir halten stur auf den Lift am Ende des Flures zu. Candela ruft den Aufzug, wenige Sekunden später öffnen sich die Türen – und vor meiner Nase taucht ein Namensschild auf: *M. Karalowa.* Sofort blicke ich zu Boden. Die Pflegerin drängt sich an uns vorbei aus dem Lift. Ich wende den Kopf und sehe, wie sie den Flur hinuntergeht und auf mein Zimmer zuhält.

»In spätestens fünfzehn Sekunden weiß sie, dass ich abgehauen bin«, wispere ich, unmittelbar nachdem sich die Aufzugtüren geschlossen haben.

»Wenn sie Alarm schlägt, tritt Plan B in Kraft. Unsere Spezialkräfte sind bereits auf Position. Sie werden den Feueralarm auslösen und für ein bisschen Verwirrung und Durcheinander sorgen«, sagt Candela und fügt seufzend hinzu: »Ich hoffe nur, Charly konzentriert sich aufs Wesentliche und versteigt sich nicht wieder in irgendwelche sinnfreien Showeffekte!« Als sich die Aufzugtüren im Erdgeschoss öffnen, spannen sich Candelas Gesichtsmuskeln an. Ihre Augen scannen die Eingangshalle ab.

»Wenn ich sage: ›Jetzt!‹, dann springst du aus dem Rollstuhl und rennst so schnell los, wie du kannst. Aber keine Sekunde vorher«, wispert Eilean Ban mir zu und schiebt mich aus dem Lift.

Die Halle ist fast leer, bis auf eine Frau am Empfangsschalter und zwei Pflegerinnen, die Getränke aus einem Automaten ziehen. Aber wir sind noch keine fünf Meter weit gekommen, als von der oberen Ebene schnelle Schritte zu hören sind. Zwei Sekunden später taucht M. Karalowa völlig aufgelöst an der Treppe auf und schreit: »Patientin abgängig! Patientin von der Geschlossenen abgä…«

Ihr Schreien geht im plötzlichen Schrillen des Feueralarms unter, und wenige Sekunden später bricht um uns herum das Chaos los. Überall fliegen Türen auf. Laute Angstschreie sind zu hören, aus allen Richtungen kommen Pfleger und Patienten in die Halle gerannt. »Feuer! Es brennt! Feuer!« Patienten irren verwirrt und mit ängstlichen Augen durch die Gegend. Manche weinen. Eine Frau in einem grünen Bademantel beginnt hysterisch zu kreischen und reißt sich ein Haarbüschel aus. Immer mehr Menschen drängen in die Halle. Ein einziges Rennen, Stoßen und Schubsen. Vergeblich versuchen Pfleger, die Leute zu beruhigen und einen kontrollierten Abmarsch zu organisieren. Eilean schiebt mich unbeirrt weiter, als uns plötzlich Siegbert

Rothermund gegenübersteht. Er blickt auf den Rollstuhl, blickt auf mich, blickt verwirrt zu Eilean, stutzt und …

In diesem Moment sind laute Explosionen zu hören und die Angst um uns herum steigert sich zu wilder Panik. Alle versuchen sich irgendwie zu retten, Menschen geraten ins Stolpern, fallen hin, werden überrannt; Rothermund wird von einer laut schreienden Frau umgestoßen und geht zu Boden. Eine weitere heftige Explosion; dichter Rauch vernebelt die Halle.

»Keine Sorge. Alles nur Theaterdonner und Theaternebel«, flüstert Eilean Ban. »Und falls ich es noch nicht gesagt haben sollte: Jetzt! *Run!*«

Ich springe aus dem Rollstuhl und flitze hinter Candela und Eilean her, die ein irrsinniges Tempo vorlegen. Als ich einen kurzen Blick zurückwerfe, sehe ich, wie Siegbert Rothermund etwas in sein Handy brüllt. Aber da alles in diesem Chaos rennt, rettet und flüchtet, beachtet uns niemand. Wir sprinten aus der Halle in einen langen Flur, schießen um eine Ecke, gelangen in die Großküche und sehen uns urplötzlich zwei Gestalten gegenüber, die ganz offensichtlich nicht zum Pflegepersonal gehören. Beide tragen dunkle Anzüge wie der Mann in Rothermunds Büro und halten Pistolen in der Hand. Ich höre einen Knall und schreie laut auf. Eine Kugel pfeift über meinen Kopf hinweg und schlägt in die Wand ein.

»Nicht auf das Mädchen schießen, du Idiot! Wir brauchen sie lebend!«, brüllt einer der Männer.

Aber da stürmt Eilean bereits auf ihn zu, und ich glaube meinen Augen nicht zu trauen: Er macht einen gewaltigen Satz – es sieht beinah aus, als würde er durch die Luft fliegen – und sein Fuß trifft den Mann am Kinn. Ein lautes Knacken, dann kippt sein Gegner wie von der Axt getroffen um. Ehe der zweite Mann reagieren kann, steht Eilean schon wieder auf den Füßen, rammt ihm das Knie in den Unterleib und schlägt ihm mit beiden Händen rechts und links auf die Ohren. Der Mann sackt stöhnend zusammen.

»Gewalt ist natürlich nie eine Lösung«, befindet Eilean grinsend. »Aber man gönnt sich ja sonst nichts.«

»Kommt! Schnell! Bevor mehr von denen auftauchen.« Candela öffnet eine schmale Fensterluke, durch die wir uns einer nach dem anderen quetschen. Ich atme kühle Nachtluft. Vor uns liegt der Park im Dunkeln.

»Wir dürfen nicht in das Blickfeld der Kameras geraten«, wispert Eilean. »Bleib hinter uns und geh genau in unserer Spur.«

Aus dem Inneren des Gebäudes ist der nächste laute Knall zu hören. Dann eine ganze Böllersalve. Gellende Angstschreie.

Geduckt rennen wir ein Stück über den Rasen, schlagen uns in ein Gebüsch und huschen direkt an der Mauer entlang, die das Gelände umgibt. Dann deutet Eilean auf eine Strickleiter, die über der Umgrenzung liegt. »Hier sind wir reingekommen und hier geht's auch wieder raus.«

In diesem Augenblick erstrahlen Park und Gemäuer plötzlich in hellem Licht. Ich werfe einen Blick über die Schulter. Ein vielfarbiges Feuerwerk geht über der Klinik nieder. Rote Sterne, Goldregen, grüne und blaue, sich in der Luft entfaltende Licht-Baldachine …

»*Mais, non* … Charly kann es mal wieder nicht lassen«, sagt Candela seufzend und schiebt mich in Richtung Strickleiter.

Wir klettern über die Mauer und überqueren einen Feldweg, dann geht es in eine Apfelplantage hinein. Wir schlagen uns mal nach rechts, mal nach links, und ich habe schon nach kürzester Zeit jede Orientierung verloren.

»Wir sind gleich da«, keucht Candela. Und dann stehe ich vor einem schwarzen Wagen, der unter einem Apfelbaum geparkt ist und nicht sehr vertrauenerweckend aussieht.

»In solchen Wagen sitzen in Filmen immer die Bösen«, sage ich und ziehe mir die Perücke vom Kopf.

Candela lacht. »Ja. Ein Citroën DS. Aber die Wirklichkeit ist kein Film – allerdings ist sie auch nicht so wirklich, wie die meisten denken. Du wirst sehen, Chérie …«

Hinter dem Wagen steht ein Motorrad, eine leichte Geländemaschine. Und während ich noch darüber grübele, was Candela mit dieser seltsamen Aussage gemeint hat, schwingt sie sich auf das Bike, tritt den Kickstarter und sagt: »Gib mir dein Smartphone.«

»Aber …«

»Darüber orten sie dich. In spätestens fünf Minuten ist ihnen klar, dass sie verarscht worden sind, und sie werden deine Spur aufnehmen. Durch das Handy wissen sie, wo du dich aufhältst. Sie haben es immer gewusst, Rebecca.«

Widerwillig gebe ich ihr das Smartphone. »Immer gewusst? Sie? Wer sind *sie*?«, frage ich, aber Candela antwortet nicht und sagt nur: »Ich werde sie auf eine falsche Fährte locken, während Eilean dich in Sicherheit bringt.« Sie zieht ihn zu sich heran und flüstert: »Bis nachher, *mon amour*.«

»*Later, Baby*«, sagt er lächelnd und sie küssen sich. Und zwar auf eine Art, die … Herrgott, nehmt euch ein Zimmer!, denke ich und versuche nicht zu genau hinzusehen.

Dann zieht Candela den Helm auf, nickt mir kurz zu, gibt Gas und kurz darauf ist ihr rotes Rücklicht in der Nacht verschwunden. Eilean geht um den Wagen herum, öffnet die Beifahrertür und lässt sich in den Sitz fallen.

»Hüpf hinten rein«, sagt er, und als ich auf die Rückbank krabbele, blicke ich auf den Hinterkopf eines zweiten Mannes, der hinter dem Steuer sitzt und in aller Seelenruhe eine Zigarette raucht.

»Dat wurd aber auch allerhöchste Eisenbahn«, sagt er in rheinischem Singsang, dreht sich um und lächelt mich an.

Der Kellner mit dem Zwirbelschnurrbart!

»'n Abend, junge Frau«, begrüßt er mich. »Tjaa, so sieht man sich wieder. Und mer haben schon jedacht, mer wären ein bisschen ballaballa, was? Keine Angst, Mädchen, du bist auch net doller als wie jeder andere.« Er streckt mir die Hand entgegen. »Helios Ehrenfeld. Mer können ruhig *Du* sagen. – Ein kleines

Momentchen Jeduld, bitte. Mer sind noch auf die Feuerwerker am Warten. Die sind mal wieder zu spät.«

»Ja. Wo bleiben die beiden Spassokokken?«, knurrt Eilean. Im selben Moment werden die rechte und linke Hintertür gleichzeitig aufgerissen. Zwei Gestalten werfen sich auf die Rückbank und ringen nach Luft, als hätten sie einen Triathlon hinter sich. Sofort startet Helios Ehrenfeld den Wagen und der Citroën rumpelt über die Apfelwiese, bis wir eine Landstraße erreichen. Unser rheinischer Fahrer gibt Gas und der Wagen schießt mit dermaßen hohem Tempo über den nassen Asphalt, dass mir schwummrig wird.

Die Männer rechts und links von mir sind noch immer damit beschäftigt, ihren Lungen Sauerstoff zuzuführen. Ihre Gesichter gleichen sich wie ein Ei dem anderen – Zwillinge, schießt es mir durch den Kopf – und trotzdem könnten sie nicht unterschiedlicher aussehen. Der rechts von mir trägt Anzug, Krawatte und einen strengen Seitenscheitel und sieht so seriös aus wie ein fleischgewordener Aktenordner. Der zu meiner Linken hat schulterlange, fettige Haare, steckt in einer speckigen Ledermontur und riecht, als käme er gerade von einer ausgedehnten Kneipentour.

»Darf ich vorstellen?«, sagt Eilean. »Die Gebrüder Arkona.«

»Luis. Sehr erfreut«, sagt der mit dem Aktenordnergesicht zwischen zwei schnappenden Luftzügen.

»Carl Friedrich«, keucht der andere. »Aber alle nennen mich Charly.«

»Schön, dass ihr euch doch noch die Ehre gebt«, sagt Eilean, während der Citroën in die nächste Kurve schleudert. »Ich war kurz davor, 'ne Vermisstenmeldung aufzugeben.«

»Da darfst du dich bei Carl Friedrich bedanken!«, sagt Luis Arkona und zischt in Richtung seines Bruders: »Fast hätten sie uns erwischt, Charly. Nur weil du mal wieder ein besonderes Highlight setzen musstest. Wir sollten Panik verbreiten. Dazu sind Böller und Rauchbomben völlig ausreichend. Aber nein …

Charly Arkona muss natürlich auch noch ein kleines Feuerwerk illuminieren. Du hast sie doch nicht mehr alle!«

»Wenn ich Angst und Schrecken verbreite, dann mit Stil. Davon verstehst du nichts, Brüderchen. Weil du geistig und emotional verbeamtet bist. Ich bin Künstler!«

»Künstler? Du bist ein siebenjähriges Spielkind im Körper eines Erwachsenen – und in einer extrem unangenehm müffelnden Lederjacke, wie ich hinzufügen möchte. Irgendwann kosten uns deine Extravorstellungen noch mal den Kopf.«

»Nur weil du so 'ne Lusche bist, die sich selbst nicht leiden kann, muss ich ja nicht –«

»Wer ist denn hier die Lusche? Wer hat denn Angst vor Verantwortung? Wer von uns hat denn Muffensausen gekriegt und Dörte Ditzum vor dem Traualtar stehen lassen?«

»Ich hab's mir eben im letzten Moment noch mal anders überlegt. Besser spät als nie. Was willst du überhaupt? Da konntest du sie ja endlich trösten. Wolltest du doch sowieso schon die ganze Zeit über.«

»Ach, halt doch einfach die Schnauze, Charly!«

»Selber Schnauze, du –«

»**Ruhe!**«, höre ich mich brüllen und die beiden Streithähne verstummen verschreckt. Ich nehme einen tiefen Atemzug und versuche, meine Stimme ruhig klingen zu lassen. »Würdet ihr mir jetzt bitte mal verraten, wohin wir fahren?«

»Mer machen einen kleinen Ausflug ans Meer«, sagt Helios Ehrenfeld und tritt das Gaspedal durch. »Und mehr als Meer darf ich dir im Moment leider net verraten, Mädchen. Zu deiner eijenen Sicherheit.«

»Und was … was seid ihr überhaupt für ein Verein?«, sage ich und blicke fragend von Eilean zu Luis und Charly Arkona.

Luis Arkona holt tief Luft. »Wir sind –«

»Warte, ich will es ihr sagen!«, fährt ihm sein Bruder in die Parade.

»Warum? Weil unser Möchtegern-Künstler mal wieder das

letzte Wort haben muss? Willst du zur Feier des Augenblicks vielleicht noch ein paar Extra-Raketen in den Himmel steigen lassen?«

»Ich kann dir sagen, wohin ich die nächste Rakete steigen lasse. Nämlich in deinen –«

»*Shut up!* Klappe halten, ihr Torfnasen!«, dröhnt Eileans Stimme durch den Wagen. Dann dreht er sich um, grinst und sagt: »Wir sind die Wächter!«

— DREI —

»Die Wächter?« Ich sehe Eilean mit großen Augen an. »Und was bewacht ihr?«

»Etwas, hinter dem ’ne Menge Leute her sind.«

»Und das wäre?«

»Wir bewachen *dich*, Rebecca«, sagt Eilean und fügt, während ich ihn fassungslos anstarre, in lockerem Plauderton hinzu: »Aber Wächter ist mehr so was wie eine ehrenamtliche Tätigkeit. Im Hauptberuf sind wir Leuchtturmwärter.«

»So ist es! Wir sind Hüter des Lichts.« Die Arkonas nicken in plötzlicher brüderlicher Eintracht wie zwei aufgedrehte Duracell-Hasen.

»Leuchtturmwärter? Ähm, du … du auch, Helios?«, frage ich zweifelnd und stoße damit offenbar in ein Wespennest.

»Ja, warum sollte ich denn keiner sein?«, sagt Helios Ehrenfeld und klingt dabei ziemlich beleidigt.

Luis und Charly Arkona glucksen in sich hinein.

»Ich dachte nur … weil … dein Dialekt …«

Die Arkonas brechen in hyänenartiges Gelächter aus, schlagen sich auf die Schenkel und kriegen sich gar nicht mehr ein vor Lachen. »Er ist Binnenleuchtturm-Wärter. Aus Köln!«, japst Charly.

»Net *aus* Köln, du Ampelmännchen!« Helios’ Schnurrbartspitzen zittern empört. »Ich komme aus dem schönen Düsseldorf, aber ich arbeite in Köln – man kann es sich net immer aussuchen …«

»Wozu braucht man am Rhein einen Leuchtturm?«, frage ich verdattert, während Luis und Charly Arkona dicke Lachtränen über das Gesicht laufen.

»Mit kleinlichen Fragen nach dem Wozu und Warum beschäftigt sich der Rheinländer net«, sagt Helios würdevoll. »Ihr braucht jar net so zu lachen, ihr Heringsköpp. Ich nehm meinen Beruf ausjesprochen ernst. Es ist überhaupt net wichtig, wo ein Leuchtturm steht, sondern dass er da steht. Und wenn ihr unbedingt wissen wollt, warum einer am Rhein steht: Der Rheinländer an sich bedarf zwar kaum noch der Erleuchtung, aber er hat es eben jern, wenn für ihn ein Lichtlein im Dunkeln schimmert. So! Und damit ist das Thema für mich abjeschlossen.«

Ich blicke ratlos zu Eilean. »Was meinst du mit ›*Wir passen auf dich auf, Rebecca …*‹?«

»Mir ist klar, dass du jede Menge Fragen hast«, sagt er. »Noch ein wenig Geduld. Du wirst bald jemanden treffen, der dir Antworten gibt.«

»Wen?«

»Den obersten Wächter. Und jetzt, versuch ein bisschen zu schlafen.«

Würde ich gerne, kann ich aber nicht. Eilean schläft mit offen stehendem Mund und murmelt im Traum alle paar Sekunden »Oh, Candela … yeah, Baby …«, während die beiden Arkonas Schnarcher ausstoßen, gegen die selbst die Posaunen von Jericho abstinken würden.

Helios sitzt schweigend hinter dem Steuer und hat den Blick auf die Straße gerichtet. Wir fahren ausschließlich über Landstraßen, vorbei an lang gestreckten Getreidefeldern und kleinen Wäldchen, die schattenhaft an uns vorbeihuschen. Gelegentlich streifen die Scheinwerfer über die Gebäude eines einsamen Bauernhofes. Nach etwa anderthalb Stunden zündet sich Helios Ehrenfeld eine Zigarette an und kurbelt das Seitenfenster herunter, damit der Rauch abziehen kann. Und da rieche ich es.

Das Meer.

Dieser ganz besondere Geruch, der sich aus unzähligen Gerüchen zusammensetzt und der durch einen hindurchströmt wie eine frische Brise, die alles Beängstigende und Bedrückende aus der Seele pustet. Eigentlich müsste ich mich zu Tode fürchten.

Ich habe nicht mal den Schimmer einer Ahnung, was hier vor sich geht. Ich stehe im Zentrum irgendwelcher Vorkommnisse, die ich nicht im Geringsten durchschaue. Meine Pflegeeltern hatten ganz offensichtlich nicht die Wiederherstellung meiner Gesundheit im Auge, als sie mich bei diesem Doktor Rothermund abgeliefert haben. Bei dem Gedanken an das, was ich in dem Video gesehen habe, ballen sich meine Hände vor Wut zu Fäusten. Man hat versucht, mich in einer Psychiatrie einzusperren, und jetzt sitze ich mit vier Männern, die sich als Wächter bezeichnen und von denen ich nicht mehr als ihre Namen kenne, in einem schwarzen Citroën und werde an einen unbekannten Ort gebracht. Ich sollte zittern vor Angst. Aber seltsamerweise tue ich es nicht. Ich sauge die Meeresluft tief in meine Lunge und es fühlt sich an, als würde mein Herz plötzlich schneller schlagen. Nicht aus Angst. Ich habe keine Angst – keine Angst ist natürlich gelogen. Ich habe Angst. Aber sie verbindet sich mit einem merkwürdigen, aufregenden Kribbeln und einer von Minute zu Minute stärker werdenden Neugier auf das, was mich am Ziel dieser Reise erwartet.

»Du wirst bald jemanden treffen, der dir Antworten gibt.«

Und während ich den Meeresgeruch einatme und durch das Wagenfenster in die Dunkelheit blicke, steigt in mir die beunruhigende Ahnung auf, dass mit diesen Antworten große Veränderungen in meinem Leben einhergehen könnten. Dass es nie mehr so sein wird, wie es war. Dass etwas enden und etwas ganz Neues beginnen wird.

Vielleicht ist es aber auch nur der Geruch des Meeres, der mich das glauben lässt. Denn so riecht das Meer: nach dem Beginn von etwas Neuem …

»Noch zehn Minütchen, dann sind mer da«, sagt Helios. Zur Rechten sehe ich die Lichter einer Stadt, aber wir halten uns vom Zentrum fern, fahren durch menschenleere Randbezirke und erreichen schließlich ein heruntergekommenes Industriegebiet mit einem kleinen Hafen. Helios drosselt das Tempo und fährt auf das Gelände einer stillgelegten Konservenfabrik, wo er vor dem geschlossenen Tor einer großen Halle hält und vernehmlich sagt: »Wach werden, Herrschaften!«

Gähnend steigen meine Mitfahrer aus dem Wagen. Die Arkonas recken und strecken sich, Eilean öffnet das Hallentor, das mit einem schweren Vorhängeschloss gesichert ist, und Helios lässt den Wagen ins Innere der Halle rollen, wo er ihn neben einem verbeulten schwarzen Mercedes abstellt. Ich steige aus dem Citroën und der unangenehme Geruch von vergammeltem Fisch steigt mir in die Nase. Angeekelt verziehe ich das Gesicht. Plötzlich ist ein Motorengeräusch zu hören.

»Candela!«, sagt Eilean und lächelt.

Wenige Augenblicke später taucht der Scheinwerfer des Motorrades hinter dem Maschendrahtzaun auf, der das Gelände umgibt. Candela parkt die Maschine in der Halle, zieht den Helm ab und verkündet frohgemut: »Ich habe sie fünfzig Kilometer in die falsche Richtung geführt und das Smartphone dann in einen Weiher geworfen.«

»Was?«, entfährt es mir.

Sie legt mir die Hand auf die Schulter und sagt in bedauerndem Tonfall: »*Shit happens*« – was bei ihr klingt wie *Schiid'appens*. »Du hättest es sowieso nicht mehr benutzen können, Chérie. Dann hätten sie sofort gewusst, wo wir sind.«

»Ja … schon klar«, sage ich resigniert und stelle mir vor, wie Mareike in ein paar Stunden meine Nachricht liest und versucht, mich anzurufen. Vergeblich. Ich bin nicht zu erreichen. Für niemanden. Und kein Mensch weiß, wo ich bin.

Luis Arkona öffnet den Kofferraum des Citroën und hebt einen Umzugskarton heraus. Sein Bruder greift sich einen zweiten Karton und Helios einen dritten.

»Was ist da drin?«, frage ich.

Eilean grinst breit. »Während du mit deinen Pflegeeltern zu der Psychiatrie gefahren bist, haben wir eurem trauten Heim einen kleinen Besuch abgestattet. Wir waren uns ziemlich sicher, dass du nicht mehr dorthin zurückkehren würdest, und haben schon mal ein paar Sachen für dich gepackt. Nur das Nötigste.«

Ich befürchte, dass ich ein ziemlich dummes Gesicht mache. »Aha?«, ist alles, was ich sagen kann.

»Dann mal los«, kommandiert Eilean, nachdem er das Tor der Lagerhalle verschlossen hat. Wir schleichen an großen Schiffscontainern vorbei über das spärlich beleuchtete Areal, bis wir zu einer Anlegestelle kommen, vor der ein Werbeschild mit einem gelb-roten Leuchtturm zu sehen ist, das für »Urlaub am Leuchtturm – Fannys Leuchtturm-Pension« wirbt. Am Anleger liegt ein kleiner, nur bedingt seetüchtig aussehender Krabbenkutter, dessen Name mit roter Farbe am Bug aufgemalt ist: *Charlotte Sometimes.* Wir laufen über die Anlegebrücke auf das Boot zu, als plötzlich eine Gestalt mit einem Sprung über die Reling setzt und sich auf dem hölzernen Steg vor uns aufbaut.

Ein Mädchen, höchstens drei oder vier Jahre älter als ich. Sie steckt in einem dünnen schwarzen Ledermantel, trägt eine Lederkappe, unter der eine einzelne lange Haarsträhne hervorlugt, und hat so viele Piercings im Gesicht, dass man sie kaum zählen kann. Sie schiebt den Mantel zurück und legt ihre Hand auf den Knauf eines großen Bootsmessers, das in ihrem Gürtel steckt.

»Das Passwort!«, schnarrt sie unfreundlich.

Eilean Ban seufzt tief. »Musst du hier einen auf Matrix machen, Patti? Du kennst uns. Wir brauchen kein Passwort.«

Das Mädchen weicht keinen Zentimeter von der Stelle. »Ich habe meine Order, Eilean. Hier treiben sich 'ne Menge merkwürdiger Gestalten rum. Erst vorhin habe ich jemanden verscheucht, der sich zwischen den Containern rumgedrückt hat. Hat das Weite gesucht, als ich Kurs auf ihn genommen habe.«

»Tät ich auch, wenn einer mit 'nem Messer auf mich am Zurennen wär«, grummelt Helios.

»Hier kommt keiner ohne Passwort durch«, sagt das Piercing-Mädchen, ohne auf seine Bemerkung einzugehen. »Also?«

»Wenn es sein muss«, murmelt Eilean resigniert. »Das Passwort ist … Ähm, was war es noch mal? Erinnerst du dich, Candela?« Er kratzt sich am Kopf und blickt fragend in die Runde, aber alle machen nur dumme Gesichter oder zucken mit den Schultern, bis Charly Arkona aufgeregt ruft: »Schollenscheiße! Ich weiß es wieder: Das Passwort ist Schollenscheiße!«

Das Mädchen schüttelt den Kopf.

»Natürlich ist es nicht Schollenscheiße, du Gedächtnisakrobat.« Luis Arkona wirft seinem Bruder einen bösen Blick zu, sieht das Mädchen mit der langen Haarsträhne an und sagt: »Kabeljaukacke. Das Passwort lautet Kabeljaukacke. Ich frage mich, wer sich diese bescheuerten Passwörter immer ausdenkt.«

»Ich«, entgegnet das Mädchen, ohne eine Miene zu verziehen. »Ihr könnt durch.« Sie dreht an dem Ring in ihrer Nase, betrachtet mich prüfend und sagt: »Endlich tut sich was. Gut, dass du da bist, Püppchen!« Damit steckt sie ihr Messer weg und springt auf das Boot.

Püppchen? Mich hat noch nie jemand als Püppchen bezeichnet. Vor allem niemand, der ein Mädchen und kaum älter ist als ich. Meine Verwirrung ist mir wohl deutlich anzusehen, denn Helios Ehrenfeld kichert leise und flüstert: »Das ist Patti van Pilsum. Hart, aber herzlich. Man muss sie nehmen, wie sie ist. Jeder Jeck ist anders.«

Kaum sind wir an Bord geklettert, löst Patti van Pilsum die Leinen und bezieht Position im Ruderhaus. Mit leise tuckerndem Motor fährt die *Charlotte Sometimes* aus dem Hafen aus. Einen Moment lang glaube ich, ein zweites Motorengeräusch zu hören, und blicke suchend in das Dunkel hinter uns. Plötzlich beginnt Helios Ehrenfeld zu würgen. Ich werfe den Kopf herum. Helios sieht ziemlich käsig aus und presst eine Hand auf den Magen. Die Arkonas beobachten ihn mit schadenfrohen Gesichtern und kichern schon wieder wie blöde.

»Da jitt et jar nix zu laache, ihr Qualleköpp«, presst der rheinische Leuchtturmwärter hervor und sagt schwer atmend zu mir: »Es ist ein Elend. Ich brauch das Meer nur anzugucken, schwuppdiwupp wird mir malad. Schon wenn ich mit dem Bötchen am über den Rhein am Fahren bin, fang ich an zu kübeln und –« Er presst die Hand vor den Mund und stürzt davon. Eine Sekunde später hängt er über der Reling des schwankenden Bootes und gibt Geräusche von sich, die an ein Walross in der Brunftzeit erinnern.

»Komm mit!« Candela zieht mich mit sich unter Deck. Wir steigen eine enge Stiege hinab und gelangen in eine niedrige Kombüse, wo ich auf einer hölzernen Bank an einem schmalen Tisch Platz nehme. Im Gegensatz zu Helios spüre ich nicht das geringste Anzeichen von Seekrankheit. Im Gegenteil: Ich genieße das Schlingern des Bootes regelrecht. Über einer kleinen Kochstelle schaukeln Pfannen und Töpfe an der Wand, daneben hängt ein Foto, das bestimmt zwanzig, wenn nicht schon dreißig Jahre alt ist: die *Charlotte Sometimes* zu ihren Glanzzeiten. Mit frischem, rot-gelben Anstrich durchpflügt sie die Wellen, das Fenster des Ruderhauses glänzt in der Sonne.

Candela drückt mir eine Tasse Tee in die Hand und setzt sich zu mir.

»Wohin fahren wir?«, frage ich, während ich durch ein Bullauge auf das nächtliche Meer blicke.

»Zanderland«, sagt sie und ihre Augen blitzen freudig auf. »Eine kleine Insel vor der Küste. Dort gibt es einen stillgelegten Leuchtturm und ›Fannys Leuchtturm-Pension‹. Die gehört Fanny van Pilsum, der Tante von Patti. Urlauber sucht man da aber vergeblich. Wenn jemand versucht, ein Zimmer zu reservieren, bekommt er die Auskunft, dass die Pension auf Jahre hinaus ausgebucht ist. Das Ganze ist ein Bluff. In Wahrheit befindet sich dort das Hauptquartier der Wächter.« Candela schlürft an ihrem Tee und lächelt mich an. »Ich bin schon ziemlich viel rumgekommen in der Welt, aber wenn es einen Ort gibt, an dem ich mir vorstellen kann, für immer zu leben … dann ist es Zanderland.«

Tausend Fragen schwirren durch meinen Kopf. »Und was –?«

»Später, Chérie. Du solltest ein wenig schlafen.« Candela reicht mir eine Wolldecke, und während ich mich auf der Bank ausstrecke, merke ich erst, wie müde ich bin. Es dauert keine Minute, bis mich die Wellen in den Schlaf geschaukelt haben.

Als ich wieder aufwache, dämmert der Morgen herauf. Durch das Bullauge der Kombüse beobachte ich, wie sich die ersten Sonnenstrahlen über dem Wasser ausbreiten und es diamanten funkeln lassen. Die Wolldecke über die Schultern gelegt, stolpere ich an Deck.

»Morjen, junge Frau«, begrüßt mich Helios. Er sieht ziemlich mitgenommen aus, seine Schnurrbartspitzen hängen kraftlos nach unten. Im Heck des Kutters liegen die Arkonas und schnarchen friedlich vor sich hin. Patti van Pilsum steht mit unbewegter Miene am Ruder und knatscht auf einem Kaugummi herum. Candela schmiegt sich an Eileans Rücken und hat die Arme um ihn gelegt, während beide auf das Wasser blicken.

Hinter uns ist es diesig und alles verschwimmt zu einen eintönigen Grau, aber vor uns reißt die Wolkendecke auf und die aufgehende Sonne lässt die weißen Klippen einer kleinen Insel rötlich erglänzen. In den Felsen nisten Tausende von Trottellummen, die laut schreiend über dem Wasser kreisen und waghalsige Flugmanöver vollführen. Ein dichter Wald aus Laub- und Nadelbäumen reicht bis an den Rand der Klippen heran. Und auf einem der schroffen Felsen lugt zwischen den Baumkronen vorwitzig die rote Spitze eines Leuchtturms hervor. Verwundert frage ich mich, wo *genau* ich eigentlich bin. Von einer Insel namens Zanderland habe ich noch nie gehört und ich kenne weder an der deutschen Nord- noch an der Ostseeküste irgendeine Insel, die so dicht bewaldet ist.

»Endlich Land in Sicht«, wispert Helios matt. »Das Grauen hat ein Ende. Lieber zehnmal von Düsseldorf nach Köln jelaufen, als fünf Minuten übers Wasser jeschippert.«

Während wir uns der Insel nähern, muss sich die *Charlotte Sometimes* durch ein wahres Labyrinth aus scharfkantigen Felsen hindurchmanövrieren, die bedrohlich aus den Wellen aufragen und so aussehen, als würden sie nur darauf warten, einen Bootsrumpf aufschlitzen zu können. Aber Patti van Pilsum steuert den kleinen Kutter mit schlafwandlerischer Sicherheit durch die gezackten, steinernen Klingen hindurch. Dann sieht es plötzlich so aus, als würde die *Charlotte Sometimes* direkt auf eine Klippe zuhalten. Einen Moment lang frage ich mich ängstlich, ob Patti die Kontrolle verloren hat, bis ich einen dünnen Spalt in dem Fels entdecke. Die Einfahrt ist ausgesprochen eng und so niedrig, dass zwischen das Ruderhaus des Kutters und das Gestein keine drei Blatt Papier passen würden. Doch nachdem wir dieses Nadelöhr passiert haben, öffnet sich vor mir eine breite Höhle mit hoher Decke. Die Wände werden von flackerndem Laternenlicht erhellt. Patti legt an einer niedrigen Mauer an, wo bereits zwei Motorboote liegen.

Eilean und die Arkonas schnappen sich die Umzugskartons und schleppen sie von Bord. Mit erleichtertem Gesichtsausdruck, aber noch etwas zittrig auf den Beinen folgt ihnen Helios Ehrenfeld. Candela, Patti van Pilsum und ich bilden die Nachhut. Wir mühen uns eine scheinbar endlose, in den Stein geschlagene Treppe hinauf, bis wir nach einer gefühlten Ewigkeit durch einen schmalen Durchgang ins Tageslicht treten.

Ich stehe auf einer Klippe, inmitten von hohen Bäumen. Unter mir höre ich die See gegen die Felsen schlagen. Zu meiner Rechten sehe ich den Leuchtturm, dessen rote Spitze nur knapp über die Baumkronen ragt. Er ist klein und kompakt, höchstens zehn bis zwölf Meter hoch, wirkt ein bisschen dicklich und hat einen fröhlichen, rot-gelb geringelten Anstrich.

»Der Leuchtturm Zanderland. Den ungewöhnlichen Anstrich verdankt er der Tatsache, dass er außer Betrieb ist«, erklärt mir Candela, während wir auf das Bauwerk zulaufen. »Bei Leuchttürmen in Betrieb dürfen nur Farben verwendet werden, die im Seezeichenwesen üblich sind: weiß oder rot oder rot-weiß, aber niemals grün oder blau … oder rot-gelb.« Sie deutet zur Spitze des Turms. »Den verglasten Aufsatz oben auf dem Turm, da wo sich die Feuerleuchte befindet, nennt man Laterne. Und die Plattform mit dem Geländer, die um die Laterne herumführt, heißt Galerie. Wir können bei Gelegenheit mal hochsteigen. Hast du Lust?«

»Ja. Unbedingt.« Ich nicke eifrig, ohne den Blick von dem kompakten Turm abzuwenden. Wenn ich bisher an Leuchttürme gedacht habe, hatte ich immer das Bild hoher, gischtumspritzter Türme vor Augen, die wie düstere Wächter auf winzigen Felsen im Meer stehen und in grimmiger Erstarrung hinnehmen, dass meterhohe Wellen gegen ihre Mauern schlagen. Doch der Leuchtturm Zanderland hat nichts von einem düsteren Wächter. Mit seinem merkwürdigen Anstrich wirkt er beinah drollig. Wie eine überdimensionierte, dicke Zuckerstange, die sich nur versehentlich auf die Klippe verirrt hat und sich fragt, was sie eigentlich hier soll.

Zweihundert Meter weiter steht »Fannys Leuchtturm-Pension«. Ein zweistöckiges, lang gestrecktes Haus mit einer rotgestrichenen Tür, roten Fensterrahmen und ebenso roten Klappläden, an das sich ein paar kleinere Nebengebäude anschließen.

»Das ehemalige Leuchtturmwärterhaus«, sagt Eilean Ban. »Wir haben es für unsere Zwecke umgebaut und ein wenig erweitert.«

Ein niedriger weißer Lattenzaun umgibt das Grundstück, das Gras im Vorgarten ist hüfthoch, dazwischen wachsen Wildblumen und Brennnesselsträucher. Kaum sind wir durch das Gartentor getreten, fliegt die Haustür auf und im Rahmen erscheint eine ältere Frau mit unvorteilhaftem Topfschnitt und leuchtend roten Wangen. Sie hat eine Taille wie ein Bierfass und ihr Outfit würde unter den Modebewussten meiner Mitschülerinnen schlimmste Schnappatmung auslösen: Über ihren voluminösen

Busen spannt sich ein rotes Shirt, auf das ein zitronengelbes Seepferdchen aufgedruckt ist, dazu kombiniert sie einen gelben Faltenrock und quietschrote Gummistiefel.

»Ist sie es wirklich? Rebecca Quist?«, ruft die Frau freudig aus und blickt fragend zu Eilean.

»Nein, wir konnten sie nicht befreien, da haben wir einfach irgendein Mädchen aufgelesen, das zufällig am Wegesrand stand. – *Holy* … Natürlich ist sie das«, stöhnt er genervt.

»Dann mal rein in die gute Stube!«, röhrt sie mit einer Stimme, die klingt, als würde sie dreimal täglich mit Spiritus gurgeln, und führt uns in einen großen Raum, an dessen Tür ein Schild mit der Aufschrift »Frühstückszimmer« prangt. Überall blitzt und blinkt es vor Sauberkeit, selbst der Gummibaum neben der Tür ist auf Hochglanz poliert. Die Fenster sind niedrig und ohne Vorhänge, so wie man es aus den Niederlanden kennt. Alles strahlt regelrecht vor Reinlichkeit und wirkt dennoch etwas angestaubt. Die Einrichtung sieht aus, als wäre sie das letzte Mal vor dreißig Jahren erneuert worden, verströmt dabei aber eine ganz eigene nostalgische Gemütlichkeit: wacklige Tische, in verschiedenen Farben lackierte Stühle, eine zerschlissene Couch und ein paar abgewetzte Polstersessel, ein blau-weißes Kaffeeservice in einer Vitrine, Tischdecken mit Fischgrätenmuster. An einem Stutzbalken lehnt eine Gitarre, daneben steht ein Schifferklavier auf dem Boden. Die Wände sind bedeckt mit Gemälden und Federzeichnungen, die allesamt Leuchttürme zeigen: Türme bei Tag, Türme bei Nacht, Türme an der Küste, Türme im Meer, Türme im Sonnenschein und Türme in Unwettern und bei tosender See. Auf einem Sideboard vervollständigen ein Röhrenfernseher und ein altertümlicher Telefonapparat mit Wählscheibe das Bild.

»Die einzige Verbindung zur Außenwelt«, erklärt Candela. »Von hier aus kommst du weder ins Internet, noch in irgendein Mobilfunknetz. Wenn es das alte Wählscheiben-Ding nicht gäbe, bräuchte man schon ein Satellitentelefon.«

Am Ende des Raumes gibt es eine kleine Bar mit mehreren Hockern davor und einer ansehnlichen Spirituosensammlung dahinter. Links neben der Bar führt eine Tür in die Küche, aus der es nach Kaffee und frischen Brötchen duftet.

Die Topfschnitt-Frau legt den Kopf schief, betrachtet mich kritisch und befindet: »Sie ist ein bisschen mager! Oder?«

»Wir haben ja nicht vor, sie auf den Grill zu legen«, sagt Candela, schiebt sich an mir vorbei und lässt sich auf einen Stuhl fallen.

Die Frau mit dem Seepferdchen-Shirt schlägt sich gegen die Stirn, wischt die Hände an ihrem Bundfaltenrock ab und streckt mir ihre Rechte entgegen: »'tschuldigung! Wo hab ich nur meine Manieren gelassen? Fanny van Pilsum. Besitzerin von ›Fannys Leuchtturm-Pension‹. Es freut mich, dich endlich zu treffen, Rebecca.« Glückstrahlend dreht sie sich zu den anderen um und verkündet mit Bluesröhrenstimme: »Zur Feier dieses historischen Tages gibt's erst mal 'ne Runde Stinkefisch für alle. Ich hab vergangene Woche dreißig Flaschen von Ahab Flint bekommen.«

»Gütiger Gott! Bewahre!«, entfährt es Luis Arkona und er wird blass.

»Stinkefisch?« Fragend blicke ich zu Candela.

»Ein Schnaps«, wispert sie mir ins Ohr. »Ahab Flint, ein Freund von Fanny, panscht das Zeug zusammen und beliefert sie regelmäßig damit. Sie ist zu Tode beleidigt, wenn du nicht einen Schluck nimmst. Ich empfehle dir aber, vorsichtshalber nur zu nippen.«

Fanny van Pilsum watschelt hinter den Tresen, holt eine Flasche aus dem Regal, stellt acht Gläser auf die Theke und füllt sie mit einer zähen, bräunlichen, an Fischtran erinnernden Flüssigkeit. Dann nimmt sie eine Dose aus einem Wandschrank, streut irgendwelche Flocken, die verdächtig nach Fischfutter aussehen, über die Getränke und schiebt sie über den Tresen.

Helios Ehrenfeld blickt skeptisch auf sein Glas. »Mer haben net zufällig ein lecker Altbier im Anjebot, Fanny? Zur allergrößten Not jing auch ein Kölsch.«

»Stinkefisch oder nix!«, sagt Fanny van Pilsum und erhebt ihr Glas. Ihre Augen glänzen. »Auf die Zukunft! Auf die Freiheit!«

Ich nehme einen winzigen Schluck und … Himmel und Hölle! Das Zeug *heißt* nicht nur Stinkefisch! Candela, Patti, Helios und Luis Arkona schütteln sich und verziehen die Gesichter, während Eilean und Fanny sich genüsslich über die Lippen lecken. Charly Arkona sieht aus, als wäre er einem zweiten Gläschen gegenüber nicht abgeneigt.

»Noch mal: Herzlich willkommen, Rebecca«, frohlockt Fannys Bluesstimme. »Ich kann noch immer nicht fassen, dass du wirklich hier bist. Wir haben so gehofft, dass du –«

»Was ist mit den anderen?« Eilean stellt sein Glas auf die Theke und blickt Fanny van Pilsum fragend an.

Sie zieht die Nase hoch. »Ole und Jeremias trudeln wohl erst gegen Mittag ein.«

»Und … Simon?«, fragt Helios Ehrenfeld in besorgtem Ton. »Wie jeht es ihm?«

»Er ist sehr schwach. Hat sich hingelegt«, sagt Fanny und guckt dabei ziemlich betrübt. »Er will, dass der Wächterrat heute Abend zusammentritt.«

»Sie sprechen von Simon Eckmühl«, flüstert Candela mir zu, als sie meinen verwirrten Blick bemerkt. »Dem obersten Wächter.«

»Ich bring euch jetzt erst mal ein leckeres Frühstück«, verkündet Fanny, »und dann könnt ihr euch alle noch ein paar Stunden aufs Ohr hauen.«

Sie fährt ein megamäßiges Frühstück auf: Brötchen, Croissants, Rührei, Käse, Schinken, Marmelade, Joghurt, Kaffee, Tee, Orangensaft … Die Wächter hauen rein, als gäbe es kein Morgen mehr. Nur Patti van Pilsum, die mürrische Piercing-Trägerin, kaut lustlos auf einem Stück Schwarzbrot herum und beäugt mich misstrauisch.

»Reichst du mir bitte die Erdbeermarmelade, Chérie?«, sagt Candela.

»Wo kriegt Fanny das ganze Zeug her?«, frage ich. »Hier gibt es doch schließlich keine Geschäfte, wo sie mal eben schnell einkaufen kann. Oder?«

»Nö.« Fanny taucht mit einer Karaffe Orangensaft hinter mir auf. Sie lacht, was sich anhört, als würde ein Dieselmotor absaufen. »Hier auf Zanderland gibt es nur den Leuchtturm und die Pension. Die Einzigen, die hier leben, sind Simon, Patti und ich – und gelegentlich kommen ein paar Wächter zu Besuch. Manches produziere ich selbst, und was den Rest angeht: Ich habe gute Beziehungen, eine vorbildliche Vorratshaltung und bin erstklassig organisiert.«

Während ich der Unterhaltung der Wächter aufmerksam lausche, wird mir nach und nach klar, dass ihr Zusammentreffen auf Zanderland ein außergewöhnliches und bemerkenswertes Ereignis darstellt. Dass sie normalerweise an den Küsten Europas verstreut leben und dass es ein ganz besonderes Vorkommnis ist, das sie hier zusammenführt. Und dieses Vorkommnis scheine ich zu sein. Besser gesagt, das, was in meinem Kopf geschieht.

»Du hörst also Stimmen?«, sagt Patti van Pilsum plötzlich zu mir, spielt an ihrem Lippenpiercing herum und betrachtet mich kühl. »Was sagen sie denn so, Püppchen?«

Woher wissen alle Wächter von den Stimmen? Was interessiert sie so daran?

»Lass sie in Ruhe, Patti«, sagt Eilean. »Alles zu seiner Zeit.«

Nachdem wir das Frühstück beendet haben, nimmt Fanny mehrere Schlüssel von einem Schlüsselbrett und verteilt sie an die Anwesenden. »Helios, du hast Zimmer 7. Wie immer. Rebecca, du hast die 12. Ist die Luxussuite – mit eigenem Bad!« Sie zwinkert mir unter ihrem Topfschnitt zu. »Candela und Eilean, ihr kriegt die 11. Luis und Charly, für euch ist die 9. Die 8 habe ich für Ole und Jeremias reserviert.«

»Moment mal«, beschwert sich Luis Arkona. »Verstehe ich das richtig? Nur weil wir Brüder sind, müssen wir uns ein Zimmer teilen?«

»Gibt nicht genug Einzelzimmer«, knurrt Fanny.

Luis läuft vor Ärger dunkelrot an. »Ich protestiere energisch!«

»Kannst du machen«, entgegnet unsere Pensionswirtin. »Davon werden die Zimmer aber auch nicht mehr.«

»Was hast du denn? Ist doch schön, Brüderchen.« Charly Arkona grinst breit. »Du darfst dich auch ruhig an mich kuscheln, falls du wieder einen deiner schlimmen Träume hast. Wo liegt das Problem?«

»Das kann ich dir sagen!«, schreit sein Bruder aufgebracht. »Du schnarchst wie ein Eber, du lagerst Feuerwerkskörper unter dem Bett, und wenn du dich ausziehst, verteilst du deine muffigen Klamotten über das ganze Zimmer.«

»Ja und? Ich bin nun mal nicht so 'n Zwangsgestörter wie du, der die Geldscheine im Portemonnaie nach Nummern sortiert. Mach dich mal locker, Brüderchen.«

»Ich zeig dir gleich mal, wie locker zwangsgestört ich bin. Da wirst du aber …«

»Das kann dauern«, seufzt Candela und steht vom Tisch auf. »Eher wird Atlantis entdeckt, als dass sich die beiden Hirnis mal einig sind. Komm, ich zeige dir dein Zimmer.« Sie legt mir die Hand in den Rücken und führt mich aus dem Frühstücksraum in einen schummerigen Korridor. Wir steigen eine enge Holztreppe empor und finden uns in einem Gang mit gewölbter Decke wieder, der von flackernden Glühbirnen erhellt wird. Am Ende des Flurs blickt man auf ein bemerkenswert hässliches Ölgemälde: das lebensgroße Porträt eines nicht besonders helle aussehenden, gefährlich schielenden Korsaren mit rotem Kopftuch, goldenem Ohrring und einem Entermesser zwischen den Zähnen.

»Das ist dein Zimmer«, sagt Candela und deutet auf eine Tür zu meiner Linken, vor der Eilean und die Arkonas die Umzugskartons abgestellt haben. Sie hilft mir, die Kartons ins Zimmer zu tragen, und ich ergreife die Gelegenheit, um endlich eine der unzähligen Fragen zu stellen, die mir seit vergangener Nacht ohne Unterlass durch den Kopf schwirren.

»Candela? Die Stimmen, die ich höre … Woher wisst ihr alle davon? Und was bedeutet das, was sie sagen? Es klingt alles völlig verrückt und sinnlos und …«

Sie streicht mir über die Wange und lächelt. »Leider ist die Sache zu kompliziert, um sie zwischen Tür und Angel zu erklären. Tut mir leid. Ich weiß, wie verwirrend das alles ist. Noch ein wenig Geduld. *Chaque chose en son temps*. Heute Abend, wenn der Rat der Wächter zusammentritt, wirst du Antworten bekommen. Schlaf ein bisschen, Chérie. Abgesehen von dem kleinen Nickerchen auf der *Charlotte Sometimes,* bist du seit achtundvierzig Stunden wach. Bis nachher!« Candela tritt auf den Flur hinaus, schließt die Tür und lässt mich mit meinen Fragen allein.

Mein Zimmer hat knarrende Holzdielen und ist so niedrig, dass selbst ich mir beinah den Kopf an den Deckenbalken stoße. In die gekalkten Wände sind Muschelschalen eingemauert, die Form des Wandspiegels erinnert an eine Muschel, selbst die antike Deckenlampe hat etwas Muschelartiges. Auch hier ist alles blitzblank, aber nicht gerade der neuste Trend in der Inneneinrichtung. Das riesige Bett sieht aus, als hätte schon Klaus Störtebeker darin übernachtet. Ich werfe einen kurzen Blick in das Badezimmer meiner *Luxussuite*: Dusche, Toilette, ein blauer Badvorleger mit Wellenmuster und eine Muschelschale, die als Seifenablage dient.

Ein Gefühl der Verlorenheit steigt in mir auf, während ich an das Fenster trete und auf das grünlich scheinende Meer blicke. Nichts bräuchte ich jetzt mehr als eine beste Freundin. Ich sehne mich nach Mareike und frage mich, was sie tun wird, wenn sie merkt, dass ich verschwunden bin. Höchstwahrscheinlich gar nichts, befürchte ich. Denn Lothar und Karin werden ihr irgendeine Lüge auftischen: dass ich einen Zusammenbruch hatte, in einer Psychiatrie bin, absolute Ruhe brauche und bis auf Weiteres keinen Besuch haben darf. Als ich an ihr Gespräch mit Siegbert Rothermund denke, daran, wie sie über mich als einen Auftrag gesprochen haben, schnürt es mir vor Wut die Kehle zu. Ich verstehe noch immer nicht im Geringsten, warum sie das getan haben, aber eines ist sonnenklar: Sie haben mich belogen und hintergangen. Zehn Jahre lang!

Ich brauche dringend frische Luft!

Das Fenster klemmt und es verlangt einigen Kraftaufwand, es zu öffnen. Ich recke den Kopf vor, atme eine Brise Seeluft tief ein und sehe zu, wie die Sonnenstrahlen über das Meer tanzen. Was tue ich hier? Wie und wobei soll ich den Wächtern helfen? Woher wissen alle von den Stimmen?

Ich bin so aufgewühlt, dass ich sicher bin, kein Auge zuzubekommen, aber kaum habe ich mich auf das Bett gelegt, als ich tief in die Matratzengruft einsinke und mein Atem ruhig wird. Fünf Sekunden später fallen mir die Lider zu.

Ich erwache erst am späten Nachmittag. Das Wetter ist umgeschlagen. Dunkle, tief über dem Meer hängende Wolken haben sich vor die Sonne geschoben. Es ist kühl und ein feiner Sprühregen liegt in der Luft.

Das Wasser in der Dusche ist ebenfalls nur ein feiner Sprühregen und darüber hinaus eiskalt, was mich meine Körperhygiene auf das notwendige Minimum beschränken lässt. Anschließend fische ich ein paar frische Klamotten aus einem der Umzugskartons und räume den Rest meiner Kleidung in den holzwurmbefallenen Schrank. Unterwäsche, T-Shirts, Jeans, zwei dicke Pullover, eine Jacke, ein Paar Chucks … Alles da, was ich brauche. Als ich den zweiten Karton öffne, breitet sich ein Lächeln auf meinem Gesicht aus: Zuoberst liegt das Foto meiner Eltern – und darunter eine kleine Auswahl meiner Vinyl-Singles. Genau die Stücke, die ich auf eine einsame Insel mitnehmen würde: *The Passenger* von Iggy Popp, *Ocean Rising* von Justin Sullivan, *This is the Sea* von den Waterboys, *Amsterdam* von Jacques Brel … Wer immer diesen Karton gepackt hat, ich könnte ihn knutschen.

Nur das Nötigste. Die Wächter scheinen ein äußerst feines Gespür dafür zu haben, was *das Nötigste* für mich ist.

»Fanny schickt mich. Sie hat Erbseneintopf gemacht. Wenn du noch was davon abhaben willst, solltest du schleunigst runterkommen«, ertönt eine Stimme auf dem Flur. »Hast du gehört, Püppchen?«

Ich reiße die Tür auf und finde mich Nase an Nase mit Patti van Pilsum wieder.

»Was soll das?«, zische ich.

»Was soll was?« Sie spielt an ihrem Nasenpiercing und blickt mich gelangweilt an. »Was liegt an, Püppi?«

»Anscheinend ist es an der Zeit, ein paar grundlegende Dinge zu klären«, sage ich leise, denn wie ich aus diversen Mafiafilmen gelernt habe, klingen leise ausgesprochene Drohungen besonders bedrohlich. »Ich weiß nicht, warum du das tust … aber solltest du mich weiterhin Püppi oder Püppchen nennen, wirst du sehr schnell feststellen, dass ich genau das nicht bin. Ich spiele Hockey und da eilt mir der nicht sehr püppige Ruf voraus, eine echte Kampfsau zu sein. Ich heiße *Rebecca*.«

Einen Moment lang sieht Patti mich mit einem so finsteren Blick an, dass ich fürchte, eine Faust abzubekommen. Dann zieht plötzlich ein Grinsen über ihr Gesicht. »Wollte nur mal testen, ob du Eier hast und dir nicht alles gefallen lässt. So wie es aussieht, hast du welche. Nichts für ungut – Rebecca.«

»Schön, dass damit alle Missverständnisse zwischen uns ausgeräumt sind.« Ich strecke ihr die Hand entgegen und Patti schlägt ein. Sie hat einen Händedruck, der einem beinah die Finger zerquetscht. »Wie kann es sein, dass du eine Leuchtturmwärterin bist?«, frage ich. »Du bist doch nicht viel älter als ich, oder?«

»Ich bin achtzehn«, sagt sie. »Und ich bin *keine* Leuchtturmwärterin. Genauso wenig wie Candela. Aber unsere Väter waren welche.«

»Aber … so wie ich Eilean verstanden habe, sind doch alle Wächter Leuchtturmwärter.«

»Früher war es tatsächlich so«, sagt sie und schiebt ihre Kappe zurück. »Aber jetzt … Nicht jeder Leuchtturmwärter ist ein

Wächter und nicht jeder Wächter ist ein Leuchtturmwärter. Würde zu weit führen, dir das in allen Einzelheiten zu erklären. Außerdem solltest du dich sputen, wenn du noch was von dem Eintopf abkriegen willst. Charly hatte schon drei Teller und ich bin sicher, er schafft auch noch einen vierten.«

»Patti? Was … was ist ein Asyl? Was bedeutet es … ein Asyl zu sein?

Patti antwortet nicht. Ihre Augen mustern mich einen Moment lang spöttisch, dann marschiert sie breitbeinig davon. An der Treppe dreht sie sich noch einmal um. »Wir sehen uns später – Püppchen!«

Weder Helios Ehrenfeld, dessen gesammelte Aufmerksamkeit auf eine Portion Eintopf gerichtet ist, noch die Arkonas nehmen Notiz von mir, als ich das Frühstückszimmer betrete. Die Brüder sind in eine hitzige Diskussion verstrickt. Offenbar geht es wieder um die ominöse Dörte, die Charly vor dem Traualtar hat stehen lassen.

»Das war wirklich allerunterste Schublade, Charly«, zetert Luis Arkona.

»Versuch nicht, mir ein schlechtes Gewissen zu machen, Luis. Ich hab bloß die Notbremse gezogen. Eine Hochzeit mit Wedding-Planer! So richtig mit Tischkarten und Blumengestecken und Brautjungfern in Puffärmelkleidern. Und mit einem Alleinunterhalter! Gütiger Gott. Da ist mir schlagartig klar geworden, dass das mit uns keine Zukunft hat.«

»Es gibt eben Menschen, für die eine schöne Feier aus mehr besteht, als angetrunken über eine Tanzfläche zu torkeln.«

»Ach, du findest, ich tanze peinlich? Dann hast du dich aber noch nicht gesehen. Und überhaupt … Wenn dir so was so gut gefällt, dann heirate du doch Dörte! Du warst doch schon immer scharf auf sie …«

Luis Arkona läuft knallrot an. »Du bist nicht mehr ganz dicht, du …«

»Ruhe, ihr Tröten!«, dröhnt Fannys Whiskystimme durch das Zimmer. Sie steht hinter der Bar und winkt mich zu sich heran. Auf den Hockern vor der Bar sitzen zwei Männer, die ich noch nicht kenne. Offenbar die beiden Wächter, auf die wir gewartet haben. Ein Hüne mit blonden Locken und freundlichem Gesicht, und ein kleines Hutzelmännlein mit Ziegenbart und Eidotterflecken auf dem Hemd.

»Darf ich vorstellen?«, sagt Fanny und deutet auf den blonden Hünen. »Das ist …«

»Ole Krautsand.« Der Blonde steht auf und reicht mir lachend die Hand. Er ist etwa dreißig Jahre alt und braun gebrannt, auf seinem linken Unterarm prangt ein kunstvolles Tattoo, das einen Leuchtturm in rauer See zeigt. »Du kannst dir nicht vorstellen, wie lange ich darauf gewartet habe, dir endlich gegenüberzustehen, Rebecca.«

»Ähm … freut mich auch, dich kennenzulernen«, entgegne ich, etwas verdutzt ob seiner überschwänglichen Begrüßung.

Da drängt sich das ziegenbärtige Hutzelmännlein vor und kräht: »Jeremias Holtenau, Archivar des Wächterrates.« Er rollt wild mit den Augen, dann stößt sein Kopf vor und er beschnuppert mich wie eine Maus ein Stück Emmentaler. »*Doch die, welche die Zukunft in sich tragen, sollt ihr daran erkennen, als dass sie duften wie ein Meer aus Lilien.* So steht es geschrieben!«, krächzt er, fuchtelt aufgeregt mit den Armen und sieht dabei aus wie ein mittelalterlicher Hexenmeister, dem die Kröte abhandengekommen ist. »*Gesegnet seien die, durch deren Köpfe fremde Stimmen schwirren wie ein wilder Schwarm von Bienen*«, fistelt er und reckt sich so weit in die Höhe, dass er mir fast bis ans Kinn reicht. »Wie man hört, sollst du gesegnet sein, Rebecca. Sage mir, wovon berichten die Botschaften aus dem Nichts?«

»Warum sind hier alle so sehr an den Stimmen interessiert?«, frage ich argwöhnisch, aber Jeremias Holtenaus Aufmerksamkeit hat sich bereits anderen Dingen zugewandt. Er horcht intensiv in sich hinein, verzieht das Gesicht, murmelt: »Ich glaube, ich muss aufs Klo«, und eilt schnellen Schrittes aus dem Zimmer.

Ich blicke ihm einigermaßen fassungslos hinterher.

Ole Krautsand lacht laut auf und Fanny gluckst in sich hinein. »Keine Angst! Jeremias ist einer von den harmlosen Irren«, beruhigt sie mich. »Setz dich an den Tisch, ich bringe dir was zu essen.«

»Ich hatte gehofft, Simon Eckmühl zu begegnen«, sage ich und schaue Fanny fragend an.

Sie schüttelt den Kopf. »Er ist noch zu schwach. Aber du wirst ihn heute Abend treffen.«

Die Arkonas streiten noch immer. Allerdings nicht mehr über Dörte Ditzum – mittlerweile geht es um schwerwiegende, theologische Grundsatzfragen.

»Acht? Das ist ja wohl der größte Schwachsinn, den ich je gehört habe«, ereifert sich Luis Arkona. »Es gibt keine acht Evangelisten, Charly. Es gibt vier. Nur vier: Matthäus, Markus, Lukas und Johannes.«

»Jaaa«, sagt Charly und ein triumphierendes Lächeln breitet sich auf seinem Gesicht aus. »Plus: John, Paul, George und Ringo.«

»Hast du sie noch alle? Das sind doch keine Evangelisten.«

»Für mich schon«, verkündet Charly und pult mit einem Zahnstocher in den Zähnen.

»Du kannst sie nicht einfach zu Evangelisten erklären«, zetert Luis. »Oder hast du irgendwo schon mal vom Evangelium des Ringo gehört? Du bist doch völlig … Helios, würdest du meinem minderbemittelten Bruder bitte erklären, dass …«

»Wenn ihr mich fragt: Ihr seid beide total beschmiert, ihr Knallköpp«, singsangt Helios. »Ist doch völlig ejal, ob vier oder acht. Für jeden so, wie es ihm am besten passt. Tut doch keinem anderen weh. Und vielleicht können mer diese Vollpfostendiskussion jetzt beenden und das Mädchen endlich mal in Ruhe essen lassen!«

Erbseneintopf war bisher nicht gerade mein Lieblingsessen, aber nach zwei Löffeln habe ich das Gefühl, noch nie etwas Köstlicheres gegessen zu haben. In Windeseile ist mein Teller leer und ich lasse mich bereitwillig zu einem Nachschlag überreden. Als ich den Löffel zur Seite lege und mich pappsatt in den Stuhl zurücklehne, kommen Eilean und Candela die Treppe herunter und betreten das Frühstückszimmer.

»Hallo, Candela!« Ole Krautsand springt, wie von der Tarantel gestochen, von seinem Hocker auf. In seinen Augen blitzt es freudig. Anschließend folgt ein weitaus weniger begeistertes: »Hallo, Eilean.«

Candela huscht eine flüchtige Röte über das Gesicht, dann geht sie auf den blonden Hünen zu und umarmt ihn. »Ah, schön dich wiederzusehen, Ole. Ist lange her. Wie geht es dir?«

»Gut … gut … alles Bestens. Läuft gut.«

Vielleicht ist es die Tatsache, dass Ole während des Redens seine Hand auf ihren Unterarm legt, oder der vertraute Ton, in dem sie miteinander sprechen, vielleicht auch der aufmerksame Blick, mit dem Eilean die beiden beobachtet, der bei mir augenblicklich den Eindruck erweckt, dass …

»Candela und Ole … die beiden waren mal ein Paar, oder?«, frage ich Helios im Flüsterton.

Er nickt. »Ja. Früher«, sagt er. »Aber das war, bevor … Um Jottes willen! Du bist ja weiß wie die Wand. Was ist los, Mädchen?«

»Scheiße«, entfährt es mir. Das Zimmer beginnt sich um mich herum zu drehen. Aus dem Augenwinkel sehe ich, wie Candela neben mich springt. Panisch klammere ich mich an sie. Mir wird schwindelig, das Blut pulsiert in meinen Schläfen und ich höre eine erboste, lauthals schimpfende Stimme in meinem Kopf: *»Du bist mein Manager, besorg mir endlich was Vernünftiges. Ich habe keine Lust mehr auf Kaffeefahrten und Sparkassen-Galas.«* Ein lautes Knirschen, als würde ein rostiges Zahnrad einrasten. Vor meinem inneren Auge blitzt eine schnelle Abfolge von Bildern auf: eine brennende Kerze, ein Holzkreuz, ein Fenster aus buntem Glas. Ein leises Flüstern: *»Welches Auge kann meine Wunden schauen? Welche Hand salbt mich mit Öl? Wer lässt meinem Schmerze Barmherzigkeit widerfahren?«*

Dann ist es vorbei. So plötzlich, wie es gekommen ist. Helios und die Arkonas sehen reichlich erschrocken aus.

»Ich habe gerade Stimmen gehört. Schon wieder. Und ... Bilder gesehen.«

Helios' Gesichtsausdruck entspannt sich und er lächelt mir verschwörerisch zu. »Du brauchst wejen der Stimmen net das Zittermännchen kriejen, Mädchen. In deinem speziellen Fall ist das eine jute Sache.«

»Bist du sicher, dass du das nicht bloß sagst, weil man Verrückten gut zureden soll? Außerdem wird mir jedes Mal total übel, wenn das passiert.«

»Ab jetzt nicht mehr«, röhrt Fanny van Pilsum, die wie aus dem Nichts neben mir auftaucht und mir eine braune Flasche in die Hand drückt. »Ab jetzt trinkst du täglich ein Fläschchen Malzbier.«

»Und dann höre ich keine Stimmen mehr?«

»Doch, natürlich. Und das ist auch gut so. Aber dir wird nicht mehr schwindelig.«

Ich blicke sie skeptisch an.

»Ist so! Bier und Hanf gehören zum Kampf – und Malzbier hilft bei allem«, mischt sich Charly Arkona ein. »Hat die Wissenschaft nur noch nicht erkannt. Die Wächter aber schon. Außerdem musst du ja nicht für den Rest deines Lebens Malzbier trinken, sondern nur, bis –«

»Sind mer mal wieder ein Plappermäulchen, Charly?«, fällt ihm Helios ins Wort. »Mer wollen doch dem Rat der Wächter net unnötig früh zuvorkommen, oder?«

»Ist ja gut«, sagt Charly eingeschnappt, tritt den Rückzug an die Bar an und gönnt sich erst mal ein Gläschen Stinkefisch.

Schade. Mich hätte es brennend interessiert, was das Plappermäulchen zu berichten gehabt hätte ...

»Ich glaube, ein bisschen frische Luft würde dir guttun, Chérie«, sagt Candela. »Machen wir einen kleinen Spaziergang. Wir haben noch zwei Stunden, bis der Rat zusammentritt.« Sie nimmt eine gelbe Öljacke von einem Wandhaken, drückt sie mir in die Hand und öffnet die Tür.

Die gelbe Jacke ist mir mindestens drei Nummern zu groß. Candela marschiert in ihren schweren Stiefeln neben mir über den schmalen Waldweg, der zwischen hohen Bäumen zu dem gelbroten Leuchtturm führt. Die Baumkronen bilden ein dichtes, grünes Dach, durch das kaum Regen dringt. Ich ziehe mir die Kapuze der Öljacke vom Kopf. Nur das Trommeln der Tropfen auf die Blätter ist zu hören – und das Donnern der Wellen, tief unter uns.

»Dieser oberste Wächter … Simon Eckmühl … Was ist mit ihm? Ist er krank?«, frage ich in der Hoffnung, wenigstens darauf eine Antwort zu bekommen. »Ich meine nur … weil Fanny gesagt hat, dass es ihm schlecht geht.«

Candela nickt und ein trauriges Schimmern tritt in ihre Augen. »Eine Art Muskelschwäche, die in Schüben auftritt und nicht heilbar ist. Seit zehn Jahren ist Simon unser oberster Wächter. Vor acht Jahren hat sich die Krankheit zum ersten Mal gezeigt und mit jedem Jahr wird er schwächer. Und dennoch ist er der stärkste Mensch, den ich kenne. Und ebenso mutig, wie es sein Vorgänger in diesem Amt war.« Ihre Stimme klingt plötzlich heiser. »Jacques Cordouan. Mein Vater. Er ist gestorben, als …« Candela beißt sich auf die Lippen, blickt zwischen den Bäumen hindurch auf das Meer und schweigt. Gleich darauf fasst sie sich wieder, lächelt mich an und fragt: »Warst du schon einmal auf einem Leuchtturm, Rebecca?«

Ich schüttele den Kopf.

Die Tür, die in den Turm führt, ist unverschlossen. Candela öffnet sie, verharrt einen Moment und flüstert: »*Un gardien de la mer*. Ein Leuchtturm ist ein ganz besonderer Ort. Du spürst es sofort, wenn du ihn betrittst.«

Ich lege den Kopf in den Nacken und betrachte die Treppe über mir, die sich wie eine Spirale, schneckenhausgleich, zu der Spitze des Turmes emporschraubt.

»Im Altertum gab es auf den Türmen nur einfache Leuchtfeuer mit geringer Tragweite«, erzählt Candela, während wir die Stufen hinaufsteigen. »Das änderte sich erst ab dem neunzehnten Jahrhundert, als man in der Lage war, große Optiken zu bauen.«

»Optiken?«

»Die Optik ist eine Vorrichtung aus Linsen und Prismen, mit deren Hilfe man das Licht einer Lichtquelle bündeln und ganz erheblich verstärken kann, und die oben in der Laterne des Turmes installiert ist«, erklärt Candela. »Das nur als kleiner Exkurs, was die Technik angeht. Aber deswegen habe ich dich nicht hierhergeführt. Der Leuchtturm Zanderland verfügt auch gar nicht mehr über eine Optik. Er wurde zwischen 1883 und 1889 errichtet – das neunzehnte Jahrhundert war die große Zeit der Leuchttürme. Aber vor fünfundzwanzig Jahren wurde er automatisiert und der letzte Wärter ging. Und vor zehn Jahren wurde er endgültig stillgelegt. Damals hat man die Optik ausgebaut. Funk und Satelliten haben die Leuchttürme abgelöst. *Tout est fini.*« Ein bitteres Lächeln spielt um Candelas Lippen und sie sagt geheimnisvoll: »Dabei haben wir die Türme nie so sehr gebraucht wie heute.«

Sie schwebt förmlich die Stufen hoch und wirkt dabei völlig unangestrengt. Um meine Kondition ist es dagegen nicht gerade zum Besten bestellt. Die Hockey-Saison ist seit zwei Monaten beendet und seitdem habe ich es ziemlich schleifen lassen … Ich schnaufe hinter ihr her wie eine Dampflok. Als wir die Laterne erreichen, stütze ich die Hände auf die Knie, ringe nach Luft – und mache große Augen. Ich weiß nicht genau, was ich in dem Glasgehäuse auf der Spitze des Turms erwartet habe. Vielleicht die Reste irgendeiner technischen Apparatur, aber bestimmt nicht das: Parkettboden, Teppiche, dick gepolsterte Sessel und eine gemütliche, etwas zerschlissene Couch. Ein Wohnzimmer, zwölf Meter über der Erde. Der Blick aufs Meer ist so atemberaubend, dass es mich beinah umhaut.

»Wir haben es hier ein bisschen wohnlich gemacht«, sagt Candela. »Der ideale Ort, wenn man einmal alleine sein möchte. Mit sich und dem Meer.« Sie öffnet die Tür der Laterne und tritt auf die Galerie hinaus, die von einem Stahlgeländer umsäumt wird.

Ein wenig ängstlich folge ich ihr ins Freie. Der Wind bläst mir ins Gesicht, ich rieche das Meer, spüre die Feuchtigkeit auf meiner Haut, höre das Tosen der Wellen und verstehe, was Candela gemeint hat, als sie sagte: »Ein Leuchtturm ist ein besonderer Ort.« Es ist ein plötzliches Gefühl von Weite und Freiheit, das wie eine Welle über mir zusammenschlägt, während ich auf das aufgewühlte Meer blicke. So, als würde ich irgendwo zwischen Himmel, Erde und Wasser schweben. Ein Moment, in dem einem bewusst wird, wie klein man selbst ist, und in dem man sich dennoch groß fühlt, weil man ahnt, dass man mit all diesen Dingen um einen herum verbunden ist. Ein Moment, in dem jedes Wort ein Wort zu viel wäre.

Im trüben Licht des Spätnachmittags stehe ich am Geländer der Galerie und blicke schweigend auf das Meer, bis Candela sich mir nach einiger Zeit mit ernster Miene zuwendet und feierlich fragt: »Was, würdest du sagen, ist *das Wesen* eines Leuchtturms?«

Das Wesen eines Leuchtturms? Ich starre sie verblüfft an. Dieses Gespräch entwickelt sich in eine irgendwie merkwürdige Richtung. »Also, um genau zu sein ... darüber habe ich mir noch nie Gedanken gemacht«, nuschele ich.

»Und was würdest du vermuten?«

»Na ja, er ... er sendet Licht aus, damit sich Schiffe an ihm orientieren können.«

»*C'est vrai.* Das tut er«, sagt Candela und nickt. »Aber das ist nicht sein Wesen, das ist seine Aufgabe. *Eine* seiner Aufgaben ...«

»Welche Aufgabe soll er denn noch haben?«

Candela fährt sich mit der Hand durch ihre langen, dunklen Haare und richtet den Blick in die Ferne. »Nichts in dieser Welt hat nur *eine* Aufgabe. Nichts hat nur *eine* Bedeutung. Es gibt immer eine zweite, verborgene Bedeutung. Und eine verborgene Aufgabe. Und was die verborgene Aufgabe von etwas ist, findet man heraus, wenn es einem gelingt, das Wesen einer Sache zu ergründen. Versuch es noch einmal. Was ist das Wesen eines Leuchtturms? Was macht seine Besonderheit aus? Was unterscheidet ihn von anderen Bauwerken?«

Ich drehe mich um und blicke angestrengt zu der roten Haube des Turms. »Ein Leuchtturm ist besonders, weil … er ist gewissermaßen … dazwischen. Er gehört zum Land … aber auch zum Meer.«

»*Très bien*. Besser könnte man es nicht sagen. Genau das *ist* sein Wesen.« Candelas Augen blitzen auf. »Ein Leuchtturm ist ein Ort zwischen den Welten! Zwischen Land und Meer. Zwischen Feste und Wasser. Ein Ort, an dem sich das Endliche und das Unendliche berühren. – Und das führt uns geradewegs zu seiner verborgenen Aufgabe.« Candelas Stimme wird zu einem vertraulichen Flüstern. »Leuchttürme wurden nicht nur als Navigationspunkte für die Schifffahrt erbaut. Sie wurden von Anfang an auch erbaut, um *ihn* zu leiten.«

Um ihn zu leiten? Völlig verständnislos starre ich Candela an. »Vielleicht liegt es ja daran, dass ich in letzter Zeit wenig geschlafen habe, aber … ich verstehe kein Wort.« Bin ich hier unter lauter Verrückten gelandet? Bin ich selbst doch verrückt geworden?

Candela schüttelt den Kopf. »Ich darf dem Rat der Wächter nicht vorgreifen. Ich habe schon mehr gesagt, als ich sagen sollte, Rebecca. Lass uns zurückgehen.« Doch nachdem wir wieder in der Laterne sind und sie die Tür zur Galerie geschlossen hat, sagt sie plötzlich: »Warte kurz. Die anderen Wächter haben mich beauftragt, dir etwas zu übergeben. *Un cadeau*. Ein Geschenk.« Dann zieht sie eine schön verzierte Kladde und einen Tintenschreiber aus ihrer Umhängetasche und reicht mir beides. Ich fahre mit den Fingern über den Einband, in den die Darstellung eines antiken Leuchtturms geprägt ist. »Der Pharos von Alexandria«, sagt Candela. »Der erste Leuchtturm, der je errichtet wurde. Und der Gewaltigste, der je errichtet wurde. So sah er aus – besser gesagt, man vermutet, dass er so aussah.«

Überrascht sehe ich sie an. »Das Buch ist wunderschön. Vielen Dank!« Ich habe eine Schwäche für Kladden und Notizbücher, zu Hause habe ich eine ganze Sammlung. Und dieses Exemplar ist besonders ungewöhnlich. Dankbar umarme ich Candela.

Sie nimmt meine Hände und ihr Blick wird eindringlich, während sie sagt: »Ich möchte, dass du Wort für Wort aufschreibst, was die Stimmen in deinem Kopf sagen. Und dass du die Bilder beschreibst, die du siehst. Auch all das, was du bisher schon gehört oder gesehen hast. Es ist wichtig für die Wächter. Es ist wichtig für alle. Schreib es auf! Versprichst du mir das?«

»Ja … in Ordnung«, sage ich zögerlich, während ich mich insgeheim frage, was verrückter ist: Stimmen zu hören, oder von Stimmen, die jemand anderer zu hören behauptet, so besessen zu sein, wie es die Wächter offenbar sind. »Ich werde es aufschreiben«, verspreche ich. »Aber ich weiß nicht, ob ich mich an alles erinnern kann. War teilweise ganz schön schwurbeliges Zeug.«

Wir verlassen den Leuchtturm und sind etwa zwanzig Meter weit durch den Wald auf die Pension zugegangen, als plötzlich ein lautes Knacken aus dem Dickicht dringt. So als wäre jemand auf einen am Boden liegenden Ast getreten. Ich schrecke zusammen, und glaube im nächsten Moment, meinen Augen nicht zu trauen: Candela schraubt sich mit einem Satz, wie ich ihn bisher nur aus Martial-Arts-Filmen kannte, in die Höhe, schlägt einen Salto, landet wieder auf den Füßen und baut sich wie ein menschlicher Schutzschild vor mir auf. Ihr Körper ist gespannt wie eine Feder vor dem Sprung, ihre Arme sind erhoben, die Hände zu Fäusten geballt.

»Wow!«, entfährt es mir. »Ich wusste nicht, dass du –«

»Pscht!«, macht sie, neigt den Kopf und lauscht.

Einen Moment lang glaube ich, das Brechen eines Zweiges zu hören, dann ein leises Rascheln. So als würde sich jemand – oder etwas – hastig von uns entfernen.

»Auf Eichhörnchen-Jagd, Ladies?«, tönt es plötzlich hinter uns, und wir fahren herum.

»Eilean! *Mon Dieu*, hast du uns erschreckt!«, stößt Candela hervor, lässt aber die Arme sinken und atmet erleichtert auf.

»*Sorry*, Baby. Simon schickt mich, um euch zu sagen, dass der Rat gleich zusammentritt. Was ist los? Warum die Aufregung?«

»Da war ein Geräusch im Unterholz. Hier war jemand – oder etwas.«

»Sicher?«, fragt Eilean zweifelnd.

»Ich habe es auch gehört«, sage ich aufgeregt.

»Kann es sein, dass uns letzte Nacht jemand gefolgt ist, Eilean?« Candela sieht ihren Freund eindringlich an.

»Nein, das hätten wir bemerkt. Außerdem waren wir supervorsichtig. Helios ist jede Menge Umwege gefahren.«

»Und was ist mit der Gestalt, die Patti im Hafen gesehen hat?«

Eilean fährt sich nachdenklich über seine roten Bartstoppeln. »Du weißt ja ... Patti sieht 'ne Menge, wenn der Tag lang ist. Außerdem müsste uns derjenige dann mit einem Boot hierher gefolgt sein. Und wer sich nicht so gut auskennt wie Patti, der läuft fast zwangsläufig auf einen der Felsen vor der Insel auf. Vielleicht war das gerade nur ein Tier. Hier gibt es wirklich jede Menge Eichhörnchen. – Kommt jetzt!«

»Ziemlich beeindruckend«, sage ich zu Candela, während wir auf das Haus zulaufen. »Die Sache mit dem Salto, meine ich. Und diese Kampfstellung ...«

Sie fährt sich lächelnd mit der Hand durch die Haare. »Eilean hat schwarze Gürtel in mehreren Kampfsportarten. Und ich habe viel von ihm gelernt ...«

Eilean grinst, legt den Arm um Candela, und ich kann es nicht vermeiden, mit anzuhören, wie er ihr zuflüstert: »Als du gerade so dastandest … in Kampfposition … *hot stuff*, Baby.«

Sie fährt ihm zärtlich mit dem Finger über die Wange. »So? Und als du letzte Nacht bei Rebeccas Befreiung diesen beiden Kerlen so richtig zugesetzt hast … Das hat mich ganz schön …«

Es folgt ein Kuss. Wieder einer von der Art, bei dem ältere Damen nach dem Riechsalz greifen. Ich schaue angestrengt weg.

»Schluss mit der Knutscherei, ihr Liebesfische! Wir haben zu tun!«, schallt Fannys Whiskystimme durch den Vorgarten und zu meiner allergrößten Überraschung schaffen es die beiden tatsächlich, ihre Münder voneinander zu lösen.

Kaum sind wir im Haus, verriegelt Fanny die Tür und entschwindet in Richtung Küche. »Fangt schon mal ohne mich an. Ich stoße später dazu. Muss mich erst noch ums Essen kümmern.«

Ich folge Eilean und Candela die Treppe hinauf. Oben angekommen stiefelt Eilean schnurstracks auf das Gemälde mit dem schielenden Entermesser-Korsaren zu. Er drückt auf eine Stelle am Rahmen – das Gemälde schwingt zur Seite und gibt eine schmale Öffnung in der Wand frei. Candela schlüpft in den Durchlass, während ich zögernd davor stehen bleibe. Erst als Eilean eine einladende Geste macht und lächelnd sagt: »Es erwartet Sie allerbeste Unterhaltung bei freiem Eintritt«, schiebe ich mich mit klopfendem Herzen an ihm vorbei durch die Öffnung. »Könnte sein, dass es gleich ein bisschen abgefahren wird«, flüstert er mir ins Ohr und fügt schwärmerisch hinzu: »Was mich angeht, ich steh auf abgefahren! *Here we go!*«

– VIER –

Ich kriege den Mund nicht mehr zu: Der Durchgang führt in einen hohen Saal mit dunklem Parkett und einer holzgetäfelten, gewölbten Decke, von der eine riesige Schiffslaterne hängt. Jemand, der »Fannys Leuchtturm-Pension« von außen betrachtet, käme niemals auf die Idee, dass es im Inneren des Hauses einen derart großen Raum geben könnte. Und auch hier hat Fanny das Haushalts-Zepter geschwungen, dass man fast ohnmächtig wird vor Reinlichkeit. Es blinkt, schimmert und glitzert einem nur so entgegen: glänzendes Parkett, eine blitzende Sammlung von Schiffskompassen in einem hohen Holzregal, auf Hochglanz polierte antike Vitrinen, in denen unzählige Flaschenschiffe zu bewundern sind. An den Wänden finden sich kunstvoll gerahmte Gemälde, auf denen sich stolze Windjammer durch Sturm und Wellenberge kämpfen. Dazwischen hängt – als einziges Zugeständnis an das 21. Jahrhundert – ein schwarzer, ultraflacher Fernseher, der inmitten der altertümlichen Einrichtung wie ein Zeitreisender aus der Zukunft wirkt. In einem großen Kamin flackert ein munteres Feuer; auf dem Sims sind Leuchtturmmodelle verschiedener Größe aufgereiht, die in unterschiedlichem Rhythmus aufblinken und in einer Art maritimer Lasershow vielfarbige Lichtstrahlen durch den Raum schicken.

In der Mitte des Saales steht ein massiver runder Holztisch, auf dem Getränke, Tassen und Gläser platziert sind, rundherum ausladende, blau gepolsterte Stühle mit geschnitzter Armlehne, in denen die Wächter Platz genommen haben. Candela und Eilean setzen sich zu Helios Ehrenfeld, den Arkona-Brüdern, der Kaugummi kauenden Patti van Pilsum und den beiden Wächtern, die erst heute dazugestoßen sind: Ole Krautsand, der blonde Hüne, und Jeremias Holtenau, der ziegenbärtige Archivar, der mit wirrem Blick ins Leere stiert und leise vor sich hin brabbelt.

Mein Blick wandert zu einem runden Fenster am gegenüberliegenden Endes des Saales, das wie ein riesig vergrößertes Bullauge aussieht. Vor dem Fenster steht, auf Krücken gestützt, ein groß gewachsener, hagerer Mann. Er hat mir den Rücken zugewandt und blickt auf das Meer. Nach einer Weile dreht er sich langsam um, lächelt ein trauriges Lächeln und betrachtet mich eingehend. Es scheint ihn einiges an Kraft und Willen zu kosten, sich mithilfe der Krücken gerade und aufrecht zu halten. Er erinnert an einen Turm, dem Wind und Wetter im Lauf vieler Jahre zugesetzt haben, der aber dennoch weiter dem Sturm trotzt. Der Mann hat graue Locken, die ihm tief in die Stirn fallen, einen grauen Bart, eine gebogene Nase und trägt einen Pullover mit schwarz-roten Querstreifen. Da, wo der Bart das Gesicht nicht bedeckt, sind unzählige kleine Fältchen zu sehen.

»Willkommen, Rebecca«, sagt er mit dunkler, sanfter Stimme. »Mein Name ist Simon Eckmühl. Ich bin der oberste Wächter.« Langsam kommt er, auf die Krücken gestützt, auf mich zu und reicht mir die Hand.

Just in dem Moment, in dem sich unsere Handflächen berühren, spüre ich wieder ein plötzliches, kurzes Glühen auf der Schulter, da, wo sich mein Muttermal befindet. Nur für den Bruchteil einer Sekunde, dann ist es vorbei. Verwirrt blicke ich Simon an, der aber nur lächelnd auf zwei freie Stühle am Tisch deutet und sagt: »Setzen wir uns. Es gibt Dinge, von denen man besser im Sitzen erfährt.«

»Ja. Dinge, die so unglaublich sind, dass es einem die Füße wegzieht und auf den Arsch haut«, kichert Charly Arkona und kippt ein Gläschen Stinkefisch. Seinem Atem nach zu urteilen, das vierte oder fünfte am heutigen Tage.

Ungeduldig sehe ich Simon Eckmühl dabei zu, wie er sich umständlich eine Tasse Tee einschenkt. Ich will endlich Antworten und kann nicht mehr länger an mich halten. »Was geht hier vor?«, schießt es aus mir heraus. »Warum bin ich hier? Warum höre ich diese Stimmen? Warum haben mich meine Pflegeeltern in diese Klinik gebracht? Was hat das alles mit Leuchttürmen zu tun und warum –«

»Damit du all das verstehst, müssen wir ganz von vorne beginnen«, unterbricht mich Simon mit leiser Stimme. »Und der beste Beginn ist immer ein Lied. Findest du nicht?«

Kaum hat er es ausgesprochen, beginnen Charly und Luis Arkona mit unschuldigen Gesichtern eine bekannte Melodie zu pfeifen. Allerdings so mitleiderregend schief, dass es schon einiges an Fantasie braucht, um sie zu erkennen.

»Ein schönes altes Volkslied«, sagt Simon und fährt sich über seinen grauen Bart. »*Die Gedanken sind frei*, heißt es darin. Würdest du dem zustimmen, Rebecca?«

»Natürlich«, entgegne ich, auch wenn mir reichlich unklar ist, was die Frage soll. »Ich kann vielleicht nicht immer und überall *sagen,* was ich denke, aber *was* ich denke, bleibt mir überlassen.«

Simon lächelt geheimnisvoll. »Dich genau das denken zu lassen, ist sein größter Trick. – Aber ich bin unhöflich. Entschuldige bitte. Möchtest du Kaffee? Oder lieber Tee?« Er deutet auf zwei blau-weiß bemalte Porzellankannen auf dem Tisch.

»Kaffee, bitte«, sage ich und frage mich, von wem und von welchem *Trick* er spricht.

»Bist du dir sicher? Nicht doch lieber Tee? Auf jeden Fall Kaffee? Kaffee ist deine endgültige Entscheidung?«

»Ähm … ja, natürlich«, sage ich leicht genervt. Was soll diese blöde Nachfragerei? Man hat mir versprochen, dass der oberste Wächter meine Fragen beantwortet, aber dieser umständliche grauhaarige Zausel macht alles noch viel komplizierter.

Er schenkt mir Kaffee ein, lehnt sich in seinen Stuhl zurück und betrachtet mich mit einem leicht amüsierten Gesichtsausdruck. »Kaffee, also … Wie kannst du dir so sicher sein, dass es wirklich *deine* Entscheidung ist? Dass es dein Wille ist?«

Ob es *mein Wille* ist, dass ich lieber Kaffee statt Tee möchte? Was ist das schon wieder für eine bescheuerte Frage? »Natürlich ist es meine Entscheidung«, sage ich, wünsche mir inbrünstig, dass wir endlich mal zum Wesentlichen kommen könnten, und merke, dass ich kurz davor bin, zickig zu werden.

Da beugt Simon den Kopf vor und flüstert: »Was, wenn deine Entscheidungen gar nicht immer so frei sind, wie du glaubst? Was, wenn du nur denkst, dass deine Gedanken so frei sind, wie du denkst? Was, wenn deine Gedanken gar nicht immer deine Gedanken sind?«

Augenblicklich muss ich an die Stimmen in meinem Kopf denken und spüre, wie sich meine Nackenhaare aufrichten. »Nicht meine Gedanken? Aber … wessen Gedanken sollen es denn sonst sein?«

Ein beklommenes Schweigen breitet sich am Tisch aus, bis Candela schließlich den Kopf hebt, mir tief in die Augen blickt und mit leiser Stimme sagt: »Die deines schwarzen Passagiers.«

»Schwarzer Passagier?« Einen Moment lang frage ich mich, ob ich vielleicht in die Fänge einer durchgeknallten Sekte geraten bin. Die ganze Situation erscheint mir plötzlich so absurd, dass ich loskichern muss.

»*Please, don't.* Je stärker du die Existenz deines schwarzen Passagiers anzweifelst, umso leichter ist es für ihn, dein Bewusstsein zu kontrollieren«, sagt Eilean Ban, hebt den Kopf und sieht mich durchdringend an.

Ich blicke zweifelnd in die Runde und warte darauf, dass alle dröhnend zu lachen beginnen, weil sie es geschafft haben, mich komplett zu verarschen. Und zwar so was von … Aber sie sitzen schweigend da und verziehen keine Miene. »Entschuldigung«, sage ich. »Nur noch mal zur Sicherheit: Ich habe also einen …« – ich markiere mit den Fingern Anführungszeichen in der Luft – »… *Passagier*, der versucht, mein Bewusstsein zu kontrollieren und meine Gedanken und Entscheidungen zu steuern?«

Simon Eckmühl erhebt sich, greift nach seinen Krücken, wandert langsam zu einer Vitrine hinüber und betrachtet einen Moment lang die Flaschenschiffe, bevor er sagt: »Nicht nur du. Wir alle. Jeder von uns hat einen schwarzen Passagier, der versucht, ihn zu kontrollieren.«

Ich habe noch nie etwas dermaßen Irres gehört. »Klingt irgendwie schon ein ganz klein bisschen wahnsinnig, oder?«, werfe ich ein.

»Völlig wahnsinnig«, meldet sich Helios Ehrenfeld zu Wort. »Aber als erfahrener Wächter und als jeborener Rheinländer kann ich dir versichern, dass die Wirklichkeit millionenmal wahnsinniger ist, als wie die allermeisten überhaupt denken. Es ist so! Unser schwarzer Passagier klebt an uns wie ein nasser Bierdeckel am Altglas! Er ist immer bei uns. Auch hier. In diesem Raum.«

»Ist ja sehr interessant«, sage ich und füge in spöttischem Ton hinzu: »Aber wo ist er?« Ich blicke mich nach allen Seiten um. »Blöd, ich kann ihn gar nicht sehen. Wo ist er hin, mein Passagier? Zwei Wochen an den Ballermann?«

»Hüte deine Zunge und spotte nicht über das, was du nicht verstehst! Niemand kann seinen Passagier sehen!«, krächzt Jeremias Holtenau mit zitternder Stimme. Er springt von seinem Stuhl auf und sieht mich mit durchbohrendem Blick an. Auf seinem Hemd klebt noch immer Eidotter. »Der schwarze Passagier ist kein Wesen, wie du es dir vielleicht vorstellst«, belehrt er mich. »Er hat keine Gestalt und keine Form. Er ist … Energie. Ein Geistwesen. Du kannst ihn weder sehen noch hören, noch auf deiner Haut spüren. Aber er ist da! Und von dem Tage an, an dem der schwarze Schrecken Besitz von dir ergreift, lasst er dich nicht mehr gehen! Bis zur Stunde deines Todes! Nimmermehr!« Jeremias lässt sich in seinen Stuhl fallen und macht ein Gesicht, als würde er an übelster Darmverschlingung leiden. Allmählich beginne ich mir ernsthafte Gedanken über den Geisteszustand einzelner Anwesender zu machen.

»Ich verstehe deine Skepsis sehr gut. Man kann die Existenz des schwarzen Passagiers nicht mit wissenschaftlichen Mitteln beweisen«, sagt Simon Eckmühl mit ruhiger Stimme. »Aber es gibt Momente im Leben, in denen du spüren kannst, dass er da ist.« Der oberste Wächter richtet seine grauen Augen auf mich. »Und dabei spreche ich nicht von den Stimmen, die du hörst, sondern von den Momenten, in denen du seine Gegenwart *fühlst.*«

Momente, in denen ich die Gegenwart des schwarzen Passagiers fühle? Verständnislos blicke ich Simon an.

»Lass mich dir eine Frage stellen«, sagt er. »Hast du schon einmal eine Entscheidung getroffen, die so wohlüberlegt und durchdacht und angemessen war, dass sie die scheinbar einzig richtige Entscheidung war? Eine Entscheidung, die so durch und durch vernünftig war, dass es nicht das Geringste auszusetzen gab? Aber … irgendetwas daran schien nicht zu stimmen. Ja … die Entscheidung war die richtige. Ja, sie war die vernünftige. Aber sie hinterließ ein seltsames, unbestimmtes Gefühl, ein kaum spürbares Ziehen im Bauch. Warum hattest du das beunruhigende Gefühl, etwas getan zu haben, das du eigentlich nicht tun wolltest? Und du hast dich gefragt, ob eine scheinbar unvernünftige Entscheidung nicht die tatsächlich vernünftige für *dich* gewesen wäre. Kennst du dieses Gefühl, Rebecca?«

Seine Frage verhallt in dem hohen Saal. Neun Augenpaare richten sich gespannt auf mich, während ich wie gelähmt dasitze und kein Wort hervorbringe. Ich weiß sehr genau, wovon Simon spricht. Ich kenne das Gefühl. Nur zu gut. Wenn man von Lothar und Karin Terhoeven erzogen wird, trifft man ständig vernünftige, durchdachte Entscheidungen. Wie voriges Jahr, als ich auf die Idee kam, mehr über den Tod meiner leiblichen Eltern erfahren zu wollen. Ich habe auf eigene Faust versucht, eine Spur zu dem flüchtigen Autofahrer zu finden und in sozialen Netzwerken nach Zeugen des Unfalls gesucht. Ohne jeden Erfolg, nebenbei bemerkt. Als Karin mitbekam, was ich da tat, schlug sie die Hände über dem Kopf zusammen und schleppte mich umgehend zu einer Jugendtherapeutin. Eine Dame mit Dutt erklärte mir sehr nett und geduldig, dass mein Verhalten mit unbewältigter Trauer zu tun hatte, und dass ich damit aufhören und mit meiner Trauer abschließen musste, um mein eigenes Leben führen zu können. Was soll ich sagen? Sie hatte vollkommen recht! Es ist vernünftig, mit seiner Trauer abzuschließen, um nach vorne blicken zu können. Ich wollte nach vorne blicken. Also folgte ich ihrem Rat und stellte meine Nachforschungen über den Unfall ein. Ich traf eine *richtige* Entscheidung. Aber danach gab es Momente, wie Simon sie beschrieben hat: das beunruhigende Gefühl, dass irgendetwas nicht stimmte. Etwas fühlte sich falsch an … Ich hebe den Kopf, blicke in die Runde und sage zögernd: »Ja, ich glaube, ich weiß, wovon du sprichst.«

Simon lächelt und seine tiefe Stimme tönt durch den Saal: »Das sind die Momente, in denen du ihn spürst. Die Momente, in denen dein eigenes Bewusstsein aufflackert und sich gegen sein Bewusstsein erhebt. Die Momente, in denen du mit ihm kämpfst. Mit deinem schwarzen Passagier.«

Seinen Worten folgt ein spannungsvolles Schweigen. Das Licht der Miniatur-Leuchttürme fährt über die Mienen der Wächter, die allesamt von großer Ernsthaftigkeit sind.

Es gibt zwei Möglichkeiten, überschlage ich schnell. Entweder, ich sitze einem Haufen völlig Wahnsinniger gegenüber – oder das, was Simon Eckmühl gerade gesagt hat, ist tatsächlich die Wahrheit. Aber die klingt vollkommen …

»Abgefahren, oder? Hab ich dir ja versprochen«, sagt Eilean Ban und grinst mich an.

Charly Arkona nickt zustimmend, kichert und greift schon wieder nach der Stinkefischflasche, aber Luis zieht sie ihm mit missbilligendem Gesichtsausdruck vor der Nase weg und platziert sie außerhalb von Charlys Reichweite.

Patti lehnt sich in ihren Stuhl zurück und zieht ihr Kaugummi lang, Helios Ehrenfeld guckt verschmitzt und zwirbelt seine Schnurrbartspitzen, und Ole Krautsand lächelt mir aufmunternd zu.

Candela, die links von mir sitzt, nimmt meine Hand und sagt in eindringlichem Ton: »*Das* meinte ich, als ich behauptet habe, dass die Wirklichkeit nicht so wirklich ist, wie wir denken, Chérie. Die schwarzen Passagiere versuchen unentwegt, Kontrolle über unser Bewusstsein zu erlangen. Das gelingt ihnen bei unterschiedlichen Menschen unterschiedlich gut. Es gibt Wege, sich bis zu einem gewissen Grad vor ihrem Einfluss zu schützen. – Dazu später mehr.« Candela sieht auf und blickt mir in die Augen. »Aber für die meisten Menschen gilt: Das, was sie für ihre Gedanken halten, sind nichts als die Gedanken ihres Passagiers. Was sie für die Wirklichkeit halten, ist nur ein verzerrtes Trugbild, das er ihnen vorgaukelt. *Une illusion*.«

Ich fürchte, ich sehe ziemlich überfordert aus. All das klingt völlig unglaublich – wären da nicht ... »Du willst sagen, der schwarze Passagier ist verantwortlich für die Stimmen, die ich höre? Er gaukelt sie mir vor?«

»Im Gegenteil«, sagt Patti van Pilsum und kann sich dabei den Nachsatz »Püppchen« gerade noch so verkneifen. Während ich sie völlig verblüfft anstiere, springt Jeremias Holtenau mit funkelnden Augen auf. Sein Ziegenbärtchen wackelt vor Aufregung und er zappelt wie ein hyperaktiver Cousin von Catweazle. »Diese Stimmen sind die Fanfaren, die den Untergang des schwarzen Passagiers ankündigen«, kreischt er. »Sie sind Glocken, die eine neue Zeit einläuten. Sie sind der Hahnenschrei in der Morgendämmerung der Freiheit. Sie sind –«

»Krieg dich mal wieder ein«, unterbricht ihn Ole Krautsand und drückt den verdutzten Archivar auf den Stuhl. »Hast du deine Medikamente nicht genommen? Du bringst die arme Rebecca ja völlig durcheinander.«

Da hat er recht. Ich kapiere gar nichts mehr. »Der schwarze Passagier hat nichts mit den Stimmen zu tun?« Hilfe suchend blicke ich zu Candela.

»Zu den Stimmen kommen wir später, Chérie. Bleiben wir erst einmal bei dem schwarzen Passagier«, sagt sie lächelnd.

»Also schön.« Ich nehme einen tiefen Atemzug. »Nur mal, rein theoretisch, angenommen, es gäbe diesen Passagier tatsächlich … Woher kommt er und warum versucht er, mein Bewusstsein zu kontrollieren? Warum tut er das?«

Simon Eckmühl nippt an seinem Tee, stellt die Tasse ab, atmet tief durch und sagt: »Um dir das zu erklären, müssen wir weit in die Vergangenheit zurückgehen.«

»Ja«, sagt Helios Ehrenfeld. »Aber janz bestimmt net mit leerem Magen. Höchste Zeit fürs Abendessen.« Er steht auf, geht zu einem Speiseaufzug am Ende des Saals und brüllt in die Küche runter: »Anker lichten, Fanny. Du kannst das Futter hochschicken!«

Das Futter gibt es dankenswerterweise in zweifacher Ausführung: zwei riesige Schüsseln mit Heringssalat und für die Vegetarier – Candela, Patti, Luis Arkona und mich – Algensalat. Er schmeckt nach Sesamöl, ein bisschen salzig, ein bisschen scharf und vor allem sehr, sehr köstlich. Dazu gibt es herrlich duftendes Knoblauchbrot. Fanny van Pilsum ist eine echte Granate in der Küche! Trotzdem nehme ich nur eine Portion. Ich will das Essen so schnell wie möglich hinter mich bringen, und endlich mehr über diesen mysteriösen schwarzen Passagier und darüber, was er mit den Stimmen zu tun oder eben nicht zu tun hat, erfahren. Aber meine Geduld wird abermals auf die Probe gestellt, denn nachdem der Tisch abgeräumt ist, verkündet Charly Arkona: »Bevor wir weitermachen, muss ich unbedingt eine rauchen«, und verzieht sich, gemeinsam mit Helios, nach unten in das Frühstückszimmer.

Eilean hingegen bleibt am Tisch sitzen und schenkt sich Kaffee ein. Luis Arkona murmelt etwas von Verspannung und beginnt in einer Ecke des Saales Lockerungsübungen zu machen, Jeremias Holtenau redet ohne Punkt und Komma auf den armen Simon Eckmühl ein, und Candela und Ole Krautsand stehen vor dem Kamin und unterhalten sich angeregt.

Ich setze mich zu Eilean, der die beiden scheinbar gleichmütig beobachtet. »Eifersüchtig?«, frage ich und schlage im nächsten

Moment die Hand vor der Mund. »Tut mir leid. Geht mich ja gar nichts an.«

»Fragen darf man immer«, entgegnet er lächelnd. »Und die Antwort lautet: nein.«

»Ach, komm schon, Eilean.«

»*No, it's true*«, sagt er. »Zunächst einmal: Candela und ich vertrauen uns. Zweitens: Sollte sie sich in jemand anderen verlieben – und sei es in ihren Exfreund –, dann ist das so. Liebe kann man nicht erzwingen. Eifersucht und Neid sind die überflüssigsten Gefühle, die es gibt, denn sie lösen kein Problem und verändern die Situation nicht. Sie führen nur dazu, dass man sich selbst schlecht fühlt oder andere dazu bringt, sich schlecht zu fühlen.« Eilean reibt sich übers Kinn und sagt leise: »Wenn du Eifersucht verspürst, dann feiert dein schwarzer Passagier ein Fest. Er lässt sie dich fühlen, um abzulenken von …«

»Mission Lungenzug erfolgreich beendet!«, frohlockt Helios Ehrenfeld, der in diesem Moment zusammen mit Charly Arkona durch den schmalen Eingang in den Saal tritt. Luis Arkona beendet seine Dehnübungen, Candela und Ole kommen gemächlich zum Tisch geschlendert.

»Ich befürchte, ich kann deine Frage, woher die schwarzen Passagiere kommen, nicht beantworten«, eröffnet Simon das Gespräch. »Wir wissen nicht, ob diese Wesen an einem bestimmten Punkt unserer Entwicklung zu uns gelangt sind, oder ob sie schon immer hier waren. Wir wissen nur, dass sie versuchen, unser Bewusstsein zu kontrollieren, dass sie sich mit unserer Hilfe in dieser materiellen Welt bewegen und sie nach ihren Vorstellungen formen. Wir glauben, Schiffe mit eigenem Kurs zu sein, aber oftmals sind wir nur die Fähren unserer Passagiere. So wurde es den Wächtern einst offenbart.«

»*Offenbart?*«, sage ich zweifelnd. »Von wem?«

»So steht es geschrieben in der geheimen Schrift des Sostratos!«, kräht Jeremias Holtenau mit bebender Zitterstimme.

Ich blicke fragend in die Runde.

»Macht mal langsam, Freunde«, meldet sich Ole Krautsand zu Wort und fährt sich durch die blonden Locken. »Immer schön der Reihe nach.«

»Du hast recht«, stimmt ihm Simon zu. Er blickt durch das große Bullaugenfenster aufs Meer hinaus. »Die meisten Menschen – zumindest die in der westlichen Welt – glauben, dass unser Geist etwas ist, das seinen Sitz irgendwo in unserem Körper hat. Vorzugsweise im Gehirn. Die Wächter wissen, dass das Gegenteil der Fall ist.«

»Moment«, entfährt es mir. »Du behauptest, unser Geist befindet sich nicht in unserem Körper, sondern unser Körper befindet sich in unserem Geist?«

»Ich behaupte es nicht nur; ich weiß es«, sagt Simon. »Unser Geist umgibt unseren Körper. Wie eine unsichtbare Hülle. Es gibt Menschen, die diese schützende Hülle sehen und als Aura bezeichnen. Wir alle werden mit dieser Hülle aus Geist geboren und an diese Hülle heftet sich der Geist des Passagiers und versucht, in sie einzudringen. Solange wir Kinder sind, gelingt es ihm nicht, denn noch ist die Hülle zu dicht. Aber wenn wir älter werden, machen wir Erfahrungen, die dazu führen, dass diese Hülle dünner und durchlässiger wird. Mit jedem Mal, wenn wir verletzt, zurückgestoßen, verkannt oder verlacht werden, mit jedem Mal, wenn wir Ablehnung statt Zuwendung, Häme statt Hilfe oder Spott anstelle von Trost erfahren, schwindet die Widerstandskraft unserer Hülle – und der schwarze Passagier bohrt sich Schicht um Schicht durch sie hindurch.« Simon hält einen Moment lang inne, dann sieht er mich mit traurig schimmernden Augen an. »Klingt das wirklich so unglaublich? Halte dir all die schlimmen Dinge, die in dieser Welt geschehen, vor Augen. Kann man wirklich glauben, dass Menschen dazu fähig sind, diese Dinge einander anzutun? Ich kann es nicht. Erscheint es nicht viel glaubhafter, dass in uns irgendetwas Fremdes und Bösartiges existiert, das uns dazu bringt, andere zu täuschen, zu verletzen, auszubeuten oder … zu töten?«

Nachdenklich kaue ich auf meiner Unterlippe herum, während Simons Worte in Schlangenlinien durch meinen Kopf schwirren.

»Die schwarzen Passagiere sind getrieben von ihrer Bösartigkeit und der Gier nach körperlicher und sinnlicher Erfahrung – dazu benutzen sie uns«, fährt er fort. »Das bedeutet Ausbeutung und Unterdrückung, es bedeutet körperliche Auseinandersetzung, es bedeutet Kampf, es bedeutet Krieg. Der schwarze Passagier hält uns ständig auf Trab mit dem Streben nach Macht, Einfluss und Reichtum. Er tut alles dafür, uns nicht innehalten zu lassen, denn das ist der Moment, in dem es für ihn gefährlich wird. Wenn wir innehalten, können wir unser eigenes Bewusstsein oder das, was noch davon übrig ist, spüren, und dann kommen in uns Zweifel auf, ob diese Dinge wirklich so erstrebenswert sind.«

»Aber das mit den Kämpfen und Kriegen … Wäre das nicht ziemlich dumm von meinem schwarzen Passagier?«, frage ich und ziehe die Stirn kraus. »Wenn ich in so einem Kampf sterbe, dann stirbt er doch mit mir. Oder?«

Simon Eckmühl schüttelt den Kopf und lächelt traurig. »Oh, nein. Dazu ist er ein viel zu zäher Parasit. Nach deinem Tod wandert er einfach weiter und heftet sich an einen neuen Wirt, an den nächstbesten Menschen, der in diese Welt geboren wird. Für den schwarzen Passagier ist das nicht anders, als von einem Zug in einen anderen umzusteigen.«

Ich muss schlucken. »Aber wenn das alles wirklich so ist …«, sage ich nach einer Weile, »… müsste die Welt doch längst in Barbarei und Chaos versunken sein.«

»Sind mer doch mal ehrlich, Mädchen«, singsangt Helios Ehrenfeld. »Wenn man sich so umguckt, kann man sich dem Eindruck net verschließen, dass sie jerad auf dem allerbesten Weje dahin ist. Andererseits – sie sah schon ziemlich oft so aus. Und trotzdem ist sie noch immer da. Was daran liegt, dass die Passagiere net mit jedem von uns gleichermaßen ihre Spirenzchen machen können. Wenn du als Frohnatur jeboren wirst –

wie der Rheinländer an sich, beispielsweise –, dann kann dir der Passagier viel wenijer anhaben, als wenn du eine, sagen mer mal, eher verkniffene Erscheinung bist. Et jitt bestimmte Sachen, die kann der Passagier ums Verrecken net verknusen: wenn es fröhlich zujeht, wenn man sich net allzu ernst nimmt, wenn man am Lachen ist, wenn im Leben Rosenmontag herrscht. Wenn mer so was machen, dann sind mer sehr viel wir selbst und sehr wenig er. Und dat macht den fiese Möpp richtig fuchsig. Aber er kann nix dajejen machen! – Leider muss ich aber immer wieder feststellen, dass sowohl im Alljemeinen wie auch im Speziellen viel zu selten jelacht wird.«

»Lachen hilft gegen den schwarzen Passagier?«, sage ich mittelschwer irritiert.

»Wenn es echt ist, schon. So sicher wie ein Furz gegen Blähungen«, bestätigt Patti.

»Es gibt mehrere Wege, um den Einfluss des schwarzen Passagiers auf unseren Geist abzuschwächen«, ergreift Candela das Wort. Die Lichtstrahlen der Leuchtturmmodelle spiegeln sich in ihren Augen und verleihen ihrem Blick einen beinah hypnotischen Glanz. Eilean Ban und Ole Krautsand starren sie so gebannt an, als wäre sie die schaumgeborene Venus. Candela scheint es nicht zu bemerken.

»Grundlegend unterscheiden wir zwei Arten von Widerstand gegen den Passagier«, fährt sie fort. »Zum einen gibt es etwas, das man als unbewussten Widerstand bezeichnen könnte. Die allermeisten Menschen wissen nichts von der Existenz ihres Passagiers, aber dennoch wehren sie sich instinktiv gegen ihn. Wenn sie lachen, wenn sie Musik hören, wenn sie singen oder tanzen, dann beginnt ihre eigene Schutzhülle, ihr eigener Geist, zu gesunden, und der Einfluss des Passagiers wird, wenigstens eine bestimmte Zeit lang, abgeschwächt.« Ein feines Lächeln spielt um Candelas Lippen. »Wenn wir ein Buch lesen, führt das bei ihm jedes Mal zu einem totalen Systemabsturz: Wenn wir eine Geschichte lesen, die uns so fesselt, dass wir tief in sie eintauchen und uns ganz mit der Hauptfigur identifizieren … Das macht den Passagier vollkommen irre, weil er denkt, dass er es plötzlich mit einer ganz neuen, unbekannten Persönlichkeit zu tun hat. Lesen setzt den Passagier schachmatt! Wenigstens kurzzeitig. – Aber man kann noch weitaus effektiver Widerstand leisten, wenn man *weiß*, dass der Passagier existiert. *Connaître l'ennemi!* Wer von der Existenz der Passagiere weiß, der wird seine Gedanken immer darauf prüfen, ob sie wirklich seine Gedanken sind. Der wird immer wieder innehalten und sich versichern, ob seine Gedanken und sein Gefühl übereinstimmen. Der wird sich seltener ablenken lassen von Macht und Reichtum und was der Passagier ihm sonst noch so als lohnenswertes Ziel vorgaukelt. Der wird sich frei machen vom Einfluss seines Passagiers. Es ist ein geistiger Kampf. Ein Kampf der Gedanken, der durch Körperübungen und verschiedene Formen der Meditation unterstützt werden kann. Wir Wächter sind nicht immun gegen seinen Einfluss, aber wir sind auch nicht völlig machtlos.«

»Allerdings gibt es auch Menschen«, nimmt Simon Eckmühl wieder den Faden auf, »die ihrem Passagier keinerlei Widerstand entgegensetzen können. Das hängt damit zusammen, was ich dir vorhin über die geistige Schutzhülle erzählt habe – darüber, dass sie für den schwarzen Passagier durchlässig wird, wenn wir Ablehnung erfahren oder andere seelische Verletzungen erleiden. Wer nur unaufhörlich darüber nachdenkt, wie ungerecht es ist, dass gerade ihm eine schlimme Kränkung zuteilwurde, wer in Selbstmitleid versinkt, wer nicht verzeihen kann und sich selbst nur als Opfer sieht, dessen Hülle wird immer durchlässiger. In den Geist solcher Menschen kann der schwarze Passagier tief eindringen.«

»Stell dir den menschlichen Geist als eine Pizza vor«, sagt Ole Krautsand. »Und den schwarzen Passagier wie einen gierigen Allesfresser, der die gesamte Pizza verschlingt und nur einen ganz dünnen äußeren Rand stehen lässt. Diese Menschen haben kein eigenes Bewusstsein mehr. Sie werden zu bloßen Marionetten ihrer Passagiere.«

»Das sind ihre Agenten und Kämpfer«, fügt Patti hinzu.

»Welche Agenten und Kämpfer?«, frage ich ratlos.

Simon Eckmühl blickt mich mit ernstem Gesichtsausdruck an und sagt: »Sie sind überall und sie sind sehr emsig. Sie wohnen in deiner Straße, sie sitzen dir in der U-Bahn gegenüber, sie stehen hinter dir in der Schlange an der Kinokasse. Sie arbeiten auf Ämtern, in Ausschüssen und Parlamenten und sorgen dafür, dass Gesetze, Erlasse und Verordnungen verabschiedet werden, die nur zum Ziel haben, die Gedankenfreiheit der anderen einzuschränken. Sie schaffen Arbeitsabläufe und -strukturen, die uns in dauernder Bewegung halten, damit wir nicht nachdenken. Und natürlich wirken sie in den Medien und trollen im Netz, um uns in den Momenten, in denen wir doch einmal Ruhe finden könnten, mit irgendwelchem Schwachsinn zuzuschütten. Und dann gibt es noch spezialisierte Agenten: Menschen, die sehr wohl von der Existenz des schwarzen Passagiers wissen, sich aber zu einem Pakt mit ihm entschlossen haben. Um anderen gegenüber im Vorteil zu sein. Um persönliche Ziele wie Macht, Ansehen oder Reichtum zu verwirklichen. Menschen, die alles tun, damit die Herrschaft der schwarzen Passagiere andauert. Ohne Skrupel. Menschen wie Siegbert Rothermund oder ... deine Pflegeeltern.«

Sofort habe ich die Szene aus dem Video vor Augen, in der Rothermund und meine Eltern über einen Auftrag sprechen. Meine Pflegeeltern haben mich überwacht. Warum? Und wer war ...? »Dieser grauhaarige Anzugträger, den ich auf dem Video mit Doktor Rothermund gesehen habe ... War das einer dieser speziellen Agenten?«

»Mehr als nur ein Agent«, sagt Eilean Ban mit finsterem Blick. »Wir kennen seinen Namen nicht. Wir nennen ihn nur den *Mann im Anzug*. Dieser Mann ist unser mächtigster Gegenspieler. Er verfügt über militärisch ausgebildete Kampfeinheiten. Geheime Kommandos, die er gegen Leute einsetzt, die das eigenständige Denken partout nicht sein lassen wollen. Und das meint in erster Linie ...«, Eileans düsterer Blick weicht einem satten Grinsen und er macht eine weit ausholende Geste, »… uns! Die Wächter!«

Einen Moment lang ist es so ruhig, dass man eine Stecknadel fallen hören könnte.

»Wir sind das Einzige, was die schwarzen Passagiere wirklich fürchten«, durchbricht Simons dunkle Stimme schließlich die Stille. »Denn wir kennen das Geheimnis, das ihre Herrschaft für immer beenden könnte!« Er hebt den Kopf und blickt mir lange in die Augen. »Das Geheimnis, das aus uns allen freie Menschen machen könnte! Und du … trägst dieses Geheimnis in dir.«

Während ich Simon mit offenem Mund anstarre, ergreift Luis Arkona das Wort: »Nachdem wir dich aus ihren Händen befreit haben, sind sie in größtem Aufruhr. Im Moment sind wir hier sicher, aber niemand kann sagen, für wie lange noch. Während wir hier miteinander sprechen, schwärmen bereits überall Agenten aus, werden geheime Truppen in Bereitschaft und verdeckte Einsatzkommandos in Bewegung gesetzt. Um uns zu finden. Vor allem aber, um dich zu finden.«

»Was heißt: Ich trage das Geheimnis in mir? Was wollen die Passagiere und ihre Agenten und Kommandos von mir? Hängt es damit zusammen … dass ich diese Stimmen höre?«

Candela sieht mich sanft an und holt tief Luft, bevor sie mit heiserer Stimme sagt: »*Précisément*. Du hörst Stimmen, weil du ein Asyl bist, Chérie. Seit zehn Jahren.«

Ein Asyl? Der Boden unter meinen Füßen scheint plötzlich zu schwanken und mein Gesicht sieht wahrscheinlich aus wie ein einziges Fragezeichen. »Was bedeutet es … ein Asyl zu sein?«, stammele ich. »Ich … ich verstehe rein gar nichts mehr.«

»Kann ich mir vorstellen«, sagen Luis und Charly Arkona wie aus einem Mund und in seltener Eintracht.

Candela streicht mir mit der Hand über die Wange. »Du wirst es verstehen, sobald du die Prophezeiung des Sostratos kennst. Und die Geschichte der Wächter. Und wenn du dich wieder daran erinnerst, was vor zehn Jahren mit dir geschehen ist.«

»Geschehen? Vor zehn Jahren?«, wiederhole ich stumpfsinnig, während mir die Ohren vor Verwirrung klingen. Mir wird schwummerig. »Ich glaube, ich könnte jetzt ein Malzbier vertragen«, ächze ich.

Helios springt auf, eilt zum Speiseaufzug und brüllt: »Fanny, dem Mädchen ist blümerant. Schick mal ein Fläschchen Malzbier hoch. Fanny, hörst du mich?« Er zieht verwundert die Augenbrauen hoch. »Net da! Wo läuft die Madame denn schon wieder rum?«

In diesem Moment fliegt die Tür auf und Fanny van Pilsum stolpert, nach Luft ringend, in den Saal. »Fernseher an!«, stößt sie kurzatmig hervor. »Macht den Fernseher an! Schnell! Es ist überall in den Nachrichten!«

Luis Arkona greift nach der Fernbedienung und gleich darauf leuchtet auf dem Bildschirm eine gespenstische Szenerie auf: Trümmer und meterhohe Schuttberge, von denen man nur noch vermuten kann, dass sie einmal ein Haus gewesen sind. Feuerwehr und Ambulanzwagen, Rettungsmannschaften mit schwerem Gerät, Suchhunde, überall Blaulicht. Dann schwenkt die Kamera nach rechts auf ein verbogenes Straßenschild. Augenblicklich stellen sich meine Nackenhaare auf. Das ist keine Szene aus einem Kriegsgebiet, das ist die Heilwigstraße. Und die Trümmer sind das, was von dem Haus übrig geblieben ist, in dem ich bis gestern gewohnt habe.

Im nächsten Moment entfährt mir ein Aufschrei. »Mareike!« Sie steht inmitten einer Menschenansammlung hinter einem roten Absperrband. Ihr Kopf liegt an der Schulter ihres Bruders, sie wird von einem Weinkrampf geschüttelt. Und dann entdecke ich in der Menschenmenge … »Da ist Siegbert Rothermund«, rufe ich aufgeregt. »Und da ist auch der Mann im Anzug!« Beide stehen mit unbewegter Miene da. Die Kamera schwenkt weiter auf einen gestresst wirkenden Reporter, der sich vor einem Feuerwehrwagen postiert hat und mit betroffener Stimme einen aktuellen Lagebericht gibt: »Noch immer herrscht keine Klarheit über die Ursache der schweren Explosion im Hamburger Stadtteil Eppendorf, bei der zwei Menschen getötet und ein Haus vollständig zerstört wurde. Bei den Opfern handelt es sich um die Besitzer des Hauses, das in der Hamburger Gesellschaft bekannte Ehepaar Lothar und Karin Terhoeven. Lothar Terhoeven war ein erfolgreicher plastischer Chirurg, seine Frau genoss großes Ansehen als Galeristin und Förderin junger Künstler.«

»Erinnerst du dich daran, was der Mann im Anzug auf dem Video gesagt hat?«, flüstert mir Eilean zu. »Dass er eine Maßnahme eingeleitet hat, damit deine Pflegeeltern für immer schweigen?« Er deutet auf den Fernseher. »Das ist das Ergebnis seiner Maßnahme! Sie gehen ohne jede Skrupel vor. Sie töten auch ihre eigenen Leute, wenn die ihre Schuldigkeit getan haben.«

Ich kann nur stumm nicken. Ich habe gesehen und gehört, wie meine Pflegeeltern mit Siegbert Rothermund über mich als *einen Auftrag* gesprochen haben. Und wenn es stimmt, was Simon Eckmühl sagt, waren Lothar, Karin und ich definitiv keine Familie, wir waren noch nicht einmal ein funktionierendes soziales System. Sie waren Agenten und ich war ihr Zielobjekt – auch wenn ich noch immer nicht vollkommen verstehe, warum. Zehn Jahre lang haben sie mich belogen. Und jedes Mal, wenn ich daran denke, steigt die blanke Wut in mir auf. Es sollte mich überhaupt nicht berühren, dass sie tot sind. Merkwürdigerweise tut es das aber doch. Sie haben mich getäuscht und hintergangen, sie haben mir eine Wirklichkeit vorgegaukelt, die es niemals gab, und das Zusammenleben mit ihnen war an den meisten Tagen der pure Horror. Aber in diesem Moment habe ich merkwürdigerweise nur das Bild von Lothar vor Augen, der mich zum Abschied umarmt und sagt: »Mach es gut, Rebecca.« Das war echt. Ich bin mir sicher: In diesem kurzen Moment ist Lothar seinem schwarzen Passagier entwischt und war für ein paar Augenblicke er selbst. Verwirrt fühle ich, wie mir eine Träne über die Wange rinnt.

Candela bemerkt es, kommt zu mir und nimmt mich tröstend in den Arm.

Der Fernsehreporter interviewt währenddessen Rettungskräfte und einen Unfall-Sachverständigen, bevor er zu seiner Schlussbetrachtung ansetzt: »Mögliche Ursache der Explosion könnte eine defekte Gasleitung gewesen sein. Mittlerweile gibt es aber auch Hinweise, nach denen nicht auszuschließen ist, dass sich hier eine Familientragödie abgespielt hat: Noch immer ist es den Rettungskräften trotz intensivster Bemühungen nicht gelungen, die Leiche der Pflegetochter des Ehepaares Terhoeven in den Trümmern zu finden. Mit großer Wahrscheinlichkeit hat sie sich im Moment der Explosion nicht im Haus befunden. Aus Polizeikreisen wissen wir, dass Lothar und Karin Terhoeven wenige Stunden vor ihrem Tod ihre Pflegetochter, die sechzehnjährige Rebecca Q., vermisst gemeldet haben. Dabei gaben sie an, das Mädchen sei von zu Hause weggelaufen, nachdem ein familiärer Konflikt eskaliert war. Die Ermittler gehen Verdachtsmomenten nach, nach denen die Jugendliche noch einmal ins Haus zurückgekehrt, eine Gasleitung manipuliert und auf grausame Weise Rache an ihren Eltern geübt haben könnte.«

»Was?«, entfährt es mir. Aber es kommt noch schlimmer.

Ein äußerst unvorteilhaftes Bild von mir wird eingeblendet. Es ist bei einem Hockeyspiel im letzten Jahr aufgenommen worden: Im Eifer des Gefechts habe ich mich enorm aufgeregt und eine Mitspielerin, die wenig mannschaftsdienlich spielte, übel angeraunzt. Auf dem Foto sehe ich aus wie eine wild gewordene Furie. Oh, Gott … alle halten mich für eine Mörderin!, durchfährt es mich. Dann erinnere ich mich an Mareikes verweintes Gesicht. Du nicht, Mareike, denke ich, und schlagartig wird mir klar, wie sehr ich sie vermisse. Wie sehr ich mir wünsche, sie wäre in diesem Moment bei mir und ich könnte ihr sagen, was wirklich geschehen ist. Du nicht, Mareike! Du weißt, dass ich keine Mörderin bin. Dir wird klar werden, dass hier irgendetwas nicht stimmt, und dann …

»Mitschüler schildern das Mädchen als verhaltensauffällig und gewaltbereit«, berichtet der Reporter.

»Wer behauptet denn so einen Schwachsinn?«, rufe ich fassungslos und bekomme die Antwort umgehend geliefert: Neben dem Reporter taucht das blasierte Gesicht von Sören Radeberg auf.

»Ich halte es durchaus für möglich, dass Rebecca etwas damit zu tun hat«, näselt er. Ich wünsche, ich hätte ihm die Flasche wirklich über den Scheitel gezogen. »Auf mich machte sie schon immer einen merkwürdigen Eindruck. Irgendwie gestört und unberechenbar. Latent aggressiv. Sie verstand überhaupt keinen Spaß und – aaah!« Rote Haare wirbeln durchs Bild. Eine Faust trifft Sörens Nase, ein fieses Knacken, und er geht mit einem Schmerzensschrei zu Boden.

»Halt dein dreckiges Lügenmaul!«, brüllt Mareike, setzt sich auf seinen Brustkorb und traktiert ihn weiter mit Faustschlägen, bis irgendwelche Passanten sie von ihm wegreißen und aus dem Bild zerren, während sie sich weiter heftig wehrt und wüste Schimpftiraden ausstößt. Trotz der bedrückenden Situation muss ich kichern. Nein, du nicht, Mareike!

Erneut wird das Furien-Bild von mir eingeblendet und der von Mareikes Stunt noch immer etwas erschrockene Reporter sagt: »Personen, die sachdienliche Hinweise zum Aufenthaltsort von Rebecca Q. geben können, werden gebeten, sich mit der Polizei in Verbindung zu setzen. Sollten Sie auf das Mädchen treffen, sprechen Sie es nicht direkt an, da nicht einzuschätzen ist, welches Gefahrenpotenzial von ihm ausgeht.«

»Ich kann dir mal zeigen, welches Gefahrenpotenzial von *mir* ausgeht, du Arschkrampe«, schnaubt Charly Arkona.

Helios Ehrenfeld seufzt tief und bilanziert: »Blöd sind die net, die Kameraden. Jetzt kennt jeder da draußen Rebeccas Jesicht und hält sie für ein kriminelles Subjekt.«

Ich sinke in mich zusammen und starre fassungslos ins Leere. Es ist noch keine drei Tage her, dass ich eine halbwegs normale

Sechzehnjährige war. Eine Sechzehnjährige mit einer besten Freundin, mit Klavierstunden und Hockeytraining und Bananen-Split. Aber es kommt mir vor, als hätte das alles in einem anderen, längst vergangenen Leben stattgefunden. Einem Leben, das es nicht mehr gibt. In meinem neuen Leben sehe ich Musik und höre Stimmen. In meinem neuen Leben erfahre ich, dass ein unsichtbarer Feind unser Bewusstsein kontrolliert. In meinem neuen Leben wird mit einem Fernsehaufruf nach mir gefahndet, weil ich eines Doppelmordes verdächtig bin.

Mein Mund ist staubtrocken, meine Hände krallen sich um die Armlehne des Stuhls – als ich ein Knistern in den Ohren höre und eine Stimme in mir flüstert: »*Wohin soll ich mich wenden? Wohin fliehen? Mein Schmerz ist unermesslich. Verbleibe ich in diesen Übeln, werde ich Genossin jener, mit denen ich in Babylon mich schmählich einließ.*« Ich schnappe nach Luft, da poltert eine andere Stimme: »*Was heißt, die Tour abblasen? Was heißt, schleppender Vorverkauf? Es ist dein Job, dafür zu sorgen, dass der Vorverkauf nicht schleppend ist, du Weichei!*«

Mir flimmert es vor Augen, meine Beine zittern, meinem Mund entfährt ein unartikulierter Laut. Das Letzte, was ich spüre, ist, wie ich vom Stuhl rutsche …

Etwas Süßes fließt meine Kehle hinunter und gerät in meine Luftröhre. Spuckend und prustend fahre ich auf. Ich bin in meinem Zimmer. Candela sitzt auf der Bettkante, eine Flasche Malzbier in der Hand. Eilean, Fanny van Pilsum und Simon Eckmühl stehen mit besorgten Mienen am Fußende des Bettes.

»Wieder die Stimmen?«, fragt Fanny in mitfühlendem Ton.

Ich nicke stumm.

»Du solltest Fannys Rat folgen und regelmäßig Malzbier trinken. Ein Fläschchen am Tag reicht«, sagt Eilean. »Dann haut es dich nicht mehr so um!«

»Eilean und ich schlafen nebenan. Wenn irgendwas sein sollte … scheu dich nicht zu klopfen. *Bonne nuit!*« Candela erhebt sich und auch die anderen wenden sich zum Gehen.

»Aber … wartet! Was ist mit den Kämpfern und Agenten? Und den Stimmen? Und …«

»Morgen«, sagt Simon Eckmühl und humpelt zur Tür. »Der Rat der Wächter wird morgen Mittag erneut zusammentreten. Du musst jetzt erst einmal wieder zu Kräften kommen.« In der Tür dreht er sich noch einmal um und lächelt mir zu. »Der umständliche grauhaarige Zausel wünscht dir eine gute Nacht.«

Woher weiß er das?, frage ich mich völlig baff, während sich die Tür hinter ihm schließt. Woher weiß er, dass ich ihn so genannt habe? Kann man mir meine Gedanken etwa vom Gesicht ablesen?

Ich habe es doch nur gedacht.

– FÜNF –

»Rebecca? Rebecca!« Ein lautes Pochen an meiner Tür. Candelas aufgeregtes Rufen: »Chérie? Geht es dir gut?«

»Ja … ja, alles in Ordnung«, krächze ich mit trockener Kehle, wische mir mit der Hand über die verschwitzte Stirn und richte mich in den Kissen auf. Der Vollmond scheint durch die vorhanglosen Fenster und taucht das Zimmer in ein unwirkliches Licht. Der Wecker auf dem Nachttisch zeigt halb drei.

»Wir haben einen Schrei gehört«, dringt Eileans raue, besorgt klingende Stimme durch die Tür.

»Ich habe nur … schlecht geträumt. Alles wieder gut.«

»Sicher?«

»Ja. Ihr könnt euch wieder hinlegen. Tut mir leid, dass ich euch geweckt habe«, antworte ich, während meine zitternden Finger über das Muttermal auf meiner Schulter fahren.

»Keine Ursache«, ruft Candela. »Versuch wieder einzuschlafen. Ich wünsche dir noch ein paar Stunden ruhigen, traumlosen Schlaf. – Und uns auch.«

»Danke. Gute Nacht, Candela. Nacht, Eilean.«

Sie gehen über den Flur davon, die Tür ihres Zimmers schließt sich.

Ich nehme einen tiefen Schluck von dem Malzbier, das neben meinem Bett steht. Ganz allmählich wird das Glühen auf meiner Schulter schwächer.

Schon wieder der Traum. Der Traum, den ich in der Nacht hatte, bevor meine Pflegeeltern mich zu Doktor Rothermund gebracht haben. Der nächtliche Strand, der Turm, der Angriff der silbernen Raubvögel … und die Lichtschlange. Diesmal waren die Bilder noch eindringlicher und erschreckender als beim ersten Mal. So erschreckend, dass ich offenbar im Schlaf geschrien und Eilean und Candela geweckt habe. Und noch etwas ist diesmal anders: Damals war es einfach ein schlimmer Albtraum. Aber das war, bevor ich die Wächter getroffen habe. Bevor ich nach Zanderland kam. Bevor ich auf dem Leuchtturm stand. Es kann kein Zufall sein, dass ich von einem Leuchtturm träume! In diesem Traum versteckt sich irgendeine Botschaft, auch wenn ich sie im Moment noch nicht zu erkennen vermag.

Ich nehme die Kladde, die Candela mir geschenkt hat, vom Nachttisch. *»Schreib auf, was die Stimmen sagen. Es ist wichtig.«* Aber der Traum, so bin ich mir jetzt sicher, könnte genauso wichtig sein. Einen Moment lang betrachte ich das Bildnis des Leuchtturms von Alexandria auf dem Einband, dann schlage ich das Notizbuch auf, nehme den Tintenschreiber und fülle die erste Seite der Kladde mit einer detaillierten Beschreibung meines Albtraums. Ich versuche, mich an jede Einzelheit zu erinnern: das Rauschen der Wellen, der nächtliche Strand, der aufkommende Wind und die Stimme … *»Komm … Wasser … weg …«* Dann das Rauschen der Flügel, die Feuer speienden, silberglänzenden Raubvögel, der Turm, das zerspringende Glas und die Lichtschlange, die über das Meer auf mich zuschießt und …

Jemand läuft mit eiligen, tapsenden Schritten über den Flur. Ich horche auf und höre, wie wenige Augenblicke später die Tür des Gemeinschaftsbads am Ende des Korridors abgeschlossen wird. Offenbar nur jemand mit einem dringenden Bedürfnis.

Nachdem ich alles niedergeschrieben habe, bin ich noch immer viel zu aufgewühlt, um wieder einschlafen zu können. Das helle Mondlicht tut ein Übriges dazu. Also mache ich mich daran, auch das festzuhalten, was die Stimmen gesagt haben.

Es sind zwei Stimmen, die ich höre. Zum einen die leise Stimme, die Dinge sagt wie: *»Wo bin ich Fremdling? Auf welchem Wege gehe ich? Und du wirst Prophet des Höchsten heißen …«* Und dann die divenhaft klingende Stimme, die sich andauernd beschwert und lauthals schimpft: *»Ist der Kerl am Licht besoffen? Siehst du sonst noch jemanden mit Laberbalken am Ohr? Verpiss dich!«*

Mit einem beherzten Strich teile ich die Kladdenseite in zwei Spalten, schreibe über die linke *Flüsterstimme,* über die rechte *Brüllstimme* und trage in die jeweiligen Spalten alles ein, an das ich mich erinnern kann.

Welche Hand salbt mich mit Öl? Wer lässt meinem Schmerze Barmherzigkeit widerfahren?, kritzele ich gerade in die linke Spalte, als mich erneut ein Geräusch aufschrecken lässt. Ein leises Klirren. Es kommt von unten, aus der Küche. Dann höre ich jemanden die Treppe hochschleichen. Das Knarren einer Bodendiele auf dem Flur, genau vor meinem Zimmer. Jemand steht vor meiner Tür. Kurz entschlossen schlage ich die Decke zur Seite, springe aus dem Bett – und stoße dabei die Malzbierflasche um, die geräuschvoll über den Boden kullert. Noch während ich zur Tür stürze, höre ich, wie jemand davonrennt. Als ich die Zimmertür aufreiße, ist der Korridor leer. In diesem Moment betätigt jemand die Toilettenspülung im Gemeinschaftsbad. Drei Sekunden später kommt Jeremias Holtenau aus dem Bad und tapst über den Flur, ohne mich zu sehen. Er trägt einen ausgeleierten Pyjama, auf dem rote Leuchttürme und grüne Seeschlangen abgebildet sind. Eine Hand presst er gegen den Magen und verzieht das Gesicht, während er vor sich hin murmelt: »Wer Verständnis hat, berechne die Zahl des Tieres, denn es ist eines Menschen Zahl, und seine Zahl ist 666. Das wären dann … äh, mal überlegen: zwei mal drei macht vier, widdewiddewitt und drei macht – aah!« Als er mich sieht, vollführt er vor Schreck eine eingesprungene Schraube rückwärts und landet auf dem Hintern.

Ein kurzes Kichern kann ich nicht unterdrücken, bevor ich eilig vorspringe, ihm auf die Beine helfe und mit schuldbewusster Miene sage: »Tut mir leid, ich wollte dich nicht erschrecken.«

»Schon gut«, nuschelt er und zieht sich die Pyjamahose bis zu den Brustwarzen hoch. »Ich war gerade …« Er deutet zum Badezimmer. »Längere Sitzung. Hätte nichts von dem verfluchten Heringssalat essen sollen. Nacht!« Er tapert barfüßig davon und verschwindet in dem Zimmer am anderen Ende des Flurs, das er sich mit Ole Krautsand teilt.

Ein paar Minuten lang schreibe ich noch weiter, dann werden meine Augen schwer und ich schlafe über meinen Notizen ein.

Es ist kurz nach neun, als ich erwache. Die Sonne scheint, das Meer ist tintenblau. Ein frühherbstlicher Tag wie gemalt. Durch das Fenster sehe ich Patti van Pilsum, die, das Gesicht dem Meer zugewandt, auf den Klippen Tai-Chi-Übungen praktiziert.

Unten begrüßt mich Ole Krautsand mit einem fröhlichen »Morgen, Rebecca«, bevor er sich wieder seiner Riesenportion Rührei zuwendet. Dabei lässt er sich auch nicht von den Arkonas stören, die in eine lautstarke Diskussion darüber verstrickt sind, ob ein Bismarckhering und ein Rollmops das Gleiche sind.

Ich entschließe mich, auf das Frühstück (und die fruchtlose Diskussion) zu verzichten und stattdessen einen Morgenspaziergang über die Insel zu unternehmen. Als ich schon in der Tür stehe, kommt Fanny van Pilsum aus der Küche gestürmt und röhrt wutentbrannt: »Aus dem Kühlschrank ist ein Stück Käse verschwunden! Und jemand war am Stinkefisch. Ich weiß es, weil ich immer eine Markierung an die Flasche mache. Also: Wer war das?«

Reflexartig richten sich die Blicke aller Anwesenden auf Charly Arkona.

»Hey, hey … wo denkt ihr hin?«, sagt er und hebt abwehrend die Hände. »Ich war das nicht. Ich schwöre! Auf die acht Evangelisten, wenn es sein muss.«

»Natürlich warst du das, Charly«, zischt Luis Arkona giftig. »Ich bin letzte Nacht wach geworden, weil das ganze Zimmer plötzlich nach Stinkefisch gestunken hat. Jetzt wird mir klar, warum.«

»Hmmm.« Charly zupft sich verlegen am Ohrläppchen und macht ein zerknirschtes Gesicht. »Na schön. Das mit dem Stinkefisch war ich. Hatte höllischen Durst letzte Nacht. Aber für den Käse bin ich nicht verantwortlich. Ich esse keinen Käse – außer er ist aus Salami.«

Bisher kenne ich von Zanderland nicht viel mehr als den Leuchtturm, den versteckten Ankerplatz und die Pension. Höchste Zeit, das Innere der Insel ein wenig zu erkunden.

Mein Weg führt mich an dem gelb-roten Turm vorbei, wo ich Helios Ehrenfeld auf der Galerie stehen sehe. Er blickt mit einem Fernrohr auf das Meer und scheint nach irgendetwas am Horizont Ausschau zu halten. Über den Klippen kreist ein laut krächzender Schwarm Trottellummen. Ich lasse den Turm alsbald hinter mir und folge dem schmalen Waldweg, der sich in vielen Windungen in das Innere der Insel schlängelt. Rechts und links des Pfades stehen krumme, in sich verwachsene Bäume, dazwischen ein Dickicht aus Schlingpflanzen, hohen Farnen und dornigem Gestrüpp.

Angestrengt versuche ich, all das zu rekapitulieren, was ich gestern über den schwarzen Passagier erfahren habe. Aber wer, wenn nicht er, ist für die Stimmen in meinem Kopf verantwortlich? Und was hat mein merkwürdiger Traum zu bedeuten? Was meinen die Wächter damit, dass ich ein Asyl bin? Plötzlich steht mir die Szene vor Augen, in der Rothermund und der Mann im Anzug miteinander gesprochen haben. »*Ja. Sie ist ein Asyl. Und sie wird uns zu den anderen führen.*« Zu den anderen? Bedeutet das … es gibt noch andere Asyle? Es ist, als würde ich unzählige lose Fäden in der Hand halten, ohne die geringste Ahnung, wie sie sich verknüpfen lassen.

Ab und zu trägt der Wind das Schreien einer Möwe oder das Rauschen der Wellen in den Wald. Das Sonnenlicht kann das Blätterdach nicht vollständig durchdringen, es herrscht ein schattenhaftes, unwirkliches Zwielicht. Einmal schrecke ich auf, als ein Eichhörnchen direkt vor mir durch die Äste springt. Nachdem ich eine halbe Stunde gelaufen bin, wird der Weg immer enger, bis er sich schließlich zwischen den Bäumen verliert. Bevor ich mich in diesem Dickicht verlaufe, beschließe ich, umzukehren. Gerade bleibe ich vor einem pilzüberwucherten Baumstumpf stehen, als ich, ein Stück hinter mir, Schritte auf dem weichen Waldboden höre. Nur für einen Moment, dann ist es wieder still. Ich fahre herum, aber niemand ist zu sehen. Habe ich mich getäuscht? Ich gehe ein paar Meter weiter, bleibe abrupt stehen – und höre erneut Schritte.

»Eilean? Candela? Seid ihr das?«, rufe ich unsicher. »Helios? Patti? Wer ist da?«

Keine Antwort.

Blitzlichtartig schießt mir die Erinnerung an den gestrigen Tag durch den Kopf und eine Gänsehaut überzieht meine Arme: Candela und ich haben uns nicht getäuscht: Irgendjemand ist hier auf Zanderland und verfolgt mich! Ängstlich spähe ich in das Halbdunkel. Da, schon wieder Schritte! Schritte, die sich auf mich zubewegen. Schritte, die immer schneller werden. Das bedrohliche Trommeln kommt näher und näher …

Einen Moment lang stehe ich da wie erstarrt, dann fahre ich herum und flüchte blindlings in das Dickicht hinein. Nach wenigen Metern bleibe ich mit dem Jackenärmel an einem dornigen Strauch hängen und zerre hastig daran – als ich von zwei Armen gepackt und in ein Gestrüpp gezogen werde. Eine Hand legt sich auf meinen Mund.

»Mmmh! Hlfe!« Ich strampele wie wild mit den Beinen und werfe mich verzweifelt hin und her, aber es gelingt mir nicht, mich dem Griff des Angreifers zu entwinden.

Mein Kopf wird zu Boden gedrückt, eine Stimme flüstert eindringlich in mein Ohr: »Nicht schreien. Ich will dir nichts tun. Ich will dir nur helfen. Du bist in Gefahr, Rebecca. Sei leise! Bitte!«

Vielleicht ist es der flehende Ton der Stimme, der mich mein Gestrampel einstellen lässt, vielleicht aber auch der Umstand, dass sie mir auf eine merkwürdige Weise bekannt vorkommt …

Ich hebe den Kopf und blicke überrascht in ein Paar dunkler Augen. »Du bist … der Junge von Sörens Party … Finn Westerbeek«, stammele ich völlig verdattert.

»Kopf runter«, wispert er und wirft sich flach auf den Boden. Mit klopfendem Herzen höre ich, wie sich Schritte nähern. Vor dem Gestrüpp, hinter dem wir liegen, bleibt jemand stehen. Ich höre ein schnelles Atmen. Die Schritte wandern vor dem Dickicht auf und ab – dann entfernen sie sich wieder. Erst nachdem sie nicht mehr zu hören sind, wage ich es, das Gesicht vom Boden zu heben.

»Wie … wie kommst du hierher? Was machst du hier?«, stottere ich und blicke den strubbelhaarigen Jungen vor mir mit großen Augen an.

»Ich bin euch mit meinem Boot gefolgt. Von dem kleinen Industriehafen aus.«

Das Motorengeräusch, das ich gehört habe, als wir ausgelaufen sind, denke ich. Ich habe mich nicht getäuscht. Aber … »Eilean sagt, dass niemand, der sich hier nicht auskennt, ohne aufzulaufen durch die Felsen vor der Insel kommt.«

Finn lächelt in sich hinein. »Ich weiß mit einem Boot umzugehen und ich kenne mich aus! Ich war schon oft auf Zanderland. Ohne dass die Wächter es je bemerkt haben.«

»Du weißt von den Wächtern? Und was … was willst du hier?«

»Also … es war kein Zufall, dass wir uns auf der Party begegnet sind«, sagt er und wird dabei ein wenig verlegen. »Ich beobachte die Wächter schon eine Weile. Und dich habe ich ebenfalls beobachtet.«

»Aber … warum?«

»Um dich zu beschützen, Rebecca«, sagt er und fügt leise wispernd hinzu: »Hör mir jetzt gut zu: Du kannst den Wächtern nicht trauen! Du kannst keinem von ihnen vertrauen, weil einer unter ihnen ein Verräter ist.«

Ich blicke ihn zweifelnd an. »Woher willst du das wissen?«

»Was glaubst du denn, wer dir gerade gefolgt ist? Das muss

einer von ihnen gewesen sein. Und ich bezweifle stark, dass diese Person nur an frischer Waldluft interessiert war. Wahrscheinlich wollte sie die günstige Gelegenheit nutzen, um dich von hier zu verschleppen und …«

»Konntest du erkennen, wer es war?«, frage ich.

Finn schüttelt den Kopf. »Nein, das Gestrüpp ist zu dicht, ich habe noch nicht mal die Füße gesehen. Ich weiß nicht, wer von ihnen es ist – noch nicht. Aber es gibt keine andere Erklärung dafür, dass … Einer von ihnen muss ein Agent der schwarzen Passagiere sein!«

»Woher weißt du von den Passagieren?«, entfährt es mir und ich sehe ihn verdutzt an.

Ein silbernes Funkeln tritt in seine Augen. »Ich weiß von allem«, sagt er mit leiser Stimme. »Von den Wächtern und den Passagieren, ich weiß, was vor zehn Jahren geschehen ist, und … und ich weiß, dass dieses Ereignis dich zum Wertvollsten gemacht hat, was es auf dieser Welt gibt.« Er beugt sich vor und sieht mir tief in die Augen – was zu meiner nicht geringen Verwirrung dazu führt, dass meine Aufmerksamkeit für einen Augenblick vom Wesentlichen abschweift und bei dem banalen Gedanken hängen bleibt, dass er wirklich ausgesprochen schöne Augen hat …

»Du bist das Wichtigste auf dieser Welt, Rebecca«, flüstert er eindringlich. »Für die Wächter. Für die Passagiere. Und für mich!«

»Echt?«, sage ich, und im gleichen Moment wünsche ich, die Erde würde sich auftun und mich verschlingen. Was war das denn? *Echt?* Ich habe mich schlimmer angehört als Mareike, wenn bei ihr sörenbedingt der Verstand aussetzt. *Echt?* Viel dummtusiger geht's ja kaum. Ich hoffe, er sieht in dem Halbdunkel nicht, wie ich rot anlaufe. »Und, äh, warum?«, frage ich und versuche angestrengt, meiner Stimme einen sachlichen Ton zu geben. »Aus welchem Grund bin ich das … also … das Wichtigste in deinem Leben?«

Finn blickt zur Seite und ein bitterer Zug legt sich um seinen

Mund. »Weil ich dich brauche, um zu beweisen, dass mein Vater kein Verräter war.«

Verblüfft starre ich ihn an. Das ist keine der Antworten, die man üblicherweise auf diese Frage bekommt. »Was meinst du?«, wispere ich. Seine Lippen öffnen sich, so als wollte er etwas erwidern, aber dann presst er sie wieder zusammen, reicht mir die Hand und hilft mir vom Boden auf.

»Du solltest jetzt zurückgehen. Bevor sie dich suchen. Auch wenn du mich nicht siehst: Ich werde in der Nähe sein, um dich zu beschützen.« Er wendet sich ab und tritt zwischen die Bäume, dann dreht er sich noch einmal um und fragt mit etwas scheuem Blick: »Du hast nicht zufällig was Essbares dabei? Das Einzige, was ich in den letzten vierundzwanzig Stunden gegessen habe, war ein Stück Käse.«

»Du warst das! Du warst vergangene Nacht in Fannys Küche!«

»Ja«, gesteht er mit zerknirschtem Gesichtsausdruck.

Ich klopfe meine Jeansjacke ab, stoße in der linken Tasche auf eine angebrochene Rolle Pfefferminzbonbons und reiche sie ihm mit einem bedauernden Schulterzucken.

»Ich hatte zwar eher auf ein Käsebrötchen gehofft, aber … danke«, seufzt er, hebt den Kopf und fährt sich mit der Hand über die Narbe auf seiner Wange.

»Soll ich … soll ich dir was zu essen besorgen?«, frage ich, aber er schüttelt den Kopf.

»Nein, das ist zu riskant. Ich werde mir selbst helfen müssen. Man könnte dich wieder verfolgen und … Du solltest in Zukunft nicht mehr alleine über die Insel laufen. Du solltest immer mit mindestens zwei, besser noch mit drei Wächtern unterwegs sein.« Er macht einen Schritt in den Wald, bevor er sich noch einmal umdreht und in beschwörendem Ton sagt: »Erzähl niemandem, dass ich hier bin. Denk daran: Du kannst ihnen nicht trauen. Aber du kannst mir vertrauen. Ich werde auf dich aufpassen, Rebecca Quist.«

– SECHS –

Kann ich das? Kann ich ihm vertrauen?, frage ich mich ohne Unterlass, während ich eilig zur Pension zurücklaufe. Ich kenne ihn nicht. Zugegeben: Finn hat mir gerade aus einer scheinbar brenzligen Situation geholfen, aber ... Wie kann er sich so sicher sein, dass mich jemand mit böser Absicht verfolgt hat? Es hätte auch nur ein Wächter auf einem Spaziergang sein können. Ganz harmlos. Was, wenn Finn ganz andere Absichten hat, als er behauptet? Wäre es nicht klüger, die Wächter darüber zu informieren, dass sich jemand auf Zanderland verbirgt und uns beobachtet? Es könnte aber auch eine große Dummheit sein, wenn ... wenn das, was Finn Westerbeek sagt, die Wahrheit ist. *Einer unter ihnen ist ein Verräter ...*

»Da bist du ja endlich«, empfängt mich Fannys Bluesstimme bei meiner Rückkehr. »War kurz davor, mir Sorgen zu machen. Die anderen haben sich schon versammelt. Wir können gleich hochgehen.« Sie tritt aus der Küche, nimmt ihre Schürze ab und legt sie auf einen Barhocker. Das rote Seepferdchen-Shirt hat sie gegen eines mit einem purpurfarbenen Oktopus getauscht. »Wir müssen nur noch kurz auf Candela warten. Sie füttert die Tauben.« Fanny deutet auf ein kleines, weißes Nebengebäude.

»Du hältst Tauben?«

»Brieftauben. Fliegende Boten. Sicherer als jede elektronische Kommunikation.«

»Äh, Fanny?«

»Ja?«

»Warst du eigentlich den ganzen Morgen hier im Haus?« Ich versuche, die Frage möglichst beiläufig klingen zu lassen.

»Nein, bin zwischendurch mit der Queen Mary 2 kurz über den Atlantik geschippert.« Sie lacht ihr Dieselmotor-Lachen. »Klar war ich hier. 'ne Pension führt sich ja nicht von alleine.

Nicht mal, wenn es 'ne Pension ist, die gar keine Pension ist. Aber Wächter sind auch Gäste. Und Gäste verursachen Arbeit. Und wenn die Gäste dann noch so Dreckfinken wie Charly Arkona sind, verursachen sie doppelte Arbeit. Netterweise hat Candela mir heute Morgen geholfen.«

»Und die, äh, anderen ...?«, frage ich vorsichtig nach. »War von ihnen jemand auf der Insel unterwegs heute Morgen?«

Fanny betrachtet mich mit einem skeptischen Blick. »Warum willst du das wissen?«

»Ach, nur so«, sage ich und bemühe mich, ein möglichst unschuldiges Lächeln zu produzieren. »Als ich unterwegs war, stand jemand auf den Klippen und hat mir zugewinkt. Ich konnte ihn im Gegenlicht nicht erkennen und frage mich, wer es gewesen ist«, schwindele ich und hoffe, dass Fanny es schluckt.

»Aha?«, sagt sie, offenbar nicht wirklich überzeugt, legt aber die Stirn in Falten und beginnt, konzentriert auf ihrer Unterlippe herumzukauen. »Mal überlegen ... Als du gegangen bist, waren bereits ein paar unterwegs: Patti hat draußen ihre Übungen gemacht. Eilean war 'ne Runde Laufen – macht er jeden Morgen. Helios wollte, soweit ich weiß, auf den Turm, und Jeremias Holtenau war Trottellummen beobachten.«

»Und nachdem ich gegangen bin? Hat sich da noch jemand aufgemacht?«

»Jetzt, wo du es sagst ...«, bemerkt Fanny nachdenklich. »Ole Krautsand ist kurz nach dir gegangen. Er wollte nach den Booten sehen. Wir checken sie jeden Tag, denn sie müssen sofort startklar sein, falls wir hier mal schnell verschwinden müssen. Und die Arkonas sind auch kurz nach dir raus. Wollten ursprünglich auch auf den Turm, aber dann haben sie sich vor der Tür wieder wegen irgendwas in die Haare gekriegt. Charly hat Luis als selbstklebende Briefmarke bezeichnet, und dann sind beide wütend in entgegengesetzter Richtung davongestapft. – Da kommt Candela.«

»*Bonjour.*« Candela schlendert auf uns zu. Sie trägt ein ärmelloses Top. Auf ihrem linken Oberarm erkenne ich eine Tätowierung. Ein Leuchtturm. Das gleiche Motiv, das Ole Krautsand auf dem Unterarm hat.

»Gehen wir nach oben«, sagt sie und wir steigen die Treppe hinauf, als Fanny plötzlich die Hand an die Stirn schlägt und kehrtmacht.

»Himmel! Ich hab vergessen, die Fischsuppe auf den Herd zu stellen, die muss doch noch eine Stunde köcheln. Geht schon mal vor.«

Während ich Candela durch den schummerigen Gang in Richtung des schielenden Korsaren folge, kann ich nicht umhin, die Tätowierung auf ihrem Oberarm zu bewundern. Sie bemerkt meinen Blick, lächelt und sagt: »Ole und ich haben uns die Tattoos stechen lassen, als wir …«

»Wenn man frisch verliebt ist, kommt man auf jede Menge verrückter Ideen«, kommentiere ich altklug. Altklug deshalb, weil meine persönlichen Erfahrungen, was Verliebtsein angeht, gegen null tendieren. Vielleicht mal von den fünf Tagen abgesehen, an denen ich in Benny, Mareikes großen Bruder, verknallt war. Meine Verliebtheit endete schlagartig, als ich mit ansehen musste, wie er auf ausgesprochen unappetitliche Weise drei XXL-Burger hintereinander verschlungen hat.

»Nein. Wir haben uns die Tattoos nicht stechen lassen, als wir frisch verliebt waren.« Candela bleibt stehen und das Lächeln verschwindet aus ihrem Gesicht. »Wir haben sie stechen lassen, kurz bevor wir uns getrennt haben. Vielleicht haben wir gehofft, durch einen symbolischen Akt etwas bewahren zu können, das doch längst entschwunden war. Kurz darauf habe ich Eilean getroffen – und da wurde mir klar, dass es Menschen gibt, in die man sich verlieben kann, dass es aber nur einen Menschen gibt, der für einen bestimmt ist. Einen, dessen Seele so schwingt wie deine. *Une âme sœur*. Und wenn du auf ihn triffst, fühlt es sich an, als hättest du einen verlorenen Teil von dir wiedergefunden.« Candela blickt auf, ihre Augen strahlen. »Eilean und ich brauchen kein Tattoo auf dem Arm, um unsere Verbundenheit zu beschwören. Wir tragen unsichtbare Tattoos. Mit roter Tinte in unsere Herzen gestochen.«

»Ähm … wow. Klingt wirklich, als wäre es was Ernstes«, nuschele ich, ein wenig verlegen ob dieser sehr persönlichen Offenbarung. »Und Ole Krautsand? Wie hat er …?«

»Wir haben alles so geklärt, wie man es klären sollte. Zivilisiert und auf respektvolle Art. Es war nicht leicht für ihn, aber er hat es akzeptiert. So haben wir es geschafft, Freunde zu bleiben.«

»Mhmm«, mache ich, frage mich insgeheim aber, ob sie mit ihrer Einschätzung nicht eine Spur danebenliegt. Der Blick, mit dem Ole Krautsand sie bedenkt, als wir den Saal betreten, sieht für mich jedenfalls mehr als nur freundschaftlich aus.

Ich fühle eine unbehagliche Befangenheit in mir, während meine Augen über die Gesichter der Wächter gleiten. *Du kannst keinem von ihnen vertrauen.* Wenn es Finns Ziel war, einen Trojaner in meine Gedanken zu schleusen und Zweifel in mir zu wecken, dann war er damit nicht ganz erfolglos … *Einer von ihnen ist ein Verräter*, hallt es unaufhörlich in mir wider. Und nach dem, was ich von Fanny weiß, könnte mir jeder von ihnen heute Morgen in den Wald gefolgt sein. Jeder von ihnen war zu der fraglichen Zeit alleine auf der Insel unterwegs. Außer Fanny selbst und Candela natürlich, die ja gemeinsam im Haus gearbeitet haben. Und Simon Eckmühl kommt sicher auch nicht als mein Verfolger in Betracht, denke ich, während ich beobachte, wie er zum Tisch humpelt, die Krücken abstellt und sich schwerfällig in den Stuhl sinken lässt. Aber genauso wenig kann ich mir einen der anderen als Verräter vorstellen. Nicht Ole Krautsand, der sich bemüht, Candela nicht die ganze Zeit über anzustarren (was ihm nur sehr unzureichend gelingt). Nicht Charly Arkona, der schon zur Mittagszeit ein bisschen angedüddelt wirkt. Nicht Helios, nicht Eilean … Keinen von ihnen. Noch nicht mal Jeremias Holtenau, auch wenn der – wohlwollend ausgedrückt – labil wirkt und sich die meiste Zeit über anhört, als hätte er einen alttestamentarischen Propheten gefrühstückt.

Fanny kommt in den Saal geschnauft, wuchtet ein Tablett mit belegten Brötchen und Keksen auf den Tisch und lässt sich ächzend in ihrem Stuhl nieder.

Ich sichere mir ein Käsebrötchen und nehme, wie gestern, zwischen Candela und Simon Eckmühl Platz. Eilean sitzt mit Pokerface am Tisch, Helios zwirbelt seinen Schnurrbart, Patti spielt an ihrem Brauenpiercing und Jeremias Holtenau knabbert an einem Keks und macht dabei ein Gesicht wie ein tollwütiges Eichhörnchen.

Fragend blicke ich zu Simon Eckmühl, der tief durchatmet. Dann lehnt er sich vor und beginnt: »Erinnere dich an das, was du gestern über die schwarzen Passagiere erfahren hast. Darüber, was sie sind und was sie tun. Das Wissen um die Existenz der schwarzen Passagiere wurde den Wächtern in den geheimen Schriften eines Mannes mit Namen Sostratos offenbart, wie Jeremias ja gestern bereits angedeutet hat.«

»Wer aber die Worte des Sostratos zu verstehen vermag, aus dessen Augen scheint ein Licht wie von tausend Sonnen«, kräht der Archivar mit Zitterstimme dazwischen.

»Ja, klar«, kichert Charly Arkona. »Und wer sie nicht versteht, dem scheint die Sonne aus dem –«

»Schnauze, Charly!«, ertönt es unisono.

»Wer war dieser Sostratos?«, frage ich.

»Sostratos von Knidos«, sagt Helios Ehrenfeld, fährt sich über seinen Schnurrbart und beginnt mit dem Stuhl zu schaukeln. »Der Knilch ist Architekt jewesen. Hat im vierten und dritten Jahrhundert vor Christus jelebt. Der Erbauer des allerersten Leuchtturms überhaupt! Jemals! Weltweit! Ich meine natürlich den Pharos von Alexandria, eines der sieben Weltwunder. Was wir über die schwarzen Passagiere wissen, haben wir einzig dem juten Sostratos von Knidos zu verdanken.«

»Er war nicht nur ein berühmter Architekt, er war auch ein Mann mit Einfluss bei Hofe«, sagt Simon Eckmühl. »Er war der geschätzte Ratgeber und persönliche Freund eines mächtigen Herrschers: König Ptolemaios I., der historischen Ruhm als Erbauer der Bibliothek von Alexandria erlangt hat. In der Nacht seines fünfunddreißigsten Geburtstags hatte Sostratos von Knidos eine Vision. Eine körperlose Stimme sprach zu ihm und offenbarte ihm die Existenz der schwarzen Passagiere. Sostratos erfuhr, wie sie uns kontrollieren und ihre Gedanken als die unseren verkleiden. Dass sie uns beherrschen. – Aber er erfuhr auch, dass es Hoffnung gibt. Dass die Herrschaft der schwarzen Passagiere einmal enden könnte …«

»Die geheime Schrift des Sostratos besteht aus zwei Teilen«, klärt mich Candela auf. »*Entschleierung* und *Prophezeiung*. In der *Entschleierung* beschreibt er, was ihm über die Existenz der schwarzen Passagiere und ihre Herrschaft über unseren Geist offenbart wurde. In der *Prophezeiung* geht es darum, dass ein Geistwesen von gänzlich anderer Art in diese Welt treten wird, um unseren Geist in die Freiheit zu führen: *der weiße Passagier!*«

»*Weißer* Passagier?«, stammele ich verwirrt.

Candela nickt lächelnd. »Kein Parasit, der unser Bewusstsein kontrollieren will, sondern ein Wesen, dessen Geist sich symbiotisch mit unserem *verbinden* wird, das uns auf eine ganz neue Ebene des Denkens und der Wahrnehmung katapultieren wird. Der weiße Passagier wird unseren Geist so stark machen, dass die schwarzen Passagiere keine Macht mehr über uns haben. Aber …« Candela streicht sich eine Haarsträhne aus der Stirn und zögert einen Moment, bevor sie weiterspricht. »Sostratos warnte auch, dass es allein von uns Menschen abhängt, ob es zu dieser Vereinigung kommt. Der *Weiße* kommt nur zu uns, wenn wir ihn rufen. Wenn wir ihn in dem Moment, in dem er in diese Welt tritt, auffangen und zu uns leiten.«

»Auffangen und leiten – ein Geistwesen?«, frage ich verdutzt. »Wie … wie soll das vor sich gehen?«

Selbst im Halbdunkel des Saales kann ich sehen, wie Candelas Wangen zu glühen beginnen. »Die Prophezeiung – wir werden sie uns gleich im Wortlaut ansehen – spricht davon, dass der weiße Passagier *über dunklen Wassern* erscheinen wird. Auch er ist ein Geistwesen, so wie die schwarzen Passagiere, und kann in dieser materiellen Welt nicht ohne Körper existieren. Wenn er in die Welt tritt, wird er sein wie ein Funke, der nur kurz aufglüht und sofort wieder erlischt. Wir haben nur diesen einen Moment, um ihn zu rufen und mit einem Lichtstrahl aufzufangen.«

»Ein Lichtstrahl? Über dunklen Wassern …? Der Lichtstrahl eines Leuchtturms!«, dämmert es mir.

Candela nickt und ihre Stimme klingt heiser, als sie sagt: »Sostratos hat im Hafen von Alexandria einen Leuchtturm errichtet. *Le phare d'Alexandrie*. Einen Turm, so hoch, wie ihn die Welt noch nicht gesehen hatte. Einen Turm, in dessen Spitze eine helle Flamme loderte, die ihr Licht weit über dunkle Wasser warf.« Candela steht auf, geht zum Kamin und deutet auf die blinkenden Leuchtturmmodelle. »Erinnerst du dich, was ich über das Wesen der Dinge gesagt habe? Darüber, dass es immer eine geheime Bedeutung und einen geheimen Auftrag gibt? In den Augen der Welt wurden Leuchttürme erbaut, um Schiffe sicher über das Meer zu leiten. Ein nobler Zweck – aber noch weitaus bedeutender war ihre geheime Aufgabe: den *Weißen* bei seinem Übertritt in unsere Welt aufzufangen. Und so das Zeitalter der freien Menschen einzuläuten! *L'âge de la liberté!*«

»Diese lang vergangene Nacht war die Geburtsstunde der Wächter«, ertönt die raue Stimme von Eilean Ban. »Sostratos gab das geheime Wissen an einige wenige Menschen weiter. Diese Männer und Frauen sandte er in alle vier Himmelsrichtungen aus, um Türme an allen Küsten dieser Welt zu erbauen und auf ihnen zu wachen. Und ihr geheimes Wissen und ihren Auftrag weiterzugeben. Von Generation zu Generation. Bis zu dem Tag, an dem der weiße Passagier erscheinen würde.« Eilean lehnt sich in seinen Stuhl zurück, während Candela hinter ihn tritt, ihn zärtlich auf die Stirn küsst und die Arme um ihn legt.

»Aber …« Ich runzele die Stirn und blicke die beiden fragend an. »Warum sollte dieses Wissen nur einer kleinen Gruppe vermittelt werden? Wäre es nicht viel einfacher und sinnvoller gewesen, es mit allen Menschen zu teilen?«

Helios Ehrenfeld gluckst in sich hinein. »Liebes Mädchen, hast du dir schon mal überlegt, was passiert, wenn du dich in die Fußgängerzone stellst und lauthals über schwarze und weiße Passagiere schwadronierst? Dann jitt et aber janz schnell Tatütata und eh du dich vergucken kannst, steckst du in einem Jäckchen, das wenig Bewejungsfreiheit für die Arme bietet. Und damit kommst du noch relativ glimpflich davon. In früheren Zeiten hätten sie dich wahrscheinlich verbrannt oder ertränkt oder, wenn es jerad modern jewesen wär, auch schon mal jevierteilt. Der einzije Platz, von wo aus man unjestraft die Wahrheit sagen kann, ist die Bütt. Sonst nirjends!«

»Was unsere rheinische Frohnatur damit sagen möchte, ist Folgendes«, erklärt Patti van Pilsum Kaugummi kauend. »Der Geist der meisten Menschen wird so sehr von ihrem schwarzen Passagier beherrscht, dass sie sich vor jeder anderen Wahrheit verschließen. Sostratos musste Menschen finden, auf deren Geist der schwarze Passagier nur geringen Einfluss hatte gewinnen können. Menschen, deren geistige Schutzhülle nach der Kindheit beinah unversehrt geblieben war. Menschen, deren Geist offen war für die Wahrheit. Nur sie konnten Wächter sein.«

»Es ist an der Zeit, dass du die genauen Worte der Prophezeiung kennenlernst«, sagt Simon Eckmühl zu mir und blickt auffordernd zu Jeremias Holtenau.

Der Archivar hüpft froschgleich von seinem Stuhl und lupft eines der Windjammer-Gemälde von der Wand. Dahinter kommt ein kleiner Safe zum Vorschein, den er mit einem Schlüssel, der an einer dünnen Kette um seinen Hals hängt, öffnet. Jeremias nimmt eine antike Amphore heraus, die über und über mit Muschelschalen und anderen Ablagerungen bedeckt und mit einem Korken verschlossen ist. Vorsichtig entfernt er den Pfropfen, zieht mit spitzen Fingern eine Schriftrolle aus der Amphore und breitet sie mit allergrößter Vorsicht auf dem Tisch aus.

»Nicht anfassen!«, kreischt er hysterisch, als ich mich vorbeuge. »Am besten nicht mal anatmen!«

Ich blicke auf den verwitterten Papyrus, auf dem hieroglyphenartige Schriftzeichen zu erkennen sind. »Sehr schön«, sage ich. »Dumm nur, dass ich das jetzt nicht … Was ist das? Ägyptisch? Altgriechisch?«

Jeremias Holtenau verdreht die Augen und krächzt: »Das rapide Absinken des Bildungsniveaus ist ja erschreckend. Was macht ihr heutzutage in der Schule? Nur noch mit Fingerfarben malen und eure Namen tanzen? Aber ich habe schon damit gerechnet und vorsorglich eine Übersetzung angefertigt. Hier – die Prophezeiung des Sostratos!« Er greift in seine Hemdtasche, zieht ein zusammengefaltetes Blatt Papier hervor, das von zahlreichen Flecken geziert wird (ich identifiziere Senf, Kaffee und Pflaumenmus), und drückt es mir in die Hand. Ich entfalte es und versuche angestrengt, Jeremias' spinnenartige Krakelschrift zu entziffern.

»Äh … *Wärmer kalter Leitern … Wärmer kalter Ränder …*«

»Blödsinn!«, krächzt er, reißt mir das Papier wieder aus den Fingern und beginnt mit zittriger Fistelstimme zu deklamieren:

Wächter aller Zeiten!
Wächter aller Länder!
Werft Licht auf dunkle Wasser und führt ihn
durch das Licht zu euch.
Erwartet seine Ankunft, wo sich die Nadel aus der See erhebt.
Erwartet ihn zur Stunde, da der König aus der Tiefe steigt.
Vier wird er sein in dieser Welt.
Doch wird er eins im Fünften,
wenn Krieg und Liebe beieinanderstehen,
wenn die Asyle sich versammeln,
auf dunklem Turm, der niemals Flamme war.

Verständnislos blicke ich den ziegenbärtigen Archivar an. Nun kenne ich den Wortlaut der Prophezeiung, aber ehrlich gesagt …

»Ich verstehe auch nicht, warum Prophezeiungen immer dermaßen vage klingen müssen«, springt mir Luis Arkona bei, als er mein ratloses Gesicht sieht. Mit grimmiger Miene rückt er seinen Schlipsknoten gerade. »Geht ja schon in der Bibel los: apokalyptische Reiter und Feuer, das vom Himmel fällt … Warum nicht mal konkreter? *Am soundsovielten des Jahres soundsoviel wird ein Komet in den Weiten der Taiga einschlagen und die daraufhin aufsteigende, gigantische Staubwolke wird für mehrere Monate die Sonne verfinstern. Bitte bevorraten Sie sich rechtzeitig mit Dosennahrung und Trockenobst und suchen Sie geeignete Schutzräumlichkeiten auf.* Dann wüsste jeder, woran er wäre.«

»Dann wäre es aber keine Prophezeiung mehr, sondern ein Katastrophen-Leitfaden«, knurrt sein Bruder und schielt sehnsüchtig zum Stinkefisch, der vor ihm auf dem Tisch steht. »Und den würde keiner lesen, weil Leitfäden von Natur aus so langweilig sind, dass man schon nach dem zweiten Satz einschläft.«

Fanny lacht dröhnend, woraufhin Jeremias Holtenau noch eine Spur verkniffener als üblich guckt.

»Vieles an dieser Prophezeiung ist sehr vage, anderes ist relativ klar und eindeutig«, sagt Simon Eckmühl und wendet sich mir lächelnd zu. »Manches wurde bereits von den Wächtern früherer Generationen enträtselt, einiges haben wir erst vor ein paar Jahren verstanden und etwas erst vor sehr kurzer Zeit. Genau genommen ist es nicht eine Prophezeiung, sondern zwei. Der erste Teil widmet sich der Ankunft des Passagiers, und der zweite … Gehen wir einfach Satz für Satz vor.« Er greift nach dem fleckigen Papier, legt es vor sich und streicht es glatt. »Da ist zunächst einmal der sehr eindeutige, unmissverständliche Auftrag an die Wächter: Licht auf das Wasser zu werfen und den weißen Passagier im Moment seines Übertritts in diese Welt zu sich zu leiten. Im nächsten Satz wird uns eröffnet, wo dieses Ereignis stattfinden wird: da, *wo sich die Nadel aus der See erhebt.*« Simon seufzt tief. »Eine Ortsangabe, die reichlich Raum zur Spekulation lässt: Überall vor den Küsten dieser Welt gibt es aus dem

Meer aufragende, bizarr geformte Felsen oder Felsformationen, die aufgrund ihrer Form *Die Nadel* genannt werden. Also haben unsere Vorgänger im Wächteramt dafür gesorgt, dass auf all diesen Felsen Leuchttürme errichtet und mit Wächtern besetzt wurden. *Needles Point* im Ärmelkanal, zum Beispiel.«

»Du meinst … es wird auf einem dieser Türme geschehen?«, frage ich und sehe Simon erwartungsvoll an.

Er schüttelt den Kopf und sieht mir tief in die Augen. »Es ist bereits geschehen, Rebecca. In einer Nacht vor zehn Jahren.«

Es fühlt sich an wie ein Schlag gegen den Kopf!

»Er ist hier?«, wispere ich ungläubig. »Der weiße Passagier ist bereits in dieser Welt? Aber …«

Simon fährt sich über den Bart. »Er trat in diese Welt *zur Stunde, da der König aus der Tiefe stieg*. Seit den Tagen des Sostratos haben Generationen von Wächtern gerätselt, was es mit diesem kryptischen Satz auf sich hat. Ohne das Rätsel lösen zu können. Bis zu der Stunde, da es geschah – in diesem Moment stand es allen klar vor Augen.« Der oberste Wächter nimmt einen Schluck Tee, stellt die Tasse ab und erklärt: »Der Bau des Pharos von Alexandria, den Sostratos errichtete, wurde finanziert von König Ptolemaios I. Um der Nachwelt von seinem Beitrag zu dieser Unternehmung zu künden, wurde in unmittelbarer Nähe des Turms eine Kolossalstatue des Herrschers errichtet. Aus rotem Granit, dreizehn Meter hoch, siebzig Tonnen schwer. Turm und Statue standen dort für Jahrhunderte, bis sie bei zwei schweren Erdbeben zu Beginn des dreizehnten Jahrhunderts ins Meer stürzten. Aber dann, am achten August 2007 … Würdest du Rebecca bitte die Aufzeichnung zeigen, Patti?«

Patti van Pilsum schiebt einen Stick in den USB-Port des Fernsehers, startet das Video und ich sehe, wie ein überdimensionaler Kran eine gewaltige Granitstatue aus dem Wasser eines Hafenbeckens birgt.

»Die Statue Ptolemaios' I.«, erklärt Simon. »Der König, wie er aus der Tiefe steigt. Das war am achten August 2007. Und in der Nacht, nachdem der König aus den Tiefen des Meeres gestiegen war, trat der weiße Passagier in die Welt. So wie es prophezeit war. Über dunklen Wassern, aus denen die *Nadel* aufragte. Der unscheinbarste unter allen Türmen dieses Namens. Ein Leuchtturm vor einem kleinen Küstendorf mit Namen Duenborg. Endlich schien der Tag der Freiheit gekommen zu sein, aber …«, ein trauriges Schimmern tritt in seine Augen, »dann schlug alles fehl: Als der Passagier über das Licht zu dem dort wartenden Wächter glitt, wurde der Turm angegriffen.«

Die Raubvögel!, schießt es mir durch den Kopf. Die Raubvögel aus meinem Traum, die einen Turm angegriffen haben. Für einen Moment habe ich wieder ihre Feuer speienden Schnäbel vor Augen, Glassplitter, die durch die Luft wirbeln – und schlagartig verstehe ich: Das war kein Traum. Es ist eine Erinnerung. Meine Erinnerung! Eine Erinnerung, verkleidet in Bilder, mit denen sich ein sechsjähriges Mädchen etwas zu erklären versuchte, das es nicht verstand. In Wahrheit hat es keine Raubvögel gegeben. In Wahrheit …

»Hubschrauber!«, entfährt es mir. »Der Turm wurde von Hubschraubern angegriffen. Ich habe es gesehen. Ich … ich war da …«

»Ja«, sagt Simon und blickt mich eindringlich an. »Du warst da. In Duenborg. Aber nicht nur der Leuchtturm Duenborg, auch alle anderen Nadel-Türme wurden in jener Nacht von Kämpfern der schwarzen Passagiere angegriffen. Es zeigte sich, dass nicht nur die Wächter, sondern auch der Feind auf diesen Moment gewartet hatte. Um unter allen Umständen zu verhindern, dass sich die Prophezeiung erfüllt. Um unter allen Umständen zu verhindern, dass die Herrschaft der schwarzen Passagiere endet. Viele Wächter sind in dieser Nacht gestorben.« Ein schmerzvoller Ausdruck tritt in Simons Augen.

Auch die Gesichter der anderen Wächter wirken mit einem Mal wie versteinert, bis Ole Krautsand zwischen zusammengekniffenen Lippen hervorpresst: »Es gab einen Verräter in unseren Reihen!«

»Einen Verräter?« Innerlich zucke ich zusammen. Genau das, was Finn behauptet hat.

»Von ihm kannten sie den Inhalt der Prophezeiung«, sagt Ole Krautsand und fährt sich mit den Händen durchs Gesicht. »Durch ihn wussten sie, welche Türme für die Ankunft des Passagiers infrage kamen. Durch ihn kannten sie unsere Pläne. Sein Name war Hauke Westerbeek. Später, als die Beweise gegen ihn erdrückend wurden, hat er ... sich selbst gerichtet.«

Ein plötzlicher Hitzestoß durchfährt mich, als mir klar wird, dass er über Finns Vater spricht.

Ich brauche dich, um zu beweisen, dass mein Vater kein Verräter war.

»Wir dachten in dieser Nacht, unsere Mission sei gescheitert«, reißt mich Simons sonore Stimme aus meiner Bestürzung. »Wir dachten, wir hätten im entscheidenden Moment versagt.« Seine Augen blicken trüb, aber dann hellen sie sich ganz langsam wieder auf und ein feines Lächeln durchzieht sein Gesicht. »Doch dann verstanden wir, dass alles, was in dieser Nacht geschehen war, Teil der Prophezeiung war. Und plötzlich machte auch ihr rätselhafter zweiter Teil Sinn. *Vier wird er sein in dieser Welt,* heißt es dort. Vor jener Nacht konnten wir nur mutmaßen, was das bedeuten soll. Einige Wächter haben die Numerologie, manche die Mathematik bemüht und einen Hinweis darin gesucht. Es kam aber völlig anders.« Simon atmet tief durch. »In dem Moment, in dem der Passagier vom Licht geleitet zum Leuchtturm kam, wurde der Turm angegriffen und der Wächter Jan Staberhuk durch Kugeln und umherfliegendes Glas so schwer verletzt, dass er kurz darauf seinen Verletzungen erlag. Den Passagier zerriss es dabei. Er ist ein körperloses Wesen; Kugeln oder Splitter können ihm nichts anhaben. Es waren der Horror und die Angst, die Jan Staberhuk in diesem Augenblick empfand, die auf den weißen Passagier wie eine Schockwelle übergingen, ihn in vier Teile zerrissen und ihn sich blindlings in vier Menschen flüchten ließen, die sich in diesem Moment zufällig in seiner Nähe befanden.

Der Weiße war verletzt, er war in vier Teile zerrissen, er war geschwächt. Aber er fand in ihnen eine Zuflucht. Bis zu dem Tag, da die versprengten Teile wieder stark genug sein würden, um sich zu vereinen. Diese vier Menschen wurden zu den *Asylen* des weißen Passagiers.«

»Ogottogott«, entfährt es mir erschrocken – und ich verstehe: die Lichtschlange, der Lichtstrahl, der auf mich zukam, das Glühen in meiner Schulter …

»Das bedeutet es, ein Asyl zu sein, Rebecca. Du trägst einen Teil des weißen Passagiers in dir.« Simon legt mir eine Hand auf die Schulter. Seine Stimme nimmt eine traurige Färbung an, als er sagt: »Und darin liegt die Ursache für all das, was nach dieser Nacht in deinem Leben geschehen ist. Die Ursache dafür, dass du Stimmen hörst, die Ursache, warum deine Pflegeeltern dich kontrolliert haben, der Grund dafür, dass deine Eltern sterben mussten …«

Ich fahre herum und blicke Simon entsetzt an. Der Grund, warum meine Eltern sterben mussten … Mir wird übel. Ich habe das Gefühl, nicht mehr atmen zu können. Um mich herum dreht sich alles. Raus hier! Ich muss alleine sein! Nur schnell raus hier.

Ich springe so schnell auf, dass ich den Stuhl dabei umstoße, und stürze an den erschrocken blickenden Wächtern vorbei aus dem Saal.

Die Stirn gegen die Scheibe der Laterne gepresst, stehe ich reglos da und blicke auf die See. Das Meer glitzert im Licht der Herbstsonne, Lichtstrahlen tanzen über das Wasser, doch hier oben in der Spitze des Turms ist es so kühl, dass ich zu frösteln beginne. Draußen herrscht warmer Frühherbst, aber in mir fühlt es sich an wie ein Tag im späten November.

Ich weiß nicht, wie lange ich so dort stehe, bis mich eine Stimme aus meiner Erstarrung reißt: »Ich dachte, ich sehe mal nach dir, Chérie.« Candela tritt in die Laterne, bedeutet mir, neben ihr auf dem Sofa Platz zu nehmen und greift nach meiner Hand. Sie drückt meine Finger fester, richtet den Blick in die Ferne und beginnt mit leiser Stimme zu sprechen.

»Du warst dort«, höre ich sie sagen. »In Duenborg. Du warst in dieser Nacht vor zehn Jahren am Strand, Chérie. Du wurdest Zeugin des Angriffs auf den Turm. Und du wurdest ein Asyl.« Ihr Mund verzieht sich zu einem bitteren Lächeln. »Die Welt weiß bis heute nicht, was wirklich in dieser Nacht geschah. Es gab dubiose Indizien, dass Leuchtturmwärter in groß angelegte Schmuggelgeschäfte verwickelt gewesen waren. Natürlich waren alle diese Indizien gefälscht, aber die Öffentlichkeit glaubt seitdem, das Ganze sei Rivalitäten innerhalb der organisierten Kriminalität zu verdanken. Die Wahrheit über diese Nacht kennen nur die Wächter.« Candela streicht sich eine Haarsträhne aus der Stirn. »Wir waren nach dieser Nacht wie gelähmt vor Schock. Die Wächter hatten versagt. Bis … bis wir verstanden: Alles war so, wie Sostratos geweissagt hatte. *Vier wird er sein in dieser Welt, doch wird er eins im Fünften* … Wir begriffen: Noch war nichts verloren. Unsere vermeintliche Niederlage war nicht endgültig, sie war nur eine verlorene Schlacht in einem geheimen, unsichtbaren Krieg, der schon seit Jahrtausenden andauert. Die Ankunft des Weißen würde sich in zwei Etappen vollziehen. Er war zerrissen, aber er würde wieder eins werden, sich mit einem von uns verbinden und die Prophezeiung würde sich erfüllen. Aber dazu mussten wir die vier Asyle finden.« Candela erhebt sich und beginnt langsam durch die Laterne zu wandern. »Der weiße Passagier wurde getragen von dem Licht des Leuchtturms, das heißt, die Asyle mussten sich in jener Nacht in der Nähe des Turms befunden haben. Vielleicht auf einem Boot vor der Küste, vielleicht in den Dünen, vielleicht am Strand … Wir suchten also nach vier Personen, doch wir fanden nur eine: dich!«

Überrascht blicke ich auf. »Aber wie …?«

»Dass du in dieser Nacht am Strand warst, ist aktenkundig geworden. Amtlich bestätigt, sozusagen. Durch eine Vermisstenanzeige.«

»Vermisstenanzeige?« Ungläubig blicke ich zu Candela und mache vermutlich ein extrem dummes Gesicht.

»*Oui.* Du hast damals mit deinen Eltern Ferien in Duenborg gemacht. In einem Haus in den Dünen. Und in dieser Nacht bist du aus irgendeinem Grund ausgebüxt und zum Strand gelaufen.«

Sofort habe ich wieder das Bild des nächtlichen Meeres vor Augen. Das Blinken des Turms. Den nassen Sand unter meinen nackten Füßen …

»Als deine Eltern dein Verschwinden bemerkt haben, hat dein Vater sofort die Polizeiwache in Duenborg angerufen und dich vermisst gemeldet. Just nachdem dein Vater mit der Polizei gesprochen hatte, wurde die Nadel angegriffen. Ich kann mir nur vorstellen, welche Angst deine Eltern in diesem Moment gefühlt haben müssen. Dennoch fanden sie dich kurz darauf am Strand, verwirrt und verängstigt, aber körperlich unversehrt.«

»Warum … warum kommt meine Erinnerung daran gerade jetzt zurück?«

Candela legt ihre Hand auf meine Stirn. »Was du gesehen hattest, war offenbar so schrecklich, dass du die Erinnerung daran tief in deinem Gedächtnis vergraben hast. Zehn Jahre lang. Doch nun ist der weiße Passagier in dir erwacht. Er hilft dir, dich zu erinnern. Er zeigt dir die Bilder, er lässt dich die Stimmen hören.« Sie zögert einen Moment, bevor sie fortfährt: »Wir konnten uns natürlich nicht hundertprozentig sicher sein, aber es war sehr wahrscheinlich, dass du eines der Asyle warst. Und so begannen wir, dich und deine Eltern zu beobachten. Ich mochte sie beide sehr.«

»Du kanntest meine Eltern?«, entfährt es mir überrascht und ich muss plötzlich schlucken.

»Eilean und ich waren ein paarmal bei ihnen im Laden. Wir haben Schallplatten und Poster gekauft. Um mit ihnen ins Gespräch zu kommen und herauszufinden, was für Menschen sie waren.« Ein Lächeln huscht über Candelas Gesicht. »Malte und

Nina Quist waren die Sorte Mensch, auf deren Geist die schwarzen Passagiere nur sehr schwer Einfluss gewinnen können. Fröhlich, freundlich und offen. Vielleicht auch offen genug für die Wahrheit über die Wächter und die Passagiere – und über dich. Die Wächter beschlossen, sie einzuweihen. An jenem Abend, an dem deine Eltern auf dem Konzert waren, wollte ich sie anschließend abfangen, aber … Unsere Feinde hatten deine Spur ebenfalls aufgenommen. Und ihnen reichte es nicht, dich zu beobachten; sie wollten dich vollständig unter ihre Kontrolle bringen. Bis zu dem Tag, an dem der weiße Passagier in dir erwachen würde.« Ihr Gesichtsausdruck verfinstert sich, ihre Zunge fährt nervös über ihre Lippen, bevor sie zögernd sagt: »Der Tod deiner Eltern war kein Unfall, Rebecca. Ich war dort. Der Transporter hat genau auf sie zugehalten. Man hat sie umgebracht. Um dich unter Kontrolle zu bringen. Unter die tägliche, vierundzwanzigstündige Aufsicht von Agenten, deinen Pflegeeltern.«

Es fühlt sich an, als wäre auf einen Schlag alle Luft aus dem Raum gesaugt worden. Mein Magen krampft sich schmerzhaft zusammen, und mir ist, als müsste ich ersticken. Taumelnd erhebe ich mich vom Sofa, stolpere auf die Galerie hinaus und übergebe mich über das Geländer. Meine Schläfen pochen und in mir tobt eine unbändige Wut. Wut auf meine falschen Pflegeeltern, Wut auf diejenigen, die meine Eltern … *Es war kein Unfall, Rebecca.* Aber schon im nächsten Moment wird die Wut überdeckt von einer grauenvollen Erkenntnis, bei der es mir eiskalt den Rücken runterläuft. »Sie sind wegen mir gestorben«, stammele ich. »Ich bin schuld am Tod meiner Eltern!«

»*Non, ma chérie*. So darfst du nicht denken«, sagt Candela in beschwörendem Tonfall, während sie neben mich tritt und mir sanft über den Kopf streicht. »Du warst ein sechsjähriges Mädchen, das seine Eltern geliebt hat und das von ihnen geliebt wurde. Du trägst nicht die geringste Schuld. Schuld an ihrem Tod sind allein die schwarzen Passagiere und ihre Kämpfer und Agenten. Also hör sofort auf damit, Rebecca. Verstanden?«

Ich nicke, kann aber noch immer nicht aufhören zu weinen. Einige Minuten lang stehe ich auf der Galerie, den Kopf an Candelas Schulter gelegt, während sich mir immer wieder Schluchzer entringen. Und als ich es endlich schaffe, den Kopf zu heben und mir die Tränen aus dem Gesicht zu wischen, sehe ich überrascht, dass auch Candela stumm weint. Eine Träne rinnt über ihre Wange.

»So viele Menschen sind in diesem Kampf gestorben«, sagt sie mit brüchiger Stimme. »Wir alle haben Menschen verloren, die wir geliebt haben. In der Nacht, in der die Türme angegriffen wurden, ließen viele Wächter im Kampf für die Freiheit ihr Leben. Darunter Jacques Cordouan, mein Vater. Jan Staberhuk, der beste Freund von Simon. Fernando, der ältere Bruder von Charly und Luis Arkona. Patti hat in dieser Nacht beide Eltern verloren und lebt seitdem hier auf Zanderland, bei Fanny. Niemand von uns hat den Tod dieser Menschen gewollt. Niemand von uns ist dafür verantwortlich. Aber wir stehen in ihrer Schuld. Wir sind es ihnen schuldig, weiterzukämpfen. *Pour la liberté!* Für die Freiheit aller!« Tröstend legt sie die Arme um mich und führt mich zurück zu dem Sofa in der Laterne. Vereint in unserer Trauer sitzen wir schweigend da, die Blicke über die See in eine verschwommene Ferne gerichtet.

Es kommt mir vor, als wären nur ein paar Minuten vergangen, aber als ich mich schließlich aus Candelas Armen löse und an das Fenster der Laterne trete, steht die Sonne schon tief über dem Meer.

»Was kann ich tun, Candela? Was erwarten die Wächter von mir?«

Sie kommt mit langsamen Schritten zu mir herüber und sagt: »Der weiße Passagier in dir ist erwacht und versucht, Kontakt zu den anderen versprengten Teilen aufzunehmen. Als eine Art Nebeneffekt scheinst du dadurch Gedanken ihrer Asyle aufschnappen zu können. Wenn es uns gelingt, sie anhand dieser Gedanken zu identifizieren und herauszubekommen, wo sie sich aufhalten, können wir alle Asyle zusammenbringen – und die Prophezeiung wird sich erfüllen. Das ist dein Beitrag: Du musst dir jedes Wort merken, das die Stimmen sagen, jedes Bild, das vor deinem inneren Auge auftaucht. Und du musst versuchen, dich an jedes Detail dieser Nacht vor zehn Jahren zu erinnern. Vielleicht hast du damals noch jemanden am Strand oder in den Dünen gesehen.«

Ich hole tief Atem und höre mich im nächsten Augenblick mit entschlossener Stimme sagen: »Gehen wir es an!«

Neun Augenpaare blicken uns erwartungsvoll entgegen, als wir den Saal mit der Schiffslaterne betreten. Die Wächter haben die Unterbrechung für ein Essen genutzt. Auf dem Tisch stehen zwei Töpfe mit Resten von Fisch- und Lauchsuppe.

»Du musst was essen. Nimm einen Teller Lauchsuppe!«, fordert Fanny mich auf, aber ich schüttele den Kopf.

»*Are you okay?*«, murmelt Eilean, als ich an ihm vorüber zu meinem Platz gehe, und ich nicke kurz.

»Ich möchte, dass du weißt, wie sehr uns allen der Tod deiner Eltern leidtut, Rebecca«, ergreift Simon Eckmühl das Wort. »Vielleicht hätten wir sie und dich besser schützen können, wenn wir nur … wenn wir mehr gewesen wären.« Das Licht der Modell-Leuchttürme lässt die Fältchen in seinem Gesicht mit einem Mal noch tiefer wirken. Er verfällt in ein betroffenes Schweigen. Schließlich blickt er mich an und fährt mit dunkler Stimme fort: »Bevor wir uns wieder der Prophezeiung des Sostratos zuwenden, solltest du ein paar Dinge über uns erfahren: Wächter gibt es an allen Küsten dieser Erde, auf allen Kontinenten. Dass du hier nur europäische Wächter siehst, liegt daran, dass sich die Ankunft des weißen Passagiers vor der Küste Europas vollzog. Daher steht die Nord- und Westeuropa-Sektion der Wächter in einer besonderen Verantwortung. Wir, die du hier versammelt siehst, sind der Rat der Wächter. Eine Vertretung aller Wächter, die es noch in Nord- und Westeuropa gibt. Viele sind es nicht mehr. Einst gab es Hunderte Türme und Leuchtturmwärter. Wobei nicht jeder Wärter auch ein Wächter war – einige erwiesen sich für dieses Amt bedauerlicherweise als nicht geeignet. Seit den 80er-Jahren des letzten Jahrhunderts wurde jedoch damit begonnen, die Türme zu automatisieren und später außer Betrieb zu setzen. Heute gibt es nur noch wenige Türme, auf denen Wärter Dienst tun. Mit Ausnahme von Patti und Candela, die Wächterinnen sind, weil sie die Nachfolge ihrer Eltern angetreten haben, waren wir alle einmal Wärter auf einem Turm. Der Einzige, für den das heute noch gilt, ist Eilean, der auf einem Leuchtturm vor der schottischen Küste angestellt ist. Einige von uns haben es geschafft, auf die ein oder andere Weise mit den Türmen in Verbindung zu bleiben: Jeremias arbeitet im *Inselmuseum Alter Leuchtturm* auf Wangerooge, Charly und Luis bieten Leuchtturm-Führungen für Touristen an und Helios ist Leuchtturmwärterdarsteller auf diesem Schauturm in Köln.«

»Ich muss doch sehr bitten«, echauffiert sich Helios. »Mein Leuchtturm ist am Blinken und am Leuchten. Und wenn er blinkt und leuchtet, ist er auch ein richtijer Leuchtturm und ich bin ein echter Wärter. Und ihr …«, er funkelt die in sich hineingiggelnden Arkonas böse an, »ihr könnt euch euer dämliches Jelächter sparen, ihr tranijen Nordfunzeln.«

»Es ist, als hätte sich selbst die Zeit gegen uns verschworen«, sagt Simon. »Gerade jetzt, wo wir jeden Wächter dringend benötigen, scheint die Welt keine Leuchttürme mehr zu brauchen. Und da die Welt nun einmal ist, wie sie ist, kommt niemand gegen Argumente wie *Ausschluss des menschlichen Fehlerfaktors* oder *Personalkosteneinsparung* an.«

»*Personalkosteneinsparung* … Wenn ich so was schon höre«, ereifert sich Charly Arkona mit schwerer Zunge. »Wer zweimal hintereinander das Wort Personalkosteneinsparung sagen kann, ohne vor Scham rot anzulaufen, gehört in ’nem Beiboot auf hoher See ausgesetzt! Wenn es nach mir ginge. Aber nach mir geht es ja nicht.«

»Nein, beruhigenderweise nicht, Charly«, sagt Luis und guckt säuerlich. »Und vielleicht könntest du mal fünf Minuten die Klappe halten und Simon endlich zum Wesentlichen kommen lassen.«

»Die Leuchtturmwärter werden immer weniger«, sagt Simon. »Was uns dazu gebracht hat, bei den Voraussetzungen für das Wächteramt etwas umzudenken.«

Sofort habe ich Pattis Worte im Ohr: *Nicht jeder Leuchtturmwärter ist ein Wächter. Und nicht jeder Wächter ist ein Leuchtturmwärter.*

»Wir verstanden, dass man kein Leuchtturmwärter sein muss, um ein Wächter zu sein«, ertönt Eileans raue Stimme. Er deutet aus dem großen Bullaugenfenster und sagt: »Überall da draußen gibt es Wächter! *All over the world!* Menschen, die sich instinktiv gegen ihren schwarzen Passagier wehren und auf ihre eigene Art Licht in die Welt werfen. Sie alle sind Wächter. Und sie alle hoffen auf dich! Darauf, dass du die anderen Asyle findest. Darauf, dass sich die Prophezeiung endlich erfüllt.«

»Was uns wieder zu der geheimen Schrift des Sostratos zurückführt«, sagt Ole Krautsand und lächelt Candela zu. »Zu dem zweiten Teil der Prophezeiung.«

»Vier wird er sein in dieser Welt«, schrillt die Hexenmeister-Stimme von Jeremias Holtenau durch den Saal. *»Doch wird er eins im Fünften. Wenn Krieg und Liebe beieinanderstehen. Wenn die Asyle sich versammeln, auf dunklem Turm, der niemals Flamme war.«*

»Die vier Teile des Passagiers können sich wieder vereinen«, sage ich leise vor mich hin. »Aber nur unter bestimmten Voraussetzungen ...« Fragend blicke ich zu Simon.

Er nickt und sagt: »Ja. Wenn die vier Asyle zu einem bestimmten Zeitpunkt an einem bestimmten Ort zusammenkommen. Was den Ort angeht, der war nicht besonders schwer zu bestimmen. Den Wächtern ist nur ein Turm bekannt, der *niemals Flamme war.*« Simon fährt sich durch den Bart. »Der Leuchtturm *Berger Sand.* Ein Offshore-Turm, der weit vor der Küste auf einem Felsen steht. Schon der Bau des Turms war ein Albtraum. Während der schwierigen Arbeiten kam es zu mehreren tödlichen Unfällen. Und als die beiden ersten Leuchtturmwärter bei stürmischer See ihren Dienst antreten wollten, zerschmetterte ihr Boot an dem schroffen Felsen. Beide kamen ums Leben. Seither galt der Turm endgültig als verflucht, und es fanden sich keine Wärter, die bereit waren, dort Dienst zu tun. Das war, lange bevor man die Türme automatisieren konnte, und so leuchtete dieser Turm niemals. Nie war er *Flamme.*«

Ich nicke verständig. »Und was ist mit dieser mysteriösen Zeitangabe? Wenn Krieg und Liebe beieinanderstehen? Was ist damit gemeint?«

»Tja, was das anjeht, haben mer zujejebenermaßen bis vor Kurzem völlig im Dunkeln jetapert«, lässt sich Helios Ehrenfeld vernehmen. »Bis eine sehr kluge junge Frau, die, nebenbei bemerkt, nur schwer mit Lob umjehen kann, einen phänomenalen Jeistesblitz hatte.« Er macht eine Kopfbewegung in Richtung Patti, die zu meiner Überraschung rot anläuft und zur Seite blickt.

»Was meint er?«, frage ich.

»Wer ein Boot über das Meer steuert, muss sich mit den Sternen auskennen.« Patti spielt verlegen an der langen Haarsträhne, die unter ihrer Kappe herauslugt. »Der Himmel ist gewissermaßen mein Hobby geworden. Und so bin ich darauf gestoßen …« Sie zieht einen zweiten USB-Stick aus der Tasche und steckt ihn in den Fernseher. Auf dem Bildschirm erscheint eine astronomische Karte. Patti deutet auf zwei Punkte. »Mars – der Gott des Krieges, und Venus – die Göttin der Liebe. Seit Beginn des Jahres wandert Mars auf Venus zu und am fünften Oktober werden sie in einer ausgesprochen seltenen Konjunktion ganz nah beieinanderstehen.«

»Wow«, sage ich beeindruckt und dann wird mir schlagartig klar, was das bedeutet. »Am fünften Oktober? Das ist … Wir haben nur sieben Tage Zeit, um die anderen Asyle zu finden?«

»Korrekt«, entgegnet Luis Arkona. »Und sie auf Berger Sand zusammenzubringen.«

»Und dann?«, sage ich und blicke fragend in die Runde. »Wie genau soll diese Wiedervereinigung des weißen Passagiers vor sich gehen? Wie wird er *eins im Fünften?* Und wer ist dieser *Fünfte* überhaupt? Oder was?«

Für einen Moment ist es völlig still, bevor sich Fanny räuspert. »Na ja. Wir denken ... also, wir vermuten, dass es einer der Wächter sein wird, der der Zusammenkunft der Asyle beiwohnt. Einer von uns.«

»Und wer?«

»Wird sich schon noch früh genug rausstellen«, sagt Charly. »Man weiß doch, wie das bei Prophezeiungen läuft: Im entscheidenden Moment ist der Auserwählte in einen goldenen Schein getaucht. Oder man kriegt irgendein anderes mysteriöses Zeichen.«

»Ihr *vermutet?* Ihr wartet auf ein *Zeichen?*«, stottere ich fassungslos. »Das heißt im Klartext: Ihr habt nicht die geringste Ahnung!«

»Kein Grund, nervös zu werden, Mädchen«, sagt Helios beschwichtigend. »Der Rheinländer weiß: Et hätt noch immer joot jejange.«

»Wir haben zwei Möglichkeiten, um die übrigen Asyle zu finden«, sagt Simon Eckmühl. »Zum einem, indem du dir immer wieder die Bilder jener Nacht vor zehn Jahren vor Augen führst. Indem du versuchst, dich an mehr Details zu erinnern. Vielleicht an jemanden, den du am Strand aus der Ferne gesehen hast, vielleicht an ein Boot auf dem Wasser ...«

»Ich ... werde es versuchen«, sage ich.

»Der zweite Weg führt über die Stimmen«, sagt Candela. »Hast du alles aufgeschrieben, was du bisher gehört hast?«

Ich nicke.

»Dann lasst uns keine Zeit mehr verlieren«, sagt sie. »Würdest du deine Notizen bitte holen?«

Ich renne durch den Saal und bin schon an der Tür, als ich abrupt stehen bleibe. »Ich fürchte, es gibt da ein Problem: Wenn außer mir noch drei andere Asyle existieren, dann müsste es auch drei Stimmen geben. Aber es sind nur zwei Stimmen, die ich höre.«

»Oh«, entfährt es Fanny und auch die anderen sehen plötzlich aus, als wären sie in einen überraschenden Platzregen geraten. Luis Arkonas Lippen sind fest aufeinandergepresst, Helios' Schnurrbartspitzen senken sich nach unten.

»Das könnte bedeuten, dass eines der Asyle nicht mehr lebt«, sagt Patti mit finsterem Blick. »Und dass der Teil des Passagiers, der in ihm Zuflucht fand, mit ihm gestorben ist.«

Simon Eckmühl schüttelt energisch den Kopf. »Es kann viele Gründe dafür geben, warum Rebecca nur zwei Asyle hört. Wir dürfen jetzt nicht den Mut verlieren. Wir müssen mit dem arbeiten, was wir haben. Vielleicht gibt uns etwas, das die Stimmen sagen, einen Hinweis auf dieses stumme Asyl.« Er nickt mir auffordernd zu und ich laufe hinaus, um das Notizbuch zu holen.

Als ich meine Zimmertür aufschließen will, stelle ich verdutzt fest, dass sie nicht verschlossen ist. Dabei bin ich mir sicher, dass ich heute Morgen abgeschlossen habe. Vorsichtig trete ich in das Zimmer und schaue mich nach allen Seiten um. Dann richten sich meine Nackenhaare auf: Ich habe das Notizbuch auf den Nachttisch, neben die Malzbierflasche, gelegt. Aber nun befindet es sich auf dem Kopfkissen. Mit klopfendem Herzen öffne ich die Kladde – und finde die endgültige Bestätigung dafür, dass jemand hier war. Die erste Seite fehlt! Nicht herausgerissen, sondern fein säuberlich mit einem Messer herausgetrennt. Die Seite, auf der ich meinen Traum mit den Erinnerungen an den Angriff auf den Turm notiert habe.

Einer unter ihnen ist ein Verräter. Will jemand verhindern, dass ich mich genauer an diese Nacht erinnere? Oder hat er die Information an irgendjemanden weitergeleitet? Aber warum fehlt dann nur die erste Seite? Warum hat er die Kladde nicht mitgenommen? Nervös fahre ich mir mit der Hand durch die Haare. Ich darf diesen Diebstahl den Wächtern gegenüber auf keinen Fall erwähnen. Wenn ein Verräter unter ihnen ist, kann ich nicht über die fehlende Seite sprechen!

Vielleicht doch, schießt es mir durch den Kopf, während ich, die Kladde in der Hand, zurück durch den Flur laufe. Vielleicht mit Candela, die ich als morgendliche Verfolgerin ausschließen kann. Oder mit Fanny, für die das Gleiche gilt. Oder mit Simon. Aber dazu brauche ich eine passende Gelegenheit …

Kaum habe ich den Saal betreten, gerate ich mächtig ins Stottern, da Candela ausgerechnet als Erstes fragt: »Deine Erinnerungen an die Ankunft des Passagiers … Hast du die vielleicht auch aufgeschrieben?«

»Äh, nein, noch nicht. Tut mir leid. Ich hole es schnellstens nach«, stammele ich, während meine Augen über die Gesichter der Wächter gleiten.

Einer von ihnen weiß, dass ich gerade nicht die Wahrheit gesagt habe.

»Ich darf doch?«, krächzt mir Jeremias Holtenau ins Ohr und zieht mir die Kladde aus den Fingern, während Fanny van Pilsum eine große Tafel auf einem Rollgestell in den Raum schiebt. »Ah, sehr lobenswert«, befindet Jeremias nach einem ersten Blick in das Notizbuch. »Du hast die Stimmen bereits getrennt.« Das fiese, kreischende Geräusch, das entsteht, als die Kreide über die Tafel fährt, lässt alle grimassenartig die Gesichter verziehen. Mit affenartiger Geschwindigkeit überträgt Jeremias meine Notizen auf die Tafel, wobei er zunächst die Flüsterstimmen-Spalte mit seiner Krakelschrift füllt.

Wo bin ich Fremdling … und welchen Trost habe ich … denn du wirst vorangehen und ihm den Weg bereiten … zu leuchten allen, die in Finsternis sitzen …

Dann widmet er sich der Brüllstimme.

Ist der Kerl am Licht besoffen … Siehst du sonst noch jemanden mit Laberbalken am Ohr … Verpiss dich … Ich hab keine Lust mehr auf Kaffeefahrten und Sparkassen-Galas … Es ist dein Job, dafür zu sorgen, dass der Vorverkauf nicht schleppend läuft, du Weichei …

»Wer soll das denn lesen können?«, beschwert sich Charly Arkona, als der Archivar von der Tafel zurücktritt. »Herrgott, Jeremias. Deine Schrift sieht aus wie ein Fliegenschiss.«

»Diese Flüsterstimme und die Brüllstimme … Sind das Männer- oder Frauenstimmen?«, fragt Eilean Ban.

»Die Flüsternde ist eine hohe Frauenstimme. Und die, die so gerne brüllt, ist auch eine Frauenstimme. Aber tiefer.« Ich blicke zu unserer Pensionswirtin, die sich mit zusammengekniffenen Augen bemüht, Jeremias' Sauklaue zu entziffern. »Ein bisschen so wie die von Fanny.«

»Also … verheiratet möchte ich mit keiner von denen sein«, brummt Charly und kratzt sich am Hals. »Weder mit der jammerigen Flüstertüte noch mit dem schlecht gelaunten Drachen.«

»Ist es nicht sehr wahrscheinlich, dass die beiden aus Duenborg stammen?«, frage ich.

»Könnte man natürlich meinen. Ist aber nicht so«, röhrt Fanny. »In den Wochen nach dem Hubschrauber-Angriff haben wir sämtliche Duenborger ausgehorcht. Von Klein-Erna bis zum Greis. Natürlich auf die nette, unauffällige Art. Du weißt schon: ›Mensch! Unglaublich, was da passiert ist. Wie hast du davon gehört …?‹ Ergebnis: null! Zum Zeitpunkt des Angriffs war kein Einziger von ihnen in der Nähe des Turms. Erst nachdem sie die Maschinengewehrsalven und das zersplitternde Glas gehört hatten, rannten einige zum Strand.« Fanny guckt nachdenklich und kratzt sich ausgiebig am Kinn. »Und wenn es keine Duenborger waren, dann können es nur welche von den Festivalbesuchern gewesen sein.«

»Festivalbesucher?«, wiederhole ich ungläubig.

»Das *Rock The Waves*«, sagt Patti und dreht an ihrem Nasenpiercing. »Ein kleines Indierock-Festival, das zur gleichen Zeit in der Nähe von Duenborg stattfand. Viele der Besucher haben einfach irgendwo in den Dünen im Schlafsack übernachtet. Gut möglich, dass einige auch in der Nähe des Turms waren und dass sich unter ihnen die Frauen befanden, deren Stimmen du hörst. Aber wer sie sein könnten ... Wir haben keine Ahnung. Weder bei der flüsternden Stimme, noch bei der Brüllerin.«

»Ich denke, wir können davon ausgehen, dass letztere Dame mit hoher Wahrscheinlichkeit in der Unterhaltungsbranche tätig ist«, sagt Luis Arkona und erntet zustimmendes Gemurmel. Nach kurzer Diskussion sind sich die Wächter über ein ungefähres Profil der gesuchten Frau einig.

»Halten wir fest«, sagt Candela. »Wir suchen nach einer etwas zickigen Unterhaltungskünstlerin. Vielleicht eine Sängerin oder ein weiblicher Comedian oder ...«

»Eine Burlesque-Tänzerin«, krächzt Jeremias Holtenau hoffnungsfroh.

»Auf jeden Fall ist sie mit ihrem Programm – wie auch immer das aussehen mag – auf Tournee. Aber wenn sie bei Kaffeefahrten und Sparkassen-Galas auftritt, lässt das vermuten, dass sie den ganz großen Durchbruch wohl noch nicht geschafft hat«, merkt Ole Krautsand an.

»Ja.« Patti van Pilsum lässt eine Kaugummiblase platzen. »Weswegen sie ständig Stress mit ihrem Manager hat.«

»Gut und schön«, röhrt Fanny. »Aber wir brauchen noch mehr Informationen. Zickige, erfolglose Künstlerinnen gibt es wie Sand am Meer. Wenn wir die alle darauf abklopfen wollen, ob sie ein Asyl sind, dann sind wir bis zum Sankt Nimmerleinstag beschäftigt. Was ist mit der anderen Stimme?«

Mit welcher Art Frau wir es bei der Flüsterstimme zu tun haben, ist weitaus umstrittener als bei der Brüllstimme. Jeder hat seine ganz eigenen Vermutungen und sein spezielles Bild von der Frau; die Diskussion zieht sich hin und ist noch immer in vollem Gange, als es draußen längst dunkel geworden ist. Luis Arkona vermutet, dass es sich bei der Unbekannten um ein gläubiges, altes Mütterchen handelt, während sich sein Bruder sicher ist, dass wir es mit *irgend so 'ner durchgeknallten Sektentante* zu tun haben.

Jeremias Holtenau blickt derweil mit schief gelegtem Kopf auf die Tafel, zupft nervös an seinem Ziegenbärtchen und murmelt: »*Wo bin ich Fremdling? Im Schatten des Todes. Auf welchem Wege gehe ich?* Irgendwoher kenne ich das. Vielleicht ... vielleicht sind das nicht die Gedanken dieser Frau, sondern Worte, die sie in einem Buch liest. *Denn du wirst Prophet des Höchsten heißen ...* Woher kenne ich das nur?«

»Klingt auf jeden Fall so, als wäre sie ziemlich esoterisch angehaucht«, sagt Ole Krautsand nachdenklich und streicht mit der Hand über sein Leuchtturm-Tattoo.

»Also, liebe Sportsfreunde, bei dem, was sie da denkt oder liest, und in Anbetracht der Tatsache, dass Rebecca Bilder von einer Kerze und einem Kreuz jesehen hat, ist die Sache für mich janz eindeutig«, singsangt Helios. »Mer suchen nach einem frommen Nönnchen!«

»Ja. Oder nach 'ner Pfarrerstochter«, schlägt Charly mit leicht glasigen Augen, aber im Brustton der Überzeugung vor. »Ich kannte mal 'ne Pfarrerstochter, die war so was von ...«

»Bitte sei so geschmackvoll und erspare uns diesen unverlangten Einblick in deine Biografie«, unterbricht ihn Luis mit genervtem Blick. »Vor allem, da er uns überhaupt nicht weiterhilft.«

Simon Eckmühl, der die Diskussion schweigend und mit nachdenklicher Miene verfolgt hat, erhebt sich schwerfällig, stützt sich auf seine Krücken und seufzt: »Im Moment kommen wir nicht weiter. Wir sollten alle ein paar Stunden schlafen, und«, er lächelt mir aufmunternd zu, »darauf hoffen, dass Rebecca die Stimmen bald wieder hört und wir so an weitere Informationen kommen.«

– SIEBEN –

Vor dem Zubettgehen trinke ich noch ein paar Schlucke Malzbier, für den Fall, dass ich die Stimmen tatsächlich wieder hören sollte. Sicher ist sicher. Ich habe keine Lust mehr auf Ohrensausen und Schwindelattacken.

Ich schaue durch das Fenster aufs Meer. Ein fetter gelber Vollmond hängt tief am Himmel und lässt die Wellenkämme weiß schimmern. Meine Blicke wandern über die Klippen und wieder frage ich mich, ob Finn irgendwo in der Nähe ist. *Ich werde auf dich aufpassen, Rebecca Quist. Ich brauche dich, um zu beweisen, dass mein Vater kein Verräter war.*

Bei dem Gedanken daran, dass sich sein Vater das Leben genommen hat, fröstelt es mich. Hauke Westerbeek hat sich umgebracht, weil die Wächter glaubten, dass er sie in jener Nacht vor zehn Jahren verraten hat. Aber Finn ist sich sicher, dass nicht sein Vater der Verräter war, sondern jemand, der noch immer dem Rat der Wächter angehört! Und nach dem, was heute geschehen ist, steht zu befürchten, dass er recht hat: Erst verfolgt mich jemand im Wald, dann lässt irgendwer eine Seite aus meinem Notizbuch verschwinden …

Bevor ich in das Störtebeker-Bett steige, überprüfe ich noch einmal, ob ich meine Tür auch wirklich abgeschlossen habe. Aber kaum liegt meine Wange auf dem Kissen, als –

»*Eile, meine Tochter!*«, flüstert eine Stimme in meinem Kopf.

Diesmal gibt es keine Vorzeichen. Kein Ziehen hinter den Schläfen, kein Schwindelgefühl. Gepriesen sei das Malzbier.

Die Stimme schlängelt sich sanft durch meine Hirnwindungen und wispert: »*Flügel sind dir vom mächtigsten Geber geschenkt worden. Überfliege geschwind alle Widerstände!*« Dann ein schmerzerfülltes Stöhnen und die Frau mit der Brüllstimme: »*Mann, ich hab einen Megaschädel von gestern Abend. Nie mehr Absinth!*«

Ich fahre auf, taste nach dem Schalter der Nachttischlampe, greife mir das Notizbuch und versuche, wortgenau festzuhalten, was ich gehört habe. Plötzlich entsteht im Muttermal auf meiner Schulter ein Wärmegefühl, das sich in Bruchteilen von Sekunden in meinem Oberkörper ausbreitet. Und dann höre ich wieder eine Stimme im Kopf. Nicht die Brüllstimme, nicht die Flüsterstimme – aber eine Stimme, die ich kenne.

»*Sieh aus dem Fenster, Rebecca.*«

Einen Moment lang bin ich vor Schreck wie gelähmt, dann springe ich aus dem Bett und haste barfuß zum Fenster hinüber. Im Mondlicht erkenne ich die Silhouette eines Mannes auf den Klippen.

Simon Eckmühl.

Gestützt auf seine Krücken steht er wie ein Veteranendenkmal da und blickt zu mir hinauf.

»*Ich muss mit dir sprechen*«, ertönt seine dunkle Stimme in meinem Kopf. »*Es kann nicht warten. Bitte komm herunter. Du kannst mir vertrauen.*«

Die Situation ist so unwirklich, dass ich für ein paar Augenblicke unter Schockstarre bin, dann fahre ich herum, schlüpfe eilig in meine Jeans und steige in die Chucks – um erneut zu zögern. Simon Eckmühl kann nicht derjenige sein, der mich im Wald verfolgt hat. Aber schließt das wirklich aus, dass … Kann ich ihm vertrauen? Ich kann nicht genau sagen, was es ist, das mich schließlich meine Zweifel überwinden und Simons Aufforderung folgen lässt. Vielleicht ist es das Vertrauen einflößende Gefühl der Wärme, das von meinem Muttermal ausgeht.

Kaum habe ich die Tür einen Spalt weit geöffnet und spähe in den Korridor, um zu sehen, ob die Luft rein ist, höre ich die Toilettenspülung, und Jeremias Holtenau kommt, wie in der vorhergehenden Nacht, mit Seeschlangen-Pyjama und verkniffener Miene aus dem Badezimmer geschlichen und trippelt zu dem Zimmer am anderen Ende des Flurs. »*Lukas 21,34*«, brabbelt er vor sich hin und verzieht dabei das Gesicht. »*Hütet euch, dass eure Herzen nicht beschwert werden mit Fressen und Saufen.* Hätte nichts von der Fischsuppe essen sollen.« Der Mann scheint ein echtes Problem mit seiner Verdauung zu haben. Während er, ohne mich zu bemerken, an mir vorbeiläuft, zupft er aufgeregt an seinem Ziegenbärtchen und murmelt: »Wo ist er hin? Um diese Zeit? Wo ist er hin?«

Ich warte, bis er in seinem Zimmer verschwunden ist, und schleiche die Treppe hinunter, als ich aus dem Frühstückszimmer eine leise Stimme höre. Jemand telefoniert von Fannys Festnetzanschluss aus. Im Dunkeln und im Flüsterton. Eine Männerstimme.

»Ich werde mich darum kümmern. Du weißt, dass du dich auf mich verlassen kannst. Nein, nein … dann könnte er Verdacht schöpfen. Wir machen es so, wie besprochen. Aber ich muss die richtige Gelegenheit abpassen. Ich melde mich wieder.«

Der Hörer wird aufgelegt. Schritte kommen auf mich zu. Panisch blicke ich mich nach allen Seiten um und hechte in einen Wandschrank, in dem Fanny Staubsauger, Schrubber und Putzeimer aufbewahrt. Mit klopfendem Herzen hocke ich in dem engen Versteck und wage kaum zu atmen.

Der Mann geht an mir vorüber, dann höre ich die Treppenstufen knarren. Ich nehme all meinen Mut zusammen, öffne die Tür des Wandschrankes einen Spalt weit – und sehe Luis Arkona die Treppe hinaufsteigen.

Luis Arkona? Ich kann nicht glauben, was ich gerade gehört und gesehen habe. Auf Zehenspitzen schleiche ich ins Frühstückszimmer. Neben dem Telefon liegt ein Notizblock, auf dem ich hastig notiere, was Luis gesagt hat. Ich reiße den Zettel ab und stecke ihn in meine Jackentasche. Während ich in Fannys Vorgarten stolpere und nach Simon Eckmühl Ausschau halte, frage ich mich noch immer, was das gerade für ein höchst verdächtiges Gespräch war.

Wir machen es so, wie besprochen. Aber ich muss die richtige Gelegenheit abpassen.

Die richtige Gelegenheit für was?, denke ich, als plötzlich Simons Stimme in meinem Kopf ertönt.

»*Hier herüber, Rebecca.*« Er steht versteckt hinter einem Wacholderbusch, außer Sichtweite des Hauses.

»Hab keine Angst«, flüstert er. »Komm mit. Hier ist es zu unsicher.« Wir folgen dem Waldweg und bewegen uns auf den Turm zu. Simon atmet schwer und Schweiß tritt ihm auf die Stirn, während er sich mithilfe der Krücken seinen Weg bahnt.

Kurz bevor wir den Turm erreichen, glaube ich, ein Geräusch zu hören, blicke über die Schulter und sehe einen Schatten zwischen die Bäume huschen. Einen Schatten mit verstrubbelten Haaren. Finn Westerbeek! Er ist in meiner Nähe. So wie er es versprochen hat. Und obwohl ich Finn kaum kenne, hat der Gedanke, jetzt nicht mit Simon alleine zu sein, eine beruhigende Wirkung auf mich. Ich spüre meinen Herzschlag und meinen Atem wieder gleichmäßiger werden.

Am Fuß des Turmes angelangt, bleibt Simon Eckmühl stehen und schnappt nach Luft. Dann blickt er zu der Laterne hinauf und ein trauriges Lächeln spielt um seine Lippen. »Ich wünschte, wir könnten unser Gespräch auf dem Turm führen«, sagt er leise. »Es wäre der richtige Ort für ein Gespräch zwischen einem Asyl und dem obersten Wächter. Aber ich werde in meinem Leben keinen Turm mehr erklimmen können. Jedenfalls nicht aus eigener Kraft.«

»Warum kann ich deine Stimme in meinem Kopf hören?«, frage ich, doch er antwortet nicht, verzieht nur schmerzlich das Gesicht und bedeutet mir, ihm zu folgen.

Wir durchqueren ein Farndickicht und bewegen uns zwischen eng stehenden Bäumen hindurch, deren Äste sich so tief neigen, dass ich zweimal mit den Haaren darin hängen bleibe. Der Weg führt in einem leichten Anstieg aufwärts; ich höre Simon keuchen, aber er verlangsamt sein Tempo nicht, bis wir einen bewaldeten Hügel erklommen haben, von dem aus man freie Sicht auf das Meer hat.

Mir klappt die Kinnlade runter: Auf der Hügelkuppe steht, vom Mondlicht beschienen, ein gewaltiger Thron aus weißem Stein, der aussieht wie das Werk eines betrunkenen Steinmetzes. Die Sitzfläche ist uneben, die rechte steinerne Armlehne ist mehrere Zentimeter höher als die linke, und die Rückenlehne weist zahlreiche Unregelmäßigkeiten und Vertiefungen auf.

Ächzend lässt sich Simon Eckmühl darin nieder.

»Hat sich hier jemand als Bildhauer versucht?«, frage ich, während ich den Felsenthron mit großen Augen betrachte.

»Hier war kein Mensch am Werk«, sagt Simon lächelnd. »Wind und Gischt haben diesen Felsen im Lauf der Zeit so geformt. Wir nennen ihn *Poseidons Landsitz.*« Überrascht höre ich den obersten Wächter leise kichern. »Ich stelle mir immer vor, dass der Meeresgott manchmal, wenn er genug hat vom Regieren über alle Wasserwesen und ihn der ewige Gesang der Nixen und Meerjungfrauen nervt, aus den Wellen aufsteigt, von hier oben auf das Meer blickt und sich freut, dass er mal fünf Minuten seine Ruhe hat.«

Ich setze mich auf einen umgestürzten, moosbewachsenen Baumstamm vor den Fels.

»Und warum sind wir hier?«, frage ich. Wie Simon da, im unwirklichen Licht des Vollmondes, mit seinen Falten, den grauen Locken und dem Bart auf dem Thron sitzt, erinnert er selbst ein wenig an einen Meeresgott. An einen sehr erschöpften, alten und kranken Meeresgott, der anstelle eines Dreizacks nur mit einem Paar Krücken bewaffnet ist.

Das Lächeln schwindet aus seinem Gesicht und sein Blick wird ernst. »Zunächst einmal sollte ich dir etwas zurückgeben, das dir gehört.« Er greift in die Tasche seiner abgetragenen Bootsjacke, zieht ein Blatt Papier hervor und reicht es mir.

Die erste Seite aus meinem Notizbuch!

»Du warst das?«, entfährt es mir. Ich springe auf und weiche zwei Schritte zurück. »Du warst in meinem Zimmer?«

»Bitte setz dich wieder«, sagt er in beschwichtigendem Tonfall. »Es tut mir leid. Es gehört sich nicht, in die Privatsphäre anderer

Menschen einzudringen und ihre Tagebücher oder Notizen zu lesen. Aber in diesem Fall ließ es sich leider nicht umgehen. Um die Aufmerksamkeit der Wächter zunächst *hin* zu den Stimmen und *weg* von deiner Erinnerung zu lenken. Ich bitte dich, dieses Papier zu vernichten. Und wenn du deine Erinnerung an jene Nacht erneut aufzeichnest, *das hier* unter keinen Umständen zu erwähnen.« Er legt den Finger auf eine Zeile in der Mitte des Blattes.

Komm … Wasser … weg …

»Aber … warum?«

»Weil es meine Stimme war, die diese Worte gerufen hat. Und weil davon niemand erfahren darf.« Simon schlägt den Kragen seiner Bootsjacke zur Seite und zieht den Ringelpulli an seiner linken Schulter ein Stück herunter.

Ein Muttermal! An der gleichen Stelle, an der auch mein Mal sitzt.

»Wir beide sind Asyle, Rebecca«, sagt er mit dunkler Stimme. »Auch ich war in jener Nacht vor zehn Jahren am Strand von Duenborg.« Und während ich ihn noch ungläubig anstarre, fordert er mich auf: »Bitte gib mir deine Hand und schließ die Augen.«

Zögerlich komme ich seiner Bitte nach, aber kaum umschließen seine Finger meine, überschwemmt eine ganze Flut von Bildern meinen Kopf: der nächtliche Strand von Duenborg, der Turm, das splitternde Glas … Nur dass die Raubvögel diesmal keine Raubvögel, sondern Hubschrauber sind und die leuchtende Schlange ein Lichtstrahl. Ich sehe mich selbst als kleines, sechsjähriges Mädchen über den Strand laufen. *»Komm da weg! Komm vom Wasser weg!«* Ich erlebe alles so, wie es Simon in Erinnerung ist. Ich fühle sein Entsetzen, als die Hubschrauber das Feuer auf den Turm eröffnen, und einen kurzen, heftigen Schmerz, als der Lichtstrahl ihn streift.

Als er meine Hand loslässt, fühle ich mich völlig erschöpft und lasse mich schwer atmend auf den bemoosten Baumstamm sinken. »Du trägst ebenfalls einen Teil des Passagiers in dir«, stammle ich – und begreife mit einiger Verzögerung: »Daher wusstest du das mit dem *grauhaarigen Zausel.* Du kannst meine Gedanken lesen!«

Simon schüttelt den Kopf. »Ich kann nur manchmal einzelne Gedankenfetzen aufschnappen und das auch nur, seitdem du dich räumlich in meiner Nähe befindest. Und mit großer Anstrengung schaffe ich es, dich ein paar meiner Gedanken hören zu lassen. So wie vorhin, als ich dich gerufen habe.«

»Und … hörst du auch die Stimmen der anderen Asyle?«

»Nein. Dieses Privileg ist dir vorbehalten«, sagt er und legt nachdenklich die Stirn in Falten. »Ich glaube, dass es den weißen Passagier in unterschiedlich große Teile zerrissen hat. Dass du die anderen Asyle hören kannst, lässt vermuten, dass sich der größte Teil des Passagiers in dich geflüchtet hat, während die übrigen Asyle nur kleinere Teile beherbergen. Außerdem hängt es wahrscheinlich auch von den jeweiligen Asylen ab, wie stark und auf welche Weise sich der Passagier bemerkbar macht.« Für einen kurzen Augenblick scheint Simon in sich hineinzuhorchen. »Als der weiße Passagier in dir erwachte, da konnte ich es spüren, denn in diesem Moment erwachte er auch in mir. Ich habe niemandem davon erzählt, doch ich habe dafür gesorgt, dass ab diesem Zeitpunkt immer ausreichend Wächter in deiner Nähe waren, um im Ernstfall eingreifen zu können. Den anderen gegenüber habe ich die erhöhte Wachsamkeit mit der bevorstehenden Mars-Venus-Konjunktion begründet.«

»Aber … wenn du auch ein Asyl bist, müssen wir doch nur noch nach zwei Personen suchen. Warum darf niemand davon wissen?«

Simon lehnt sich in seinem Felsenthron zurück, atmet tief durch und blickt zum Himmel. »Weil ich befürchte, dass ein Verräter unter uns ist.«

Seine Worte hängen wie eine schwere dunkle Wolke in der Luft. In meinem Kopf schrillen hundert Alarmsirenen. Ein Verräter!

So wie Finn Westerbeek es vermutet und … der oberste Wächter hegt den gleichen Verdacht! Einen Moment lang bin ich versucht, ihm von Finn zu berichten, bevor ich mich besinne: Ich habe versprochen, niemandem von unserer Begegnung zu erzählen – und das ist vielleicht auch das Klügste.

Simon fährt sich mit der Hand über den Bart. »Damals, nach dem Angriff auf den Turm, habe ich eine Zeit gebraucht, um zu verstehen, was passiert war: dass nun ein Teil des weißen Passagiers in mir war. Doch ich konnte mit keinem der anderen Wächter darüber sprechen. Weil klar war, dass einer unter ihnen ein Verräter war. Einer der Wächter musste unseren Feinden die Prophezeiung in die Hände gespielt und von unseren Plänen berichtet haben. Sonst hätten sie nicht diese punktgenauen Angriffe fliegen können. Diese Attacke war von langer Hand vorbereitet.« Simon verstummt für einen Moment, bevor er mit leiser Stimme sagt: »Ich habe allen erzählt, ich hätte den Strand erst erreicht, als schon alles vorbei war, als die Hubschrauber abdrehten und das Licht des Turms bereits erloschen war. Wenig später tauchten dann Indizien auf, die Hauke Westerbeek belasteten. Und als er sich das Leben nahm, erschien es allen wie ein Eingeständnis seiner Schuld. Nun da der Verräter gefunden war, hätte ich mich offenbaren können, aber …« Simon blickt mich eindringlich an. »Ich kannte Hauke Westerbeek gut. Er war ein Mann mit freiem Geist. Ich kann mir nur schwer vorstellen, dass er den Einflüsterungen seines schwarzen Passagiers erlegen ist. Und das plötzliche Auftauchen dieser Indizien und sein Selbstmord … Alles daran schien eine Spur zu gut zu passen. Vielleicht ist es der Einfluss des weißen Passagiers, der mich an Haukes Schuld zweifeln lässt. Es ist nur ein Gefühl, aber …«

»Ich fürchte, dein Gefühl trügt dich nicht«, sage ich leise und beginne stockend, von meinem Verfolger im Wald zu erzählen, hüte mich dabei aber, meine Begegnung mit Finn zu erwähnen.

Simon stöhnt auf und fährt sich mit den Händen durchs Gesicht. »Ich habe gehofft, dass ich mich irre. Doch dieser Vorfall ist ein sicheres Indiz dafür, dass der wahre Verräter noch immer unter uns ist. Du darfst dich in Zukunft auf keinen Fall mehr alleine auf Zanderland bewegen.«

»Glaubst du, derjenige, der mich verfolgt hat, wollte …« – ich spüre plötzlich einen Kloß im Hals – »Glaubst du, er wollte mich aus dem Weg räumen? So wie … meine Eltern?«

»Nein«, sagt Simon in entschiedenem Ton. »Jedenfalls nicht zum jetzigen Zeitpunkt. Wenn sie dich töten wollten, dann hätten sie es längst getan. Ich denke aber, dass sie dich mithilfe des Verräters von hier entführen könnten. Dass sie deiner habhaft werden wollen, um herauszubekommen, wer die anderen Asyle sind. Die schwarzen Passagiere können sich ihrer weiteren Herrschaft über uns erst dann sicher sein, wenn alle Teile des Weißen vernichtet sind. Und wenn sie alle Asyle kennen, dann … Umso wichtiger ist es, dass niemand erfährt, dass auch ich ein Asyl bin. Verstehst du? Ich werde mich erst dann zu erkennen geben, wenn wir die anderen Asyle aufgespürt haben.«

»Aber wenn es einen Verräter unter uns gibt, wissen unsere Feinde doch auch längst, dass die Zusammenkunft der Asyle auf dem Leuchtturm Berger Sand stattfinden wird. Warum haben sie den Turm nicht einfach zerstört? Oder mit Kämpfern besetzt?«

»Zum einen, weil es zu viel Aufsehen erregen und sie in Erklärungsnot bringen würde. Und zum anderen …« Ein Lächeln umspielt die Lippen des obersten Wächters. »Dornröschen hat sich ja auch gestochen, obwohl ihr Vater alle Spindeln in seinem Königreich vernichten ließ. Was ich damit sagen will, ist: Eine Prophezeiung nimmt manchmal auch einen Umweg, um wahr zu werden.« Sein Gesicht wird wieder ernst. »Der einzig sichere Weg für die Agenten ist der, alle Asyle auszuschalten. Bevor sie sich auf dem Turm versammeln!«

Ich nicke verstehend. »Da ist noch etwas, das du wissen solltest, Simon. Gerade vorhin, als ich das Haus verlassen wollte, da …« Ich berichte ihm von Luis Arkonas mysteriösem Telefongespräch, lese vor, was ich auf dem Zettel notiert habe, und Simons Miene wird von Sekunde zu Sekunde sorgenvoller.

»Ja …«, sagt er nach einer Weile. »Das klingt unbestreitbar verdächtig, doch es könnte auch eine ganz harmlose Erklärung geben. Ich werde ein Auge auf Luis haben. Aber wir dürfen jetzt keine voreiligen Schlussfolgerungen ziehen. Wir können keinen der anderen als Verräter ausschließen. – Abgesehen von Patti, denn sie war vor zehn Jahren noch ein Kind, kaum älter als du. Und Candela kommt ebenfalls nicht infrage. Als Tochter des damaligen obersten Wächters ist sie zwar auf einem Leuchtturm aufgewachsen und hat sicherlich so einiges mitbekommen, aber sie wurde erst nach dieser Nacht zu einer Wächterin. Vorher kannte sie die Prophezeiung nicht, und Jacques hat sie bestimmt nicht in unsere Pläne eingeweiht.«

Bleiben – neben Luis Arkona – noch sechs Wächter übrig, bilanziere ich: sein Bruder Charly, Jeremias Holtenau, Ole Krautsand, Fanny, Helios und Eilean Ban. »Ich kann mir von keinem von ihnen vorstellen, dass er ein Verräter ist«, sage ich leise. »Niemand kann sich über zehn Jahre lang so gut verstellen.«

»Vielleicht muss er das auch gar nicht«, höre ich Simon sagen und blicke ihn begriffsstutzig an.

»Wie meinst du das?«

»Vielleicht weiß nicht einmal er selbst, dass er ein Verräter ist.«

»Äh … was?« Mein Gesicht ist wahrscheinlich ein einziges Fragezeichen.

»Ein Verräter, der weiß, dass er ein Verräter ist, könnte sich irgendwann durch eine Unachtsamkeit selbst verraten«, sagt Simon und seine grauen Augen suchen meinen Blick. »Was aber, wenn einer der Wächter von seinem schwarzen Passagier so manipuliert wird, dass er … Hast du schon einmal etwas von *dissoziativer Identitätsstörung* gehört, fälschlicherweise oft auch als Schizophrenie bezeichnet?«

»Du meinst, er hat eine gespaltene Persönlichkeit? Ein Teil von ihm weiß nicht, was der andere tut? Und sein schwarzer

Passagier ist dafür verantwortlich?«, stoße ich völlig entgeistert hervor.

»Es wäre möglich«, sagt Simon leise. »Stell dir vor, dieser Wächter ist irgendwann in seinem Leben so sehr verletzt oder gedemütigt worden, dass seine geistige Schutzhülle durchlässig wurde und der schwarze Passagier in seinen Geist eindringen konnte. Aber anstatt sich im Bewusstsein seines Wirtes auszubreiten und dessen gesamtes Handeln zu bestimmen, so wie er es normalerweise tut, geht er in diesem speziellen Fall viel perfider vor: Er versteckt sich hinter dem Bewusstsein seines Wirtes. Was ein kluger Schachzug ist, denn wir Wächter spüren, in welchem Maße das Verhalten eines Menschen von seinem schwarzen Passagier kontrolliert wird. An seinem Blick, daran, was er sagt, daran, wie er mit anderen Menschen umgeht. Und einen Agenten oder Kämpfer, der vollständig von seinem schwarzen Passagier kontrolliert wird, erkennen wir sofort. Aber ein Agent, aus dessen Bewusstsein sich der schwarze Passagier zurückzieht, solange er sich in Gesellschaft anderer befindet, nur um angriffsartig sein Bewusstsein zu übernehmen, sobald er alleine und unbeobachtet ist – ein solcher Agent ist kaum zu enttarnen. Er weiß nichts von seinem eigenen Verrat. Er könnte unsere Pläne an den Feind weitergeben, ohne sich danach im Geringsten daran zu erinnern. Er könnte dich heute aus höchster Gefahr retten, um dich morgen unseren Feinden auszuliefern.«

Ein Verräter, der nicht weiß, dass er ein Verräter ist. *Ein Schläfer,* der, wenn es die Umstände erfordern, von seinem schwarzen Passagier aktiviert wird. Und sechs Menschen, die dafür infrage kommen. Es dauert etwas, bis ich diese Neuigkeit halbwegs verdaut habe. Ein paar Minuten lang sitze ich schweigend da und blicke über das dunkle Meer, bis ich leise sage: »Was tun wir jetzt? Wir können keinem von ihnen vertrauen.«

Simon beugt sich in seinem steinernen Thron vor, ein feines Lächeln umspielt seine Lippen. »Genau das wollen die schwarzen Passagiere erreichen: dass wir uns misstrauen. Aber wenn wir uns misstrauen, haben wir den Kampf schon verloren, ehe er begonnen hat. Wir haben die Wahl: sechs Menschen zu vertrauen und dabei zu wissen, dass einer von ihnen unser Vertrauen nicht verdient, oder sechs Menschen zu misstrauen und dabei zu wissen, dass wir fünf von ihnen zu Unrecht misstrauen.« Der oberste Wächter fährt sich mit der Hand über die Stirn und nimmt einen tiefen Atemzug. »Wir müssen allen vertrauen, Rebecca. Wenn wir uns nicht vertrauen, sind wir nicht mehr handlungsfähig. Wir müssen auf der Hut sein, aber wir dürfen nicht in Panik verfallen. Wir müssen – was war das?«

Ich habe das leise Rascheln ebenfalls gehört, blicke erschrocken auf – und erspähe Finn Westerbeek, der im dichten Blattwerk eines Baumes, ein Stück hinter dem Felsenthron, hockt. Er klammert sich mit einer Hand an einem Ast fest und macht mit der anderen verzweifelt Zeichen, mir nicht anmerken zu lassen, dass ich ihn gesehen habe.

»Das war … nur ein Eichhörnchen«, schwindele ich.

»Wir sollten nicht länger hierbleiben«, sagt Simon. Er greift nach seinen Krücken und ich helfe ihm, sich von dem Felsensitz zu erheben. Als ich wieder aufblicke, ist Finn aus dem Baum verschwunden.

»Was, wenn es uns nicht gelingt, Simon?«, frage ich. »Was, wenn wir die Asyle nicht finden? Oder wenn der Verräter …«

»Es muss gelingen. Wir werden diese Chance nicht noch einmal bekommen.« Simons Stimme wird zu einem heiseren Flüstern. »Das nächste Mal, dass Mars und Venus, Krieg und Liebe, so nah beieinanderstehen, wird erst in ein paar Jahren sein. Zu spät!« Schweigend blickt er zu Boden; nur das ferne Rauschen der Wellen und der Ruf einer Möwe sind zu hören. Dann hebt er den Kopf und sieht mir in die Augen. »Ich war im letzten Frühjahr bei einem Arzt, einem Spezialisten. Meine Krankheit schreitet immer schneller voran und … er hat mir noch ein Jahr gegeben.«

»Ich flippe gleich aus!«, höre ich Fanny brüllen, als ich am nächsten Morgen, mit dem Notizbuch in der Hand, das Frühstückszimmer betrete. Wie von der Tarantel gestochen, kommt sie aus der Küche geschossen, stemmt die Hände in die Hüften und knurrt: »Irgendwer hat sich letzte Nacht schon wieder in der Küche bedient. Es fehlen drei Äpfel und eine Banane und ein ganzes Netz Mandarinen!« Sie kneift die Augen zusammen und nimmt die Anwesenden ins Visier, aber Helios, Ole Krautsand und Luis Arkona gucken ahnungslos und zucken die Schultern.

Charly Arkona kaut auf einem Landjäger rum und brummt: »Mich kannst du direkt wieder von der Liste der Verdächtigen streichen. Obst ess ich auch erst, wenn es aus Wurst gemacht wird.«

Sie kann alle von der Liste streichen, denke ich. Das war Finn. Unter Garantie. Kein Mensch lebt von Käse und Pfefferminzbonbons allein. Augenblicklich kehren meine Gedanken zur letzten Nacht zurück: Finn, der im Geäst des Baumes hinter dem Steinthron hockt. Er muss alles mit angehört haben, was Simon und ich besprochen haben. Also weiß er nun, dass Simon ein Asyl ist und auch davon ausgeht, dass es einen Verräter unter den Wächtern gibt.

Während ich mir ein Brötchen mit Käse schmiere, beobachte ich Luis Arkona so unauffällig wie möglich. Was war das für ein merkwürdiges Telefonat, das er letzte Nacht geführt hat? Ich versuche, in seinem Verhalten etwas zu entdecken, das irgendwie verdächtig wirkt, aber er ist so wie immer, knabbert an einer Chicoreestange und zettelt einen Streit mit seinem Bruder an, der sich zunächst um Vegetarismus und Massentierhaltung dreht, bevor ein offenbar schon lange schwelender Konflikt aus den Kindheitstagen der Arkonas neu entbrennt, in dem es um Betrug beim Überraschungseierfigürchen-Tausch geht.

Ich seufze, schalte innerlich ab, blicke aus dem Fenster und sehe Eilean, der von seiner morgendlichen Jogging-Runde zurückkommt.

Ohne Appetit kaue ich auf meinem Käsebrötchen herum. Mir liegt noch im Magen, was Simon mir anvertraut hat. Er hat nicht mehr lange zu leben. Nur noch ein Jahr …

Eilean betritt schnaufend das Frühstückszimmer, als aus dem Obergeschoss eine Glocke zu hören ist.

»Es geht los«, röhrt Fanny, nimmt die Schürze ab, und wir folgen ihr die Treppe hinauf in den geheimen Saal.

Guten Morgen, Rebecca, begrüßt mich Simon. Ich fühle wieder ein kurzes Glühen auf der Schulter, als er mir die Hand reicht. Aber Simon lässt sich nicht das Geringste anmerken und erkundigt sich, so laut, dass es alle deutlich vernehmen können, ob ich gut geschlafen habe. Ich nicke und nehme neben ihm Platz, während er die Sitzung des Wächterrates für eröffnet erklärt. Als hätte unser Gespräch in der vergangenen Nacht niemals stattgefunden.

Fanny schiebt die Schiefertafel in den Raum und lässt sich auf ihren Stuhl fallen.

»Jeremias fehlt. Weiß jemand, wo er steckt?«, fragt Eilean Ban und blickt sich suchend um.

Da fliegt die Tür auf und der hexenmeistrige Archivar hüpft mit einer dicken Schwarte in den Händen in den Saal. Jeremias Holtenau sieht aus, als käme er direkt aus dem Bett: Die Haare stehen ihm wirr vom Kopf ab und er trägt, trotz der fortgeschrittenen Morgenstunde, seinen Seeschlangen-Leuchtturm-Pyjama. Aufgeregt knallt er das Buch auf den Tisch, deutet mit seinem knöchernen Zeigefinger zur Tafel und kreischt triumphierend: »Hildegard von Bingen!«

»Ganz wie du meinst, Jeremias«, sagt Ole Krautsand, beugt sich zu Candela und flüstert: »Ist er jetzt endgültig übergeschnappt?«

Aber der Archivar ist nicht zu stoppen. »*Wo bin ich Fremdling … Du aber sollst Prophet des Höchsten heißen …* Ich wusste, dass ich das irgendwoher kenne. Hier! Ich habe sogar ein Exemplar in meiner Reisebibliothek.« Er schlägt mit der flachen Hand auf den ledergebundenen Einband. »Das sind Zitate. Aus *Der Weg der Welt*, einer Schrift, in der die heilige Hildegard von Bingen ihre Visionen schildert.«

»Wer?«, fragt Charly und guckt dabei ziemlich unintelligent.

»Herrgott, Charly Arkona! Warst du in deinem Leben auch nur mal gelegentlich in der Schule?«, kräht Jeremias.

»Wenn es geregnet hat und ich nichts Besseres vorhatte.«

»Hildegard von Bingen war eine der außergewöhnlichsten Frauen des deutschen Mittelalters«, näselt Luis Arkona, der die Schule, im Gegensatz zu seinem Bruder, offenbar regelmäßig besucht hat. »Sie war Naturforscherin, Ärztin, Dichterin, Komponistin, sie leitete mehrere Klöster – und war eine große Mystikerin.«

»Und ihr wollt mir jetzt erzählen, dass Rebecca die Stimme von dieser toten Hilde hört?«, sagt Charly und guckt noch immer nicht viel intelligenter als vor zehn Sekunden.

»Natürlich net, du jeistiges Wattwürmchen«, stöhnt Helios Ehrenfeld. »Ich denke, es ist vielmehr so, wie Jeremias schon jestern vermutet hat: Die Frau, deren Stimme Rebecca hört, liest in den Werken der Hildegard von Bingen. Was mich endgültig davon überzeugt, dass ich mit der Nonnen-Theorie richtiglieje.«

»Ähm … ich habe die Stimmen letzte Nacht wieder gehört«, werfe ich zaghaft ein und alle Augen richten sich auf mich. Ich berichte, was die Flüsterstimme gesagt hat, und Jeremias kritzelt alles, Wort für Wort, auf die Tafel. »Die Frau mit der Brüllstimme hatte wohl ziemlich üble Kopfschmerzen und hat gesagt, dass sie nie mehr Absinth trinkt«, verkünde ich. »Aber ich glaube kaum, dass uns das wirklich weiterhilft.«

Alle starren ratlos auf die Tafel. Nach einer kurzen Pause sagt Simon Eckmühl mit dunkler Stimme: »Vielleicht sollten wir uns tatsächlich zunächst deinen Erinnerungen an Duenborg zuwenden. Die Stimmen bringen uns im Moment nicht weiter. Aber wenn du versuchst, dich zu erinnern, fällt dir vielleicht noch etwas ein, das du damals gesehen oder gehört hast. Vielleicht stößt du in deinem Gedächtnis auf irgendetwas, das uns hilft, die Asyle zu identifizieren.«

Er nickt mir auffordernd zu, und ich präsentiere den Wächtern meine Aufzeichnungen über das, was ich vor zehn Jahren gesehen habe. Eine zensierte Version der Geschehnisse, die ich heute Morgen verfasst und aus der ich Simons Stimme (*»Komm da weg! Komm vom Wasser weg!«)* getilgt habe.

»Hmm«, macht Patti van Pilsum nach einiger Zeit und spielt gedankenverloren mit ihrer langen Haarsträhne. »Der Angriff auf den Turm, der Lichtstrahl, aber leider nicht der geringste Hinweis auf eines der anderen Asyle.«

Ich werfe aus dem Augenwinkel einen schnellen Seitenblick auf Simon. Sein Gesicht lässt keine Regung erkennen.

»Deine Erinnerung an diese Nacht setzt erst in dem Moment ein, als du am Strand stehst«, sagt Candela. »Aber du musst ja irgendwie dorthin gelangt sein. Du musst von dem Ferienhaus, in dem ihr wart, durch die Dünen gelaufen sein. Vielleicht bist du dort jemandem begegnet.«

Ja … Wie bin ich an den Strand gelangt? Was ist vorher geschehen? Und warum bin ich in dieser Nacht überhaupt aus dem Ferienhaus ausgebüxt?

»Schließ die Augen, Chérie«, sagt Candela. »Versuch es noch einmal. Entspann dich.«

Sie hat leicht reden. Man kann sich, auch mit geschlossenen Augen, nur bedingt entspannen, wenn man weiß, dass einen zehn Leute anstarren, die verzweifelt darauf warten, dass man irgendwas Produktives zustande bringt. Ein ums andere Mal versuche ich es; ich lasse meine Erinnerung sogar rückwärtslaufen wie einen Film, von dem Moment an, in dem mich das Licht streift und der Passagier in mir Zuflucht sucht. Ich lande immer wieder am Strand. Wie ich dahin gekommen bin, bleibt weiter im Dunkeln.

Charly schlägt vor, mich mit Stinkefisch abzufüllen, um mein Gedächtnis zu befeuern, Candela macht diverse Atemübungen mit mir, die dabei helfen sollen, *meine Energien frei fließen zu lassen,* und als das alles nichts bringt, versucht Jeremias Holtenau, mich mithilfe eines Pendels zu hypnotisieren. Mit dem einzigen Erfolg, dass er selbst dabei nach zwei Minuten einschläft.

Als es Abend wird, machen sich Resignation und Ratlosigkeit breit. Selbst das späte Abendessen, das Fanny auftischt, vermag die Stimmung nicht zu heben.

Die Zeit läuft uns davon, denke ich, während meine Augen über die deprimierten Gesichter der Wächter wandern, und ich frage mich, was wir jetzt noch tun können.

Nachdem die Mahlzeit beendet ist, verziehen sich die üblichen Nikotinabhängigen kurz nach draußen. Ole Krautsand lässt mit genervtem Gesichtsausdruck einen ganzen Schwall von Hildegard von Bingen-Zitaten über sich ergehen, mit denen ihn Jeremias Holtenau volltextet. Eilean, Candela und Patti stehen vor dem Kamin mit den Modell-Leuchttürmen und diskutieren im Flüsterton, aber aufgeregt gestikulierend miteinander. Ich sehe zu Luis Arkona hinüber, der ausgesprochen nervös wirkt. Ein ums andere Mal streicht er sich die Haare glatt und prüft alle zehn Sekunden den korrekten Sitz seines Krawattenknotens. Ist das der Anspannung geschuldet, unter der hier alle stehen – oder ist er noch aus einem ganz anderen Grund so fahrig?

Ich werde mich darum kümmern. Aber ich muss den richtigen Moment abpassen.

Rechts neben ihm sitzt Fanny, die mit einem Zahnstocher in ihren Backenzähnen herumfuhrwerkt und müde und erschöpft aussieht. Vielleicht sollte sich Simon ihnen doch offenbaren, schwirrt es mir durch den Kopf. Sie wissen lassen, dass wir nur noch nach zwei statt drei Asylen suchen müssen. Das könnte ihnen neuen Mut geben und …

»*Nein*«, raunt Simons Stimme in meinem Kopf, während sein Blick weiter auf einem der Flaschenschiffe in der Vitrine ruht, das er scheinbar interessiert und aufmerksam betrachtet. »*Nein. Denk an den Verräter, Rebecca. Es wäre zu gefährlich. Es geht mir nicht darum, mich zu schützen. Es geht um den weißen Passagier. Wir können es nicht sagen. Noch nicht! – Wenn du das gehört und verstanden hast, kratz dich an der Nase.«*

Ich nicke unmerklich und fahre mir mit dem Finger über den Nasenrücken.

Helios und Charly kehren von ihrer Zigarettenpause zurück. Alle kommen zum Tisch und nehmen Platz, bis auf Eilean, der vor seinem Stuhl stehen bleibt, zu Simon sieht und sagt: »Candela, Patti und ich möchten einen Vorschlag machen!«

»Jeder Vorschlag ist willkommen«, entgegnet Simon.

Eileans rechte Hand fährt über die Stoppeln auf seinem Kinn. »Das hier bringt uns offensichtlich nicht weiter. Das ist nur … *a bloody waste of time*. Die Zeit wird knapp. Vielleicht könnte es Rebeccas Erinnerung beflügeln, wenn wir sie dahin bringen, wo es geschehen ist.« Er blickt die übrigen Wächter eindringlich an. »Wir müssen nach Duenborg! Das ist unsere einzige Chance!«

»Lieber Jung, ich will dich ja net entmutijen«, singsangt Helios. »Aber die Sache wird net funktionieren. Auf dem Festland wimmelt es jetzt von Kämpfern und Agenten. Die haben uns aufjespürt, ehe wir einmal Senfrostbraten sagen können. Und Rebecca wird als Mordverdächtige jesucht. Nachdem sie im Fernsehen war, kennt jeder Tünnes ihr Jesicht.«

»Wir haben einen Plan«, springt Candela Eilean bei und deutet auf Patti van Pilsum. »Patti hat Rebeccas Größe und Statur. Wir werden sie mit einer Perücke, etwas Schminke und den entsprechenden Klamotten ein wenig herrichten – als Rebecca.«

Skeptisch blicke ich zu Patti und betrachte ihre lange schwarze Haarsträhne, die Piercings und die dicken Kajalbalken unter ihren Augen. Es fällt mir mehr als schwer, sie mir als mich vorzustellen.

»Dann bilden wir zwei Trupps«, führt Candela weiter aus. »Einen kleinen Trupp, bestehend aus Patti und zwei Wächtern, die sie begleiten. Dieser Trupp hat die Aufgabe, die Kämpfer und Agenten auf eine falsche Spur zu locken und sie abzulenken. Er muss sich kreuz und quer durch die Gegend bewegen und gelegentlich für etwas Aufsehen sorgen, danach schnell verschwinden und ganz woanders erneut auftauchen. Ein zweiter, größerer Trupp begleitet Rebecca nach Duenborg – in der Hoffnung, dass sie sich dort, am Ort des Geschehens, an mehr erinnern kann. Gelingt es uns, die Asyle zu identifizieren, müssen wir sie schnellstens finden und hierher nach Zanderland bringen.«

»Kommt nicht in die Tüte!«, brüllt Fanny und springt so schnell auf, dass der Oktopus auf ihrem T-Shirt zu zappeln beginnt, als wäre er in eine gefährliche Meeresströmung geraten. »Ist euch eigentlich klar, in welche Gefahr ihr die beiden Mädchen damit bringt? Ihr könnt doch nicht einfach, ohne sie zu fragen …«

»Sie haben mich gefragt und – ich mache es!«, sagt Patti.

Fanny verschlägt es augenblicklich die Sprache. Mit weit geöffnetem Mund starrt sie ihre Nichte ungläubig an.

»Ich mache es auch!«, sage ich. Alle Köpfe fahren zu mir herum. Luis Arkona nestelt an seinem Schlipsknoten herum, Fanny stöhnt auf, schüttelt den Kopf und sinkt auf ihren Stuhl.

»Es ist ein gefährlicher Plan«, sagt Simon nach einem Moment des Schweigens. »Aber ich sehe auch keine andere Möglichkeit. – Wer stimmt für Candelas Vorschlag?«

Neun Hände strecken sich in die Luft. Manche entschlossen, wie die von Eilean und Candela; andere, wie die von Jeremias Holtenau und Luis Arkona, eher zögerlich. Nur Fanny scheint sich ganz und gar nicht mit dem Plan anfreunden zu können, bis sie schließlich doch die Hand hebt, einen Seitenblick auf ihre Nichte wirft und resigniert seufzt: »Wenn Patti sich was in den Kopf gesetzt hat, kann sie sowieso kein Mensch mehr davon abbringen.«

»Dann ist es also beschlossen«, sagt Simon. »Die Trupps brechen morgen in aller Frühe auf. Fanny und ich bleiben hier und halten die Stellung. Patti wird unterstützt von …« Er lässt seinen

Blick lange über die Wächter wandern. »Von Jeremias und Ole. Eilean, Candela, Helios und die Arkonas begleiten Rebecca. – Einwände?«

Allgemeines Kopfschütteln.

»Ich befürchte allerdings, dass wir ein Problem mit dem Wetter bekommen werden«, merkt Patti an und deutet aus dem großen, runden Fenster. Das Meer ist unruhig, hohe Wellen türmen sich auf und der Wind treibt Wolkenfetzen in Zeitraffergeschwindigkeit am Mond vorbei. »Ein Sturm zieht auf«, sagt Patti. »Bei dem Seegang kommen wir nicht zwischen den Felsenriffen hindurch. Wir können nur hoffen, dass sich der Sturm bis morgen früh wieder gelegt hat.«

Aber sämtliche Wettergötter scheinen sich gegen uns verschworen zu haben. Der Sturm gewinnt stündlich an Stärke dazu. Ich habe noch nie einen Sturm auf einer Insel, geschweige denn auf einer so kleinen Insel wie Zanderland erlebt, und vergrabe mich, so tief es geht, unter meine Bettdecke. Der Wind rüttelt wie ein wild gewordener Berserker an den Türen und Fensterläden und fährt mit einem so wütenden Fauchen durch die Bäume, dass einem angst und bange wird. Welle um Welle schlägt gegen die hohen Klippen, und das friedliche Rauschen des Meeres ist längst zu einem bedrohlichen, pausenlosen Donnern geworden.

Um sechs Uhr morgens erreicht der Sturm seinen Höhepunkt, fegt mehrere Ziegel vom Dach der Pension, und als sich die Wächter um halb sieben im Frühstücksraum versammeln, ist nach allerkürzester Lagebeurteilung klar, dass wir an diesem Tag nicht auslaufen können. Laut Seewetterbericht soll es erst morgen früh wieder ruhiger werden.

Verlorene Zeit. Dabei ist jede Minute kostbar. Die Stimmung ist den gesamten Tag über niedergedrückt. Es wird kaum gesprochen. Alle versuchen irgendwie die Zeit totzuschlagen, jeder auf seine Weise: Jeremias Holtenau sitzt am Fenster und hat die Nase tief in ein Buch vergraben, Ole vertreibt sich die Zeit damit, verstohlene Seitenblicke auf Candela zu werfen, und glaubt, dass es keiner bemerkt, und Helios pfeift nervös einen Karnevalsschlager nach dem anderen, bis Patti ihn gereizt anfährt und mit einem Sondereinsatzkommando der Geschmackspolizei droht.

Charly hält sich den ganzen Tag über an den Stinkefisch. Luis betrachtet ihn mit gerunzelter Stirn, sagt aber nichts. Offenbar sind die beiden sogar zum Streiten zu deprimiert. Der Einzige, der sich kurz nach draußen wagt, um nach den Booten zu sehen, ist Eilean Ban. Als er zurückkehrt, ist er so verfroren, dass Fanny ihm umgehend ein Glas Grog zur Erstbehandlung in die Hand drückt. Von Simon ist den gesamten Tag über nichts zu sehen.

»Es geht ihm nicht gut«, vertraut Fanny mir an. Mehrmals steigt sie zu seinem Zimmer hoch, um ihn mit Essen und Medizin zu versorgen.

Während ich zusehe, wie der Regen gegen die Fensterscheiben prasselt, frage ich mich besorgt, wo Finn bei diesem Wetter untergekommen ist. Hat er einen Unterschlupf auf Zanderland? Ist er bei diesem Unwetter etwa auf seinem Boot? Und wo liegt sein Boot überhaupt? Wenn er, so wie er es behauptet, schon mehrere Male auf Zanderland war, ohne dass es jemand bemerkt hat, muss er einen Ankerplatz kennen, der genauso uneinsehbar ist wie die Höhle, in der die *Charlotte Sometimes* liegt. Oder steht er irgendwo da draußen zwischen den Bäumen und beobachtet uns? Vorletzte Nacht hätte ich Simon auf ihn aufmerksam machen können. Aber ich habe es nicht getan. Weil meine anfänglichen Zweifel Finn gegenüber nicht mehr da sind. Ich vertraue ihm. Weil sich das, was er über einen Verräter in unserer Mitte gesagt hat, zu bestätigen scheint. Weil ich nun, da ich vom Freitod seines Vaters weiß, verstehe, warum er all das tut. Vielleicht aber auch, weil ich mich auf eine bestimmte Art mit ihm verbunden fühle. Wir teilen das gleiche Schicksal, und für unser beider Schicksal sind die schwarzen Passagiere verantwortlich. Wegen ihnen mussten meine Eltern vor zehn Jahren sterben, wegen ihnen hat sich Finns Vater … Was ist mit seiner Mutter?, frage ich mich. Mit Geschwistern? Wenn es hier einen gibt, der das weiß, dann …

Unauffällig pirsche ich mich an Jeremias Holtenau heran und blicke über seine Schulter in das Buch, das er gerade liest, bis er herumfährt, mich böse anblinzelt und krächzt: »*Wer aber spähet über die Schulter anderer, zu lesen in Büchern, die ihm nicht gehören, dem sollen die Augen tränen bis zum Tage des Jüngsten Gerichts.* So steht es geschrieben!«

»Oh, dann werde ich in Zukunft etwas vorsichtiger sein«, sage ich und lasse ein unschuldiges Lächeln in mein Gesicht schnellen. »Als Archivar weiß man sicher eine Menge über die Geschichte der Wächter«, flöte ich.

»Nicht eine Menge. Alles!«, kräht er.

»Tatsächlich?«, sage ich und versuche, total beeindruckt auszusehen. »Was weißt du zum Beispiel über diesen Verräter … diesen Westerbeek?«

Der Archivar kneift die Augen zusammen und bedenkt mich mit einem skeptischen Blick. »Warum interessiert dich das?«

»Weil ich kein Asyl wäre … weil all das nicht geschehen wäre, wenn es diesen Verrat nicht gegeben hätte«, entgegne ich und finde, dass das halbwegs einleuchtend klingt.

»Hmm«, macht Jeremias, klappt das Buch zu und zupft an seinem dünnen Bärtchen. »Ehrlich gesagt kann ich immer noch nicht glauben, dass Hauke das wirklich getan hat. Dass sein schwarzer Passagier so großen Einfluss auf ihn gewinnen konnte. Er schien mir immer einer der Stärksten unter den Wächtern zu sein.«

Interessant, denke ich. Auch hier scheint es also zumindest leise Zweifel an der Schuld von Hauke Westerbeek zu geben.

»Hauke war Wärter auf dem Leuchtturm Landsend«, beginnt Jeremias Holtenau zu erzählen. »Die Geschichte seiner Familie war eng mit dem Turm verknüpft. Von dem Tag an, da der Leuchtturm in Betrieb genommen wurde, war dort immer ein

Westerbeek Wärter. Hauke war schon die vierte Generation und ich bin sicher, sein Sohn wäre ihm ...« Mitten im Satz verfällt er in ein nachdenkliches Schweigen, sieht abwesend aus dem Fenster und scheint sich in seinen Gedanken zu verlieren. Offenbar hat er völlig vergessen, dass ich direkt neben ihm stehe. Er zieht ein kleines, abgewetztes Notizbuch und einen Bleistiftstummel aus seiner Jacke, kritzelt ein paar Worte in das Buch, schlägt es wieder zu und murmelt etwas Unverständliches vor sich hin.

»Er hatte also einen Sohn«, sage ich in dem Versuch, das versickerte Gespräch wieder in Gang zu bringen. »Und eine Frau und ...«

»Ja, ja«, murmelt Jeremias und wirkt dabei noch immer etwas abwesend. »Traurige Geschichte. Seine Frau ist zwei Jahre nach ihm gestorben. Hat den Selbstmord ihres Mannes nie überwunden. Und der Junge ... ähm, ich weiß seinen Namen nicht mehr, jedenfalls ... keine Ahnung, was aus ihm geworden ist.« Der Archivar springt wie ein Grashüpfer aus seinem Sessel auf. In seinen Augen glimmt ein nervöses Flackern und er wispert: »Entschuldige! Ich muss mal ganz schnell, äh ...« Mit gequältem Gesichtsausdruck stolpert er die Treppe hoch.

»Abendessen!«, dröhnt Fannys Dieselstimme durch den Raum und sie verteilt riesige Schüsseln mit Pellkartoffeln auf den Tischen.

Während der Mahlzeit schiele ich über die Schüssel hinweg zu Luis Arkona und bemerke, dass er immer wieder in Richtung Telefon äugt. Nach dem Essen verabschiedet er sich auffallend schnell und verschwindet auf sein Zimmer.

Kurz drauf tun es ihm aber auch die anderen gleich. Sie wollen für morgen ausgeruht sein. Helios wünscht gähnend: »Jute Nacht!«, schon bald folgen ihm Charly, Ole und Jeremias.

Eilean erhebt sich aus seinem Sessel und blickt fragend zu Candela. »Der Highlander muss ein bisschen schlafen, Baby. Kommst du mit?«

»Ich bleibe noch ein wenig hier, bei Rebecca. Ich komme später nach, *mon cher*«, sagt sie, legt die Arme um seinen Nacken und flüstert: »Vielleicht könnte ich den Highlander ja noch mal kurz wecken …« Es folgt einer der unvermeidlichen *Wo soll ich bloß hingucken*-Küsse.

Patti blickt mich an und verdreht die Augen. Fanny räuspert sich bedrohlich und sagt: »Euch ist schon klar, dass sich eine Minderjährige im Raum befindet?«

Candela lacht, verabschiedet Eilean mit einem leichten Klaps und einem vielversprechenden Augenaufschlag, und setzt sich zu mir auf die abgewetzte Couch.

Angesichts dessen, was morgen vor uns liegt, bin ich viel zu aufgedreht, um schlafen zu gehen. Und wenn ich mir Patti van Pilsum ansehe, scheint es ihr ähnlich zu gehen. Sie versucht zwar, es sich nicht anmerken zu lassen, guckt betont gelangweilt und kaut Kaugummi, aber ihre Füße sind ständig in Bewegung und trappeln nervös hin und her.

Um zehn nach neun, nachdem der letzte Topf geschrubbt, der letzte Teller gespült und die letzte Gabel poliert ist, gesellt sich auch Fanny zu uns, lässt sich in einen Sessel sinken und bemerkt frohgemut: »Ach, ist das schön … mal ohne die ganzen Kerle. Machen wir es uns gemütlich, Mädels. Wer will alles einen Stinkefisch?«

Zwar ist sie die Einzige, die ihrem Angebot nachkommt, aber gemütlich wird es dann doch irgendwie. Fanny erzählt mit gurgelnder Whiskystimme Schwänke aus ihrem Leben, erinnert sich in schwärmerischem Ton an eine kurze, aber leidenschaftliche Affäre mit einem zypriotischen Schwammtaucher, und lässt zwischendurch immer wieder ihr Dieselmotor-Lachen erschallen. Sie hört gar nicht mehr auf zu erzählen und während ich ihr gespannt zuhöre, schaffe ich es tatsächlich irgendwann, die Angst vor morgen zu verdrängen. Nach einem weiteren Gläschen Stinkefisch wird Fanny dann ein wenig sentimental, greift sich das Schifferklavier und stimmt schwermütige Seemannslieder an. Sie singt vom Segelsetzen, von der harten Arbeit an Bord, von Sturm und Nebel, von brennendem Fieber, fremden Häfen, schönen Frauen und gebrochenen Matrosenherzen. Und das mit einer Stimme, bei der sogar Adele abschnallen würde. Gerade als sie ein Lied über einen einarmigen Tätowierer in Shanghai anstimmt, passiert es: Die schnellen Töne des Akkordeons spritzen plötzlich vor meinen Augen auf wie bunte Farbkleckse, die sich in Sekundenbruchteilen zu Ballgröße aufpumpen, nur um in noch buntere Kleckse zu zerspringen und …

»Ach du Scheiße!«, höre ich mich sagen und lasse mich in die Couch fallen.

Fanny zieht die Stirn kraus und hört auf zu spielen, Patti und Candela blicken mich besorgt an. »Was ist los?«

»Ich kann die Musik sehen«, stottere ich. »Und nicht zum ersten Mal …« Ich berichte ihnen von Procol Harum und dem grünen Nebel, von den blauen Mussorgski-Tropfen und bunten Farbklecksen …

»Und das macht dir Angst?«, sagt Patti, dreht an dem Ring in ihrer Nase und grinst. »Bist du dir ganz sicher, dass du nicht doch ein kleines bisschen püppig bist? Wenn ich Musik gleichzeitig hören und sehen könnte, würde ich vor Dankbarkeit niederknien. Muss doch 'ne Hammer-Show sein!«

»Das ist wirklich nichts, das dich beunruhigen sollte, Chérie«, sagt Candela lächelnd und tätschelt beruhigend mein Knie. »Im Gegenteil. Dafür ist mit Sicherheit der weiße Passagier verantwortlich. Besser gesagt, der Teil von ihm, den du in dir trägst. Wahrscheinlich nur eine Ahnung von dem, was erst geschehen könnte, wenn …« Candelas Augen leuchten wie zwei Scheinwerfer, ihr Blick wandert zwischen Patti und mir hin und her. »Habt ihr euch jemals vorgestellt, wie es sein wird, wenn wir … erfolgreich sind? Wenn sich die Prophezeiung erfüllt und sich der Geist des weißen Passagiers mit dem der Menschen verbindet? Habt ihr schon einmal versucht, euch klarzumachen, was das tatsächlich bedeutet?«

Patti schiebt ihre Kappe zurück und pfeift durch die Zähne. »Wenn Musik zu sehen erst der Anfang ist, könnte das eine ziemlich abgefahrene Reise werden.«

»Viel mehr als das«, sagt Candela mit heiserer Stimme. »Unser Geist könnte eine ganz neue Bewusstseinsstufe erreichen. Wir würden verstehen, dass man Dinge nicht nur auf eine bestimmte Art wahrnehmen kann. Wir würden lernen, Musik nicht nur zu hören, sondern auch zu sehen, zu schmecken, zu riechen und zu fühlen. Wir würden erkennen, dass eine Sache nicht nur *eine* Sache, sondern vieles sein kann, und dass die Grenzen zwischen einer Sache und einer anderen fließend sind. Das bedeutet auch, die Grenzen zwischen uns und anderen Menschen, zwischen uns und den Lebewesen und Dingen, die uns umgeben. Und wenn wir erst so empfinden und begreifen, dass wir mit allem verbunden sind, wird die Erde eine andere werden: Wir werden nicht mehr gegeneinander kämpfen, wenn wir jeden Schlag, den wir einem anderen versetzen, auch als Schlag gegen uns selbst empfinden. Wir werden aufhören, diesen Planeten auszubeuten, wenn wir die Dinge um uns als lebendigen Teil unserer selbst wahrnehmen. Diese Welt wird eine Welt des Miteinander und des freien Geistes sein!«

Patti und Fanny starren Candela mit offenem Mund an und sind unübersehbar beeindruckt. Und mir geht es ebenso. Obwohl es mir noch immer schwerfällt, mir eine solche Welt vorzustellen. Aber …

»Ich würde gerne etwas ausprobieren«, sage ich. »Könntest du noch ein Stück spielen, Fanny?«

»Sicher.« Sie hängt sich das Akkordeon vor die Brust.

»Kennst du *Amsterdam?*«, frage ich. »Das Lied von den Matrosen im Hafen, die …«

»Klar«, sagt sie. Schon ertönt ein lang gezogener Akkord.

Diesmal ist es anders. Diesmal denke ich an das, was Candela über fließende Grenzen gesagt hat. Diesmal habe ich keine Angst. Diesmal ist es wunderschön …

Fasziniert sehe ich, wie der Gesang und die Töne des Akkordeons als blaue, rote, grüne und gelbe Sterne durch den Raum schweben. Während Fanny von den Kais von Amsterdam, betrunkenen Matrosen und untreuen Frauen singt, gleiten ihre Finger immer schneller über die Tasten. Die Eindringlichkeit ihres Gesangs steigert sich von Strophe zu Strophe, die Farbtupfer werden zu wild umherschwirrenden Lichtpunkten und es ist, als würde in mir ein Feuerwerk aus Farben und Tönen explodieren. Ein letzter, ekstatischer Refrain – und das Stück bricht unvermittelt ab. Stille.

»Wow!«, entfährt es mir. Völlig geschafft lasse ich mich in die Couch fallen.

Erst ein durchdringendes Räuspern holt mich unsanft in die Realität zurück.

»Hrrm, hrrm, hrrm.« Jeremias Holtenau steht am Fuß der Treppe und sieht nach irgendwas zwischen verwirrt und aufgebracht aus.

»Was ist los, Jeremias?«, blafft Patti ihn an. »Willst du dich beschweren? *Wer aber laute Musik spielet zu später Stunde, dem sollen die Ohren verdorren und abfallen?*«

»Äh, nein. Eigentlich wollte ich …«

»Was dann?«, stöhnt Fanny. »Klospülung mal wieder defekt?«

»Nein, nein«, krächzt Jeremias. »Ich dachte nur, Simon wäre vielleicht hier unten. Ich habe an seine Tür geklopft, aber er öffnet nicht, und da dachte ich …«

»Wenn er die Tür nicht öffnet, dann schläft er.« Fannys Stimme bekommt einen drohenden Unterton. »Und du wirst ihn schön schlafen lassen. Er ist sehr erschöpft und braucht seinen Schlaf dringend. Verstanden?«

»Aber es gibt da zwei sehr wichtige Punkte, die ich mit ihm klären muss. Ich …«

»Spreche ich etwa unverständlich?«, röhrt Fanny und baut sich vor dem klein gewachsenen Archivar auf. »Ich erinnere mich noch sehr gut an das letzte Mal, als du hier warst. Da musstest du Simon auch mitten in der Nacht was unglaublich Dringendes mitteilen. Wie sich dann rausstellte, eine wirre Theorie über Burlesque-Tänzerinnen und die Apokalypse. Was immer es diesmal ist, es kann bis morgen früh warten. Sonst wirst du feststellen, dass ich deine ganz persönliche Apokalypse bin. Capito?«

»Ist ... ist ja schon gut«, säuselt Jeremias eingeschüchtert, zieht den Kopf ein und tritt den Rückzug an. Auf der Treppe dreht er sich noch einmal um und blickt mit ängstlichem Gesichtsausdruck auf Fanny. »Da wäre nur noch ...«

»Was denn noch?«, knurrt Fanny.

»Ähm ... oben im Bad ist das Klopapier alle. Könnte ich vielleicht eine Rolle ...?«

Um halb elf lösen wir unsere Frauenrunde auf.

»Ich brauche noch ein paar Klamotten von dir«, sagt Patti und begleitet mich auf mein Zimmer. »Damit ich morgen früh eine glaubwürdige Rebecca abgebe.«

Ich statte sie mit einer meiner Jeans, einer Jeansjacke und meinem roten Lieblingspullover aus.

»Du denkst, ich kriege das nicht hin, oder?«, sagt sie in spöttischem Ton.

Ich werfe einen skeptischen Blick auf ihre Piercings und die Kajalkunst unter ihren Augen. »Na ja ...«

»Keine Angst«, sagt sie und hält mir den Pullover entgegen. »Damit kriegen wir mich schon aufgepüppt. Außerdem habe ich dich in den vergangenen zwei Tagen eingehend beobachtet. Deinen Gang, deine Mimik, deine Art zu sprechen. Wenn du nervös bist, machst du immer das hier ...« Sie pustet sich ihre Strähne aus der Stirn und fährt sich mit einer affigen Geste durch die Haare.

»Das mache ich nicht!«, sage ich trotzig und bin mir da plötzlich gar nicht mehr so sicher.

Patti tritt in den Flur hinaus und grinst breit. »Träum was Schönes, Püppchen.«

Patti spinnt doch. Oder mache ich das wirklich?, frage ich mich ziemlich verunsichert, als mein Blick in den Spiegel fällt und ich beobachten muss, wie ich mir eine Strähne aus der Stirn puste und mit der Hand durch die Haare fahre.

Na super. Gute Nacht, denke ich – ohne zu ahnen, dass diese Nacht alles andere als gut und am nächsten Morgen einer der Wächter tot sein wird.

– ACHT –

Ein verzweifelter, krähenhafter Schrei durchschneidet die nächtliche Stille. So schrill, dass es einen bis ins Mark erschüttert. Ein Schrei, wie ihn nur ein Wesen in höchster Todesangst ausstößt.

Ich fahre aus den Kissen auf und versuche mich im ersten Moment damit zu beruhigen, dass ich nur geträumt habe. Aber dann fliegen im gesamten Haus Türen auf und ich höre das Trampeln eiliger Schritte auf dem Flur. »Was war das?«, ruft Candela. Dann Eileans raue Stimme: »*Goddamm!* Das kam vom Turm! Schnell! Kommt!«

Der Wecker zeigt fünf nach eins. Ich springe in meine Klamotten, stürze aus dem Zimmer und gerate in einen Pulk aus dem Schlaf gerissener, erschrocken aussehender Wächter.

Wir drängen uns die enge Treppe hinunter; Eilean reißt die Haustür auf und alle stürmen ihm durch den Vorgarten hinterher. Der Wind hat nachgelassen, aber es schüttet noch immer wie aus Eimern. Der Regen lässt Helios' Schnurrbartspitzen blitzartig nach unten sinken. Wir rennen auf den Turm zu, ich greife im Dunkeln nach Candelas Hand, neben uns höre ich Charly Arkona und Ole Krautsand keuchen.

Eilean stoppt abrupt. »Licht! Wir brauchen Licht!«, brüllt er, als sich auch schon zwei Lichter, vom Haus her kommend, auf uns zubewegen: Fanny und Patti, mit Laternen in der Hand. Zwischen ihnen Simon Eckmühl, der sich mit verbissenem Blick auf seinen Krücken vorwärtskämpft. Er atmet schwer, sein Gesicht wirkt eingefallen.

Als sie uns erreichen, lässt Fanny das Licht ihrer Laterne über die Gesichter der Wächter wandern.

Ein leises Stöhnen entringt sich Simons Mund. »Jeremias Holtenau fehlt!«

Die Tür des Leuchtturms steht auf.

»Ole, Luis, Charly, kommt mit«, sagt Eilean und verschwindet, gefolgt von den andern, in dem gelb-roten Turm.

Drei Minuten später sind sie zurück. »Da oben ist niemand«, verkündet Ole.

»Hier rüber!« Fanny steht vor einem Hagebuttenbusch am Fuß des Leuchtturms und schwenkt aufgeregt ihre Laterne. Neben dem Busch erspähe ich etwas, das im flackernden Laternenlicht auf den ersten Blick wie ein nasses Kleiderbündel aussieht: auf dem morastigen, aufgeweichten Untergrund liegt, mit dem Gesicht zum Boden, der leblose Körper von Jeremias Holtenau!

Candela presst die Hand vor den Mund und unterdrückt einen Schrei, Fanny schluchzt laut auf. Blankes Entsetzen spiegelt sich in den Gesichtern der Wächter. Ein Zittern durchfährt mich, und als Helios und Ole den Leichnam umdrehen, wende ich den Blick ab.

»Was ist ihm zugestoßen?«, murmelt Eilean und beugt sich über den toten Archivar.

Ole Krautsand wirft einen Blick über die Schulter, zur Spitze des Turms und legt die Stirn in Falten. »Er muss von der Galerie gestürzt sein.«

»Sieht so aus«, sagt Helios Ehrenfeld. »Wobei sich mir schon die Frage stellt, wat er mitten in der Nacht da oben jewollt hat.«

»Ich weiß, dass er manchmal nachts auf den Turm gestiegen ist, um die Sterne zu beobachten«, merkt Luis Arkona an. »Vielleicht hatte er das heute Nacht auch vor und dabei …«

»Sterne gucken?«, sagt Helios zweifelnd. »Bei dem Deckswetter?«

Die Antwort ist Schweigen.

Wie erstarrt stehen die Wächter im prasselnden Regen, haben die Köpfe gesenkt, und ich frage mich, ob ich die Einzige bin, die darüber nachdenkt, ob er tatsächlich von der Galerie gestürzt ist oder ob ihn jemand von dort hinabgestoßen hat.

Der Regen auf den Gesichtern der Wächter vermischt sich mit ihren Tränen. Einige, wie Fanny und Charly Arkona, weinen offen, andere, wie Luis Arkona, versuchen ihre Erschütterung zu verbergen und ringen um Fassung.

»Wir sollten ihn ins Haus bringen«, sagt Simon nach einer Weile mit brüchiger Stimme.

Eilean schließt dem Toten die Augen und nimmt den Leichnam des Archivars von der nassen Erde auf. Einer Trauerprozession gleich, wandern wir mit gesenkten Köpfen langsam hinter ihm her.

»Ich … ich kann nicht fassen, dass er tot ist. Ich mochte den alten Irren«, murmelt Charly Arkona leise und wischt sich eine Träne von der Nasenspitze.

»*Sterne beobachten.* Wer's glaubt, wird selig«, murmelt Patti mit gerunzelter Stirn. »Und warum …« Sie blickt zu einem Dickicht am Wegesrand und kneift die Augen zusammen, dann lässt sie die Laterne fallen und sprintet zielstrebig auf das Gebüsch zu. »Da ist einer!«, schreit sie und springt mit einem hohen Satz in das Gestrüpp. Ole und die Arkonas stürzen ihr umgehend hinterher.

Das Gebüsch wogt hin und her, Zweige brechen, Blätter wirbeln durch die Luft. Die Geräusche eines Handgemenges, ein Schmerzensschrei von Charly Arkona: »Aaah! Der Mistkerl hat mich in die Hand gebissen.«

»Halt still!«, höre ich Patti brüllen. »Ich habe ein Messer! Also halt endlich still, Freundchen!«

Zwei Sekunden später zerren Ole und Luis eine tropfnasse, wütend blickende Gestalt aus dem Gestrüpp.

Finn!

»Wer bist du? Wie kommst du hierher? Was machst du hier?«, herrscht Luis Arkona ihn an. Dann geht sein Blick zum Leuchtturm, gleitet über den Leichnam in Eileans Armen und bleibt wieder an Finn hängen. Mit schneidender Stimme sagt er: »Hast du …?«

»Ich habe mit seinem Tod nichts zu tun«, sagt Finn. Seine Stimme klingt ruhig und bestimmt. »Ich war zwei Minuten vor euch hier. Da habe ich ihn am Fuß des Turms liegen sehen. Er war schon tot!«

»Und warum sollten mer dir das glauben, Jüngelchen?«, sagt Helios und nimmt Finn ins Visier.

»Ich kenne ihn. Ihr könnt ihm vertrauen«, sage ich leise und alle Köpfe schnellen zu mir herum. »Ich bin sicher, er wollte sich nur ein bisschen Proviant aus Fannys Küche besorgen.«

»Du kennst ihn?«, faucht Charly und pustet auf seine Hand. »Die kleine Mistkröte hat mir beinah einen Finger abgebissen!«

»Der Kerl wollte mich beklauen«, röhrt Fanny. »Und der Käse und das Obst gehen bestimmt auch auf seine Kappe.«

Candela sieht mich eindringlich an. »Woher kennst du ihn?«

»Ich … ähm … ich …«

»Ich habe sie zufällig beim Spazierengehen getroffen«, sagt Finn und blickt die Wächter herausfordernd an.

Helios' Gesicht läuft vor Zorn so rot an, dass es im Dunkeln leuchtet. »Willst du mich veräppeln, du Komiker? Wat glaubst du, wer du bist, Kerlchen?«

»Ich bin Finn Westerbeek«, sagt Finn.

Die Wirkung ist verblüffend: Alle stehen wie zu einem Standbild eingefroren da und stieren auf den Jungen vor ihnen.

»Der Sohn von Hauke?«, keucht Fanny.

»Sieh mal einer an«, sagt Luis mit zusammengepressten Lippen. »Der Sohn eines Verräters. Was haben wir wohl von dem Sohn eines Verräters zu erwarten?« Er packt Finn am Kragen seiner Bootsjacke, zieht ihn zu sich heran und zischt: »Also noch mal: Wie kommst du hierher nach Zanderland? Und was tust du hier?«

»Lass ihn in Ruhe«, sage ich, gehe dazwischen und Luis lässt ihn widerwillig los.

Finn schenkt mir ein kurzes, dankbares Lächeln, hebt den Kopf und blickt zu Simon, der die ganze Szene still und ohne sichtbare Regung verfolgt hat.

»Ich will mit dem obersten Wächter sprechen. Mit ihm – und mit Rebecca. Alleine!«

»Träum weiter, Freundchen. Als ob wir dich mit ihnen alleine lassen würden.« Patti fuchtelt mit dem Bootsmesser vor Finns Nase herum.

»Schon gut, Patti.« Simon Eckmühl müht sich mit seinen Krücken vor, bis er Nase an Nase mit Finn steht. Ein langer, prüfender Blick, dann sagt er leise: »Ich bin mir sicher, dass unser junger Freund sich zu benehmen weiß.«

Finn nickt und wirkt erleichtert.

Umgehend folgen energische Proteste der Wächter: »Aber du kannst doch nicht … wer weiß, was er vorhat … unkalkulierbares Risiko …«

»Ich werde mit ihm sprechen und mir anhören, was er zu sagen hat. Und bis dahin ist er nicht unser Gefangener, sondern unser Gast«, sagt Simon in einem Ton, der klarmacht, dass er sich von diesem Entschluss nicht abbringen lassen wird. Langsam humpelt er auf das Haus zu.

»Rebecca und Finn werden mich nach oben in den Saal begleiten.«

Als wir den Vorgarten erreichen, bleibt Simon stehen und dreht sich zu Eilean um, der noch immer den Leichnam von Jeremias Holtenau in den Armen hält. Dann fährt er mit einer sanften Handbewegung über das Haar des toten Archivars und verharrt einen Moment in andachtsvollem Schweigen, bevor er mit heiserer Stimme sagt: »Hebt ein Grab aus. Wir werden ihn in der Morgendämmerung beerdigen.«

In Finns Gesicht zeichnet sich das gleiche ehrfurchtsvolle Staunen ab, das ich empfunden habe, als ich den Saal zum ersten Mal betrat. Mit großen Augen beobachtet er, wie die Lichtstrahlen der Modell-Leuchttürme durch den Raum wandern, sich kreuzen und über Gemälde, Kompasse und Flaschenschiffe gleiten.

»Setzt euch!«, sagt Simon, nimmt selbst aber nicht Platz, sondern bleibt, auf die Krücken gelehnt, vor dem runden Tisch in der Mitte des Saales stehen. Seine grauen Augen blicken mich gleichzeitig spöttisch und fragend an, und geben mir das Gefühl, mich irgendwie verteidigen zu müssen.

»Es tut mir leid, Simon. Ich hätte dir von Finn erzählen müssen. Spätestens vorletzte Nacht. Aber ich habe ihm versprochen …«

Simon gebietet mir mit einer kurzen Geste zu schweigen und wendet sich Finn zu. »Finn Westerbeek …«, sagt er leise und taxiert sein Gegenüber mit einem langen Blick. »Weißt du, dass du dich auf den Stuhl gesetzt hast, auf dem dein Vater immer saß, als er dem Wächterrat angehörte?«

Finn blickt überrascht auf und schüttelt den Kopf, dann fahren seine Finger tastend über die Armlehnen des Stuhls. So selbstsicher sein Auftreten den anderen Wächtern gegenüber war, so eingeschüchtert wirkt er nun. Es ist offensichtlich, dass er enormen Respekt vor Simon hat.

»Das letzte Mal, als ich dich gesehen habe, warst du ein neunjähriger Junge, der Modellschiffe gebastelt hat«, sagt der oberste Wächter. »Und heute Nacht finde ich dich neben dem Leichnam unseres Archivars …«

»Ich habe nichts damit zu tun, Herr Eckmühl. Ich schwöre es!«, verteidigt sich Finn aufgeregt, und ich verspüre das Bedürfnis, ihm zur Seite zu stehen.

»Ich glaube ihm, Simon. Er ist hier, um zu beweisen, dass sein Vater *kein* Verräter war – und das glaubst du doch auch. Er hat mich vor demjenigen gerettet, der mich im Wald verfolgt hat, und er … er weiß Bescheid. Über alles: über die Wächter und die Passagiere und die Asyle und … über das, was vor zehn Jahren geschehen ist.«

»Ich war schon ein paarmal auf Zanderland«, gesteht Finn und Simon zieht erstaunt die Augenbrauen hoch. »Ich habe die Wächter beobachtet und neulich habe ich Ihr Gespräch mit Rebecca mit angehört. Ich weiß, dass Sie an der Schuld meines Vaters zweifeln. Und ich weiß nun auch, dass Sie ein Asyl sind – was bedeutet, dass ich Ihnen trauen kann. Deswegen wollte ich mit Ihnen und Rebecca alleine sprechen.«

»Dein Vertrauen ehrt mich sehr«, sagt Simon und beugt sich zu Finn vor. »Ich würde es gerne erwidern, aber leider kann ich das nicht. Ich spüre, wenn mir jemand etwas verschweigt. Und jetzt will ich von dir wissen, was du vorhin wirklich gesehen hast. Nicht diesen Blödsinn von wegen ›*Als ich am Turm ankam, lag er bereits tot da*‹.«

»Aber genau deswegen ... wollte ich ja mit Ihnen reden, Herr Eckmühl«, stottert Finn. Er strubbelt sich mit beiden Händen durch die Haare und atmet tief durch. »Ich wollte wirklich ins Haus, um mir Proviant zu besorgen. Aber als ich aus dem Wald in Richtung Leuchtturm lief, sah ich, wie jemand aus dem Haus schlich und auf den Turm zugerannt kam. Ich ging sofort in Deckung. Die Person verschwand im Turm. Unmittelbar danach kam eine zweite Person aus dem Haus und folgte der ersten in den Leuchtturm.«

»Hast du die beiden erkannt?«, frage ich, aber Finn schüttelt den Kopf.

»Es war zu dunkel. Im Mondlicht konnte ich nur Schemen ausmachen. Während ich mich noch fragte, was da passierte, blickte ich nach oben und sah die beiden Schemen plötzlich auf der Galerie. Sie schienen um irgendetwas zu ringen und dann ... stürzte einer von ihnen mit einem grauenhaften Schrei über das Geländer.«

Simon schüttelt den Kopf. »Dann hätten wir die andere Person auf dem Turm vorfinden müssen.«

»Nein«, protestiert Finn. »Derjenige, der den Archivar von der Galerie gestoßen hat, kam Sekunden später aus dem Turm gelaufen. Er ist in einem Affenzahn zur Pension zurückgerannt und hat sich hinter ein paar Brennnesseln in den Vorgarten gehockt. Im gleichen Moment kamen die andern aus dem Haus und es gab ein großes Durcheinander und er ...«

»Er hat sich in der Dunkelheit einfach unter uns gemischt«, geht es mir auf. »In der Aufregung und dem Durcheinander ist das niemandem aufgefallen.« Im nächsten Moment durchfährt es mich wie ein Blitz! »Jeremias Holtenau … Er wollte gestern Abend unbedingt mit dir sprechen, Simon. Es schien wichtig zu sein. Aber Fanny hat es nicht zugelassen, weil es dir so schlecht ging.«

Simon wirkt erschüttert. Mit versteinerter Miene lässt er sich auf den Stuhl neben Finn sinken. »Jeremias muss etwas gesehen oder gehört haben. Vielleicht ist ihm klar geworden, wer …«

»Mein Vater war nicht der Verräter! Und er hat sich auch nicht umgebracht – jemand hat ihn getötet!« Finns Stimme klingt in diesem Moment wieder bestimmt und selbstbewusst. »Der Verräter ist noch immer hier, unter den Wächtern. Er hat sie vor zehn Jahren verraten, er ist für den Tod meines Vaters verantwortlich, er ist Rebecca durch den Wald gefolgt, er hat Jeremias Holtenau getötet, und wenn es nicht gelingt, ihn aufzuhalten, dann … dann wird er verhindern, dass sich die Prophezeiung erfüllt.«

»Woher kennst du die Prophezeiung?«, fragt Simon argwöhnisch. »Du warst noch ein Kind, als dein Vater gestorben ist. Zu jung, als dass er dir davon erzählt hätte.«

Finns Blick folgt einem der Lichtstrahlen durch den Raum, dann senkt er den Kopf und seine Stimme bekommt eine traurige Färbung. »Zwei Jahre nach meinem Vater ist auch meine Mutter gestorben. Ich bin in Heimen und Wohngruppen aufgewachsen …«

Sofort rufen mir seine Worte den Umstand, dass wir beide ohne Eltern groß geworden sind, ins Bewusstsein zurück und wieder spüre ich ein Gefühl der Verbundenheit mit ihm. Einem Impuls folgend, will ich meine Hand auf seine legen – und ziehe sie im letzten Moment doch wieder zurück.

»Letztes Jahr, zu meinem achtzehnten Geburtstag, habe ich Post bekommen.« Finn nimmt ein Kuvert aus der Innentasche seiner Bootsjacke. »Ein Brief, den mein Vater wenige Stunden vor seinem Tod geschrieben und bei einem Notar hinterlegt hat. Mit der Anweisung, ihn mir an meinem achtzehnten Geburtstag zuzustellen.« Er zieht mehrere gefaltete Seiten aus dem Umschlag und beginnt mit stockender Stimme vorzulesen: *»Finn, mein geliebter Sohn! Wenn du diesen Brief liest, werde ich lange tot und nur noch eine schwache Erinnerung für dich sein. Ich habe Anweisung gegeben, dass du den Brief am Tag deiner Volljährigkeit erhältst, denn ab diesem Tag hast du das Recht, selbst zu entscheiden, was du tun wirst. Du bist nun alt genug, um die Wahrheit zu erfahren. Die Wahrheit über deinen Vater – und die Wahrheit über diese Welt: Ich war nicht nur ein Leuchtturmwärter. Ich war ein Wächter …«*

Ich sehe, wie Finns Augen zu glitzern beginnen. »In diesem Brief hat mir mein Vater alles offenbart: über die Wächter und ihre Aufgabe, über die schwarzen Passagiere und darüber, wie sie unser Denken beherrschen. Er hat mir erklärt, wie ich mich gegen ihren Einfluss wehren kann, und von der Prophezeiung des Sostratos berichtet. Und von dem, was vor zehn Jahren bei der Ankunft des weißen Passagiers geschehen ist. Von dem Verrat und …«, ich sehe, wie Finns Augen mich kurz streifen, »… und den Asylen.« Mit entschlossenem, trotzigem Gesicht blickt er zu Simon. »Mein Vater beteuert in diesem Brief seine Unschuld. Und er schreibt, dass die Indizien, die ihn als Verräter erscheinen lassen, alle gefälscht sind: Fotos, die ihn bei einem Treffen mit einem Agenten zeigen, die Aufnahme eines Telefongespräches, das er geführt haben soll …«

Simon nickt. »Ich kenne die Fotos und auch die Aufnahme. Wir haben sie eingehend geprüft, sie sind nicht als Fälschungen erkennbar … aber ich habe ebenfalls seit geraumer Zeit Zweifel an ihrer Echtheit.«

»Mein Vater schreibt in dem Brief, dass er glaubt, den wahren Verräter zu kennen, dass er aber keinen Beweis gegen ihn hat«, erzählt Finn aufgeregt. »Und dass …« Hastig zieht er die letzte

Seite des Briefes hervor und liest: »*In wenigen Stunden werde ich die Person treffen, von der ich glaube, dass sie der wahre Verräter ist. Ich habe diese Person unter einem Vorwand zu mir gebeten, um sie direkt mit meinem Verdacht zu konfrontieren. Ich weiß, dass dieses Unterfangen gefährlich ist, aber ich habe keine andere Wahl. Entweder werde ich beweisen können, dass ich kein Verräter bin, und meine Ehre und die der Familie Westerbeek wiederherstellen – dann wirst du diesen Brief niemals lesen müssen. Oder aber, ich werde morgen früh tot sein.*«

Ich spüre einen Kloß im Hals und sehe, dass auch Simon schlucken muss. Finns Stimme zittert kaum merklich, als er die abschließenden Sätze des Briefes halblaut liest: »*Seit vier Generationen sind die Westerbeeks Wärter und Wächter auf dem Leuchtturm Landsend, und mein größter Wunsch war immer der, dass du mir eines Tages nachfolgen würdest. Und das kannst du immer noch. Es ist allein deine Entscheidung. Selbst wenn ich scheitere und allen als Verräter gelte, selbst wenn nie mehr ein Westerbeek auf Landsend Dienst tun wird. Nichts und niemand kann dich daran hindern, ein Wächter zu sein. Meine Liebe und meine besten Wünsche begleiten dich. Sei ein Wächter! Sei in der Dunkelheit ein Licht!*« Mit einer behutsamen, andächtigen Geste legt Finn den Brief zur Seite und blickt zu Boden.

Ich denke daran, wie einsam ich mich nach dem Tod meiner Eltern gefühlt habe. Diesmal zuckt meine Hand nicht zurück. Ich lege sie auf seine, aber er ist so in Gedanken versunken, dass er es anscheinend überhaupt nicht wahrnimmt.

»Diese Person, mit der sich dein Vater treffen wollte … Hat er noch irgendetwas Konkreteres dazu geschrieben?«, fragt Simon und blickt Finn cindringlich an.

»Nein.« Finn schüttelt den Kopf. »Aber … am Morgen, nach dem mein Vater diesen Brief geschrieben hatte, fand man ihn tot auf. Im Turm von Landsend. Erhängt. Es sah aus wie Selbstmord. Aber Vater hätte Mutter und mich niemals im Stich gelassen. Bei der Autopsie fand man Spuren eines starken Beruhigungsmittels in seinem Blut, und erklärte das damit, dass viele Selbstmörder auf solche Mittel zurückgreifen, um den nötigen Mut zur Durchführung des Suizids zu fassen. Aber ich glaube, dass derjenige, mit dem er sich getroffen hat, ihn betäubt und dann erhängt hat. Sodass es wie ein Selbstmord aussah. Ich will wissen, wer für seinen Tod verantwortlich ist. Deswegen bin ich hier, Herr Eckmühl!«

Nachdenklich blickt Simon durch das Bullaugenfenster auf die nächtliche See. »Ich neige dazu, dir zu glauben«, sagt er nach einer Weile. »Das, was du sagst, bestätigt den Verdacht, den ich selbst seit geraumer Zeit hege.« Der oberste Wächter fährt sich mit den Händen durchs Gesicht, dann erklärt er Finn noch einmal, dass er es für möglich hält, dass der Verräter eine gespaltene Persönlichkeit hat, dass er von seinem schwarzen Passagier zu bestimmen Zeitpunkten aktiviert wird und vielleicht gar nichts von seinem Verrat ahnt, bevor er nach kurzem Nachdenken hinzufügt: »Die drei Frauen können wir als Verräter ausschließen. Patti und Candela können es nicht sein, weil sie dem Wächterrat vor zehn Jahren noch nicht angehört haben. Und Fanny … kann nicht diejenige Person sein, die Jeremias Holtenau vom Turm gestoßen und sich dann im Vorgarten versteckt hat. Als die anderen sich vor der Tür versammelt haben, war sie im Haus und hat mir aus dem Bett geholfen.«

Finn nickt verstehend, als ihm offenbar bewusst wird, dass meine Hand auf seiner liegt. Verwundert und ein wenig erschrocken blickt er mich an, aber ich lasse die Hand da, wo sie ist. Seine Finger zucken kurz, doch er zieht seine Hand nicht weg.

»Ich frage mich nur«, sagt Simon Eckmühl, »wie du es hierher nach Zanderland geschafft hast. Durch die Felsen hindurch.«

»Ich habe eine Zeit lang auf einem Fischkutter gearbeitet und gelernt, wie man durch tückische Gewässer hindurchmanövriert.«

»Und du hast … ein eigenes Boot?«, frage ich.

»Ähm, nicht direkt«, antwortet Finn verlegen. »Die Boote, mit denen ich hierherkomme, borge ich mir aus.«

»Ohne die Besitzer darüber zu informieren, nehme ich an?«, sagt Simon und unterdrückt dabei ein Lächeln.

Finn nickt und guckt zerknirscht. »Aber ich bringe sie immer vollgetankt zurück. Niemand hat es je bemerkt. Natürlich habe ich ein schlechtes Gewissen deswegen, aber … es blieb mir ja nichts anderes übrig. Seit ich den Brief kenne, habe ich begonnen, die Wächter zu beobachten.« Er wirft mir einen kurzen, schüchternen Blick zu. »Und … dich.«

»Seit einem Jahr?«, entfährt es mir. »Aber … ich habe dich nie bemerkt, bis …«

»Ich war extrem vorsichtig und habe immer einen Sicherheitsabstand gewahrt. Nicht nur du durftest mich nicht entdecken, ich durfte auch nicht ins Blickfeld der Wächter geraten. Ganz zu schweigen von deinen Pflegeeltern oder anderen Agenten in deinem Umfeld.«

»Und warum hast du dich dann auf der Party zu erkennen gegeben?«, frage ich und berichte dem erstaunt blickenden Simon von meiner Begegnung mit Finn im Garten der Radebergs.

»Du sahst aus, als würdest du Hilfe brauchen. Hätte ich einfach nur zusehen sollen? Außerdem hatte ich plötzlich das Gefühl, als ob das der richtige Zeitpunkt wäre, um …« Er bricht ab und ich bemerke, dass seine Wangen sich rot färben, dann wirft er den Kopf herum und blickt fragend und ein wenig ängstlich zu Simon. »Was haben Sie jetzt mit mir vor?«

Der oberste Wächter betrachtet ihn prüfend und scheint eingehend über diese Frage nachzudenken. Schließlich erhebt er sich mit einiger Mühe aus seinem Stuhl und beginnt, Finn in unser geplantes Vorhaben einzuweihen.

»Rebecca und die Wächter werden in wenigen Stunden zum Festland übersetzen«, beendet er seine Ausführungen und fügt nach einer kurzen Pause hinzu: »Und ich denke, du sollest sie begleiten.«

Finn schaut verblüfft auf und sein Blick wandert unstet zwischen Simon und mir hin und her. »Aber … das werden die anderen niemals zulassen! Ich bin kein Wächter – jedenfalls nicht offiziell. Ich gehöre nicht dem Rat an.«

»Noch nicht«, sagt Simon mit dunkler Stimme. »Aber durch den Tod von Jeremias ist ein Platz im Rat unbesetzt. Und als Sohn eines Wächters kannst du Anspruch darauf erheben. Du kannst dich zur Wahl stellen. Eine einfache Mehrheit der Stimmen genügt, was bedeutet, dass nur fünf Wächter für deine Aufnahme stimmen müssen.«

Finn schüttelt den Kopf. »Alle glauben, dass mein Vater ein Verräter war. Und wahrscheinlich denken sie das Gleiche von mir. Niemand wird für meine Aufnahme stimmen.«

»Vielleicht doch«, entgegnet Simon. »Wenn du und ich sie davon überzeugen können, dass du hier bist, um Abbitte zu leisten. Um den Verrat deines Vaters wiedergutzumachen. Traust du dir das zu?«

»Ich … ja, Herr Eckmühl.«

»Gut. Dann sollten wir die anderen jetzt zu uns rufen. Und noch was …« Er humpelt auf Finn zu und streckt ihm die Hand entgegen. »Hör auf, mich Herr Eckmühl zu nennen. Ich bin Simon.«

Als sich die Wächter in dem Saal versammeln, ist die Anspannung beinah mit Händen zu greifen. Eine Atmosphäre, wie sie kurz vor einem schweren Gewitter herrscht. Eine Mischung aus Entsetzen über den Tod von Jeremias Holtenau, aus Trauer und einer teils unterschwelligen, teils offenen Feindseligkeit Finn gegenüber. Ole, Fanny und Helios sehen aus, als hätten sie geweint. Candela und Eilean flüstern geheimnistuerisch miteinander. Patti und Luis Arkona haben die Arme verschränkt und mustern Finn misstrauisch. Charly trägt einen Verband an der rechten Hand und wirft Finn einen Blick zu, als würde er ihm am liebsten eine Tracht Prügel verpassen.

Mir schwant nichts Gutes. Simon wird einiges an Überzeugungsarbeit leisten müssen, denke ich, und als Patti nach seinem einleitenden Satz »Finn Westerbeek ist nicht hier, um uns zu schaden«, verächtlich schnaubt, glaube ich schon, dass meine Befürchtungen wahr werden. Doch dann, als er erklärt, dass Finn seiner Überzeugung nach nichts mit dem Tod von Jeremias zu tun hat, sondern dass es sich dabei aller Wahrscheinlichkeit nach wirklich um einen tragischen Unfall handelt, spüre ich, wie der Widerstand bei einigen der Wächter bröckelt. Simon wird von allen respektiert und die meisten scheinen seiner Einschätzung und Menschenkenntnis zu vertrauen. Letztlich sind es aber Finns Worte, die dafür sorgen, dass sich die Stimmung wandelt.

Nachdem Simon geendet hat, erhebt er sich von seinem Platz und blickt unsicher in die Runde. »Ich kann verstehen, wenn ihr mir gegenüber misstrauisch seid«, sagt er leise. »Mein Vater hat etwas Unverzeihliches getan.«

Dass seine Lippen bei seinem letzten Satz ein wenig zittern, deuten die meisten Wächter wahrscheinlich als Zeichen seiner Aufregung. Ich werfe einen kurzen Seitenblick auf Simon. Er und ich sind die Einzigen, die wissen, dass dieses Zittern daher rührt, dass Finn gerade etwas gesagt hat, von dessen Gegenteil er überzeugt ist. Nicht sein Vater hat etwas Unverzeihliches getan. Der Verräter – der Mörder seines Vaters – ist mitten unter uns und sitzt an diesem Tisch. Möglichst unauffällig lasse ich meinen Blick über alle Anwesenden gleiten.

»Ich bin hier, um seinen Verrat wiedergutzumachen«, fährt Finn mit brüchiger Stimme fort. »Ich will mit euch für die richtige Sache kämpfen. Ich bin bereit, mein Leben dafür einzusetzen. Doch das kann ich nur, wenn … Ich bitte euch …«

»Als Sohn eines Wächters hat Finn Westerbeek das Recht, die Aufnahme in den Rat der Wächter zu beantragen«, springt ihm Simon bei.

Candela und Eilean blicken ihn überrascht an, Luis Arkona

öffnet den Mund, um zu protestieren, aber Simon gebietet ihm mit einer knappen Geste zu schweigen.

»Dieses Recht kann ihm niemand nehmen«, sagt er bestimmt. »Egal, was sein Vater getan hat. Wir werden über seine Aufnahme abstimmen!«

Sofort kommt es zu aufgeregtem Flüstern und unverständlichem Gemurmel unter den Wächtern. Luis Arkona sind die Gesichtszüge entglitten, sein Bruder sieht aus, als würde er die Welt nicht mehr verstehen.

Simon fährt sich durch den Bart, dann hebt er langsam die Hand. »Ich stimme mit *Ja.*«

»Ich auch«, schießt es aus mir heraus. Meine Hand schnellt, wie an der Schnur gezogen, in die Höhe und im nächsten Moment wird mir klar, dass ich etwas vollkommen Idiotisches getan habe.

Fanny sieht mich mit gerunzelter Stirn an, Candela bemüht sich, ein Kichern zu unterdrücken, Finn blickt völlig verwirrt in die Runde und Simon betrachtet mich mit einem amüsierten Gesichtsausdruck.

»Ich bin sicher, Finn ist erfreut über dein Vertrauen«, sagt er lächelnd. »Aber leider bist du nicht berechtigt, mit abzustimmen. Du gehörst nicht dem Rat an.«

»Ja … natürlich nicht … 'schuldigung«, haspele ich, spüre, wie ich rot anlaufe, und wünsche, die Erde würde mich gnädig verschlingen.

»Ich bin dagegen. Ich vertraue ihm nicht. Ich stimme mit *Nein*«, sagt Luis Arkona entschlossen und taxiert Finn mit einem finsteren Blick.

»Ich auch«, grummelt Charly in einem spontanen Anfall brüderlicher Einigkeit und fügt als schlagendes Argument hinzu: »Die kleine Ratte hat mich in die Hand gebissen!«

Ich sehe, wie sich Eilean und Candela mit einem kurzen Blick verständigen.

»Ich stimme mit *Ja*«, sagt Candela.

»Ich ebenfalls.« Eilean hebt die Hand.

»Ich auch«, röhrt Fanny. »Er hat ein ehrliches Gesicht. Ich traue ihm, selbst wenn er Käse klaut.«

»Tut mir leid. Kommt nicht mehr vor«, nuschelt Finn verlegen.

Gespannt blicke ich zu Patti.

»Nein«, sagt sie und schüttelt den Kopf. »Mich überzeugt nicht, was er sagt.«

»Ich … ich würde ihm gerne glauben«, stottert Ole Krautsand. »Aber ich kann es nicht. Nicht nach all dem Unglück, das der Verrat von Hauke verursacht hat. Und er … er ist der Sohn seines Vaters. Also … nein. Tut mir leid.«

Vier zu vier Stimmen. Gleichstand, überschlage ich schnell.

Alle Augen richten sich auf Helios Ehrenfeld.

»Zujejebenermaßen bin ich ebenfalls etwas misstrauisch«, sagt er, guckt nachdenklich und zwirbelt seine Schnurrbartspitzen. »Aber mer wissen ja auch – und das sollten sich die Damen und Herren, die mit *Nein* jestimmt haben, hinter die Ohren schreiben –, dass Misstrauen etwas ist, was uns unser schwarzer Passagier einflüstert. Und da muss man dajejenhalten. Wie sagt man am Rhein so schön: Mer muss och jünne könne.«

»Und was, bitte schön, heißt das auf Deutsch?«, fragt Luis Arkona mürrisch.

»Das heißt, dass man net so verbiestert sein soll, du Ei.« Langsam hebt Helios die Hand. »Ich stimme mit *Ja.*«

Ein Ausdruck der Erleichterung macht sich auf Finns Gesicht breit und er lächelt mir zu.

»Damit bist du in den Rat der Wächter aufgenommen, Finn Westerbeek. Willkommen!«, sagt Simon feierlich. Dann wendet er sich an die Wächter. »Das bedeutet, dass er ab sofort Zugang zu allen Informationen hat, die uns zur Verfügung stehen. Und dass er die gleichen Rechte hat wie alle anderen Wächter. Und dass alle ihn wie ihresgleichen behandeln.« Er nimmt Ole, Patti und die Arkonas ins Visier. »Auch die, die mit *Nein* gestimmt haben oder denen er in die Hand gebissen hat.« Anschließend erläutert er Finn noch einmal unser Vorhaben, nach Duenborg zu gehen, und dieser schafft es tatsächlich, so auszusehen, als hätte er das nicht alles vor einer halben Stunde schon einmal gehört.

»Dann bleibt nur noch eine Sache zu regeln«, befindet Simon. »Durch Jeremias' Tod müssen wir die Trupps neu besetzen.« Der Blick seiner grauen Augen wandert über die Gesichter der Wächter, bevor er sagt: »Candela wird an seiner Stelle Patti und Ole unterstützen. Finn wird Rebecca und die Übrigen nach Duenborg begleiten.«

Eilean und Candela tauschen einen kurzen, bestürzten Blick, dann aber nickt Candela zustimmend. Ole Krautsand hingegen kriegt rote Ohren und sieht vor lauter Freude darüber, dass Candela nun seinem Trupp zugeteilt ist, aus, als hätte er im Lotto gewonnen.

»Macht euch reisefertig«, sagt Simon. »Wir treffen uns in einer Stunde unten im Frühstückszimmer. Dann brechen die Trupps auf – aber vorher werden wir den armen Jeremias zur letzten Ruhe betten.«

Fanny betrachtet Finn mit einem Gesichtsausdruck, der irgendwo zwischen feldwebelig und mütterlich besorgt angesiedelt ist. »Und? Noch immer Hunger?«, knurrt sie.

»Ähm, ja … schon«, wispert er.

»Dann komm mit runter in die Küche«, kommandiert sie. »Ich mache dir ein Rührei.« Sie bemüht sich zwar, den Feldwebelton beizubehalten, aber es ist klar, dass die besorgte Mutti längst die Oberhand gewonnen hat. »Du siehst ja wirklich ganz ausgehungert aus. Und mit knurrendem Magen kann man keinen Wächter auf so eine heikle Mission schicken. Also los, mir nach!«

Während er ihr hinunter in die Küche folgt, renne ich auf mein Zimmer, springe unter die Dusche und schlüpfe in frische Klamotten. Ich bin gerade dabei, eine Flasche Malzbier, das Foto meiner Eltern und die Kladde mit meinen Notizen in eine kleine Tasche zu stopfen, als es klopft.

Candela steckt den Kopf zur Tür herein, lächelt und sagt: »Ich möchte dir jemanden vorstellen. *Attention!*«

»Himmel und Hölle!«, entfährt es mir, als eine Sekunde später ein Mädchen ins Zimmer tritt, das zwar nicht gerade mein Ebenbild ist, mir aber doch verblüffend ähnlich sieht: Patti trägt eine blonde Langhaarperücke und meinen Pullover; die Piercings sind aus ihrem Gesicht verschwunden und durch den geschickten Einsatz von Make-up scheint sich ihre Nasenspitze genauso gen Himmel zu recken wie meine.

»Komisch«, sagt sie, betrachtet sich im Spiegel und grinst. »Ich fühle mich schon ganz püppig.«

»Und *du* solltest zusehen, dass du möglichst wenig nach Rebecca Quist aussiehst, Chérie«, sagt Candela und drückt mir Pattis Schirmmütze und den dünnen, schwarzen Ledermantel in die Hand. »Steck die Haare unter die Kappe und zieh den Mantel über. Und wenn du dich in der Öffentlichkeit bewegst, solltest du zur Sicherheit auch noch die tragen.« Sie holt eine überdimensionierte Sonnenbrille aus ihrer Tasche und setzt sie mir auf die Nase.

Ein Seufzer entringt sich mir, als ich in den Spiegel blicke. Ich sehe wirklich nur noch sehr wenig nach Rebecca Quist aus – sondern wie die Gothic-Version von Puck der Stubenfliege.

Unten haben sich die anderen bereits im Frühstückszimmer versammelt, trinken Kaffee oder nehmen, so wie Charly und Luis Arkona, noch einen schnellen Imbiss ein. Ein leises Gemurmel erfüllt den Raum, verstummt aber abrupt, als die Wächter unser gewahr werden.

»Ich fass es nicht«, sagt Ole Krautsand lachend, während sein Blick zwischen Patti und mir hin- und herwandert.

»*Blondes have more fun*, was?«, kommentiert Charly und grinst Patti an, die ihm daraufhin den Stinkefinger zeigt.

Finn starrt uns mit offenem Mund an und knüllt seine Serviette zusammen. »Irgendwie gewöhnungsbedürftig«, stammelt er, bevor er vorsichtshalber ein wenig überzeugendes »Aber … gut« hinterherschiebt.

»Ja. Wirklich gut«, befindet Simon nach einem prüfenden Blick auf uns. »Diese kleine Scharade wird ihren Zweck mit Sicherheit erfüllen und den Feind eine Zeit lang in die Irre führen. – Aber nun erwartet uns erst einmal eine traurige Pflicht. Gehen wir!«

Er erhebt sich und humpelt, auf seine Krücken gestützt, aus dem Haus. Ihm folgen Ole, Eilean und die Arkonas, die den in Segeltuch eingenähten Leichnam von Jeremias Holtenau tragen. Dahinter Fanny, die sich ihr Schifferklavier umgehängt hat, und die restlichen Wächter. Finn und ich bilden den Abschluss des Trauerzuges.

Noch ist es dunkel, aber am Horizont zeigt sich bereits ein erster rötlicher Schimmer. Wir laufen an den Nebengebäuden der Pension vorbei, über einen von dornigen Sträuchern gesäumten Pfad, bis wir ein kleines, von einer niedrigen Hecke umgebenes Areal auf den Klippen erreichen. Der Friedhof von Zanderland. Der Friedhof der Wächter. Hier gibt es weder Grabsteine noch Holzkreuze. Jedes der Gräber wird von einem etwa ein Meter hohen Leuchtturmmodell aus Tuffstein geschmückt, in dessen Spitze ein Grablicht flackert. Alle Türme tragen die gleiche Inschrift: *Werft Licht auf dunkle Wasser.* Darunter sind die Namen der Toten eingemeißelt. Einige der steinernen Leuchttürme sind so verwittert, dass ich die Namen kaum entziffern kann, andere sind offenbar jüngeren Datums, und ich erkenne viele Namen, die mir vertraut sind: *Jenny und Jasper van Pilsum.* Die Eltern von Patti, wird mir klar, als ich den Blick bemerke, mit dem sie das Grab betrachtet. *Fernando Arkona,* der Bruder von Luis und Charly. *Jacques Cordouan,* Candelas Vater und Simons Vorgänger im Amt des obersten Wächters.

Direkt am Rand der Klippe ist ein frisch ausgehobenes Grab, vor dem wir uns versammeln. Ich höre das Rauschen des Meeres, die Schreie eines Möwenschwarms, der über uns hinwegfliegt, dann stimmt Fanny eine traurige Melodie auf dem Schifferklavier an und Eilean, Ole und die Arkonas lassen den toten Körper von Jeremias Holtenau behutsam in das Grab hinab.

Obwohl ich ihn kaum gekannt habe, spüre ich, wie mir die Tränen kommen. Und gleichzeitig graust es mich bei dem Gedanken, dass auch sein Mörder in diesem Moment unter uns ist. Die Töne des Akkordeons steigen in die Luft auf und schweben als dunkelblauer Nebel über dem Grab. Ein kurzer, heftiger Schwindel erfasst mich, ich gerate ins Wanken, aber Finn fängt mich auf, stützt mich und blickt mich besorgt an.

»Geht schon wieder«, flüstere ich.

Fanny lässt die traurige Melodie mit einem leisen Ton ausklingen. Eigentlich habe ich erwartet, dass Simon, als oberster Wächter, eine kurze Trauerrede halten wird, aber es ist Helios Ehrenfeld, der an Jeremias' Grab tritt und das Wort ergreift.

»Lieber Jeremias! Ich glaube, ich spreche im Namen von uns allen, wenn ich sage, dass du wohl der belesenste Mensch warst, den die Wächter je in ihren Reihen jehabt haben. Du hast unzählije lebende und sojar viele tote Sprachen in Wort und Schrift beherrscht, janz zu schweigen von zahllosen regionalen und lokalen Dialekten. Es ist bestimmt net übertrieben, wenn ich sage, dass wir die Prophezeiung des Sostratos ohne deine Hilfe niemals entschlüsselt hätten. Ich spreche sicher auch im Namen aller, wenn ich sage, dass du darüber hinaus eine kolossale Nervensäje warst. Ich glaube, es war in erster Linie dein schrilles Krächzen, dem ich meinen Tinnitus zu verdanken habe. Du hattest immer Flecken auf dem Hemd und Schuppen auf der Schulter, du hattest einen Reizdarm, aber – und da kommen mer zum Wesentlichen – du hattest das Herz auf dem rechten Fleck. Und außerdem hast du immer für die richtije Sache jekämpft: für die Freiheit! Jeremias Holtenau: Du warst ein wahrer Wächter!« Die Rührung übermannt Helios und er schnäuzt sich in ein großes Taschentuch, dann nimmt er eine Handvoll Erde, wirft sie in das Grab und sagt leise: »Maach et joot!«

Fanny räuspert sich und sagt mit belegter Stimme: »Ein Lied ist nicht nur der beste Anfang von etwas, sondern auch das beste Ende. Weiß jemand, welches das Lieblingslied von Jeremias war?«

»*Octopus's Garden*«, schnieft Charly.

»Bist du sicher, dass das nicht eher *dein* Lieblingsstück ist? Aber sei's drum. Auf vier!« Fanny greift in die Tasten, legt mit ihrer Bluesröhre los und alle stimmen, mehr oder weniger textsicher, ein. Und während die Sonne langsam aus dem Meer steigt und ihr Licht über das Wasser wirft, singen wir davon, wie schön es unter den Wellen bei den Oktopussen ist, und eine sanfte Brise weht unseren vielstimmigen, schiefen Abschiedsgruß an Jeremias Holtenau auf die See hinaus.

— NEUN —

Nachdem wir von dem kleinen Archivar Abschied genommen haben, bittet Simon uns alle noch einmal ins Haus. »Finn, ich bin mir sicher, du besitzt ein Handy«, sagt er und blickt den frischgebackenen Wächter fragend an.

»Ähm … klar«, nuschelt Finn und zieht ein Smartphone aus der Jacke. »Aber hier hat man ja keinen Empfang.«

»Auf dem Festland aber schon. Und du könntest darüber geortet werden. Du musst es hierlassen.« Simon streckt die Hand aus und Finn gibt ihm das Smartphone. »Die einzigen Handys, die die Trupps benutzen, sind diese beiden.« Er nickt Fanny zu, die einen kleinen Karton öffnet, und Eilean und Candela jeweils ein Mobiltelefon älterer Bauart in die Hand drückt.

»Prepaid-Kartenhandys«, erklärt Simon. »Damit können die beiden Teams Kontakt halten. Benutzt sie aber so selten wie möglich und nur, wenn ihr keine andere Möglichkeit seht. Ansonsten tauschen wir, wie üblich, Nachrichten per Brieftaube aus.«

Eilean und Candela nicken zustimmend und verstauen die Handys in ihren Jackentaschen.

Simon und Fanny begleiten uns noch bis zum Turm, wo sie sich von uns verabschieden. Fanny schnieft und schluchzt und drückt ihre frisch erblondete Nichte an sich. »Sei vorsichtig, Pattilein!«

»Ist ja schon gut, Tante Fanny.« *Pattilein* versucht so auszusehen, als wäre ihr all das nur peinlich, aber auch ihre Augen schimmern feucht.

»Hoffen wir, dass Duenborg deine Erinnerung beflügelt«, sagt Simon und reicht mir die Hand, während ich gleichzeitig seine Stimme in meinem Kopf höre: *»Denk daran, dass du nur Finn uneingeschränkt vertrauen kannst. Achte darauf, dass du nie mit einem der andern Wächter alleine bist.«*

Auf der obersten Stufe der Felsentreppe, die zu dem versteckten Ankerplatz führt, drehe ich mich noch einmal um und winke Fanny und Simon zu, dann folge ich den anderen und steige langsam die steinernen Stufen hinab.

Eine halbe Stunde später stehe ich neben Finn im Heck der *Charlotte Sometimes* und werfe einen letzten Blick auf die Klippen und den gelb-roten Leuchtturm von Zanderland. Bald darauf ist die Insel hinter dem Horizont verschwunden.

Eine einsame Seemöwe kreist um das Boot und lässt sich schließlich auf dem Dach des Ruderhauses nieder. Patti steht in meinem roten Pullover am Steuerruder, ihre falschen blonden Haare wehen im Wind und jedes Mal, wenn ich zu ihr hinüberblicke, habe ich das seltsame Gefühl, als würde ich mich selbst beobachten. Es geht nur eine leichte Brise. Der Seegang ist kaum der Rede wert, für Rheinländer aber offenbar eine noch immer kaum zu bewältigende Herausforderung. Helios' Gesichtsfarbe lässt sich nur mit *A whiter shade of pale* beschreiben. Ein ums andere Mal stürzt er zur Reling, um sich seines Mageninhaltes zu entledigen – sehr zum Amüsement der Arkonas.

Finn beobachtet die beiden Brüder mit einem nachdenklichen Blick. »Dieses Telefongespräch, das Luis geführt und von dem du Simon berichtet hast ...«, flüstert er. »Erzähl mir bitte doch noch mal genau, was er gesagt hat.«

»Ich ... ich habe es aufgeschrieben«, wispere ich und ziehe die Kladde aus meiner Tasche. Zwischen den Seiten steckt der Zettel, auf dem ich Luis' Worte notiert habe. Ohne dass die anderen es mitbekommen, reiche ich ihn Finn hinüber.

Er wendet sich ab und entfaltet das kleine Papier. »*Ich werde mich darum kümmern*«, liest er halblaut. »*Nein ... dann könnte er Verdacht schöpfen. Wir machen es so, wie besprochen. Aber ich muss die richtige Gelegenheit abpassen. Ich melde mich wieder.*« Unauffällig gibt er mir den Zettel zurück und sagt besorgt: »Irgendwas hat er vor. Das riecht geradezu nach Verrat.«

»Ja.« Ich kann nur zustimmend nicken – und wünsche mir, ich müsste es nicht tun. Ich wünsche mir so sehr, allen Wächtern vertrauen zu können. Weil ich ihnen vertrauen möchte. Ihnen allen. Eilean, der mit verschränkten Armen im Bug des Kutters steht, während ihm die Gischt ins Gesicht spritzt, und der mich immer an einen Fels in der Brandung erinnert. Ole, mit seinem freundlichen Gesicht und seiner hoffnungslosen Verliebtheit in Candela. Dem armen, übelkeitsgeplagten Helios, Charly Arkona mit seiner großen Klappe, und selbst seinem Bruder Luis. Ich kenne sie alle erst kurze Zeit und vielleicht klingt es merkwürdig, aber in den wenigen Tagen auf Zanderland habe ich mich mehr zu Hause gefühlt, als ich es je in den zehn Jahren bei Lothar und Karin getan habe. Ich mag Fanny mit ihrem rauen und gleichzeitig mütterlichen Ton, ich mag Candela, die sich wie eine große Schwester um mich kümmert, ich mag sogar Patti mit ihrer spröden Art, hinter der sich – da bin ich mir inzwischen ziemlich sicher – eine mitfühlende und empfindsame Seele versteckt. Ich empfinde Bewunderung und Respekt für Simon Eckmühl, der nur noch kurze Zeit zu leben hat, dessen Wille aber unbeugsam scheint. Und ich denke daran, was er mir gesagt hat.

»Wenn wir uns misstrauen, haben wir den Kampf schon verloren, ehe er begonnen hat. Wenn wir uns misstrauen, sind wir nicht mehr handlungsfähig«, sage ich leise zu Finn, dessen Blick argwöhnisch von einem Wächter zum anderen wandert, bis er wieder an Luis Arkona hängen bleibt.

»Wenn jemand geheime nächtliche Telefongespräche führt, sollte man durchaus misstrauisch werden«, wispert er.

»Nein. Vorsichtig. Nicht misstrauisch. Es ist dein schwarzer Passagier, der dir dieses Misstrauen eingibt, um –«

»Du hast leicht reden!«, zischt Finn und ich erschrecke, als ich seinen wütenden Gesichtsausdruck sehe. »Kannst du dir vorstellen, wie ich mich fühle? Der Mörder meines Vaters ist in diesem Moment hier. Auf diesem Boot.«

»Ja, das ist er«, entgegne ich und spüre, wie meine Stimme zu zittern beginnt. »Aber ich habe ganz bestimmt nicht *leicht reden.* Wer immer die Schuld am Tod deines Vaters trägt – er ist auch verantwortlich für den Tod *meiner* Eltern. Nur falls du das vergessen haben solltest!«

Finn wird blass. Er sieht aus, als hätte ihm jemand ein Brett gegen die Stirn geschlagen, und stottert verlegen: »Es … es tut mir leid, Rebecca. Ich habe nicht darüber nachgedacht, dass …«

»Vergiss es!«, sage ich und wende mich ab, damit er nicht sieht, wie mir Tränen in die Augen steigen. Typen! Alle sensibel wie Dosengulasch. Sogar die, die eigentlich ganz nett wirken. Das ist einer der Momente, in denen man nichts mehr braucht als eine gute Freundin. Ich wünsche sehnsüchtig, Mareike wäre hier!

Am späten Nachmittag kommt die Küste in Sicht. Mit leise tuckerndem Motor nähert sich die *Charlotte Sometimes* dem kleinen Industriehafen, von dem aus wir nach Zanderland aufgebrochen sind. War das wirklich erst vor wenigen Tagen? Seitdem ist mein Leben völlig auf den Kopf gestellt worden. Ich habe Dinge erfahren, die so unglaublich sind, dass ich sie noch vor einer Woche als totale Spinnerei bezeichnet hätte. Meine Wirklichkeit ist eine völlig andere geworden.

Als wir in den Hafen einlaufen, ruft Eilean alle zusammen und erteilt letzte Instruktionen. Nachdem er seine kurze Ansprache beendet hat, blickt er in die Runde und sagt mit ernstem Gesicht: »Der Schutz der Asyle genießt Vorrang vor dem Leben eines Wächters. Jeder Wächter, der sich auf diese Mission begibt, muss wissen: Wer von seinem Trupp getrennt wird, ist auf sich alleine gestellt und muss sich auf eigene Faust durchschlagen. Ist das allen klar? *Any questions?*«

»Nö. Alles klar«, sagt Patti, Kaugummi knatschend; die anderen nicken stumm.

Patti, Ole und Candela machen sich zum Aufbruch bereit. Es ist beschlossen, dass sie das Boot zuerst verlassen. Der zweite

Trupp wird die Dämmerung abwarten und ihnen dann an Land folgen. Ole sieht aus, als könnte er es kaum erwarten, endlich gemeinsam mit Candela von Bord zu gehen, aber seine hoffnungsvolle Miene trübt sich etwas ein, als er mit ansehen muss, wie sie und Eilean sich zum Abschied küssen. Natürlich wieder so ungeniert, als wären sie die einzigen Menschen im Umkreis von hundert Seemeilen. Oles Ohren laufen tiefrot an, Charly Arkona murmelt: »Komisch! Hab plötzlich Appetit auf Zunge in Madeirasauce«, alle anderen sehen diskret weg – wahlweise zum Himmel oder auf das Wasser.

»Ihr nehmt den Mercedes, wir später den Citroën und das Motorrad«, verkündet Eilean, nachdem er es irgendwann doch noch geschafft hat, sich von Candela loszureißen.

Ich umarme Ole und Candela zum Abschied. Pattis Gesicht macht deutlich, dass sie nicht auf eine Umarmung erpicht ist. Also strecke ich nur die Hand aus und sage: »Du gibst eine erstklassige Rebecca ab. Alles Gute, Püppchen!«

Sie grinst breit, zeigt mir den Stinkefinger und springt auf die Anlegerbrücke. Kurz darauf braust der Mercedes mit Patti, Ole und Candela über das Kopfsteinpflaster des Hafens davon.

Wir warten, bis es dämmerig wird, dann geht auch unser Trupp von Bord. Die Gesichter der Wächter wirken abgeklärt und entschlossen, während ich ein nervöses Grummeln im Bauch spüre. Pattis Lederkappe habe ich mir tief in die Stirn gezogen, auf die Sonnenbrille habe ich fürs Erste verzichtet. Finn läuft neben mir und wirft ab und an einen verstohlenen Blick auf mich, sagt aber nichts. Unser kleines Wortgefecht vorhin scheint ihm noch immer im Magen zu liegen.

»Wir dürfen auf keinen Fall den direkten Weg nach Duenborg nehmen«, sagt Eilean, als wir in der verlassenen Fabrikhalle stehen, in der die Fahrzeuge der Wächter geparkt sind. »Nur Landstraße! Außerdem sollten wir ein paar Umwege fahren, bis wir sicher sein können, dass wir nicht verfolgt werden. *Here we go!*«

»Ich nehme das Motorrad!« Charly Arkona schwingt sich auf die Geländemaschine. »Ich bleibe hinter euch und halte euch den Rücken frei.«

Wir steigen in den Wagen. Helios greift in seine Jackentasche, murmelt: »Falscher Fahrzeugschein, falscher Führerschein … Alles dabei! Auch wenn mer damit bestenfalls die Verkehrspolizei veräppeln kann. Wenn mer Agenten oder Kämpfern bejegnen – die wissen jenau, wer mer sind. In dem Fall helfen nur noch Stoßjebete.« Dann gibt er den Bleifuß, der Citroën schießt über das Hafengelände und wenige Minuten später haben wir die Lichter der Stadt bereits hinter uns gelassen.

Es geht in irrsinnigem Tempo über eine Landstraße, dann biegen wir unvermittelt ab und rumpeln eine halbe Stunde lang über einen Forstweg, der schließlich in eine schmale asphaltierte Straße mündet, die sich in unzähligen Windungen durch eine düstere Moorlandschaft schlängelt. Niemand sagt ein Wort. Die Anspannung im Wagen ist beinah mit Händen zu greifen. Helios und Eilean blicken konzentriert auf die Straße, ich bin auf der Rückbank eingequetscht zwischen Finn, der sich immer wieder nervös durch die Haare fährt, und Luis Arkona, der mit düsterem Blick schweigend vor sich hin brütet.

Ich drehe den Kopf, blicke aus dem Rückfenster und halte vergeblich Ausschau nach dem Scheinwerfer des Motorrades. »Das letzte Mal war die Maschine auf dem Forstweg hinter uns. Seitdem habe ich sie nicht mehr gesehen«, sage ich beunruhigt und bete insgeheim, dass mit Charly Arkona alles in Ordnung ist.

»Keine Angst«, versucht mich Luis zu beruhigen. »Bestimmt hat er sich bewusst zurückfallen lassen, um uns besser absichern zu können. Er wird schon wieder … auftauchen.« Wirklich überzeugt klingt er dabei allerdings nicht, seine Augen wandern unruhig hin und her, und seine Finger zittern, als er sich den Krawattenknoten gerade rückt – was alles in allem nicht dazu beiträgt, meine Befürchtungen zu zerstreuen.

Ich setze mich wieder gerade hin und richte den Blick nach vorne, als ohne Vorwarnung etwas in meinem Kopf explodiert. Es ist, als würde eine Abrissbirne gegen meine Stirn knallen. Im nächsten Moment verkrampft mein ganzer Körper, meine Hände ballen sich zu Fäusten, ohne dass ich etwas dagegen tun kann, und es fühlt sich an, als würde mich eine unsichtbare Kraft in das Sitzpolster drücken. Dann schreit die Brüllstimme in meinem Kopf los. So laut wie niemals vorher: *»Mir egal, was im Vertrag steht! Ich trete da nicht auf. Nicht im* Bloody Piranha! *Das ist die übelste Spelunke weit und breit. Nur pockennarbige Typen mit Messer im Stiefel – außerdem ist es in dem Schuppen so dreckig, dass da sogar die Ratten 'ne Krankenversicherung eingeführt haben.«*

Ein unartikulierter Laut entringt sich meinem Mund, meine Augen drehen sich nach oben weg und ich schnappe wie verrückt nach Luft.

»Das Malzbier! Schnell!«, höre ich Eilean rufen und bekomme mit, dass Finn hektisch meine Tasche durchwühlt. Um mich herum verschwimmt alles, während in meinem Kopf eine ganze Bilderserie aufblitzt: ein Buch wird zugeschlagen, die Kerze einer Flamme erlischt, ein dünner Rauchfaden steigt in die Luft, Kirchenbänke, ein Altar … Dann ertönt Orgelmusik und ich höre die Flüsterstimme wispern: *»Es bedrängen mich bitterste Schmerzen, da ich ohne Trost und Hilfe eines Fremden bin.«*

»Trink, Rebecca!« Ich spüre die Flasche an meinem Mund und schlucke so gierig wie ein halb verdursteter, verirrter Wüstenwanderer. Erst als die Flasche beinah leer ist, höre ich auf. Vorsichtig versuche ich mich wieder aufzurichten.

»Alles okay?«, fragt Finn und sieht dabei gleichzeitig erschrocken und besorgt aus.

»Geht so.« Der Druck in meinem Kopf schwindet allmählich, aber mir steht noch immer kalter Schweiß auf der Stirn und meine Hände zittern. Ich fühle mich völlig kraftlos und wenn ich Finns Gesichtsausdruck als Gradmesser nehme, sehe ich wahrscheinlich aus, als hätte mich gerade ein schwerer Malariaschub erwischt.

»So heftig war es noch nie«, stoße ich hervor, nachdem ich stockend berichtet habe, was ich gehört und gesehen habe. »Dabei habe ich noch vorhin, bevor wir von Bord gegangen sind, eine Flasche Malzbier getrunken. Aber die Stimmen waren noch nie so laut … und so durchdringend!«

Eilean betrachtet mich mit gerunzelter Stirn. »Tut mir leid, dass die Sache bei dir so heftige Auswirkungen hat. Dass die Stimmen so laut sind, könnte jedoch etwas Gutes bedeuten: Entweder, dass wir uns den Asylen nähern oder dass der weiße Passagier in dir immer stärker wird.«

Oder beides, kann ich gerade noch denken, ehe ich, genau wie meine Mitfahrer, nach vorne geschleudert werde, weil Helios Ehrenfeld eine Mega-Vollbremsung hinlegt. Der Schreck fährt mir in die Glieder: Ein Stück vor uns am Straßenrand steht ein Polizeifahrzeug mit blinkendem Blaulicht.

»Drecksmist verdammter! Die Bullerei!«, flucht Helios.

Ein grimmig blickender Polizist in Uniform winkt uns mit einer Kelle an den Fahrbahnrand.

»Eine Verkehrskontrolle mitten in der Pampa? Das kann mir doch keiner weismachen«, zischt Luis Arkona. »Die stehen nicht zufällig hier. Die haben uns schon erwartet.«

»Riskiert mal einen unauffälligen Blick da hinten hin«, wispert Eilean, und als ich in die Dunkelheit blinzele, erkenne ich, ein Stück entfernt, einen zweiten Wagen. Ein schwarzes Zivilfahrzeug und darin: zwei Männer im Anzug. Die gleiche Art von Anzugträgern, die auch schon versucht hat, uns in der Psychiatrie aufzuhalten.

»Agenten!«, stößt Luis Arkona hervor und Finn flüstert aufgeregt: »Was machen wir jetzt?«

»Vor allem beruhjen wir uns jetzt mal«, singsangt Helios. »Et kütt, wie et kütt. Erst mal schwallen mer die Polizei zu, um Zeit zu jewinnen. Keine Angst, der Helios rejelt das schon.«

Die Agenten bleiben in ihrem Wagen sitzen und beobachten die Situation aus der Entfernung, während der Polizist mit der

Kelle und ein weiterer uniformierter Beamter schnellen Schrittes auf den Citroën zukommen.

Helios lässt das Fenster runter und begrüßt sie in leutseligem Ton: »'n Abend, die Herrschaften. Was verschafft mir die Ehre? Ich hoffe doch mal, dass ich nix verkehrt jemacht hab, Herr Verkehrshauptkommissar.«

»Allgemeine Verkehrskontrolle! Führerschein und Fahrzeugpapiere«, knurrt der Polizist mit der Kelle humorlos, während sein Kollege argwöhnisch ins Wageninnere späht.

»Der Führerschein …«, murmelt Helios und sucht seine Jackentaschen ab. »Ai, wo haben mer den Kameraden denn? Ah, hier haben mer ihn ja.«

Der Beamte blickt auf die gefälschte Fahrerlaubnis, stiert Helios ungläubig an und fragt: »Oliver Oktopus? Ihr Name ist Oliver Oktopus? Ist das ein Künstlername oder …«

»Jenau jenommen: Nein, Herr Kommissar«, sagt Helios und führt aus: »Tatsächlich verhält es sich so, dass meine Mutter eine jeborene von Weißhai war und …«

»Ihnen ist bewusst, dass Sie mit stark überhöhter Geschwindigkeit gefahren sind?«, unterbricht ihn der Beamte unwirsch.

»Ja. Ist mir bewusst, Herr Oberkommissar. Aber Sie müssen mer glauben, dass ich das bestimmt net jetan hätt, wenn net jewissermaßen ein Notfall am Vorliejen wär.«

Der zweite Polizist leuchtet mit einer Stablampe in den Wagen. Als er den Lichtstrahl auf mein Gesicht richtet, schließe ich geblendet die Augen. »Was ist mit dem Mädchen auf der Rückbank?«, höre ich ihn fragen. »Mit der stimmt was nicht. Sie sieht krank aus.«

»Das ist ja sozusagen der Notfall, von dem ich jesprochen hab«, erklärt Helios. »Bei dem besagten Individuum auf der Rückbank handelt es sich um meine Nichte Roswitha. Ich befürchte, sie hat was Falsches jejessen. Eventuell war der Sauerbraten von vor zwei Wochen doch net mehr jut. Deswejen bin ich ja so züjig unterwegs. Mer sind das Mädchen jerad am ins Krankenhaus am Bringen.«

»Wollen Sie mich verarschen?«, blafft ihn der Polizist an und befiehlt: »Insassen aussteigen! Und dann will ich von allen die Papiere sehen!«

Beide Beamten treten einen Schritt von dem Citroën zurück und legen die Hand an die Dienstwaffe. »Aussteigen! Hören Sie schlecht?«, kommandiert der mit der Stablampe, als hinter uns plötzlich ein Scheinwerfer auftaucht. Ich höre das laute Röhren eines Motors, fahre herum und sehe, wie ein Motorrad in Irrsinnstempo auf die beiden Uniformierten zujagt.

»Charly! Genau im richtigen Moment«, frohlockt Luis Arkona und sieht für einen Moment beinah aus, als wäre er stolz auf seinen Bruder.

Die Polizisten starren wie gelähmt auf die Maschine, bevor sie sich in letzter Sekunde mit einem beherzten Sprung in den Straßengraben retten. Die Kelle landet auf der Fahrbahn und wird vom Motorrad überrollt. Fassungslos starren die Beamten der Maschine hinterher. Charly zeigt ihnen den gestreckten Mittelfinger und rast mit unverminderter Geschwindigkeit davon.

Sofort springt einer der Anzugträger aus dem schwarzen Wagen und herrscht die Polizisten an: »Los! Hinterher! Worauf wartet ihr? Wir übernehmen das hier!«

Augenblicklich springen die Uniformierten auf die Füße, hasten zu ihrem Streifenwagen und nehmen zehn Sekunden später, mit Blaulicht und Sirene, die Verfolgung von Charly Arkona auf. Einer der Anzugträger nähert sich uns, während der andere im Wagen sitzen bleibt.

»Wir sind in der Überzahl«, höre ich Finn wispern.

»Ja, aber die haben Schusswaffen. Niemand unternimmt irgendwas ohne meinen Befehl. *Quiet now.* Keinen Mucks!«, sagt Eilean in bestimmtem Ton.

Das Gesicht des Anzugträgers ist ohne jede Regung. Er hat den Citroën fast erreicht, als der zweite Mann aus dem Wagen springt und schreit: »Das Mädchen! Sie ist gesehen worden! Hat mit zwei Komplizen ein Sonnenstudio überfallen. Fünfzig Kilometer entfernt von hier.«

Der Anzugträger zögert, wirft einen letzten argwöhnischen Blick auf unseren Wagen, dann fährt er auf dem Absatz herum und sprintet zurück zu seinem Fahrzeug. Der Wagen mit den beiden Männern startet, schießt an uns vorbei und ist kurz darauf nicht mehr zu sehen.

Ich bin offenbar nicht die Einzige, der ein ganzer Felsblock vom Herzen fällt. Es gibt ein kollektives Aufatmen. »Oh Mann, das war knapp«, stöhnt Finn.

»Ein Sonnenstudio«, kichert Helios. »Da leistet die jute Patti ja 1a-Öffentlichkeitsarbeit. Ohne sie hätten uns die Anzug-Freunde hier festjesetzt. Mer können uns alle bei ihr bedanken.«

»Und bei Charly ebenfalls«, sagt Luis Arkona stolz. »Ich hoffe nur, dass er die Polizisten abhängen kann.«

»Da würde ich mir keine Sorgen machen«, sagt Eilean entspannt. »So wie ich Charly und seine Fahrkünste kenne, wird er uns schon in Duenborg erwarten, wenn wir ankommen. Also, gib Gummi, Helios!«

Der Citroën brettert über die kurvenreiche Straße durchs Moor, ohne dass die Tachonadel auch nur ein einziges Mal unter 140 Stundenkilometer sinkt. Alle werden kräftig durchgerüttelt und in einer lang gezogenen Biegung werde ich durch die Fliehkraft so eng an Finn gepresst, dass ich beinah auf seinem Schoß sitze.

»'tschuldigung«, murmele ich, während ich ihm wahrscheinlich gerade die Rippen breche.

»Keine Ursache«, keucht er und lächelt tapfer. So viel, wie man eben lächeln kann, wenn man gerade von seiner Mitfahrerin zerquetscht wird. »Tut mir leid wegen vorhin, Rebecca. Manchmal werde ich einfach so wütend, dass ich nicht mehr darüber nachdenke, was ich sage. Ich will nicht, dass du denkst, ich …«

»Schon gut«, beruhige ich ihn. »Ich weiß, dass du nicht …« Der Citroën schießt in eine Rechtskurve und ich werde gegen Luis Arkona geschleudert, der laut brüllt: »Au! Verdammt, hast du spitze Knochen!«, ehe es mich schon wieder nach links gegen Finn wirft. So, dass seine Nasenspitze plötzlich genau vor meiner ist. Finn guckt verlegen und auch ich spüre, wie mir die Hitze ins Gesicht steigt. Gleichzeitig ertappe ich mich bei dem plötzlichen Wunsch, diese Kurve möge doch ganz besonders lang gezogen sein. Ist sie aber nicht. Stattdessen wird die Strecke gerade, und nach dem kurzen, der Zentrifugalkraft zu verdankenden Moment der Nähe sitzen wir beide etwas peinlich berührt da. Ich lege die Hände auf die Knie, blicke nach vorne und riskiere nur gelegentlich einen Seitenblick auf ihn, während er angestrengt aus dem Fenster stiert, obwohl es außer ein paar einsamen Birken nicht besonders viel zu sehen gibt.

Endlich lassen wir das Moor hinter uns und erreichen eine schmale Küstenstraße, die sich in zahlreichen, engen Kurven oberhalb einer Steilküste entlangzieht. Ich wünsche mir, Helios würde ein bisschen vom Gas gehen. Hinter der Leitplanke geht es mindestens zwanzig Meter in die Tiefe. Unter uns schlägt das Meer wütend gegen die Felsen.

Als sich die Häuser eines kleinen Küstendorfes vor uns aus der Dunkelheit schälen, drosselt Helios endlich das Tempo.

»Duenborg!«, sagt Finn und in diesem Moment sehe ich den Leuchtturm. Die Nadel. Eine dunkle Silhouette, die sich auf einem Felsen vor der Küste im blassen Licht des Herbstmondes erhebt. Aber von dem Turm selbst geht kein Licht aus.

»Nach den Ereignissen von vor zehn Jahren ist die Nadel außer Betrieb gesetzt worden«, sagt Eilean, als er meinen überraschten Blick bemerkt. »Kein Leuchtturmwärter mehr, kein Nebelhorn, kein Licht.«

Hier hat alles begonnen, denke ich und schaue auf den dunklen Turm, in der Hoffnung, mich dabei vielleicht an etwas zu erinnern, das sich noch irgendwo in meiner Erinnerung versteckt hält. Vergebens! Vielleicht wäre es anders, wenn der Turm leuchten würde. So wie damals …

Der Citroën erreicht den Ortsrand und schleicht im Schritttempo durch die gepflasterten Gassen des Dorfes. Vorbei an eng stehenden Häusern mit spitzen Giebeln und kleinen Läden, deren Schaufenster mit Wimpeln, Bootsbedarf und maritimem Nippes vollgestopft sind. Es ist schon so spät, dass kein Mensch mehr auf der Straße ist. Als wir zum Ortsausgang kommen, lässt Helios den Wagen auf einen von Sträuchern umsäumten Parkplatz rollen.

Wir werden bereits erwartet!

Charly lehnt lässig am Motorrad und grinst breit, als wir aussteigen. »Arschrettungsagent Charly Arkona meldet sich zur Stelle. Na, nicht schlecht, mein kleiner Stunt, was?«

»Ich gebe es nur ungern zu, aber ab und zu kann man dich wirklich brauchen«, sagt Eilean, grinst ebenfalls und schlägt Charly mit der Hand auf die Schulter. »Wie hast du den Streifenwagen abgehängt?«

Charly kichert. »Bin einfach quer durchs Moor. Mit der leichten Maschine war das kein Problem, aber die beiden Sheriffs sind mit ihrem Streifenwagen natürlich stecken geblieben.«

»Net schlecht, Herr Specht!«, befindet Helios anerkennend, und Finn und ich recken den Daumen in die Höhe.

»Und was ist mit dir, Brüderchen?« Charly nimmt Luis ins Visier. »Von dir kein Wort des wohlverdienten Lobes?«

»Doch natürlich. Deine Aktion war ja erfolgreich, wenn auch ausgesprochen leichtsinnig!«, sagt Luis Arkona kühl. Von dem Stolz, der vorhin in seinem Gesicht stand, ist nichts mehr zu sehen. Schlagartig wird mir klar, wo das Problem mit diesem Brüderpaar liegt: Die beiden lieben sich heiß und innig, aber leider können sie es nicht zeigen. Geschweige denn aussprechen. Stattdessen …

»Leichtsinnig? Was soll das denn heißen?«, erregt sich Charly lautstark. »Ohne mich wärst du jetzt hinter schwedischen Gardinen!«

»Oh, wir hätten uns schon irgendwie zu helfen gewusst, Charly.«

»Ja. Sicher. Und wie? Hattest du vor, die Bullen mit deiner Eunuchenstimme in den Schlaf zu singen?«

»Eunuchenstimme? Hast du *dich* mal singen hören, Charly?«

»Allerdings. Ich hab immerhin schon mal in ’ner Band gesungen.«

»Ihr hattet genau einen Auftritt. Und nach drei Stücken bist du besoffen von der Bühne gefallen!«

»Schluss jetzt mit dem Hänneschentheater«, geht Helios dazwischen und deutet in Richtung einer hohen Düne: »Los! Ab jetzt jeht es per Pedes weiter, Herrschaften!«

»Wo gehen wir hin?«, fragt Finn.

»Zu Ahab Flint«, entgegnet Eilean und setzt sich an die Spitze unseres Trupps.

Ahab Flint? Irgendwie kommt mir der Name bekannt vor. Und dann dämmert es mir … »Ist das nicht dieser Freund von Fanny, der sie mit Stinkefisch beliefert?«

»Genau der«, ruft Charly Arkona fröhlich von hinten. »Und ich hoffe doch mal, er hat noch einen kleinen Vorrat zurückbehalten.«

Wir laufen über einen sandigen Pfad, der hinter der hohen Düne eine Biegung macht – und ich blicke unvermittelt auf ein Ungetüm von Haus, das einsam in den Dünen steht und aussieht, als hätte ein sehr enthusiastischer, aber leider nur mittelmäßig begabter Heimwerker versucht, sich ein hölzernes Schlösschen zusammenzunageln: krumme Holztürmchen und Erker, schief eingebaute Fenster, verzogene Türen, ein bröckelnder Kamin und – als Krönung des Ganzen – ein hölzerner Schiffsausguck auf dem Dachfirst, der sich bedenklich zur Seite neigt.

Zum Roten Hering steht auf einem Holzschild über der Eingangstür, das leise knarrend im Wind schwingt. Aus einem Fenster neben der Tür dringt warmes orangerotes Licht, hinter der Scheibe hängt ein selbst gemaltes Schild: *Fremdenzimmer momentan ausgebucht.*

Ich blicke in eine Wirtsstube mit leeren Tischen und Stühlen; hinter dem Tresen erspähe ich einen glatzköpfigen Mann mit massiger Statur, dessen Kopf auf der Theke ruht und der, so wie es aussieht, im Stehen schläft.

Eilean klopft energisch gegen die Scheibe. Der Mann schreckt auf und blickt uns verwirrt an. Nur mit seinem linken Auge wohlgemerkt; rechts trägt er eine schwarze Augenklappe. Langsam kommt er hinter der Theke hervor, bewegt sich mit dem behäbigen, breitbeinigen Gang eines Seemanns durch die Gaststube und öffnet uns die Tür. Er trägt eine flickenbedeckte Seemannsjacke, die nach Mottenkugeln riecht und aussieht, als hätte sie schon die Meuterei auf der Bounty mit angezettelt.

»Da seid ihr ja endlich«, begrüßt er uns mit einer Stimme, der man anhört, dass sie ein halbes Leben lang Befehle über Schiffsdecks gebrüllt hat. »Simon hat mir 'ne Taube geschickt und euer Kommen angekündigt. Hab mich schon gefragt, wo ihr bleibt.«

»Dir auch einen wunderschönen guten Abend, Ahab. Wie immer überschlägst du dich ja beinah vor Freundlichkeit«, sagt Luis Arkona gereizt.

»Ääh … tut mir leid«, murmelt der Wirt. »'n Abend, Eilean. 'n Abend, Luis. 'n Abend, Charly. Ach, und der Süßwasser-Schnorchler aus dem Rheinland ist auch da.«

»Wir sind verspätet, weil wir Feindberührung hatten«, sagt Eilean und marschiert an dem Wirt vorbei in die Gaststube.

»Was?«, entfährt es Ahab Flint erschrocken und er späht mit seinem verbliebenen Auge ängstlich in die Dunkelheit.

»Mer haben die Brüder abjehängt. Beruhig dich mal wieder, du Klabautermännchen.«

»Oh … gut … gut.« Der Wirt atmet erleichtert auf, schließt die Tür und legt einen dicken Riegel vor. Dann richtet er seine Aufmerksamkeit auf mich, betrachtet mich eingehend und rollt dabei mit seinem verbliebenen Auge, dass es einem schwindelig wird. »Freue mich, dich an Bord begrüßen zu dürfen, Rebecca. All unsere Hoffnungen ruhen auf dir.« Er reicht mir seine tellergroße Hand. »Ahab Flint. Ehemaliger Schiffsoffizier, ehemaliger Schatzsucher, ehemaliger Leuchtturmwärter.«

»Und gegenwärtig Wirt«, rutscht es Finn nach einem schnellen Blick durch die Gaststube heraus, woraufhin Ahab Flint herumschnellt und ihm einen vernichtenden Blick zuwirft.

»Ja. Wirt **und Wächter!** Komm mir bloß nicht komisch, du Leichtmatrose!«, poltert er in bedrohlichem Ton und seine Glatze läuft vor Ärger rot an. »Simon hat mir geschrieben, wer du bist: der Sohn von Hauke Westerbeek. Dem Verräter!«

Ich sehe, wie Finn schlucken muss. Er ringt offenbar nach Worten, öffnet den Mund, um etwas zu antworten, aber Eilean bedeutet ihm zu schweigen.

»Finn gehört jetzt zur Mannschaft!«, sagt er in bestimmtem Ton und legt ihm demonstrativ die Hand auf die Schulter.

Doch Ahab Flint ist nicht der Typ, der schnell klein beigibt. Er deutet mit dem Finger auf Finn und blökt: »Ich behalte dich im Auge, Freundchen!«

»Sollen mer mal raten, in welchem?«, bemerkt Helios kichernd und erntet dafür ebenfalls einen bitterbösen Blick.

»Können wir langsam mal zum Ende der Begrüßungsfeierlichkeiten kommen und wäre es vielleicht möglich, eine Kleinigkeit zu essen und zu trinken zu bekommen?«, fragt Luis Arkona ungeduldig. »Wir waren schließlich den ganzen Tag unterwegs.«

»Ay, Admiral Arkona!«, knurrt Ahab Flint und bewegt sich in Richtung Küche. »Setzt euch. Bin mal kurz unter Deck.«

Wir nehmen an einem Tisch Platz, auf dessen Platte sich unzählige Gläser- und Flaschenränder abzeichnen und die so klebrig ist, dass man die Finger besser nicht zu lange auf ihr liegen lässt.

Unter der Decke des *Roten Hering* hängen großmaschige Netze und rot-weiße Rettungsringe, auf den Tischen sind Bootslaternen verteilt, in einer Ecke steht ein hölzernes Steuerruder.

Über der Theke, die aussieht, als wäre sie aus alten Bootsplanken zusammengezimmert, hängt eine mit grüner Patina bedeckte Schiffsglocke. An den Wänden sind bunt bemalte, hölzerne Gallionsfiguren in Form von Nixen und Meerjungfrauen angebracht, dazwischen ein dickes Brett, auf dem ein schwerer Fernseher der Marke Uralt steht. Es läuft irgendeine Nachrichtensendung. Das Bild flimmert dermaßen, dass man schon nach kürzestem Hinschauen von einem Migräneanfall ereilt wird.

Der *Rote Hering* wirkt wie der verlotterte kleine Bruder von »Fannys Leuchtturm-Pension«. Die Kneipe hat etwas Gemütliches und irgendwie auch Heimeliges, aber wo es bei Fanny vor Reinlichkeit nur so blitzt und blinkt, ist hier alles staubbedeckt, fleckig, klebrig und reichlich abgewohnt. Die Hygienesituation ist so unübersichtlich, dass ich beschließe, beim Essen und Trinken größte Vorsicht walten zu lassen. Bestärkt werde ich in diesem Entschluss durch das fragwürdige Aroma, das aus der Küche zu uns dringt. Irgendwoher kenne ich diesen ekligen Geruch. Das ist …

»Lecker! Labskaus!«, analysiert Charly Arkona und strahlt übers ganze Gesicht.

Ich muss aufstoßen und presse die Hand gegen den Mund. Zu Labskaus gibt es keine drei Meinungen. Entweder man liebt ihn oder man wird grün im Gesicht – so wie Luis, Helios und Finn gerade. Und ich wahrscheinlich auch. Zutaten dieser norddeutschen Delikatesse sind unter anderem: gepökeltes Rindfleisch, eingelegte Rote Beten, Salatgurken und Zwiebeln. Das Ganze wird püriert, in Schweineschmalz gedünstet und in Gurkenwasser aufgekocht. Dazu wird gerne ein Bismarckhering oder ein Spiegelei serviert. Man muss kein Vegetarier sein, um das nicht zu mögen. Selbst ein Typ wie Benny, Mareikes großer Bruder, der ohne jedes Anzeichen von Ekel eimerweise frittierte Hühnerflügel in sich hineinstopft, geht stiften, wenn es Labskaus gibt.

Als Ahab das Essen serviert, rebelliert mein Magen.

»Könnten wir vielleicht ein paar Brote bekommen?«, frage ich schüchtern an und deute auf Finn, Luis, Helios und mich. Mit beleidigtem Gesicht räumt Flint unsere Teller wieder ab. Sein Auge rollt wie ein außer Kontrolle geratenes Glücksrad. Vor sich hin murrend, verzieht er sich in die Küche und kommt bald darauf mit einer Platte Käsebrote zurück, die er mit verächtlicher Miene vor uns abstellt. Während sich Eilean und Charly auf den Labskaus stürzen, kauen wir anderen auf den nicht mehr ganz so frischen Brotscheiben herum. Plötzlich springt Finn auf.

»Dasch isch Patti«, ruft er mit vollem Mund, fuchtelt aufgeregt mit den Händen und deutet auf den flimmernden Fernseher.

Ich fahre herum und erkenne in dem Geflimmer die Bilder einer Überwachungskamera: ein Sonnenstudio, dessen Eingangstür plötzlich auffliegt. Herein stürmen Ole, Patti und Candela. Alle drei mit riesigen Wasserpistolen bewaffnet. Die Angestellte hinter dem Empfang weicht erschrocken zurück und schreit laut auf, als Patti mit einem sportlichen Satz auf ihren Tresen springt. Mit finsterer Miene reckt sie die Wasserpistole in die Luft und brüllt: »Hier spricht das ›Kommando Vornehme Blässe‹. Unseren Anweisungen ist Folge zu leisten!« Sie drückt den Abzug der Wasserpistole und eine milchige Flüssigkeit spritzt aus dem Lauf. »Wir sind mit Sonnenmilch mit Lichtschutzfaktor 50 plus bewaffnet. Kommen Sie mit erhobenen Händen aus den Kabinen und Ihnen geschieht nichts.«

»Hi, hi. Sie sieht aus wie dein böser Zwilling«, kichert Charly Arkona und knufft mich in die Seite, während auf dem Video zu sehen ist, wie Candela Patti etwas zuflüstert.

»Ähm, kleine Korrektur«, brüllt diese daraufhin. »Erheben Sie die Hände nicht, sondern halten Sie sich zu Ihrer und unserer Sicherheit ein Handtuch vor. Und jetzt mal ein bisschen zackig, ihr Haselnüsse: Raus aus den Kabinen!«

Tatsächlich öffnen sich die Türen einiger Kabinen, zögernd strecken sich Köpfe hervor und blicken ängstlich zu Patti, die mit der Wasserpistole im Anschlag, auf dem Tresen auf und abmarschiert. »Keine Angst, wir sind gleich wieder weg. Aber vorher darf ich für einen kurzen Moment um Ihre Aufmerksamkeit bitten: Das ›Kommando Vornehme Blässe‹ sieht sich als Teil einer internationalen Blässe-Bewegung. Unterstützen auch Sie in Zukunft unsere Forderungen, die da lauten: Schluss mit Verbrutzelung und Hirnwegschmurgelei! Ich danke Ihnen!«

Patti hüpft vom Tresen, die drei rennen Richtung Tür, als einer der Sonnenanbeter sich plötzlich zum Helden berufen fühlt und Patti am Arm festhält. Doch als ihn ein gezielter Strahl Sonnenmilch aus Candelas Pistole trifft, schreit er laut auf und lässt sie los. Das Fernsehbild beginnt zu flackern und schließlich durchzulaufen.

»*Goddamm*, Ahab! Kriegst du das nicht ein bisschen deutlicher?«, schreit Eilean.

Flint schnappt sich ein Bootspaddel, das an der Theke lehnt, und schlägt einmal kräftig auf den Fernseher. Augenblicklich stellt das Gerät das Flackern ein.

Wieder ist der genervte Außenreporter zu sehen, der auch schon von der Explosion auf der Heilwigstraße berichtet hat. Er steht frierend vor dem Sonnenstudio und befindet: »Dieser bizarre Zwischenfall ereignete sich vor wenigen Stunden. Bei der blonden jungen Frau auf dem Video handelt es sich mit großer Wahrscheinlichkeit um die sechzehnjährige Rebecca Q., die von der Polizei in Zusammenhang mit dem Tod ihrer Pflegeeltern gesucht wird. Wer ihre beiden erwachsenen Mittäter sind, in welcher Beziehung sie zu ihnen steht und ob diese Personen ebenfalls etwas mit der Explosion in Hamburg-Eppendorf zu tun haben, ist völlig unklar. Noch undurchsichtiger wird die Situation durch weitere Bilder, die uns gerade erreicht haben. Die drei Personen wurden nur wenige Kilometer entfernt von hier gefilmt, als sie eine Versammlung von besorgten Bürgern störten.«

Ich beuge mich vor und sehe, wie Ole, Candela und Patti am Rand einer Menschenmenge auftauchen. Ole schleppt einen großen und offenbar ziemlich schweren Karton mit sich. Patti und Candela entrollen ein Plakat mit der Aufschrift »Kommando Korrekter Wut-Post«. Ole öffnet den Karton und beginnt Gratisausgaben des Duden und anderer Wörterbücher an die Sorgenbürger zu verteilen. Die sind so irritiert, dass sie für einen Moment sogar vergessen, wütend zu sein. Und während sie sich noch verunsichert fragen, was sie mit den Büchern anfangen sollen, trollen sich die drei Wächter schon wieder und verschwinden in einer Seitenstraße.

»Dieser Fall wird zunehmend zu einem Rätsel«, kommentiert der Reporter. »Hat sich Rebecca Q. einer Guerillagruppe angeschlossen? Und was haben diese Aktionen mit dem Tod des Ehepaares Verhoeven zu tun? Nach Rebecca Q. und ihren Begleitern läuft mittlerweile eine landesweite Fahndung. Noch einmal die eindringliche Warnung: Sprechen Sie die Personen nicht an, wenn Sie sie sehen, sondern informieren Sie unverzüglich die Polizei. Wir halten Sie auf dem Laufenden.«

Einen Moment lang herrscht Stille im *Roten Hering*, bis sich Luis Arkona umständlich räuspert und verärgert bemerkt: »Findet ihr nicht, sie übertreiben ein bisschen? Sie sollen Aufmerksamkeit auf sich lenken und keine Revolte anzetteln.«

»Ja, klar«, moppert Charly. »Sobald es spaßig wird, sitzt dem Herrn Bedenkenträger gleich ein Furz quer.«

»Ich muss wissen, ob sie in Sicherheit sind«, sagt Eilean, nimmt sich das Prepaidhandy und verschwindet in die Küche.

»Wie wär's mit 'nem Gläschen Stinkefisch zur besseren Verdauung?«, fragt Charly und sieht Ahab Flint auffordernd an.

»Du kriegst hier erst wieder was zu trinken, wenn du den Deckel bezahlt hast, der seit drei Jahren bei mir rumliegt. Du schuldest mir 'ne dreistellige Summe.«

»Wie? Echt jetzt?« Charly wendet sich seinem Bruder zu, lächelt unbeholfen und sagt: »Bin grade nicht flüssig. Könntest du mir mal aushelfen, Brüderchen?«

Luis zeigt ihm den Vogel.

»Und noch was!«, knurrt Ahab Flint und baut sich, ein Spülhandtuch in den Händen, vor Charly auf. »In einem der Fremdenzimmer lagert noch immer dein Jahrhundertvorrat an Feuerwerkskörpern und Böllern, den du das letzte Mal hier angeschleppt hast. Das Zeug verschwindet. Und zwar schnellstens. Ich hab keine Lust darauf, dass mir eines Tages der ganze Laden um die Ohren fliegt! Verstanden?«

»Ja, schon klar …« Charly nickt eingeschüchtert.

Dann kommt Eilean aus der Küche zurück. »Ich dich auch, Baby. Und wie«, höre ich ihn sich verabschieden, bevor er das Handy auf dem Tisch ablegt.

»Ich habe mit Candela gesprochen. Die drei sind vorläufig in Sicherheit«, sagt er leise. »Sie verstecken sich heute Nacht bei …« Er nennt den Namen einer deutschen Rockikone.

»Der ist auch ein Wächter?«, entfährt es mir überrascht, aber Eilean geht nicht darauf ein, sondern sagt nur: »Sie planen für Morgen weitere Aktionen, um die Aufmerksamkeit von uns abzulenken. Das gibt uns die Möglichkeit, hier in Duenborg aktiv zu werden.«

»Was genau habt ihr vor?«, fragt Ahab Flint.

»Wir werden morgen dem Dorf einen Besuch abstatten und darauf hoffen, dass Rebeccas Erinnerung dadurch beflügelt wird. Viel mehr können wir im Moment nicht tun.«

»Na, da habt ihr euch ja den passenden Tag ausgesucht«, knurrt der Wirt. »Morgen ist Fischmarkt. Seit dem, was vor zehn Jahren passiert ist, gibt es zwar so gut wie keine Langzeit-Urlauber mehr in Duenborg, aber zum Fischmarkt kommen immer busseweise Tagestouristen. Alles Fremde – wer weiß, ob nicht auch Agenten darunter sind. Ihr solltet extrem vorsichtig sein.«

In diesem Moment vibriert das Handy. Verwundert sieht Eilean auf das Display, sagt »Es ist Simon!«, und nimmt den Anruf entgegen. »Ja?« Er berichtet in knappen Worten von unserer Begegnung mit den Agenten und unserer Ankunft in Duenborg, dann höre ich ihn sagen: »In Ordnung, ich gebe sie dir.« Er reicht mir das Handy. »Simon will mit dir sprechen.«

Überrascht nehme ich das Telefon und wandere damit in die Küche. »Ja?«

»Hör gut zu, Rebecca! Und erzähl niemandem außer Finn von dem, was ich dir jetzt mitteilen werde!«, dringt Simons dunkle Stimme aus dem Hörer. »Erinnerst du dich, dass Finn gesagt hat, die zwei Gestalten auf dem Turm hätten um etwas gerungen, bevor eine von ihnen in den Tod gestürzt ist?«

»Ja«, flüstere ich leise, spähe in die Gaststube und sehe, dass alle angestrengt lauschend in Richtung Küche blicken.

»Fanny und ich haben die Umgebung des Leuchtturms noch einmal abgesucht. Fanny hat in einem Busch am Fuß des Turms den Gegenstand entdeckt, um den die beiden gekämpft haben. Ein Satellitentelefon! Besser gesagt, das, was davon übrig ist. Es ist bei dem Sturz zerschmettert worden.« Simon atmet tief durch. »Wir glauben, dass es sich folgendermaßen zugetragen hat: Der Verräter hat das Satellitentelefon auf dem Turm versteckt und sich nachts dort hinaufgeschlichen, um den Feind über unsere Pläne zu informieren. Jeremias hatte denjenigen wahrscheinlich schon in Verdacht, hat ihn beobachtet und ist ihm gefolgt. Auf dem Turm kommt es zu einem Kampf zwischen beiden. Jeremias gelingt es, dem Verräter das Telefon zu entreißen, aber er stürzt dabei von der Galerie und bezahlt sein mutiges Handeln mit dem Leben. Die Frage ist nur: Konnte der Verräter vorher noch Kontakt mit Agenten des Feindes aufnehmen? Wie viel von unseren Plänen konnte er ihnen verraten? Eure Begegnung mit den Agenten muss nicht unbedingt bedeuten, dass sie Bescheid wissen. Spätestens seit dem ersten Fahndungsaufruf im Fernsehen wirst du überall gesucht. Weil sie euch nicht schon am Hafen aufgelauert haben und ihr es bis Duenborg geschafft habt, glaube ich vielmehr, dass Jeremias noch rechtzeitig gekommen ist. Aber der Verräter ist jetzt mit euch auf dem Festland und wird es wieder versuchen. Denk daran, was ich dir gesagt habe: Sei nicht misstrauisch, aber sei vorsichtig. Und richte es so ein, dass immer mindestens zwei Wächter in deiner Nähe sind.« Einen Moment lang verfällt Simon in Schweigen, dann sagt er: »Ich hoffe, du erinnerst dich an etwas, das uns weiterhilft. Wir sprechen uns morgen. Viel Glück!«

Die drei winzigen Fremdenzimmer des *Roten Hering* sind noch eine Spur ranziger als die Gaststube und eigentlich nur bessere Rumpelkammern, in denen Ahab Flint ein paar Hängematten aufgespannt hat. Helios, Eilean und Finn müssen sich zu dritt eine Kammer teilen, im Zimmer gegenüber übernachten Luis, Charly und ihre Feuerwerkskörper; nur ich habe den Luxus eines Einzelzimmers. Wobei das auch schon der einzige Luxus meiner Unterkunft ist. Unter der Hängematte steht eine schwere Seemannskiste, der ein leichtes Labskausaroma entströmt und die ich unter keinen Umständen öffnen werde. In einer Ecke lehnt ein einsames Piraten-Holzbein, an der Wand hängt eine zerfledderte Landkarte der Kokosinseln und vor dem schmalen Fenster baumelt ein Vogelkäfig, in dem ein Stoff-Papagei sitzt, der so zerrupft aussieht, als wäre er in die Wäscheschleuder geraten.

Mit spitzen Fingern drehe ich den Fensterriegel und lasse frische Luft ins Zimmer. Mein Blick wandert über das Meer bis zu der Stelle, an der sich die Silhouette des Leuchtturms aus der See erhebt. Wieder rufe ich mir die Bilder jener Nacht vor zehn Jahren ins Gedächtnis, in der Hoffnung, in meiner Erinnerung über irgendetwas zu stolpern, das ich bisher übersehen habe. Vielleicht nur ein winziges Detail … Aber ich hoffe vergebens.

»Es wäre anders, wenn du leuchten würdest«, flüstere ich, während ich auf den dunklen Turm blicke. »Wenn du leuchten würdest, so wie damals. Ich brauche dein Licht.«

Bevor ich mich hinlege, notiere ich das, was die Stimmen vorhin während der Autofahrt gesagt haben, in die Leuchtturm-Kladde. Ich denke an die Kirchenbänke und den Altar, den ich gesehen habe, und bin mir fast sicher, dass Helios Ehrenfeld richtigliegt: Wir suchen nach einer Nonne! Und was das zweite Asyl, die brüllstimmige Sängerin angeht, haben wir zum ersten Mal einen konkreten Hinweis: *Bloody Piranha*, der Name des Clubs, in dem sie auftreten soll. Ich beschließe, den Club sofort morgen früh zu googeln – den unwahrscheinlichen Fall vorausgesetzt, dass es in dieser Bruchbude hier so etwas wie einen Internetzugang gibt.

In einer schaukelnden Hängematte zu liegen, erweist sich leider als nicht ganz so gemütlich, wie ich es mir vorgestellt habe. Während ich versuche einzuschlafen, geht mir immer wieder das Telefongespräch mit Simon durch den Kopf: Jeremias Holtenau hat den Verräter gekannt und beobachtet … Meine Gedanken wandern zu gestern Abend zurück. Zu dem Moment, in dem er auf der Treppe stand und mit Simon sprechen wollte: *»Es gibt da zwei Punkte, die ich mit ihm klären muss.«*

Zwei Punkte?, denke ich und richte mich so plötzlich auf, dass ich beinah aus der Hängematte falle. Warum zwei Punkte? Punkt eins: Er ahnte, wer der Verräter ist. Und Punkt zwei? Was noch? Was sonst wollte er Simon in diesem Moment unbedingt mitteilen?

– ZEHN –

Am nächsten Morgen ist die Küste in dichten, herbstlichen Nebel gehüllt. Man kann keine zehn Meter weit sehen. Das Meer ist hinter den grauen Nebelschwaden verschwunden und nur noch ein dumpfes, grollendes Geräusch.

Als ich nach unten komme, sitzen die anderen schon beim Frühstück in der Gaststube und auch hier ist gerade das Wetter Thema.

»So ein Schwachsinn, Charly«, faucht Luis Arkona seinen Bruder an. »Nebel ist nicht in London *erfunden* worden. Niemand hat den Nebel *erfunden.* Es gab ihn schon immer.«

»Die graue Suppe hält sich um diese Jahreszeit den ganzen Tag«, kommentiert Ahab Flint. Er lehnt hinter der Theke, die Schiffsglocke spiegelt sich in seiner Glatze. »Morgen, Rebecca. Frühstück?«

Ich werfe einen kurzen Blick auf die Teller der Wächter und lehne dankend ab. »Aber wenn du einen Kaffee für mich hättest?«

»Sicher!« Kurz darauf serviert er mir eine Tasse mit einer schwarzen, teerartigen Flüssigkeit, die nur sehr entfernt an Kaffee erinnert und die ich, nach einem kurzen skeptischen Blick, so weit wie möglich von mir wegschiebe.

»Der Nebel kommt unserem Vorhaben entgegen«, sagt Eilean. »Da sind wir nicht so auf dem Präsentierteller.« Er kratzt sich nachdenklich über seine Bartstoppeln. »Trotzdem halte ich es für keinen guten Gedanken, als Gruppe aufzutreten. Wir teilen uns auf. Helios und ich bilden einen Zweiertrupp, die Arkonas ebenfalls. Wir vier gehen voraus und checken ab, ob die Luft rein ist.« Er steckt das Prepaidhandy ein, erhebt sich vom Tisch und sagt zu mir: »Wenn ihr in einer halben Stunde noch nichts von uns gehört habt, ist alles in Ordnung, und ihr kommt nach. Wir treffen uns vor dem Buddelschiff-Laden von Lena Andersen. Der ist nicht zu übersehen. Okay?«

Finn und ich nicken.

»Ach, und noch was«, sagt Eilean, als er schon in der Tür steht. »Bisschen Tarnung wäre gut. Wenn ihr durch den Ort lauft, dann tut am besten so, als wärt ihr … *a couple, you know?* Ein verliebtes Teenager-Pärchen. «

Wir laufen beide rot an; Helios Ehrenfeld kichert und sagt glucksend: »Ihr müsst ja net so viel Jas jeben wie Eilean und Candela.«

»Was meinst du?«, schlägt Charly seinem Bruder im Hinausgehen grinsend vor. »Sollen wir nicht auch so tun, als wären wir ein Pärchen?«

»Wenn ich deine Hand auch nur einmal irgendwo spüre, wo sie nicht hingehört«, zischt Luis, »werfe ich dich den Haien zum Abendessen vor.«

»Wir werden sehen, Brüderchen. Wir werden sehen«, giggelt Charly, zwinkert mir zu, tritt aus der Tür und verschwindet mit den anderen im Nebel.

»Gibt es hier einen Computer? Und einen Internetzugang?«, frage ich mit nicht allzu großer Hoffnung.

»Na sicher! Wir leben hier ja nicht auf Takatuka-Land!« Ahab Flint rollt empört mit seinem linken Auge. »Bin technisch auf dem allerneusten Stand.« Er bedeutet uns, ihm zu folgen, und führt uns durch die Küche zu einem winzigen Verschlag.

»Was hast du vor?«, flüstert Finn.

»Diese vorlaute Sängerin, die ich in meinem Kopf höre … Sie hat doch beim letzten Mal davon gesprochen, dass sie nicht in einem Club namens *Bloody Piranha* auftreten will. Vielleicht können wir herausfinden, wo dieser Club ist.«

»Das ist sozusagen der Maschinenraum des *Roten Hering*«, verkündet Ahab Flint stolz, öffnet den Verschlag und deutet auf sein Computer-Equipment.

Finn und ich tun einen tiefen Seufzer und lassen die Köpfe sinken. Das Equipment ist, entgegen Ahabs optimistischer Annahme, leider nicht ganz der neuste Stand der Technik, sondern ein ramponiertes Relikt aus der Computer-Steinzeit. Als ich den Rechner hochfahre, hört es sich an, als würde ein Sportflugzeug starten. Gelegentlich blitzen grüne Vierecke auf dem altertümlichen Monitor auf, sonst passiert nicht viel.

»Wie lange braucht er für gewöhnlich denn so zum Hochfahren?«, wage ich vorsichtig anzufragen, nachdem sich auch zwanzig Minuten später nicht mehr getan hat, als dass der Rechner in einen ungesunden Rattermodus übergegangen ist.

»Och, das geht fix«, sagt Ahab in zuversichtlichem Tonfall. »'n knappes Stündchen, bis der Kessel angeheizt ist. Aber natürlich braucht er dann noch ein bisschen um die Internetverbindung aufzubauen.«

»Wie lange?«, stöhnt Finn.

»Normalerweise bloß ein bis zwei Stunden.«

»Okay«, sage ich resigniert. »Das erledigen wir dann, wenn wir zurückkommen. Die halbe Stunde ist gleich vorbei, Finn. Machen wir uns auf.«

Es ist nicht nur nebelig, es ist auch ausgesprochen kühl geworden. Ich bin froh, dass ich Pattis Mantel habe. Meine Haare habe ich unter der Schirmkappe versteckt, auf die voluminöse Sonnenbrille habe ich verzichtet, da sie angesichts des trüben Wetters eher für Aufsehen satt für Anonymität sorgen dürfte.

Wir laufen durch den Nebel über einen engen Dünenpfad auf das Dorf zu. Finn hat die Hände in den Taschen seiner Bootsjacke vergraben und kriegt große Ohren, als ich ihm von meinem Telefongespräch mit Simon Eckmühl erzähle.

»Ein Satellitentelefon?«, fragt er, aber ich bin in Gedanken schon einen Schritt weiter.

»Da ist noch etwas, über das ich seit gestern Abend ständig nachdenken muss«, sage ich. »Vorgestern Nacht, als Jeremias unbedingt mit Simon reden wollte, da hat er von *zwei Punkten* gesprochen, die er mit ihm klären muss. Ich bin mir sicher, er wollte Simon mitteilen, dass er jemanden im Verdacht hatte, ein Verräter zu sein. Aber was war der zweite Punkt? Was wollte er ihm noch sagen?«

Finns Stirn legt sich in Falten. »Und Fanny hat verhindert, dass er mit Simon spricht?«

»Ja. Aber sie konnte ja nicht wissen, dass … Du glaubst doch nicht, dass Fanny … Nein, nein! Simon hat bezeugt, dass sie nicht die Person auf dem Turm gewesen sein kann. Ich halte dieses geheimnisvolle Telefongespräch von Luis Arkona für weitaus verdächtiger.«

»Es ist verdächtig, aber …«, Finns Miene wird nachdenklich, »… wenn er ein Satellitentelefon auf dem Turm versteckt hatte, warum hat er dann von Fannys Festnetzanschluss aus telefoniert?«

Ja. Das ergibt keinen Sinn, wird mir klar. Und während ich noch darüber nachgrübele, erreichen wir den Ortsrand, wo vier große Reisebusse nebeneinander geparkt sind. Ein fünfter Bus entlädt gerade den nächsten Schwung Touristen. Wir nutzen die Gelegenheit und mischen uns unters Volk. Plötzlich spüre ich, wie Finns Hand meine umschließt, und blicke ihn überrascht an.

»Ähm, ich dachte nur … Weil Eilean gesagt hat, wir sollen als verliebtes Paar auftreten«, murmelt er schüchtern.

»Ich … ich glaube, er wollte uns nur ein bisschen hochnehmen«, sage ich und könnte mir einen Moment später dafür in den Hintern treten. Wenn ein gut aussehender Junge mit einer ziemlich attraktiven sichelförmigen Narbe auf der Wange deine Hand nimmt, damit ihr ausseht wie ein verliebtes Paar – warum hältst du dann nicht einfach die Klappe, Rebecca Quist? Warum lächelst du ihn nicht einfach an, erwiderst den Druck seiner Finger und tust überhaupt alles Mögliche, um so verliebt auszusehen, wie es gerade noch auszuhalten ist. Und sagst nicht …

»Nur hochgenommen ... ja ... klar ... natürlich ... klar«, stottert Finn, zieht seine Hand eilig zurück und wird ein bisschen rot. Wir verfallen in ein peinliches, verlegenes Schweigen, während wir inmitten des Touristenpulks über das Kopfsteinpflaster des kleinen Dorfes laufen.

»Der Fischmarkt in Duenborg ist eine große Sache«, sagt Finn, nachdem er die Sprache wiedergefunden hat. »Als Kind war ich oft mit meinem Vater hier. Fische werden in Duenborg natürlich jeden Tag verkauft, aber den großen Fischmarkt gibt es nur zweimal im Jahr. Und dann wird nicht nur Fisch feilgeboten, sondern alles Mögliche. Ist ein richtiges Volksfest.«

So sieht es auch aus. Während rings um Duenborg und über dem Meer noch immer ein dichter grauer Schleier liegt, hat er sich im Dorf fast vollständig aufgelöst. Nur ein paar einzelne Nebelfetzen treiben durch die Straßen zum Meer hin und können die gute Laune der zahlreichen Besucher nicht trüben. Von wegen ruhiges, abgelegenes Fischerdorf. Dicht an dicht drängen sich die Menschen durch die engen Gassen. Überall sind Buden und Stände aufgebaut, an denen von kunsthandwerklichen Gegenständen über seetüchtige Bekleidung bis hin zu kleinen Modellen der *Nadel* jeder mögliche Krempel auf Käufer wartet. Es gibt Stände mit Fernrohren, mit Ölzeug, mit Augenklappen, Hakenhänden und Piraten-Kopftüchern – und natürlich unzählige Fressbuden: Bratfisch, Räucherfisch, roher Fisch, geröstete Kastanien, Pommes, Pfannkuchen ...

Als wir um eine Ecke biegen, steigt mir das Aroma frischer Waffeln in die Nase. Mareike hat mal behauptet, dass ich vollkommen unzurechnungsfähig werde, sobald ich Waffeln rieche, und ich muss gestehen, dass sie nicht untertrieben hat. Bei Waffelgeruch fallen alle meine Hemmschwellen und ich vergesse augenblicklich, dass überhaupt so etwas wie Kalorien existiert. Ich bin verrückt nach Waffeln! Am liebsten mit einer dicken Schicht Puderzucker obendrauf! Mir läuft das Wasser im Mund zusammen und wie ferngesteuert folge ich dem Waffelaroma –

als Finn auch schon zu dem Stand hechtet, ein paar Münzen aus der Tasche kramt und kurz darauf mit einer herrlich duftenden Waffel vor mir steht.

»Hier«, sagt er und reicht sie mir. »Mit Puderzucker. So magst du sie doch am liebsten.«

»Ich … Ja. Woher weißt du das?«

»Wie gesagt, ich habe dich, ähm, längere Zeit beobachtet.« Finn kratzt sich nervös am Kopf. »Also … nicht, dass du jetzt was Falsches denkst. Ich habe es ja nur getan, weil …«

»Und was weißt du sonst noch so über mich?«, bohre ich nach.

»Ähm … wenn du nervös bist, dann machst du immer das hier.« Er fährt sich mit der leicht affigen Geste durchs Haar, die Patti mir bereits vorgeführt hat. – Verdammt! Das sollte ich mir schnellstens abgewöhnen.

»Na, ja …«, sagt Finn zögernd. »Und ich weiß, dass du den Herbst lieber magst als den Sommer und dass die kleine Ader auf deiner Stirn zu pochen beginnt, wenn du wütend bist. Und dass du es nicht leiden kannst, wenn Leute Musik nur so nebenher dudeln lassen, statt wirklich zuzuhören. Dass du MP3-Downloads hasst, aber Vinyl liebst. Dass du am liebsten spazieren gehst, wenn es regnet, und dabei leise vor dich hin singst. Meistens irgendwas von den Beatles. Dass deine Deutschlehrerin Frau Heuflein-Elent heißt und dass dich das immer zum Kichern bringt. Dass du nach zwei Tassen Kaffee völlig albern werden kannst. Dass du dir gerne vorstellst, wie es wäre, in einem roten Holzhaus an einem Fjord zu leben. Und dass du dir manchmal Gedanken darüber machst, ob die kleine Lücke zwischen deinen Vorderzähnen nicht ein Schönheitsmakel ist und ob du das mal korrigieren lassen solltest.« Er blickt hastig zur Seite und murmelt: »So ein Blödsinn. Sieht total gut aus. – Was ist los?«

Ich bin so baff, dass ich vergesse, von meiner Waffel abzubeißen. Stattdessen starre ich ihn mit offenem Mund an. Wow! Das war wirklich … Meiner Erfahrung nach haben die meisten

Typen eine ziemlich eingeschränkte Wahrnehmung und geraten schon bei der Frage nach der Augenfarbe ihrer Freundin ins Stottern. Und er weiß Dinge über mich, die … Plötzlich habe ich das dringende Bedürfnis ihn jetzt, hier, sofort, überfallartig zu küssen.

Was ich nicht tue. Aber ich höre mich sagen: »Weißt du … vielleicht war Eileans Idee doch gar nicht so schlecht«, mache einen Schritt auf ihn zu und nehme seine Hand. In diesem Moment ist die Rückkopplung eines Mikrofons zu hören.

»Da vorne spielt 'ne Band«, sagt Finn, lächelt mich an und zieht mich mit sich zu einem kleinen Platz am Ende der Straße. Und während wir zwischen den Menschen hindurch auf die Bühne zulaufen, stelle ich fest, dass es mir ausgesprochen leichtfällt, so zu tun, als wäre ich in Finn Westerbeek verliebt.

Die Band – Gitarre, Geige, Bass und Schlagzeug – legt mit einer fetzigen Version von *Fisherman's Blues* los, wir bewegen uns im Rhythmus der Musik, und für einen Moment scheinen alle schwarzen Passagiere dieser Welt sehr weit weg zu sein – bis Finn sich zu meinem Ohr beugt und brüllt: »Da vorne sind Eilean und Helios!« Er deutet in eine enge Seitengasse, wo sich die beiden vor dem Schaufenster von »Andersens Buddelschiffe« herumdrücken.

»Man kann es net anders sajen«, empfängt uns Helios und deutet auf die bunt gestrichenen Häuser ringsumher, »Duenborg ist schon ein ausjesprochen schönes Plätzchen. Dafür, dass es net am Rhein liegt, jedenfalls.«

»Irgendwas, das dir bekannt vorkommt?«, fragt Eilean. »Irgendwas, das eine Erinnerung bei dir auslöst?«

Betrübt schüttele ich den Kopf. »Bisher nicht. Tut mir leid. Es ist, als wäre ich das erste Mal hier.«

»Wo stecken denn die Jebrüder Doofmann schon wieder? Die Vöjel müssten längstens hier sein.« Helios blickt sich suchend um, als Charly Arkona japsend um die Ecke biegt.

»Wo ist Luis?«, fragt Eilean verärgert.

»Dachte, er wäre vielleicht schon hier«, keucht Charly. »Hab ihn unterwegs aus den Augen verloren, als ich kurz an einem Stand ein Gläschen Rum probiert habe.«

»*What the …*«, knurrt Eilean, aber da taucht Luis' Gesicht in der Menschenmenge auf.

»Wo hast du gesteckt?«

»Ich hatte ein dringendes Bedürfnis«, entgegnet Luis gereizt. »Das wird ja wohl noch erlaubt sein. Ich bin in die *Platte Flunder*, um aufs Klo zu gehen, aber da stand bereits eine Warteschlange.«

»Du warst in der *Platten Flunder?*« Die blanke Panik spiegelt sich in Charlys Augen. »Hat Dörte etwa gekellnert? Hat sie etwa nach mir gefragt?«

»Nein. Sie war nicht da, um sich darüber zu beschweren, was für ein verantwortungsloser Hallodri du bist. Worauf warten wir? Gehen wir runter zum Hafen.«

Wir folgen der Kopfsteinpflaster-Gasse, biegen um eine Ecke und stehen in dem kleinen Fischerhafen von Duenborg. Auch hier überall Stände und Buden, bunte Wimpel, der Geruch von Bratfisch und ein Shanty-Chor. Die Wächter bauen sich vor einem Denkmal – der Statue einer jungen Frau – auf und nehmen eine ehrerbietige Haltung ein. Sogar Charly Arkona guckt ehrfürchtig. Es folgt ein etwa zehnsekündiges andächtiges Schweigen, bis sich die Truppe wieder rührt.

»Wer ist das?«, frage ich und nähere mich der Statue mit gerunzelter Stirn.

»Grace Darling«, sagt Eilean. »Jeder Wächter verehrt sie. Grace ist eine Legende. Sie lebte im neunzehnten Jahrhundert und war die Tochter des Leuchtturmwärters William Darling, der auf dem Longstone Lighthouse Dienst tat. Am 7. September 1838 entdeckte sie, als sie aus dem Turm blickte, Schiffbrüchige weit draußen im Meer. Rettungsmannschaften hätten bei der stürmischen See zu lange gebraucht, um sie zu erreichen. Grace Darling überredete ihren Vater, gemeinsam mit ihr in einer winzigen Nussschale hinauszurudern, um die Unglücklichen zu bergen. Und trotz widrigster Umstände gelang es ihnen, neun der Schiffbrüchigen lebend zu retten. Eine bewundernswert mutige und selbstlose Frau und …« Eilean räuspert sich und flüstert: »*She was one of us*. Eine Wächterin.«

In diesem Moment schallt eine fanfarengleiche Stimme durch den Hafen, so laut, dass ich erschrocken zusammenfahre. »Vielleicht hat mir einer am Kleinhirn geschraubt, vielleicht rieselt bei mir endgültig der Kalk, vielleicht ist mein Restverstand grade verdampft, aber der Onkel Jens gibt dir noch fünfhundert Gramm Steinbutt gratis dazu und 'ne schöne Scholle für umsonst und obenauf noch ein Glas von Petersens selbst gemachter Makrelenmayonnaise!«

»Krabbenbrötchen, ich komme!«, jauchzt Charly und springt davon. Ich wende den Kopf, sehe ihm hinterher und stehe im nächsten Moment da, als hätte mich der Blitz getroffen: Charly läuft schnellen Schrittes auf eine blau gestrichene Bude zu, in der ein rotgesichtiger Mann lauthals seine Ware anpreist. Auf dem Dach der Bude blinkt ein großer, beleuchteter Plastik-Hummer orange auf. Und in dieser Sekunde passiert es … In meinem Kopf flackern blitzlichtartig Bilder auf: die blaue Bude, der orangefarbene Hummer, der schreiende Fischhändler, meine Eltern und ich mit Krabbenbrötchen in der Hand. Unser letzter gemeinsamer Urlaub … hier … in Duenborg. Als ich sechs Jahre alt war. Der orangefarbene Plastik-Hummer war für mich *die* Attraktion des Urlaubs, erinnere ich mich plötzlich. Hastig nehme ich die Kladde aus meiner Tasche und ziehe das Foto, auf dem ich mit meinen Eltern vor der Bude stehe, heraus. Jeden Tag in diesem Urlaub mussten sie mit mir zu dem leuchtenden Hummer gehen. Und dann, in der Nacht, bevor wir abreisten, da …

»Jens Petersen, du verrückte alte Qualle!«, brüllt Charly Arkona, was die chaotische Bilderfolge in meinem Kopf abrupt abreißen lässt. Er schüttelt dem rotgesichtigen Fischhändler die Hand und sinniert: »Mensch, schon 'ne Zeit lang her, seit wir uns das letzte Mal gesehen haben. Aber du hast dich überhaupt nicht verändert.«

»Du dich auch nicht, Charly«, entgegnet Jens Petersen, schnuppert und verzieht das Gesicht. »Du trägst sogar noch dieselbe Lederjacke wie damals und, wenn mich meine alte Fischnase nicht völlig täuscht, auch noch denselben Pullover.«

»Und? Wie läuft das Fischgeschäft?«, fragt Charly in jovialem Ton.

»Geht so.« Der verrückte Jens macht ein betrübtes Gesicht. »Manchmal hab ich das Gefühl, dass mir der richtige Geschäftssinn abgeht.«

»Ach wo«, wiegelt Charly ab und deutet auf die Auslage. »Mach mir doch mal ein Krabbenbrötchen. Nein, warte! Mach mir gleich drei.«

»Das macht dann neun Euro«, sagt Jens Petersen, als er die Brötchen aus dem Fenster seiner Bude reicht.

»Bin im Moment ein bisschen knapp«, murmelt Charly. »Könntest du es anschreiben? So wie beim letzten Mal? Ich bezahl dann beim nächsten Mal.«

»Na klar. Ist kein Problem«, sagt Jens frohgemut. »Und weißt du was? Weil du es bist, geb ich dir nicht nur zwei Krabbenbrötchen umsonst dazu, sondern auch noch eins mit Rollmops und eins mit Matjes und eins mit Lachs und Ei.« Freudestrahlend schmeißt er alles in eine Tüte und überreicht sie dem selig lächelnden Charly Arkona.

»Die Firma dankt. Dann bis zum nächsten Mal, Jens. Alles Gute – auch beruflich.«

Großzügig bietet Charly den anderen von seinen unbezahlten Brötchen an. Helios und Eilean greifen ohne zu zögern zu.

In den sanften Plätscherwellen des Hafenbeckens schaukeln ein paar Fischerboote, rote Bojen schwimmen auf dem Wasser, eine vorwitzige Möwe kreist über der Kaimauer und hält dann auf Helios zu, der sein Rollmopsbrötchen gerade noch in Sicherheit bringen kann. Immer wieder kehrt mein Blick zu dem orangefarbenen Hummer auf Jens Petersens Dach zurück. Der Hummer … alles hat mit dem Hummer begonnen … damals, als ich sechs war …

Langsam lasse ich mich auf eine Bank nieder. »Ich … ich glaube, ich erinnere mich tatsächlich«, stammele ich. »Nur bruchstückhaft. Aber ich erinnere mich an den Hummer und an … ein Haus. Das Ferienhaus, in dem ich mit meinen Eltern war. Ein blaues Haus in den Dünen. Mit einer roten Schaukel davor. Es stand –«

Ich verstumme, springe auf und blicke suchend über die Menschenmenge. Mein Herz klopft wie verrückt.

»Was ist los, Rebecca?«, fragt Finn erschrocken.

»Der Mann im Anzug. Der, der in Rothermunds Büro war«, stottere ich. »Mir war, als hätte ich ihn gerade gesehen. Nur für einen Moment, dann war er wieder verschwunden.«

Umgehend fahren die Wächter herum und fünf Augenpaare scannen die Fischmarktbesucher ab.

»Wo? Bist du sicher, dass er es war?«, fragt Luis.

»Ich … ganz sicher bin ich mir nicht. Aber …«

Helios zupft nervös an seinen Schnurrbartspitzen. »Ich glaub net, dass er es jewesen ist. Woher sollen die Kameraden denn wissen, dass mer hier sind? Dazu müsste ja einer …« Er bricht mitten im Satz ab, runzelt die Stirn und auch die Mienen der anderen Wächter werden plötzlich äußerst nachdenklich – und sehr verschlossen. Niemand wagt es auszusprechen, aber die spannungsgeladene Stille macht mehr als deutlich, dass ihnen gerade in den Sinn kommt, was für mich längst nicht nur eine Möglichkeit, sondern bittere Realität ist: Unter den Wächtern gibt es einen Verräter. Und ich frage mich, ob Luis vorhin tatsächlich in der *Platten Flunder* war …

»Wir sollten so schnell wie möglich von hier verschwinden«, wispert Finn.

Eilean schüttelt entschieden den Kopf. »Wir können Duenborg nicht verlassen, ehe Rebecca nicht …«

»Gehen wir zum Strand«, schlage ich kurz entschlossen vor. »Vielleicht kann ich mich an etwas erinnern, wenn ich das Ferienhaus sehe, in dem wir damals gewohnt haben.« Ich blicke dahin, wo der Turm aus dem Meer aufragen müsste. Aber er ist nach wie vor von dichtem Nebel umgeben. »Ich wünschte, er würde leuchten. So wie vor zehn Jahren«, seufze ich. »Ich bin mir sicher, dass es mir dann viel leichter fallen würde.«

»Also … da ließe sich vielleicht was machen«, sagt Luis Arkona nach kurzem Nachdenken. »Die Nadel ist nach dem Angriff wieder instandgesetzt worden. Man hat sogar eine neue Optik eingebaut. Nicht um ihn wieder in Betrieb zu nehmen, sondern als Anschauungsobjekt. Da werden ganze Schulklassen hingekarrt, denen anhand der Nadel die Aufgabe eines Leuchtturms und die Funktionsweise seiner Optik erklärt wird. Das Leuchtfeuer darf zwar nicht in Betrieb genommen werden, weil der Turm offiziell stillgelegt ist, aber es wäre jederzeit möglich. Die Optik ist voll funktionsfähig. Und in den Turm reinzukommen, ist kein größeres Problem. – Was meinst du, Charly?«

»Weiß nicht, ob das 'ne gute Idee ist«, nuschelt Charly und kleckert dabei Makrelenmayonnaise auf seine Lederjacke. »Wenn ein Leuchtturm außer Betrieb plötzlich wieder leuchtet, könnte das bei den Schiffen da draußen für ziemliche Verwirrung sorgen. Ich will nicht, dass irgendein Kahn deswegen absäuft. Und außerdem ist das, als wolltest du dich nachts im Wald verstecken und würdest dabei mit 'ner Taschenlampe rumwedeln. Selbst wenn sich Rebecca grade getäuscht hat und die Agenten uns noch nicht auf der Spur sind, danach würde ihnen sofort klar werden, wer dahintersteckt. Und wir hätten jede Menge Kämpfer am Hals.«

»Ach – und ich bin der Bedenkenträger?«, entgegnet Luis spöttisch.

»Wir riskieren es«, entscheidet Eilean nach kurzem Nachdenken. »Ihr bringt den Turm ganz kurz zum Leuchten. Nur für eine Minute. Wir müssen darauf hoffen, dass das reicht. In Ordnung?«

»Na schön.« Charly blickt noch immer skeptisch, stimmt aber, ebenso wie sein Bruder, zu.

»Wie wollt ihr denn überhaupt zu der Nadel gelangen?«, fragt Finn.

»Ist kein Problem.« Luis wischt seinem Bruder mit angeekeltem Gesichtsausdruck Mayonnaise von der Jacke und deutet auf ein kleines Boot, das am Hafenkai liegt. »Wir leihen uns den Kahn vom verrückten Jens aus. Der hat bestimmt nichts dagegen. Ist ja für seine Freigiebigkeit bekannt. Legen wir los!«

Die Arkonas verschwinden im Nebel, während wir uns auf den Weg zum Strand machen. Hinter der Backsteinkirche halten wir uns rechts, folgen einer schmalen, abschüssigen Gasse und erreichen eine kleine Promenade, wo wir über eine hölzerne Treppe zum Strand hinabsteigen. Es herrscht Ebbe, das Meer hat sich weit zurückgezogen, Seevögel machen im Tiefflug Jagd auf Wattwürmer und Schalenkrebse. Wir wenden uns nach links und wandern über den feuchten Sand in Richtung der Landzunge, hinter der sich der Leuchtturm im Nebel verbirgt.

»Glaubst du Luis die Geschichte mit der *Platten Flunder*?«, flüstert mir Finn ins Ohr und mir wird bewusst, dass ich noch immer seine Hand halte.

»Keine Ahnung …«, entgegne ich leise. So verdächtig das Verhalten von Luis Arkona auch ist, ich kann ihn mir einfach nicht als Verräter vorstellen. Ihn nicht, seinen Bruder nicht und auch sonst niemanden. Andererseits – es fällt einem auch ziemlich schwer, sich vorzustellen, dass ausgerechnet dieser Haufen Leuchtturmwärter angetreten ist, um die Welt zu retten. Wenn Hollywood ein Superhelden-Epos besetzen wollte, würden die meisten von ihnen schon in der ersten Casting-Runde scheitern: Simon, der sich nur mithilfe seiner Krücken fortbewegen kann, Ole Krautsand mit seinem fröhlichen Klein-Jungen-Gesicht, Charly, der immer so aussieht, als hätte man ihn gerade aus einer Eckkneipe gekehrt … Ich blicke nach links, wo Helios Ehrenfeld munter plappernd neben mir herläuft, nicht ahnend, dass ein Stückchen Rollmops in seinem Schnurrbart hängt.

Nebelschwaden wabern über den Strand. Wir sind etwa zehn Minuten gelaufen, als mein Blick vom Meer weg in Richtung der Dünen gezogen wird. Eine kleine Ansammlung verfallener Holzhäuser erregt meine Aufmerksamkeit. Besonders das Haus ganz links. Mit schnellen Schritten bewege ich mich darauf zu. Das Dach ist beschädigt, ein Fenster ist eingeworfen und die Farbe ist größtenteils abgeblättert, aber ich erkenne es sofort wieder: Das ist das blaue Ferienhaus, in dem ich vor zehn Jahren mit meinen Eltern gewohnt habe. Sogar die Schaukel gibt es noch, auch wenn sie nur noch vom Rost zusammengehalten wird.

»Können wir ... gibt es die Möglichkeit, sich das Haus mal von innen anzusehen?«, frage ich.

»Klar«, sagt Eilean. »Die Häuser stehen schon ewig leer. Kommen keine Touristen mehr, seit damals.«

»Und weil man als Rheinländer immer auf alles jefasst ist, habe ich natürlich auch einen Dietrich dabei«, sagt Helios und beginnt seine Jackentaschen abzusuchen. »Wo haben mer den schlimmen Finger denn?«, murmelt er. Doch Eilean wirft sich schon mit seinem ganzen Gewicht gegen die hölzerne Tür, die so morsch ist, dass sie augenblicklich krachend zersplittert.

»Ja. So jeht es natürlich auch«, seufzt Helios und stellt die Suche nach dem Dietrich ein.

Zögernd betrete ich das Haus und versuche dabei, nicht durch die Nase zu atmen. Es riecht nach Schimmel, im Flur steht eine ausrangierte Toilettenschüssel, einige Streben sind aus dem Treppengeländer gebrochen und liegen auf dem Boden verstreut. Aus den Wänden ragen an mehreren Stellen rote und gelbe Kabel. Ohne genau zu wissen warum, halte ich auf ein Zimmer links von der Treppe zu, gefolgt von den Wächtern, die mich gespannt beobachten. Der Raum ist kahl und feucht. Tapetenfetzen hängen von der Decke und auf den Dielenbrettern hat sich eine Pilzkolonie ausgebreitet – aber kaum sehe ich durch die schmutzigen Fensterscheiben aufs Meer, bricht unvermittelt eine Flut aus Bildern über mich herein. Das war mein Zimmer damals! Hier habe ich geschlafen! Und dann, in der Nacht vor unserer Abreise … Mit einem Mal ist die Erinnerung so gegenwärtig, als würde ich sie ein zweites Mal erleben:

Ich liege im Bett und blicke durch das Fenster in den nächtlichen Sternenhimmel. Von nebenan dringen die gedämpften Stimmen meiner Eltern durch die Wand. Bei dem Gedanken daran, dass unser Urlaub morgen früh vorbei ist und ich Abschied vom Meer nehmen muss, verdrücke ich ein paar Tränen. Ich werde das Rauschen der Wellen vermissen, den Geruch des Meeres, das Gefühl, wenn das Wasser meine Füße umspült, die Sandburgen, die bunten Fahnen, die im Seewind flattern – und den Hummer. Den Plastik-Hummer, der orange blinkend auf der Fischbrötchen-Bude im Hafen thront. Ich wünschte, ich könnte ihn nur noch einmal betrachten. Wie es wohl aussieht, wenn er im Dunkeln leuchtet?, frage ich mich und der Gedanke geht mir nicht aus dem Kopf. Da fasse ich einen wagemutigen Entschluss. Mit klopfendem Herzen steige ich aus dem Bett, schleiche auf Zehenspitzen zum Fenster, öffne es und klettere auf die Fensterbank. Einen kurzen Moment zögere ich, dann wage ich den Sprung und lande weich im Sand vor dem Haus. Ich kenne den Weg zum Duenborger Hafen, ich bin ihn in den vergangenen Tagen oft mit meinen Eltern gelaufen. Ich muss mich einfach rechts halten und …

»Alles jesund, Mädchen? Du siehst ja aus, als täten Aschermittwoch und Karfreitag auf einen Tag fallen«, sagt Helios besorgt und reißt mich damit aus meiner Erinnerung.

»Alles okay«, murmele ich, mache zwei schnelle Schritte, öffne das Fenster und steige auf die Fensterbank. Genauso habe ich es damals gemacht.

»Die Arkonas haben es geschafft!«, ruft Finn in diesem Moment und deutet auf das Meer hinaus, wo das Licht der Nadel plötzlich im Nebel aufblinkt.

Das gleiche Blinken wie damals. Fasziniert blicke ich auf das Licht des Turms, dann stoße ich mich schwungvoll von der

Fensterbank ab und springe in den Sand. Nur ein kleiner Hüpfer. Damals, vor zehn Jahren, kam es mir wie ein gewaltiger Satz vor. Einen Satz, den ich nur gemacht hatte, um den Hummer noch einmal zu sehen, aber dann …

… erregt ein anderes Licht meine Aufmerksamkeit. Ein Licht, das mich noch viel mehr fasziniert als der leuchtende Hummer. Ein Blinken in unregelmäßigem Rhythmus. Ich wende den Kopf und sehe zu meiner Linken, wie ein Lichtstrahl über das Wasser fährt. Das Licht des Leuchtturms. Und ich …

… gehe nicht nach rechts, sondern nach links, in die Richtung des Turms. Wie ferngelenkt, stolpere ich durch den Sand, den Blick auf den Turm gerichtet, so als würde er mich magnetisch anziehen. Ich laufe über einen schmalen Pfad durch die Dünen und registriere nur am Rande, dass Finn, Eilean und Helios mir in ein paar Metern Abstand folgen. Und dann, ganz unvermittelt, bleibe ich vor einer mit Dünengras bewachsenen Erhebung im Sand stehen.

»Was tut sie da?«, wispert Finn.

»Sie erinnert sich«, höre ich Eileans raue Stimme sagen.

Ich blicke nach Westen, wo das Blinken des Leuchtturms den Nebel durchdringt. Über diesen Weg bin ich damals auch gelaufen. Und hier bin ich kurz stehen geblieben, weil …

Am Fuß der Düne höre ich plötzlich ein Kichern. Dann die flüsternde Stimme einer Frau. »So wird das nichts, Richie. Nur mal als kleiner Tipp: Es gibt BHs, die vorne geöffnet werden.«

Das ist sie! Das ist die Flüsterstimme, die ich immer in meinem Kopf höre!

Im Dunkeln erkenne ich die Umrisse eines Mannes und einer Frau, die am Fuß der Düne liegen. Ihnen muss sehr kalt sein. Um sich zu wärmen, liegen sie ganz dicht beieinander. Was ich nicht wirklich verstehe. Wenn ihnen so kalt ist, warum haben sie dann auch noch ihre Jacken und T-Shirts ausgezogen? Plötzlich richtet sich die Frau auf und greift nach einem Rucksack, der neben ihr liegt. »Wo habe ich denn nur die Gummis?«, murmelt sie und beginnt in dem Rucksack zu wühlen. Ihre Haare sind ziemlich durcheinander, ihr Lippenstift ist über das halbe Gesicht verschmiert. Ich frage mich gerade, warum die beiden mitten in der Nacht Gummitwist spielen wollen, als die Frau aufschaut. Für einen kurzen Moment treffen sich unsere Blicke, dann springe ich zur Seite. »Da … da war grade ein kleines Mädchen, Richie«, höre ich sie sagen und renne, so schnell mich meine kurzen Beine tragen, durch die Dünen davon. Auf das Licht des Turms zu. Und plötzlich ertönt ein lautes Flügelschlagen über mir und …

»Rebecca?« Ein Klatschen, noch ein Klatschen. Ein heftiges Brennen breitet sich auf meinen Wangen aus und ich reiße die Augen auf. Ich liege am Fuß der Düne. Das Licht der Nadel ist wieder erloschen. »*Welcome back*«, sagt Eilean, der neben mir kniet. Er lächelt und lässt seine Hand, die darauf vorbereitet war, mir die nächste Watschen zu verpassen, wieder sinken.

»Oh, nein. Schon wieder weggetreten?«, ächze ich, während Finn mir aufhilft.

So langsam wird die dauernde Umkipperei peinlich. Schon das dritte Mal innerhalb von drei Tagen. Öfter als eine anämische Protagonistin in einer viktorianischen Schauernovelle. Aber das ist jetzt völlig egal. Wichtig ist nur, dass …

»Ich habe mich an etwas erinnert«, stoße ich hervor. »Da war ein Paar …« Ich berichte aufgeregt, was ich vor meinem inneren Auge gesehen habe. »Die Frau hatte die flüsternde Stimme, die ich manchmal höre.«

»Und der Tünnes, mit dem sie da rumjebützt hat, dieser Richie, ist das vierte Asyl, nach dem mer suchen«, sagt Helios und wirkt dabei ganz aufgedreht.

Finn und ich tauschen einen kurzen Blick und denken wahrscheinlich das Gleiche: Nein. *Der Tünnes* ist kein Asyl. Simon ist das vierte Asyl. Dieser Richie spielt keine Rolle, außer dass er uns vielleicht irgendwie zu der Frau mit der Flüsterstimme führen könnte. Und dass er kein Asyl ist, bedeutet, dass wir noch immer nach der Unbekannten mit der Brüllstimme suchen. Auch wenn ich sie nicht gesehen habe, sie muss in dieser Nacht ebenfalls am Strand gewesen sein …

»Die Frau mit der Flüsterstimme und ein Kerl namens Richie. Das ist nicht viel, aber wenigstens etwas«, resümiert Eilean und fährt sich über die Bartstoppeln, während sein nachdenklicher Blick über das Watt wandert. »Helios und ich nehmen den Weg zurück durchs Dorf und sehen uns dort noch einmal um, um sicherzugehen, dass wirklich keine Agenten in der Nähe sind. Du und Finn, ihr geht über den Strand zurück. Wir treffen uns im *Roten Hering* und sobald die Arkonas zurück sind, halten wir Kriegsrat und sehen, was wir mit dieser Information anfangen können.«

»In Ordnung«, sagt Finn, und während die beiden Wächter davoneilen, schlagen wir die entgegengesetzte Richtung ein und spazieren langsamen Schrittes über den Strand. Wir sprechen nicht, wir sehen uns nicht an, aber während ich neben Finn über den nassen Sand laufe, muss ich daran denken, was er mir vorhin erzählt hat. All die Dinge, die er über mich weiß … Dinge, die – vielleicht mal von Mareike abgesehen – niemand weiß. Und mir wird plötzlich klar, dass ich auch viel mehr über Finn Westerbeek erfahren möchte. Darüber, welche Dinge er mag. Und welche er nicht mag. Darüber, wie es für ihn war, ohne Eltern aufzuwachsen. Ob er sich in manchen Momenten ebenso alleine und verlassen gefühlt hat wie ich. Ob er sich auch manchmal gefühlt hat, als hätte man ihn an einem Ort ausgesetzt, wo niemand seine Sprache spricht. Ich möchte wissen, welche Musik er mag und welche Bücher er liest, ich möchte wissen, wovon er träumt, und – ich riskiere einen kurzen Blick aus dem Augenwinkel – ich möchte ganz unbedingt wissen, wie er zu dieser wirklich attraktiven Narbe auf seiner Wange gekommen ist! Was ich immerhin weiß, ist, dass er die kleine Lücke zwischen meinen Schneidezähnen durchaus nicht als Schönheitsmakel sieht …

Außer uns ist kein Mensch am Strand, womit uns jede Ausrede dafür fehlt, weiterhin ein verliebtes Paar spielen zu müssen.

Aber als ich meine Hand in seine lege, umschließt er sie fest und lässt sie nicht mehr los. Wir sehen uns nicht an, doch ich bin mir sicher, dass sich auf seinem Gesicht ein ebenso feines Lächeln entspinnt wie auf meinem. Und während vor uns der schiefe Ausguck des *Roten Hering* in den Dünen auftaucht, muss ich plötzlich an das denken, was Candela gesagt hat: Manchmal trifft man jemanden, dessen Seele so schwingt wie die eigene.

Vielleicht hilft Musikhören und Singen und Lachen und Tanzen dabei, sich gegen den Einfluss seines schwarzen Passagiers zu wehren. Aber – und da bin ich mir in diesem Moment mehr als sicher – nichts setzt ihn so außer Gefecht wie das Gefühl, verliebt zu sein.

Ahab Flint ist bei unserer Rückkehr mit der Produktion einer größeren Menge an Stinkefisch beschäftigt und gerade dabei, die eklige braune Brühe unter Zuhilfenahme eines Trichters in Flaschen zu füllen. Dabei summt er *Whiskey in the Jar* vor sich hin und wirft gelegentliche Blicke zu dem flimmernden Fernseher an der Wand. »Und? War der kleine Ausflug erfolgreich?«, fragt er und sein linkes Auge fixiert uns erwartungsvoll.

»Könnte sein, dass wir eine Spur haben. Wenn auch nur eine schwache«, entgegnet Finn und verzieht angesichts des Stinkefisch-Geruchs die Nase.

»Was ist mit dem Rechner?«, frage ich und spähe zu dem Verschlag in der Küche.

»Alle Segel gesetzt und bereit zum Auslaufen!«, verkündet Ahab stolz und reckt den Daumen in die Höhe.

Finn und ich nehmen auf zwei wackligen Hockern vor dem Monitor Platz. Ich gebe *Bloody Piranha* in die Suche ein und stelle fest, dass es gleich mehrere Clubs dieses Namens gibt. Drei alleine in Europa: einen in London, einen in Basel und – ich zucke kurz zusammen – einen in Hamburg. Die Clubs in London und Basel sehen nicht so aus, als *hätten die Ratten da 'ne Krankenversicherung gegründet.* Das Hamburger *Bloody Piranha* verfügt über keinen eigenen Internet-Auftritt, wird aber in mehreren digitalen Stadtführern und Event-Guides erwähnt.

»Ich würde mal tippen, dass das die gesuchte Lokalität ist«, sagt Finn grinsend. Ich nicke und seufze tief. Gegen das *Bloody Piranha* ist sogar der *Rote Hering* so was wie das Hilton: Die Adresse des Clubs liegt im verrufensten Viertel Hamburgs, er erhält durchweg niederschmetternde 1-Sterne-Beurteilungen und Kommentare wie: *Auf keinen Fall offene Getränke bestellen!* und *Nur für Freunde exzessiver Kneipenprügeleien geeignet!* oder mein persönliches Highlight: *Wenn Sie sich Krankheiten verschiedenster Art holen wollen, bieten sich hier vielfältige Möglichkeiten.*

Bei dem Gedanken, nach Hamburg zurückkehren zu müssen, wird mir flau im Magen. Schon hier in Duenborg fühle ich mich weitaus weniger sicher, als ich es auf Zanderland getan habe. Aber Hamburg … Das könnte echt gefährlich werden. Und dann auch noch so eine Kaschemme …

Ich notiere die Adresse des *Bloody Piranha* auf einen Zettel und falte ihn gerade zusammen, als Eilean und Helios mit den Arkonas im Schlepptau die Gaststube betreten.

»Mer können natürlich keine vollkommene Entwarnung jeben«, sagt Helios und nimmt an einem der wackligen Tische Platz. »Aber mer haben im Dorf zumindestens keine verdächtijen Subjekte jesehen. Bist du sicher, dass du dich net jetäuscht hast, was den Anzugträjer anjeht?«

Ich zucke mit den Schultern. Ganz sicher bin ich mir wirklich nicht, aber …

»Hab gehört, unsere kleine Lichtshow war wenigstens teilweise erfolgreich?«, sagt Charly und blickt mich fragend an, bevor seine Aufmerksamkeit durch den frisch abgefüllten Stinkefisch abgelenkt wird. »Was dagegen, wenn ich mir ein Gläschen gönne, Ahab?«, fragt er und steuert auf die Theke zu, aber Luis drückt ihn in einen Stuhl und knurrt drohend: »Nicht, wenn dir dein Leben lieb ist!«

Ich setze mich ebenfalls und will den Arkonas gerade berichten, woran ich mich erinnert habe, als Ahab Flint hinter der Theke hervorspringt, nach dem Paddel greift und damit auf den Fernseher einschlägt. »Verdammt! Seht euch das an!«, brüllt er.

Wieder der genervte Fernsehreporter. Diesmal steht er am Rand einer Hauptverkehrsstraße und verkündet: »Vor wenigen Stunden kam es erneut zu einem rätselhaften Vorfall, an dem auch diesmal wieder die des Mordes an ihren Pflegeltern verdächtige Rebecca Q. beteiligt war: Drei Personen stürmten eine Videothek, stahlen einen lebensgroßen Pappaufsteller der Erotikdarstellerin Vicky Vengeance und hinterließen ein wirres Bekennerschreiben, das mit ›Kommando Blechlawinenstopp‹ unterzeichnet war. Kurz darauf platzierten sie den Aufsteller am Rand dieser Hauptverkehrsstraße, was innerhalb kürzester Zeit zu mehreren Blechunfällen und schließlich zum kompletten Erliegen des Berufsverkehrs führte. Welches Motiv Rebecca Q. und ihre beiden Begleiter zu diesen Taten antreibt, ob es sich dabei vielleicht um politische Protestaktionen einer Spaß-Guerilla handelt und in welchem Zusammenhang sie zu dem Tod des Ehepaares Verhoeven stehen, liegt weiterhin im Bereich reiner Spekulation. Ebenso wie die Antwort auf die Frage, warum sich die gesuchte Rebecca Q. bei ihrer Flucht vor der Polizei immer wieder so öffentlich präsentiert. Dieses Mal wurde das Trio bei seiner Aktion von einem sich zufällig in der Nähe befindlichen Streifenwagen überrascht. Rebecca Q. und ihre Begleiter ergriffen jedoch im letzten Moment die Flucht. Ein Spaziergänger hat die Ereignisse von einer Fußgängerbrücke aus mit seinem Smartphone gefilmt.«

Man sieht den schwarzen Mercedes, mit Ole hinter dem Steuer, auf dem Seitenstreifen der Straße stehen. Patti und Candela sind dabei, die Pappfigur am Straßenrand aufzustellen. Sie kichern und sind offenbar bester Laune. Da rast plötzlich von hinten ein Streifenwagen mit eingeschaltetem Blaulicht heran. Ole wirft einen Blick in den Rückspiegel – und gibt sofort Gas.

Der Polizeiwagen jagt ihm hinterher, während Patti und Candela die Straßenböschung hinabrutschen und über einen Acker davonrennen.

»*Holy shit!* Sie sind getrennt worden!«, stößt Eilean hervor.

»Die Beamten haben die Spur zu der Person in dem schwarzen Mercedes kurz darauf verloren. Auch die Fahndung nach Rebecca Q. und der Frau, die mit ihr flüchtete, blieb bisher erfolglos. Wir werden Sie informieren, sobald es neue Erkenntnisse gibt.«

Alle stehen da wie vom Donner gerührt. »Candela …«, sagt Eilean mit belegter Stimme und greift nach dem Handy, als die Tür des *Roten Hering* weit auffliegt. Nach Luft ringend stolpert Ole Krautsand in die Gaststube und lässt sich auf einen Stuhl fallen!

Helios guckt einen Moment lang, als hätte er ein Gespenst vor sich, dann läuft sein Gesicht zornesrot an. »Hast du noch alle Löcher im Käs, hier hinzukommen? Polizei, Agenten, Kämpfer – die sind doch jetzt all hinter dir her, du Tuppes!«

»Wo sollte ich denn sonst hin?«, keucht Ole. »Und wäre es vielleicht möglich, einen Schluck Wasser zu bekommen?« Er leert das Glas, das Ahab ihm reicht, in einem Zug. »Reg dich mal wieder ab, Helios. Ich habe schon dafür gesorgt, dass mir niemand gefolgt ist. Nachdem ich die Bullen abgehängt hatte, habe ich den Mercedes stehen lassen. Bin per Anhalter mit einem LKW weiter. Und die letzten Kilometer zu Fuß.« Ole fährt sich durch die Locken – als Eileans Hand vorschnellt und ihn am Kragen packt.

»Warum hast du die beiden da stehen lassen und bist einfach abgehauen?«, knurrt er in drohendem Ton.

»Mann, beruhig dich mal wieder«, stottert Ole. »Aus dir spricht dein schwarzer Passagier! Denk doch mal nach: Hätte ich die Polizei nicht abgelenkt, hätten Patti und Candela nicht flüchten können. Und die Staatsgewalt hätte uns alle drei eingesackt.«

»Ja … ja. Sorry«, sagt Eilean leise und lässt ihn wieder los.

»Nach der abenteuerlichen Tour brauchst du jetzt erst mal 'ne Stärkung.« Charly drückt Ole großmütig ein Glas Stinkefisch in die Hand und gönnt sich bei der Gelegenheit auch gleich eines.

»Habt ihr was von Patti und Candela gehört? Wisst ihr, wo sie sind?«, fragt Ole.

Eilean schüttelt den Kopf. »Nein. Aber ich war gerade dabei …« Just in diesem Moment klingelt das Mobiltelefon in seiner Hand. »Candela?«, fragt er mit einem ängstlichen Unterton in der Stimme. »Wo bist du? Seid ihr in Sicherheit? *Are you alright,* Baby?« Kurz darauf atmet er erleichtert auf und reckt den Daumen in die Höhe. »Gut. Bleibt da. Aber keine weiteren Aktionen. Sie sind zu nah an euch dran. – Nein, keine Angst«, sagt er in den Hörer und wirft einen Seitenblick auf Ole Krautsand. »Er ist … er ist hier bei uns. Ja. Gerade aufgetaucht. Wie bitte? Ja, sie hat sich erinnert. Wir wissen aber noch nicht, ob uns das weiterhilft. Was? Oh ja, Baby. Ich dich auch. Ich wünschte, du wärst hier und wir könnten …«

»Darf ich auch mal?«, sage ich und nehme ihm das Telefon aus der Hand.

»Hallo, Chérie«, klingt Candelas Stimme aus dem Hörer. »Du musst dir keine Sorgen machen. Patti und mir geht es gut. Wie ich höre, warst du erfolgreich?«

Ich berichte ihr von dem Paar, an das ich mich erinnert habe. Ole, Ahab und die Arkonas, für die das ebenfalls brandneue Information ist, hören mit großen Ohren zu.

»Ich muss Schluss machen. Bis bald, Chérie«, verabschiedet sich Candela. Kurz bevor ich auflege, höre ich Patti im Hintergrund aufmunternd brüllen: »Du machst das, Püppchen!«

»Verlieren wir keine Zeit mehr«, sagt Luis Arkona. »Sehen wir, was wir mit diesen Erinnerungen von Rebecca anfangen können.«

Alle versammeln sich um einen Tisch. Ich nehme mir noch schnell eine Flasche Malzbier von der Theke, setze mich auf den

Platz neben Finn und informiere die Wächter kurz über das, was wir über das *Bloody Piranha* herausgefunden haben.

»Net schlecht«, befindet Helios. »Bisher die konkreteste Spur, die mer haben. Obwohl mir bei dem Jedanken, nach Hambursch zu müssen, janz flau im Jedärm wird. Da stolpert man doch jetzt bestimmt an jeder Ecke über Agenten und Kämpfer.«

»Was ist mit dem Paar in den Dünen?«, sagt Eilean. »Gibt es irgendwelche Details, die uns vielleicht weiterhelfen könnten? Wie sahen die beiden aus?«

»Also … das Gesicht von diesem Richie konnte ich nicht erkennen. Die Frau war … groß. Und sie hatte einen Undercut und sah ziemlich punkig aus. Und auf ihrem Rucksack waren lauter Badges von irgendwelchen Bands. Wahrscheinlich kamen sie und ihr Begleiter tatsächlich von dem *Rock the Waves*-Festival. Na ja, und sonst kann ich nicht viel über sie sagen, außer dass sie offenbar klug genug war, für den Fall der Fälle Kondome in ihrem Rucksack zu haben.«

»Das ist wahrhaft lobenswert«, seufzt Luis Arkona und bedenkt seinen Bruder dabei mit einem komischen Blick. »Bringt uns in diesem Moment aber auch nicht entscheidend weiter.«

»Vor allem fällt es mir schwer, diese Frau mit der Nonne, nach der wir suchen, in Einklang zu bringen«, sage ich verwirrt. »Aber es war die gleiche Stimme.«

»Vielleicht ein spätes Mädchen. Also … spät berufen«, schlägt Helios vor.

»Wartet mal …«, sagt Ahab Flint mit nachdenklicher Miene. »Wartet mal …« Er erhebt sich vom Tisch, kratzt sich auf der Glatze und beginnt unruhig durch die Gaststube zu wandern. »Ich bin mir beinah sicher … der alte Larsen hat mir mal von so einem punkigen Pärchen erzählt.«

»Wer?« Fragend blicke ich den einäugigen Wirt an.

»Der alte Larsen. Ist vor einem halben Jahr gestorben«, sagt er. »Der Vorbesitzer des *Roten Hering*. Vor sieben Jahren habe ich den Schuppen von ihm übernommen. Aber so richtig trennen konnte er sich nicht davon. Auch nachdem er sich zur Ruhe gesetzt hatte, kam er jeden Abend hier vorbei, ließ sich volllaufen, und wenn er dann richtig einen im Kahn hatte, hat er mich mit Geschichten aus der goldenen Zeit des *Roten Hering* zugelabert. Alle möglichen Anekdoten über irgendwelche Gäste. Ihr wisst schon: ein Typ, der versucht hat, einen Waran auf sein Zimmer zu schmuggeln, die dänische Gräfin, die beinah an einer Gräte erstickt wäre, der Staubsaugervertreter, der sich für einen Deichgrafen hielt … Und von so einem Punk-Pärchen hat er auch immer erzählt. Die beiden tauchten eines Abends auf und brauchten ganz dringend ein Zimmer. Larsen hatte noch eines frei und hat es ihnen vermietet. Aber dann gab es Ärger …« Ahabs linke Pupille springt hin und her, wie eine Flipperkugel. »Die beiden waren wohl ziemlich laut bei … bei dem, was sie da taten. Larsen hatte kein Problem damit. Leben und leben lassen, war seine Devise. Aber seine Frau sah das nicht ganz so locker, hat sich ziemlich aufgeregt, und er sah sich gezwungen, die beiden wieder rauszusetzen. Könnte gut sein, dass sie einfach in die Dünen weitergezogen sind.«

»Ja, aber das muss ein anderes Pärchen gewesen sein. An einem anderen Tag«, meldet sich Charly Arkona zu Wort. »Ich habe den alten Larsen damals darüber ausgequetscht, ob er in der Nacht des Angriffs irgendwelche Gäste hatte. Er hat mir versichert, dass zur fraglichen Zeit niemand hier war.«

Ahab Flint seufzt tief. »Wann hast du denn mit ihm geredet?«

»Na, 'ne Woche, nachdem es passiert war.«

»Dann war seine Aussage ungefähr so viel wert wie ein Haufen Klabautermannscheiße«, kichert Ahab. »Mann, Charly, du weißt doch selbst, dass Larsen sein bester Kunde war. Er hatte Dauerschlagseite und war ziemlich durch.«

»Ist schon wahr. Er wusste einfach nicht, wann es Zeit war aufzuhören«, murmelt Charly und schenkt sich noch einen Stinkefisch ein.

»Larsen hat ständig alles durcheinandergeschmissen«, sagt Ahab. »Und wenn er einem die gleiche Geschichte dreimal erzählt hat, dann war sie einmal vor zwanzig Jahren, einmal vor sechs Monaten und einmal vor zwei Wochen passiert. Die Chance, von ihm eine verlässliche Auskunft darüber zu bekommen, was genau an welchem Tag passiert war, war ungefähr so groß, wie die auf einen Sechser im Lotto. – Hast du dir das Gästebuch zeigen lassen?«

»Ähm … nö«, gesteht Charly mit zerknirschtem Gesichtsausdruck.

Ahab Flint schnauft tief durch. »Wenn dieses Pärchen hier war, dann muss es sich auch ins Gästebuch eingetragen haben.«

Elektrisiert springe ich auf. »Dann hol das Buch! Schnell!«

»Ähm … würde ich. Wenn ich wüsste, wo es wäre. Ich werf nichts weg; die alten Gästebücher von Larsen müssen noch immer irgendwo hier sein. Aber wo genau …?« Ahab rollt ratlos mit dem verbliebenen Auge. »Bleibt uns nichts anders übrig, als den gesamten *Roten Hering* auf den Kopf zu stellen. Vom Kiel bis zur Mastspitze!«

»Eine Flasche Stinkefisch für den glücklichen Finder!«, bestimmt Charly Arkona und zieht seinen Bruder vom Stuhl hoch. »Luis und ich suchen im Obergeschoss, ihr versucht euer Glück hier unten!«

Während die Arkonas im oberen Stockwerk nach dem Gästebuch fahnden, durchkämmen Helios, Ole und Eilean Schränke, Schubladen und Truhen im Erdgeschoss. Finn und ich folgen dem mit einer Laterne bewaffneten Ahab Flint durch eine Bodenluke in einen muffigen Kellerraum.

Wie man hier überhaupt irgendwas finden soll, verschließt sich mir vollkommen. Der Raum quillt über vor altem Gerümpel: Seemannskisten, ein schwerer Anker, stapelweise Fotografien exotischer Schönheiten, eine Schale voller Glasaugen, ein Kanu, ein Haigebiss, eine Schiffsharpune und fässerweise Rum und Stinkefisch … An einer Wand des Kellers steht ein schwerer, massiver Kleiderschrank, in dem sich aber außer feuchten Klamotten und einem bemerkenswert großen und schnellen Tausendfüßler nichts Interessantes findet.

»Na dann: Leinen los!«, stöhnt Finn und verzieht angeekelt das Gesicht, während er eine Kiste öffnet und etwas herauszieht, das verdächtig nach einem Schrumpfkopf aussieht …

Ahab Flint grunzt glücklich, als er unter einem Stapel eingedellter Kaviardosen auf einen schon lange vermissten Milchaufschäumer stößt – was der einzige Erfolg unserer Suche bleibt. Keine Spur von dem alten Gästebuch. Bei Abenddämmerung versammeln sich alle in der Gaststube. Ich schaue in müde, enttäuschte Gesichter. In Helios' Schnurrbart hängen Spinnweben und über Charlys Jacke krabbelt irgendwas, das sehr nach mutierter Raupe aussieht.

»Herrgott, Ahab. Hättest du auf mich gehört und hier mal einen Hauch von Ordnung und Gastronomiemanagement eingeführt, könnten wir uns diese Sucherei sparen«, meckert Luis Arkona – glücklicherweise ohne zu bemerken, dass Charly dabei hinter ihm steht und seinen Oberlehrer-Gesichtsausdruck nachäfft.

»Tut mir leid«, schnieft Ahab Flint. »Wollt ihr mich jetzt deswegen über die Planke gehen lassen? Ich hab doch nur …« Sein Blick bleibt an einem Tisch neben dem Fenster hängen und in seinem Auge blitzt es auf. »Oh …«, murmelt er. »Oh!« Er wirft sich auf die Knie und zieht mit einem triumphierenden Lächeln unter einem der Tischbeine einen braunen Ledereinband hervor. »Das ist es! Larsens altes Gästebuch. Wusste doch, dass bei mir nichts wegkommt!« Ahab knallt das Buch auf den Tisch, schlägt es auf und blättert zum 08.08.2007. Sein Finger wandert die Zeilen entlang, bis er plötzlich fündig wird. »Hier! Das sind sie!«, sagt er stolz.

Richie Kampmann entziffere ich eine krakelige Unterschrift. Darunter die der Frau. *Maggie Paulus.* Ich muss lächeln: Das A in ihrem Vornamen hat sie wie das Anarchie-Symbol aussehen lassen.

»Maggie Paulus«, wispere ich vor mich hin. Endlich hat die Flüsterstimme einen Namen. Maggie Paulus. Maggie Paulus und Richie Kampmann.

Ich setze mich vor Ahabs Dampfmaschinen-Computer und gebe ihren Namen ein. Die Wächter sammeln sich hinter mir und blicken gespannt über meine Schulter. Der Rechner beginnt leise zu surren, dann beunruhigend laut zu brummen und schließlich zu scheppern. Ein grüner Lichtblitz auf dem Monitor – und Ende.

»Kein Problem«, befindet Ahab Flint. »Das hat er manchmal, wenn ihm zu heiß wird. Ist nur 'ne kleine Flaute. In ein paar Stunden hat er die Segel wieder unter Wind!«

»In ein paar Stunden?«, entfährt es Finn und mir gleichzeitig und ich starre den Wirt fassungslos an. »Sag mir bitte, dass das ein Witz ist!«

Ole und Eilean sehen aus, als würden sie Ahab am liebsten an die Kehle gehen, aber Helios stellt sich schützend vor den Wirt und beschwichtigt: »Dat ist net schön, aber … Et es wie et ess. Sich jetzt groß aufzurejen, bringt auch nix. Ich würde vorschlagen, dass mer alle ein paar Stündchen an der Matratze horchen. Denn wenn mer erst rausjefunden haben, wer diese Maggie Paulus ist, jeht der Spass erst richtig los und mer werden so bald keinen Schlaf mehr kriejen.«

»Ich will ja nicht als Pedant erscheinen, aber wäre es nicht vielleicht umsichtig, eine Wache im Ausguck aufzustellen? Vor allem nachdem Rebecca glaubt, den Mann im Anzug gesehen zu haben«, sagt Ole Krautsand und bietet gleich an, die erste Wache zu übernehmen.

»Lass mal«, sagt Charly leutselig und legt ihm die Hand auf die Schulter. »Du hattest einen harten Tag, Junge. Leg dich lang. Ich übernehm das. Brauch nur ein bisschen was, um mich warm zu halten.« Damit krallt er sich eine Flasche Stinkefisch, winkt uns fröhlich zu und trampelt die Treppe hoch.

Mir ist vollkommen schleierhaft, wie man in einer solchen Situation schlafen kann, aber offenbar bin ich die Einzige, die damit ein Problem hat. Aus dem Zimmer, in dem Helios, Eilean, Finn und nun auch noch Ole übernachten, dringt seliges Schnarchen. Ich liege mit offenen Augen in meiner Hängematte, während meine Gedanken um die Frau kreisen, die wir suchen. Maggie Paulus. Bist du wirklich eine Nonne?, denke ich. Wo müssen wir nach dir suchen? In einem Kloster? Nach Schwester Maggie?

Vom Strand her dringt das leise Rauschen der Wellen zu mir hinauf. Irgendetwas, von dem ich hoffe, dass es nur eine Maus ist, huscht mit leisen Trippelschritten an der Wand entlang. Einmal glaube ich zu hören, wie eine Tür geöffnet und wieder geschlossen wird, und über mir ertönt gelegentlich ein leises Knarren, wenn Charly sich in dem Ausguck auf dem Dach bewegt.

Es ist kurz nach halb zwei, als es leise an meine Tür klopft.

»Rebecca? Bist du wach?«, höre ich Finn flüstern. »Ich muss dir was zeigen.«

Ich springe aus der Hängematte und öffne die Tür.

»Unten«, sagt Finn leise und bedeutet mir, ihm zu folgen. Wir huschen die Treppe hinunter und schleichen in die Küche, wo Flints Computer zu neuem Leben erwacht ist. »Ich konnte nicht schlafen, weil die anderen so geschnarcht haben«, sagt er. »Also habe ich mich hier runtergestohlen und versucht, Flints Supercomputer wieder ans Laufen zu bringen. Hat geklappt. Aber man weiß ja nie, wie schnell er wieder schlappmacht. Also – sieh dir das hier an. Ich glaube, ich habe sie ausfindig gemacht! Aber sie ist keine Nonne, sondern …« Er deutet auf den Monitor. »Eine Maggie Paulus, die für uns relevant sein könnte, habe ich nicht gefunden. Aber ich bin auf eine *Margit Paulus* gestoßen. Und sie ist …«

»Pfarrerin!«, entfährt es mir, während ich wie vom Donner gerührt auf den Monitor starre: ein Artikel aus der Online-Ausgabe einer kleinen Lokalzeitung mit der Überschrift »Pfarrerin Margit Paulus segnet neues Boot der Ebbersieler Seenotrettung«.

»Ebbersiel ist ein kleines Seebad, etwa hundert Kilometer die Küste rauf«, erklärt Finn. »Ziemlich nobel und ziemlich teuer. 'ne Menge Promis haben da Ferienhäuser.«

Ich beuge mich zu dem Monitor vor. Auf dem Bild ist eine groß gewachsene, hübsche Frau in einem Talar zu sehen. Sie trägt keinen Undercut mehr, ihre Haare sind schulterlang und auch ansonsten hat sie nicht mehr viel mit der punkigen Maggie gemein, die mit ihrem Freund halb nackt in den Dünen lag. Aber sie ist es! Ich erkenne ihre Gesichtszüge sofort.

»Du hast sie gefunden«, entfährt es mir freudig. »Das ist die Maggie, die wir suchen!« Ohne überhaupt darüber nachzudenken, springe ich auf, drücke Finn einen Kuss auf den Mund – und erst im nächsten Moment wird mir klar, was ich da gerade tue. »Ähm ... 'tschuldigung«, murmele ich über mich selbst verblüfft und weiche verlegen zurück.

Finn guckt einen kurzen Augenblick lang völlig perplex, bevor sich ein Grinsen auf seinem Gesicht ausbreitet. »Dass du deine Dankbarkeit so enthusiastisch zum Ausdruck bringst, gehört zu den Dingen, die ich bisher noch nicht über dich wusste. Umso bedauerlicher, dass ich leider nicht auch etwas über diesen *Richie* rausgefunden habe, das uns weiterhelfen könnte. Aber vielleicht brauchen wir ja gar keinen Grund, um ...«

Finn blickt mir tief in die Augen, beugt den Kopf vor und einen Moment später spüre ich seine Lippen auf meinen. Da knarrt es plötzlich auf der Treppe. Augenblicklich fahren wir auseinander. Ich springe auf und lösche das Licht; Finn zieht hastig seine Jacke aus und dunkelt damit den flackernden Monitor ab.

Mit angehaltenem Atem hören wir, wie jemand durch die Gaststube schleicht, die Tür des *Roten Hering* öffnet und ins Freie schlüpft. Kurz darauf huscht ein Schatten am Küchenfenster vorbei und entfernt sich eilig in Richtung Strand.

»Luis Arkona!«, wispert Finn. »Schnell! Folgen wir ihm!«

»Aber Charly hält doch oben im Ausguck Wache. Er muss ihn gesehen haben. Warum schlägt er keinen Alarm, wenn sich jemand aus dem Haus schleicht?« Meine Frage beantwortet sich von selbst, als wir aus der Tür der Gaststube treten und nach oben blicken: Charly hängt fest schlafend im Ausguck, die Stinkefischflasche an die Brust gedrückt.

»Beruhigend, dass wir uns um unsere Sicherheit keine Sorgen machen müssen«, merkt Finn seufzend an.

»Komm! Luis ist da lang«, sage ich und zupfe ihn am Ärmel.

Wir rennen zwischen den Dünen hindurch, und als wir den Strand erreichen, sehen wir Luis Arkona, etwa hundert Meter vor uns, in Richtung des Dorfes laufen. Kurz bevor er den Ort erreicht, verschwindet er hinter einer Düne – und kommt nicht wieder zum Vorschein.

Finn und ich schleichen uns näher und robben, auf dem Bauch liegend, die andere Seite der Düne hoch.

Zwei Stimmen!

Die von Luis. Und die einer Frau.

»Ich muss vorsichtig sein«, wispert Luis. »Wenn ich den falschen Moment erwische, dann …«

»Aber es kann nicht mehr warten!«, entgegnet die Frauenstimme.

Ich höre Luis tief durchatmen, bevor er sagt: »Also gut. Bleib hier. Ich werde versuchen, ihn hierherzulocken und dann –«

»Dreckiger Verräter!«, brüllt Finn mit wutentbranntem Gesicht. Er macht einen Satz von der Düne, springt Luis in den Rücken und zieht ihn im Würgegriff mit sich zu Boden.

»Loslassen«, krächzt Luis und versucht seinen Angreifer abzuschütteln.

Die Frau stößt einen Schrei aus und legt schützend die Hände vor den Bauch – einen sehr gewölbten Bauch.

»Finn!«, schreie ich. »Hör auf! Lass ihn los!«

Tatsächlich löst Finn seinen Griff. Luis Arkona wirft ihm einen vernichtenden Blick zu, japst nach Luft und müht sich, auf die Füße zu kommen.

»Wievielter Monat?«, frage ich die Frau. Sie hat krause blonde Locken, eine stämmige Statur und ein freundliches, rundes Gesicht.

»Siebter«, sagt sie und fährt mit den Händen über ihren Bauch.

»Herzlichen Glückwunsch!«

»Danke.«

»Ähm ... was?«, sagt Finn ein wenig begriffsstutzig und blickt fragend zu Luis Arkona.

Der lässt sich seufzend in den Sand sinken, deutet auf die Frau und sagt: »Darf ich vorstellen? Das ist Dörte Ditzum.«

»Charlys verschmähte Braut?«, sagt Finn verdutzt. Sein Blick wandert über Dörtes Bauch und bleibt dann an Luis hängen. »Und du hast sie tatsächlich, ähm, getröstet?«

»Habe ich nicht!«, faucht Luis. »Also ... habe ich schon. Aber nicht so, wie du dir das in deiner schmutzigen Fantasie vorstellst, du Pubertätsopfer.«

»Das Kind ist von Charly«, sagt Dörte Ditzum mit sanfter Stimme. »Ich habe zwei Tage vor der Hochzeit erfahren, dass ich schwanger bin. Ich wollte es ihm erst nach der Trauung sagen. Es sollte mein ganz persönliches Hochzeitsgeschenk sein, aber dann ... Na ja, ich denke, ihr kennt die Geschichte.« Sie lächelt verlegen. »Ihr solltet deswegen nicht schlecht über Charly denken. Ich tue es jedenfalls nicht. Er ist, wie er ist: herzensgut. Aber er hat ein Problem damit, Verantwortung zu übernehmen. Ich liebe ihn trotz seiner Schwächen und ich weiß, dass es umgekehrt genauso ist. Egal, was er behauptet. Und ich will, dass er erfährt, dass er Vater wird. In der Hoffnung darauf, dass er dieses eine Mal vielleicht doch Verantwortung übernimmt. Also habe ich Kontakt zu Luis aufgenommen und ...«

»Einer in der Familie muss ja vernünftig sein«, sagt Luis in resigniertem Ton. »Dörte hat mich gebeten, meinem Bruder die frohe Kunde schonend beizubringen. Aber wenn ich Charly damit im falschen Moment komme, wird er bloß panisch, ergreift die Flucht und heuert auf irgendeinem Bananendampfer nach

Südamerika an. Und ich muss eine Situation abpassen, in der er ausnahmsweise mal eine längere Aufmerksamkeitsspanne hat als ein Dreijähriger. Was so gut wie nie vorkommt. Derweil habe ich mit Dörte Kontakt gehalten, ihr aber immer nur vermelden können, dass es nichts Neues zu vermelden gibt.«

»In der Nacht auf Zanderland … war es Dörte, die du von Fannys Telefon aus angerufen hast?«, frage ich.

»Ja.« Luis blickt mich erstaunt an. »Aber woher weißt du …? Und wieso …?«

»Und ich nehme mal an, dass du, als wir vorhin im Dorf waren, nicht die *Platte Flunder* aufgesucht hast, sondern …«

»Ja. Das war gelogen«, bestätigt Luis. »Ich habe Dörte darüber in Kenntnis gesetzt, dass wir in Duenborg sind, und wir haben verabredet, uns hier zu treffen, um in Ruhe miteinander sprechen zu können.«

»Ich hoffe, du kriegst wegen mir jetzt nicht irgendwelche Scherereien, Luis?«, sagt Dörte ängstlich.

»Keine Sorge«, sage ich lächelnd und versuche mir nicht allzu sehr anmerken zu lassen, wie erleichtert ich bin, dass sich mein Verdacht gegen Luis Arkona gerade zerstreut hat. »Aber …« – ich wende mich Luis zu und formuliere vorsichtig: »Finn hat herausgefunden, wer und wo die Frau ist, die wir suchen. Wir werden bald von hier aufbrechen müssen.« Ich blicke auf Dörtes Babybauch. »Einen passenderen Moment wird es so schnell nicht geben. Und … denkst du nicht, es wäre besser, wenn Charly es von dir selbst erfährt statt von seinem Bruder?«

»Ich denke, du hast recht«, sagt Dörte nach kurzem Nachdenken.

»Dann komm mit!« Ich lege den Arm um sie, und Finn und Luis folgen uns zurück zum *Roten Hering*.

Charly hängt noch immer schlafend im Ausguck. Finn nimmt einen Stein vom Boden auf, wirft und trifft ihn an der Stirn. Charly schreckt hoch und schreit: »Geschütze in Stellung! Enterhaken bereit!« Dann schaut er mit erstauntem Blick zu uns herunter. Seine Augen bleiben an Dörte und ihrem Bauch hängen – und er sieht plötzlich aus wie ein Käpt'n, dessen Fregatte geentert wird. »Ach du dicker Quastenflosser …«, stößt er fassungslos hervor.

»Komm runter, Charly!«, ruft Dörte. »Wir müssen reden.«

»Ähm, geht leider nicht. Muss hier Wache halten«, stammelt Charly panisch.

Luis geht ins Haus, kehrt fünf Sekunden später mit Flints Harpune in der Hand zurück und richtet sie auf den hölzernen Ausguck. »Ich zähle bis drei. Also: eins, zwei –«

»Ist ja schon gut«, krächzt Charly, klettert mit hängenden Schultern aus dem Ausguck und macht dabei ein Gesicht, als ginge es zum Schafott.

Charlys Geschrei hat auch die anderen geweckt. Helios, Eilean, Ole und Ahab Flint stürmen die Treppe herunter, als wir in die Gaststube treten. Verwundert starren sie auf Dörte. Dann kommt auch Charly mit zögernden Schritten und verängstigt blickend die Stufen hinabgeschlurft.

»Jemand anderer muss die Wache übernehmen. Muss mal eben was klären«, murmelt er.

»Das mache ich«, sagt Ahab Flint, greift nach seiner Harpune und rennt erstaunlich behände die Treppe hoch. Und während Finn den anderen erklärt, was los ist, nehme ich Charly Arkona und Dörte Ditzum am Arm und lotse sie zu einem Tisch am Fenster.

»Hallo, Dörte«, sagt Charly, rutscht unruhig auf seinem Stuhl hin und her und blickt zu Boden. »Gut siehst du aus.«

»Das war für den Anfang doch schon mal ganz vielversprechend«, sage ich aufmunternd. »Also … besprecht jetzt, was es zu besprechen gibt. Und tut einfach so, als wären wir gar nicht da. Und, ähm, es wäre schön, wenn ihr euch dabei etwas beeilen könntet, denn die Zeit drängt ein ganz klein wenig. Tja dann … viel Erfolg!«

Ich laufe zu den anderen hinüber, die sich um den Tresen versammelt haben. »Wir wissen, wer und wo Maggie Paulus ist!«, verkünde ich und erkläre ihnen, was Finn und ich herausgefunden haben.

»Eine Pfarrerin! Da lag ich mit dem Nönnchen ja nur janz knapp daneben«, befindet Helios freudig.

»Endlich!«, stößt Ole Krautsand hervor und ein zufriedenes Lächeln zieht über sein Gesicht.

»Ein Name und ein Ort«, sagt Eilean. Ein aufgeregtes Funkeln tritt in seine Augen. »Margit Paulus. Ebbersiel. Wir brechen auf, sobald …« Mit gerunzelter Stirn blickt er zu dem Tisch am Fenster, an dem eine intensive Beziehungsdiskussion im Gange ist. Jedes Mal, wenn Charly Dörte anschaut, beginnen seine Augen zu glänzen und einmal sieht es fast so aus, als wollte er ihre Hand nehmen, aber dann weicht er wieder ängstlich zurück und macht sich in seinem Stuhl klein. Die Diskussion zieht sich.

»Komm schon. Komm endlich in die Gänge, Charly«, murrt Ole, nachdem auch eine halbe Stunde später noch kein Ergebnis in Sicht ist, und Eilean sagt: »Abgesehen davon, dass wir keine Zeit mehr haben – es ist hier für Dörte zu gefährlich. Sie muss schnellstens zurück ins Dorf.«

»Können mer die Sache net irjendswie beschleunijen?«, seufzt Helios.

»Ich versuche es«, sagt Luis, geht zu dem Tisch hinüber und lächelt Charly und Dörte etwas angestrengt an. »Und wie sieht es aus?«, fragt er mit unschuldigem Blick.

Dörte lehnt sich zurück und verschränkt die Arme vor der Brust. »Na ja, ich wäre bereit, auf den Alleinunterhalter und die Puffärmelkleider zu verzichten. Aber ich will, dass mein Kind einen verantwortungsvollen Vater hat. Und deswegen habe ich auch ein paar Bedingungen: Charly trinkt den ersten Stinkefisch nicht vor neun Uhr abends, er duscht ab sofort regelmäßig und er tanzt nicht mehr, wenn andere Menschen zusehen!«

»Tja, und da hängen die Verhandlungen grade ein bisschen durch«, gesteht Charly und lächelt seinen Bruder entschuldigend an.

»Verhandlungen?«, bellt Luis, beugt sich drohend vor und pocht mit dem Zeigefingerknöchel gegen Charlys Stirn.

»Au!«

»Verhandlungen? Carl Friedrich Arkona, muss ausgerechnet ich dir sagen, dass es hier nicht um Verhandlungen geht? Hier geht es um Liebe! Mann, Charly: Jede Nacht murmelst du ununterbrochen Dörtes Namen im Schlaf.«

»Wirklich?«

»Ja. Wirklich. Und sieh dich doch mal an. Deine Augen strahlen wie zwei Leuchttürme, wenn du Dörte ansiehst. Und sie liebt dich auch. Du weißt gar nicht, was für ein unverschämtes Glück du mit ihr hast. Und ihr bekommt ein Kind. Du wirst Vater!«

»Ja ... Vater ... Ich werd Papa«, sagt Charly plötzlich und ihm ist anzusehen, dass ihm die Tatsache erst in diesem Moment wirklich bewusst wird. Langsam steht er auf und holt tief Luft. »Ich liebe dich, Dörte Ditzum. Das mit dem Stinkefisch und dem Duschen krieg ich schon hin. Und über das Tanzen reden wir später noch mal. Charly wird Papa! Ich liebe dich, Dörte!«

»Und ich liebe dich, Charly Arkona«, jauchzt sie und fällt ihm um den Hals. Der anschließende Kuss erreicht nicht ganz das Candela-Eilean-Niveau, ist aber auch nicht von schlechten Eltern. Vor allem ist er lang.

»Ähm, Charly, es gibt da eine neue Entwicklung bezüglich der Frau, die wir suchen«, sagt Luis und räuspert sich. »Wir haben leider keine Zeit. Und Dörte sollte besser zurück ins Dorf. Da ist sie sicherer.«

»Ist schon in Ordnung«, sagt Dörte lächelnd. »Ich werde euch nicht weiter aufhalten.« Sie fährt Charly mit dem Finger über die Wange. »Bis später.« Bevor sie aus der Tür eilt, drückt sie dem überrascht blickenden Luis Arkona einen schnellen Kuss auf die Stirn. »Vielen Dank für deine Hilfe, Luis.« Kaum hat Dörte die

Tür hinter sich geschlossen, marschiert Charly mit einem breiten Grinsen auf seinen Bruder zu. »Sie hat völlig recht«, frohlockt er. »Ohne dich wäre mir nie klar geworden, dass ich die Frau wirklich liebe. Und dich liebe ich auch, Bruder!« Luis weicht erschrocken zurück, aber Charly macht einen schnellen Schritt vor – und küsst ihn auf den Mund.

»Äh, danke, Charly«, sagt Luis, rückt seinen Krawattenknoten gerade und wischt sich den Mund ab. »Dann wäre ja … alles geklärt.«

Während Charly von den anderen auf den neuesten Stand in Sachen *Margit Paulus* gebracht wird, renne ich nach oben und greife mir meine Tasche, werfe mich in Pattis Mantel und ziehe die Lederkappe auf.

Kaum bin ich wieder unten, als es hinter mir laut poltert. Ahab Flint fliegt die Stufen so schnell herunter, dass er sich dabei zweimal überschlägt, landet unsanft am Fuß der Treppe und schreit panisch: »Ihr müsst weg hier! Schnell!«

Ole Krautsand fährt erschrocken herum. »Was ist los?«

»Schnellboote!«, keucht Ahab. »Vier oder fünf Stück. Das sind Kämpfer. Ihr müsst weg. Sofort!«

»Kommt von der Landseite auch was auf uns zu?«, fragt Eilean und stürzt ans Fenster.

»Was weiß ich«, japst der Wirt. »Hab schließlich nur ein Auge. Hab nur die Boote gesehen.«

»Los. Wir verschwinden durch den Fluchtgang im Keller«, befiehlt Eilean, stürmt in die Küche und reißt die Bodenluke auf.

»Warte«, sagt Luis und hält ihn am Ärmel fest. »Ich bleibe hier! Das Letzte, was diese Kämpfer brauchen können, ist öffentliches Aufsehen. Die wollen, dass solche Aktionen im Geheimen laufen. Aber ich habe noch das ganze Feuerwerk oben auf dem Zimmer. Ich lasse es ordentlich knallen! Vielleicht kann ich sie verscheuchen, zumindest aber verschafft euch das einen Vorsprung.«

»Knaller-Idee!«, sagt Charly und grinst beifällig. »Könnte glatt von mir sein. Genauso machen wir es, Brüderchen.«

»Nein, du nicht!«, sagt Luis. »Du gehst mit den anderen. Du wirst Vater. Du hast jetzt Verantwortung für ein Kind.«

»Und genau deswegen bleib ich hier!«, entgegnet Charly mit ernstem Gesicht. »Weil ich nicht will, dass mein Kind in einer Welt aufwächst, die von irgendwelchen schöngeföhnten Hirnfrikadellen regiert wird und in der ihm nicht mal seine eigenen Gedanken gehören. Also los! Empfangen wir diese passagierzerfressenen Nullhirne mit ein paar fetten Mega-Böllern!«

»Mich kriegt hier auch keiner raus!«, knurrt Ahab Flint, rollt Unheil verkündend mit seinem Auge und schnappt sich die Harpune. »Eher stecke ich die ganze Takelage in Brand, bevor ich den *Roten Hering* von diesen Strandpiraten kapern lasse! Und ihr … seht zu, dass ihr endlich Land gewinnt.«

»Los! Haut ab! Macht euch keine Sorgen um uns! Wir kriegen das Kind schon geschaukelt«, brüllt Charly.

Ich werfe einen letzten Blick zurück, winke Ahab und den Arkonas noch einmal zu, dann steige ich eilig die Stiegen hinab und folge Finn in den Keller.

– ELF –

Eilean und Ole stehen vor dem Kleiderschrank in Flints Keller und beobachten ungeduldig, wie Helios Ehrenfeld die Rückwand des Schrankes abtastet. »Hier war doch irjendswo so ein Pinöpel jewesen«, murmelt er. »Ah, hier!«

Die Rückwand fährt zur Seite und vor uns öffnet sich ein niedriger Tunnel. Die Köpfe eingezogen, hasten wir durch den Gang, bis er so flach wird, dass wir auf dem Bauch weiterkriechen müssen. Dann taucht vor uns eine schmale Öffnung auf, doch als ich mich durch sie hindurchschieben will, rutscht mir die Kappe vom Kopf und meine Haare bleiben irgendwo hängen.

»Bleib ruhig. Nicht bewegen«, höre ich Ole hinter mir sagen. »Du hast dich in einer Stahlstrebe verfangen.« Vorsichtig löst er mein Haar von der Strebe und ich kann durch die Öffnung klettern. Finn reicht mir die Hand und hilft mir auf die Füße. Um uns herum: meterdicker Beton.

»Alles klar bei dir, Mädchen?«, fragt Helios.

»Wo sind wir hier?«

»Ein alter Weltkriegsbunker«, flüstert Eilean. »Da vorne ist der Ausgang!«

Vorsichtig um uns spähend verlassen wir den Bunker und stehen mitten in den Dünen. Als ich zum Strand zurückblicke, stockt mir der Atem: Genau in diesem Moment erreichen die fünf Schnellboote das Ufer, bewaffnete Trupps in Tarnkleidung springen auf den Strand und halten auf den *Roten Hering* zu. Da tut es einen gewaltigen Knall und das ganze Haus scheint zu wackeln. Rauch zieht über den Strand. Die Kämpfer bleiben einen Moment lang überrascht stehen. Plötzlich schießen unzählige Feuerwerksraketen auf sie zu. Einige der Männer werfen sich zu Boden, aber die anderen eröffnen das Feuer und stürmen weiter auf das Holzgebäude zu.

»Sieh nicht hin«, sagt Finn und zieht mich mit sich über einen sandigen Pfad zu dem Parkplatz, auf dem der Citroën parkt. Kurz bevor wir den Wagen erreichen, werfe ich aber doch noch einmal den Kopf herum und sehe, wie eine Rakete abschmiert und im Ausguck des *Roten Hering* landet, der augenblicklich Feuer fängt. Unmittelbar danach schlagen an mehreren Stellen hohe Flammen aus dem Dach des Hauses.

»Nein …«, stammele ich, aber da drückt Finn mich schon auf die Rückbank, springt ebenfalls in den Citroën und schlägt die Tür zu.

Helios jagt den Wagen wie ein Wahnsinniger durch die engen Gassen von Duenborg und legt noch mal einen Zahn zu, als wir die Küstenstraße erreichen.

Der Schreck über den Angriff und den brennenden *Roten Hering* ist mir offenbar vom Gesicht abzulesen. »Keine Angst«, versucht mich Finn zu trösten. »Irgendwie schaffen sie es schon da raus.«

Und Ole Krautsand, der rechts neben mir sitzt, versichert mit überzeugter Miene: »Die Arkonas kriegt so schnell nichts klein. Die sind zäh. Und Ahab Flint ist so was wie unsinkbar.«

Währenddessen beginnt Eilean zu telefonieren. Erst mit Patti und Candela, dann mit Simon und Fanny. Aufgeregt berichtet er von dem Angriff und davon, dass wir nun auf dem Weg nach Ebbersiel zu Margit Paulus sind. Anschließend reicht er mir das Handy nach hinten.

»Geht es dir gut, Rebecca?«, klingt Simons dunkle Stimme aus dem Hörer.

»Ja … ja, alles in Ordnung.«

»Ich bin stolz auf dich. Dank deiner Hilfe konnten wir ein weiteres Asyl identifizieren. Aber bitte denk daran: Egal, was nun geschehen wird, egal, welche Umstände eintreten – verrate niemandem, wer das vierte Asyl ist. Niemandem. Viel Glück!«

Dann legt er einfach auf. Nachdenklich gebe ich das Handy an Eilean zurück, der es in seiner Jacke verstaut, während er Helios zuraunt: »Es sind nur hundert Kilometer bis Ebbersiel. Aber wie immer gilt: Der direkte Weg ist der gefährlichste. Wir sollten jede Menge Haken schlagen.«

Und das tun wir auch. Unsere Fahrt durch die Nacht scheint nicht zu enden. Nur einmal machen wir eine kurze Pause an einer kleinen Tankstelle, weil Ole Krautsand mit gequältem Gesichtsausdruck kundtut, dass seine Blase nur noch Sekunden vor dem Platzen ist und er für nichts mehr garantieren kann. Nach zwei Minuten kommt er mit erleichterter Miene von der Toilette zurück und wir setzen unsere Fahrt fort.

Irgendwann bin ich so erschöpft, dass ich, den Kopf an Finns Schulter gelegt, einschlafe. Als ich wieder wach werde, ist es bereits hell und wir sind nicht mehr weit von Ebbersiel entfernt. Helios steuert einen *Park and Ride*-Parkplatz an, auf dem gerade eine Imbissbude öffnet.

Pommes mit Mayo hat man auch nicht jeden Tag zum Frühstück. Aber in der allergrößten Not … Eilean steuert mit zwei Schälchen und einem Becher Kaffee in der Hand auf den Stehtisch vor der Bude zu, um den wir uns versammelt haben, als ein Klingeln aus seiner Jackentasche zu hören ist.

»Geh ran!«, sagt er zu Ole. »Hab die Hände voll.«

Ole zieht das Handy aus Eileans Jacke und blickt mit gerunzelter Stirn auf das Display. »Ein Festnetzanschluss. Und die Vorwahl … das ist Duenborg!«

»Ja, dann jeh doch endlich ran, du Tünnes!«

»Hallo?«, sagt Ole, das Handy ans Ohr gepresst. Dann hellt sich seine Miene auf und kurz darauf beendet er das Gespräch mit den Worten: »Alles klar! Passt auf euch auf. Wir melden uns, wenn es was Neues gibt.« Anschließend blickt er freudig zu Eilean und sagt: »Das war Luis. Die schlechte Nachricht ist, dass es den *Roten Hering* nicht mehr gibt. Ist nur noch ein Haufen verkohltes Holz. Aber die gute Nachricht ist, dass die Kämpfer abgehauen sind, als das Haus zu brennen begann. Das war ihnen wohl wirklich zu viel an öffentlicher Aufmerksamkeit. Ahab und die Arkonas konnten sich durch den Tunnel retten und verstecken sich fürs Erste bei Jens Petersen.«

Mir fällt ein ganzer Steinbruch vom Herzen.

»Um die Arkonas muss man sich keine Sorgen machen. Hab ich doch gesagt.« Finn wirft sich noch eine Ladung Pommes frites ein und lächelt mich an. Über seine Oberlippe zieht sich eine dünne Mayonnaise-Spur, was auf eine irgendwie schräge Art nicht unattraktiv aussieht.

»Wenn wir Margit Paulus treffen, müssen wir äußerst behutsam vorgehen«, leitet Eilean eine letzte kurze Lagebesprechung ein. »Wir haben keine Ahnung, wie sie reagieren wird, wenn sie von den Passagieren und der Prophezeiung hört. Wenn sie erfährt, dass sie ein Asyl ist. Es könnte sein, dass Margit Paulus uns einfach nur für verrückt hält und die Polizei ruft. Es könnte sein, dass sie völlig ausflippt und einen Zusammenbruch erleidet. Es könnte aber auch sein, dass sie uns zuhört und dem, was sie von uns erfährt, Glauben schenkt.« Eilean nippt nachdenklich an seinem Kaffee und sagt: »Was mich zuversichtlich stimmt, ist die Tatsache, dass sie ein Mensch mit spirituellem Bewusstsein zu sein scheint. Immerhin liest sie die Schriften der Hildegard von Bingen. So jemand ist in der Regel offener für unglaubliche Wahrheiten als jemand, der ausschließlich die Börsennachrichten liest. Aber natürlich können wir nicht mit der Tür ins Haus fallen.« Eilean wendet sich mir mit ernstem Gesicht zu und sagt: »Ich denke, du solltest zunächst alleine mit ihr sprechen. Ihr seid beide Asyle. Vielleicht fühlt sie eine Art geistiger Verbindung zu dir. Das würde alles einfacher machen.«

»Ich … ich kann es versuchen«, sage ich zögernd.

»Um diese Zeit treffen wir sie sehr wahrscheinlich im Pfarrbüro der Gemeinde an«, fährt Eilean nach einem kurzen Blick auf die Uhr fort. »Rebecca wird um ein Gespräch mit ihr bitten, und je nachdem, wie das läuft, stoßen wir dazu und versuchen sie dazu zu bewegen, mit uns zu kommen. – Und weiterhin gilt: äußerste Vorsicht.« Eilean blickt zur Straße, kneift die Augen zusammen und beobachtet die vorbeifahrenden Autos. »Ich glaube zwar nicht, dass uns jemand folgt, aber ...«

»Dann lejen mer mal los«, singsangt Helios, entsorgt seine Pommesschale, öffnet den Wagen und pflanzt sich hinters Steuer.

Ebbersiel hat eine Strandpromenade, eine wunderschöne, von hohen Linden gesäumte Hauptstraße, gepflegte Vorgärten und hübsche Häuser mit reetgedeckten Dächern. Leider aber auch eine Menge Nobel-Boutiquen und Schickimicki-Restaurants, wie ich bedauernd feststelle, als der Citroën durch die schmalen Straßen des Küstenstädtchens rollt.

»Ist wirklich eine Sauerei, was hier passiert«, bemerkt Ole Krautsand und sieht mit finsterem Blick aus dem Seitenfenster. »Vor zwanzig Jahren hat es angefangen: Ebbersiel war plötzlich schwer angesagt bei den Schönen und Reichen. Viele haben sich hier Ferienhäuser gekauft. Die Immobilienpreise sind ins Unermessliche gestiegen und die Ebbersieler können es sich bald nicht mehr leisten, in ihrem eigenen Städtchen zu wohnen.«

»Wir sind da«, sagt Finn und deutet auf ein Haus an der gegenüberliegenden Straßenseite, das von einer niedrigen Mauer umgeben ist. Neben der Eingangspforte prangt ein Messingschild mit der Aufschrift *Pfarrbüro Ebbersiel.*

»Viel Glück«, flüstert er und streicht mir über den Arm, als ich aus dem Citroën steige.

Ich stelle den Mantelkragen hoch, ziehe mir die Kappe in die Stirn und setze mir die überdimensionierte Sonnenbrille auf die Nase. Dann spähe ich kurz in alle Richtungen, überquere, nachdem ich nichts Verdächtiges bemerkt habe, die Straße, erklimme die Stufen zur Haustür und drücke den Klingelknopf.

Unmittelbar darauf öffnet sich die Tür und ich sehe mich einer älteren Dame gegenüber, deren weißes Haar einen starken lila Stich hat. Sie betrachtet meine Aufmachung ein wenig befremdet, lächelt aber freundlich.

»Oh«, entfährt es mir überrascht. »Sie sind nicht Maggie, äh, Margit Paulus.«

Die Dame schüttelt den Kopf. »Ich helfe Pfarrerin Paulus zweimal die Woche bei den Verwaltungsarbeiten. Ehrenamtlich.«

»Ich muss mit ihr sprechen«, sage ich in dringlichem Ton. »Es kann nicht warten!«

»Worum handelt es sich denn?«, fragt die Dame und sieht mich besorgt an.

»Ich habe eine ernste, ähm … Glaubenskrise.«

»Oh! Es tut mir aufrichtig leid, mein Kind, aber Pfarrerin Paulus ist nicht hier. Heute ist doch die Trauung von Jenny Schöne.«

»Jenny … was?«

»Jenny Schöne«, wiederholt die freundliche Dame und wirkt plötzlich ganz aufgekratzt und schwärmerisch. »Die bekannte Schlagersängerin. Sie hat seit ein paar Jahren hier ihren Zweitwohnsitz und nun heiratet sie. Hier in Ebbersiel. Einen traumhaft aussehenden, schwerreichen Reederssohn aus Dänemark. Nur im engsten Familien- und Freundeskreis. Sie hat es geschafft, alles vor der Presse geheim zu halten. Und Pfarrerin Paulus hat das Glück, die Trauung vollziehen zu dürfen. Ist das nicht wunderbar?«

»Ganz wunderbar. Wie komme ich denn zur Kirche?«

»Einfach der Straße nach. Die Kirche liegt am Ortsausgang.«

»Danke.« Ich jage die Stufen hinunter, als sie mir hinterherruft: »Bleiben Sie stark! Ich wünsche Ihnen alles Gute, mein Kind.«

Ich stoppe, drehe mich noch einmal um und lächle ihr zu. »Vielen Dank. Das wünsche ich Ihnen auch.«

»Wir können doch nicht einfach in eine Hochzeit reinplatzen«, sage ich, nachdem ich den anderen Bericht erstattet habe.

»Et jitt Sachen, die dulden keinen Aufschub«, entgegnet Helios und startet den Wagen. »Außerdem platzen mer ja auch net rein, sondern mer benehmen uns ordentlich und jesittet. So wie es sich jehört. Mer warten ab, bis sie mit dem janzen Zinnober durch ist, und dann sprechen mer mit ihr.«

»Park den Wagen ein bisschen versteckt«, sagt Eilean zu Helios, als wir den Ortsausgang von Ebbersiel erreichen. »*Over there.* Da hinten, zwischen den Birken.«

Die Ebbersieler Kirche sieht aus wie der wahr gewordene, romantische Traum aller Hochzeitswütigen. Ein altes Bruchsteingemäuer mit bunten, gewölbten Fenstern und einem spitzen Glockenturm, das auf einem sanft ansteigenden Hügel liegt. Zur einen Seite blickt man aufs Meer, zur anderen auf ein idyllisches Birkenwäldchen. Am Fuß des Hügels sind jede Menge Nobelkarossen geparkt, auf der Kühlerhaube eines cremefarbenen Mercedes prangt ein überdimensionales Blumenbukett.

Als ich aus dem Wagen steige, trifft es mich wie ein Schlag. Völlig unvermittelt. Keuchend klammere ich mich an die Autotür. »Ich höre Glocken! Schon wieder!«

»Ich auch«, sagt Finn lächelnd.

»Ja. Und ich auch«, lacht Ole und deutet zu dem Glockenturm der Kirche.

»Oh«, entfährt es mir. Aber es ist genau das Geläut, das ich in meinem Kopf gehört habe, wird mir klar, als wir, den letzten Gästen hinterher, in das Gotteshaus schlüpfen. Nur in den hintersten Bänken, rechts und links, sind noch ein paar Plätze frei. Eilean und Ole quetschen sich auf die rechte Bank; Helios, Finn und ich nehmen links vom Gang Platz.

Die strahlende Schlagerbraut und ihr Bräutigam, der noch ein wenig an den Folgen seines Junggesellenabschiedes zu leiden scheint, haben sich bereits vor dem Altar eingefunden, als Margit Paulus, im Talar und ein Gebetbuch in der Hand, aus der Sakristei tritt. Neugierig recke ich den Kopf. Sie ist größer, als ich sie in Erinnerung hatte. Ihr Gesicht wirkt beinah noch immer so jung, wie das der jungen Frau, die ich vor zehn Jahren am Strand gesehen habe.

»Liebes Brautpaar, liebe Familie, liebe Freunde«, heißt sie die Gäste des Gottesdienstes mit ihrer flüsternden Stimme, die ich sofort wiedererkenne, willkommen. »Wenn sich zwei Menschen zusammenfinden, um sich vor Gott und der Gemeinde für immer in Liebe miteinander zu verbinden, ist das ein besonderer Moment. Ein Moment der Freude und des Glücks, aber auch ein Moment der Einkehr und der Besinnung. Vielleicht ein Moment, in dem uns die wahre Bedeutung der Liebe offenbar wird. Wie sagen Sie selbst, liebe Jenny Schöne, in einem Ihrer größten Schlager-Erfolge: *Liebe ist ein Feuer, das immer in mir brennt. Liebe ist ein Stern am dunklen Firmament. Liebe ist ein Haus, auf festem Fels gebaut. Liebe ist dein Kuss auf meiner heißen Haut. Sha la-la-la-la …*«

»Um Gottes willen!«, stöhnt Finn und verdreht die Augen.

Ich rücke ganz nach rechts an den Rand der Bank und während Margit Paulus mit ihrer Ansprache fortfährt, ziehe ich die Leuchtturm-Kladde aus meiner Tasche, werfe einen kurzen Blick auf meine Aufzeichnungen, dann richte ich den Blick auf die Pfarrerin und versuche, mich auf sie zu konzentrieren. Ich frage mich, ob sie, jetzt, wo die räumliche Entfernung zwischen uns nur ein paar Meter beträgt, auch meine Gedanken wahrnehmen kann. So wie es bei mir und Simon war.

»Was machst du da?«, flüstert Eilean über den Gang.

»Ich will was ausprobieren«, wispere ich und denke: *Wo bin ich Fremdling? Im Schatten des Todes. Welchen Weg gehe ich? Den Weg des Irrtums. Und welchen Trost habe ich?*

Die Pfarrerin scheint einen Moment lang in ihrer Ansprache fahrig zu werden. Sie stutzt und blickt verwirrt auf. Ihre Augen huschen fragend über die Gesichter in den Kirchenbänken. Dann wendet sie sich wieder dem Brautpaar zu, räuspert sich kurz und nimmt, noch immer etwas zerstreut wirkend, den Faden ihrer Rede auf.

Ich warte eine Minute, dann schicke ich meine Gedanken erneut auf die Reise. *Und du wirst Prophet des Höchsten heißen, denn du wirst ihm vorangehen und ihm den Weg bereiten.*

Diesmal sieht sie nicht überrascht, sondern in höchstem Maße erschrocken aus. Margit Paulus unterbricht ihre Ansprache und ringt nach Luft.

Durch die barmherzige Liebe wird uns erscheinen das Licht aus der Höhe. Zu leuchten allen, die in Finsternis sitzen.

Die Pfarrerin wirft den Kopf herum und für einen Moment treffen sich unsere Blicke. Dann erlangt sie die Fassung halbwegs wieder, sammelt sich einen Moment lang und setzt ihre Rede stockend und mit zitternder Stimme fort.

Ihre offensichtliche Unkonzentriertheit lässt auch die Hochzeitsgäste unruhig werden. Im Versuch herauszufinden, wer oder was die Pfarrerin abgelenkt hat, drehen sich sämtliche Köpfe in Richtung der hinteren Bänke. Ein schnöseliger, junger Typ aus der ersten Reihe betrachtet uns misstrauisch, dann erhebt er sich und kommt, während die Zeremonie weiter voranschreitet, auf uns zugeschlichen. Mit eingezogenem Kopf und dem merkwürdigen Storchenschritt, in dem Leute immer durch die Gegend schleichen, wenn sie eine laufende Veranstaltung nicht stören wollen. Er lächelt ein falsches Lächeln und mustert mich mit einem Blick, der klarmacht, dass er meine Garderobe für wenig *angemessen* hält.

»Verzeihung«, sülzt er leise. »Aber das Brautpaar möchte nur Familie und Freunde bei der Trauung haben. Sind Sie, ähm, sicher, dass Sie eine Einladung erhalten haben?«

»Und wer will dat wissen?«, fragt Helios keck.

»Daniel Schöne. Ich bin der Bruder der Braut«, stellt er sich im Flüsterton vor. »Und Sie sind …?«

»Mer sind Verwandschaft vom Bräutijam«, lügt Helios, ohne mit der Wimper zu zucken.

»Aus … Dänemark?«, fragt der Schnösel und mustert ihn skeptisch.

»Natürlich net. Mer sind die rheinische Linie der Familie. Verarmter Seitenzweig. Aber mer wollten uns net entjehen lassen, wie der arme Jung sich ins Unglück stürzt.«

»Verstehe. Verstehe …« Der Schnösel fährt sich nervös über den Scheitel und scheint sich zu fragen, ob das ernst gemeint war.

»War nur 'n Witz, du Tuppes«, sagt Helios fröhlich. »Tja, dann wollen mer die beiden jungen Menschen auf ihrem Weg ins Glück mal net länger stören, was? Mer sehen uns ja später noch auf der Feier, Daniel. Da trinken mer dann einen zusammen.«

»Ähm, ja sicher …« Daniel Schöne lächelt irritiert, wirft noch einen argwöhnischen Blick auf uns und verzieht sich wieder.

Ich schließe die Lider und denke: *Welches Auge kann meine Wunden schauen? Welche Hand salbt mich mit Öl?* – als ich plötzlich die flüsternde Stimme von Margit Paulus in mir höre: *»Wer lässt meinem Schmerze Barmherzigkeit widerfahren?«*

Ich reiße die Augen auf. Die Pfarrerin hat die Zeremonie erneut unterbrochen und hält den Blick genau auf mich gerichtet. Das Brautpaar blickt erstaunt, einige Gäste wirken ernsthaft verärgert.

»Wer bist du?«, fragt die Flüsterstimme. Langsam trete ich aus der Bank auf den Gang. Alles um mich herum scheint plötzlich an Tiefenschärfe zu verlieren, während die Kontur der Pfarrerin an Klarheit gewinnt. So als würde ein Licht zwischen ihr und mir fließen, das nur wir beide sehen können.

»Mein Name ist Rebecca Quist. Du und ich, wir haben etwas gemeinsam. Du bist Teil von etwas Bedeutendem und deshalb ist dein Leben in Gefahr.«

Sie starrt mich mit weit aufgerissenen Augen an. Sämtliche Hochzeitsgäste scheinen sich verwirrt zu fragen, was hier eigentlich los ist – als ich plötzlich schwarze Schatten vor den Fenstern vorbeihuschen sehe.

»*Bloody hell!* Agenten!«, brüllt Eilean, springt auf, hastet durch den Gang und wirft sich von innen gegen die Tür. »Ich versuche, sie aufzuhalten«, schreit er, während die Tür unter einer Erschütterung bebt und donnert, als würde von außen ein Rammbock gegen das Holz krachen. Unter den Hochzeitsgästen bricht Panik aus, wildes Gerenne durch die Kirche, die Braut stößt einen schrillen Schrei aus.

»Macht schon. Bringt Maggie Paulus hier raus! *Go! Go!*«, kommandiert Eilean, während er sein ganzes Gewicht gegen die Tür drückt. Er wirft Helios das Handy zu und als wir durch die durcheinanderlaufende Menge nach vorne zum Altar stürmen, höre ich ihn in Richtung der Agenten brüllen: »Kommt ruhig, Freunde! Ich steh auf Chaos!«

»Was erlauben Sie sich eigentlich?« Der schnöselige Brautbruder springt uns in den Weg, aber Finn stößt ihm mit beiden Händen vor die Brust und er kippt, wie vom Dampfhammer getroffen, hintenüber in eine Kirchenbank.

»Schnell, Mädchen. Du musst mit uns kommen!«, wispert Helios und greift nach dem Arm der Pfarrerin, aber sie wehrt sich, entwindet sich dem Griff und weicht ängstlich zurück.

»Bitte!«, sage ich, nehme ihre Hand und spüre sofort, wie mein Muttermal zu glühen beginnt. Und so erstaunt, wie sie mich ansieht, geht es ihr offenbar genauso.

»*Ich … kenne dich*«, flüstert sie in Gedanken.

»Du bist in Gefahr! Vertrau uns, Maggie. Komm mit uns!«

Sie lässt meine Hand los, einen kurzen Moment lang zögert sie und blickt ängstlich zu der Kirchentür, die aussieht, als würde sie jeden Moment aus den Angeln fliegen. Dann nickt sie mit dem Kopf.

»Gibt es hier einen Nebenausgang?«, ruft Finn.

»Durch … durch die Sakristei«, wispert sie und leitet uns in einen kleinen Seitenraum, aus dem eine schmale Tür ins Freie führt. Ole Krautsand reißt sie auf – und sieht sich einem martialisch aussehenden Agenten gegenüber. Einen Moment lang erstarren beide wie unter Schock, aber Ole reagiert als Erster und versetzt dem Mann einen so gewaltigen Schwinger, dass er bewusstlos zu Boden geht.

»Halt durch, Eilean«, flüstere ich, während wir geduckt hinter den parkenden Nobelkarossen in Richtung des Birkenwäldchens schleichen. Als wir den Citroën erreichen, höre ich die Kirchentür krachend zersplittern. Laute Entsetzensschreie aus dem Inneren des Gebäudes. Ich werfe den Kopf herum und sehe, wie Agenten in die Kirche eindringen. »Eilean!«, entfährt es mir und ich presse die Hand vor den Mund, um nicht laut aufzuschreien.

Finn packt mich an den Schultern, schiebt mich auf die Rückbank und hilft dann der völlig verwirrt und ängstlich blickenden Maggie Paulus in den Wagen. »Bei uns bist du in Sicherheit.«

»Wenn es dich tröstet, so was Ähnliches habe ich auch erlebt«, sage ich, tätschele ihre Hand – und zum ersten Mal lächelt sie ebenfalls. Wenn auch ein wenig verzweifelt.

Was machen wir jetzt nur? Was machen wir ohne Eilean?, frage ich mich unentwegt, während der Citroën – ziemlich ziellos, wie mir scheint – zunächst über eine Landstraße und dann über staubige Feldwege rast.

In Abwesenheit von Simon war Eilean so etwas wie der oberster Wächter. Nicht weil ihn jemand dazu bestimmt hat, sondern einfach, weil er immer derjenige war, der wusste, was zu tun war. Wie sollen wir ohne ihn weitermachen? Und – ein heftiger Hitzestoß durchfährt mich – wie sollen wir Candela klarmachen, dass er Agenten in die Hände gefallen ist? Bei dem Gedanken daran, was sie ihm antun könnten, beginnen mir die Knie zu zittern. »Wir hätten ihn nicht zurücklassen dürfen. Wir hätten Eilean nicht den Agenten überlassen dürfen«, sage ich leise.

»Wenn du denkst, du wärst die Einzije, die sich deswejen Vorwürfe macht, irrst du dich«, entgegnet Helios mit gepresster Stimme und klingt, als würde er gegen Tränen kämpfen. »Aber wir hatten keine Wahl. Sie hätten uns all am Schlafittchen jehabt. Und Eilean hat selbst die Order ausjejeben: Wer von seinem Trupp jetrennt wird –«

»Was ist da gerade passiert? Und wo … wo fahren wir hin? Wer seid ihr?«, unterbricht Maggie Paulus ihn und blickt Finn und mich fragend an.

»Wir erklären es dir, wenn wir halbwegs in Sicherheit sind«, sagt Ole, reibt über sein Leuchtturm-Tattoo und zieht eine Karte aus dem Handschuhfach. »Und wohin wir fahren … keine Ahnung. Hat jemand einen konstruktiven Vorschlag?«

»Nach Duenborg zurück können wir nicht«, sagt Finn. »Außerdem haben sie wahrscheinlich schon längst begonnen, Straßensperren zu errichten.«

»Verdammter Driss!«, schimpft Helios und schlägt auf das Lenkrad. »Ich muss überlejen … überlejen …« Plötzlich hellt sich seine Miene auf. »Was ist mit dem dicken Pit?«

»Mit wem?«, frage ich ratlos.

»Der dicke Pit ist ein stilljelegter Leuchtturm. Eines unserer Not-Verstecke«, erklärt Helios, während der Wagen an einem Maisfeld entlang über eine Schlaglochpiste rumpelt. »Steht einsam und allein an einer Steilküste. Jar net so weit von hier. Dahin könnten mer uns fürs Erste verkrümeln und …« Er hebt den Kopf und betrachtet Maggie Paulus im Rückspiegel. »… die junge Frau darüber aufklären, was Sache ist.«

»Ja … das sind keine dreißig Kilometer von hier«, sagt Ole Krautsand aufgeregt und fährt mit dem Finger über die Karte. »Das können wir schaffen.«

»Na bitte«, konstatiert Helios, tritt das Gaspedal durch und befindet freudig: »Wenn du denkst, es jeht net mehr, kommt von irjendswo ein Lichtlein her!«

Der dicke Pit macht seinem Namen alle Ehre. Der rot gestrichene Turm steht verlassen am äußersten Rand einer hohen Klippe und ist keine zehn Meter hoch, dabei aber so massiv und wehrhaft, als wäre er für die Ewigkeit gebaut. Seine Laterne wirkt viel zu voluminös für den Leuchtturm. So als hätte man den Kopf eines dicken, pausbäckigen Mannes auf die Schultern eines kleinen, dicken Jungen gesetzt.

»Sieht aus, als hätt er'n Schwellkopp«, kichert Helios, während wir uns dem roten Turm nähern.

Ole Krautsand erklärt, um Ernsthaftigkeit bemüht: »Die Laterne war ursprünglich für einen anderen Leuchtturm geplant, der aber nie in Betrieb genommen wurde. Damit man sie nicht umsonst gebaut hatte, hat man sie diesem Turm aufgepflanzt. Seitdem hat er seinen Namen weg.«

Es dunkelt bereits. Helios hat es für sicherer gehalten, uns und den Wagen bis zum Einsetzen der Dämmerung auf einem Waldparkplatz versteckt zu halten und erst dann aufzubrechen. Neben dem Turm verrottet das ehemalige Wärterhäuschen vor sich hin, daneben steht ein winziger, halb verfallener Schuppen, gerade groß genug, um den Citroën darin abzustellen. Der Wind bläst hier oben gewaltig und die Gischt spritzt bis zur Laterne des dicken Pit.

Nach kurzen Anlaufschwierigkeiten gelingt es Helios, mithilfe seines Dietrichs die stählerne Tür des Turms zu öffnen. Im Inneren riecht es ausgesprochen muffig. Überrascht sehe ich, dass es neben den nach oben führenden Stufen auch eine Treppe gibt, die abwärtsführt.

»Der dicke Pit hat einen Kellerraum«, sagt Ole, als er meinen erstaunten Blick bemerkt. »Da haben wir einen Notvorrat gelagert. Ich sehe mal, ob ich irgendwas finde, aus dem man ein halbwegs anständiges Essen fabrizieren kann.« Er verschwindet im Keller, während wir anderen die Stufen hinaufsteigen.

Auf halber Höhe gibt es eine enge, aber gemütliche Küche. Durch ein kleines rundes Fenster blickt man auf das Meer, an der Wand hängt ein schmaler, blauer Küchenschrank, von dem der Lack abblättert. Ein Tisch mit einer kleinen Eckbank dahinter, ein angejahrter Herd, über dem Rührlöffel und Schöpfkellen hängen. Verblichene Fotos von Leuchtturmwärtern, die einst hier Dienst getan haben. Auf einem Regal ein altes Kofferradio, daneben eine eingestaubte, halb leere Flasche Stinkefisch und ein paar Muscheln.

»Ich mach uns erst mal ein jutes Tässchen Kaffee«, verkündet Helios, setzt einen Kessel auf den Herd und stellt das Radio an.

Es ertönt irgendein Schlagergedudel, zu dem er leise mitsummt, während er Kaffeepulver aus einer angerosteten Dose in den Filter füllt. »Setz dich doch, Mädchen«, sagt er zu Maggie Paulus, die wie angewurzelt dasteht und deren Gesicht ein einziges Fragezeichen ist. »Ich mach dir einen extrastarken Kaffee. Den wirst du brauchen. Glaub mir, Maggie.«

»*Maggie.* So hat mich schon seit Jahren niemand mehr genannt. Woher kennt ihr den Namen?«, fragt sie und setzt sich zögernd zu Finn und mir an den Tisch.

Ole Krautsand kommt, mit mehreren Konservendosen bepackt, in die Küche und erklärt: »Hmm, lecker. Bierschinken in Aspik, Dosenkäse und Tomatensuppe. Für jeden was dabei. Und zum Nachtisch gibt es trockene Kekse und –«

»Sei mal ruhig!«, unterbricht ihn Finn, springt auf und stellt das Radio lauter. Die Schlagermusik ist verstummt, stattdessen ist nun die nasale Stimme eines Nachrichtensprechers zu hören.

»Ein Spezialeinsatzkommando hat heute Morgen die Entführung der populären Unterhaltungskünstlerin Jenny Schöne verhindert. Schöne sollte offenbar während ihrer kirchlichen Trauung von mehreren Personen, die sich Zutritt zu der Zeremonie verschafft hatten, entführt werden. Den Einsatzkräften gelang es, einen der Entführer gefangen zu nehmen. Seine Komplizen haben die Pfarrerin, die die Trauung vollziehen sollte, als Geisel genommen und befinden sich auf der Flucht. Nach ihnen wird intensiv gefahndet.«

»Entführung? Geisel? Den Kameraden jehört mal janz ordentlich der Arsch versohlt. Die drehen einfach alles so, wie es ihnen jerad jefällt«, bemerkt Helios und rollt mit den Augen, aber bei mir bleiben vor allem zwei Worte dieser Nachricht hängen: *gefangen genommen.* Sie haben Eilean erwischt, doch er lebt. Ich atme tief durch, und auch Finn und Ole ist die Erleichterung anzusehen.

Helios stellt eine Tasse Kaffee vor Maggie Paulus ab. »Milch und Zucker?«

»Nur Zucker«, sagt die Pfarrerin.

»Kluge Entscheidung«, befindet Helios, nachdem er eine Milchtüte geöffnet, kurz daran geschnuppert und sie umgehend wieder weggestellt hat. »Aber … bist du dir sicher, dass es auch wirklich deine Entscheidung ist?«

»Was?« Maggie Paulus sieht ihn an, als wäre er geisteskrank.

Ächzend lässt Helios sich auf den Stuhl neben ihr sinken, zupft an seinen Schnurrbartspitzen, sieht sie fragend an und sagt: »Was wenn deine Entscheidungen jar net immer deine Entscheidungen sind, Liebelein?«

In den folgenden Stunden wird das Weltbild von Margit Paulus von den Füßen auf den Kopf gestellt, und ich fühle mich daran erinnert, wie es war, als ich von den Passagieren erfahren habe. Es prasseln dermaßene Mengen an ganz unglaublicher Information auf die Pfarrerin ein, dass ich es ihr nicht im Geringsten verdenken könnte, wenn sie plötzlich aufspringen und einen Schreikrampf bekommen würde. Aber sie schlägt sich ausgesprochen wacker. Während sie erfahren muss, dass schwarze Passagiere unseren Geist zu kontrollieren versuchen und wir ihr von der Prophezeiung des Sostratos, dem Bund der Wächter, dem weißen Passagier und von Kämpfern und Agenten erzählen, wird ihre zunächst völlig ungläubige Miene immer nachdenklicher. Sie bekommt keinen hysterischen Anfall, sie flippt nicht aus – sie wird immer stiller und ab einem bestimmten Punkt weicht der Zweifel in ihrem Gesicht einem von Minute zu Minute größer werdenden, fasziniertem Staunen. Und nachdem ich ihr zum Schluss unserer Ausführungen von der Ankunft des weißen Passagiers und den Geschehnissen vor zehn Jahren berichtet habe, sitzt sie bewegungslos da und starrt mich mit offenem Mund an. Sie verfällt in ein lang anhaltendes Schweigen, bis sie tief durchatmet, den Kopf hebt, mir in die Augen sieht und sagt: »Asyle? Du und ich sind Asyle des weißen Passagiers?«

Langsam ziehe ich meinen Pulli ein kleines Stück herunter und lasse sie das Muttermal auf meinem Schlüsselbein sehen.

»Du hast auch eines, nicht wahr? An der gleichen Stelle. Seit jener Nacht vor zehn Jahren.«

Sie nickt und fährt mit den Fingern über ihr Schlüsselbein. »Ja. Damals habe ich es zum ersten Mal bemerkt. Es ist ganz plötzlich aufgetaucht, über Nacht. Vor ein paar Wochen erwachte ich aus einem Traum und das Mal … glühte. Ich hatte von dieser Nacht am Strand geträumt. Und in meinem Traum habe ich ein kleines Mädchen gesehen. Das warst du! Deshalb hatte ich sofort das Gefühl, dich zu kennen …«

»Ich habe zwar nicht von dir geträumt«, sage ich. »Aber ich konnte manchmal hören, was du gedacht hast: *Du aber sollst Prophet des Höchsten heißen, denn du wirst ihm vorangehen …*«

Margit Paulus lächelt in sich hinein. »Die Visionen der heiligen Hildegard von Bingen. Ich habe in letzter Zeit oft in ihren Werken gelesen, weil ich das merkwürdige Gefühl hatte, als ob …« Ihr Blick gleitet über unsere Gesichter, bevor sie leise sagt: »Nach all dem, was ich gerade erfahren habe, sollte ich zu Tode erschreckt sein. Dass ich es nicht bin, liegt vielleicht daran, dass ich seit damals – seit der Nacht in Duenborg – manchmal das ganz merkwürdige Gefühl hatte, Teil von etwas zu sein, das ich selbst nicht im Geringsten verstehe. Etwas, das so … Ich … ich glaube, ich brauche jetzt ein paar Minuten mit mir alleine. Ist das möglich?«

»Natürlich«, sagt Finn. »Geh eine Weile nach oben, in die Laterne. Wir kümmern uns in der Zeit ums Essen und richten die Nachtlager her.«

»Ich hoffe mal, die janze Sache ist dir net zu sehr auf den Magen jeschlagen und du hast ordentlich Appetit, Mädchen.«

»Wenn ich ehrlich sein soll … ich habe Hunger wie ein Wolf«, sagt Maggie Paulus etwas verlegen, nimmt einen letzten Schluck von ihrem längst kalt gewordenen Kaffee und eilt die Stufen hinauf.

Finn verlässt die Küche ebenfalls, um – wie er es nennt – die Kojen nachtfein zu machen. Helios watschelt die Stufen runter, um draußen eine Zigarette zu rauchen und Simon Eckmühl anzurufen. Ole und ich bleiben zurück und beginnen mit den Kochvorbereitungen. Was zunächst mal bedeutet, dass wir uns auf die Suche nach einem Dosenöffner begeben. Während er unter der Spüle sucht und ich den blauen Küchenschrank durchforste, ist im Radio zum zweiten Mal die Meldung über den angeblichen Entführungsversuch und den Einsatz eines Spezialkommandos zu hören.

Ole wird mit einem Mal blass und stützt sich auf der Spüle ab. »Candela … Ich hoffe, sie glaubt nicht, ich hätte Eilean absichtlich zurückgelassen. Weil ich …«

»Nein. Nein. Ganz bestimmt nicht«, sage ich und schüttele entschieden den Kopf. »So denkt Candela nicht. Und außerdem waren wir alle dabei und wissen, wie es gewesen ist …«

»Ich wünschte, ich könnte etwas für Eilean tun«, wispert Ole. »Um Candela zu zeigen, dass …« Einen Moment lang sieht er aus, als würden ihm die Tränen kommen, dann wendet er sich schnell ab, beugt sich tief über eine Schublade und tut, als würde er nach dem Öffner suchen.

»Es ist bestimmt schwierig für dich«, sage ich leise und lege ihm die Hand auf die Schulter. »Zu sehen, wie glücklich sie und Eilean sind. Und dass sie …«

»Ja. Am Anfang war es sehr schwer.« Ole blickt versonnen aus dem kleinen Küchenfenster und fährt mit den Fingern über sein Tattoo. »Aber ich habe gelernt, es zu akzeptieren. Und bemühe mich nun einfach, Candela ein guter Freund zu sein.« Er lächelt bitter. Dann springt er plötzlich zu dem kleinen Regal und greift hinter das Radio. »Der Büchsenöffner! Wusste doch, dass hier einer sein muss.«

»Wo bleibt Helios eigentlich?«, frage ich, während Ole beginnt, die Dosen zu öffnen. »So lang kann er doch nicht mit Simon telefonieren. Ich brauche das Handy. Ich muss Candela anrufen und ihr sagen, dass … Ich sehe mal nach, wo er steckt.«

Mit ein paar Sätzen hüpfe ich die Treppe hinab, öffne die Stahltür, trete ins Freie und schaue mich nach Helios um. Er steht mit dem Rücken zu mir vor dem kleinen Schuppen, telefoniert und hört mich nicht kommen.

Ich stehe direkt hinter ihm und erstarre salzsäulenartig, als ich ihn sagen höre: »Ja … ja, tschöö. Ich muss Schluss machen. Wenn ich zu lang am Telefonieren bin, wirkt das verdächtig. Ja. Tschöö.«

Er steckt das Handy weg, dreht sich um, reißt überrascht die Augen auf und seine Schnurrbartspitzen gehen vor lauter Schreck in den Sturzflug über. »Jesusundmaria!«, entfährt es ihm und er fasst sich ans Herz. »Ich hab dich net kommen hören. Was schleichst du dich denn so an mich dran, Mädchen?«

»Mit wem hast du gerade telefoniert?«, frage ich stockend und spüre, wie mein Mund trocken wird.

»Ja, mit wem wohl? Mit dem Simon und der Fanny natürlich!«, sagt er, weicht dabei aber meinem Blick aus.

»Klar. Natürlich. Würdest du … würdest du mir das Handy bitte geben, Helios? Ich muss Candela anrufen.«

»Sicher«, sagt er, zieht das Mobiltelefon aus der Tasche und … »Hoppala. Verdammter Driss. Jetzt hab ich aus Versehen auf irjend so 'n Knöppschen jedrückt.«

»Ja. Und dabei die Anruflisten gelöscht«, sage ich nach einem kurzen Blick auf das Display.

»Ach, manchmal bin ich aber auch en Tünnes«, stöhnt er. »Aber so schlimm ist das ja nu auch wieder net. Hauptsache, man kann mit dem Ding weiter telefonieren. – Tu mal der Candela und der Patti schöne Grüße von uns allen bestellen!« Scheinbar frohgemut verschwindet er im Turm und schließt die Tür hinter sich.

Was war das gerade? Mit wem hat er telefoniert?, frage ich mich. Mit Sicherheit lügt er nicht, wenn er behauptet, Simon angerufen zu haben. Aber war das das einzige Telefonat, das er geführt hat? *»Wenn ich zu lang am Telefonieren bin, wirkt das verdächtig.«* Es fühlt sich an, als hätte ich einen Schlag in den Magen bekommen. Mit wem hast du da gesprochen, Helios Ehrenfeld? Ich muss Finn so schnell wie möglich davon erzählen. Sobald wir unter vier Augen miteinander reden können.

Aber jetzt darf ich Candela erst einmal erklären, dass Eilean einem Trupp Agenten in die Hände gefallen ist. Ich atme tief durch und drücke die Kurzwahltaste. Doch es ist nicht Candela, die sich am anderen Ende meldet.

»Oh, Patti! Du bist es«, sage ich überrascht.

»Schön dich zu hören, Püppchen. Oder bin ich jetzt vielleicht das Püppchen? Hab schon 'ne regelrechte Identitätskrise.«

»Du bist mein böser Zwilling. Das behauptet Charly Arkona jedenfalls. Wo seid ihr? Seid ihr sicher?«

»Du glaubst es nicht: Wir verstecken uns gerade in dem Haus einer Wächterin. Du weißt schon: eine von denen, die zwar noch nie auf einem Turm waren, die aber … Du würdest ausflippen, wenn du wüsstest, wer sie ist! Ich sage nur: Millionenauflage! Aber sag schon: Wie sieht es bei euch aus? Habt ihr Maggie Paulus gefunden?«

»Ja. Sie ist hier bei uns. Aber … Kann ich mit Candela sprechen?«

»Warte, sie kommt gerade aus der Dusche.« Patti reicht das Telefon weiter, verkündet: »Ist das Püppchen. Sie will mit dir sprechen«, und einen Augenblick später, höre ich Candelas aufgeregte Stimme.

»Wo seid ihr? Was ist mit dem Asyl?«

»Wir sind fürs Erste in Sicherheit. Und das Asyl … Maggie Paulus … sie ist bei uns. Aber … es ist was schiefgelaufen, Candela. Eilean ist …« Stockend berichte ich ihr, was in Ebbersiel geschehen ist. Als ich geendet habe, herrscht am anderen Ende der Leitung Stille.

»Candela?«

Ein paar Sekunden lang ist nur ihr Atmen zu hören, dann sagt sie leise, aber entschlossen: »Ich hole ihn da raus. Egal, was er gesagt hat. Ich werde nicht untätig rumsitzen, wenn er in der Hand von Agenten ist. Ich werde herausfinden, wo er ist, und hole ihn da raus. Scheiß auf die Order. Ich lasse niemanden zurück! Und ihn ganz bestimmt nicht!«

»Aber wie willst du …?«

»Was ist mit den Arkonas?«, fragt sie.

»Die sind in Duenborg und wohlauf.«

»*Bien.* Das ist gut. – Hör zu, Rebecca: Wir kümmern uns um Eilean und ihr versucht weiter, das nächste Asyl ausfindig zu machen. Fahrt morgen nach Hamburg, zu diesem Club.«

»Ja … in Ordnung«, entgegne ich zögernd.

»Gib mir jetzt bitte Ole Krautsand«, sagt Candela. »Ich muss wissen, wo er den Mercedes versteckt hat.«

Ich renne zum Turm und flitze die Stufen zu der kleinen Küche hoch, aus der es stark nach angebrannter Tomatensuppe riecht. Finn und Helios sitzen am Tisch und sehen zu, wie Ole die Suppe in den Ausguss schüttet. Mit schuldbewusster Miene nuschelt er: »Sieht aus, als wäre Kochen nicht so wirklich mein Ding.«

»Candela will mit dir sprechen.«

Oles Ohren laufen rot an. Er stellt den Topf umgehend ab und ich reiche ihm das Handy.

»Hallo, Candela. Geht es dir gut? Ich möchte dir sagen, dass es mir leidtut, dass Eilean … Was? Ähm, ja. Ich habe ihn in einem Parkhaus abgestellt, direkt am …« Er nennt den Namen einer norddeutschen Sehenswürdigkeit. »Ja. Die Schlüssel liegen hinter dem rechten Vorderreifen. Aber was hast du …? Was? In … in Ordnung. Ja. Bis dann.«

Ole legt auf, gibt Helios das Handy und blickt uns fassungslos an. »Sie will ihn befreien. Sie will Eilean befreien.«

»Wenn es eine schafft, dann sie!«, sagt Finn lächelnd, aber Helios' Miene verfinstert sich und er murmelt: »Und wenn net, dann hängt net nur Eilean, dann hängen auch noch Patti und Candela im dicksten Schlamassel. Vielleicht ist euch ja auch schon mal aufjefallen, dass mer in letzter Zeit ziemlichen Schwund haben. Erst der arme Jeremias, dann mussten mer die Arkonas in Duenborg zurücklassen, dann Eilean und demnächst vielleicht auch noch …«

»Ich starte gleich einen zweiten Kochversuch«, sagt Ole, während er mit einem Stahlschwamm die angebackene schwarze Masse aus dem Topf entfernt. »Aber vielleicht sollte jemand unserem ausgehungerten Gast schonend beibringen, dass es noch ein bisschen dauert.«

Die Laterne des dicken Pit ist leider nicht ganz so gemütlich wie die des Leuchtturms Zanderland. Auch hier ist die Optik längst ausgebaut worden. Aber offenbar hat sich im Fall des dicken Pit niemand bemüßigt gesehen, die Laterne wohnlich zu machen. Der Raum ist völlig leer, abgesehen von einem improvisierten Nachtlager, das irgendjemand – wahrscheinlich Finn – vorbereitet hat: eine breite Matratze, eine dicke Daunendecke, zwei Kopfkissen.

»Du wirst dich mit dem Essen noch etwas gedulden müssen«, sage ich, als ich in die Laterne trete. »Ole ist Kochanfänger und hatte einen kleinen Unfall.«

Maggie Paulus, die am Fenster zur Galerie steht und auf das Meer blickt, dreht sich kichernd um. »Ich habe es schon immer geahnt: Die meisten Weltenretter sind Versager in der Küche.« Dann nimmt ihr Gesicht plötzlich einen verinnerlichten, vergeistigten Ausdruck an und sie flüstert: »All das, was ich heute erfahren habe, ist so unglaublich … und doch so real. Es fühlt sich an, als wäre etwas eingetreten, auf das ich, ohne zu wissen, was es war, immer gewartet habe. Seit damals, seit der Nacht in Duenborg. Seit das Licht des Leuchtturms mich gestreift hat. Der Teil des Passagiers, der in mir Zuflucht gefunden hat, mag schwach und verletzt sein, aber ich glaube dennoch, dass er auf eine bestimmte Weise Verbindung mit meinem Geist aufgenommen hat – denn nach jener Nacht spürte ich etwas in mir, das mich dazu brachte, mein Leben zu ändern.«

»Bist du deswegen Pfarrerin geworden?«, frage ich, während ich an ihr früheres Punkoutfit und das Anarchiezeichen in Larsens Gästebuch denken muss. »Damals vor zehn Jahren, da warst du so …«

Maggie Paulus streicht sich die Haare aus dem Gesicht, lächelt, und mir schießt erneut durch den Kopf, dass sie eine ausgesprochene Schönheit ist. Die hohen Wangenknochen, ihre fein geschwungene Nase und die anziehende, flüsternde Stimme, in der ich sie sagen höre: »Heute weiß ich, dass es mir damals nicht besonders gut ging. Ich fühlte mich ziemlich verloren. Ich habe angefangen, mal dies und mal das zu studieren, aber nichts war das Richtige für mich. Ich hatte aber auch keine Vorstellung davon, was überhaupt das *Richtige* für mich war. Wer ich eigentlich war. Wo mein Platz im Leben war. Und wurde deshalb ziemlich wütend: wütend auf mich selbst, weil ich diesen Platz nicht finden konnte, und wütend auf alle anderen, weil ich mich im Stich gelassen fühlte. Und um zu vergessen, wie wütend ich war, habe ich ständig Party gemacht, habe ein paar sehr dumme Dinge getan und hatte ziemlich kurzlebige Beziehungen, die diese Bezeichnung kaum verdienen. Aber dann, nach der Nacht am Strand, erkannte ich plötzlich, wie öde und selbstzerstörerisch das alles war. Wie leer mein Leben war. Dass ihm ein Sinn fehlte. Dass ihm Tiefe fehlte. Diese Tiefe und diesen Sinn fand ich dann im Glauben.« Ein leichtes Lächeln spielt um Maggies Lippen. »Andere mögen den Sinn ihres Lebens in anderen Dingen finden – und das ist ebenso gut«, sagt sie. »Wichtig ist nur, *dass* man einen Sinn findet. Jedenfalls … ich entschloss mich, Theologie zu studieren. Mich mit grundlegenden Fragen unseres Daseins zu beschäftigen. Und als Pfarrerin Menschen zu helfen, die ähnlich verloren und wütend sind, wie ich es damals war. Ich habe Erfüllung in diesem Beruf gefunden. – Auch wenn man es manchmal mit etwas nervender Kundschaft zu tun hat. Einer zickigen Schlagersängerin beispielsweise, von der man genötigt wird, Textzeilen aus ihrem größten Hit in eine Trauungszeremonie einzuarbeiten ...« Sie lacht, nimmt meine Hand und sofort beginnt mein Muttermal zu glühen. »Es ist, als hätte damals, als mich das Licht des Turms streifte, eine Heilung bei mir eingesetzt. Als würde sich etwas, das zerbrochen war, wieder zusammenfügen. Als hätte mir etwas einen neuen Weg aufgezeigt. Meinen Weg. Und wenn schon ein verletzter und geschwächter weißer Passagier diese Wirkung ausübt, welche Wirkung werden wir alle von einem wiedervereinten, neu erstarkten Passagier zu erwarten haben? Ich glaube jedes Wort, das ich von euch gehört habe, und bin bereit, euch mit allem, was mir möglich ist, bei eurer Mission zu unterstützen.« Maggie Paulus hält inne und legt die Stirn in Falten. »Weißt du, was bemerkenswert ist? Richie Kampmann, dieser Kerl, mit dem du mich gesehen hast ... Also, man kann auch in dem Fall nicht wirklich von einer Beziehung sprechen ... Ich habe ihn auf dem Festival kennengelernt, wir waren beide etwas angetrunken und ... wir haben nur diese eine Nacht miteinander verbracht. Wenn man das überhaupt so nennen kann. Zuerst haben wir uns in so einem kleinen, runtergekommenen Gasthof in Duenborg eingemietet, aber da gab es dann, äh ... Probleme.«

»Ich weiß«, sage ich und kann dabei ein Grinsen nicht unterdrücken.

»Oh«, entfährt es Maggie und sie wird ein bisschen rot. »Jedenfalls ... wir sind dann in die Dünen. Aber dann kam es zu dem Angriff auf den Turm. Richie und ich waren völlig geschockt und total mit den Nerven runter. Ich kann mich noch dunkel erinnern, dass wir anschließend ewig dastanden und uns umarmten, während wir nicht aufhören konnten, zu zittern. Wir waren so schockiert, dass wir kein Wort darüber sprechen konnten. Es war, als hätte uns das Geschehene stumm gemacht. Und so ging jeder von uns bei Tagesanbruch seines Weges. Vorher haben wir zwar noch Mailadressen ausgetauscht – wohl einfach, weil man das so macht –, aber für mich war klar, dass ich mich nicht bei ihm melden würde. Und ich erwartete auch nicht, noch einmal von ihm zu hören. Doch dann, etwa ein Jahr später – ich hatte gerade begonnen, Theologie zu studieren – bekam ich eine Nachricht von ihm. Und zu meiner Überraschung erfuhr ich, dass es ihm offenbar ähnlich ergangen war wie mir: Er schrieb, in dieser Nacht sei ihm klar geworden, dass er nicht der Mensch war, für den er sich bis dahin gehalten hatte, und dass er nun herausfinden müsse, wer er wirklich ist. Die Mail kam mitten in der Nacht; als ich sie am nächsten Morgen geöffnet habe, habe ich sofort versucht, ihm zu antworten, aber da existierte sein Mailaccount schon nicht mehr. Ich würde gerne wissen …«

»Das Essen ist fertig«, unterbricht uns Finns Stimme. Er tritt in die Laterne, lächelt schief und sagt: »Ich hoffe nur, es schmeckt besser, als es riecht.«

»Wir kommen sofort. Einen kleinen Moment noch«, entgegnet Maggie Paulus, und während Finn wieder die Stufen hinabsteigt, zieht sie ihren Talar aus. »Zum Essen ist er ein bisschen unpraktisch«, erklärt sie. Ich starre sie mit offenem Mund an: Maggie Paulus hat nicht nur ein Gesicht wie ein Supermodel, sie hat auch die dazugehörige Figur. Und der enge schwarze Pullover, der unter dem Talar zum Vorschein kommt, betont ihre Proportionen aufs Vorteilhafteste.

»Du hast Glück. Er ist sehr nett und höflich, dein Freund. Und so, wie es aussieht, auch klug und ausgesprochen mutig«, höre ich sie sagen und brauche einen Moment, bis ich verstehe, dass sie von Finn spricht. »Und dann diese attraktive Narbe auf seiner Wange … Kein Wunder, dass du völlig in ihn verschossen bist.«

»Ich bin nicht in ihn *verschossen!*«, entfährt es mir reflexartig, woraufhin Maggie loskichert.

»Nein? Wie würdest du es denn bezeichnen? Hoffnungslos verknallt? Man kann es dir am Gesicht ablesen, Rebecca. Oder willst du mir jetzt mit der abgenudelten Geschichte kommen, dass er nur ein sehr guter Freund ist? Das glaubst du doch selbst nicht. Warum kannst du nicht zugeben, dass du …«

»Weil es das erste Mal ist, dass ich wirklich in jemanden verliebt bin«, höre ich mich leise sagen. Mehr zu mir selbst als zu Maggie Paulus. »Und weil ich Angst habe, irgendetwas falsch zu machen. Und weil ich mir nicht sicher bin, ob er wirklich auch …«

»Oh, ich verstehe«, sagt Maggie lächelnd und streicht mir über die Haare. »Aber was Finn angeht, musst du dir ganz bestimmt keine Sorgen machen. Man muss schon blind sein, um nicht zu sehen, wie seine Augen leuchten, wenn er dich anschaut.«

»Bist du sicher?«

Sie gluckst leise in sich hinein und flüstert: »Um es mal ganz unverblümt zu sagen: Der Fisch zappelt längst am Haken. Und mein guter Rat – nicht als Pfarrerin, sondern von Frau zu Frau – lautet: Es ist höchste Zeit, die Angelschnur einzuholen! Petri Heil!«

»Ach du heilijer Bimbam«, entfährt es Helios Ehrenfeld, als Maggie in ihrem figurbetonten Pullover die Küche betritt. Einen Moment lang stiert er sie mit offen stehendem Mund an, bevor er sich verlegen räuspert, wegschaut und damit fortfährt, den Tisch zu decken.

Das Essen schmeckt leider nur unwesentlich besser, als es riecht, und die Tomatensuppe hat einen beunruhigend fischigen Beigeschmack. Ole hat sie anscheinend mit einem Schuss Stinkefisch verfeinert. Wobei ich offenbar die Einzige bin, die das stört. Die anderen hauen kräftig rein, aber ich schiebe den Teller zur Seite und nehme mir stattdessen einen Keks. Das Gebäck ist dermaßen trocken, dass es sich nach dem ersten Bissen anfühlt, als wäre ein Staubsaugerbeutel in meinem Mund explodiert. Während ich mir mit der Zunge durch den Mund fahre und versuche die pampigen Überreste der Staubexplosion in Richtung Speiseröhre zu entsorgen, beobachte ich Helios, der bester Dinge ist und im Singsang-Tonfall mit Maggie Paulus plaudert und scherzt. *»Wenn ich zu lang am Telefonieren bin, ist* *das verdächtig.«* Mein Blick wandert über den Tisch zu Finn. Ich muss unbedingt eine Gelegenheit finden, mit ihm alleine zu sein und ihm von diesem Telefonat zu erzählen.

Als wir mit dem Essen fertig sind, berichtet Maggie noch einmal, was sie und Richie Kampmann in der Nacht vor zehn Jahren erlebt haben und wie sehr dieses Erlebnis ihr Leben verändert hat.

Nachdem sie geendet hat, nimmt Ole den Stinkefisch vom Regal und schenkt sich ein Glas ein. »Lasst uns planen, wie wir weiter vorgehen. Ziehen wir zunächst mal eine Zwischenbilanz: zwei Asyle kennen wir: Maggie und Rebecca. Nach zwei weiteren suchen wir noch.«

Finn und ich tauschen einen kurzen verschwörerischen Blick. Wir sind die Einzigen, die wissen, dass Simon ein Asyl ist. Dass wir nur noch nach einem Asyl suchen müssen. Nach der Frau mit der Brüllstimme. Aber da wir den anderen nichts davon erzählen können, müssen wir sie in ihrem Glauben lassen – selbst in dem Wissen, dass Ole mit seiner Bilanz schiefliegt.

»Nach dem, was wir von Maggie und Rebecca erfahren haben, liegt die Sache für mich klar auf der Hand«, sagt er. »Das dritte Asyl ist die Frau mit der Brüllstimme. Und das vierte Asyl muss dieser Richie Kampmann sein, mit dem Maggie am Strand war.«

»Wobei die janze Jeschichte ja schon ein bissjen merkwürdig ist«, merkt Helios nachdenklich an. »Da haben mer zum einen die Frau mit der Brüllstimme, die Rebecca in ihrem Kopf hört. Aber weder sie noch Maggie können sich erinnern, eine Frau am Strand jesehen zu haben. Und dann dieser Richie … Von Maggie wissen mer, dass er in der Nacht mit ihr am Strand war. Aber warum kann Rebecca dann seine Stimme net hören? Und … mer wissen nix über den Tuppes. Net, wo er wohnt, net, wie er jejenwärtig aussieht … Selbst wenn mer die brüllende Sängerin in Hambursch finden – wie mer an den komischen Richie rankommen sollen, ist mir ein Rätsel. Und wenn ich dann auch noch dran denke, wie uns die Zeit am Davonrennen ist, dann wird mir schummerijer, als wie wenn ich auf em Bötchen auf hoher See wär. Wo in Dreijottesnamen sollen mer nur nach dem Tünnes suchen?«

»Darüber können wir uns Gedanken machen, wenn wir die Frau mit der Brüllstimme gefunden haben. Und das wird schon kompliziert genug«, sagt Finn nach einer kurzen Pause. »Wir müssen so schnell wie möglich in diesen *Bloody Piranha*-Club.«

»Ja. Mer brechen morjen in aller Herrjottsfrühe auf.«

»Ähm … und dann?«, sagt Ole. »Machen wir noch eine kleine Stadtrundfahrt? Warst du in deinem Leben schon ein einziges Mal in einem Club, Helios? So ein Schuppen öffnet nicht vor zehn Uhr abends. Da reicht es dicke, wenn wir am frühen Abend losfahren. Außer du hast vor, stundenlang durch die Gegend zu gondeln, bis Agenten auf uns aufmerksam werden.«

»Ist ja schon jut«, knurrt Helios beleidigt. »Dann fahren mer eben erst abends. Von mir aus. Da kann ich wenigstens mal wieder ausschlafen.«

»Du solltest hierbleiben«, sagt Finn zu Maggie Paulus. »Hier bist du sicher. Sobald wir die Frau gefunden haben, kommen wir zurück und …«

»Ganz sicher nicht«, unterbricht sie ihn in entschlossenem Ton. »Ich werde auf keinen Fall alleine hierbleiben. Hat Helios nicht eben noch gejammert, dass ihr nicht genügend Leute seid? Ihr könnt jede Hilfe gebrauchen! Ich bin zwar keine Wächterin, aber das ist Rebecca genauso wenig. Und sie ist schließlich auch dabei. Ich komme mit euch. Und jeder Versuch, mich davon abzuhalten, ist verschwendete Lebenszeit!«

»Wird ja immer besser«, stöhnt Helios mit resigniertem Blick. »Ich glaub, es ist am besten für meine Nerven, wenn ich jetzt mal in die Heia jeh. Welches Jemach ist denn für mich vorjesehen?«

Während Helios sich vom Tisch erhebt, wispere ich Finn zu: »Ich muss unbedingt mit dir sprechen« – was er aber dummerweise nicht mitbekommt, da er schon damit beschäftigt ist, die Schlafplätze zu verteilen.

»Ich dachte, du und Ole, ihr könntet in den beiden Kojen in dem kleinen Raum über der Küche schlafen«, sagt er zu Helios. »Ich spanne für mich hier in der Küche eine Hängematte auf und Maggie und Rebecca können auf der Matratze oben in der Laterne übernachten.«

»Nein, das geht nicht«, entfährt es mir. Alle blicken mich verdutzt an, aber wenn ich jetzt nicht die Initiative ergreife, komme ich nie dazu, Finn von Helios' mysteriösem Telefonat zu berichten. Und das ist nichts, das warten kann. »Es geht nicht, weil, ähm … Maggie hat mir vorhin erzählt, dass sie eine schwere Daunenallergie hat. Also ist es wohl besser, wenn sie hier unten in der Hängematte übernachtet.«

Maggie Paulus wirft mir einen kurzen, irritierten Blick zu, dann – als ihr dämmert, welche Absicht hinter meinem kleinen Schwindel steht – zieht ein amüsiertes Lächeln über ihr Gesicht. Natürlich missdeutet sie meine Beweggründe, aber sie spielt das Spiel mit. »Ja«, seufzt sie. »Ist ganz schrecklich. Sobald ich eine Matratze auch nur sehe, bekomme ich Atemnot. Zu Hause übernachte ich auch in einer Hängematte.«

»Daunenallergie«, sagt Helios kopfschüttelnd. »Et jitt nix, dat et net jitt.«

Ich stelle meinen Teller auf die Spüle. »Tja und … Finn kann ja dann oben in der Laterne bei mir schlafen«, sage ich in bemüht beiläufigem Ton. Die Wirkung ist verblüffend: Ole und Helios werfen sich einen erstaunten *Was geht denn jetzt ab?*-Blick zu und Finns Mimik kann sich nicht zwischen erfreut und zutiefst beunruhigt entscheiden: Sein Mund lächelt verlegen, während sein Blick stark darauf hindeutet, dass ihm meine plötzliche Initiative nicht so wirklich geheuer ist.

Maggie Paulus lächelt süffisant und sagt in spöttischem Ton: »Tja, dann … gute Nacht.«

Als ich mit Finn zusammen die Stufen zur Laterne hinaufsteige, höre ich ein Kichern in meinem Kopf, dann flüstert ihre Stimme: »*Petri Heil, Rebecca!*«

»Ich muss dir etwas Wichtiges sagen. Die anderen dürfen es nicht wissen«, flüstere ich, als wir endlich alleine sind. »Deswegen wollte ich, dass du hier oben schläfst.«

»Ähm, klar«, stottert Finn. »Klar. Habe ich mir schon gedacht. Warum solltest du sonst …«

Ich berichte ihm von Helios' verdächtigem Telefonat und davon, dass er *aus Versehen* die Anruflisten gelöscht hat.

»Warum hast du es nicht einfach mit der Wahlwiederholung versucht?«, fragt Finn. »Dann wüssten wir, mit wem er als Letztes telefoniert hat.«

»Äh, ja, das wäre tatsächlich eine Möglichkeit gewesen«, gebe ich zu und muss mir eingestehen, dass meine Fähigkeiten als Amateurdetektivin wohl nur sehr rudimentär entwickelt sind.

»Wir müssen Simon so schnell wie möglich davon in Kenntnis setzen«, sagt Finn.

»Ja, aber wie sollen wir das anstellen, ohne dass Helios es mitbekommt? Wir können ja schlecht sagen: ›Bitte gib uns doch mal eben das Handy. Wir wollen Simon darüber informieren, dass du der Verräter sein könntest.‹«

»Vielleicht ergibt sich morgen im Lauf des Tages eine Gelegenheit. Wenn wir Glück haben, legt er das Teil zwischendurch irgendwo ab. In dem Fall lenke ich ihn ab und du …«

»Bis zu diesem Telefonat war Helios der Letzte, den ich verdächtigt hätte«, sage ich leise und setze mich auf die Matratze. »Er ist … er wirkt so Vertrauen einflößend.«

»Ja«, stimmt Finn mir zu. »Aber das liegt vielleicht auch nur an diesem merkwürdigen Dialekt. Damit wirkt jeder wie die Gemütlichkeit höchstpersönlich. Als könnte er kein Wässerchen trüben.« Er grinst plötzlich breit, sieht mich mit Bassetaugen an, zwirbelt einen imaginären Schnurrbart und singsangt: »Mer wissen aber überhaupt net, was jerad wirklich in seinem Kopf am Vorjehen ist, Mädchen.«

Ich muss kichern, dann tritt eine kurze verlegene Stille ein, bis Finn ein Stück näher zu mir heranrückt und sagt: »Aber … es trifft sich gut, dass wir hier oben alleine sind. Ich wollte mit dir auch über etwas sprechen.«

»Und über was?«, höre ich mich mit einer seltsam kieksigen Stimme sagen, während mir ein plötzlicher Hitzeschwall ins Gesicht schießt.

Man kann es dir vom Gesicht ablesen, Rebecca.

»Über die Asyle«, sagt Finn ernst.

»Die … die Asyle. Natürlich«, murmele ich und versuche meine Hand, die wie von selbst begonnen hat, über seinen Arm zu streichen, möglichst unauffällig zurückzuziehen.

Finn fährt sich durch die Haare und sagt nachdenklich: »Vorhin als Ole über die beiden unbekannten Asyle gesprochen hat, da …«

»Wir beide wissen, dass es nur noch ein Asyl gibt, Finn«, unterbreche ich ihn. »Und dass dieser Richie Kampmann mit Sicherheit keines ist. Wir suchen nach der Sängerin mit der Brüllstimme! Sie ist das fehlende Asyl.«

»Und was, wenn wir uns irren? Wenn wir bisher auf der falschen Spur gewesen sind? Dann würde alles Sinn machen. Auch der Umstand, dass weder du noch Maggie eine Frau am Strand gesehen habt.«

Ich blicke ihn fragend an. »Ich befürchte, ich kann dir nicht ganz folgen.«

»Na ja …«, sagt Finn und zupft nervös an seinem Ohrläppchen. »Bei Maggie war es doch auch so, dass du nicht wirklich *ihre* Gedanken gehörst hast, sondern das, was sie gelesen hat. Sätze aus den Schriften der Hildegard von Bingen.«

»Und?«, sage ich und verstehe noch immer nicht, worauf er hinauswill.

»Überleg doch mal: Vielleicht ist ja nicht die Sängerin mit der Brüllstimme das Asyl, sondern jemand, der ihre Stimme ständig hört. Ihr Manager nämlich – der außerdem ja auch noch ihr nicht ganz so treuer Liebhaber zu sein scheint. Und könnte dieser Manager und untreue Liebhaber nicht Richie Kampmann sein?«

Während ich Finn mit offenem Mund anstarre, klingelt und summt es in meinem Kopf, als hätte ich gerade hundert Freispiele beim Flippern gewonnen. Das, was er sagt, klingt dermaßen einleuchtend … »Natürlich«, wispere ich. »So passt alles zusammen: Richie Kampmann ist der Manager der Brüllstimme. *Er* ist das Asyl, das wir suchen.« Ich beuge mich vor und flüstere: »Du bist genial, Finn Westerbeek.«

»Sagen wir: Ich bin gut«, befindet er grinsend. Dann streckt er sich, gähnt demonstrativ und sagt: »Wir sollten schlafen gehen.«

Ich ziehe mich bis auf T-Shirt und Unterhose aus, schlüpfe zu ihm unter die dicke Daunendecke und versuche verzweifelt, so auszusehen, als würde mir dabei das Herz nicht bis zum Hals schlagen. Ich habe noch nie neben einem Jungen auf einer Matratze geschlafen. Wahrscheinlich bin ich das, was Helios Ehrenfeld als *ein spätes Mädchen* bezeichnen würde. Es gab Momente, da habe ich mich gefragt, ob irgendetwas mit mir nicht stimmt. Fast alle meiner Mitschülerinnen haben einen Freund oder hatten sogar schon mehrere. Und sind ständig glühend heiß verliebt: heute in den einen, in einem halben Jahr in einen anderen.

Nicht, dass ich nicht auch schon für diesen oder jenen geschwärmt hätte, aber wirklich verliebt war ich noch nie. Jedenfalls nicht verliebt genug, um mit einem Jungen unter einer Decke zu schlafen. Ehrlich gesagt, wusste ich überhaupt nicht, wie es sich anfühlt, verliebt zu sein. Doch jetzt … bin ich verliebt. Ich bin wirklich verliebt. Zum allerersten Mal. Erst vorhin, als ich es gegenüber Maggie Paulus laut ausgesprochen habe, ist es mir wirklich klar geworden. Ich bin verliebt in Finn Westerbeek. Ich weiß nicht viel über ihn, aber ich habe mich noch nie jemandem so nah gefühlt. Vielleicht, weil wir beide Waisen sind und ein ähnliches Schicksal teilen, vielleicht auch, weil er mich so gut zu kennen scheint: all diese Dinge, die er an mir wahrgenommen hat … Es fühlt sich an, als würde mich zum ersten Mal jemand als diejenige erkennen, die ich bin …

Irgendwann triffst du jemanden, dessen Seele genauso schwingt wie deine.

»Finn?«, frage ich leise. »Schläfst du schon?«

Keine Antwort, nur seine ruhigen, gleichmäßigen Atemzüge sind zu hören. Ich richte mich ein wenig auf und stütze mich auf den Ellenbogen ab. Ein blasses Mondlicht fällt in die Laterne. Finn hat die Decke bis zum Kinn gezogen. Langsam gleitet mein Blick über sein Gesicht, seine geschlossenen Lider, seine Wimpern, seinen Mund … Dann beuge ich mich mit klopfendem Herzen über ihn und streiche ganz zart über die Narbe auf seiner Wange.

»Was immer du da tust, hör bitte nicht auf damit«, höre ich ihn sagen und ziehe erschrocken die Hand zurück. Finn richtet sich auf und grinst breit.

»Du hast überhaupt nicht geschlafen. Du hast mich verarscht, du …« Ich boxe ihn auf den Oberarm.

»Ah!«, macht er und lacht.

Ich muss ebenfalls kichern, dann werde ich wieder ernst, sehe ihm in die Augen und berühre erneut seine Wange. »Woher stammt die Narbe, Finn?«

Sein Gesicht wird plötzlich traurig, er dreht sich weg und sagt mit gepresster Stimme: »Ich … ich kann nicht darüber sprechen. Es ist zu schmerzhaft.«

»Aber manchmal wird etwas weniger schmerzhaft, wenn man darüber mit jemandem redet«, sage ich und merke, dass meine Hand schon wieder über seinen Arm streicht. »Erzähl es mir! Bitte.«

»Also … gut«, sagt er leise und schluckt. »Ich war … ich war acht Jahre alt und bin mit meinem Vater auf einem Boot aufs Meer hinausgefahren, um zu angeln. Ich hatte die Angel kaum ausgeworfen, als plötzlich etwas mit so starker Kraft an der Schnur zog, dass ich nur noch einen Ruck fühlte und über Bord gerissen wurde.« Finn fährt sich nervös mit der Hand über die Augen. »Und als ich den Kopf über Wasser bekam, da sah ich wie eine gezackte Rückenflosse durch die Wellen auf mich zupflügte, und dann wurde ich unter Wasser gezogen und blickte in entsetzlich kalte Augen und einen weit geöffneten Rachen voller scharfer, sägeblattartiger Zähne. Und dann stieß der Kopf des Hais vor und …«

»Ein Hai?«, entfährt es mir völlig aufgelöst und ich schlinge die Arme um Finn. »Oh, Gott! Das war ein Hai?«

Er nickt traurig und richtet den Blick aufs Meer. Dann wandern seine Mundwinkel immer weiter nach oben – und er bricht in schallendes Gelächter aus.

»Aargh! Du hast mich schon wieder verarscht! Warte!« Diesmal bekommt er eine ganze Salve von Boxhieben auf Arme und Brust ab, die er aber überhaupt nicht zu spüren scheint. Er kriegt sich gar nicht mehr ein vor Lachen – und ich mich irgendwann auch nicht mehr. Dann beendet er meine Boxattacke, indem er meine Arme festhält. Einen Moment lang liegen wir nur still da und blicken uns in die Augen.

»Erzählst du mir irgendwann, was wirklich passiert ist?«, frage ich nach einiger Zeit.

»Vielleicht«, sagt er lächelnd und betrachtet mein Gesicht. »Übrigens … die kleine Lücke zwischen deinen Schneidezähnen. Die ist, entgegen deiner Befürchtung, alles andere als ein Schönheitsmakel. Sie ist echt heiß!«

»Und du bist … ein Vollspinner«, flüstere ich, dann beuge ich mich vor und presse meine Lippen auf seinen Mund.

Später, als ich eng an Finn geschmiegt daliege und durch das Glas der Galerie zu den blinkenden Sternen blicke, geht mir der Gedanke durch den Kopf, dass ich mir die Situation, in der ich zum ersten Mal neben einem Jungen einschlafen würde, immer eine Spur romantischer vorgestellt habe. Auf eine ziemlich diffuse Art. Aber ganz bestimmt sah meine Vorstellung nicht so aus, dass ich neben einem Jungen auf einer durchgelegenen Matratze in der Laterne eines ausgedienten Leuchtturms liege. Einem

Turm, in dem nichts als das tosende Meer und das beängstigende Pfeifen des Windes zu hören sind.

Aber in diesem Moment ist es der einzige Ort auf der Welt, an dem ich sein will.

Wahrscheinlich habe ich mir auch vorgestellt, am Morgen nach dieser Nacht beschwingt unter eine Dusche zu hüpfen, um anschließend – wohlduftend, mit seidig glänzendem Haar und minzfrischem Atem – den Jungen, mit dem ich die Nacht verbracht habe, wach zu küssen. Was so leider nicht eintritt. Der dicke Pit verfügt dummerweise über keine Dusche, sondern nur etwas, das man mit äußerstem Wohlwollen als Waschgelegenheit bezeichnen könnte. So viel zu dem Duft und dem glänzenden Haar. Und was den Minzatem angeht ... in einem winzigen Schränkchen findet sich eine uralte, angebrochene Tube, aus der ich unter einigem Kraftaufwand einen Strang steinharte Zahncreme quetsche, die ich mit dem Finger auf Zähne und Zahnfleisch rubbele. Minzfrisch ist anders.

Das mit dem Wachküssen erledigt sich auch von selbst, denn als ich in die Laterne zurückkomme, ist Finn bereits auf. Er streift gerade seinen Pulli über und lächelt mir zu. »Guten Morgen.« Dann kommt er auf mich zu, streicht mit der Hand über meine Wange, seine Lippen öffnen sich ein wenig und – ich werfe den Kopf zur Seite. »Was ist? Was hast du?«, fragt er und blickt mich verdattert an.

»Nichts. Es ist nur ... ich habe mir die Zähne nicht richtig putzen können«, haspele ich und lächele entschuldigend.

Finn betrachtet mich amüsiert. »Ich ja auch nicht«, sagt er und zieht mich lächelnd an sich. »Und außerdem ... selbst wenn du mit einem Liter Stinkefisch gegurgelt hättest, würde mich das nicht abschrecken.«

Als wir kurz darauf die Stufen des Turms hinuntersteigen, ist aus der Küche eine lebhafte Unterhaltung zu hören, die bei unserem Eintreten abrupt verstummt. Maggie, Helios und Ole sitzen, jeder eine Kaffeetasse vor sich, am Tisch, mustern uns neugierig und grinsen dabei um die Wette.

»Morgen zusammen«, sagt Ole, während Helios sich erhebt und zwei Tassen aus dem Küchenschrank nimmt. »Ich bin mer sicher, ihr könnt jetzt einen starken Kaffee vertragen«, gluckst er.

Und während Finn die Tasse nimmt und Zucker in seinen Kaffee rührt, zwinkert Maggie Paulus mir verschwörerisch zu und macht hinter seinem Rücken eine Geste, als würde sie eine Angel auswerfen. *Und? Petri Heil?*, flüstert es in meinem Kopf.

Ich setze mich, blicke Maggie über den Rand meiner Tasse hinweg an und lächele ihr ebenso verschwörerisch zu.

Petri Dank!

Nichts ist schlimmer, als darauf zu warten, dass man endlich loslegen kann. Die Zeit zieht sich wie Kaugummi und am späten Nachmittag hat sich die beschwingte Laune vom Morgen endgültig verflüchtigt und einer angespannten und gereizten Stimmung Platz gemacht. Nicht bei Finn, der als Einziger ruhig und konzentriert wirkt, aber sehr offensichtlich bei Helios Ehrenfeld, dem seine übliche rheinische Gelassenheit abhandengekommen ist. Er kippt Unmengen von Kaffee in sich hinein und zappelt auf seinem Stuhl herum wie ein Wiesel auf Speed. Gelegentlich zieht er das Handy aus seiner Jacke, stiert auf das Display, ruckt mit dem Kopf und verstaut es wieder in der Tasche. Für Finn und mich ergibt sich nicht die geringste Gelegenheit, an das Mobiltelefon zu gelangen. Was auch meine Stimmung gereizt werden lässt. Ausbaden muss das der arme Ole Krautsand: Er reibt immer wieder über sein Tattoo, reckt alle dreißig Sekunden den Kopf und blickt angestrengt durch das kleine Fenster.

»Kannst du mal damit aufhören? Dadurch wird es auch nicht schneller dunkel«, fahre ich ihn an, was mir schon im nächsten Moment so peinlich ist, dass ich ein kleinlautes »Entschuldigung. Bin ein bisschen aufgeregt«, hinterherschicke.

Maggie Paulus rennt jede Viertelstunde aufs Klo. Dazwischen sitzt sie mit geschlossenen Augen und gefalteten Händen am Tisch, und ich frage mich, ob sie betet.

Als die blasse Herbstsonne untergeht und die Dämmerung endlich einsetzt und das Meer dunkel färbt, atme ich erleichtert auf.

»Ich denke, wir können los«, sagt Ole, räumt die Tassen weg, prüft noch einmal, ob alle elektrischen Geräte ausgeschaltet und alle Lichter gelöscht sind. Dann steigen wir langsam die Stufen hinab, treten ins Freie und Helios schließt die Tür des Turms sorgfältig ab. Während wir auf den kleinen Schuppen mit dem Citroën zuhalten, drehe ich mich noch einmal um und flüstere dem dicken Pit einen leisen Abschiedsgruß zu.

– ZWÖLF –

Helios hat den Schlüssel ins Zündschloss gesteckt und will den Wagen gerade anlassen, als das Handy in seiner Jacke klingelt.

»Ja?« Er lauscht eine Weile angestrengt in den Hörer, dann sagt er: »Candela, ich halte das für keine jute Idee. Das ist … Ach, ist doch sowieso ejal, was ich sage. Du lässt dich ja eh net davon abbringen und Patti wahrscheinlich jenauso wenig. Was? Die Arkonas? Aha? Ja … mach ich. Seid vorsichtig. Und meldet euch, sobald es was Neues jibt. Ja. Mer sind auch jerad dabei, uns auf die Socken zu machen. Ja. Tschöö. Tschöö.«

Helios steckt das Handy weg, dreht sich zu uns um und verkündet: »Candela und Patti haben die beiden Arkonas in Duenborg einjesammelt. Und jetzt versuchen sie rauszukriejen, wo Eilean ist.« Er schüttelt den Kopf. »Ich weiß net, wie sie das anstellen wollen«, seufzt er und guckt im nächsten Moment ziemlich dumm aus der Wäsche, als Finn ihm aufmunternd die Hand auf die Schulter legt, grient und in perfektem Helios-Sprech sagt: »Et hätt noch immer jot jejange. – Auf nach Hamburg!«

Helios fährt wie immer zahlreiche Umwege. Der Citroën rollt durch abgelegene Dörfer und schleicht über schmale Landstraßen, bis wir uns, nach knapp zwei Stunden und ohne dass es zu irgendeinem Zwischenfall gekommen wäre, den nördlichen Stadtbezirken von Hamburg nähern. Ole sitzt, den Kopf über die Straßenkarte gebeugt, auf dem Beifahrersitz. Maggie Paulus blickt mit bewegungslosem Gesicht aus dem Fenster. Als die Lichter der Stadt vor uns auftauchen, muss ich schlucken und umklammere Finns Hand.

»Was hast du?«, fragt er beunruhigt.

»Es ist nur … Es ist wegen Mareike«, sage ich leise. »Sie … sie ist meine beste Freundin und …«

»Ich weiß, wer Mareike ist«, sagt Finn lächelnd. »Ich habe dich schließlich ein Jahr lang gestalkt.«

»Es ist so … beklemmend: in Hamburg zu sein und sie nicht sehen zu können. Nicht mit ihr sprechen zu können. Dabei ist sie wahrscheinlich der einzige Mensch da draußen, der nicht glaubt, ich hätte meine Pflegeeltern umgebracht.« Für einen kurzen Moment habe ich wieder vor Augen, wie Mareike Sören Radeberg vor laufender Kamera die Nase zertrümmert hat, und muss lächeln. »Ich wünschte, ich könnte ihr sagen, dass es mir gut geht, und ihr erklären, was wirklich geschehen ist.«

»Tut mir leid. Aber das wird noch warten müssen«, sagt Finn mitfühlend und streicht mir durch die Haare.

Doch es ist nicht nur der Gedanke an Mareike, der in mir Beklommenheit auslöst. Da ist noch etwas anderes. Ein Gefühl wie kurz vor einem Gewitter. Die unbestimmte Ahnung, dass sich irgendetwas Unheilvolles über uns zusammenbraut. Und je näher wir unserem Ziel kommen, desto stärker und beängstigender wird dieses Gefühl. Ich blicke zu Maggie Paulus, sehe, wie ernst und verschlossen ihr Gesicht ist, und frage mich, ob auch sie es spürt.

Was wird uns in Hamburg erwarten? Mit wem hat Helios Ehrenfeld telefoniert? Warten vielleicht schon Agenten und Kämpfer auf uns? Was ist mit diesem Richie Kampmann? Hat Finn recht, und er ist das Asyl, das wir suchen? Und wenn ja, wird er dann so bereitwillig mit uns kommen, wie Maggie es getan hat?

Ich beuge mich zu Finn und flüstere ihm ins Ohr: »Maggie kennt Richie Kampmann. Wenn er das Asyl ist, sollte sie mit ihm reden. Er wird ihr viel eher glauben als uns.«

»Ja. Du hast recht«, wispert er, beugt sich zu ihr herüber und sagt: »Maggie, wir glauben, dass –«

»Da vorne!«, brüllt Ole Krautsand plötzlich, und Helios geht so heftig in die Eisen, dass es uns alle nach vorne wirft. Meine Stirn knallt gegen Oles Kopfstütze und einen Moment lang sehe ich nur Sternchen. Dann erkenne ich, dass die Straße keine hundert Meter vor uns gesperrt ist. Zwei Polizeiwagen, außerdem eine der dunklen Limousinen, wie sie von Agenten gefahren werden – und ein Helikopter, der mitten auf der Fahrbahn steht.

»Verdammter Driss!«, schreit Helios, malträtiert die Gangschaltung und jagt den Citroën im Rückwärtsgang dreihundert Meter über die Landstraße, bis er mit quietschenden Reifen zum Stehen kommt, den Vorwärtsgang einlegt und in einen schlaglochdurchzogenen Seitenweg schießt. Hektisch werfe ich den Kopf herum. Einer der Polizeiwagen und die schwarze Limousine haben die Verfolgung aufgenommen, rasen in Höchstgeschwindigkeit über die Schlaglöcher und kommen unaufhaltsam näher. Maggie Paulus greift meine Hand, ihr Gesicht ist starr vor Schreck. Die Limousine ist jetzt so nah, dass ich die Gesichter der Agenten erkennen kann. Helios rast an einem Wasserreservoir und dem Gelände einer Speditionsfirma vorbei, dann an ein paar Bolzplätzen und dann –

»Scheiße!«, entfährt es Ole Krautsand.

Fünfzig Meter vor uns ist ein Bahnübergang, dessen rot-weiße Schranken sich gerade senken. Ich werfe den Kopf nach rechts und sehe eine S-Bahn über die Gleise auf uns zurauschen.

»Lass uns net im Stich, Liebelein! Komm schon!« Helios schlägt auf das Steuer, tritt das Gaspedal bis zum Anschlag durch – und der Citroën rauscht im allerletzten Moment unter der fallenden Schranke hindurch auf die gegenüberliegende Seite. Nur einen Lidschlag bevor die S-Bahn ihn in einen Haufen Schrott verwandeln kann. Ich fühle mich, als müsste ich jeden Moment hyperventilieren.

»Wir haben die Idioten abgehängt!«, jubelt Ole Krautsand, während der Wagen über eine baumbestandene Straße an einer Schrebergartenkolonie vorbeijagt – aber im gleichen Moment sind wir plötzlich in einen gleißend hellen Lichtkegel gehüllt und über uns ist das bedrohliche, flatternde Geräusch von Rotoren zu hören. Erschrocken sehe ich durch das Seitenfenster nach oben: Der Helikopter ist genau über uns und fliegt so tief, dass er beinah die Wipfel der Bäume streift.

»Stoppen Sie das Fahrzeug! Stoppen Sie das Fahrzeug und steigen Sie aus!«, ertönt eine durchdringende Lautsprecherstimme.

»Ihr könnt mich mal, ihr Arschjesichter!« Helios reißt das Steuer herum und schleudert in eine Kurve.

»Stoppen Sie das Fahrzeug. Stoppen Sie sofort oder wir machen von der Schusswaffe Gebrauch!« Eine ganze Salve von Warnschüssen wird abgefeuert. Die Projektile schlagen in den Bäumen ein, Baumrinde und kleine Äste spritzen durch die Gegend, Maggie Paulus' Fingernägel krallen sich in meine Hand.

»Die … die machen Ernst«, sagt Ole Krautsand mit kalkweißem Gesicht. »Halt an, Helios!«

»Nein!«, ruft Finn energisch. »Die bluffen nur. Die schießen nicht auf uns, solange sie vermuten, dass Asyle an Bord sind.«

»Seh ich jenauso!« Helios schießt auf einen kleinen Tunnel zu: eine Eisenbahnunterführung! Als wir sie erreichen, legt unser Fahrer eine Vollbremsung hin, der Citroën schlittert ein Stück über den matschigen Untergrund und kommt in der Mitte des Tunnels zum Stehen. »Raus!«, schreit Helios. »Alle Mann raus. Ihr müsst zu Fuß weiter. Ich lenk die Blödköpp ab. Macht schon! Raus!«

Einen Moment sind alle wie unter Schockstarre, dann springen wir aus dem Wagen und schlagen die Türen zu. Ich höre den Helikopter über dem Tunnel kreisen, Helios legt einen Kavaliersstart hin, Schlamm spritzt auf, und der schwarze Citroën schießt durch die Dunkelheit davon – verfolgt von dem Hubschrauber, der ihm augenblicklich hinterherstößt wie ein Falke einer Feldmaus.

Mit angehaltenem Atem blicken wir Wagen und Hubschrauber nach, bis sie in der Nacht verschwunden sind.

Helios … Er hat sich für uns geopfert. Er kann ihnen nicht entkommen. Gegen den Hubschrauber hat er keine Chance. Und ich bin sicher, dass ihm das völlig klar war, als er diesen selbstlosen Entschluss gefasst hat. Ich fühle, wie mir die Tränen kommen, und beiße mir auf die Lippen – als plötzlich die Erinnerung an Helios' Telefonat in meinem Kopf aufblitzt und einem anderen – böseren – Gedanken Platz macht: War das gerade vielleicht nur eine Finte? Ein abgekartetes Spiel? Ein Schauspiel, das inszeniert worden ist, um Helios besonders unverdächtig erscheinen zu lassen?

Es ist Ole Krautsand, der als Erster die Sprache wiederfindet. »Ich hoffe, es gelingt Helios, sie abzuhängen«, sagt er mit belegter Stimme, dann macht er ein paar Schritte vor und lugt vorsichtig aus der Unterführung. »Hat irgendjemand eine Ahnung, wo wir hier sind?«

Finn zuckt ratlos mit den Schultern. »Irgendwo im Norden von Hamburg.« Er ist von oben bis unten mit dicken Schlammspritzern bedeckt, genauso wie Ole und ich selbst. Wir sehen aus, als kämen wir direkt vom Wacken-Festival. Nur Maggie Paulus hat Helios' Kavaliersstart ohne Dreckspuren überstanden.

»Was machen wir jetzt?«, fragt sie mit ängstlichem Gesichtsausdruck.

»Wir rufen Candela und Patti an«, sagt Ole. »Wenn uns einer aus der Nummer raushelfen kann, dann die beiden. – Wer hat das Handy?«

»Helios!«, seufzt Finn und lässt für einen Moment resigniert den Kopf sinken, bevor er wieder aufblickt und entschlossen sagt: »Wir sind auf uns alleine gestellt. Wir müssen sehen, wie wir zum *Bloody Piranha* gelangen.«

»Selbst wenn wir bis dahin kommen, ohne Agenten oder Kämpfern zu begegnen …«, sage ich mit einem Blick auf den Schlamm in seinen Haaren, » … so wie wir aussehen, kommen wir nirgendwo rein. Noch nicht mal in so eine ranzige Kaschemme wie das *Bloody Piranha*.« In diesem Moment erscheint mir alles so aussichtslos, dass mir nur noch nach Heulen zumute ist. Ich lege den Kopf an Finns Schulter, damit die anderen meine

Tränen nicht sehen – als mich plötzlich der rettende Gedanke durchfährt!

»Hat jemand Geld dabei?«

Ole blickt mich verwundert an. »Für die Spesen war Helios auch zuständig, aber ich glaube, ich habe noch …« Er fördert zwei zusammengeknüllte Scheine aus der Hosentasche zutage. »Aber wozu?«, fragt er.

»Wenn wir Glück haben, kommen wir damit aus.« Ich ziehe ihm die Scheine aus der Hand und deute zu einer Böschung, die ungefähr fünfhundert Meter entfernt ist. »Hört ihr das Rauschen? Das ist Straßenverkehr. Klingt nach einer größeren Straße. Wir versuchen, ein Taxi anzuhalten.«

»Und dann? Was hast du vor?«, fragt Finn.

»Mareike!«, sage ich.

»Das geht nicht. Wir dürfen keine Unbeteiligten in die Sache hineinziehen«, protestiert Ole Krautsand, während wir die Böschung hinaufkrabbeln.

»Wenn es um die Freiheit von allen geht, gibt es keine Unbeteiligten«, entgegne ich. »Und außerdem – würde Mareike als Doppelmörderin verdächtigt und würde bei mir klingeln und um meine Hilfe bitten, dann würde ich ihr helfen. Und ich weiß, dass ich mich umgekehrt genauso auf sie verlassen kann. Sie wird uns helfen!«

Als wir die Böschung erklommen haben, blicken wir auf eine breite, mehrspurige Hauptverkehrsstraße.

»Du solltest das mit dem Taxi versuchen. Du siehst als Einzige noch halbwegs zivilisiert aus«, sage ich zu Maggie Paulus und drücke ihr die Geldscheine in die Hand.

Wir rutschen den Abhang hinunter und während Maggie am Straßenrand Position bezieht, verstecken wir anderen uns in dem Unkrautdickicht am Fuß der Böschung. Nach zwanzig Minuten erspähe ich tatsächlich ein freies Taxi, das in hohem Tempo herangerauscht kommt. Maggie winkt mit beiden Armen, um auf sich aufmerksam zu machen, aber der Fahrer scheint sie nicht zu bemerken, brettert an ihr vorbei – dann geht er plötzlich doch noch in die Bremse und der Wagen kommt mit quietschenden Reifen zum Stehen.

Maggie öffnet die Beifahrertür und dem glatzköpfigen Fahrer fallen bei ihrem Anblick beinah die Augen aus dem Kopf. »Das nenne ich ja mal eine attraktive Überraschung«, sagt er. Sein schmierlappiges Grinsen gefriert aber augenblicklich, als sich drei verdreckte Gestalten auf die Rückbank seines Taxis werfen. Argwöhnisch betrachtet er uns im Rückspiegel. Ich ziehe mir Pattis Kappe tief ins Gesicht. Der Blick des Fahrers wird noch eine Spur misstrauischer, als ich als Fahrtziel das vornehme »Eppendorf, Heilwigstraße« angebe.

»Ist 'ne ganz schöne Strecke. Das wird nicht billig«, befindet er.

»Fahren Sie schon los!«, sagt Finn ungeduldig, und der Glatzkopf gibt endlich Gas.

Die Fahrt dauert eine gefühlte Ewigkeit, wohl auch deshalb, weil sie in vollkommenem Schweigen verläuft. Mein Blick klebt unablässig am Taxameter und ich bete inständig, dass unser Geld bis Eppendorf reicht.

»Stopp! Hier steigen wir aus«, rufe ich in dem Moment, in dem das Taxi in die Heilwigstraße einbiegt.

Das Geld reicht gerade so. »Da wird mein Traum von der Karibik-Kreuzfahrt ja endlich wahr«, knurrt der Fahrer angesichts der zwanzig Cent Trinkgeld, die noch für ihn übrig bleiben.

Als der Wagen verschwunden ist, blicken wir uns unauffällig nach allen Seiten um. Niemand zu sehen.

Wir halten uns, so weit wie möglich, aus dem Licht der Straßenlaternen und schleichen im Schatten hoher Hecken über den Bürgersteig. Nach fünfzig Metern kommt die Trümmerstätte in Sicht, die bis vor ein paar Tagen mein Zuhause war. Das Gelände ist mit Absperrbändern und einem mobilen Stahlzaun gesichert, das Betreten ist verboten.

Einen Moment lang stehe ich da wie angewurzelt, und während ich auf die Trümmer blicke, steigen mir Tränen in die Augen. Ich habe hier sicher nicht die schönsten Momente meines Lebens verbracht, aber trotzdem war diese Ruine mein Zuhause. Ich kann nicht verhindern, dass sich mir ein Schluchzer entringt, und Finn nimmt mich tröstend in die Arme.

»Hier ist es zu gefährlich«, wispert Ole Krautsand. »Wir müssen weiter, Rebecca.«

»Ja.« Ich nicke und wische mir eine Träne weg.

Als wir das Grundstück der Bahlsens erreichen, macht mein Herz vor Erleichterung einen Sprung: In Mareikes Zimmer brennt Licht. Ich sammele eine Handvoll Kiesel in der Auffahrt auf und schleudere einen gegen das Fenster. Nichts. Ich werfe einen zweiten Stein, der mit einem leisen *Pock* gegen das Glas schlägt, und kann nur schwer einen freudigen Aufschrei unterdrücken, als Mareike am Fenster erscheint. Sie öffnet einen Fensterflügel und lugt argwöhnisch ins Dunkel.

»Mareike«, wispere ich. »Mareike!«

Sie schaut zu mir herunter – und sieht im nächsten Moment aus, als wäre der Leibhaftige in sie eingefahren. Mit weit aufgerissenem Mund starrt sie mich an, ein krächziges »Becca?« entringt sich ihr, dann fährt sie herum und ist verschwunden.

Ich bedeute den anderen, mir zur Haustür zu folgen. Als wir die Stufen zur Tür erreichen, fliegt sie weit auf und Mareike steht mit fassungslosem Gesicht vor mir. Im nächsten Moment fallen wir uns um den Hals und hüpfen wie die Irren hin und her, gleichzeitig lachend und weinend, während Ole, Finn und Maggie etwas verlegen danebenstehen.

»Oh, Becca«, schluchzt Mareike nach einiger Zeit und wischt sich durchs Gesicht. »Ich habe geglaubt, ich würde dich nie mehr wiedersehen. Ich habe geglaubt, du wärst …«

»Du hast doch bestimmt nicht diesen Blödsinn geschluckt, den sie in den Nachrichten über mich erzählen«, sage ich und streiche ihr über die Wange.

»Kein Wort!«, beteuert sie und schüttelt dermaßen energisch den Kopf, dass die roten Haare nur so fliegen. »Diese Spinner! Ich war sogar bei der Polizei, um ihnen zu sagen, dass du nie und nimmer jemanden ermorden könntest und dass sie auf der völlig falschen Spur sind. Dass hier wahrscheinlich etwas ganz anderes passiert ist … Aber das hat sie überhaupt nicht interessiert.« Mareike lächelt schief. »Und als dann die Bilder von diesem Kommando zu sehen waren, das das Sonnenstudio gestürmt hat … Die Frau, von der sie behauptet haben, du wärst es … Sie sah dir ähnlich, aber jemand, der dich so gut kennt wie ich, konnte sofort sehen, dass du es nicht warst. Aber … wo kommst du her?« Sie tritt einen Schritt zurück und betrachtet meine schlammbespritzte Erscheinung. »Und was ist mit dir passiert? Und wer …?« Erst jetzt scheint sie die anderen zu bemerken und beäugt sie stirnrunzelnd.

»Das sind Freunde von mir. Wir stecken ziemlich in der Klemme. Kannst du uns helfen?«

»Natürlich! Kommt rein!«, sagt sie und zieht mich am Arm ins Haus.

»Aber … deine Eltern?«, wende ich ein.

»Sind nicht da«, sagt sie freudestrahlend. »Sie sind zur Beerdigung einer Großtante meines Vaters nach England geflogen. Und Benny ist bei seiner Freundin. Ich bin alleine. Und jetzt kommt schon!«

»Setzt euch«, sagt Mareike, nachdem sie uns ins Wohnzimmer geführt hat, und bemüht sich vergeblich, so auszusehen, als stünde sie nicht kurz davor, vor Neugier zu platzen.

»Das ist Margit Paulus«, stelle ich vor. »Sie ist Pfarrerin.«

»Echt?«, kiekst Mareike nach einem bewundernden Blick auf Maggies Figur. »Und Sie sind sicher, dass Sie in Wirklichkeit nicht vielleicht Model sind?«

»Ganz sicher«, entgegnet die Pfarrerin lächelnd und reicht Mareike die Hand. »Und du kannst Maggie sagen.«

»Das ist Ole Krautsand«, fahre ich fort. »Er ist Leuchtturmwärter.«

»Eine Pfarrerin und ein Leuchtturmwärter?«, sagt Mareike ungläubig, als sie ihm die Pranke schüttelt. »Ist ja eine interessante Kombination.«

»Und das ist Finn Westerbeek. Er ist –«

»Toll!«, haucht Mareike, starrt ihn so hypnotisiert an wie das Kaninchen die Schlange und vergisst vor Verzückung vollkommen, seine Hand loszulassen. »Ähm … toll dich kennenzulernen, meine ich natürlich«, murmelt sie verlegen und schafft es nur unter größter Anstrengung, sich von seinen Augen zu lösen. Dann blickt sie fragend zu mir, blickt wieder zu Finn und man kann sehen, wie es in ihrem Kopf *Klick* macht. »Ähm … ihr habt doch sicher Durst. Ich besorge mal was zu trinken«, murmelt sie, wirft mir einen *Wow! Du hast den Hauptgewinn abgeräumt*-Blick zu, sagt vernehmlich: »Würdest du mir kurz helfen, Rebecca?«, und zieht mich mit sich in die Küche. Dort angekommen, drückt sie mich auf einen Stuhl, sieht mich eindringlich an und flüstert: »Ich habe ungefähr eine Trillion Fragen. Ich will wissen, was passiert ist, wo du die letzten Tage warst, was wirklich mit Lothar und Karin geschehen ist, was es mit dieser seltsamen Guerilla-Doppelgängerin von dir auf sich hat … Was mich aber vor allem interessiert: Wo hast du diesen Jungen her? Ein Geschenk der Götter? Wow, die Narbe auf seiner Wange. Die ist …«

»Ja. Ich weiß. Sie ist heiß«, sage ich grinsend.

Mareike nickt versonnen und wirft durch den Türspalt einen verträumten Blick auf Finn, dann atmet sie tief durch und seufzt: »Sag mir bitte, dass er noch einen Zwillingsbruder hat!«

»Leider muss ich dich enttäuschen«, sage ich lächelnd und lege den Arm um sie. »Und was deine anderen Fragen angeht … Ich wünschte, ich könnte dir all das erzählen, was ich in den letzten Tagen erlebt und erfahren habe. Aber es geht nicht. Noch nicht. Es ist sicherer für dich, so wenig wie möglich darüber zu wissen.« Ich fasse Mareike bei den Schultern und sehe ihr tief in die Augen. »Ich kann dir nur sagen, dass all das vollkommen unglaublich ist. Und dass wir auf einer Mission sind. Einer gefährlichen Mission. Einer Mission, die über die Zukunft dieser Welt entscheidet. Und wir brauchen deine Hilfe!«

Eine nicht ganz so gute Freundin würde einen angesichts dieser übergeschnappt klingenden Ankündigung wahrscheinlich mitleidig ansehen und fragen, ob man sie noch alle auf dem Leisten hat. Dass man eine wirklich gute Freundin vor sich hat, eine Freundin, die einem voll und ganz vertraut, erkennt man daran, dass sie in einem solchen Moment einfach nur nickt und im selbstverständlichsten Ton der Welt sagt: »Okay. Und was kann ich tun, Becca?«

»Wir müssen duschen und …«

»Allerdings«, sagt Mareike und rümpft die Nase. »Ich wollte ja nichts sagen, aber ihr riecht schon alle ein bisschen streng.«

»Und wir brauchen frische Klamotten.«

»Kein Problem. Du kriegst was von mir. Für Maggie und Finn dürfte ich was Passendes in Bennys Kleiderschrank finden, und der Leuchtturmwärter hat ungefähr die Größe von meinem Vater. Ich suche euch ein paar Klamotten raus.«

»Und wir … wir brauchen Geld, Mareike.«

»Mach dir keine Gedanken, Becca. Ihr geht jetzt erst mal duschen und ich kümmere mich um den Rest.«

Eine Dreiviertelstunde später sitzen wir alle frisch geduscht und neu eingekleidet im Wohnzimmer und machen uns über ein paar Käsebrote her, die Mareike in der Zwischenzeit geschmiert hat. Jetzt ist sie unterwegs zum Bankautomaten, um uns mit Bargeld zu versorgen. Ole sieht ein bisschen unbehaglich aus. Der Anzug und das Hemd von Vater Bahlsen sind ihm eine Nummer zu klein. Finn, Maggie und ich stecken in Jeans und Pullovern von Mareike und ihrem Bruder. Ich bin gerade dabei, die Schlammspritzer von Pattis Ledermantel zu entfernen, als sich der Schlüssel im Schloss dreht. Sekunden später stürzt Mareike ins Wohnzimmer und wedelt mit ein paar Geldscheinen. »Hier! Ich habe so viel abgehoben, wie es ging.«

»Danke. Du bekommst es zurück, sobald ... sobald, äh ...«

»Sobald die Welt eine bessere Welt geworden ist«, sagt Finn, legt den Arm um meine Hüfte und lächelt Mareike zu – als es Ole Krautsand rausrutscht: »Wie lange brauchen wir von hier bis zum *Bloody Piranha*?«

»Das *Bloody Piranha*?« Mareike, die gerade noch damit beschäftigt war, sich in Finns Augen zu verlieren und dabei auszusehen wie ein dahinschmelzender Bananensplit, schreckt augenblicklich aus ihrer Verzückung auf. »Was wollt ihr in *dem* üblen Laden?«

Überrascht blicke ich sie an. »Woher kennst du das *Bloody Piranha*?«

»Benny hat mir davon erzählt. Als ein Kumpel von ihm seinen achtzehnten Geburtstag gefeiert hat, sind sie da gestrandet und in eine wüste Schlägerei geraten. Erinnerst du dich nicht mehr? Benny ist ein paar Tage lang mit einem dicken Veilchen rumgelaufen. Und einem Freund von ihm haben sie die Nase gebrochen.«

»Klingt ja vielversprechend«, stöhnt Ole.

»Tja und ...« – Mareike mustert Maggie und mich kritisch – »nach dem, was Benny so erzählt hat, kommt ihr in dem braven Outfit garantiert nicht in den Schuppen rein. Bei dem Türsteher sind wohl eher Ledermini und trägerloses Top angesagt.«

»Auf keinen Fall!«, entfährt es Maggie und mir gleichzeitig.

»Dann solltet ihr euch aber wenigstens ein bisschen aufrüschen, was die Frisur angeht. Glaubt mir, ansonsten habt ihr keine Chance, das *Bloody Piranha* von innen kennenzulernen.«

»Also schön«, seufze ich resigniert, woraufhin Mareike uns ins Badezimmer schleppt, mit Unmengen von Haarspray einnebelt und uns die Haare toupiert, als gäbe es kein Morgen mehr. Als Maggie und ich ins Wohnzimmer zurückkommen, sehen wir aus wie zwei Rockröhren aus den Achtzigerjahren.

»Oh, äh, na ja«, stottert Finn. »Ist gar nicht mal so …«

»Kein Wort!«, drohe ich, woraufhin er sich damit begnügt, breit zu grinsen.

Mareike ruft uns ein Taxi, das wenige Minuten darauf eintrifft. »Danke! Danke für alles«, flüstere ich, als ich sie zum Abschied umarme.

»Was immer da auch vor sich geht … Ich … ich wünschte, ich könnte mit dir gehen. Pass auf dich auf, Becca.« Sie küsst mich auf die Wange, sieht uns hinterher, als wir in das Taxi steigen, und winkt mir noch einmal zu, als die Fahrerin den Wagen wendet und Kurs auf unser Ziel nimmt.

Die *Bloody Piranha*-Leuchtschrift über dem Eingang des Clubs flackert unregelmäßig. Der Schuppen liegt in einer düsteren Seitenstraße zwischen der Trainingshalle eines Boxvereins und einem Tattoostudio und sieht von außen eher nach verrotteter Lagerhalle als nach Club aus.

In dem Moment, in dem ich aus dem Taxi steige, habe ich plötzlich ein hohes Pfeifen in den Ohren, und in meinem Kopf zetert die Brüllstimme: *»Ach ja? Hast du dir das Publikum mal angesehen? Da draußen sitzen zweitausend Jahre Zuchthaus. Ich garantiere dir: dem ersten Kerl, der ›Ausziehen!‹ brüllt, ziehe ich den Scheitel mit dem Mikroständer nach!«*

Ich höre Maggie nach Luft schnappen, sie presst die Hände gegen die Schläfen, wispert: »Wow! Das ist ja heftig« – und mir wird klar, dass sie die Brüllstimme diesmal auch gehört haben muss.

»Sehen wir uns an, welche Dame zu dem entzückenden Stimmchen gehört«, sage ich. »Und sehen wir uns vor allem ihren Manager an!«

Dazu müssen wir aber erst mal an dem muskelbepackten Türsteher-Zerberus vorbeikommen, der zwischen uns und dem Eingang steht. Er hat die Arme vor der Brust verschränkt und betrachtet uns mit schwer gerunzelter Stirn. Mindestens dreißig

Sekunden lang, bis er seinen Denkprozess abgeschlossen hat. »Ihr könnt von mir aus rein«, sagt er zu Ole und Finn. »Und du …«, er lächelt Maggie an und offenbart dabei ein paar abgebrochene Zähne, »du kommst auf jeden Fall rein! Aber die Kleine nicht. Jedenfalls nicht, bevor ich nicht ihren Ausweis gesehen hab. Ich glaub nicht, dass die schon achtzehn ist.«

»Gib mir mal ein paar Scheine«, flüstert Maggie.

Ich drücke ihr Geld in die Hand, sie stellt sich lächelnd vor den Türsteher und wedelt mit einem Fünfziger vor seiner Nase herum. »Vielleicht hilft das, Ihre Zweifel zu zerstreuen.«

»Noch nicht so wirklich«, sagt er und schüttelt den Kopf.

Maggie holt einen zweiten Fünfziger hervor, der Muskelmann greift sich die Scheine, zieht den dicken, mottenzerfressenen Vorhang hinter sich zur Seite und sagt: »Willkommen im *Bloody Piranha*. Ich wünsche einen unterhaltsamen Abend.«

Es geht eine enge Treppe hinunter. Ein zweifelhaftes Aroma aus abgestandenem Bier, ranzigen Pommes frites, Schweiß und aufdringlichem Rasierwasser schlägt uns entgegen. Lautes Stimmengewirr und raues Gelächter. Wir treten durch einen zweiten Vorhang und stehen in einem Raum, der von ein paar roten Scheinwerfern unter der Decke nur spärlich erleuchtet wird. Es ist irre heiß und von einem Rauchverbot hat hier offenbar noch niemand etwas gehört. Der Club ist völlig überfüllt. Alle Tische sind besetzt und auch an den zwei langen Tresen rechts und links im Raum stehen die Leute eng gedrängt. In eine Wand ist ein riesiges Aquarium eingelassen, durch das ein Schwarm bedrohlich hungrig aussehender Piranhas kreuzt. Daneben ein kleines Emailschild mit der Aufschrift *Keinerlei Haftung für verlorene Finger oder andere Gliedmaßen.* Darauf, dass dieser Hinweis bitter nötig ist, deuten mehrere abgenagte Fingerknochen und blinkende Ringe auf dem Grund des Aquariums hin. Wir drängen uns durch die Menge bis zu einer der Theken. Der Spiegel hinter der Bar ist zerschmettert, der Boden ist klebrig und dem Mobiliar ist deutlich anzusehen, dass es schon so einige Kneipenschlägereien gesehen hat. Das Gleiche gilt für das Publikum. Ein Großteil der Gäste besteht aus Seemännern auf Landgang, von denen ich keinen auf unter zweieinhalb Promille schätze. Dann gibt es noch eine weitere Gruppe männlicher Gäste, bei der ein gewisser Ludenschick überwiegt; die wenigen anwesenden Damen bevorzugen Hochhackiges und tragen Röcke, die nicht viel breiter als Gürtel sind. Und was die Frisuren angeht … Mareike hat ganze Arbeit geleistet. Wir fallen nicht im Geringsten auf; fast alle hier sehen aus, als hätte ihr Friseur seine Glanzzeit in den Achtzigerjahren gehabt. Neben der Bühne hängt ein Plakat, das den Auftritt von *Amanda Sailor* ankündigt.

Das ist sie!, durchfährt es mich. Die Frau mit der Brüllstimme. Sie muss es sein, denn das Plakat wirbt außerdem mit den Worten: *Eine Stimme wie eine Schleifsäge! Eine Frau wie ein Orkan!*

»Was wollt ihr trinken?«, brüllt der Barkeeper über die Theke. Auch er hat nicht mehr allzu viele Zähne im Mund.

Maggie bestellt vier Cola, die der Mann mit gelangweiltem Blick über die Theke schiebt.

Finn stubst mich an und deutet auf einen schmalen Gang, der neben der Bühne abgeht. Der Zugang wird von einem Security-Typen bewacht, der noch eine Nummer schrankmäßiger aussieht als der Türsteher. »Ich wette, da geht es zur Künstlergarderobe. Finden wir raus, ob Richie Kampmann wirklich der Manager dieser Sängerin ist.« Er beugt sich zu Maggie und schreit ihr etwas ins Ohr, woraufhin sie zustimmend nickt. Dann sagt er zu Ole: »Es wäre gut, wenn du hierbleiben und den Eingang im Auge behalten würdest. Nur für alle Fälle.«

»In Ordnung«, brummt Ole und Finn, Maggie und ich setzen uns Richtung Garderobe in Bewegung.

»Hallo, Adonis«, begrüßt Maggie den Security-Schrank mit einem entwaffnenden Lächeln. »Wir würden gerne für einen Moment den Manager der Künstlerin sprechen. Wenn das möglich ist.«

»Isses nich«, knurrt der Mann und zeigt dabei ein paar Zahnruinen. Ein ramponiertes Gebiss scheint hier Einstellungsvoraussetzung zu sein. »Er ist in der Garderobe der Künstlerin. Und die will so kurz vor dem Auftritt nicht gestört werden.« Er zieht die Nase hoch und spuckt aus. »Wenn man mich fragt – sie sieht zwar granatenmäßig aus, aber sie ist 'ne üble Nervkuh, diese Amanda Sailor.«

»Mag schon sein. Aber ihr Manager ist ein sehr guter Freund von mir«, baggert Maggie weiter. »Er könnte ziemlich ärgerlich werden, wenn er hört, dass Sie uns nicht zu ihm lassen wollten.«

Der Muskelmann scheint einen Moment innerlich mit sich zu ringen, dann zuckt er die Schultern und brummt: »Also schön. Ich versuche es.« Er stapft in den Gang, klopft an einer Tür und brüllt etwas in den Raum.

Gespannt halte ich den Atem an.

Fünf Sekunden später kommt ein kleiner, dicklicher Mann mit Zigarre in der Hand aus der Garderobe geschossen und hält mit genervtem Blick auf uns zu. Sein Gesicht ist tiefrot, er hat Hamsterbäckchen und trägt einen protzigen Siegelring, auf seinem Kopf hängt ein schlecht geklebtes, weißblondes Toupet.

»Ach du Scheiße«, entfährt es mir. So habe ich mir Richie Kampmann nun wirklich nicht vorgestellt.

»Sind *Sie* der Manager von Amanda Sailor?«, fragt Finn ungläubig.

»Bin ich«, entgegnet der Mann unwirsch. »Und was wollen Sie von mir? Geht es um ein Engagement?«

»Das ist nicht Richie Kampmann«, wispert Maggie und blickt den feisten Manager fassungslos an.

»Was? Wer? Natürlich nicht. Mein Name ist Manni Käsch. Und könnten wir jetzt vielleicht zur Sache kommen? Zeit ist Geld. Also?«

In diesem Moment geht das Licht im Club aus, ein einzelner Scheinwerferspot richtet sich auf die Bühne und das Stimmengewirr verstummt schlagartig. Ein Gitarrist und ein Akkordeonspieler betreten die Bühne, eine gezupfte E-Gitarre erklingt, das Akkordeon stimmt wehmütig ein – und im nächsten Augenblick ist es, als würden alle Zuschauer kollektiv nach Atem schnappen: Eine Frau in einem Matrosenanzug mit breitem Kragen und weit ausgestellten Beinen tritt ans Mikrofon. Wie gebannt starre ich sie an. Die Brüllstimme hat endlich ein Gesicht – und was für eines! Sie ist mindestens genauso groß wie Maggie, hat schwarzes glänzendes Haar, die sinnlichsten, vollsten Lippen, die ich je gesehen habe, und sieht aus wie die Versuchung höchstpersönlich. Sie beugt sich zum Mikrofon, öffnet die Lippen – und ich erkenne ihr durchdringendes Organ sofort wieder. Auch wenn Amanda Sailor diesmal keineswegs brüllt, sondern mit einer rauen, verführerischen Stimme die erste Strophe von Rammsteins *Seemann* ins Mikrofon haucht.

Maggie Paulus steht da wie vom Donner gerührt, stiert die Sängerin mit weit aufgerissenen Augen an und stammelt: »*Das* ist Richie Kampmann!«

Ein kurzes, quietschendes Geräusch in meinem Kopf. Das Quietschen, das ein Fensterleder verursacht, wenn es über Glas fährt und man urplötzlich klare Sicht hat. Auf einmal ergibt alles einen Sinn und mir geht schlagartig auf, warum ich die ganze Zeit über eine Frauenstimme gehört, am Strand aber keine Frau gesehen habe: Amanda Sailor ist Richie Kampmann! Zumindest war sie es früher mal. Die Sängerin mit der Brüllstimme ist das dritte Asyl!

Und dieses Asyl sieht nicht nur atemberaubend aus, es singt auch so. Amandas heisere Stimme wirkt gleichzeitig kraftvoll und zerbrechlich und hat einen melancholischen Unterton, der einem unwillkürlich unter die Haut geht. Die betrunkenen Matrosen haben das Grölen eingestellt und blicken stumm und mit kindlich staunendem Blick zur Bühne. Ein hart aussehender Kerl mit Ludenfrisur wischt sich verschämt über die Augen, während er Amandas traurigem Lied über aufkommenden Sturm, Tränen, Laternen und den Herbstwind lauscht.

»Gib mir deine Hand. Und konzentriere dich dabei auf Amanda Sailor«, flüstere ich Maggie zu. Kaum berühren sich unsere Finger, spüre ich, wie mein Muttermal zu glühen beginnt. Zum Zeichen, dass es bei ihr ebenso ist, nickt Maggie mir kurz zu, dann richten wir unsere Blicke auf die Sängerin. Es dauert keine zehn Sekunden, da tritt ein fragender, verwirrter Ausdruck in ihr Gesicht. Sie ist Profi genug, dass man ihrem Gesang die Verwirrung nicht anhört, aber ich sehe, dass ihr Blick unruhig zu flackern beginnt und suchend über die Köpfe des Publikums wandert. Und immer wieder fahren die Finger ihrer rechten Hand über ihr linkes Schlüsselbein. Sie wendet den Kopf in unsere Richtung und …

»Da hinten – Agenten!«, wispert Finn plötzlich und deutet aufgeregt zum Eingang. »Wo ist Ole? Er sollte doch … Oh, verdammt!« Sein Blick bleibt am Ende des langen Tresens hängen, wo Ole, die Hände auf dem Rücken, gerade von vier Männern in dunklen Anzügen abgeführt wird.

Die übrigen Agenten, sechs an der Zahl, haben uns in dem dämmerigen Licht noch nicht entdeckt. Sie teilen sich in Zweiertrupps auf und beginnen den Club zu durchstreifen. Oles Gefangennahme ist völlig lautlos und unauffällig vor sich gegangen. Nur die wenigsten Gäste dürften sie überhaupt bemerkt haben, so gebannt lauschen alle dem Gesang von Amanda Sailor. Und genau so diskret und unbemerkt vollzieht sich auch der weitere Einsatz der Agenten. Einer der Trupps bewegt sich, unauffällig nach rechts und links spähend, in unsere Richtung.

»Scheiße! Was machen wir jetzt?«

»Für Durcheinander sorgen«, sagt Finn. »Ich bitte schon im Voraus vielmals um Entschuldigung für das, was ich jetzt tun werde.« Er fährt herum, holt tief Luft und brüllt zur Bühne: »Was ist das denn für 'n lahmer Trauergesang, Bunny? Spiel mal was Schnelles! Zum Tanzen! Und zeig mal ein bisschen mehr von deinem Vorderschiff!«

»Ja! Mer Vodderschifff!«, schreit ein völlig hackedichter Matrose, springt begeistert auf, gerät ins Torkeln und knallt mit dem Kopf auf den Tisch.

Amanda Sailor bricht ihren Vortrag abrupt ab, stiert wütend ins Publikum und brüllt: »Das war's! Ich werfe hier doch Perlen vor die Säue! Ihr seid nichts als ein Haufen ungewaschener, unsensibler, unterbelichteter Hirnamöben. Ihr geistigen Einzeller, ihr –«

»Ausziehen!«, unterbricht sie ein Ruf aus der Menge, woraufhin Amanda völlig ausrastet, zum Bühnenrand stürmt und den Mikrofonständer ins Publikum schleudert. Der schwere Fuß des Ständers knallt gegen die Stirn des Zwischenrufers, der wie vom Blitz getroffen zu Boden geht. Ab da ist die nächste Kneipenschlägerei in der Geschichte des *Bloody Piranha* nicht mehr aufzuhalten. Ein Teil der Leute stößt wüste Drohungen gegen Amanda Sailor aus und versucht die Bühne zu stürmen, andere Gäste werfen sich ihnen entgegen. Zuerst fliegen Flaschen und Gläser, dann die Fäuste und dann auch Tische und Stühle. Jeder gegen jeden. Die Agenten sind mittendrin und müssen sich gegen wild gewordene Betrunkene zur Wehr setzen.

Ein Stuhl fliegt auf uns zu, wir werfen uns unter einen Tisch in Deckung. »Wir müssen zur Bühne«, schreit Finn.

»Was ist mit Ole?«

»Wir können nichts für ihn tun. Wir müssen Amanda Sailor hier rausschaffen! Los!« Wir springen unter dem Tisch hervor und rennen geduckt und ständig irgendwelchen Wurfgeschossen ausweichend durch die um uns herum tobende Schlacht. Irgendetwas Schweres kracht gegen die Scheibe des Aquariums, durch die sich in Blitzesschnelle tiefe Risse ziehen. Amanda Sailor steht mit vorgerecktem Kopf am Bühnenrand, beschimpft lautstark ihr Publikum und hat alle Hände voll zu tun, die Flaschen abzuwehren, die ihr um die Ohren fliegen.

Wir springen auf die Bühne, Maggie greift nach dem Arm der Sängerin. »Richie? Richie! Ich bin es. Maggie. Erinnerst du dich an mich?«

Amanda Sailor stiert die Pfarrerin ungläubig an, dann brüllt sie: »Maggie? Maggie Paulus? Tatsächlich! Ich fasse es nicht. Was führt dich denn in diesen üblen Schuppen?« Die Sängerin bedenkt Maggie mit einem kurzen, anerkennenden Blick. »Mein lieber Herr Gesangverein, du bist ja immer noch so ein scharfes Gerät wie früher.«

»Du, äh, du auch, Richie«, sagt Maggie Paulus und duckt sich unter einer Whiskyflasche weg, die krachend an der Wand zersplittert. »Wir sind einzig wegen dir hier. Und wir müssen schnellstens wieder hier raus. Und du auch!«

»Ach, was«, wiegelt Amanda Sailor ab. »'ne ordentliche Kneipenschlägerei gehört hier zur Folklore. Die kriegen sich gleich wieder ein.«

Ich lasse meine Augen durch den Club huschen. Die Agenten sind vollauf damit beschäftigt, sich einem Haufen aggressiver Schläger zu erwehren. Noch haben wir eine Chance, aber …

»Du **musst** mit uns kommen. Sofort! Dein Leben ist in Gefahr!«, schreit Finn durch das Durcheinander und schüttelt die Sängerin an den Schultern, aber Amanda lacht nur, betrachtet ihn interessiert und haucht: »Hat dir schon mal jemand gesagt, dass die Narbe auf deiner Wange ganz unglaublich attraktiv ist, junger Freund? Und jetzt beruhig dich mal wieder. Lebensgefahr? Du hast zu viele schlechte Filme gesehen. Das hier sieht viel schlimmer aus, als es …«

In diesem Augenblick fliegt ein schwerer Tisch gegen das Aquarium und gibt ihm den Rest. Mit einem lauten *Krack* zerbirst die Scheibe, das Wasser flutet den Raum und im gleichen Moment weiß sich einer der Agenten gegen zwei bullige Schläger nur noch zu wehren, indem er eine Pistole zieht und Warnschüsse abgibt. Eine der Kugeln zischt haarscharf an Amanda vorbei und schlägt in einen Verstärker ein, der daraufhin mit einem durchdringenden Fiepen verendet. »Sieht so aus, als hättest du doch nicht übertrieben«, stottert sie und ist plötzlich ziemlich blass um die Nase. »Kommt! In die Garderobe!«

Wir sprinten durch den Flaschenhagel hindurch über die Bühne und stürmen eine steile Treppe hinab. Die Garderobe ist nicht größer als eine Rumpelkammer. Ein Schminktisch, zwei Stühle. Zwei Türen. Eine zur Bühne, eine zum Gang. Finn schließt beide Türen ab, blickt hektisch um sich und stöhnt: »Kein Fenster. Hier sitzen wir in der Falle!«

»Falle? Entschuldigt vielmals, wenn ich euren kleinen Actionfilm störe«, brüllt Amanda Sailor erzürnt, während aus dem Club noch immer Geräusche der wüsten Schlägerei zu hören sind. »Was geht hier eigentlich ab, Maggie? Und wer sind die beiden überhaupt?«

»Das sind Rebecca Quist und Finn Westerbeek. Und was abgeht … kann ich dir leider nicht in drei Minuten erklären. Und ich befürchte, viel länger haben wir nicht, bevor sie mit der Schlägerei durch sind. Du musst uns vertrauen, Richie … Amanda.«

»Aber warum …?«

Ich fasse Amanda bei den Schultern und blicke sie eindringlich an. »Hattest du in letzter Zeit seltsame Träume? Von der Nacht, als du mit Maggie in Duenborg warst?«

»Ich … ja! Es war seltsam: Ich habe jahrelang nicht mehr daran gedacht und dann vor ein paar Wochen habe ich plötzlich von Maggie geträumt. Und von einem merkwürdigen orangefarbenen Riesenhummer, der uns Fischbrötchen verkauft hat … Aber woher weißt du …?«

»Seit jener Nacht hast du ein Muttermal. Auf dem Schlüsselbein. Und in letzter Zeit hat es begonnen, manchmal zu *glühen*.«

Sie sieht mich mit großen Augen an uns streicht sich dabei über das Schlüsselbein. »Ja! Aber …«

Ich nehme Amandas linke Hand, sofort spüre ich eine Verbindung: ein Wärmestrom, der sich in einem Kreislauf zwischen ihr und mir zu bewegen scheint. Verwundert blickt sie mich an. Maggie beugt sich zu ihr und flüstert: »Nach der Nacht in Duenborg … Da hattest du manchmal ein seltsames Gefühl, nicht wahr? Ein Gefühl, über das du mit niemandem gesprochen hast. Das Gefühl, Teil von …«

»Teil von etwas Bedeutendem zu sein, ohne zu begreifen, was es ist«, führt Amanda ihren Satz atemlos zu Ende und sieht erschrocken aus.

»Um die Sache etwas abzukürzen …«, sagt Finn ungeduldig. »Dein Gefühl hat dich nicht getrogen. Du bist Teil von etwas sehr Bedeutendem. Und genau aus diesem Grund wollen dir ein paar sehr unangenehme Typen ans Leder. Und uns auch. Wir haben keine Zeit! Also – wo geht es aus dem Laden raus?«

»Durch … durch die Küche. Da ist ein Hinterausgang«, stammelt Amanda überrumpelt.

»Komm mit!« Maggie und ich ziehen die verwirrte Sängerin mit uns, Finn öffnet die Tür, späht in den Gang und bedeutet uns, dass die Luft rein ist. Wir huschen den Gang hinunter zur Küche – man muss nur dem ranzigen Geruch folgen –, als wie aus dem Nichts zwei Agenten hinter uns auftauchen, die Situation blitzschnell durchschauen, Alarm schlagen und hinter uns herhetzen.

Wir stürmen in die Küche und versetzen das Personal dabei in heillosen Schrecken. Ein Tellerstapel geht laut klirrend zu Bruch, eine Fritteuse knallt auf den Boden, ein Topf mit Hühnersuppe wird vom Herd gefegt. Finn greift nach einer Warmhalteplatte und wirft sie im Laufen nach unseren Verfolgern. Wir schlittern über den schmierigen Küchenboden zum Hinterausgang, ich reiße die Tür auf, wir hasten in einen dunklen Hinterhof, ich stürze über eine überquellende Mülltonne, lege eine glatte Bauchlandung hin, will mich wieder aufrappeln – und blicke in die Mündung einer automatischen Waffe.

– DREIZEHN –

Ein Dutzend Kämpfer in Tarnuniform stehen in einem Halbkreis in dem kleinen Hinterhof, versperren uns den Weg und halten die Waffen auf uns gerichtet.

»Die Hände hinter den Kopf! Alle! Los!«, befiehlt eine Stimme.

Mit wackeligen Knien erhebe ich mich, während ich in die beängstigend gleichgültig aussehenden Gesichter der Kämpfer blicke.

»Tu, was sie verlangen. Wir haben keine Chance«, flüstert Finn, und ich nehme die Hände langsam hinter den Kopf. Maggie wirft mir einen kurzen ängstlichen Blick zu und folgt meinem Beispiel, ebenso wie Amanda Sailor, die am ganzen Körper zittert und sich völlig verängstigt zu fragen scheint, in welches düstere und bedrohliche Szenario sie urplötzlich hineingeraten ist. Auf der Straße steht ein Ambulanzwagen. Ohne Sirene, aber mit eingeschaltetem Blaulicht.

Der Halbkreis der Gewehrmündungen öffnet sich, zwei Männer schieben sich durch die Reihe der Kämpfer, treten vor uns, lächeln selbstgefällig und taxieren uns eingehend: Siegbert Rothermund und der Mann im schwarzen Anzug!

In dem Augenblick, in dem ich die beiden vor mir sehe, setzt es bei mir aus. Die Erkenntnis, den Männern gegenüberzustehen, die für den Tod meiner Eltern verantwortlich sind, trifft mich mit brutaler Wucht und ich sehe nur noch rot: Ohne an die Waffen zu denken, die auf uns gerichtet sind, stürze ich auf die beiden zu und schreie: »Dreckschweine! Mörder! Ihr habt meine Eltern umgebracht!«

Der Mann im Anzug macht einfach einen Schritt zur Seite, aber Rothermund ist zu überrascht, um zu reagieren. Meine Fingernägel ratschen über seine Wange und er schreit vor Schmerz auf. Im nächsten Moment habe ich die Pistole eines Kämpfers an der Schläfe. »Zurück! Drei Schritte zurück! Und die Hände sofort wieder hinter den Kopf!«

»Schon gut! Schon gut. Nicht schießen!«, ruft Finn und umklammert meine Arme. Schwer atmend lasse ich mich von ihm zurückziehen, ohne die beiden Männer aus den Augen zu lassen. Der im Anzug wirkt ob meiner Attacke völlig ungerührt und betrachtet mich weiter mit kühlem Blick. Rothermund dagegen funkelt mich wütend an und presst ein Taschentuch gegen die blutende Wange, dann verziehen sich seine Lippen zu einem hämischen Lächeln.

»Mörder?«, sagt er in gespieltem Erstaunen. »Scheinbar haben sich deine Wahnvorstellungen in erschreckender Weise gesteigert, seit du dich meiner Behandlung entzogen hast. Aber keine Angst: Ich bin ja jetzt da, um dir zu helfen.«

»Sie können doch nicht mal sich selbst helfen«, presst Finn zwischen geschlossenen Lippen hervor, und ich höre seiner Stimme an, dass er genauso zornig ist, wie ich es bin. »Sie sind doch noch nicht mal Sie selbst. Sie sind nur Ihr schwarzer Passagier!«

Rothermund betrachtet ihn amüsiert. »Schwarzer Passagier ... So, so.« Er wendet sich dem grauhaarigen Anzugträger zu. »Bei dem jungen Mann scheint auch akuter Behandlungsbedarf zu bestehen. Ich –«

»Schluss mit dem Gewäsch!«, unterbricht ihn der Mann im Anzug ärgerlich und gibt den Kämpfern mit einer knappen Geste den Befehl, uns zu ergreifen. »Schafft sie hier weg. Bevor wir noch mehr Aufsehen erregen!«

Einer der Kämpfer reißt die Hintertüren der Ambulanz auf und wir werden unsanft in den Wagen gestoßen. Die Türen schlagen zu, die Sirene wird eingeschaltet und unmittelbar darauf setzt sich das Gefährt in Bewegung.

Erst da sehe ich das Häufchen Elend, das zusammengekauert in einer Ecke des Wagens hockt: Ole Krautsand. Vorsichtig betastet er einen Cut über seinem rechten Auge. »Tut mir leid«, stammelt er. »Ich hatte überhaupt keine Zeit mehr, euch zu warnen. Sie standen einfach plötzlich hinter mir und …«

»Schon gut«, sage ich und lege ihm die Hand auf die Schulter. »Was ist mit deinem Auge?«

»Geht schon«, entgegnet er und winkt ab.

»Das ist Ole«, stelle ich ihn Amanda Sailor vor, aber ich bin mir nicht sicher, ob diese Information sie tatsächlich erreicht. Sie blickt mit staunenden Augen von einem zum anderen. Mehrmals öffnet sie den Mund und es sieht so aus, als wollte sie etwas sagen, aber aus ihrer Kehle dringt kein Laut. Als würden ihr so viele Fragen gleichzeitig durch den Kopf schwirren, dass sie nicht weiß, welche sie zuerst stellen soll – und stattdessen verstummt. Von der selbstsicheren Sängerin mit Brüllstimme, die vor wenigen Minuten noch lauthals ihr Publikum beschimpft hat, ist nicht mehr viel übrig.

Finn, Maggie, Ole und ich wechseln einen kurzen einverständlichen Blick, dann setze ich mich neben sie und sage mitfühlend: »Ich kann nachvollziehen, wie es dir gerade geht. Im Moment fällt es dir wahrscheinlich sehr schwer, deine Gedanken zu ordnen.«

»Allerdings«, stöhnt sie und blickt mich fragend an. Die Ambulanz nimmt eine scharfe Kurve, alle werden durch das Wageninnere geschleudert, purzeln durcheinander, und ich finde mich in einem zappelnden und strampelnden Knäuel von Gliedmaßen wieder.

»Im Prinzip ist es aber gar nicht so schwer, die Gedanken zu ordnen«, sage ich zu Amanda, nachdem wir unsere Arme und Beine wieder halbwegs entwirrt haben. »Denn eigentlich gibt es nur zwei Kategorien: deine eigenen Gedanken – und die deines schwarzen Passagiers.«

»Die Gedanken meines *was?*«, sagt sie mit ungläubigem Blick und rutscht ein Stück von mir weg. Offenbar befürchtet sie, Wahnsinn könnte ansteckend sein.

Maggie setzt sich neben sie, tätschelt beruhigend ihr Knie, lächelt und sagt mit Flüsterstimme: »Also, Richie … Amanda, meine ich … Hattest du schon einmal den abwegigen Gedanken, dass deine Gedanken vielleicht gar nicht immer deine Gedanken sind …«

Amanda Sailor kann einem wirklich leidtun. Mir wurde die Wahrheit über die schwarzen Passagiere immerhin noch schonend und behutsam, über einen längeren Zeitraum und Stück für Stück nahegebracht. Bei Maggie Paulus, auf dem dicken Pit, musste die Sache schon etwas schneller gehen. Und die arme Amanda erfährt von schwarzen und dem weißen Passagier, von der Prophezeiung des Sostratos und den Wächtern, während sie, von bewaffneten Kämpfern entführt, in einer schlingernden Ambulanz sitzt. Eine Schnellaufklärung in Zeitraffergeschwindigkeit. Aber merkwürdigerweise scheint sie noch weniger verwundert, als Maggie es war. Nach einer Weile hören ihre Augen auf, hektisch von einem zum anderen zu schwirren, und als Finn ihr erklärt, dass sie ein Asyl ist – und was das bedeutet –, weicht die Ungläubigkeit in ihrem Blick allmählich einer konzentrierten, gesammelten Aufmerksamkeit.

Amanda – formerly known as Richie – sieht wirklich phänomenal aus. Der Matrosenanzug ist ihr wie auf den Leib geschneidert, ihre Augen sind zwei grüne Smaragde und für Wangenknochen wie ihre braucht man normalerweise einen Waffenschein. Wenn Richie Kampmann auch nur halbwegs so attraktiv war, wie Amanda Sailor es ist, kann ich gut verstehen, dass Maggie seinem Charme erlegen ist.

»Unglaublich! *Das* ist der heißeste Scheiß, denn ich je gehört habe …«, sagt sie, nachdem Finn geendet hat, blickt erst zu Maggie, dann zu mir und fragt: »Ich bin ein Asyl? Und du konntest meine Gedanken hören? Ich hoffe mal, nur die jugendfreien.«

»Na ja, ich … habe gehört, wie du dich mit deinem Manager gestritten hast. Deinem Freund, diesem Manni Käsch.«

»Pah!«, macht Amanda brüllstimmig, schnaubt durch die Nase und sieht plötzlich wieder ziemlich selbstbewusst aus. »Mein Freund ist der schon lange nicht mehr. Ich habe keine Ahnung, wie ich mich überhaupt mit diesem Schmierlappen einlassen konnte. Und als Manager hätte ich ihn nach dem heutigen Auftritt auch gefeuert …« Sie sucht ihre Hosentaschen ab und zieht ein Zigarettenpäckchen und ein Feuerzeug hervor. »Jetzt brauche ich erst mal eine Zigarette. Und das ist definitiv und hundertprozentig meine eigene Entscheidung.« Sie nimmt einen tiefen Zug und blickt Maggie mit ernstem Gesicht an, bevor sie stockend zu erzählen beginnt: »Nach der Nacht in Duenborg hat sich alles verändert. Es war, als würde jemand ganz langsam einen Schleier von meinen Augen ziehen. In mir wuchs immer mehr das unbehagliche Gefühl, dass irgendetwas mit mir nicht stimmte. Das Gefühl, nicht wirklich der zu sein, der ich war. Und irgendwann wurde mir dann klar, was bei mir schieflief: Ich war nicht Richie Kampmann, ich war es nie gewesen. Und ich konnte mir eingestehen, dass ich Richie Kampmann, den Macker und Frauenaufreißer, immer nur gespielt hatte. Dass ich in Wahrheit kein Macker war, sondern – dass ich eine Frau war. Dass ich schon immer eine gewesen war. Und dass ich, auch wenn ich das früher nie hätte zugeben können, schon immer eine hatte sein wollen. Nur dass ich dummerweise im Körper eines Mannes steckte. Aber das würde ich nun ändern …«

Maggie Paulus wirft ihr einen bewundernden Blick zu. »Und jetzt bist du …«

»Oh, ja. Voll und ganz«, entgegnet Amanda und ein kurzes, raubtierhaftes Lächeln gleitet über ihr Gesicht, bevor sich ihre Miene wieder verfinstert. »Und nachdem ich zu einer Frau geworden war, hätte mein Leben eigentlich in Ordnung und ich glücklich sein sollen. Aber ich hatte noch immer das merkwürdige Gefühl, dass irgendetwas nicht stimmt. Und das hatte nichts mit mir zu tun, sondern … mit der Welt. Die Welt selbst fühlte sich irgendwie falsch an. Die einzigen Momente, in denen sie sich richtig anfühlte, waren die, in denen ich auf der Bühne stand und sang. Immer wenn ich das tat, hatte ich das merkwürdige Gefühl, von dem Rebecca gesprochen hat: das Gefühl, Teil von etwas Bedeutendem zu sein …« Sie drückt ihre Kippe aus und sieht mit flackerndem Blick zu Finn. »Was werden diese … diese Kämpfer jetzt mit uns tun?«

Sie hat die Frage noch nicht ganz ausgesprochen, als der Ambulanzwagen sein Tempo verlangsamt und zum Stehen kommt. Ich höre, wie ein Stahltor zur Seite fährt, dann das Geräusch von Reifen auf Kies.

»Die Psychiatrie im Alten Land«, wispere ich. »Sie haben uns zu Rothermunds Privatklinik gebracht.« Kurz darauf hält der Wagen erneut, die Türen fliegen auf und ein Trupp Kämpfer befiehlt uns, auszusteigen.

»Schneller!«, herrscht einer der Männer Ole Krautsand an und schlägt ihm den Knauf seiner Waffe in den Nacken.

Wir befinden uns tatsächlich auf dem weitläufigen, parkähnlichen Psychiatriegelände. Der Ambulanzwagen parkt allerdings nicht vor dem Haupthaus, sondern vor einem kleinen, verfallenen Nebengebäude am Rand des Grundstücks, das an einen Bunker erinnert und durch hohe Dornenhecken vor neugierigen Blicken abgeschirmt wird. Die Kämpfer führen uns zum Eingang des Gebäudes, aus dem vier Agenten in schwarzen Anzügen mit Pistolen in der Hand treten.

»Ab hier übernehmen wir«, sagt einer von ihnen mit schneidend scharfer Stimme, woraufhin die Kämpfer kurz salutieren, wortlos kehrtmachen, in den Wagen steigen und über den Kiesweg davonfahren.

Während zwei der Agenten zurückbleiben, um den Eingang zu bewachen, drängen uns die beiden anderen mit vorgehaltener Waffe zu einem Lastenaufzug. Die schwere Tür schließt sich und der Aufzug rattert laut quietschend mehrere Stockwerke in die Tiefe.

Ein langer Gang, kahler Beton. Unsere Schritte hallen von den Wänden wider. Ich spüre, wie mein Atem vor Aufregung immer unregelmäßiger wird, und greife nach Finns Hand. Einer der Anzugträger öffnet eine mit einem schweren Riegel gesicherte Tür, der andere stößt uns in den Raum.

»Pfoten weg, du Primat!«, brüllt Amanda, aber da schlägt die Tür hinter uns schon wieder zu, der Riegel wird vorgelegt – und wir stehen im Dunkeln.

Nur ganz allmählich gewöhnen sich meine Augen an die Dunkelheit, ich erkenne Rohre unter der Decke, von denen eine starke Wärme ausgeht, und einen großen Blechtank am anderen Ende des Raumes. Ein Heizungskeller.

»*Holy shit!* Schön, euch wiederzusehen, Freunde«, ertönt in diesem Moment eine Stimme und ich fahre erschrocken zusammen. Eine Gestalt kommt hinter dem großen Tank hervorgehumpelt.

»Eilean!« Ich stürze auf ihn zu und falle ihm um den Hals. Auch wenn ich noch immer nicht viel sehen kann, erkenne ich doch, dass er übel zugerichtet ist. Seine Nase ist geschwollen und noch schiefer, als sie es ohnehin schon war, und er hat eine dicke, aufgeplatzte Lippe. »Waren die das?«, frage ich entsetzt und spüre, wie die Wut in mir aufsteigt.

»Ja. Als sie mich in der Kirche erwischt haben – und ihre Befragungen sind auch nicht gerade gemütliche Kaffeekränzchen«, sagt Eilean mit schiefem Lächeln. »Hallo, Ole. Hallo, Finn.«

»Maggie Paulus kennst du ja bereits aus der Kirche«, sage ich und deute auf die Pfarrerin, die ihm kurz zunickt.

»Ja. Auch wenn unser Zusammentreffen leider nur sehr flüchtig war«, entgegnet er und reicht ihr die Hand.

»Und das ist Amanda Sailor. Das dritte Asyl!«

»*Holy* …«, entfährt es Eilean bei ihrem Anblick. »Das ist also die mysteriöse Frau mit der Brüllstimme.«

»Brüllstimme?«, brüllt Amanda empört. »Was soll das denn heißen? Ich habe ein sonores, wohlklingendes Organ.«

»Wisst ihr, was mit Candela ist?«, fragt Eilean und blickt ängstlich zu Finn und mir.

»Patti und Candela sind, soweit wir wissen, okay«, beruhige ich ihn und berichte, dass die beiden gemeinsam mit den Arkonas versuchen, ihn zu finden und zu befreien.

Ein kurzes, hoffnungsvolles Glitzern schimmert in Eileans Augen auf. »Sie wird uns finden. Sie wird uns hier rausholen«, wispert er, dann verfinstert sich sein Blick wieder und seine Stirn legt sich in Falten. »Aber ... wo ist Helios?«

»Wir wissen es nicht«, entgegnet Finn mit hängenden Schultern und schildert Eilean in wenigen Sätzen die Verfolgungsjagd und Helios' Flucht mit dem Citroën. »Wir können nur hoffen, dass er ihnen irgendwie entwischt ist.«

»Wenn sie ihn geschnappt hätten, wäre er schon hier«, sagt Eilean. »Er muss ihnen entkommen sein!«

»Oder er ist tot«, sagt Ole Krautsand leise und ein betretenes Schweigen legt sich über uns.

Oder Helios spielt ein doppeltes Spiel, denke ich, erinnere mich an sein verdächtiges Telefonat – und als ich Finn ansehe, weiß ich, dass er denselben Gedanken hegt.

In einer Ecke des Kellers liegen ein paar ausrangierte, muffige Matten, auf denen wir uns niederlassen. »Diese Befragungen ...«, sage ich, während ich Eileans gebrochene Nase betrachte. »Was wollten sie von dir wissen?«

Eilean fährt sich mit zitternden Fingern über die Bartstoppeln. »Sie haben nichts aus mir rausbekommen. *Not a single word!* Und das, was sie am Brennendsten interessiert, hätte ich ihnen selbst dann nicht gesagt, wenn sie gedroht hätten, mir die Fingernägel mit glühenden Zangen herauszureißen. Ich hätte es auch gar nicht verraten *können,* weil ich es genauso wenig weiß wie sie: Sie wollen natürlich wissen, wer das vierte Asyl ist.« Eileans Blick fährt über mein Gesicht, über das von Maggie und das von

Amanda. »Sie hätten jede von euch töten können oder sie könnten euch drei einfach hier gefangen halten, bis der Zeitpunkt der Zusammenkunft verstrichen ist. Aber dennoch könnte der vierte, verbliebene Teil des Passagiers eine Bedrohung für sie darstellen. Sie wollen sichergehen und ihn vollständig zerstören. Dazu müssen sie alle vier Asyle kennen. Und solange sie glauben, wir wüssten, wer das vierte Asyl ist, werden sie uns nicht töten, sondern versuchen, uns weiter auszuquetschen. Ihre irrige Annahme ist unsere Lebensversicherung!«

Finn und ich tauschen einen kurzen, verstohlenen Blick und ich spüre, wie meine Hände zu zittern beginnen. Zwei von uns wissen sehr wohl, wer das vierte Asyl ist. Und ich frage mich, was mich bei einer Befragung durch die Agenten erwartet, und wie lange ich es schaffe, ihren Methoden standzuhalten und zu schweigen …

»Und da ist noch etwas sehr Merkwürdiges«, sagt Eilean nachdenklich. »Sie haben mich immer wieder nach *dem Fünften* gefragt. Er scheint für sie genauso wichtig zu sein wie die Asyle.«

Vier wird er sein in dieser Welt, doch wird er eins im Fünften, rufe ich mir die Zeilen aus der Prophezeiung ins Gedächtnis. »Aber Fanny hat doch behauptet, dass sich erst in dem Moment, in dem es geschieht, entscheidet, wer dieser Fünfte ist. Einer der Wächter.«

»Das haben wir immer vermutet. Vielleicht weil es die nächstliegende und einfachste Erklärung zu sein schien. Vielleicht auch, weil wir uns zu sehr auf die Asyle fokussiert haben. Aber unsere Feinde scheinen über andere Informationen zu verfügen – woher auch immer. Sie scheinen sehr sicher zu sein, dass der Fünfte nicht ein beliebiger Wächter ist. Dass es sich nicht erst bei der Zusammenkunft entscheidet, wer es ist, sondern dass es eine ganz bestimmte Person gibt, der es schon immer vorbestimmt war, der Fünfte zu sein.«

Der Fünfte … Jemand, dem es schon immer vorbestimmt war, der Fünfte zu sein … Unaufhörlich kreisen meine Gedanken um das, was Eilean gesagt hat. Längst habe ich jegliches Zeitgefühl verloren und keine Ahnung, wie viele Stunden wir bereits in dem dunklen Keller gefangen gehalten werden. *Der Fünfte …*

Ab und zu ist ein Gluckern in den Rohren zu hören. Maggie und Amanda Sailor unterhalten sich flüsternd, gelegentlich schnappe ich ein paar Fetzen ihres Gespräches auf.

»Du bist Pfarrerin? Im Ernst? Das haut mich ja jetzt echt aus den Schuhen«, sagt Amanda und blickt Maggie Paulus ungläubig an.

»Glaub mir – die Überraschung ist ganz auf meiner Seite, Richie … äh, Amanda.«

Eilean redet eindringlich auf Finn und den völlig niedergeschlagen wirkenden Ole Krautsand ein und versucht, ihnen Mut zuzusprechen. »Candela wird uns hier rausholen. Wir dürfen jetzt nicht aufgeben.«

Da springt Ole unvermittelt auf, stößt einen wütenden Schrei aus und hämmert mit den Fäusten gegen ein Rohr. Maggie und Amanda weichen erschrocken zurück. »Hör endlich auf, dir und uns was vorzumachen, Eilean!«, brüllt Ole. Dann sinkt er auf die Matte, schluchzt laut auf, Tränen rinnen über sein Gesicht und er reibt aufgelöst über sein Leuchtturm-Tattoo.

»Es gibt immer Hoffnung«, versuche ich ihn zu beruhigen, hocke mich neben ihn und nehme ihn in den Arm.

Ole schüttelt resigniert den Kopf. »Vielleicht schützt es uns im Moment, nicht zu wissen, wer das vierte Asyl ist. Aber letztendlich stecken wir in dem gleichen Dilemma wie unsere Gegner: Sie müssen wissen, wer das vierte Asyl ist, um die Wiedervereinigung des Weißen und seine Verbindung mit einem Menschen zu verhindern. Und wir müssen es wissen, um genau diese Verbindung herbeizuführen. Und selbst wenn uns jemand hier rausholen würde … Heute ist der vierte Oktober. Uns bleibt nur noch ein Tag. Ein einziger Tag, um das vierte Asyl zu finden. Und nun auch noch diesen *Fünften,* von dem wir keine Ahnung haben, wer er ist. Das ist unmöglich!« Ole verbirgt sein Gesicht in den Händen, schluchzt »Alles war umsonst!«, und auch Eilean und die beiden Frauen sehen nach seinem heftigen Ausbruch aus, als wäre jegliche Hoffnung von ihnen gewichen.

Vielleicht ist es der Ausdruck der Ausweglosigkeit in ihren Gesichtern, der mich in diesem Moment eine durch und durch unvernünftige Entscheidung fällen lässt. Aber ich muss es ihnen sagen. Ich muss es sie wissen lassen. Um wenigstens wieder einen Funken Hoffnung in ihnen zu entfachen.

»Nein!«, sage ich entschlossen, richte mich langsam auf und lasse den Blick über die Gesichter meiner Mitgefangenen gleiten. »Noch ist es nicht vorbei. Ich weiß …«

Finn, dem offenbar schwant, was ich vorhabe, springt auf und flüstert: »Rebecca! Nicht!« – aber ich ignoriere seine Warnung und verkünde mit fester Stimme: »Ich weiß, wer das vierte Asyl ist!«

»Was?«, entfährt es allen gleichzeitig. »Woher weißt du es? Wer ist es?«

»Ich kann euch nicht sagen, wer es ist, aber ich versichere euch: Wir müssen nicht mehr nach dem vierten Asyl suchen! Das Asyl wird zur richtigen Zeit am richtigen Ort sein. In einem Tag. Auf dem Leuchtturm Berger Sand. *Wenn Krieg und Liebe beieinander stehen. Auf dunklem Turm, der niemals Flamme war.*«

Amanda, Maggie und Ole starren mich fassungslos an, Finn schüttelt unmerklich den Kopf, so als wollte er sagen »Das war ein Fehler, Rebecca«, und Eilean murmelt leise: »Das bedeutet, dass das vierte Asyl …«

Plötzlich sind laute Schritte auf dem Flur zu hören, unter der Decke des Heizungskellers flackert eine Neonröhre auf und verbreitet ein so grelles Licht, dass ich geblendet die Augen zukneife. Der Riegel wird zur Seite gerissen und die Tür fliegt auf. Blinzelnd und mit tränenden Augen sehe ich, wie zwei Agenten den Keller betreten. Einer mit Pistole, der andere hält einen Elektroschocker in der Hand. Sie bauen sich vor uns auf und taxieren uns kühl, dann deutet einer von ihnen auf Ole Krautsand und befiehlt: »Du! Der mit der Tätowierung! Mitkommen!«

Ole wirft mir einen verzweifelten, panischen Blick zu, als die Männer ihn auch schon mit sich zerren und auf den Flur hinausstoßen. Der Riegel knallt vor und ich höre, wie sie ihn mit sich über den Flur schleifen.

Es muss Stunden her sein, dass sie Ole mitgenommen haben.

Ich wage nicht, mir auszumalen, was sie ihm antun könnten. Und was er vielleicht gerade in diesem Moment erleiden muss.

Um mich herum herrscht Stille. Nur leise Atemzüge. Amanda, Maggie, Eilean und Finn sind, einer nach dem anderen, von Müdigkeit übermannt, eingeschlafen. Ich fühle mich auch vollkommen erschöpft, ein paarmal nicke ich für einen Moment weg, aber das Gedanken-Chaos in meinem Kopf verhindert, dass ich für längere Zeit in Schlaf sinke.

Und es ist nicht nur der schreckliche Gedanke, dass Ole den Agenten nun hilflos ausgeliefert ist, der mich wach hält. *Der Fünfte* … Wer ist der Fünfte?, frage ich mich unablässig. Und manchmal habe ich das Gefühl, als würde ganz leise eine Saite in mir anklingen. Eine unklare Erinnerung an etwas, das ich gehört habe. Etwas, das jemand gesagt hat. Aber ich kann den Gedanken nicht wirklich fassen. Es ist, als würde man die Hand nach einer Seifenblase ausstrecken, die genau in dem Moment platzt, wenn man sie zu greifen glaubt. – Und selbst wenn ich mich erinnern könnte: Was würde es nützen? Wir sitzen hier fest. Es war ziemlich clever von ihnen, uns hierher zu bringen, wird mir klar. Niemand wird es für wahrscheinlich halten, dass sie so dreist sind und mich zum zweiten Mal in diese Klinik verschleppen, die den Wächtern längst bekannt ist. Aber selbst wenn Candela einen Geistesblitz hat und dieser unwahrscheinlichen Möglichkeit doch nachgeht … Wie soll sie uns auf diesem Riesengelände finden? Wir könnten überall sein. Und wir haben keine Möglichkeit, ihr auch nur den geringsten Hinweis … Doch! Haben wir, schießt es mir plötzlich durch den Kopf und ich fühle, wie mein Herz schneller schlägt.

Behutsam schiebe ich Finns Arm, den er im Schlaf um mich gelegt hat, zur Seite und richte mich vorsichtig auf. Eilean schläft im Sitzen, den Rücken gegen die Wand gelehnt, Amanda und Maggie liegen nebeneinander am Rand unseres Mattenlagers. Ich schleiche zu ihnen hinüber und rüttele Maggie sanft an der Schulter. Sie schlägt die Augen auf und blickt mich verwirrt an. Ich lege einen Finger auf die Lippen und bedeute ihr, keinen Ton zu sagen. Dann wecke ich Amanda auf die gleiche Weise und fordere die beiden Frauen mit einer Geste auf, mir zu folgen. Lautlos huschen wir durch den Raum und ich führe sie hinter den großen Blechtank. Dort setzen wir uns im Kreis auf den Boden und reichen uns die Hände. Kaum sind wir so verbunden, fühle ich, wie das Muttermal auf meinem Schlüsselbein zu glühen beginnt.

»*Könnt ihr mich verstehen?*«, denke ich.

»*Ja*«, flüstert Maggies Stimme in meinem Kopf.

»*Ja.*« Amanda nickt und sieht mich erwartungsvoll an.

»*Ich brauche eure Hilfe*«, wende ich mich in Gedanken an sie. »*Ich werde einen Hilferuf an das vierte Asyl absetzen. Ich weiß nicht, ob es über große Entfernung gelingt, Kontakt zu ihm aufzunehmen. Aber vielleicht schaffen wir es mit vereinten Kräften. Wenn ihr euch auf mich konzentriert und ich als eine Art … Sendemast fungiere. Lasst es uns versuchen!*«

Maggie und Amanda nicken. Wir schließen die Lider, unsere Hände umklammern sich fester, ein Gefühl der Wärme durchströmt mich und ich versuche, das Gesicht von Simon Eckmühl vor mein inneres Auge zu rufen und es mir so detailliert wie möglich vorzustellen.

»*Hier ist Rebecca. Kannst du mich hören?*«

Keine Antwort.

»*Hier ist Rebecca. Wir sind in Gefahr! Wir brauchen deine Hilfe! Hörst du mich?*«

Einen kurzen Moment lang glaube ich etwas zu hören. Weit entfernt. Das Geräusch von tosenden Wellen, die gegen Felsen schlagen. Den Schrei einer Trottellumme. Und dann – ein anderes Geräusch. Ganz nah. Schritte, draußen auf dem Gang!

»*Rothermund, Privatklinik!*«, setze ich hastig einen letzten Hilferuf ab. »*Nebengebäude. Keller. Eilean. Ole. Finn. Drei Asyle. Schick Hilfe!*«

Die Schritte sind jetzt direkt vor der Tür. Wir springen auf, hasten durch den Raum, werfen uns auf das Mattenlager und stellen uns schlafend, als auch schon das grelle Deckenlicht angeht. Finn und Eilean schrecken aus dem Schlaf auf und alle blicken in banger Erwartung zur Tür.

Ole wird von zwei Agenten in den Heizungskeller gestoßen, taumelt auf uns zu und fällt schwer atmend auf eine Matte. »Habe nichts gesagt«, flüstert er mir zu. Sein Anblick ist mitleiderregend. Aus seiner Stirn wächst eine dicke Beule und er sieht aus, als hätte er geweint.

Einer der Agenten macht eine Kopfbewegung in meine Richtung. »Du! Rebecca Quist! Mitkommen!«

»Nein!«, schreit Finn und macht einen plötzlichen, gewaltigen Satz auf den Mann zu, aber der zweite Agent springt blitzartig vor und presst den Elektroschocker gegen seine Brust. Finn wird zurückgeschleudert, knallt auf die Matte und wird von einem Krampf geschüttelt. Mit entsetzten Gesichtern eilen Maggie und Amanda zu ihm, halten seine Arme und Beine fest und versuchen zu verhindern, dass er sich durch die unkontrollierten Bewegungen selbst verletzt.

»Finn!«, brülle ich, aber da werde ich schon in einem unbarmherzigen Griff gepackt und auf den Flur geschleppt.

Draußen warten weitere Agenten. Zwei bleiben als Wache vor der Tür zurück, während ich von vier Männern in schwarzen Anzügen über den Gang zu dem alten Lastenaufzug geführt werde. Den Gesichtern der Agenten ist keine Regung abzulesen. Der Aufzug bewegt sich abwärts. Diesmal aber nur kurz. Ein oder zwei Etagen tief, schätze ich.

Wieder ein endloser Gang, von dem rechts und links Zellen abgehen. Dieser unterirdische Teil des Gebäudes scheint aus einer Zeit zu stammen, in denen Psychiatrien noch Irrenhäuser hießen. Ein durchdringender Geruch von jahrzehntealter Angst und Verzweiflung schlägt mir entgegen, es riecht nach Erbrochenem und kaltem Schweiß. In den Zellen erkenne ich Bettgestelle mit Vorrichtungen zur Fixierung, unter der Decke hängen große Stahlkäfige, ich sehe rostige medizinische Instrumente und riesige Spritzen mit abgebrochenen Nadeln. Die Wand einer Zelle ist von oben bis unten mit rostbraunen Spritzern bedeckt.

Ich habe das Gefühl, als würde der Boden unter meinen Füßen nachgeben. Nie hätte ich mir vorgestellt, einmal in dieser Situation zu sein. Zu einem Verhör geführt zu werden, an einem Ort, an dem es keine Rechte und keine Regeln mehr gibt. An dem man seinen Feinden auf Gedeih und Verderb ausgeliefert ist. Und wer eine solche Situation nicht selbst erlebt hat, der kann sich nicht im Geringsten vorstellen, wie es sich anfühlt: Man empfindet totale Ohnmacht, vollkommene Hilflosigkeit und kalte Angst. Ich glaube nicht, dass es in dieser Situation viele Helden gibt, und ich kann in diesem Moment jeden verstehen, der keiner ist.

Ich muss nur so lange durchhalten, bis Simon Hilfe schickt, sage ich mir wieder und wieder. Er hat mich gehört, er wird Hilfe schicken. Und frage mich gleichzeitig, ob das nicht nur ein Pfeifen im Walde ist …

Die Agenten führen mich in einen schmalen Seitengang vor eine Stahltür und ich befürchte, in eine schimmelige Zelle geschubst zu werden. Das, was ich sehe, als sich die Tür öffnet, habe ich allerdings nicht erwartet …

»Nimm doch bitte Platz, Rebecca«, sagt Siegbert Rothermund katzenfreundlich und deutet auf einen großen Sessel.

Die Agenten schließen die Tür hinter mir und postieren sich auf dem Flur. Ich stehe in einem großen, luxuriös ausgestatteten Zimmer mit modernen Möbeln, dessen Einrichtung in vielem an das Wohnzimmer meiner Pflegeeltern erinnert. Auch hier ist alles in Schwarz und Weiß gehalten, eine raffinierte Beleuchtung erweckt die Illusion von Tageslicht. Der grauhaarige Mann im Anzug steht am gegenüberliegenden Ende des Zimmers und blättert in einem schmalen, speckigen Notizbuch, dann blickt er auf und sein durchdringender Blick richtet sich auf mich.

Rothermund setzt sich währenddessen in einen weißen Sessel, lächelt und fordert mich erneut auf, ihm gegenüber Platz zu nehmen.

In diesem Moment geschieht das, was auch schon auf dem Hinterhof des *Bloody Piranha* passiert ist. Die Angst, die ich gerade noch empfunden habe, wird von einer plötzlichen Welle aus Wut weggefegt – nur dass ich diesmal klug genug bin, ihr nicht nachzugeben und die Männer anzugreifen. Das würde nur dazu führen, dass Agenten das Zimmer stürmen und mich überwältigen. Aber meine Hände ballen sich zu Fäusten, und plötzlich habe ich eine Zeile aus einem Song, den meine Eltern immer gehört haben, im Kopf: *Wenn du nichts mehr hast, hast du auch nichts mehr zu verlieren.*

»Ich stehe lieber!«, sage ich trotzig und rühre mich nicht vom Fleck.

»Wie du möchtest.« Rothermund zuckt mit den Schultern. »Kann ich dir eine Erfrischung anbieten?«

Ich überhöre sein Angebot. »Wer von Ihnen war es?«, sage ich und blicke dabei von Rothermund zu dem Mann im Anzug. »Wer von Ihnen hat es getan? Wer hat meine Eltern ermordet? Sie? Oder Sie? Oder einer von Ihren gesichtslosen Anzugträgern da draußen? Wer war es?«

Rothermund lehnt sich in seinen Sessel zurück und lächelt dünn. »Ich verstehe deinen Schmerz, Rebecca. Und deine Wut. Aber leider ist es so, dass der Weg zu einem großen Ziel nie ohne Opfer ist. Und ich sage es nur sehr ungern … aber du bist momentan nicht in der Position, Fragen zu stellen.« Er faltet die Hände, stützt sein Kinn auf die Fingerspitzen und sieht mich mit einem schwer zu deutenden Blick an. »Nun ... man hat dir in den vergangenen Tagen sicherlich viel erzählt. Von vielen schwarzen und einem weißen Passagier und –«

»Und Sie wollen mir nun bestimmt klarmachen, dass es weder schwarze noch weiße Passagiere gibt. Dass ich verrückt bin. Und die Wächter allesamt entsprungene Psychiatriepatienten sind.«

»Keineswegs. Ich denke, über diesen Punkt sind wir hinaus, Rebecca. Wir können ehrlich zueinander sein. Natürlich gibt es schwarze Passagiere. Und natürlich gibt es auch den weißen Passagier. Es ist nur so, dass wir die Gesamtsituation ein wenig anders bewerten, als deine vermeintlichen Freunde, die Wächter, es tun.«

»Was meinen Sie?«, frage ich und bin für einen kurzen Moment verunsichert.

»Die schwarzen Passagiere sind keine Feinde der Menschen. Dass sie das Handeln der Menschen bestimmen, ist ein Segen. Eine Gnade. Menschen wollen geleitet werden. Es ist ihnen viel zu mühsam und anstrengend, eigene Entscheidungen zu treffen. Sie haben Angst vor der Freiheit. Und sie wollen ganz sicher kein erweitertes, höheres Bewusstsein. Biete einem Menschen die Wahl zwischen einem höheren Bewusstsein und einem Millionenvermögen, und er wird sich für das Vermögen entscheiden.«

»Vielleicht. Aber nur, weil es eben nicht er selbst ist, der diese Entscheidung trifft, sondern sein schwarzer Passagier. Könnte er wirklich frei, aus eigenem Willen entscheiden, sähe das Ergebnis anders aus.«

»Ach, Rebecca ...« Rothermund seufzt tief. »Ich kann ja beinah nachempfinden, was du fühlst. Du bist jung. Du weißt noch nicht viel über diese Welt, aber du glaubst, schon alles zu wissen. Wenn man jung ist, haben der Klang großer Worte wie Freiheit und Gerechtigkeit, und der Ruch von Rebellion etwas sehr Verführerisches an sich. Leider birgt das auch die Gefahr, den falschen Propheten zu folgen.« Er hält einen Moment inne und reibt sich mit dem Finger über die Nase, bevor er fortfährt: »Ich befürchte, man hat dich hinters Licht geführt. Dieses ganze Gerede von einem neuen Bewusstsein und einem Leben in dauerhaftem Frieden …«

»Gequirlte Hippiescheiße«, knurrt der Grauhaarige im Anzug, nur um sofort wieder in eisiges Schweigen zu verfallen.

Siegbert Rothermund lächelt amüsiert. »Deine Freunde, die Wächter, unterliegen dem gleichen Trugschluss wie schon so viele Möchtegern-Rebellen vor ihnen. Sie glauben zu wissen, was die Menschen wollen. Sie glauben zu wissen, was gut für die Menschen ist.«

»Und was genau unterscheidet sie darin von Ihnen?«, entfährt es mir, und der Psychiater wirft mir einen giftigen Blick zu.

»Uns unterscheidet, dass meine Weitsicht ihrer überlegen ist. Und dass das, was sie wollen, etwas kurzgedacht ist. Nur einmal theoretisch angenommen, es käme zu der Verbindung von menschlichem Geist und dem des weißen Passagiers. Angenommen, es käme zu einer friedlichen Welt ohne Konflikte …« Er schnaubt verächtlich durch die Nase. »Diese Welt wäre der Endpunkt der menschlichen Entwicklung. Eine Welt des Stillstands und der Dekadenz. Keine Entwicklung ohne Konflikte. Die größten Fortschritte der Menschheit sind aus Kriegen hervorgegangen. Das Wirken der schwarzen Passagiere ist der Motor jeglicher menschlichen Entwicklung und –«

»Das ist ein Irrtum«, unterbreche ich ihn.

»Bitte?« Er blickt mich verdutzt an.

»Erst einmal«, sage ich, »wäre dieser Punkt nicht das Ende der menschlichen Entwicklung. Denn eine menschliche Entwicklung gibt es schon seit Jahrtausenden nicht mehr. Sondern nur die Form von Entwicklung, die die schwarzen Passagiere betreiben. Und zweitens: Eine freie, gerechte Welt wäre schon ein Fortschritt an sich. Auch wenn das jemandem, der von seinem schwarzen Passagier dominiert wird, nicht einleuchtet. Und sie würde keinen Stillstand bedeuten. Solange es unterschiedliche Menschen gibt, gibt es unterschiedliche Sichtweisen. Und das ist auch gut so. Es gäbe weiterhin Konflikte. Aber mit einem anderen Bewusstsein wären wir in der Lage, diese Konflikte ohne Gewalt zu lösen. Wir würden sie kreativ nutzen, um tatsächlichen Fortschritt zu erzielen. Diese Welt wäre nicht der Endpunkt, sie wäre erst die Grundlage von etwas, das man wirklich als menschliche Entwicklung bezeichnen könnte.«

Einen Moment lang schweigt Rothermund, dann klatscht er spöttisch Beifall. »Eine überwältigend beeindruckende Rede. Zu deiner Entlastung schreibe ich diese naive Sozialromantik dem Umstand zu, dass der weiße Passagier schon Einfluss auf dich hat, seit du ein Kind warst.«

»Und zu Ihrer Entlastung schreibe ich Ihr menschenverachtendes Geschwafel einfach mal der Tatsache zu, dass nur Ihr schwarzer Passagier aus Ihnen spricht.«

Einen Moment lang sieht Rothermund aus, als würde er mich am liebsten schlagen, dann bekommt er sich wieder unter Kontrolle, wendet sich dem Anzugträger zu und sagt achselzuckend: »Ich habe es versucht. Ich habe Ihnen ja gesagt, dass sie nicht einsichtig sein wird.«

Der Grauhaarige steckt das Notizbuch, das er noch immer in der Hand hält, in die Jackentasche und kommt ganz langsam auf mich zu, bis wir uns Angesicht zu Angesicht gegenüberstehen. Er legt den Kopf schief, lächelt schmallippig und sagt leise: »Wir können auch anders.« Im nächsten Moment packt er mich, schleudert mich herum und drückt mich in einen Sessel. »Was weißt du über den Fünften? Wir wissen mit Sicherheit, dass es sich dabei um eine bestimmte Person handelt! Um wen? Was weißt du darüber?«, zischt er und dreht mir brutal den Arm um.

»Nichts. Aah! Ich weiß nichts über den Fünften. Nichts!«, stoße ich hervor.

»Wer ist das vierte Asyl?«

»Ich weiß es nicht!«, lüge ich, während er mir den Arm noch stärker verdreht. »Ich weiß es nicht!«

Endlich lässt er mich los. Ich richte mich in dem Sessel auf und reibe meinen schmerzenden Arm. Der Anzugträger sieht mich mit durchbohrendem Blick an. »Du lügst«, sagt er in einem Tonfall absoluter Gewissheit. »Aber du wirst bald reden.«

»Ja? Weil Sie mich in eine der Zellen schleppen und von Agenten *befragen* lassen werden? Ich weiß es nicht. Und deswegen kann ich es Ihnen auch nicht sagen. Egal, was Sie mir antun.«

»Nein. Nicht du wirst befragt werden«, sagt er und seine Lippen verziehen sich zu einem höhnischen Lächeln. »Du nicht. Aber dein kleiner Freund mit der Narbe im Gesicht. Und du wirst dabei zusehen. – Vielleicht überlegst du ja doch noch einmal, ob du nicht lieber etwas mitteilsamer sein möchtest. Ich gebe dir eine Stunde Bedenkzeit.« Er geht zur Tür, öffnet sie und befiehlt den Agenten: »Bringt sie zurück!«

Einer der Agenten öffnet die Tür des Heizungskellers. Ein zweiter verpasst mir einen brutalen Stoß in den Rücken und ich stolpere in den düsteren Raum. Die Tür knallt zu. Sofort umringen mich die anderen. »Rebecca! Alles in Ordnung mit dir?« Maggie und Amanda streichen mir beruhigend über den Rücken, Ole und Eilean betrachten mich besorgt. Ich stürze auf Finn zu, der noch ein wenig benommen von dem Elektroschocker wirkt, schlinge einen Arm um seinen Nacken, lege den Kopf an seine Schulter – und mir kommen die Tränen.

»Was … was ist«, fragt er flüsternd und streicht mir über den Kopf.

»Sie haben gedroht, dass …« Ich hebe den Kopf, sehe ihm in die Augen, fahre langsam mit dem Finger über seine Narbe und verstumme. Eine Stunde. Nur eine Stunde. Ich kann es ihm nicht sagen. Ich schaffe es nicht, ihm zu sagen, dass sie gedroht haben, ihn …

»Was? Was haben sie gesagt, Rebecca?«, fragt Finn und rüttelt mich an den Schulten.

»Sie … Zuerst hat dieser Schwachkopf Rothermund sein menschenverachtendes Weltbild verteidigt und dann … dann wollten sie von mir wissen, wer der Fünfte ist.«

»Wieso, verdammt noch mal, sind sie so sicher, dass der Fünfte vorherbestimmt ist?«, murmelt Eilean.

»Ich … ich habe keine Ahnung. Sie müssen …« Mitten im Satz verschlägt es mir die Sprache und ein Bild durchfährt mich wie ein Blitz: Das Notizbuch! Das Notizbuch, in dem der Anzugträger geblättert hat, als ich den Raum betreten habe …

»Wartet. Ich muss nachdenken«, sage ich leise, lasse die anderen stehen und gehe zu dem Blechtank hinüber.

Das Notizbuch. Ich kenne das Buch. Ich habe dieses zerfledderte Ding schon einmal gesehen. Auf Zanderland. An dem Tag, an dem wir wegen des Sturms nicht auslaufen konnten. Ich habe es schon einmal gesehen. In Fannys Frühstückszimmer. In den knochigen Händen von Jeremias Holtenau! Und plötzlich habe ich wieder vor Augen, wie er mitten im Gespräch abwesend wird, aus dem Fenster sieht und dann hastig etwas in das Buch kritzelt. Wie nervös und aufgeregt er plötzlich wirkte – und wie er später am Abend unbedingt mit Simon sprechen wollte. Um ihm *zwei* wichtige Dinge zu sagen.

Er hat es gewusst!, schießt es mir durch den Kopf. Er hat gewusst, dass der Fünfte eine ganz bestimmte Person ist. Das war es, was er in sein Notizbuch gekritzelt hat – aber offenbar war er vorsichtig genug, den Namen der betreffenden Person in seinen Aufzeichnungen zu verschweigen. Die plötzliche Erkenntnis über den Fünften muss ihn während unseres Gesprächs ereilt haben. Und als ich mir ins Gedächtnis rufe, worüber wir uns an diesem Nachmittag unterhalten haben, ist es mit einem Mal, als würden sich die verstreuten Teile eines Puzzles in Sekundenschnelle zusammenfügen. Alles passt zusammen. Es kann nur so sein.

Ich schnappe nach Luft.

Ich weiß, wer der Fünfte ist.

Ich stehe da wie vom Donner gerührt, als ich plötzlich einen gedämpften Knall höre und dann das Rauschen von Wasser.

»Verdammt, was ist das für eine Schweinerei?«, brüllt eine der Wachen vor der Tür.

Ich fahre herum und haste zu den anderen hinüber, die alle aufgesprungen sind. Eilean hält ein Ohr an die Tür gepresst, um mitzubekommen, was vor sich geht.

»Da muss ein Abwasserrohr geplatzt sein«, schreit die zweite Wache. »Herrgott, es steht einem ja schon bis zu den Knöcheln. Und der Geruch ist … booah.«

Tatsächlich breitet sich in Windeseile ein infernalischer Gestank aus.

»Benachrichtige das Hauptgebäude«, befiehlt der andere Agent. »Die sollen ein Hausmeisterteam schicken, das den Schaden behebt und die Sauerei beseitigt.«

»Net nötig, die Herrschaften. Mer sind schon da«, ertönt plötzlich eine Stimme.

Helios! Ich muss mir in die Hand beißen, um nicht freudig aufzuschreien, und auch die anderen sehen aus, als könnten sie es nicht fassen. Aufgeregt drängen wir uns an der Tür zusammen.

»Wer sind Sie? Ihre Sicherheitseinstufung!«, schreit ein Agent in barschem Ton.

»Jetzt machen mer mal auf net janz so wichtig und zielen mit dem Schiessjewehr schön woanders hin«, singsangt Helios. »Herkenrath, mein Name. Von der zentralen Haustechnik. Unser automatisches Fehleralarmdingens hat uns einen Rohrbruch jemeldet. Und schon sind mer da. Wie der jeölte Blitz. Und das sind meine Mitarbeiter: die Jebrüder Schwaadlappen und unsere Sanitärpraktikantin aus Frankreich, das Fräulein Leroc. Tja, dann wollen mer doch mal. Wenn mer Glück haben, muss nur ’ne Muffe jepufft werden.«

»Stopp! Keinen Schritt weiter! Ich will Ihre Dienstausweise und Zugangsberechtigungen sehen!«

»Dienstausweis? Ach, Sie meinen das einjeschweißte Plastikdingen mit dem Bildchen von mir drauf? Hab ich doch schon Ihrem Kollejen oben am Eingang vorjezeicht. Aber wenn Sie meinen … Wo hab ich das Kärtchen, denn jetzt? Ich glaub …«

»*Attaque!*«, höre ich Candela rufen, und im nächsten Moment bricht auf dem Gang ein unglaublicher Tumult los: Schläge, Tritte, Schreie, Stöhnen, das Aufspritzen von Wasser, das dumpfe Aufschlagen eines Körpers auf dem Betonboden. Unmittelbar darauf ein zweites, identisches Geräusch. Ein kurzer Moment der Stille, nur das Rauschen des eindringenden Wassers ist zu hören. Dann Candelas Stimme an der Tür: »Eilean?«

»Ich wusste, dass du kommen würdest, Baby«, schießt es freudig aus Eilean heraus und vor lauter Glück umarmt er Ole Krautsand.

»Das Problem ist nur, dass anscheinend keine von den beiden Jestalten einen Schlüssel bei sich hat. Ich kann jedenfalls keinen finden«, dringt Helios' Stimme zu uns. »Aber für den Fall haben mer ja die Feuerwerker dabei.«

»Das wird jetzt ein bisschen heftiger als gewöhnlich. Für die Tür brauchen wir etwas mehr als Standard-Böller«, höre ich Luis Arkona rufen. »Verkrümelt euch vorsichtshalber in die hinterste Ecke des Kellers.«

Wir sprinten zum anderen Ende des Raumes, hocken uns hinter den Tank und blicken gespannt zu der Stahltür. Amanda schließt die Augen und steckt sich die Finger in die Ohren.

»Wurde auch Zeit. Ich wollte es schon immer mal so richtig rumsen lassen«, kichert Charly Arkona vor der Tür. Ein kurzes knisterndes Geräusch, als er die Lunte anzündet. Fünf Sekunden später fliegt die Tür mit einem donnernden Krachen aus den Angeln. Augenblicklich flutet brackiges, stinkendes Wasser den Raum. Wir stürmen hinter dem Tank hervor und stürzen auf den Flur.

Helios, Candela und die Arkonas, allesamt in grauen Hausmeister-Overalls, grinsen uns entgegen.

»Candela!« Eilean rennt auf sie zu; sie springt ihm in die Arme und fällt ihm um den Hals.

»Vielleicht könnten mer die Begrüßungsfeierlichkeiten auf später verschieben«, sagt Helios und fügt nach einem kurzen Blick auf Maggie und Amanda hinzu: »Und für eine ausjedehnte Vorstellungsrunde reicht die Zeit auch net. Das holen mer zur passenden Zeit nach. Mer müssen schnellstens raus hier.«

Wir waten durch das stinkige Wasser, das mittlerweile kniehoch steht, nehmen den Lastenaufzug und rennen zum Ausgang. Im Flur liegen die zwei Agenten, die den Gebäudeeingang bewacht haben. Gefesselt und geknebelt.

Als ich aus der Tür trete, blicke ich wie gebannt zum Himmel. Es ist früher Morgen, aber es herrscht ein merkwürdiges Zwielicht. Am Horizont türmen sich schwere, schwarze Wolken auf, und wie aus dem Nichts fährt eine Windböe durch den Park und peitscht die Baumkronen.

»Sieht aus, als käme ein Unwetter auf uns zu. – Komm!«, sagt Finn, greift meine Hand, und wir rennen den anderen hinterher durch den Park, bis wir zu der Backsteinmauer an der Grundstücksgrenze kommen. Diesmal gibt es keine Strickleiter und wir müssen aus eigener Kraft und mithilfe der guten alten Räuberleiter über die Mauer gelangen. Wobei sich Maggie und Amanda als äußerst gelenkig erweisen, und Charly als beweglich wie ein nasser Sack. Finn, Eilean und Ole müssen ihn mit vereinten Kräften über die Mauer hieven.

»Wo ist Patti?«, keuche ich, während ich neben Candela her auf ein kleines Wäldchen zulaufe.

»Auf der *Charlotte Sometimes.* Wir konnten das Boot nicht in dem Industriehafen liegen lassen. War zu gefährlich. Patti ist vor der Küste vor Anker gegangen. In der Nähe von Duenborg. Sie wird uns aufnehmen, sobald –«

»Was ist das denn?«, platzt es aus mir heraus und ich blicke ungläubig auf das Gefährt zwischen den Bäumen: ein Kleinbus – mit sehr spezieller Lackierung. Auf der Seitenfront prangt das Bild eines grinsenden Hais mit glasigen Augen und einer Schnapsflasche in der Flosse, darunter die Aufschrift: *DIE STINKEFISCHE – SHANTY-CHOR DUENBORG.*

»Nach dem Mercedes und dem Citroën wird überall gefahndet. Da hab ich uns was anderes organisiert. Von 'nem Kumpel«, teilt Charly uns stolz mit.

»Und ein ganz klein bisschen unauffälliger ging es nicht?«

»Was anders war eben auf die Schnelle net zu kriejen. Und das bedeutet, dass mer, wenn mer unterwejens anjehalten werden, Seemannslieder schmettern, bis mer Lebertran schwitzen. Und zwar alle Mann hoch!« Mit einem Ächzen wirft sich Helios auf den Fahrersitz.

»Einen Moment noch«, sagt Eilean und bringt unsere Befreier in Sachen Asyle auf den neuesten Stand. »Wir ... wir müssen nicht mehr nach dem vierten Asyl suchen. Wir sind komplett.« Er wirft mir einen kurzen Blick zu. »Alles Weitere erfahrt ihr von Rebecca. – Wir fahren geradewegs nach Duenborg und gehen an Bord der *Charlotte Sometimes.*«

Eilean und Candela sitzen vorne, neben Helios. Finn, Ole, Luis Arkona und ich teilen uns die hinterste Bank, und in der Mitte sitzen Maggie und Amanda. Charly rutscht auf den Platz neben den beiden, wirft die Seitentür zu und Helios startet den Kleinbus.

»Komplett? Verstehe ich nicht«, sagt Charly und dreht sich zu mir um.

»Ich ... ich erkläre es später. Wenn wir erst auf der *Charlotte Sometimes* sind«, wehre ich ab und versuche in meinen Gedanken wieder da anzuknüpfen, wo ich war, bevor wir aus dem Keller befreit wurden. *Der Fünfte ... Das Notizbuch von Jeremias Holtenau ...* Aber bedauernswerterweise ist es so gut wie unmöglich, sich auf komplexe Zusammenhänge zu konzentrieren, geschweige denn aus diesen Zusammenhängen irgendwelche Schlussfolgerungen zu ziehen, wenn direkt vor einem gebaggert wird wie beim Speed-Dating.

Charly hat eine Charmeoffensive gestartet und schmachtet Amanda mit treuen Augen an. »Kein viertes Asyl mehr suchen? Mir soll's recht sein. Macht die Situation doch gleich entspannter. Beinah wie ein Klassenausflug ans Meer. Und ich bin hoffentlich der glückliche Junge, der im Bus von der Klassenschönheit mit Chips und Cola gefüttert wird!«

»Die Vorstellung hätte mir wahrscheinlich auch gefallen, als ich noch ein Kerl war«, bemerkt Amanda.

»Als du ... äh, was?«, stammelt Charly verwirrt und schreit im nächsten Moment laut auf: »Aaah!«

Luis zieht ihn am Ohr und droht: »Wenn du dich nicht augenblicklich benimmst, sitzt du hinten bei mir.« Dann wendet er sich Maggie und Amanda zu und sagt mit einem entschuldigenden Lächeln: »Bitte vergeben Sie meinem Bruder diesen plumpen Annäherungsversuch. Er ist etwas durcheinander, weil er demnächst *Vater wird* und *heiratet!* Nicht wahr, Charly?«

»Äh, ja. Genau«, nuschelt Charly ein bisschen betrübt und rutscht ein Stück von den beiden Frauen weg.

»Aber *Sie* sind ein echter Gentleman«, sagt Amanda und sieht Luis dabei tief in die Augen. »Habe ich gleich gesehen!«

»Und Sie sind eine Lady. Wenn auch wohl gelegentlich etwas aufbrausend.«

»Nur wenn es um ignorantes Publikum und untreue Liebhaber geht.«

»Natürlich«, entgegnet Luis ein wenig spöttisch. »Ansonsten sind Sie bestimmt sanft wie ein Lamm.«

Amanda lächelt ihn an und haucht: »Finden Sie es doch raus.«

Wir sind noch keine Viertelstunde unterwegs, als der Sturm losbricht. Es schüttet wie aus Eimern, Helios hat kaum noch Sicht und der Wind wirbelt immer wieder abgebrochene Zweige auf die Fahrbahn. Finn und ich blicken uns mehrere Male um, um zu sehen, ob uns jemand folgt, doch anscheinend hat noch niemand unsere Flucht bemerkt.

Ole erzählt den anderen währenddessen, wie wir Maggie und Amanda gefunden haben und dann im *Bloody Piranha* gefangen genommen wurden. »Und wir würden jetzt noch in diesem verfluchten Keller sitzen, wenn ihr nicht aufgetaucht wärt, Candela! Wie habt ihr uns gefunden?«

Candela dreht sich um und berichtet, dass sie und Patti zunächst die Arkonas in Duenborg aufgelesen und dann begonnen haben, Objekte abzusuchen, in denen sie mögliche Stützpunkte der Agenten vermuteten. »Und dann hat Helios sich über das Handy bei uns gemeldet und uns über seine Verfolgungsjagd mit dem Helikopter informiert. Und wir haben ihn ebenfalls eingesammelt.«

»Ich will jetzt net in allen Einzelheiten erzählen, wie ich die Hubschrauber-Tuppese abjehangen hab«, kichert Helios. »Nur so viel: Daran waren janz zuvorderst meine Fahrkünste, sowie ein Schwarm Brandgänse und eine Hochspannungsleitung beteiligt. Und nachdem ich dann zu Candela und den anderen jestoßen war, haben mer weiter versucht, euch zu finden.«

»Ohne jeden Erfolg«, sagt Candela und streicht Eilean über die Haare. »Bis Simon uns vor ein paar Stunden anrief. Und uns empfahl, die Privatklinik ins Auge zu nehmen. Und außerdem den sehr konkreten Vorschlag machte, dass wir im Keller eines Nebengebäudes nach euch suchen sollten.«

Eilean blickt sie fragend an. »Aber woher wusste er, dass …«

Ich bedeute Maggie und Amanda mit einem kurzen Blick zu schweigen, und versuche hastig, das Gespräch von diesem Thema wegzulenken. »Und dann habt ihr ein Abwasserrohr gesprengt?«, frage ich Charly und er nickt stolz.

»Ja. War Arkona-Präzisionsarbeit. Und dann sind wir als Hausmeister da rein. Das war Helios' Idee.«

»Wie gelangen wir von Duenborg aus zur *Charlotte Sometimes*?«, fragt Finn und Luis Arkona entgegnet: »Wir leihen uns noch mal Jens Petersens Kahn aus. Patti nimmt uns dann ein paar Seemeilen vor der Küste an Bord.«

»Jens Petersens Boot. Bei dem Wetter in so einem Nussschälchen …«, stöhnt Helios. »Ich darf jar net an das Jeschaukel denken.«

Während um mich herum weiter diskutiert und spekuliert wird, klinke ich mich innerlich aus dem Gespräch aus. Ich blicke aus dem Fenster in die dunklen Wolken und denke nach …

Ich bin mir sicher zu wissen, wer der Fünfte ist. Aber ich muss es bis zum letzten Moment für mich behalten. Ich werde es nicht einmal dem Fünften selbst sagen. Um ihn zu schützen. Denn auch wenn wir unseren Feinden fürs Erste entkommen sind, schon bald werden sie mit sämtlichen Kräften hinter uns her sein. Und sie haben noch immer eine Trumpfkarte: den Verräter, der sich unter uns befindet. Selbst wenn die Agenten und Kämpfer zu spät kommen – der Verräter könnte die Vereinigung mit dem weißen Passagier noch in letzter Sekunde verhindern.

Das Notizbuch, in dem der Anzugträger geblättert hat, denke ich. Das Notizbuch von Jeremias Holtenau. Der Verräter muss es ihnen ausgehändigt haben. So haben sie erfahren, dass der Fünfte vorbestimmt ist. Wie ist er an das Buch gelangt? Wann hat er es ihnen übergeben?

Jeremias Holtenau wusste, dass der Fünfte vorbestimmt ist – und er ahnte, wer der Verräter ist. Ich versuche, mir sämtliche Begegnungen, die ich mit dem Archivar hatte, vor Augen zu rufen. Versuche, mich an alles zu erinnern, was er auf Zanderland gesagt und getan hat. Seine erfundenen, gekrächzten Zitate, sein umfangreiches Wissen über die Prophezeiung und die Geschichte der Wächter, seine nächtlichen Toilettenbesuche … Und plötzlich erinnere ich mich, was er in einer der Nächte, als er vom Klo zurückkam, murmelte. Damals erschien es mir völlig belanglos. Aber jetzt – ich fahre so erschrocken zusammen, dass Finn mich besorgt anblickt –, jetzt habe ich plötzlich das Gefühl, als hätte ich das Ende eines Fadens zu fassen bekommen …

»Alles in Ordnung. Bin nur ein bisschen müde«, sage ich zu Finn, lege den Kopf an seine Schulter, schließe die Augen und gebe vor zu schlafen. In Wahrheit läuft in meinem Kopf eine groß angelegte Rasterfahndung an. Und während der Kleinbus der *Stinkefische Duenborg* durch das Unwetter zur Küste brettert, versuche ich ein riesiges, verworrenes Knäuel zu entwirren. Was ist auf Zanderland geschehen – und was ist geschehen, seit wir Zanderland verlassen haben? Wer wusste wann wovon? Wer war wo zu welcher Zeit? Woher wussten die Agenten, dass wir in der Kirche auftauchen würden? Wieso wussten sie vom *Bloody Piranha?* Ich muss vorsichtig sein. Keine Denkfehler begehen. Nichts wäre schlimmer, als dass ich zu einem falschen Schluss käme. Wieder und wieder gehe ich alle Aspekte durch. Nach und nach fällt ein Wächter nach dem anderen aus dem Raster – bis schließlich nur noch eine einzige Person darin hängen bleibt.

Genau in dem Moment, in dem der Kleinbus den Duenborger Hafen erreicht und vor der *Grace Darling*-Statue mit quietschenden Reifen zum Stehen kommt, fällt bei mir der Groschen, und ich muss schlucken.

Ich weiß nicht nur, wer der Fünfte ist.

Ich weiß auch, wer uns verraten hat!

– VIERZEHN –

Der Regen prasselt gnadenlos auf uns ein, während wir durch den kleinen Hafen an der Bude mit dem Hummer vorbei zur Kaimauer hasten.

Schon das Einsteigen in Petersens winzigen, wild schaukelnden Kahn gleicht bei diesem Unwetter einem Himmelfahrtskommando. Außerdem ist das Boot mit zehn Personen deutlich überladen und liegt so tief im Wasser, dass ich einen Moment lang fürchte, dass es an Ort und Stelle absäuft. Eilean übernimmt das Ruder. Luis Arkona verteilt Rettungswesten und stellt am Ende fest, dass es eine Weste zu wenig gibt.

»Aber … jetzt haben Sie doch keine mehr«, wispert Amanda Sailor mit besorgtem Blick und will ihm ihre zurückgeben.

»Ich bitte Sie, Amanda! Nehmen Sie die Weste. Ich würde mir nie verzeihen, wenn Ihnen etwas zustoßen sollte.«

»Sie würden für mich sterben?«, haucht Amanda, deren attraktivem Äußeren offenbar auch das stärkste Unwetter nichts anhaben kann.

»Mit einem Lächeln auf den Lippen«, entgegnet Luis und blickt dabei tief in ihre grünen Augen.

Amanda streicht ihm über die Wange und sagt: »Sie gefallen mir. Sie gefallen mir sehr.«

»Habt ihr es bald?«, knurrt Charly Arkonas mit einem genervten Blick auf die beiden Turteltäubchen. »Sind ja ganz neue Seiten an dir, Brüderchen. Und jetzt festhalten!«

Eilean startet das kleine Boot und manövriert es mit stoischer Entschlossenheit durch die aufgepeitschte See. Bald haben wir die Nadel hinter uns gelassen und steuern auf das offene Meer zu. Eng zusammengepfercht hocken wir in der zweifelhaften Nussschale, die ein ums andere Mal von den Wellen in die Höhe gehoben wird, um im nächsten Moment wieder auf das Wasser zu klatschen. Schon nach wenigen Minuten sind wir vollkommen durchnässt. Candela sitzt ganz vorne im Boot und bekommt das meiste Wasser ab. Amanda klammert sich an Luis Arkona. Charly zieht einen Flachmann aus der Jacke und drängt Maggie Paulus einen Schluck Stinkefisch gegen Seekrankheit auf, und Ole blickt mit mitleidigem Gesicht auf Helios Ehrenfeld, der sich – man kann es nur so unumwunden sagen – die Seele aus dem Leib kotzt.

Ich schüttele mir Wasser aus den Haaren und drücke Finns Hand, während mir die Gischt ins Gesicht spritzt. Ich muss alleine mit ihm sprechen. Sobald wir auf der *Charlotte Sometimes* sind. Um zu überprüfen, ob ich mit meinem Verdacht richtigliege. Oder ob ich nicht doch irgendetwas übersehen habe und den Falschen verdächtige.

Es kommt mir wie eine Ewigkeit vor, bis im trüben Licht dieses stürmischen Tages endlich die Silhouette der *Charlotte Sometimes* am Horizont auftaucht. Der Kutter wird von der aufgewühlten See hin und her geworfen.

Wir gehen längs – was bei dem Wellengang ein kompliziertes und nicht ungefährliches Manöver ist – und klettern mühevoll an Bord.

»Hallo, Püppi«, begrüßt mich Patti, die – ohne Perücke, dafür aber mit jeder Menge Piercings im Gesicht – wieder ganz wie sie selbst aussieht. Sie zupft an ihrer langen Haarsträhne und betrachtet grinsend meine zerzauste Erscheinung. »Gar nicht mal schlecht. Du solltest einen Ratgeber schreiben: *Vom Eppendorfer Püppchen zur obercoolen Braut in fünf Tagen*. Den Mantel und die Kappe schenke ich dir.«

Dann, nachdem der erbärmlich aussehende Helios als Letzter an Bord geklettert und von Maggie und Amanda nach unten in die Kombüse geschleppt worden ist, streckt Patti die Nase in den Wind und verkündet in der Untertreibung des Jahrhunderts: »Steife Brise!« Sie kneift die Augen zusammen und blickt in den düsteren Himmel. »Das Gute ist, dass bei dem

Wetter keine Hubschrauber starten können. Aus der Luft droht uns keine Gefahr. Aber sie werden jede Menge Boote aufs Wasser bringen. Wir haben keine Zeit zu verlieren. Anker lichten! Kurs *Berger Sand!*«

»Was?«, entfährt es mir und ich fahre erschrocken herum. »Ich dachte … ich dachte, wir fahren erst nach Zanderland. Um Fanny und Simon abzuholen.«

»So war es ja auch geplant«, sagt Patti, Kaugummi kauend. »Aber wir müssen vor Mitternacht auf dem Turm sein. Bevor Mars und Venus sich wieder voneinander entfernen. Das wird bei dem Seegang eine ganz knappe Angelegenheit. Für einen Abstecher nach Zanderland bleibt keine Zeit. Ich wünschte auch, sie könnten dabei sein, aber wir müssen auf Simon und Fanny verzichten.«

»Das geht nicht!«, schreie ich über eine tosende Windböe hinweg und klammere mich an die Reling, um nicht über Bord geweht zu werden. »Es geht nicht! Wir *müssen* sie an Bord nehmen!«

»Nein. Unmöglich.« Patti schüttelt verärgert den Kopf. »Ich habe auf diesem Kutter das Kommando. Und solange ich das Kommando habe, sage ich: Nein! Sonst schaffen wir es niemals rechtzeitig zu *Berger Sand!*«

»Wir können nicht ohne Simon dahin!«, brülle ich.

»Und warum nicht, Püppchen?«, brüllt Patti genauso laut zurück.

»Weil Simon …« Ich blicke kurz zu Finn, in dessen Augen ein panisches Flackern aufleuchtet. »Weil er … weil er das vierte Asyl ist!« Wie bedröppelt stehe ich da, nachdem ich mein Versprechen Simon gegenüber gebrochen habe. Nun kennt auch der Verräter unter uns alle Asyle! Aber was hätte ich tun sollen?

Finn atmet schwer und blickt auf die Deckplanken, alle anderen starren mich mit offenem Mund an.

»Simon?«, sagt Luis Arkona, sichtlich bemüht, diese Neuigkeit zu verdauen.

»Ich habe es geahnt«, meldet sich Eilean zu Wort und blickt zu mir herüber. »Seit du uns in dem Keller erzählt hast, dass du weißt, wer –«

»Aber dass Simon das fehlende Asyl ist, ändert nichts an dem, was ich gesagt habe.« Patti sinkt resigniert in sich zusammen. »Wir stecken in einer Zwickmühle. Fahren wir nach Zanderland, um Simon an Bord zu nehmen, kommen wir zu spät zu *Berger Sand*. Aber ohne das vierte Asyl können wir uns die Fahrt auch gleich sparen.«

»Du hast recht«, sagt Ole Krautsand und lässt den Kopf sinken.

»*Mais non!* Eine Möglichkeit gibt es!«, ruft Candela plötzlich und alle blicken sie verwundert an. »Kommt mit! Ich zeige es euch.« Wir folgen ihr unter Deck. Helios hockt mit elend verfärbtem Gesicht auf der Eckbank der Kombüse, rechts und links flankiert von Maggie und Amanda. Eine hält ihm einen Eimer vor, die andere tupft ihm mit einem Tuch den Schweiß von der Stirn.

Candela nimmt eine Seekarte aus einem Ständer und breitet sie auf dem Tisch aus. Ihr Zeigefinger fährt langsam über die Karte, bis er an einem bestimmten Punkt verharrt. »Wenn Simon und Fanny eines der Boote nehmen, sofort aufbrechen und richtig Tempo vorlegen – so viel wie bei dem Sturm eben möglich –, dann könnten wir sie hier, auf halber Strecke, an Bord nehmen. Vielleicht verlieren wir dadurch eine halbe Stunde, aber … Was ist, Eilean? Denkst du, es funktioniert nicht?«

»Oh doch.« Eilean beugt sich vor und küsst ihren Hals. »Ich frage mich nur immer wieder, womit so ein simples Gemüt wie ich eine so kluge Frau verdient hat.«

»Aber Simon wird es mit den Krücken niemals die Felsentreppe zur Anlegestelle runter schaffen«, wendet Charly Arkona ein.

»Pah!«, macht Patti und stürmt an Deck. »Ich kenne Tante Fanny. Die trägt ihn notfalls auf dem Rücken da runter! Stechen wir in See!«

»Ich rufe Simon an«, sagt Candela aufgeregt und zieht ihr Handy aus der Tasche.

»Warte. Lass mich mit ihm sprechen. Bitte. Es ist wichtig«, sage ich flehend. Candela sieht mich überrascht an, legt die Stirn in Falten und zögert einen Moment. Dann kritzelt sie etwas auf einen Zettel, drückt ihn mir in die Hand, sagt: »Gib ihm diese Koordinaten durch. Dort werden wir auf ihn warten«, und reicht mir das Telefon.

»Du kommst mit!« Ich ziehe Finn am Ärmel seiner Bootsjacke mit mir zu einer winzigen Kajüte im Vorderdeck, schließe die Tür und drücke ihn auf die schmale Matratze der Koje.

»Wie konntest du das tun?«, sagt er in vorwurfsvollem Ton. »Jetzt kennt der Verräter alle Asyle. Und sobald Simon an Bord ist, muss derjenige nur noch die passende Gelegenheit abwarten, um alle –«

»Hätte ich eine andere Wahl gehabt, hätte ich es nicht getan«, unterbreche ich ihn. »Was blieb mir denn übrig? Patti hätte sich nicht davon abhalten lassen, auf direktem Weg *Berger Sand* anzusteuern. Aber ohne Simon wird es keine Zusammenkunft aller Asyle geben. Und was den Verräter betrifft … Hör zu!« Ich rutsche ganz dicht an ihn heran, beuge den Kopf und flüstere in sein Ohr: »Ich bin mir fast sicher zu wissen, wer es ist …«

Eine Viertelstunde später, nachdem ich ihn in meine Gedankengänge eingeweiht habe, sitzt Finn stumm da und blickt nachdenklich durch das winzige Bullauge der Kajüte auf das aufgewühlte Meer.

»Was ist?«, frage ich zögerlich. »Glaubst du, ich habe irgendwo einen Denkfehler gemacht? Wenn ich die falsche Person in Verdacht habe, gibt das dem Verräter alle Trümpfe in die Hand. Dann spielen wir letztlich sein Spiel.«

Finn schüttelt den Kopf, sieht mich mit ernstem Blick an und sagt leise: »Ich kann keinen Fehler entdecken. Alles passt zusammen. Aber es sind alles nur Indizien. Wirklich sicher können wir uns nur sein, wenn wir aus dem Mund des Verräters selbst hören, dass er es ist. Aber wenn Simon recht hat und derjenige eine gespaltene Persönlichkeit hat und selbst nichts von seinem Verrat weiß … Wie sollen wir ihn entlarven?«

»Indem wir seinen schwarzen Passagier dazu bringen, das zu tun«, sage ich. »Und ich weiß auch schon, wie!« Während Finn mich noch fragend anblickt, drücke ich die Kurzwahl des Handys. »Aber erst mal müssen wir Simon einweihen.«

»Rebecca!« Simons Stimme klingt freudig, aber auch ungemein schwach. »Du bist in Sicherheit. Gott sei Dank! Als mich dein Hilferuf erreicht hat, habe ich sofort … Wie geht es den anderen? Sind alle heil an Bord der *Charlotte Sometimes* gelangt? Wann werdet ihr Zanderland erreichen?«

»Den anderen geht es gut. Mal abgesehen von Helios und seiner üblichen Kotzerei. Und Zanderland erreichen wir, ähm, leider gar nicht …« Ich erkläre Simon die Situation, schildere ihm Candelas Vorschlag und gebe ihm die Koordinaten durch, die sie mir aufgeschrieben hat.

»Wir brechen sofort auf«, höre ich den obersten Wächter sagen und Fanny brüllt aus dem Hintergrund: »Die Treppen runter nehme ich dich Huckepack.«

»Warte noch, Simon!«, wispere ich in das Telefon. »Ich … ich muss dir etwas gestehen. Es ist so … alle wissen, dass du ein Asyl bist.« In wenigen Worten erkläre ich ihm, wie es dazu gekommen ist.

»Unter diesen Umständen konntest du nicht anders handeln, Rebecca. Kein Grund, sich Vorwürfe zu machen. Aber wir müssen jetzt sehr auf der Hut sein und –«

»Finn und ich wissen, wer der Verräter ist«, unterbreche ich ihn. »Wir … wir glauben zumindest, es zu wissen, weil …«

Nachdem ich Simon offenbart habe, wie ich zu meinem Verdacht komme und wie ich glaube, den Verräter überführen zu können, herrscht für ein paar Sekunden Stille am anderen Ende, bevor der oberste Wächter mit schwacher Stimme sagt: »Ja. Ich befürchte, ihr habt recht. Ich habe diesen Verdacht auch schon seit einiger Zeit. Zuerst war es nur ein Gefühl, bis dann … Passt auf: Während Fanny und ich unterwegs zu euch sind, tut ihr beide Folgendes …«

Wir verlassen die Schlafkoje und durchqueren die kleine Kombüse. Helios hängt völlig ermattet auf der Eckbank, während Maggie und Amanda ihn weiterhin rührend umsorgen. Seine Gesichtsfarbe erinnert an Grünschimmel. »Wat tät ich bloß ohne euch machen, meine Funkenmariechen?«, keucht er zwischen zwei Aufstoßern und Maggie sagt besorgt: »Der Ärmste. Auch noch Fieber. Er spricht wirr.«

Die anderen sind alle an Deck, wie um zu zeigen, dass sie sich selbst von einem tosenden Sturm nicht aufhalten lassen. Dabei fegt ein Brecher nach dem andern über den Kutter und man muss sehen, dass man sich irgendwo festhält, um nicht weggeschwemmt zu werden. Dunkle Wellenberge türmen sich vor uns auf, Tonnen von Wasser rauschen über uns hinweg, aber Patti steht breitbeinig und mit entschlossenem Blick am Steuer und hält den Kurs.

»Simon und Fanny sind unterwegs«, brülle ich Ole Krautsand durch das Sturmgetöse hindurch zu. Er nickt erleichtert und hebt den Daumen. Finn schreit währenddessen Eilean etwas ins Ohr. Dieser nickt verstehend. Dann balanciert Finn über das schaukelnde Deck zum Heck des Kutters, winkt die Arkonas zu sich heran, beugt sich zu ihnen vor, formt die Hände um den Mund zu einem Lautsprecher und brüllt ihnen ebenfalls etwas zu.

»Alles klar!«, höre ich Charly nach einer Weile schreien.

Ich blicke zu Candela, die an der Reling steht und mit unbewegtem Gesicht auf die heranbrausenden Wellen blickt, dann bewege ich mich vorsichtig zu ihr hinüber. »Komm mit unter Deck. Ich muss mit dir reden!«

Auch eine halbe Stunde nachdem wir die vereinbarte Position erreicht haben, ist noch immer nichts von Simon und Fanny zu sehen. Um uns herum ist es stockfinster, der Sturm tobt unvermindert stark und die gesamte Welt scheint nur aus tosenden Wassermassen zu bestehen.

»Wenn sie nicht bald aufkreuzen, schaffen wir es nicht mehr«, sagt Patti und presst ihre Kiefer zusammen, während ihre Augen den Horizont absuchen.

»Sie werden rechtzeitig da sein«, versucht Finn mich zu beruhigen und legt die Arme um mich. Die Blicke der anderen Wächter wandern unruhig über das Wasser. Charly sieht aus, als würde er dringend einen Stinkefisch brauchen. Eilean und Luis Arkona haben sich die Ferngläser gesichert, die an Bord sind.

»Dahinten«, sagt Luis plötzlich, setzt das Fernglas ab und deutet in Richtung Norden. »Das sind sie.«

Kurz darauf sehe ich das winzige Motorboot auch. Es wirkt so zerbrechlich, als könnte es jeden Moment von einer Welle in Stücke geschlagen werden, und tanzt wie ein Korken auf den Wogen. Immer wieder wird das Boot zurückgeworfen und muss neuen Anlauf nehmen, um sich den Weg durch die Wellen zu bahnen. Erst nach einigen Schwierigkeiten gelingt es Fanny längszugehen, aber der starke Seegang treibt das Boot erneut von uns weg. Eilean schleudert ein Tau über Bord, Fanny hilft Simon auf die Beine. Er klammert sich an das Tau und wird von Ole, Eilean und den Arkonas mit vereinten Kräften an Bord gezogen. Keuchend bleibt er für einen Moment auf dem nassen Deck liegen. Währenddessen wird auch Fanny an Bord gehievt. Sie trägt eine gelbe Öljacke und hat Simons Krücken unter den Arm geklemmt. Kaum hat sie ihre gummigestiefelten Füße an Bord der *Charlotte Sometimes* gesetzt, stürmt sie zum Ruderhaus und drückt ihre Nichte an sich.

»Pattilein. Endlich habe ich dich wieder«, jauchzt sie und vergießt dabei ein paar Freudentränen.

Patti auch, aber sie wischt sie sich schnell weg und sagt betont cool: »Keine Tränen! Wir haben mit dem vorhandenen Wasser schon ausreichend zu tun. Kurs West-Nordwest.«

Finn und ich helfen Simon Eckmühl auf die Beine. Als ich in sein Gesicht blicke, erschrecke ich. Simon wirkt vollkommen erschöpft und sieht aus, als wäre er in den wenigen Tagen, seit wir Zanderland verlassen haben, um Jahre gealtert.

»Alles in Ordnung?«, frage ich besorgt.

»Geht schon«, keucht Simon, stützt sich auf seine Krücken und bedenkt Finn und mich mit einem prüfenden Blick. »Und bei euch?«

»Auch … alles … in Ordnung«, entgegne ich, sehe ihm dabei in die Augen und nicke kaum merklich.

»Ich … ich muss mich ausruhen«, sagt der oberste Wächter mit matter Stimme. »Nur einen kurzen Moment. Unten, in der Kombüse.« Er humpelt über Deck, aber als er die kleine Holztreppe, die in die Kombüse führt, erreicht, entgleitet ihm eine seiner Krücken und poltert die Stiegen hinab. Nur mit Mühe gelingt es Simon, das Gleichgewicht zu halten. »Verdammt!«, entfährt es ihm. »Hilf mir bitte, Ole.«

»Natürlich«, sagt Ole Krautsand, läuft die Stufen hinab und bückt sich nach der Krücke – als Eilean, der auf der obersten Treppenstufe steht, plötzlich einen gewaltigen Satz macht und ihm in den Rücken springt. Ole geht schreiend in die Knie und im gleichen Moment springen auch Finn und die Arkonas auf ihn zu, purzeln in die Kombüse und drücken ihn zu Boden. Maggie und Amanda fahren von ihren Stühlen auf. Helios stellt vor lauter Schreck das Würgen ein und guckt vollkommen verdattert aus der Wäsche.

»Hey! Was soll das? Seid ihr verrückt geworden?«, schreit Ole und tritt und schlägt nach allen Seiten um sich, bis es den anderen Wächtern mit vereinten Kräften gelingt, ihn zu bändigen. Die Arkonas drehen ihm die Arme auf den Rücken. Während sie ihn vom Boden hochzerren, tritt Simon zu Maggie und Amanda, die erschrocken auf das Geschehen blicken, und sagt: »Ich bin Simon Eckmühl. Ich bin das vierte Asyl. Es tut mir leid, dass wir uns unter diesen traurigen Umständen begegnen.«

»Lasst mich los! Ich habe doch nichts gemacht!«, schreit Ole.

Finn tritt vor ihn. Seine Hände ballen sich zu Fäusten und seine Unterlippe zittert vor Wut. »Du hast meinen Vater umgebracht. Du bist für den Tod von Rebeccas Eltern verantwortlich. Du hast Jeremias Holtenau ermordet. Du hast die Wächter vor zehn Jahren verraten. Und du verrätst sie immer noch.«

»Verräter?«, kreischt Ole panisch und Tränen steigen ihm in die Augen. »Ihr macht einen schweren Fehler. Ihr habt den Falschen, Leute. Kommt zur Vernunft!«

Simon setzt sich an den Tisch und sagt zu Finn und Eilean: »Durchsucht ihn!«

Die beiden beginnen ihn abzutasten. Nur Sekunden später fördert Finn aus der Innentasche von Oles Jacke ein Handy zutage und überreicht es Simon.

»Was …? Das Ding gehört mir nicht! Das hat mir jemand untergejubelt.«

Simon blickt lange auf das Handy, dann hebt er den Kopf, sieht Ole in die Augen und sagt leise: »Wenn ich die Kurzwahl drücken würde, würde sich am anderen Ende ein Agent melden, nicht wahr, Ole? Aber es wäre nicht besonders klug, das zu tun. Wir sollten dieses Ding so schnell wie möglich entsorgen.« Er dreht sich um, öffnet ein kleines Bullauge und wirft das Handy über Bord.

Luis und Charly biegen Ole die Arme auf den Rücken und drücken den verzweifelt aussehenden Wächter auf einen Stuhl. »Ich habe nichts und niemanden verraten«, wispert er mit erstickter Stimme.

»Oh doch, das hast du!«, entgegnet Simon unbeeindruckt. »Ich hatte dich schon lange in Verdacht. Obwohl ich nicht hätte sagen können, worauf sich mein Verdacht eigentlich begründete.

Es war ein Gefühl – das Gefühl, dass irgendetwas mit dir nicht stimmt. Dass du nicht *echt* bist. Ich konnte mir natürlich nicht sicher sein, aber dann, als Helios mich vom dicken Pit aus anrief und mir sagte, dass er den gleichen Verdacht hat – und wie dieser Verdacht bei ihm entstanden ist, da –«

»Oh, Mann!«, entfährt es mir und ich werfe Helios einen zerknirschten Entschuldigungsblick zu. »Darum ging es also in deinem Telefonat. Ich habe nur das Ende mitbekommen und in diesem Moment geglaubt, du wärst der Verräter. Weil du gesagt hast, dass du Schluss machen musst, weil es sonst verdächtig wirken könnte. – Tut mir wirklich leid, Helios.«

»Keine Ursache«, sagt der ziemlich ramponiert aussehende rheinische Wächter und versucht sich in einem Lächeln. »Muss sich für dich ja auch ziemlich komisch anjehört haben, Mädchen. Aber was ich meinte, war natürlich, dass Ole net auffallen durfte, dass ich ihn in Verdacht hatte. Ich wollte schließlich net enden wie der jute Jeremias.« Er wirft Ole einen bösen Blick zu und sagt: »War doch irjendswie komisch: Zuerst kommen mer janz jut durch, aber kaum bist du Tuppes in Duenborg aufjetaucht, wird der *Rote Hering* anjegriffen. Und am nächsten Tag versuchen sie uns bei der Hochzeit hopszunehmen. Woher wussten die Brüder, dass mer da aufschlagen würden?«

»Ich war doch nicht der Einzige, der diese Informationen hatte. Du könntest es ihnen ebenso verraten haben. Oder Eilean. Oder die Arkonas.«

»Ist doch Kappes!«, entgegnet Helios, bevor er wieder grün anläuft und nach dem Eimer greift.

»Ihr seid völlig übergeschnappt. Ihr reimt euch da nur irgendwas zusammen!«, brüllt Ole und springt von seinem Stuhl auf, aber Charly drückt ihn sofort wieder auf die Sitzfläche. »Schön ruhig bleiben, Freundchen.«

»Ich habe nichts getan«, beteuert Ole Krautsand mit erstickter, brüchiger Stimme. »Das ist … als wäre ich in meinen schlimmsten Albtraum geraten. Ich bin kein Verräter.« Er lässt den Kopf sinken, und ich sehe, wie ihm Tränen aus den Augen treten und über sein Jungengesicht rinnen.

Habe ich mich geirrt?, durchfährt es mich bei diesem Anblick siedend heiß. Oder … ist es tatsächlich so, wie Simon vermutet, und Ole ahnt selbst nichts von seinem Verrat? Jedenfalls nicht *der* Ole, der mir gerade gegenübersitzt. Der, dessen schwarzer Passagier sich gerade hinter seinem Bewusstsein verschanzt hat. Um den anderen Ole zu sehen, müssen wir seinen Passagier hervorlocken. Ihn dazu bringen, wie eine gereizte Schlange aufzufahren und die Kontrolle über Oles Handeln zu übernehmen. Ich nicke Candela kurz zu. Das Signal, das wir vorhin verabredet haben.

Sie setzt sich Ole gegenüber und sagt mit leiser Stimme: »Wir sind keine Freunde, Ole. *N'est-ce pas?* Denn ein Freund konntest du mir nicht sein. Nicht nachdem ich gegangen war. Es hat dich viel mehr verletzt, als du es je gezeigt hast … Damals hat alles begonnen. Habe ich recht? Damals hast du deinen ersten Verrat begangen. Warum das alles? Weil du nicht akzeptieren konntest, dass ich Eilean liebe? Hörst du, was ich sage? Ich liebe Eilean. Nicht dich. Ich liebe Eilean! Und ich –«

»Hör auf!«, schreit Ole mit einer gequälten Stimme, bei der es mir kalt den Rücken runterläuft. Langsam hebt er den Kopf. Alles Jungenhafte und Freundliche ist aus seinem Gesicht verschwunden. Es wirkt wie eine wutverzerrte Grimasse, mit Augen, die nur noch schmale Schlitze sind, und einem bitteren, verächtlichen Zug um den Mund. Ein Gesicht, in dem sich nur noch das bösartige Wesen seines schwarzen Passagiers spiegelt. »Wie konntest du das tun?«, zischt er und wirft Candela einen zornigen Blick zu, dann zeigt er auf Eilean und verzieht abschätzig das Gesicht. »Wie konntest du mich verlassen? Für ihn!«

Einen Moment lang herrscht angesichts Oles plötzlicher Verwandlung ein schockiertes Schweigen, bevor Candela ihm direkt in die Augen blickt und traurig sagt: »Ich habe nie geahnt, wie sehr es dich verletzt hat. So stark verletzt, dass es für deinen schwarzen Passagier ein Leichtes gewesen sein muss, Kontrolle über dich zu gewinnen. Und dich nur noch an Rache für deine Kränkung denken zu lassen. So war es doch. Oder? Du wolltest Rache. Rache an mir. Rache an Eilean. Und an allem, wofür wir als Wächter stehen. Du hast unseren Feinden den Inhalt der Prophezeiung verraten. Du hast sie über unsere Pläne auf dem Laufenden gehalten.«

Ole lacht auf. Ein kaltes, angstmachendes Lachen. »Nein, mein Passagier musste sich wirklich nicht anstrengen. Nachdem du mich verlassen hast, habe ich mich ihm dargeboten. Ich habe mich ihm geöffnet und mich ganz von ihm durchdringen lassen. Ich wollte, dass er mein Handeln bestimmt. Und ich kann das Triumphgefühl kaum beschreiben, das ich empfand, als die Türme angegriffen und die Ankunft des Weißen verhindert wurden. Der einzige Wermutstropfen war, dass der weiße Passagier nicht endgültig besiegt und dass Eilean bei der Attacke nicht auch gestorben war. Dann hätte ich dich zurückbekommen. Dann wären wir –«

»Und als du kapierst hast, dass der Weiße nicht zerstört war und man schnell darauf kommen würde, dass es einen Verräter gab, hast du den Verdacht auf meinen Vater gelenkt«, fährt Finn dazwischen.

Oles Lippen verziehen sich zu einem bösen Lächeln. »Hätte Hauke nicht angefangen rumzuschnüffeln, wäre ihm nichts passiert. Aber er kam mir auf die Spur und … ich musste ihn beseitigen.«

Finn ist totenblass, er betrachtet Ole mit eisigem Blick. Sein Körper spannt sich an. Einen Moment lang befürchte ich, er könnte sich auf ihn stürzen, und ziehe ihn von dem Verräter weg. Ich lege die Arme um ihn und flüstere: »Tu ihm nichts. Das ist genau das, was er will. Dass du deinem schwarzen Passagier auch keinen Widerstand mehr entgegensetzt.«

Eilean tritt einen Schritt vor, beugt sich zu Ole und sagt mit drohendem Unterton: »Und nachdem alle glaubten, der Verräter habe sich umgebracht, konntest du dein schmutziges Spiel weitertreiben. Uns weiter verraten. Du hast ihnen verraten, dass wir herausgefunden haben, dass Rebecca ein Asyl ist. Woraufhin sie ihre Eltern umgebracht haben, um Rebecca unter ihre Kontrolle zu bringen.«

»Ein Kollateralschaden«, sagt Ole und zuckt gleichgültig die Achseln. Die Wut schießt wie ein roter Blitz durch mich hindurch – diesmal ist es Finn, der mich zurückhalten muss.

»Was ist auf Zanderland geschehen?«, fragt Simon und sieht Ole Krautsand durchdringend an.

»Direkt nach meiner Ankunft, habe ich ein Satellitentelefon auf dem Turm versteckt. Und mich bei jeder Gelegenheit aus der Pension geschlichen und die Agenten über unsere Erkenntnisse und Pläne auf dem Laufenden gehalten. Sie wussten alles!«, erklärt Ole mit unverhohlenem Stolz.

»Aber dann ist Jeremias dir auf die Schliche gekommen, nicht wahr?«, sagt Simon leise.

Ole verzieht angewidert das Gesicht. »Warum musste Fanny mich ausgerechnet mit dem alten Schwachkopf auf ein Zimmer legen? Eines Nachts ist er wach geworden, weil er mal wieder einen nervösen Darm hatte, und hat gesehen, dass ich nicht da war.«

»Ich hätte es schon damals wissen müssen«, entfährt es mir. »In dieser Nacht bin ich Jeremias begegnet, als er vom Klo zurückkam. Er murmelte ständig vor sich hin: ›Wo ist er hin? Wo ist er hin, um diese Zeit?‹ Ich habe es nicht besonders beachtet, weil er andauernd irgendetwas Wirres gemurmelt hat. Aber er hat von dir gesprochen! Du warst sein Zimmergenosse. Wen sonst hätte er vermissen sollen?«

»Dieser tatterige Vollidiot!«, zischt Ole und seine Augen blitzen wütend. »Aber er konnte sich schlecht verstellen. Ich habe sofort gemerkt, dass er einen Verdacht gegen mich hegte. Er hat nichts gesagt, aber er sah mich ab da immer so seltsam an und krakelte andauernd in seinem Notizbuch herum. Und dann, zwei Nächte später, als er wieder zum Klo gewandert ist, habe ich mir das Notizbuch geschnappt und bin darauf gestoßen, was er über *den Fünften* geschrieben hatte. Dass jemand dazu vorbestimmt war, der Fünfte zu sein. Ich bin umgehend zum Turm, um die Agenten darüber zu informieren. Und darüber, dass wir aufs Festland kommen und welchen Hafen wir ansteuern würden. Aber unglücklicherweise kam ich nicht mehr dazu. Weil Jeremias gesehen hatte, wie ich zum Turm lief, und mich verfolgte. Er hat mir das Satellitentelefon entrissen – er war kräftiger, als er aussah, der alte Knacker – und bei unserem Kampf ist er von der Galerie gestürzt. Und hat dabei so laut geschrien, dass er alle geweckt hat. Ich bin augenblicklich zur Pension zurückgerannt und habe so getan, als wäre ich genauso schockiert wie alle anderen. Später habe ich das Notizbuch an mich genommen. Um es bei passender Gelegenheit an einen Agenten zu übergeben.«

»Ohne Jeremias und sein mutiges Handeln hätten sie uns schon hochgenommen, als wir an Land gegangen sind«, wispert Luis Arkona und wird blass.

»Ja«, sagt Ole verächtlich. »Und ansonsten lief es bedauerlicherweise auch nicht so, wie ich es mir vorgestellt hatte. Ich hatte darauf spekuliert, dem Trupp zugeteilt zu werden, der Rebecca begleiten sollte. Und eine Situation abzupassen, in der man sie entführen konnte. Stattdessen musste ich mit Candela und Patti den Clown für die Fernsehnachrichten machen. Das Satellitentelefon war zerstört und das einzige Handy, über das unser Trupp verfügte, hatte Candela. Und sie hat es nie aus den Augen gelassen. Ich hatte keine Möglichkeit, Kontakt zu den Agenten aufzunehmen. Bis sich dann die glückliche Gelegenheit ergab, dass ich alleine vor der Polizei *flüchten* musste. Ich bin sofort zu Rothermund, habe ihm Jeremias' Notizbuch übergeben und ihm berichtet, dass Rebecca in Duenborg war.«

Charly Arkona blickt Ole drohend an und murmelt: »Und dann hat dich der feine Herr mit einem neuen Handy ausgestattet und dich instruiert, dich unter dem Vorwand, du hättest nicht gewusst, wohin sonst du hättest flüchten können, unserem Trupp in Duenborg anzuschließen. Und die Zusammenkunft der Asyle zu verhindern. Um jeden Preis.«

»Ich sage ab jetzt gar nichts mehr.« Oles kalter Blick gleitet über unsere Gesichter und er lächelt hämisch.

»Ist auch nicht nötig«, sage ich. »Wenn man sich einfach vor Augen hält, was dann geschehen ist: Kaum warst du auf der Bildfläche erschienen, kam es zu dem Angriff auf den *Roten Hering*. Ganz offensichtlich hatte jemand unseren Standort verraten. Dennoch hätte dieser zeitliche Zusammenhang auch nur ein Zufall sein können. Nur ein Indiz, aber kein Beweis dafür, dass du der Verräter warst. Alle Wächter wussten, dass ich in Duenborg zu finden war. Jeder hätte es verraten können. Aber dann, am nächsten Tag ... Woher wussten die Agenten, dass wir nach Maggie gesucht haben? Wie konnten sie uns in der Kirche überraschen? Der Kreis derjenigen, die auch dieses Wissen weitergegeben haben konnten, war schon bedeutend kleiner. Obschon damals wenig auf dich deutete. Und ich hatte ja auch zunächst einmal Helios in Verdacht ...«

Finn runzelt die Stirn. »Aber wie hat er ...? Und wann?«

»Wie? Natürlich mit seinem neuen Handy«, entgegne ich. »Und wann? Erinnerst du dich nicht? Die Nacht, in der wir losgefahren sind, um Maggie zu suchen ... Als er während der Fahrt behauptet hat, seine Blase würde gleich platzen und so lange gequengelt hat, bis wir eine Raststätte angefahren sind. Dann ist er für ein paar Minuten auf der Toilette verschwunden und –«

»Natürlich!«, ruft Finn und schlägt sich die Hand gegen die Stirn. »Da hat er sie angerufen!«

»Und dann die Geschichte mit dem *Bloody Piranha*«, fahre ich fort, während die Wächter angespannt meinen Worten lauschen. »Sie haben uns erwartet. Und diesmal nicht nur mit Agenten, sondern gleich mit einem Trupp schwer bewaffneter Kämpfer. Sie wussten, dass wir dort hinwollten. Von wem? Viele kamen nicht infrage. Und dennoch musste es auch in diesem Fall nicht zwangsläufig Ole gewesen sein. Zu dem Zeitpunkt hatte ich noch immer Helios in Verdacht. Es wäre möglich gewesen, dass seine Flucht vor dem Helikopter nur eine Inszenierung war. Um ihn besonders unverdächtig wirken und später wieder zu uns stoßen zu lassen.« Noch einmal blicke ich entschuldigend zu dem rheinischen Leuchtturmwärter.

»Schon jut, Mädchen«, stöhnt er, während Amanda ihm die Stirn abtupft.

Dann stütze ich die Hände auf den Tisch und beuge mich so weit zu Ole vor, dass unsere Nasen sich beinah berühren. Seine Miene bleibt völlig unbewegt. »Aber es gab einen bestimmten Punkt, an dem es mir plötzlich vollkommen klar war, dass nur du es sein konntest«, sage ich leise. »Als der Mann im Anzug mich verhörte und von mir wissen wollte, wer das vierte Asyl ist. Er wusste genau, dass ich log. Wie konnte er sich so sicher sein? Dass ich es wusste, hatte ich selbst doch erst wenige Stunden vorher offenbart. In dem Keller, in dem sie uns gefangen hielten. Und die einzigen Menschen, die es wussten, waren« – ich blicke sie der Reihe nach an – »Finn, Eilean, Maggie, Amanda und … du! Und du warst der Einzige, den sie vor mir verhört haben.« Ich fahre mir durch die Haare und nehme einen tiefen Atemzug, während Ole mich mit unbewegtem Gesicht ansieht. »Obwohl man in diesem Fall wahrscheinlich nicht von einem Verhör sprechen kann. Ich nehme an, es war eher eine gepflegte Plauderei, ein kleiner Informationsaustausch. Um es echt wirken zu lassen, hast du dir eine Beule verpassen lassen. Aber die war genauso ein Fake wie dein Cut über dem Auge und deine inszenierte Festnahme im *Bloody Piranha.* Alles nur, um den Verdacht von dir abzulenken. Damit du deinen Auftrag weiterverfolgen konntest: in dem Fall einzugreifen, wenn die Agenten und Kämpfer zu spät kämen. Du hast den Auftrag, die vier Asyle zu beseitigen. Und den Weißen zu vernichten.« Einen Moment lang blicken wir uns schweigend in die Augen, dann trete ich von ihm zurück und sage: »Aber du hast versagt. Du bist aufgeflogen. Und niemand wird verhindern, dass diese Nacht zu einem Wendepunkt für die Menschen wird. Dass sie schon ab morgen freie Menschen sein werden.«

Ole sieht mich herausfordernd an, dann beginnt er dröhnend zu lachen. »Ihr armen Idioten! Sie sind längst hinter euch her. Und morgen früh wird sich nichts verändert haben, außer dem Umstand, dass eure Leichen auf dem Grund des tiefen, kalten Meeres liegen, während mir eine angemessene Belohnung für meinen Einsatz zuteilwird.«

Charly kann nicht mehr an sich halten und verpasst ihm wütend einen Schlag in den Nacken, aber Simon hebt die Hand und gebietet ihm Einhalt.

»Wir werden sehen, was der Morgen bringt«, sagt er mit fester Stimme zu Ole, dann wendet er sich Luis und Charly zu. »Sperrt ihn in die Kajüte im Vorderdeck.«

Obwohl es kaum möglich scheint, gewinnt der Sturm noch immer an Kraft hinzu. Vor uns türmt sich eine Wand aus Wasser auf. Der Seegang ist so heftig, dass die *Charlotte Sometimes* zu rollen beginnt. Eine Welle nach der anderen kracht auf das Deck. Wir sitzen eng aneinandergedrängt in der kleinen Kombüse, werden ohne Pause hin- und hergeworfen, und Helios ist lange nicht mehr der Einzige mit ungesunder Gesichtsfarbe. Als es Patti – mit welchem nautischen Kunststück auch immer – gelingt, die Kontrolle über den kleinen Kutter zurückzuerlangen und ihn wieder auf Kurs zu bringen, ist wertvolle Zeit vergangen. Halb zwölf. Uns bleibt nur noch eine halbe Stunde. Ein ums andere Mal spähe ich durch das Bullauge, jedes Mal in der Hoffnung, endlich *Berger Sand* in dem Unwetter vor uns auftauchen zu sehen. Jedes Mal vergeblich. Dennoch kann ich spüren, dass wir uns dem Turm nähern: Mein Muttermal hat zu glühen begonnen und das Glühen wird von Minute zu Minute intensiver. Ein Blick in die Gesichter von Maggie und Amanda reicht, um zu wissen, dass auch sie es fühlen können. Genauso wie Simon, der erschöpft und mit versteinerter Miene auf die tobenden Wellen blickt, während seine Finger immer wieder über sein Schlüsselbein fahren.

In der Kombüse herrscht ein gespenstisches Schweigen, das nur gelegentlich von Helios' Würgen unterbrochen wird. Luis und Charly haben mit grimmigen Gesichtern vor der Kajüte, in der Ole eingesperrt ist, Wache bezogen. Eigentlich könnten wir erleichtert sein: Der Verräter ist enttarnt und kann kein Unheil mehr anrichten. Aber allein die Tatsache, dass es einen Verräter in den eigenen Reihen gab – nur Simon, Finn und ich haben es gewusst, Helios hat es bestenfalls vermutet, die anderen haben es erst an Bord der *Charlotte Sometimes* erfahren –, hat die Wächter wie ein Schlag getroffen und so niedergeschmettert, dass sie wie unter Schock wirken. Ich blicke zu Candela und sehe, dass sie den Tränen nah ist.

»Ist er wegen mir zu einem Verräter geworden?«, wispert sie mit erstickter Stimme. »Wäre all das nicht passiert, wäre niemand gestorben, wenn …«

»Nein«, sagt Simon bestimmt. »Ole hatte die Wahl. In unserem Leben wird uns allen Schmerz zugefügt und wir alle verletzen durch unser Handeln andere. Willentlich oder unwillentlich. Aber jeder von uns kann wählen zwischen Vergeltung und Vergebung.«

»Wenn er die Wahrheit gesagt hat, was die Agenten angeht, sieht es düster für uns aus«, presst Eilean zwischen zusammengekniffenen Lippen hervor. »Ihre Boote sind der *Charlotte Sometimes* weit überlegen. Es ist nur eine Frage von – wooah!« Es gibt einen kollektiven Aufschrei und alles, was nicht festgeschraubt oder -genagelt ist, fliegt durch die Kombüse, als die nächste Riesenwelle gegen den Kutter kracht. Da taucht Fannys gelbes Ölzeug auf der Holzstiege auf.

»Patti hat über Funk gehört, dass jede Menge Boote in unsere Richtung kommen«, verkündet sie aufgeregt, und ich höre Patti aus dem Ruderhaus brüllen: »*Berger Sand!* Direkt vor uns!«

Finn und ich stürzen an Deck.

»Da vorne!«, schreit Patti und deutet über den Bug.

Ich kneife die Augen zusammen, starre in die Dunkelheit – und sehe nichts. Erst nach und nach erkenne ich die Konturen des Turmes, der sich kaum von dem ihn umgebenden Dunkel abhebt. Und ich verstehe plötzlich, warum die Prophezeiung von ihm als dunklem Turm spricht.

Wenn Krieg und Liebe beieinander stehen. Wenn die Asyle sich versammeln. Auf dunklem Turm, der niemals Flamme war.

Berger Sand ist nicht nur dunkel, weil auf ihm niemals ein Leuchtfeuer gebrannt hat. Er ist auch dunkel, weil er vollkommen schwarz ist. Vom Sockel bis zur Laterne. Er ist eines der Bauwerke, wie ich sie früher immer vor Augen hatte, wenn ich an Leuchttürme gedacht habe. Fernab von jedem Land ragt er wie ein riesiger, dürrer Zeigefinger aus dem Meer. *Berger Sand* ist an die siebzig Meter hoch und steht auf einem einsamen, schroffen Felsen, dessen Durchmesser nur unwesentlich größer ist als der des Turms, den er trägt. Mittlerweile sind auch die anderen an Deck. Luis und Charly zerren Ole Krautsand mit sich.

Pattis Atem beschleunigt sich, während wir auf den Felsen zuhalten. Sie schafft es kaum, den Kutter ruhig zu halten, und ich befürchte einen Moment lang, dass es uns ergehen wird wie den ersten Wärtern, die den Turm nie betraten und an dem Felsen den Tod fanden.

»Im Turm gibt es eine Vorrichtung mit einer Winde«, schreit Fanny durch den Sturm. »Ein dünnes Stahlseil, das dort fest verankert ist. Und einen Korb, der in das Stahlseil eingehängt wird. Wenn wir das andere Ende des Seils hier an Bord befestigen, haben wir so was wie eine Seilbahn. Mit dem Korb können jeweils zwei Personen befördert werden. Das Problem ist nur …«, Fanny blickt ängstlich zu dem scharfkantigen Felsen, »… dass wir dazu erst mal jemanden ohne Korb rüberbringen müssen. Freihändig sozusagen.«

»Das mache ich!«, sagt Eilean und tritt entschlossen vor. Patti versucht das Kunststück, die *Charlotte Sometimes* so nah an den

Felsen zu manövrieren, dass er hinüberspringen kann, dem Fels aber nicht so nahe zu kommen, dass das Boot daran zerschellt. Mit angehaltenem Atem beobachte ich, wie Eilean sich auf den Sprung vorbereitet. Die ersten beiden Versuche bricht er im letzten Moment ab, da das Boot beide Male just in dieser Sekunde von dem Felsen wegtreibt. Versuch Nummer drei. Konzentriert starrt Eilean auf den Felsen, wartet, dann springt er mit einem hohen Satz von Bord – und rutscht an dem nassen Gestein ab. Sofort drückt ihn eine Welle unter Wasser.

»Eilean!«, schreit Candela und stürzt zur Reling, als sein Kopf wieder auftaucht. Mit letzter Kraft zieht er sich an einem Felsvorsprung hoch, bleibt einen Moment auf dem winzigen Plateau liegen, dann erhebt er sich taumelnd, öffnet den Eingang des Leuchtturms, verschwindet in seinem Inneren und kehrt kurz darauf mit dem Stahlseil zurück. Mit einem gewaltigen Schwung wirft er uns ein Ende zu, Fanny bekommt es zu fassen und verankert es an Deck. Dann hängt Eilean das Bastgeflecht, das wie eine Ballongondel aussieht, in das Seil ein, und der Korb gleitet über das Wasser auf uns zu.

»Maggie und Amanda gehen als Erste«, bestimmt Simon und nickt den beiden auffordernd zu. Mit ängstlichen Gesichtern steigen sie in den schaukelnden Korb, Eilean bedient die Winde und befördert sie langsam über die donnernden Wellen zum Turm hinüber.

»Was machen wir mit ihm?«, fragt Luis und deutet auf Ole Krautsand.

»Wenn es nach mir geht, sollten wir ihn einfach hier an Bord lassen. Wäre das Sicherste«, sagt Charly.

»Ihr … ihr könnt mich doch nicht einfach zurücklassen. Das ist ein Todesurteil«, stammelt Ole und sieht plötzlich sehr blass aus. »Bei der nächsten starken Welle ist der Kahn nur noch Kleinholz!«

»Er hat recht«, sagt Simon nach kurzem Nachdenken. »Wir müssen ihn mitnehmen.«

»Wusste schon, dass es mal wieder nicht nach mir geht«, seufzt Charly. »Dann komm, Freundchen!« Er dreht Ole den Arm auf den Rücken und besteigt mit ihm den Korb.

Ihnen folgen Luis und Helios, der bei der Aussicht auf festen Untergrund gar nicht schnell genug in die Gondel klettern kann. Mit vereinten Kräften helfen wir anschließend Simon in den Korb. Fanny begleitet ihn. Finn und ich sind die Nächsten. Ich hatte schon ruhigere Gondelfahrten, aber zum Glück dauert diese nur wenige Sekunden.

Als Letzte steigen Patti und Candela in den Korb. Genau in dem Moment, in dem sie den sicheren Felsen erreichen, türmt sich vor uns eine riesige Welle auf, erfasst die *Charlotte Sometimes* und wirft sie gegen das Gestein. Ein Krachen wie bei einer Explosion, dann ein durchdringendes, gequältes Knarren – und das Boot wird innerhalb weniger Augenblicke vom Meer verschluckt. Alle blicken ungläubig auf die dunkle See, nur über Oles Gesicht huscht ein kurzes, gemeines Lächeln. Als ich Patti anblicke, sehe ich Tränen über ihr fassungsloses Gesicht strömen.

»*Come on!* Wir haben keine Zeit«, reißt Eileans Stimme uns aus unserer Erstarrung und wir hasten in den Turm. Ich blicke nach oben, wo sich die schwindelerregend hohe Spiraltreppe ihren Weg zur Laterne bahnt.

»301 Stufen«, sagt Eilean. »Fanny, du nimmst Simons Krücken. Luis, du trägst ihn die ersten hundert Stufen hoch, Charly, du die zweiten und ich –«

»Und du trägst mich die letzten hundert Stufen, Eilean«, sagt Simon mit schwacher Stimme. »Und die allerletzte Stufe werde ich selbst gehen!«

»Aber wenn ich Simon trage, wer passt dann auf Ole auf?«, fragt Charly und blickt sich fragend um.

»Den übernehme ich. Mit dem größten Vergnügen.« Patti zieht ihr Bootsmesser und drückt die Spitze gegen Oles Hals. »Los! Beweg dich!«

Im Inneren des Turms ist es so finster, dass man kaum die Hand vor Augen sieht. Im Gänsemarsch steigen wir die glitschigen Stufen zur Laterne empor. Finn geht unmittelbar vor mir, im Dunkeln greife ich nach seiner Hand. Es ist feucht und kalt in diesen Mauern, aber sie sind die letzte Zuflucht, die uns geblieben ist. Um mich herum höre ich schweres Atmen, Stöhnen und Keuchen, das umso lauter wird, je höher wir steigen. Die letzten hundert Stufen sind ein einziger Kampf. Als wir endlich die Laterne erreichen, pumpt mein Herz wie verrückt.

»Erst mal alle Luft holen«, sagt Candela und stützt die Hände auf die Knie. Maggie Paulus tut es ihr gleich. Eilean und die Arkonas, die mit Simon auf dem Rücken ja noch eine zusätzliche Last tragen mussten, sehen völlig fertig aus, Helios macht den Eindruck, als würde ihn gleich der Schlag ereilen und Fannys Lunge hört sich an wie ein absaufender Bootsmotor.

»Und jetzt?«, fragt Amanda Sailor, nachdem wir wieder einigermaßen zu Atem gekommen sind. »Ich meine … Ich hoffe doch, ihr habt für diese Situation einen Plan. Bitte sagt mir, dass ihr einen Plan habt!«

»Ich denke, zunächst einmal sollten wir uns etwas verteilen«, schlägt Simon vor. Nur ein blasses Mondlicht erhellt die Laterne. Wassertropfen klatschen gegen die Scheiben. Die nie in Betrieb genommene Optik in der Mitte des Raums wirkt eingestaubt, aber völlig intakt. Simon humpelt vor die Linse und blickt zu Maggie, Amanda und mir. »Und die vier Asyle sollten –«

»Da!«, ruft Luis Arkona plötzlich und deutet aufgeregt zum Meer. Wie auf Kommando fahren alle herum. Mein Herz setzt für einen Moment aus: Aus allen Richtungen bewegen sich Boote und kleine, schnelle Schiffe auf den Leuchtturm zu.

Ein dröhnendes Lachen tönt durch die Laterne. »Wenn ihr eure Gesichter sehen könntet«, amüsiert sich Ole Krautsand. »Wie die Engländer, als die spanische Armada vor ihnen aufgetaucht ist.«

»Schon möglich«, sagt Helios ruhig. »Aber mer wissen ja auch, wie die Sache am Ende ausjejangen ist. Gell?«

»Verlieren wir keine Zeit mehr«, befiehlt Simon. »Die vier Asyle sollten hier vor der Optik zusammenkommen und einen Kreis bilden.«

Maggie atmet einmal tief durch. Amanda rückt den Kragen ihres Matrosenanzuges zurecht, wirft Luis Arkona einen gehauchten Kuss zu und begibt sich in die Mitte der Laterne. Wir legen uns die Arme um die Schultern, sodass sich auch Simon ohne Krücken auf den Beinen halten kann.

»Und du machst keine falsche Bewegung. Sonst ist es deine letzte«, droht Patti und zieht Ole mit sich vor den Ausgang zur Galerie, während sie das Messer an seinen Hals gedrückt hält.

»Ich weiß ja nicht …«, wispert Charly seinem Bruder zu und macht ein ziemlich ratloses Gesicht. »Was genau soll denn jetzt passieren?«

»So wird gar nichts passieren!«, sage ich und lasse meine Augen über die Gesichter der Wächter gleiten. »Denn noch sind wir nicht komplett. Wir brauchen den Fünften. Er sollte in der Mitte unseres Kreises stehen!«

»Tja, und dann ziehen mer jetzt Streichhölzchen, um rauszufinden, wer dat ist, oder wie?«, murrt Helios.

»Nicht nötig.« Ich hebe den Kopf und blicke Finn in die Augen. »Komm in die Mitte! Du bist der Fünfte!«

»Was?«, entfährt es ihm verblüfft und er starrt mich genauso ungläubig an wie alle anderen auch. »Aber wie … woher willst du …?«

»Du bist der Fünfte! Ich habe es erst vor ein paar Stunden begriffen, aber … An dem Nachmittag, an dem uns der Sturm auf Zanderland festgehalten hat, habe ich mit Jeremias Holtenau gesprochen. Ich hatte gehofft, von ihm etwas über deine Familie zu erfahren. Und dann ist er mitten im Gespräch verstummt. Weil es ihm in diesem Moment schlagartig klar geworden sein muss. Als er erzählte, dass die Westerbeeks seit vier Generationen Wärter auf Landsend waren. Dass dein Vater der Vierte war. Und dass … Du bist deinem Vater nachgefolgt. Nicht als Leuchtturmwärter. Aber als Wächter. Du bist *der Fünfte,* von dem die Prophezeiung spricht!«

»Doch wird er eins im Fünften«, murmelt Finn und alle Farbe weicht aus seinem Gesicht. »Der weiße Passagier? Sein Geist wird sich …«

»Komm zu uns!«, sagt Simon sanft.

Finn schluckt und atmet einmal tief durch. Wir öffnen den Kreis und er tritt langsam und zögernd in die Mitte.

Trotz des tosenden Windes, der um die Laterne fährt, könnte man in ihrem Inneren eine Stecknadel fallen hören.

Das Glühen in meiner Schulter wird stärker und stärker. Es fühlt sich an, als würde das Muttermal pulsieren, und nach und nach breitet sich eine Wärme in mir aus, die jede einzelne Zelle meines Körpers erfasst. Es ist, als würde sich etwas in mir in Bewegung setzen und immer schneller durch mich hindurchfließen. Mein Atem geht schneller und schneller, bis ich das Gefühl habe, gleich ohnmächtig zu werden – und dann ist es, als würde urplötzlich in meinem Inneren ein Damm brechen und gewaltige Wassermassen würden alles mit sich reißen. Es gibt kein Rechts und kein Links mehr, kein Oben und kein Unten und auch kein Ich und kein Du mehr. Es ist, als würden alle Grenzen zwischen den vier Asylen hinweggefegt, als würden unsere Persönlichkeiten sich auflösen und ineinanderfließen. Ich bin Rebecca Quist, aber in diesem Moment bin ich auch Simon Eckmühl, Maggie Paulus und Amanda Sailor. Eine Flut aus Bildern, Erinnerungen, Empfindungen und Erfahrungen bricht über mich herein. Ich fühle, was Maggie empfunden hat, als ihr bewusst wurde, dass sie ihr Leben ändern muss, was Amanda gespürt hat, als sie sich entschlossen hat, nicht mehr Richie Kampmann zu sein, ich fühle den schmerzvollen Stich, den es Simon versetzt hat, als er erfahren hat, dass er nicht mehr lange zu leben hat. Und ich weiß, dass sie empfinden können, was ich empfunden habe, als meine

Eltern gestorben sind, wie einsam ich in den Jahren bei Lothar und Karin war, wie zornig ich war, als ich erfahren habe, dass ich nur ein Auftrag war …

Ich blicke in die Gesichter der anderen Asyle und habe plötzlich das Bild eines Flusses vor Augen. Ein Fluss, der aus einer Quelle entspringt, sich zu vier Flüssen teilt, um sich an der Mündung wieder zu vereinen und gemeinsam ins Meer zu strömen …

Und dieses Meer ist Finn.

Er atmet stoßweise, hat die Augen weit aufgerissen und zittert am ganzen Körper, so als würden auf seiner Haut unzählige winzige elektrische Entladungen vor sich gehen. Das Zittern schüttelt ihn immer stärker, seine Kiefer mahlen aufeinander, sein Kopf schnellt herum – und urplötzlich flackert das Leuchtfeuer des Turms auf und eine Sekunde später schießt ein Lichtstrahl aus dem Turm und fährt über das Meer.

Der weiße Passagier ist wieder eins!

Eins im Fünften!

Völlig erschöpft sinke ich zu Boden, ebenso wie Maggie und Amanda. Ich spüre eine grenzenlose Erleichterung, ein Gefühl, als sei eine schwere Last von mir genommen worden.

Finn steht regungslos in der Mitte der Laterne, seine Augen sind auf das Meer gerichtet, und ich sehe in seinem Blick etwas, das ich noch nie zuvor in den Augen eines Menschen gesehen habe: einen Blick, der alles zu wissen und gleichzeitig über alles zu staunen scheint.

»Aaah!«, dringt in diesem Moment ein schmerzerfüllter Schrei durch die Laterne. Ich fahre herum und sehe, wie Patti in die Knie geht. Ole hat den winzigen Moment der Unachtsamkeit, in dem sie auf Finn gestarrt hat, genutzt, sie zu Boden gestoßen und ihr das Messer entrissen! Was dann geschieht, läuft in meinem Kopf ab wie eine düstere, schnelle Aufeinanderfolge einzelner Töne und eingefrorener Bilder: Fannys zu einem Schrei aufgerissener Mund, das Entsetzen in den Gesichtern von Eilean und Candela, Helios, der noch versucht, Ole in den Arm zu fallen, Finns erschrockene Augen, als das Messer durch die Luft auf ihn zusirrt, ein Schatten von links, der sich vor ihn wirft, das Geräusch einer Klinge, die in Fleisch eindringt – und ein dumpfer Aufprall, als ein Körper zu Boden fällt.

Das Messer steckt beinah bis zum Schaft in Simons Brust. Er ringt nach Luft. Blut rinnt ihm aus dem Mundwinkel.

»Simon!« Entsetzt stürze ich zu ihm, während Eilean und die Arkonas auf Ole Krautsand zustürmen. Ole flüchtet blitzschnell auf die Galerie, wirft Candela einen letzten, verzweifelten Blick zu, und einen Augenblick, bevor Eilean ihn zu fassen bekommt, stürzt er sich über das Geländer in die See. Ein paar Sekunden lang blickt Eilean wie erstarrt auf das dunkle Wasser, dann fährt er herum und kommt zu Simon gelaufen.

»Wir müssen die Blutung stoppen«, schreit Luis Arkona.

Simon schüttelt fast unmerklich den Kopf und sagt mit flüsternder Stimme: »Zu spät.« Er stöhnt leise auf und wispert: »Finn. Komm zu mir.«

Finn kniet sich neben ihn und drückt seine Hand. Simon blickt ihm in die Augen und ein feines Lächeln durchzieht sein Gesicht. »Es ist vollbracht«, flüstert er und sein Blick wandert langsam über die Gesichter der Wächter und Asyle, die ihn umstehen. »Ich bin stolz, zu euch gehört zu haben. Seid nicht traurig. Ich bin es nicht. Ich gehe in der Stunde der Freiheit.« Sein Blick vernebelt sich, sein Kopf sinkt nach hinten und wird von Candelas Händen sanft aufgefangen. »Alles … wird gut«, wispert er – und einen Lidschlag später hört sein Herz auf zu schlagen.

Wie betäubt stehen wir in der Laterne und blicken stumm auf den Leichnam des obersten Wächters. Patti nimmt ihre Mütze ab und senkt ehrfurchtsvoll den Kopf. Fanny schluchzt in ein riesiges Taschentuch. Charly Arkona hat die Hand vor den Mund geschlagen, Eilean und Candela wenden sich erschüttert ab, die anderen weinen still in sich hinein. Und auch ich kann die Tränen nicht aufhalten.

Ich weiß nicht, wie lange wir dort stehen, bevor Finn plötzlich aufblickt, sich aus dem Kreis löst und auf die Galerie hinaustritt. Noch immer haben seine Augen den wissenden und gleichzeitig staunenden Ausdruck, den ich vorhin an ihm gesehen habe.

Der Sturm ist abgeflaut, das Meer ist wieder ruhig, und ich sehe, wie sich die Flotte der Agenten mit hoher Geschwindigkeit auf den Turm zubewegt. Es kann nur noch Minuten dauern, bis die ersten Boote *Berger Sand* erreichen, durchfährt es mich – als Finn die Schultern durchdrückt, die Hände an die Schläfen legt und den Blick auf die See richtet. Der Lichtstrahl des Leuchtturms scheint den Bewegungen seiner Augen zu folgen, fährt über die Wellen, und überall dort, wo sein Licht auf das dunkle Wasser fällt, kommen die Boote nicht weiter voran. Als hätte sich mit einem Mal zwischen ihnen und dem Turm eine durchscheinende Wand errichtet. Immer wieder versuchen sie, diese unsichtbare Grenze zu überwinden – und immer wieder werden sie zurückgeworfen.

Ruhig atmend, den Blick in ein fernes Nichts gerichtet, verharrt Finn auf der Galerie, während seine Augen kaum weniger strahlen als das Leuchtfeuer des Turms. Über Stunden steht er unbeweglich da. Ein stummer Kämpfer in einem lautlosen Kampf. Einem Kampf, in dem er nicht alleine ist. Einem Kampf, den er gemeinsam mit *dem Weißen* führt. Einem Kampf, an dessen Ende die Helligkeit die Dunkelheit besiegt.

Als der Morgen dämmert, drehen die Boote ab.

Schweigend umstehen wir den toten Simon Eckmühl, dann, wie auf ein stilles Kommando hin, treten wir, einer nach dem anderen, zu Finn hinaus auf die Galerie und blicken zum Horizont, hinter dem sich die Sonne langsam erhebt und das Meer in das Licht eines neuen Tages taucht.

EPILOG

Ein halbes Jahr später
Zanderland, April 2018

Die See ist so blau wie der Himmel, nur gelegentlich treibt ein einsames Wölkchen durch die Lüfte. Es ist der bisher wärmste Tag des Jahres; ein leichter, sanfter Wind weht vom Meer her und bringt den Geruch von Frühling mit sich. In Fannys Vorgarten und auf den Klippen sprießt ein Teppich aus Krokussen und Glockenblumen.

Ein wenig unruhig rutsche ich auf einem der weißen, hölzernen Klappstühle herum, die Fanny und Helios heute Morgen am Fuß des Leuchtturms aufgestellt haben.

Ich warte. Auf den Bräutigam. So wie alle anderen Anwesenden auch.

Insbesondere Dörte Ditzum. Sie trägt zu ihrer kirchlichen Trauung eine norddeutsche Tracht mit Haube, hält einen Strauß Maiglöckchen in der Hand und blickt in der Hoffnung, dass ihr zukünftiger Gemahl endlich auftaucht, immer wieder nervös zur Pension. Maggie Paulus steht, in schwarzem Talar und mit Gebetbuch in der Hand, neben ihr auf der Klippe und spricht beruhigend auf sie ein.

Der Luis Arkona von früher wäre angesichts der Tatsache, dass sein Bruder zu spät zu seiner eigenen Trauung kommt, wahrscheinlich fuchsteufelswild geworden. Aber seit dem Tag, an dem er Amanda Sailor begegnet ist, ist Luis vor allem damit beschäftigt, sich in ihren Augen zu verlieren. So wie jetzt im Moment beispielsweise. Amanda trägt ihren Matrosenanzug und sieht noch eine Nummer phänomenaler aus als gewöhnlich. Sie beugt sich zu Luis vor, knabbert an seinem Ohrläppchen und flüstert ihm etwas zu, woraufhin sich ein seliges Grinsen von seinem rechten bis zum linken Ohr zieht.

Eilean Ban trägt zur Feier des Tages einen Kilt und hat sich die roten Haare zu einer Art Dutt zusammengesteckt. Drei Tage nach Simons Tod ist er zum neuen obersten Wächter gewählt worden. Und einen besseren könnte es für dieses Amt nicht geben. Auch wenn die Aufgabe der Wächter nun eine andere ist als vor jener Nacht auf *Berger Sand* …

Candela, wie fast immer in luftigem Kleidchen und schweren Stiefeln, sitzt neben ihm und hält seine Hand. Ihre Miene hat einen feierlichen Ausdruck – ganz im Gegensatz zu der gelangweilten, geballtes Desinteresse demonstrierenden Miene, die Patti van Pilsum macht. Aber ich habe Pattis Tränen gesehen, als die *Charlotte Sometimes* gesunken ist. Ich weiß, dass sie keineswegs die coole Sau ist, die sie vorgibt zu sein. Und wie allen Menschen, die ihre Einfühlsamkeit lieber versteckt halten, sind ihr feierliche Momente unheimlich, weil sie befürchtet, diese Momente könnten ihre weiche Seite für alle sichtbar zum Vorschein bringen. Die Coolness ist nur Fassade. Ich weiß das – und Patti weiß es auch. In Wirklichkeit ist sie ein empfindsamer, sensibler Mensch, der …

»Steht mir was auf die Stirn geschrieben? Oder warum glotzt du mich dauernd an, Püppchen?«, knurrt sie in bedrohlichem Ton und bringt eine Kaugummiblase zum Platzen.

»Ich hab dich auch lieb, Patti«, sage ich leise und muss in mich hineinkichern.

Noch immer keine Neuigkeiten von dem vermissten Bräutigam. Dörte Ditzum tritt nervös von einem Fuß auf den anderen und Maggie gibt mir hinter ihrem Rücken verzweifelt Zeichen, die eindeutig besagen: Schafft ihn her! Tot oder lebendig!

»Wenn der Tuppes net bald aufkreuzt, macht die Braut Rübenkraut aus ihm«, kichert Helios Ehrenfeld. Anlässlich des festlichen Ereignisses hat er seinem Schnurrbart eine Überdosis Schnurrbartwichse verpasst. Die Spitzen stehen so gerade in die Höhe wie die Türme des Kölner Doms.

Ich tippe Luis Arkona auf die Schulter, nur widerwillig löst er sich von Amandas Anblick. »Könntest du mal nachsehen, wo dein Bruder bleibt? Ich befürchte, Dörte wägt gerade zwischen Nervenzusammenbruch und Amoklauf ab.«

»Na schön«, stöhnt er, macht sich auf den Weg und murmelt missmutig: »Gut, dass Dörte ab morgen für seine Erziehung zuständig ist.«

»Da kann man der Frau nur Mast- und Schotbruch wünschen«, befindet Ahab Flint und rückt seine Augenklappe zurecht. Ahab war es, der nach der Nacht auf *Berger Sand* ein Boot organisiert hat, um uns von dem Turm abzuholen. Der *Rote Hering* wird gerade neu aufgebaut, in drei Monaten soll die Wiedereröffnung stattfinden. Ahab ist erst gestern Abend auf Zanderland eingetroffen. Mit zwanzig Flaschen Stinkefisch im Gepäck. Ich bete still, dass Charlys Nichterscheinen nicht in unmittelbarem Zusammenhang damit steht.

Helios, der neben Ahab sitzt, nutzt die entstandene Wartezeit, um ihn von den Vorzügen rheinischer Braukunst zu überzeugen: »Und wenn du den *Roten Hering* neu eröffnest, dann tust du auch mal schön paar Altbiersorten auf die Jetränkekarte. Du wirst sehen: Dann kommt endlich mal Leben in die janzen Nordlichter. So wat kennen die Brüder hier unten doch jar net.«

»Altbier kommt mir erst an Bord, wenn es mit Salzwasser gebraut wird«, knurrt Ahab und rollt bedrohlich mit dem linken Auge.

Ich wende den Kopf und blicke in Richtung Pension, aber weder von Charly noch von Luis ist auch nur das Geringste zu entdecken.

»Du glaubst doch nicht, er hat sich wieder abgesetzt, oder?«, flüstert mir Mareike ins Ohr. Sie ist gemeinsam mit mir nach Zanderland gekommen. Vor drei Tagen. Mareike ist noch immer meine beste Freundin, aber wir leben nicht mehr fünf Häuser voneinander entfernt. Ich wohne jetzt im Zimmer neben ihr. Bei den Bahlsens. Sie haben mich fürs Erste bei sich aufgenommen und das Jugendamt hat dieser Lösung zugestimmt. Und da gerade Osterferien sind, hatten Herr und Frau Bahlsen wenig Gegenargumente, als ich ihnen eröffnet habe, dass meine gute alte Freundin Fanny mich und Mareike zu einem zweiwöchigen Urlaub auf Zanderland eingeladen hat. »Sympathische Frau«, hat ihr Vater geäußert, nachdem er mit ihr telefoniert hatte, um sich zu überzeugen, dass das alles seine Richtigkeit hat. »Aber diese Stimme ... Wie eine Whiskybrennerei!«

Als ich ein paar Wochen nach meinem plötzlichen Verschwinden wieder aufgetaucht bin, war die Aufregung und Verwirrung erwartungsgemäß groß. Auch bei den Bahlsens, die jede Menge Erklärungsbedarf hatten. Ich wurde schließlich noch immer verdächtigt, für den Tod meiner Pflegeeltern verantwortlich zu sein. Mareikes Vater hat mich zur Polizei begleitet, und ich konnte die Ermittler überzeugen, dass ich weder ein Sonnenstudio überfallen haben, noch für den Tod von Lothar und Karin verantwortlich sein konnte. Aus dem einfachen Grund, weil ich in dem entsprechenden Zeitraum selbst Opfer eines Verbrechens geworden war: von unbekannten Tätern entführt und in einer Privatklinik gefangen gehalten. Als man mich nach möglichen Hintergründen dieses Verbrechens und möglichen Motiven meiner Entführer befragte, habe ich mich ahnungslos gegeben. Noch ist die Welt nicht so weit, die Wahrheit über die Wächter, die Asyle und den weißen Passagier akzeptieren zu können. Noch nicht. Sie hat ihr Gesicht nicht von einem Tag auf den anderen verändert. Aber jeder tief greifende Wandel braucht Zeit, habe ich im letzten halben Jahr gelernt. Von Finn. Von den Wächtern. Von dem Passagier. Und wer mit offenen Augen durch die Welt geht, der kann sehen, dass sich etwas verändert. Im Moment sind es nur kleine, unscheinbare Dinge. Aber sie wecken Hoffnung auf mehr. Und wenn sich im letzten halben Jahr etwas verändert hat, dann ist es genau das: das Gefühl, dass die Hoffnung zurückgekehrt ist, der Glaube daran, dass es möglich ist, Dinge zu verändern. Man spürt es, wenn man durch die

Straßen geht, man spürt es jedes Mal, wenn man mit jemandem spricht. Es ist, als würde ein steter Wind vom Meer her wehen. Etwas Neues beginnt!

»Wenn ich mir die Braut so angucke …«, befindet Helios und reißt mich damit aus meinen Gedanken, »… dann sollte der jute Charly schnellstens auftauchen, sonst haben mer gleich aber Beerdijungskaffee statt Hochzeitsschmaus.«

Nachdem ich mit Mareikes Vater bei der Polizei war und meine teilwahre Aussage gemacht habe, wurde Rothermunds Privatklinik durchsucht und auf den Kopf gestellt. Dabei stieß man auf halbseidene Abrechnungspraktiken, aber natürlich auch auf das bunkerartige Gebäude am Rand des Grundstücks. In einem der Kellerräume fand sich ein riesiges, illegales Waffenarsenal. Die Klinik ist geschlossen. Nach Siegbert Rothermund wird mit einem internationalen Haftbefehl gesucht, aber er ist spurlos verschwunden. Doch wohin sich Rothermund, der Mann im Anzug und all die Kämpfer und Agenten auch geflüchtet haben – sie sind keine Gefahr mehr.

Die Macht der schwarzen Passagiere schwindet. Jeden Tag ein bisschen mehr.

Mareike ist einer der wenigen Menschen außerhalb der Wächter, die die wahre Geschichte kennen. Ich weiß, dass ich ihr bedingungslos vertrauen kann. Sie ist meine beste Freundin – was sie nicht durchgehend davon abhält, wie jetzt im Moment mal wieder, Finn mit schwärmerischen Blicken zu betrachten. Zu ihrem Glück aber habe ich ja erstens gelernt, dass Eifersucht nur ein Ablenkungsmanöver des schwarzen Passagiers ist, und mir zweitens eine der rheinischen Lebensweisheiten von Helios zu eigen gemacht: Mer muss och jünne könne!

»Alles gut?«, fragt Finn, als er meinen Blick bemerkt.

»Ja. Alles gut«, sage ich, lächle und lehne mich an ihn.

Ob die Sache auch für Charly gut ausgeht, bezweifle ich langsam. Immer noch nichts zu sehen vom Bräutigam. Die Braut sieht aus, als hätte sie sich mittlerweile gegen den Nervenzusammenbruch und klar für den Amoklauf entschieden.

»Ich bin sicher, er kommt jeden Moment«, versucht Maggie sie zu beruhigen – als die Zwillinge wie auf Kommando zu schreien beginnen.

Fanny, der für die Dauer der Trauung die Kinderbetreuung obliegt, springt von ihrem Stuhl auf, schaukelt den Zwillingswagen, als wollte sie ein Seebeben auslösen, und röhrt mit Spiritusstimme: »Ist ja gut. Ist ja gut. Der Papa kommt ja gleich.« Dabei beugt sie sich so tief über den Wagen, dass die Zwillinge wahrscheinlich ein frühkindliches Topfschnitt-Trauma erleiden.

Wie sich vergangenen November herausstellte, hat Dörte nicht nur ein neues Leben unter dem Herzen getragen. Charly hat die Arkona-Zwillingstradition fortgesetzt und ist nun stolzer Vater von Grace Darling Arkona-Ditzum und ihrem sieben Minuten später geborenen Bruder Simon Luis Arkona-Ditzum.

»Aah, ich komme ja schon«, höre ich Charly in diesem Moment brüllen. Luis zieht seinen Bruder am Ohrläppchen durch Fannys Vorgarten.

»Gib es zu: Du wolltest zu den Booten«, höre ich ihn zischen, als sie näher kommen. »Hast wieder Muffensausen gekriegt.«

»Nein, Mann. Nein. Aah – das tut weh! Du liegst völlig schief. Ich bin nicht mehr so. Ich bin jetzt ein verantwortungsvoller Vater. Au – lass mich endlich los! Ich hab nur noch ein kleines Feuerwerk vorbereitet. Für heute Abend. Als Überraschung für Dörte. Und dann konnt ich die blöden Ringe nicht finden. Und dann hab ich mir ein Gläschen gegen die Aufregung gegönnt. Guck nicht so – nur 'n ganz kleines. Und dann – dann hab ich die Hose nicht zugekriegt.«

Letzteres glaube ich Charly sofort. Zum ersten Mal, seit ich ihn kenne, trägt er nicht seine schwarze Ledermontur, sondern ein weiße. Hauteng. Komplettiert wird sein Elvis-Wiedergänger-Outfit durch spitze, weiße Stiefeletten und Candelas überdimensionierte Sonnenbrille, die er sich auf die Stirn geschoben hat. Ein sehr reizvoller Kontrast zu Dörtes Folkloretracht, denke ich innerlich grinsend, als das Paar endlich glücklich vereint vor Maggie Paulus steht.

Die hält eine kurze Predigt über das Glück und die Freuden der Ehe, und als sie dem Brautpaar die entscheidende Frage stellt, haucht Dörte leise: »Ja.«

»Ich auch. Klaro!«, stottert Charly und sieht dabei aus, als würde er hoffen, dass ihm jemand Stinkefisch einflößt.« Also … ja, meine ich natürlich. Vollkommen sicher. Einhundert Prozent! Und zwar ganz, ganz unbedingt!«

»Dann darf sich das Brautpaar jetzt – oh, mein Gott!«, entfährt es Maggie und sie blickt schamvoll zur Seite. Dörte und Charly haben die Aufforderung der Pfarrerin gar nicht erst abgewartet und geben sich alle Mühe, Eilean und Candela im Schamlosigkeitsranking zu überholen. Fanny springt vor und hält den Zwillingen die Augen zu, ich blicke angestrengt zum Himmel. Wie die Wächter auch.

Nur eine Wolke segelt durch das Blau. Sie sieht aus wie ein Boot.

Die Feierlichkeiten finden ihre Fortsetzung in dem großen, geschmückten Saal im Obergeschoss der Pension. Das runde Fenster ist weit geöffnet, eine frische salzige Brise schwebt durch den Raum.

»Das ist ja der Hammer!«, staunt Mareike angesichts der Kompass-Sammlung und den unzähligen, strahlenden Leuchtturmmodellen. Der Hammer ist auch, was Fanny alles auftischt. Sie muss seit Wochen mit Kochen, Backen und Braten beschäftigt gewesen sein. Nachdem das frischgebackene Ehepaar jedermanns Glückwünsche entgegengenommen und die Geschenke aufgerissen hat – Helios fand es witzig, ihnen eine elektronische Fußfessel für Charly zu schenken –, folgt ein opulentes Mittagsmahl, das nahtlos in eine ausgedehnte Kaffeetafel übergeht. Gefolgt von einer etwas wirren Ansprache des Bräutigams, gefolgt von einem sehr ausgiebigen Abendessen. Zur besseren Verdauung wird dann der ein oder andere Stinkefisch gekippt, was zur Folge hat, dass die Stimmung zu Beginn des abendlichen Unterhaltungsprogramms bereits ausgesprochen heiter und ausgelassen ist. Das Unterhaltungsprogramm besteht aus Amanda, Fanny und ihrem Akkordeon. Die beiden Blues-Sisters arbeiten sich voller Inbrunst durch ein breites Repertoire aus irgendwie maritimem Liedgut, stimmkräftig unterstützt von allen anderen Hochzeitsgästen. Bei *Sailing* bewegt sogar Patti die Lippen ein wenig. Und als Fanny und Amanda *Ein Schiff wird kommen* anstimmen, erreicht die Stimmung ihren Siedepunkt. Mareike tanzt dazu mit Helios und Candela. Luis singt inbrünstig mit und verschlingt Amanda dabei mit Blicken, Maggie hat im Lauf des Abends eine Schwäche für Stinkefisch entwickelt und stößt mit dem Brautpaar an. Nur Eilean und Finn stehen etwas abseits, in der Nähe des Fensters. Mit ernstem Blick redet der oberste Wächter auf Finn ein, dieser nickt verstehend.

»Auch einen Stinkefisch, Rebecca? Der macht klar Schiff!« Ahab Flint hält mir ein Glas vor die Nase und betrachtet mich mit dem verbliebenen Auge.

»Nein, danke«, sage ich lächelnd. »Ich brauche jetzt mal ein paar Minuten an der frischen Luft. Alleine!«

Ich klettere durch den schmalen Durchlass aus dem Saal, steige die enge Treppe hinab, eile durch Fannys Frühstückszimmer und trete vor die Tür.

Ein fetter gelber Vollmond wirft sein Licht auf die Insel und bescheint die Glockenblumen in Fannys Vorgarten. Ich pflücke ein paar davon, dann bewege ich mich über den schmalen Klippenpfad auf den Friedhof der Wächter zu. Ich trete durch den kleinen Durchlass in der niedrigen Hecke, verweile einen Moment an der letzten Ruhestätte von Jeremias Holtenau und lege ein paar Blumen nieder, dann wandere ich weiter zum Rand der Klippe. Zu dem Grab von Simon Eckmühl. Der Leuchtturm auf dem Grab ist erst vor ein paar Wochen errichtet worden und trägt die Inschrift

Simon Eckmühl
1964–2017
Oberster Wächter am Tag der Zusammenkunft
WERFT LICHT AUF DUNKLE WASSER!

Irgendwann höre ich Schritte über den Klippenpfad näher kommen. Finn.

»Rebecca? Ich habe dich gesucht. Alles in Ordnung?«

»Ja.« Langsam wende ich mich von dem Grab ab, blicke Finn an und lächle. »Es geht mir gut. Ich wollte nur eine Weile alleine sein.«

»Ich habe auch mal einen Moment Erholung von der Bombenstimmung gebraucht«, sagt er grinsend. »Als ich raus bin, haben Charly und Helios gerade zu einem *Pogues*-Song getanzt. Auf den Händen!« Er nimmt meine Hand und sagt ernst: »Komm mit. Lass uns auf den Turm gehen.«

Wir wandern an der Pension vorbei, aus der noch immer fröhlicher Gesang dringt, und folgen dem schmalen Waldweg bis zu dem gelb-roten Turm.

»Warte«, sage ich, als Finn den Zugang öffnet, und er blickt mich verdutzt an. »Bevor ich mit dir da hochsteige … Du schuldest mir noch eine Antwort, Finn Westerbeek.«

»Äh, was?«

»Die Narbe«, sage ich und fahre mit der Hand über seine Wange. »Du hast mir immer noch nicht gesagt, woher du die Narbe wirklich hast.«

»Also gut. Beim Tauchen sah ich mich eines Tages einer riesigen Muräne gegenüber und –«

»Die Wahrheit!«

»Na schön. Es war ein Schwarm Piranhas, der … Nicht? Ein Korsar mit Entermesser? Ein Pirat mit Hakenhand?«

»Die Wahrheit, Finn!«

»Okay«, stöhnt er und macht ein zerknirschtes Gesicht. »Die Kurzfassung: Ich war fünf und habe versucht herauszufinden, ob sich die Deckel von Thunfischdosen als Frisbeescheibe eignen. Was, wie sich herausstellte, nicht der Fall war. Was ich außerdem herausfand, war, dass Deckel von Thunfischkonserven unberechenbare Flugeigenschaften und einen sehr scharfen Rand haben.«

»Na bitte«, sage ich und muss grinsen. »Geht doch.«

Ein Leuchtturm ist ein besonderer Ort. Ein Ort, an dem sich das Endliche und das Unendliche berühren.

Ich lege meine linke Hand auf Finns rechte. Lange stehen wir auf der Galerie nebeneinander und beobachten schweigend, wie sich das Mondlicht auf dem Wasser spiegelt. Es braucht kein Wort und keinen Blick zwischen uns, um zu wissen, dass wir beide von dem gleichen Gefühl großer Hoffnung und Zuversicht erfüllt sind. Ein Gefühl, das in jedem wächst, der dem Weißen begegnet. Es ist diese Hoffnung, die unsere geistige Schutzhülle heilen lässt. Bis sie irgendwann kein schwarzer Passagier mehr durchdringen kann.

Ich hebe den Kopf, betrachte Finn und muss lächeln. *Der Fünfte.* Manchmal gibt es Menschen, die ihn ansehen, als wäre er der Sitz eines Heiligtums.

Sie haben die irrige Vorstellung, dass der Geist des Weißen auf irgendeine Weise mit seinem Geist verwachsen sein müsste. Als würde er in ihm wohnen und sein Handeln bestimmen. So wie es die schwarzen Passagiere getan haben. Aber genau das tut er nicht! Der weiße Passagier brauchte den Fünften, um eins zu werden in dieser Welt. Nicht um ihn zu beherrschen, sondern um von ihm aus weiterzuziehen. Wie ein Windhauch. Von Finn zu mir. Von Wächter zu Wächter. Von einem Menschen zum nächsten. Der Weiße verändert jeden, der ihm begegnet. Es ist, als würde er einen Schlüssel in unserem Geist hinterlegen, mit dem sich Türen öffnen lassen, von denen wir gar nicht wussten, dass es sie gibt. Es liegt an uns, diesen Schlüssel zu benutzen. Wer es tut, für den öffnen sich neue Türen: Es ist fantastisch. Es ist, als hätte sich jede meiner Sinnesempfindungen verstärkt. Als würde ich zum ersten Mal richtig sehen und fühlen und schmecken. Ich lerne unaufhörlich. Und es ist, als würden sich die Grenzen zwischen mir und Dingen, zwischen mir und anderen Menschen immer mehr auflösen. Als würde ich zusammenwachsen mit allem, was mich umgibt. Alles, was ich erlebe, erlebe ich so intensiv, wie ich es niemals für möglich gehalten hätte. Und in jedem einzelnen Moment ist mir bewusst, dass ich lebe. Und welches Wunder das ist.

Finn lächelt mich an, dann tritt er hinter mich, legt die Arme um mich, küsst sanft meinen Nacken und über das Rauschen des Meeres hinweg höre ich ihn flüstern: »Dies ist der Beginn von etwas Neuem. Wir werden frei sein. Jeder wird ein Licht sein. Wir alle werden Wächter sein!«

DANKSAGUNG

Tausendfacher Dank geht an Birgit, die ein Wegweiser bei stürmischer See ist.

Ich danke Anna Mechler und der Literaturagentur *Lesen & Hören* für die vertrauensvolle Zusammenarbeit.

Mein Dank gilt Emily Huggins vom Ueberreuter Verlag – ganz besonders für ihren Hinweis auf die rheinische Verlaufsform.

Dank an meine Familie und Freunde, die Crimies und das Abraxas in Düsseldorf.

Und natürlich an alle Wächter.

Oliver Schlick

So kalt wie Eis, so klar wie Glas

384 Seiten
Hardcover
ISBN 978-3-7641-7043-1

ebook **Auch als E-Book erhältlich!**

Das Geheimnis der Glaskugeln

Die achtzehnjährige Cora kommt nach dem plötzlichen Tod ihrer Mutter nach Rockenfeld, wo ihr Großvater Jacob Dorneyser lebt. In dem Dorf werden nach alter Handwerkskunst Schneekugeln hergestellt, eine Tradition, die Coras Urahn Ende des 16. Jahrhunderts begründete. Der Legende nach soll ihm vom Teufel höchstpersönlich die erste Kugel geschenkt worden sein.
Fasziniert von der Kunst, kleine Welten unter Glas zu schaffen, bittet Cora ihren Großvater darum, sie auszubilden. Doch schon nach kürzester Zeit geschehen die seltsamsten Dinge.
Nachts beobachtet Cora Lichter im Wald und Schneeflocken fügen sich wie von Geisterhand vor ihren Augen zu warnenden Worten zusammen. In Cora wächst die Überzeugung, dass an der alten Legende ein Fünkchen Wahrheit haften muss.
Was hat es mit der rätselhaften, ersten je geschaffenen Schneekugel auf sich?

www.ueberreuter.de
www.facebook.com/UeberreuterBerlin